Hermann Schreiber
Kaiserwalzer

Hermann Schreiber

Kaiserwalzer

Roman

CARL HABEL VERLAG

Genehmigte Sonderausgabe

Gesamtherstellung: Carl Habel GmbH, Darmstadt
Printed in West Germany
ISBN: 3-87179-116 6

Vorspruch vom Trattnerhof

Im Dezember 1973 starb mein Erbonkel. Ich hätte ihm noch manches Lebensjahr gegönnt, denn er war ein reizender Mensch; schon als er zwanzig war, hatte er sich meiner angenommen und mir beigebracht, auf seinen Knien sitzend, unseren Bösendorfer durch das geklimperte Lied *Mutter, der Mann mit dem Koks ist da* zu entweihen. Erst als wir gemeinsam sangen *Ich hab das Fräulein Helen baden sehn*, griffen ältere Familienmitglieder ein. Dieser Onkel hinterließ mir, statt eines hübschen Hauses im Außerfern, auf das ich mir heimlich Hoffnungen gemacht hatte, eine goldene Armbanduhr und ein Kästchen mit Dokumenten, unter denen sich auch Familientestamente befanden. Das faszinierendste von ihnen, am 10. April 1902 vom k. k. Handelsgericht Wien, Gerichtsabteilung VII, kundgemacht, enthält im Abschnitt III den Passus:

Das mir eigenthümlich gehörige Haus in Wien I., Graben No. 29 (Trattnerhof) soll meinen drei Söhnen Alfred, Wilhelm und Otto gleichtheilig zufallen und in ihrem Erbtheil eingerechnet werden. Als Übernahmswert wird das mit 4% kapitalisierte Reinerträgnis des letzten Jahres genommen.

Der Trattnerhof, dort gelegen, wo der Graben in den Stephansplatz mündet, war damals nicht nur das imposanteste, sondern auch das ertragreichste Wiener Mietshaus, berühmt seit den Zeiten, da Johann Thomas von Trattner, der Großverleger Maria Theresias und erste Schulbuch-Großproduzent Österreichs, es hatte errichten lassen. Dieses Haus also, vor dem ich so oft nichtsahnend stand, hatte bis an die Schwelle dieses Jahrhunderts meiner Familie gehört. Das war immerhin etwas, damit konnte man sich, ja damit sollte man sich beschäftigen.

Aber je eifriger ich die lieben Schatten aufstöberte, desto eigensinniger gebärdeten sie sich; je näher ich ihnen zu kommen meinte, desto bunter und geheimnisvoller wurden die Schleier, hinter denen sie sich verbargen. Und schließlich blieb von dem, was mich angelockt hatte, nur der eine oder andere Schauplatz, nur diese oder jene Einzelheit, und statt eines sehnsüchtigen Buches über die eigenen Vorfahren entstand ein etwas leichtfertiger Traum von ihrer Zeit. Die übliche Versicherung, daß Ähnlichkeiten und Übereinstimmungen mit anderen Personen zufällig wären, ist daher überflüssig. Der einzige, der sich in diesem Buch wiedererkennen wird, sooft er es liest, bin ich selbst.

I

Morgenblätter

Walzer op. 279
von Joh. Strauß Sohn

Der Ernst des Lebens ist das Spielzeug der Erwachsenen.
Nur, daß er sich mit den sinnvollen Dingen,
die eine Kinderstube füllen, nicht vergleichen läßt.

Karl Kraus

Hebammenfrühling

Zwischen Ostern und Pfingsten regnete es in Wien bisweilen bei blauem Himmel. Keine Wolke war zu sehen; vom Marchfeld her zog ein lauer Wind über die Donau weg hinein in die Stadt, und es regnete kleine Wiener und Wienerinnen in Mansarden und Souterrainwohnungen, in den Mietskasernen und in den kleinen Siedlungshäusern am Stadtrand, am meisten aber in der Beletage. Und das, obwohl die Störche noch gar nicht wieder da waren, obwohl ihre Nester auf den Firsten am Neusiedler See und rund um Ödenburg noch leer dalagen und nur ein paar klapprige Storch-Herren, die in den Donaurieden überwintert hatten, durch das Schilf stolzierten.

Gewiß gab es ein paar Leute, die wußten, womit das zusammenhing: den Bezirksarzt Dr. Jerzabek zum Beispiel oder die Herren Kurärzte von Bad Ischl, von Bad Gastein, von Baden bei Wien. Niemand aber hatte mit diesem merkwürdigen Naturereignis intimer zu tun als Frau Agnes Lustig, geprüfte Hebamme und seit einunddreißig Jahren in der Marokkanergasse wohnhaft. Sie hatte schon alles gewußt, als die Anni bei ihr schellte, die rothaarige Köchin der Heisinger. Sie war ja vorgewarnt gewesen, es hatte sich nur noch darum gehandelt, wer es schneller schaffen würde, die Heisinger oder die Frau von Seebenprugg oder, anders ausgedrückt, ob sie bis in die Wohllebengasse würde laufen müssen oder in die Paniglgasse, wo die Familie von Seebenprugg ihr Palais hatte.

»Geh nur, Anni«, sagte sie, »ich kenn' den Weg, sag deiner Herrschaft, die Lustig kommt schon!«

Das war ihr lieber, als neben den jungen Dingern durch die Gassen zu rennen, auch wenn ihr die eine oder andere schon die schwere Tasche getragen hatte. So aber wußte die Wöchnerin Bescheid, sie entspannte sich, das Wasser wurde aufgesetzt, und sie, die Agnes Lustig, hatte dann den Auftritt, den sie so liebte, weil alle dastanden, vom Kutscher bis zum Herrn, von der Hausmeisterin bis zum Stubenmädchen.

Und weil die Marokkanergasse gar so lang ist, kam die Frau Lustig auch noch dazu, über die Regelmäßigkeit dieses Kindersegens zwischen Ostern und Pfingsten nachzudenken. Er konnte wohl mit nichts anderem zu tun haben als mit der Regelmäßigkeit, mit der die Gesellschaft auf Urlaub ging, zumindest die bürgerliche. Bei den Herrschaften von Adel ging es ja ein wenig anders zu, die verbrachten den Sommer oft auf den Gütern, nicht sosehr wegen der Ernte als wegen der warmen Jahreszeit, da ließ es sich draußen auf dem Land noch am besten aushalten. Die bürgerlichen Herrschaften hingegen, die gingen in die Sommerfrische, in die Kurorte, in die Bäder. Die Herren hatten Zeit für die Damen; die Damen erholten sich, wurden fröhlich, duldsam und willig, und was im Drang des gesellschaftlichen Lebens in der Kaiserstadt mitunter danebenging, das wurde in der Sommerfrische dann ein Volltreffer: an einem der vielen, unendlich friedlichen Regennachmittage im Salzkammergut, in einer der langen, kalten Nächte im Gasteiner Tal, wo man nichts anderes tun konnte, als zueinander kriechen, oder auch in Grado oder Abbazzia, wenn der Sommer und die Palmen, die Musik und der Hauch von Meer die jungen

Frauen ganz träumerisch gestimmt hatten und der Herr Gemahl selbst in eine jener merkwürdigen Stimmungen zurückfiel, die ihn seit der Studienzeit nicht mehr beschlichen hatten.

Als die Prinz-Eugen-Straße vor ihr lag, fragte Frau Lustig sich, wo die Heisinger eigentlich gewesen seien im vergangenen Sommer. Ischl war es wohl nicht, sie waren ja keine Hoflieferanten; vielleicht Torbole?

Sie konnte sich nur noch vornehmen, bei passender Gelegenheit die Frage zu stellen, zu mehr hatte sie nicht mehr Zeit.

»So beeilen S' Ihnen doch, Frau Lustig«, sagte die Rothmann ungnädig, das war die Hausmeisterin. Die hatte es nötig! »Es kann jeden Augenblick soweit sein!«

»Wieso ...? Es ist doch das erste!«

»Na, wenn schon... die arme Gnädige... Sie wissen's eh: im zweiten Stock!«

Richtig! Im ersten Stock, in der Beletage, wohnte ja der Herr Franz Heisinger, Junggeselle, ältester Sohn, Erbe eines allerdings noch sehr rüstigen Industriellen. Im zweiten Stock, das war der jüngere Bruder, der Ferdinand. Der hatte sich auszahlen lassen und eine Möbelfabrik gegründet. Gründen, das konnten sie alle. Und jetzt hatte er auch noch eine Familie gegründet, mit seiner Irene, dem Tschapperl aus Prag.

Frau Irene lächelte noch, aber sie sagte nichts mehr. Es war zu erkennen, daß die Geschäftigkeit der Hebamme sie beruhigte. Nun gab es etwas anderes als das Warten und Lauschen, als dieses Hineinhorchen in den eigenen Leib, das doch nur Angst war – Angst vor allem, weil sie gar nicht wußte, worauf sie achten sollte.

Nun brauchte sie auf gar nichts mehr zu achten. Frau Lustig wußte alles und kannte alles. Sie hatte vor dreißig Jahren

Irenes Mann, dem Ferdinand, ans Licht der Welt geholfen und ein paar Jahre darauf dem Poldi, dem Tunichtgut. Aber dafür konnte schließlich die Hebamme nichts, das ist manchmal so mit den jüngsten Kindern, mit den Nachzüglern. Es war auch ganz schön, daß die Frau Lustig deutsch sprach: In Prag hätte sie eine böhmische Wehmutter gehabt, und ihr Kind hätte als erste Laute irgendeinen tschechischen Segensspruch vernommen.

Und dann setzten, als hätten sie nur auf die Hebamme gewartet, die Schmerzen vom Morgen urplötzlich neu ein, neu und ganz anders, und Irene erkannte, daß es nun ernst war. Was nun in ihr begann, das würde erst zu Ende gehen, wenn der kleine Heisinger sein Stimmchen erschallen ließ. An eine Tochter, an ein Mädchen, dachte sie seltsamerweise gar nicht.

Sie sagte nichts und brauchte auch nichts zu sagen. Die Lustig hatte sie beobachtet, sie hatte nur ihre Augen, ihren Mund gesehen, und sie wußte alles.

»Keine Angst, gnä' Frau«, sagte sie halblaut, schließlich ging das, was jetzt kam, nur noch sie beide an, die Achtzehnjährige und die Fünfzigerin. »I bin da, gnä' Frau. Sie sind ganz jung und ganz weich. Sie sind pumperlg'sund und haben Kraft. Es *kann* gar nix schiefgehn.«

Es ging auch nichts schief. Mittags um halb eins war der kleine Heisinger da, knallrot und schrumpelig und ein wenig zu früh. Seine Nase war so winzig, daß Frau Lustig Mühe hatte, sie zu finden, als sie dem mittags heimkehrenden Hausherrn ein Lächeln bescheren wollte, ein Lächeln des Sohnes natürlich, denn das Lächeln der alten Agnes Lustig interessierte niemanden mehr. Sie drückte ihren kleinen Finger auf das winzige Näschen; das rote Gesichtchen verzog sich gehorsam zu einem breitlippigen Lachen, und ein gurgelndes Krähen deutete auf beträchtliche Lebenskraft hin.

»Wissen S', was i glaub', Herr von Heisinger?« sagte die Lustig und hob den Neugeborenen in seiner Mumienverpackung auf die Blickhöhe des Hausherrn. »I glaub', der wird ein Wirt!«

»Und warum sollte er das werden?« erkundigte sich, nicht sonderlich begeistert, Ferdinand Heisinger, der erfolgreiche Möbelfabrikant.

»Weil er akkurat zu Mittag ankommen is!« erläuterte Agnes Lustig leicht gekränkt. Niemand hielt mehr etwas von den alten Hebammenweisheiten, und offenbar hielt man auch nicht mehr viel von den alten Berufen. Ein Wirt auf der Wieden, das war doch etwas! Aber heute mußte es ja die Industrie sein, heute mußte man Fabriken haben. Die Stahlroste und die Schienen vom Papa, das hatte dem Ferdinand Heisinger offensichtlich nicht genügt. Er mußte sich selbständig machen, mußte auf dem Wienerberg eine neue Fabrik hinbauen und ganz was Neues anfangen. Na ja, ihre Sorgen waren das nicht.

»Wenn Sie jetzt Zeit haben, Frau Lustig, so gehn S' doch zur Anni und lassen Sie sich ein Essen vorsetzen. Wir essen auch gleich... das heißt« – Ferdinand Heisinger verbesserte sich –, »jetzt werde ich wohl ein paar Tage allein essen müssen...«

Seine Schuld, sagte sich Agnes Lustig. Er hätte ja nur sie auffordern müssen, mit ihm zu essen. War ihr schon passiert, bei nicht ganz so feinen Leuten allerdings, Leuten, bei denen sie dann auf das Honorar hatte warten müssen. Sie war eben kein Arzt, und ein Pfarrer war sie auch nicht, also ab in die Küche, da gab's wenigstens etwas zum Lachen: nicht mit der Anni, die hatte zuviel zu tun, aber mit der Mizzi, dem Stubenmadl. Die war aus Wien, wie Agnes selbst, nicht aus Znaim und nicht aus Brünn und schon gar nicht aus Olmütz, und die wußte seltsamerweise alles, was rund um die Prinz-Eugen-Straße vor sich ging, in den Palästen und feinen Häusern, im Belvederegarten und im Schwarzenbergpark. Wenn man die Mizzi so reden hörte, da wäre man gern noch einmal jung gewesen, ganz jung, auch auf die Gefahr hin, dumm zu sein, viel zu dumm für dieses Leben, wie es jetzt war, im Mai des Jahres 1866.

Man schwebt

Als die Schmerzen nachließen, fühlte Irene sich ganz leicht werden. Eine Art Auflösung begann, wobei der Kopf und die Beine den Anfang machten und die schmerzende Bauchhöhle wie ein warmer Stein mühsam emporgetragen werden mußte. Es war ein ganz klein wenig beängstigend, aber nicht unangenehm, und Irene hatte die kleinen Pastillen im Verdacht, die der Medizinalrat Rieger ihr dagelassen hatte. Er war nachmittags erschienen, zu Fuß, versteht sich, aus der Schikanedergasse hatte er ja nur ein paar Schritte, und ganz wie die Lustig hatte auch er nur immerzu sie angesehen, die Irene Heisinger geborene Sauer, hatte wohl den Puls gefühlt, dann aber gleich wieder ihre Wangen getätschelt und ihr schließlich den kleinen Handspiegel gereicht, der auf ihrem Nachttisch lag.

Das hatte sie überzeugt. Sie sah geradezu verboten gut aus, mit roten, runden Wangen, einer kleinen Nase und dem dunkelblonden, langen Haar drum herum. Nur in den Lidern, da saß die Müdigkeit, da saß der Schmerzrest als Erschöpfung mit einem bläulich-braunen Schatten, der ihr Jungmädchengesicht ganz interessant machte oder doch anders. Anders jedenfalls, als sie es kannte, als sie es je gesehen hatte.

Längst hatten die Schwebepastillen sie aus dem Bett gehoben. Sie ließ die Arme hängen, und das Haar wehte in einem leichten Wind um sie her. *Volaverunt,* dachte sie, das stand unter irgendeinem Bild, das sie kannte, oder unter einer Zeichnung. Sie haben sie entführt, sie haben mich entführt. Bis jetzt war alles sehr schnell gegangen, das Lyzeum in Prag, die Offizierstöchter, die Aristokratie, die Jüdinnen, eine Mischung von besonderer Art, wie sie jetzt in Wien sah. Allzuviel war ihr da immer durch den Kopf gegangen, aber der Papa, Professor Theophil Sauer, Ordinarius für Byzantinistik an der Karls-Universität, dieser erhabene und gelehrte Papa hatte sie stets nur ausgelacht. »Sei doch froh, daß deine Klasse so gemischt ist, Irentscherl«, hatte er lachend gesagt, »stell dir vor, es wären lauter Jüdinnen – dann wärst du die letzte. Oder stell dir vor, es wären lauter Aristokratinnen – dann würdest du nichts lernen.«

»Und wenn wir lauter Bürgermädeln wären, so wie ich?« hatte sie aufgemuckt.

»Wir sind keine Bürger, leider oder Gott sei Dank, wie man's nimmt. Wir sind Außenseiter. Wir sind überflüssig. Kein Byzantinist kann einen Dampfkessel konstruieren, einen Schienenstrang bauen, eine Kanone dirigieren. Du mußt ein paar Sprachen lernen und ein bisserl Klavierspielen, und dann werden wir für dich einen Mann suchen, der nicht ganz so überflüssig ist wie dein Papa und der vielleicht, trotz aller Nützlichkeit, kein ausgemachter Trottel ist ...!«

»Was du dem Kind wieder für einen Unsinn in den Kopf setzt, Theophil!« zürnte Mama. »Kannst du deine Verbitterung nicht irgendwo anders loswerden? Du machst mir die Iren noch ganz krawutisch ... Was können denn wir dafür, daß du in diesem Semester nur elf Hörer hast!«

Ja, und dann kam der Ball der deutschen Studentenschaft, und weil der Papa mit dem Professorenkollegium einzog, wurde für die Mama und für die Irene ein Chaperon gesucht, womöglich einer, der nicht allzu bekannt war in Prag, damit nicht gleich geredet würde. Und so kamen sie an den Ferdinand Heisinger. Sein Vater, der Großindustrielle, war Doktor *honoris causa* der Deutschen Universität; er hatte ihr ein ganzes Institut gestiftet und besoldete laufend zwei Assistenten und einen Bibliothekar, er bezahlte die Miete für sechs Räume, und der Etat für Bücherkäufe, den er ausgesetzt hatte, konnte sich sehen lassen.

»Und das für Metallurgie!« hatte Papa Sauer geseufzt; Mäzene für die Byzantinistik gab es eben seit Colbert nicht mehr. Aber er empfing den jungen Heisinger, der als Abgesandter seines reichen Vaters zum großen Ball nach Prag gekommen war, mit reizender Altherrenhöflichkeit, so daß der Ferdinand schon ganz charmiert war, als Sauer ihn mit den Damen des Hauses bekannt machte.

In ihr Schweben kam Bewegung, denn es waren die zahllosen Walzer gewesen, die sie mit Ferdinand Heisinger getanzt hatte, und die eine oder andere Polka, die ihr, einzeln und endlich alle zusammen, zum erstenmal so einen merkwürdigen Rausch zusammengebraut hatten, wie sie ihn jetzt hatte, so einen Schwebe-Rausch, den man für Glück halten mußte, denn was sonst sollte das Glück sein? Freilich hatte sie nach jenem Ball, nach dieser so wahnsinnig schnell verflogenen Nacht auf dem Tanzparkett nicht etwa ihren Leib gespürt wie jetzt, sondern ihre Füße, und sie hatte, endlich ins Bett gefallen, in dem sehr schnell gekommenen Schlaf noch lange weitergetanzt, sich gedreht und diesen Johann Strauß verflucht, der eine so gefährliche Musik zu machen verstand.

Ein paar Monate lang hatte sie von dem feurigen Tänzer der langen Ballnacht so gut wie nichts gehört. Briefe kamen wohl, aber in dieser Beziehung war sie verwöhnt, und Ferdinands Briefe konnten es mit seinen Tanzkünsten ganz offensichtlich nicht aufnehmen. Er schien kaum etwas von dem gelesen zu haben, was sie schätzte, und was er von Wien zu berichten wußte, zeigte ihr, daß er in einer ganz anderen Welt lebte als sie.

Dennoch erfüllte es sie mit einer merkwürdigen Unruhe, als die Eltern nach einiger Geheimnistuerei mit den Sommerplänen herausrückten und gestanden, es läge eine Einladung von Herrn Dr. h. c. Kommerzialrat Heisinger vor: Gleichsam um sich für die liebenswürdige Aufnahme seines Sohnes im Schoße der Familie Sauer zu revanchieren, bot er seine Villa in Gutenstein für die Dauer der Universitätsferien an; sie sei geräumig, ruhig gelegen, der Ort nicht zu heiß, mit viel Wald, vielen Bächen und reich an erholsamen Spaziergängen. Von Ferdinand kein Wort, dazu war der Herr Kommerzialrat viel zu vornehm.

Die Unruhe erreichte ihren Höhepunkt, als die Mama mit Irene einkaufen ging. Das hatte es bis dahin überhaupt nicht gegeben. Natürlich hatte der Papa sein Gehalt, so daß die geringe Zahl der Hörer nicht gerade Armut bedeutete. Aber die Kolleggelder fehlten doch, und es fehlten auch die Erträge der Bücher, die seine Kollegen von der Germanistik oder von der Historie so fleißig schrieben. Und aus dieser sorgsam gehüteten und zweifellos recht unbeträchtlichen Menge von Gulden wurde nun, urplötzlich und ohne ersichtlichen Grund, eine Summe abgezweigt, die zu nichts anderem dienen sollte, als sie, die Irene, für einen einzigen Sommer einzukleiden.

»Mama...?« sagte sie, als die beiden über den Wenzelsplatz schlenderten. »Da ist doch etwas los. Möchtest du mir nicht endlich sagen, *was* los ist?«

»Was soll denn los sein? Was du dir gleich einbildest! Du bist sechzehn, bald siebzehn. Da kann man dich doch nicht mehr herumrennen lassen wie einen Fratzen aus der Altschulgasse! Und dann Gutenstein... da sitzen die Grafen Hoyos, da hat die Fürstin Schwarzenberg eine Villa und der

Baron Seilern, und die Grafen Parr, die sind auch jedes Jahr dort ...«

»Was du nicht alles weißt, Mama!« sagte Irene nachdenklich, und sie beschloß, sich überraschen zu lassen.

Die Überraschung bestand zunächst darin, daß in Gutenstein überhaupt nichts los war. Gewiß, der Ort war reizend, nicht so nah an Wien wie Baden, darum auch nicht so betriebsam. Viel zu still für die Juden, die blieben schon in Vöslau hängen, und Irene war ganz merkwürdig davon berührt, daß sie nun einen Sommer lang unter ganz schlichten, ruhigen Menschen wohnen sollte, die nicht viel redeten, die am Abend ein bisserl Bridge spielten und am Morgen ein wenig Lawn-Tennis. Vor dem Grafenschloß gab man auf einer kleinen Freilichtbühne Raimunds *Barometermacher auf der Zauberinsel*, beileibe keinen Nestroy, und wenn man Lust hatte, viel zu unternehmen, dann mietete man beim Tiefenbacher einen Fiaker und ließ sich nach Naßwald kutschieren, zum Forellenessen.

Und dann, als selbst der Papa schon ein wenig nervös geworden war und aus dem Vorgarten gar nicht mehr weggehen wollte, da war endlich die Equipage vorgefahren, auf die sie alle uneingestanden gewartet hatten, und heraus stieg der Ferdinand Heisinger mit einer jungen Frau, die er als seine Schwester Olga, verehelichte Mannagetta, vorstellte. Das war nun ein Name, den Papa Sauer kannte: ein berühmter Gelehrter aus dem siebzehnten Jahrhundert und, wie er anerkennend hinzusetzte, dennoch ein vermögender Mann. Und wiewohl jene Olga, eine alerte und nicht unhübsche Person, in diese Gelehrtenfamilie nur eingeheiratet hatte, zog Theophil Sauer sie behende fort, in den grünen Dunkelgrund hinter der Villa, wo rote Eisentische standen und man sich zu einem Plauderstündchen im Freien niederlassen konnte. Mama bereitete das Abendessen vor, und

Irene stieg, als müsse es so sein, in die Heisingersche Equipage.

»Wir fahren eine Stunde in die Steinapiesting, zum Abendessen sind wir zurück«, hatte Ferdinand gesagt, und dieses *wir*, das war so selbstverständlich gekommen, daß es Irene durch und durch ging.

Eigentlich war schon von diesem Augenblick alles klar. Es war auch ein Glück, daß dies so war, daß sie keinen anderen im Kopf hatte von Prag her, denn der Ferdinand hätte ihn ihr nicht ausreden können. Der verfügte zwar über das, was man in Wien Konversation nannte, aber in Prag, da liebte man eben die Gespräche. So machten sie also Konversation, solange der Kutscher zuhören konnte – aber es sah nicht so aus, und die Räder machten auch viel zuviel Lärm. Und dann ließ der Ferdinand halten, bei einem großen Holzstoß, einem ganzen Berg von alten, rauhen Balken.

»Fahr'n S' noch ein Stückerl weiter, Rothmann«, sagte er zu dem Kutscher, »Sie kommen dann rechts zu einer Imkerei mit einem herrlichen Honig. Von dem kaufen S' drei Kilo für die Herrschaften Sauer, damit ich ein Mitbringsel hab. Dort können Sie auch gut wenden. Und passen S' auf, daß S' nicht an uns vorbeifahr'n auf dem Rückweg.«

Damit hatten sie zwei Stunden Zeit. Ferdinand lachte stolz über den gelungenen Streich, und Irene lachte mit, auch wenn ihr das alles ein wenig zu glatt ging.

»Sie wissen hier ja sehr gut Bescheid, Herr Heisinger«, sagte sie, und es klang beinahe spitz. »Ich habe ganz den Eindruck, daß Sie hier recht oft Honig besorgen lassen!«

Ferdinand legte ihr den Arm um die Schultern, dann drehte er sie zu sich herum und sah sie lange an.

»Den Rothmann«, sagte er, »den haben wir, seit ich aus der Schule bin. Frag ihn, ich bin der bravste Kerl. Aber ich bin so furchtbar direkt. Wenn ich mich zu etwas entschlossen habe, dann kenn' ich nix.«

»Und weil Sie sich entschlossen haben, sagen Sie jetzt gleich du zu mir?« fragte sie leise.

»Das gehört alles dazu. Oder magst du den Zirkus, den unsere Eltern gemacht haben? Sind wir uns nicht eigentlich seit dem Ball schon einig? Haben wir nicht die ganze Zeit schon aufeinander gewartet? Und ist es so lustig, weiter zu warten, wo wir so weit auseinander sind?«

Er hatte recht. Er hatte ja *so* recht. Und dann sah sie, wie die Zeit schmilzt, wenn man sich auf einmal einig ist und nicht mehr herumreden muß, sondern ganz offen sein und Pläne machen darf. Sie hatten noch kaum etwas geredet, ein paar Minuten nur, so schien es ihr zumindest, da kam die Equipage schon wieder heran, Rothmann hatte den Honig bekommen, und sie stiegen ein.

Von diesem Augenblick an war Irene ganz ruhig, und die Mama fiel von einer Aufregung in die andere.

»Schrecklich«, seufzte sie immer wieder, »diese Geschäftsleute, ein Tempo haben die, da kommt unsereins gar nicht mehr mit.«

Weil der Clan der Heisinger so groß war, wurde die Hochzeit in Wien ausgerichtet, bei Meissl und Schadn natürlich. Das war der offizielle Grund. Insgeheim hatte es natürlich ein ganz kleines, höfliches Herrengespräch gegeben, in dem der Kommerzialrat den Universitätsprofessor ziemlich schnell davon überzeugen konnte, daß angesichts des offenbaren Unterschiedes in der Vermögenslage die alte Sitte, daß der Brautvater die Hochzeitsfeier veranstalte und auf sich nehme, blanker Unsinn sei.

»Sie haben Kosten genug, wenn Sie mit Ihrer Familie und den Verwandten nach Wien kommen und im Hotel logieren. Ich kann Sie nämlich aus optischen Gründen nicht bitten, bei uns zu wohnen – es gibt da nämlich auch so einen alten Aberglauben...«

Auch die Väter waren sich also einig, und so schlüpfte

denn Irene wenige Wochen nach ihrem siebzehnten Geburtstag in das Brautkleid, unter den Schleier.

Sie erinnerte sich: Über den Graben fegte ein heißer Sommerwind, als sie auf die Dorotheergasse zustrebten, in die evangelische Kirche. Die Glut der weißen Häuserwände schien sie zu erdrücken, und der Wind machte alles so unerträglich, es war wie in einem Glutofen, in den einer hineinbläst, um die Flammen noch anzufachen.

»Ferdinand«, sagte sie leise, »ist es noch weit? Ich glaube, ich schaffe es nicht. Daß Wien so heiß sein kann!«

»Gleich sind wir dort«, tröstete er sie, kein bißchen ungeduldig, kein bißchen aufgeregt. »Erinnere dich doch an die Stellprobe. Die Kirche ist klein, aber ganz kühl, ein altes Kloster ...«

Kühl, das mochte sein, aber auch fern. Die Schleier wogten um sie her im Wiener Sommerwind. Die Schleier hoben sie auf wie Segel, und sie schwebte. Wenn der Ferdinand jetzt ihre Hand losließ, dann schwebte sie über die Dächer davon, weit weg, von der Donau an die Moldau zurück. *Volaverunt*. Irgend jemand hatte sie entführt.

Peter Daniel

Am 3. Juli reservierte die Konditorei Gerstner ihr Hinterzimmer ab halb fünf Uhr für die Familie Heisinger.

»Eine Taufe und danach in die Konditorei«, sagte Tante Olga, eben einunddreißig geworden. Aber sie sagte es mädchenhaft schnippisch, so als fühle sie sich immer noch als Backfisch. »Sag, Irene – ist das nicht ein bisserl komisch?«

Es war nicht nur ein bisserl komisch, es war sehr komisch, sofern man sich aus solchen Konventionen überhaupt etwas machte. Und die Heisinger, die schienen sich aus allem etwas zu machen, ja vielleicht die Wiener überhaupt.

»Schau, du weißt doch ganz genau, was los ist«, sagte Irene geduldig und ließ sich von Olga beim Anlegen des Mieders helfen. »Erst hätte es am 8. Juni sein sollen, das wäre so gerade richtig gewesen, fünf Wochen nach der Geburt... aber da hatten die Seebenprugg ihre Taufe beim Meissl und Schadn. Gut, sagte der Ferdinand, verschieben wir um eine Woche. Nehmen wir den fünfzehnten!«

»Und warum ist das nichts geworden?«

»Ich bitt' dich, Olga! Am fünfzehnten, da war doch der Kriegsausbruch!«

»Jessas na! Der Krieg... stimmt. Und wegen dem Krieg, da macht's ihr wohl kein großes Taufessen und so... Muß schon sagen: sehr fein. Wem ist denn das eing'fall'n?«

»Dem Kommerzialrat natürlich. Er hat uns gesagt: Ich will euch die Freude nicht nehmen, und der Krieg ist ohnedies praktisch schon gewonnen. Aber wenn ich dabeisein soll bei eurer Feier, dann müßte man schon aus Takt auf eine echte Festivität verzichten. Man kann nicht Eisenindustrieller sein und im Krieg Feste feiern, das würde übel vermerkt.«

»Der glaubt auch, daß ihm immer die ganze Welt zuschaut, nur weil er der sechste Steuerzahler von Wien ist.«

»Was heißt denn das?« erkundigte sich Irene ganz harmlos; aber sie ahnte die Wahrheit. Sie hatte schon lange den Wunsch, über das mysteriöse Heisinger-Vermögen mehr zu erfahren. Olga jedoch sah sie nur nachdenklich an.

»So ganz genau weiß ich das auch nicht. Ich hab's nur einmal aufgeschnappt, aber wer kennt sich denn schon bei der Steuer aus, vor allem in Wien. So, das Mieder sitzt. Eine Figur hast du! Kunststück, mit achtzehn Jahren. So früh muß man Kinder kriegen... Und ich, wie findest du mich?«

Sie wartete eine Antwort gar nicht erst ab, sondern schob Irene sanft von dem hohen Standspiegel weg und begann an ihrer Bluse herumzuzupfen.

»Ziemlich dekolletiert für die Kirche!« konnte Irene sich nicht enthalten zu sagen.

»Ach, der alte Kappus mag das, das weiß ich sehr genau, da brauch' ich nur an meine Hochzeit zu denken. Und für den Gerstner, da ist das Dekolleté gerade richtig. In einer Konditorei, da sitzen die Damen, und die Herren stehen, und dafür wollen sie natürlich was zu sehen kriegen. Na, mach dir nix draus, das wirst du schon noch lernen.«

Irene schüttelte lächelnd den Kopf.

»*Das* werde ich nie lernen. Und so berühmt ist mein Dekolleté auch nicht; wer weiß, was der Kleine davon übrigläßt.«

»Sag bloß, du hast ihn noch an der Brust!«

»Und ob! Der Medizinalrat hat gesagt: ›In Ihrem Alter, Gnädigste, kann das überhaupt keine Folgen haben. Ein bisserl Schwimmen, ein bisserl Lawn-Tennis, und die Brust wird so schön wie nur je!‹«

Ferdinand steckte den Kopf durch die Tür.

»Die Mizzi hat den Buben fertig. Wie steht's bei dir, Irene, können wir fahren?«

»Wir können!« sagte Irene und tat einen tiefen Atemzug. Es ging, das Mieder saß nicht zu fest, das Kleid selbst war leicht. Und die luftige Olga, die machte ihr erst recht Laune. Ein Glück nur, daß ihr Vater ihr so viel Humor mitgegeben hatte, den brauchte man für Wien und die Wiener. Sie taten sich auf ihre eigene Lustigkeit immer so viel zugute, aber keiner von ihnen ahnte, wieviel Humor sie *konsumierten*, ganz einfach weil man sie nicht ernst nehmen durfte. Es hatte ein Jahr gedauert, bis Irene das erkannte. Nun aber wußte sie es und regte sich nicht mehr auf, nicht über die kleinen Bosheiten aus dem Familienkreis, nicht über die niedlichen Intrigen der Freundinnen, nicht einmal über das Geflirte rund um Ferdinand, von dem er selbst übrigens nichts zu bemerken schien. Und Ferdinand, das war schließlich der, auf den es ankam, zumindest für sie.

Die enge Dorotheergasse konnte die vielen Fiaker nicht fassen, sie mußten anfahren, halten und dann auf dem Josefsplatz wenden. Eigentlich brauchte man sie nicht mehr, denn die paar Schritt zum Gerstner, die ging man natürlich zu Fuß. Aber es gibt in jeder Versammlung ein paar Leute, die nicht ruhig sitzen können, wenn sie nicht wissen, der Kutscher wartet, er steht bereit, er wird im geeigneten Augenblick wieder hiersein.

Die beiden Taufpaten machten ihre Sache sehr gut. Der Papa, aus Prag angereist, trug den Kleinen so behutsam wie eine Anarchistenbombe, die schon tickt, und Schwager Poldi, der Hallodri, sah blendend aus, denn er hatte schon vier Wochen in Velden verbracht und war eigens für die Zeremonie nach Wien zurückgekehrt.

»Das tu ich nur für dich, Irentscherl«, sagte er zärtlich, »die Familie kann mich gern haben. Du darfst nur nicht über den Namen erschrecken, den ich meinem Neffen geben will.«

»Poldi!« schrie sie. »Mach mich nicht unglücklich. Ich hab meinem Vater schon den Theophil ausreden müssen, ich will doch, daß er Peter heißt, nach meinem Lieblings-Romanhelden, dem Peter Simple von Marryat. Was hast denn du in petto?«

»Du weißt doch, was sie mit mir machen? Sie geben mir eine Apanage, die ist ungefähr ein Zehntel von dem, was mein Erbteil in der Firma bringt. Und malen darf ich nur in meiner Mansarde, so daß es keiner merkt – Ausstellungen kommen gar nicht in Frage. Ich fühle mich wie Daniel in der Löwengrube in dieser Familie, und darum...«

Irene lachte erleichtert auf. »Und darum soll mein kleiner Peter als zweiten Namen Daniel erhalten? Einverstanden. Ich habe ganz andere Vorschläge erwartet, wir kennen dich doch!«

»Oder auch nicht!« sagte Leopold Heisinger, sah seiner hübschen Schwägerin ein wenig rätselhaft in die Augen und zündete sich eine der leichten Zigarren an, die er beim Malen rauchte. »Du und ich, glaube ich, wir werden denen einmal etwas aufzulösen geben. Oder ich und dein Peter Daniel.«

Ihr Mann hatte die ganze Geschichte gutmütig schmunzelnd hingenommen. Es war ihm offensichtlich ganz recht, daß sein Erstgeborener keine so feierlichen Namen erhalten sollte, immerhin waren sie alle nach Kaisern genannt worden, und das konnte ja nicht ewig so weitergehen, auch das Erzhaus war schließlich nicht unerschöpflich.

Pfarrer Kappus hatte niemanden enttäuscht. Seine Taufansprache war so laut, daß sie nicht einmal der schon etwas zu alte Täufling zu übertönen vermochte, und beim Schlußgebet wurden, ungeachtet des Krieges und der bevorstehenden Schlachten gegen die Preußen, auch König Wilhelm und sogar sein Kanzler Otto von Bismarck in die Fürbitte eingeschlossen, wobei sich allerdings die uniformierten Anwesenden indigniert räusperten. Bei einem katholischen Taufakt hätte man dergleichen nicht riskiert, da kämpfte der Priester lediglich mit dem Teufel um die Seele des ursündigen Kindes, und der Teufel, der war nun einmal viel weiter weg als die Preußen.

Bei Gerstner herrschte denn auch noch eine gewisse Erregung über diesen Faux pas. Da machte man den Ultramontanen Vorwürfe wegen ihrer Rombindungen, und dann kam mitten in Wien und mitten im Krieg ein Geistlicher daher und betete für die Führung des großen protestantischen Brudervolkes.

Es bedurfte einer halben Stunde, durchweht von köstlichem Kaffeeduft, um die Gemüter zu beruhigen. Olga war in ihrem Element, sie ließ ihre braunen Augen rollen, was Poldi zu der Bemerkung veranlaßte, sie müsse als Kind irgendwann im Stadtpark vertauscht worden sein, niemand aus der Familie habe nämlich so braune Augen und einen so dunklen Teint. Und ihr Gatte, der Doktor Mannagetta aus der stadtbekannten Gelehrtenfamilie, der hatte in Professor Sauer endlich einen geeigneten Gesprächspartner, denn zwischen Medizingeschichte und Byzantinistik gab es doch eine ganze Menge Berührungspunkte.

Reizend war Opa Heisinger, der Kommerzialrat, ja man hatte ihn schon lange nicht so gelöst und lustig gesehen, so daß sich Poldi an Irene heranschob und ihr zuflüsterte:

»Ich glaub', der alte Herr hat Sorgen. So leutselig ist er nur, wenn er etwas überspielt.«

Zum Kommerzialrat selbst aber sagte er: »Was wird

eigentlich aus uns, wenn die Preußen gewinnen?«

»An so was darf man gar nicht denken!« antwortete Opa Heisinger verweisend, aber dann sah er Irenes verschrecktes Gesichtchen und wurde gleich wieder jovial: »Dann müßte ich mich nämlich Kommer*zien*rat nennen, eine scheußliche Mehrzahl, und was aus der Firma wird bei der starken deutschen Konkurrenz, das wäre zumindest sehr ungewiß!«

Die hübsche Zofe Mizzi hatte einen vielbeachteten Auftritt, als sie den kleinen Peter Daniel holte. Er saß im Steckkissen zwischen zwei rundlichen Kusinen, die ihn mit allem fütterten, was es bei Gerstner an Gutem gab, nur Kaffee und Kognak ließen sie glücklicherweise aus. Immerhin aber trugen sie die Schuld an einer lebenslangen Vorliebe dieses jüngsten Heisinger-Sprosses für Leckereien aller Art, vor allem aber solche wienerischer Provenienz. Zum Abschied wurde der Kleine von den mit Schokoladecreme und Schlagobers verschmierten Mäulchen seiner Kusinen noch heftig abgeküßt, dann durfte Mizzi ihn entführen.

Obwohl es an Kaffee, Dessertweinen, feinen Likören und einem hervorragenden Kognak ebensowenig mangelte wie an Torten und Bäckereien aller Art, sank die allgemeine Feststimmung in dem Augenblick in sich zusammen, als der knapp und schwarz umspannte Popo des gelegentlich als Zofe herangezogenen Stubenmädchens durch die Türe verschwunden war. Das hatte mit der Mizzi selbst nur wenig zu tun; Poldi lief sie nicht davon, der würde ihr gewiß noch am gleichen Abend die Ehre erweisen, und die anderen Anwesenden kannten sie ohnedies nur in Kleidern. Nein, es war etwas anderes. Es kam daher, daß der Täufling fehlte, der kleine, gelegentlich krähende Vorwand für eine Festivität, für die – so bescheiden sie angesichts der vermögenden Familie auch war – doch ein Alibi hatte herhalten müssen. Und dieses Alibi rollte jetzt in der Heisingerschen Equipage in die Wohllebengasse.

Was bei Gerstner zurückblieb, war eine verwaiste Runde, die nicht mehr so recht wußte, was sie mit sich anfangen sollte, und daran änderten auch die unter dem Kognakeinfluß immer großzügiger werdenden Dekolletés der Damen nichts mehr.

»Ich weiß nicht«, sagte Olga Mannagetta enttäuscht, »heut' fehlt uns allen die richtige Stimmung. Wir hätten eben doch beim Meissl und Schadn feiern sollen, der Gumpoldskirchner, der macht so schön deppert; der Kognak aber macht die Mannsbilder nur furchtbar g'scheit!«

Die gescheiten Mannsbilder jedoch tranken gar nichts mehr, keinen Kaffee und erst recht keinen Kognak. Sie steckten die Köpfe über einer Extraausgabe zusammen, die Dr. Mannagetta eben einem vorüberlaufenden Zeitungsjungen abgekauft hatte. Da stand, daß seit dem Morgen in Böhmen eine Schlacht im Gange sei; Benedek und Moltke standen einander gegenüber, und es sei noch ungewiß, welche Verbände beider Kontrahenten in die Schlacht noch eingreifen würden.

»Das also war's, Papa«, sagte Irene leise zu ihrem Vater, »das war's, was den Kommerzialrat die ganze Zeit so krampfhaft lustig sein hat lassen ... Der hat was gewußt und hat es nicht sagen wollen. Eine Schlacht in Böhmen ... ich glaub', du bleibst am besten bei uns, bis man weiß, wie alles wird. Einen Zug nach Prag kriegst du jetzt sowieso nicht.«

Professor Sauer lächelte nur über die Sorgen seiner Tochter. »Ich muß fahren. Du weißt, deine Mutter ist nicht gut beisammen, sonst wäre sie ja mitgekommen. Böhmen ist groß; wenn sich da irgendwo alle Truppen zusammenziehen, ist es im übrigen Land nur um so ruhiger. Ich fahre eben nicht direkt nach Prag, sondern über Pardubitz und Königgrätz, dort ist bestimmt tiefster Frieden!«

Der Franz-Josephs-Orden

Als die Kunde von der unglücklichen Schlacht bei Sadowa und Königgrätz sich bestätigte, schickten die besseren Wiener Familien die Frauen und die Kinder aufs Land. Sollte man in Wien warten, bis die Herren Moltke und Bismarck einrückten und ihre Einquartierungen in die Häuser legten wie weiland der Kaiser Napoleon? Dem Hofrat Grillparzer jedenfalls, der den Napoleon noch gekannt hatte, dem fiel zum Jahr 1866 auch nichts Rechtes mehr ein, also setzte man sich am besten ab, irgendwohin in die Berge, wo die Preußen sich nicht bewegen konnten. Und Berge, gottlob, die hatte man ja reichlich.

Irene und Peter Daniel gingen nach Gutenstein, weiter konnte man mit einem Pamperletsch von zwei Monaten ja doch nicht reisen; Olga und ihr Gemahl fuhren nach Kärnten, dort hatten sie wenigstens den Poldi, mit dem gab's immer was zu lachen und auf den war der Doktor Mannagetta wenigstens nicht eifersüchtig. Er traute seiner Olga zwar allerlei zu, aber Blutschande mit dem Bruder denn doch nicht.

Die Herren Heisinger hielten im heißen Wien aus, bis der Vorfriede von Nikolsburg am 26. Juli die Lage entspannte. Am 27. bat der Kommerzialrat seine Söhne zu sich in die Prinz-Eugen-Straße zu einem vertraulichen Gespräch, bevor sie ihrerseits in die Sommerfrische fuhren.

Franz und Ferdinand trafen gleichzeitig ein, Franz zu Fuß aus der Wohllebengasse, Ferdinand von der Möbelfabrik am Wienerberg, wo er zur Zeit, da Irene in Gutenstein weilte, den ganzen Tag zubrachte. Er hatte ihr Anni, die Köchin, mitgegeben, und mit der anlassigen Mizzi allein in der Wohnung zu sein, das behagte ihm nicht so recht. Ob jetzt etwas passierte oder nicht, die Rothmanns würden sich auf jeden Fall den Mund zerreissen.

Nebeneinander gingen sie die breiten Treppen hinauf. So oft, fiel Ferdinand ein, waren sie noch gar nicht hier gewesen, er zumindest. Franz arbeitete als Prokurist im väterlichen Unternehmen, bei dem war es anders. Und *sein* Vaterhaus war das Palais ja nicht. Als er geboren wurde, im Jahr 1836, hatte der schöne und imposante Bau noch einem Fürsten Auersperg gehört. So änderten sich die Zeiten.

Während der Begrüßung studierte er Vater und Bruder. Natürlich hatte er den Papa vor gar nicht langer Zeit gesehen, seit der Taufe schon ein- oder zweimal. Aber nun waren sie allein, waren sie zu dritt, die drei Herren Heisinger, denn Poldi, der zählte nicht, der setzte sogar noch etwas drein, nicht mitzuzählen. Sebastian, der Alte, und Franz hatten den gleichen Kopf, schmal, mit großen Flächen an den Schläfen, im Hinterkopf weit ausladend. Er und Poldi waren anders, sie hatten die breite Stirn der Mutter, die ein gesundes und aufgewecktes Kind vom Land gewesen war und außer einem wohlabgerundeten Besitz bei Sternberg auch noch ihr frisches Blut in die allzu lange Ahnenreihe dieser Patrizier von der Wieden einbrachte.

»Du denkst offensichtlich an Irene«, sagte in diesem Augenblick der Kommerzialrat. Der Unterton des leichten Verweises war kaum zu hören, und doch zuckte Ferdinand zusammen. »Entschuldbar, ein junger Vater, ein junger Ehemann... Komm, setzt euch... wollt ihr etwas trinken?«

Als der Diener gegangen war, kam Sebastian Heisinger sehr schnell zur Sache.

»So unglücklich der Feldzug war«, sagte er, »so haben sich unsere Installationen an der Nordbahn und unsere Lieferungen für die Ausrüstung der Armee doch sehr bewährt. Es wird, schon um wieder eine gewisse Zuversicht in den Wirtschaftskreisen einkehren zu lassen, eine kleine Welle von Ordensverleihungen und von Adelserhebungen geben, und die Hofkanzlei hat bei mir unter der Hand angefragt, ob ich den *Edlen von* vorziehen würde oder den Franz-Josephs-Orden.«

»Du hast doch hoffentlich...«, rief Franz, aber der Kommerzialrat brachte ihn durch eine abwehrende Handbewegung gleich wieder zum Schweigen.

»Du tust wieder einmal, als würden wir uns erst seit gestern kennen«, sagte er ungehalten. »Natürlich habe ich den sogenannten Adel abgelehnt. Wir sind seit zweihundert Jahren Geschäftsleute in Wien, und das bleiben wir. Sich adeln zu lassen, das ist etwas für die Wertheimer oder Königswarter, die haben's nötig, jedenfalls nötiger als wir. Die Ordensverleihung findet am 18. August statt, Kaisers Geburstag, da sind ja alle wieder in Wien. Aber davon wollt' ich eigentlich gar nicht soviel erzählen... Bei den vertraulichen Gesprächen über diese Frage habe ich vom Hofrat X., Name tut nichts zur Sache, einen Zundt gekriegt, und der ist wichtig.«

»Verzeih, Papa, *was* hast du gekriegt?«

»Du bist zu fein, mein Sohn«, sagte der Kommerzialrat lächelnd zu Franz. »Ein Zundt ist ein vertraulicher Hinweis, eine Vorankündigung, von der keiner etwas wissen darf. Nach der Niederlage von Königgrätz und den Bestimmungen des Vorfriedens ist es so gut wie sicher, daß sich die österreichische Politik zunächst nach innen orientieren wird. Deutschland ist uns *eo ipso* versperrt, da schaltet jetzt der Herr von Bismarck, in Italien haben unsere Siege uns nichts geholfen, bleiben also die ungarischen Probleme, bleibt die Neugestaltung der Monarchie selbst, um sie zu festigen und für kommende Auseinandersetzungen zu stärken. Es ist damit zu rechnen, daß zumindest Ungarn eine theoretisch gleichberechtigte Position mit den Deutschen erhält, innerhalb des Völkerverbandes. Und ihr kennt die Ungarn. Wir haben in Ungarn und in den dann von Ungarn abhängigen Kronländern dreizehnhundert Kunden sitzen. Was folgt daraus, Franz?«

»Wir müssen ein ungarisches Unternehmen kaufen und uns eingliedern.«

»Richtig, aber vielleicht nicht ausreichend. Möglicherweise verlangen die Ungarn, daß faktisch auf ungarischem Boden produziert, eine ungarische Arbeiterschaft beschäftigt wird. Wir müssen uns um geeignete Objekte oder um ein Gelände östlich der Leitha umschaun, und du bist doch sicher einverstanden, Franz, wenn ich den Ferdinand einlade, sich an der Suche und gegebenenfalls am Erwerb solch eines Grundstücks zu beteiligen. Was für die Eisenwaren gilt, wird auch für die Möbel gelten, und wenn wir zwei sind, wird alles billiger, der Bahnanschluß, die Arbeitersiedlungen, ja vielleicht können wir sogar eine gemeinsame Wasserkraft erwerben.«

»Das heißt, ich soll meine Ferien schwimmen lassen und mit dem Franz durch Westungarn fahren, bei der Hitz'?« erkundigte sich Ferdinand unlustig.

»Aber nein! Du fahrst zur Irene, und der Franz, der eh niemanden hat, der sucht uns ein schönes Fabriksgelände.... oder hast du jemanden?«

Ferdinand blickte noch eben rechtzeitig auf, um den Funken Neugier im Aug' des alten Herrn wahrzunehmen. Bei aller Diskretion gegenüber dem untadeligen Ältesten wollte er offenbar doch wissen, wie Franz eigentlich lebte.

Franz, zweiunddreißig, aber wie vierzig aussehend,

schlank, starr, groß und streng, war zum erstenmal sprachlos.

»Ich bitt' dich, Papa...«, brachte er dann endlich heraus, »muß das sein? Erst der Orden und dann der Frieden und die Fabrik in Ungarn und jetzt noch diese Frage. Ihr wißt's doch eh Bescheid, und pflanzen lass' ich mich nicht!«

Man lachte zu dritt. Der Diener kam so schnell, daß Ferdinand sicher war, er habe hinter der Tür gelauscht. Der Kommerzialrat bestellte belegte Brote und einen leichten Kremser; es war zu spät geworden, um noch irgendwohin zu gehen, und mit Lokalen sah es rund ums Belvedere ohnedies schlecht aus.

»Der Ferdinand war der Gescheiteste von uns allen«, sagte der Kommerzialrat und hob sein Glas, »trinken wir auf meinen ersten und ältesten Enkel, auf den Peter Daniel.«

»Damit willst du offenbar andeuten, Papa, daß auch du mit deiner Situation nicht ganz zufrieden bist?« fragte Franz.

»Aha, die Gegenoffensive... ja mein Gott, da wir unter uns sind. Eure gute Mutter ist nun vier Jahre tot. Natürlich könnte man heiraten, aber das ist in meiner Lage nicht ganz so einfach. Ich habe verständlicherweise keine Lust, eine alte Reiche zu heiraten; jede andere Lösung aber nimmt euch ein paar Millionen Gulden weg. Da ist die kleine Kutschera vom Carltheater eine vergleichsweise billige Lösung.«

»Na, siehst du, Papa, und genau so eine Lösung und sogar noch billiger als die deine, die habe auch ich gefunden«, sagte Franz und lehnte sich mit Siegermiene im Sessel zurück.

»Wie... auch beim Theater?«

»Aber geh! Dafür bin ich doch viel zu jung... Nein, da gibt's eine Tabak-Trafik vorn, bei der Paulanerkirche, warst du da einmal drin?«

»Wozu, ich rauch' doch gar nicht. Außerdem liegt die mir aus der Hand, ich könnt' ja höchstens Spielkarten kaufen, und die krieg' ich in der Stadt in größerer Auswahl.«

»Also jedenfalls, ich geh' da schon lange hin, ich hol' mir meine Zeitungen, und auf einmal ist da eine junge Person. Die Fini-Tante sei in die Versorgung gekommen nach Lainz, und sie führe jetzt die Trafik. Ein reizendes Mädel, lebhaft, lustig...«

»Nur ein bisserl dick!« warf Ferdinand ein.

»Du kennst sie?« Franz war ehrlich überrascht.

»Du hast doch vorhin selbst nicht auspacken wollen, weil wir angeblich Bescheid wissen! Natürlich wußten wir im Prinzip, was los ist. Wär ja auch gelacht, bei soviel Geld und in jungen Jahren, wo du dir in der Fabrik nix anfangen darfst wegen dem Papa...«

»Oh, bitte« – der Kommerzialrat hob mahnend die Hand – , »nicht meinetwegen. Ganz einfach wegen dem G'hörtsich und dann aus purer Vernunft. Man sieht doch, daß es überall einfacher und weniger gefährlich ist als im eigenen Betrieb!«

»Ja, und da hab ich«, fuhr der Ferdinand fort, »da hab ich dem Rothmann einen Gulden gerieben und ihn gefragt, wen er denn zweimal in der Woche nach Hause fährt. Erst hat er nicht recht mit der Sprache heraus wollen, bis ich ihm versichert habe, es sei ja keine Sünde, du seist ja ledig und erwachsen, Franz. Na, und dann mußte ich nur noch einmal die *Wiener Zeitung* bei der Paulanerkirche kaufen, und ich wußte alles.«

»Großartig, der eigene Bruder spioniert einem nach!« Franz war aufgesprungen und rannte in dem kleinen Salon hin und her, sein Vater und Ferdinand aber tauschten amüsierte Blicke.

»Das alles«, setzte Franz schließlich an, »ist grob ungerecht. Daß ich mit zweiunddreißig nicht wie ein Mönch leben kann, ist doch klar, und was das Heiraten angeht, so habe ich ganz ähnliche Schwierigkeiten wie der Papa. Heirat' ich eine Aristokratin, so schaut mich die Familie meiner

Frau mein Leben lang über die Schulter an, und heirat' ich nach meinem Vermögen, also eine Jüdin, so kann *ich* die Familie meiner Frau nicht anschaun. Und bei einem kleinen Mädel, wie soll ich da wissen, wen die meint mit ihrem Ja – unsere Fabriken oder mich?«

»Woraus man wiederum sieht, daß es der Ferdinand am besten getroffen hat. Anständige Familie, beste Herkunft, so ein Universitätsprofessor steht im Rang doch beinahe auf einer Stufe mit den Ministern, das sind Leute, die wegen eines Vermögensvorteils niemals ihre Tochter geopfert hätten... Auch die Olga war nicht dumm, der erste berühmte Mannagetta war schließlich ein Polyhistor und Leibarzt unter drei Kaisern, das soll ihm beim Franz Joseph einmal einer nachmachen... Na ja, lassen wir das. Also eine Tabakmamsell, lustig, lebhaft und erfreulich gerundet. Sag ihr, daß wir sie morgen abend abholen; ich nehm' die Kutschera mit, den Ferdinand lassen wir zu Weib und Kind nach Gutenstein fahren, und wir feiern zu viert in Thallern draußen meinen Orden, *d'accord?«*

»In Thallern? Da trifft sich doch *tout Vienne!«* flüsterte Franz völlig perplex. Er kannte seinen alten Herrn nicht wieder.

»Na, eben drum. Es ist durchaus angezeigt, die Köpfe nicht hängen zu lassen. Holstein ist futsch, aber ich frage euch: Wozu brauchen wir es, wozu haben wir's gebraucht, als Kolonie vielleicht? Venezien geht baden, das ist schon schlimmer. Da wird's in Grado bald wieder Wanzen geben, und man wird sich ein anderes Seebad suchen müssen. Leid tut mir nur der Benedek... Die haben schon gewußt, warum da oben kein Erzherzog kommandiert hat, nicht einmal ein Fürscht. Der dritte Stand muß es wieder einmal ausbaden, und genau darum werden wir's ihnen in Thallern zeigen, mit den schönsten Equipagen und den schönsten Weibern.«

Im Quartett

Thallern war leicht erreichbar: mit der Südbahn bis Guntramsdorf, und dort standen schon die Stellwagen für das Volk und die Fiaker für die Herrschaften. Lästig war nur, daß man um Mitternacht aufhören mußte, um den letzten Zug zurück nach Wien zu bekommen. Da warteten dann die beiden Equipagen.

Heisinger senior war merklich aufgekratzt, entweder weil der neue Orden bevorstand, oder aber weil ein neues Weibsbild in seinen Gesichtskreis trat: die Karoline aus der Trafik, zärtlich auch Linerl genannt, eine typisch wienerische Schönheit vom Grund, mit unendlich sanften Augen und Rundungen, wo immer man welche haben konnte.

Die Kutschera wiederum war befriedigt, es nicht mit einer Kollegin von den Wiener Bühnen zu tun zu haben; einen ganzen Abend lang anzugeben und jedes Wort zu überlegen, das wär' ihr zu anstrengend gewesen. Mit den zwei Herren war es etwas anderes: Männer hatten ihr nie Kopfzerbrechen bereitet.

Man kam einander schon im Zug näher. Der Kommerzialrat entschuldigte sich: Die Zeit habe nicht mehr gereicht, einen Sonderzug zu bestellen.

»Ich weiß, das tust du gern, Papa«, sagte Franz maliziös, »das letztemal, wie du mit einem ganzen Corps de Ballet auf den Kahlenberg 'naufg'fahren bist, da hat Wien drei Tag' lang von nix anderem geredet!«

»Man tut, was man kann«, gab Sebastian Heisinger zu, tätschelte das Kutschera-Händchen, hatte aber nur für Linerl Augen, die ihm gegenüber saß, »immerhin, das Abteil hab' ich doch reservieren lassen können, wir sind unter uns...!«

»Erst in Thallern, da müssen wir dann aufpassen«, gab Franz zu bedenken, aber der Kommerzialrat war an diesem Abend nicht zu schlagen.

»Ich paß nie auf. Wann die merken, der Heisinger paßt auf, ist vorsichtig, trinkt nix mehr und schleppt keine Wei... pardon: keine Damen mehr herum, dann heißt's doch gleich, ich bin krank und muß unters Messer – und dann schau dir die Börse an!«

Die Soubrette maulte: Vom Geschäft wolle sie an diesem Abend nichts hören. Die Trafikantin aber hing an den Lippen des alten Herrn. Das war ein richtiger Grandseigneur. So sahen sie also aus, so würde der Franzl auch einmal ausschauen, vielleicht in dreißig Jahren...!

Das alte Klostergut am Fuße der Weinberge hatte einen ungeahnten Aufschwung genommen, seit die Eisenbahn die Fahrt um Stunden verkürzte; die umständlichen Nächtigungen in den kleinen Weinorten fielen weg, man sparte zwei Arbeitstage, das heißt, man konnte nun auch unter der Woche kommen. Im Sommer taten das die Wiener besonders gern, es war ja doch eine Art Landpartie, was man von einer simplen Heurigenfahrt ins Kahlenberger Dorf nicht mehr behaupten konnte, reichten die Häuser doch inzwischen weit über den Linienwall hinaus. Hier, in Thallern, wehte Landluft. Vom Kloster war im Schein der Windlichter nur so viel zu sehen, wie man wollte, ein paar gelbe Mauern, eine im Nachthimmel verschwimmende Kirchturmzwiebel. An langen Tischen, die sich in die Hecken hineinschoben, saßen gemischt und gemütlich kleine Leute und Herrschaften, ein Durcheinander, das für die Wiener besonders erregend war. An manchem spielfreien Abend konnte man hier die Gallmeyer aus der Nähe bewundern oder die Marie Geistinger, und noch aufregender war es, wenn die schönen, verspielten, verträumten Komtesserln oder Prinzessinnen mit einemmal in solch einer Tischrunde auftauchten. Denn die, die waren ganz anders, die waren nicht vom wienerischen Fleisch und Blut wie die Schauspielerinnen oder wie die hübschen Freundinnen der reichen Industriellen. Das waren Geschöpfe aus einer anderen Welt, in denen das ferne Spanien aufging oder das weite Polen, in deren Augen die Erinnerung an die Paläste und Villen der Toskana zu lesen war oder auch das Feuer des ungarischen Glutsommers. Da blieb denn manchem das Maul so weit offen, daß die Gattin ihm einen tüchtigen Renner geben mußte, mit dem wohlgemeinten Rat, wieder auf die Erde zurückzukehren und seinen Neuburger auszutrinken, man müsse heim nach Ottakring.

Während man auf die Brathühner wartete, hatte Franz sich behutsam umgesehen.

»Ein ganz schöner Auftrieb«, raunte er seinem Vater zu, »hinter uns ein ganzer Tisch Lobmeyr, daneben Reithofer und Thonet... da muß ich dann einen Sprung hinübergehen, weil ihnen der Ferdinand doch jetzt so scharfe Konkurrenz macht... und rechts und links von uns die feineren Gewerbe: Artaria und Bösendorfer.«

»Ein Glück, daß die Juden net saufen, sonst hätten wir an so einem schönen Abend auch noch die Rothschild und die Pereira da g'habt!« murrte Sebastian, und dann kamen die Hühner.

»Da weiß man wenigstens, was man hat«, sagte die Kutschera anerkennend, »ihr könnt's euch nicht vorstellen, was die in Hamburg unter Brathendln verstehn. Das sind winzigkleine Gockerln, mager und zusammengedörrt, wir war'n zu einem Gastspiel oben, du weißt es eh, Bastian, schauerlich!«

»Ich glaub' nur, die Hamburger werden an eurem Nestroy nicht viel mehr Freud' g'habt haben als ihr an den Hamburger Hendln«, sagte der Franz. Der Wein tat ihm gut, Linerl tat ihm gut. Die großen Familien an den anderen Tischen begannen ihm gleichgültig zu werden. Wenn man beim Wein nicht mehr so sein durfte, wie man wollte, dann hörte sich ja das Wiener Leben überhaupt auf.

Linerl registrierte dankbar, daß der untadelige Juniorchef Anwandlungen von schlichter Menschlichkeit hatte. Sie drückte ihren warmen Schenkel gegen seine knochige Figur, sie lehnte ihren Kopf an seine Schulter, sie sang ein wenig mit, wenn die Musik an den Tisch kam, und sogar die Soubrette gegenüber bekam einen freundlichen Kuhaugenblick nach dem andern, bis sie endlich sagte:

»Du, Bastian, der Franzl, der hat gar keinen so schlechten Geschmack. Wenn man die Linerl ein bisserl ausziehn tät, die tät auf dem Theater Furore machen.«

Das war eine sehr gefährliche Bemerkung, denn wenn man einer Wienerin vom Theater spricht, dann fallen die Hemmungen auf der ganzen Linie.

»Jetzt hast es g'hört, Franz«, sagte Linerl leichenblaß. »Endlich hat's einmal eine g'sagt: Es fehlt nur am G'wand. Wär ja alles da.« Sie stand auf, drehte sich und fingerte an der Bluse herum, so daß Franz Heisinger sie entsetzt auf die Holzbank niederzog. »Ich darf immer nur in die Wohllebengass'n, nie ins Theater, nie in eine Gesellschaft, und zum Anziehn kaufst mir auch nix!«

Franz saß auf Kohlen, nicht nur wegen der Bekannten ringsum, sondern vor allem seines Vaters wegen, der Linerl selbst zwar nie ansprach – das hatte er gar nicht nötig –, aber allein durch die prächtig herausgeputzte Soubrette an seiner Seite und durch das Air des großen Geldmannes wie ein

Magnet auf die kleine Trafikantin wirkte. Wie ein ganzer Magnetberg. Und der Augenblick war vorauszusehen, wo das Schiff Linerl, das ohnedies schon Schlagseite hatte, an diesem Magnetberg zerschellen würde.

In dieser Lage war es auch kein sonderlicher Trost, daß dafür die Kutschera dem Franz Augen machte. Die konnte er sich ja doch nicht leisten, nicht, solange er nur Prokurist war und ein Gehalt bezog. Außerdem, was sollte das alles? Er dachte eben vernünftig. Er wollte Linerls Bruder hinauszahlen, das kostete zwölfhundert Gulden, dann hatte sie, sobald die Fini-Tante starb, die Trafik allein und war versorgt für alle Zeiten. Dann konnte sie sich sogar eine Hilfskraft leisten, war die Gnädige und mußte nur die noblen Nachmittagskunden bedienen. War das nichts? War das nicht gescheiter als die bunten Fetzen, die eh nur einen Winter modern blieben?

Nach dem vierten Liter Neuburger brachen sie auf. Zu den Poularden konnte man zwar eine ganze Menge trinken, denn sie waren eine exzellente Grundlage, aber man wollte so feinen Leuten wie dem Herrn Bösendorfer doch nicht das Schauspiel einer davontorkelnden Partie bieten.

Erst im Zug ging Sebastian Heisinger richtig aus sich heraus.

»So, Franz«, sagte er, »das ist ein Eisenbahncoupé. Selbst wenn wir die Vorhänge zumachen, kann nicht viel passieren. Der Trottel von Schaffner kommt ja doch sechsmal nachschauen... Also leihst mir jetzt die Linerl bis zum Südbahnhof oder nicht?«

Das war ganz typisch, so war er immer. Darauf hatte er sich den ganzen Abend gefreut, ja vermutlich schon seit gestern. Eine schwache Hoffnung gab es noch.

»Da mußt du schon die Linerl selber fragen!« brummte Franz und zwickte sie mahnend in den rundesten Teil ihres Körpers. Aber hatte sie diese heimliche Geste nun als Aufforderung verstanden, oder war ihr in diesem Augenblick der Franzl gleichgültig, sie erhob sich mit kokettem Hüftschwung und setzte sich neben den Kommerzialrat, während die Soubrette mit betonter Begeisterung neben Franz Platz nahm.

»Na, wart!« sagte Franz leise, zu leise. Er war sich klar, daß er selbst nicht wollte, daß es jemand höre. Es paßte nicht zu ihm, und sein Vater hätte es ihm am wenigsten geglaubt. Und dann schaltete er selbst die Notbeleuchtung ein und widmete sich der Kutschera, die nach allem roch, nur nicht nach Mensch, und bei der man, wo immer man hingriff, nur Seide, Fischbein, Gummibänder und Schleiferln zu fassen bekam, als gebe es das Weib darunter nicht mehr.

Als der Zug Meidling passierte und sie sich zum Aussteigen fertig machen mußten, hatte nicht nur die Linerl einen hochroten Kopf und glänzende Augen, auch der Kommerzialrat war mächtig in Fahrt, und es war zu erkennen, daß der Abend für ihn noch lange nicht zu Ende war.

»Wenn wir jetzt ankommen«, dekretierte der Kommerzialrat, »nehmen wir alle vier den Rothmann, der Weg ist ja praktisch der gleiche. Der setzt uns zwei eben vorher ab. Meinen Kutscher schick ich nämlich los, der muß mir noch zwei Madln aufreißen.«

»Kann er denn das?« erkundigte sich Franz verwundert.

»Der kennt doch die Adressen, ein Kunststück ist das wirklich nicht. *D'accord?*«

Also noch ein halbes Stündchen Quartett. Dann aber war das Palais da. Das Entrée war beleuchtet, der Diener stand unter der Tür, wie es sich gehörte.

»Siehst, Linerl, so vornehm geht's bei uns nicht zu«, sagte Franz zärtlich, als sie in den großen Hof in der Wohllebengasse einbogen, »dafür kriegst du heute eine Abreibung, und zwar eine ganz gehörige. Am liebsten tät ich den Rothmann mit hinauf nehmen!«

»Tu's doch«, flüsterte sie und kuschelte sich an Franz, »nimm ihn mit, er soll mich mit der Roßpeitsch'n haun, so wie er is, in die Stiefel, mit dem Geruch von die Rösser ... und ich ganz nackert, traust dich?«

Franz überlegte einen Augenblick, dann traute er sich. Der Kutscher bekam einen Schnaps und fünf Gulden, und Linerl schrie, daß es eine Freud' war. Die Fenster waren zu, der Poldi in Kärnten, Irene und Ferdinand in Gutenstein. Es gab nichts in dem alten Bürgerhaus als die opulente Nacktheit seiner Geliebten, den Kutscher, der mit leicht glasigen Augen auf ihren Hintern eindrosch, weil er während des Wartens am Südbahnhof ganz schön gebechert hatte, und drum herum das feine, zarte Rotbraun der Kirschholzmöbel, die noch Mama angeschafft hatte.

»Das reicht, Rothmann, und macht's morgen früh keinen Lärm im Hof, wenn ich bitten darf!«

Der Kutscher ging, Franz hörte seine schweren Stiefeltritte auf der Treppe. Jetzt würde er seine Frau aufwecken, die dünne Gusti, und sie würde dankbar das unerwartete Vergnügen hinnehmen, auch wenn es ihr den Schlaf verkürzte. Auf ihn, den Franz Heisinger, aber wartete, schuldbewußt und schuldbesessen, die Karoline Engelhart, genannt Linerl.

Die Bahnfahrt, die Kutschenfahrt und das erhitzende Schauspiel hatten hingereicht, den Neuburger zu vertreiben; Franz war wieder nüchtern, und er genoß es, nicht besoffen zu sein wie dieser Kutscher, sondern sich ganz bewußt über Linerl hermachen zu können. Und erst als er wieder Lust hatte, als er neben ihr lag und zur Decke starrte, sagte er:

»Du weißt ja, wofür du bestraft worden bist?«

»Sicher. Ich hab dem Kommerzialrat zu gut g'falln, und weil man seinen Vater nicht schlagen darf, muß die Freundin dran glauben.«

»Du hast es ja selber gewollt!«

»Ich wollte, daß du wieder gut wirst. Und ich war grad' so in der Stimmung. Hat's dir was g'macht?«

Franz überlegte. Hatte es ihm etwas ausgemacht, daß der Kutscher seine Freundin zu sehen bekam, und wie? Wohl nicht. Einen Augenblick lang war es wie ein Rausch gewesen, hatte er es nicht für möglich gehalten. Es war ein Schock, den er sich allein gewiß nicht zugemutet hätte. Jetzt aber, nachher, sah er eigentlich nur, daß sein Leben immer viel zu vernünftig gewesen war und viel zuviel Ebenen hatte. Ja, Ebenen, oder wie sonst sollte man es nennen? Wußte er, was Ferdinand und Irene miteinander trieben? Von Poldi und dem Stubenmädchen ganz zu schweigen. Aber natürlich war das kein Weg, einem Leben Inhalt zu geben, auf den Braten kam es an, nicht auf das Gewürz.

»Ich hab' mir was überlegt, Linerl«, sagte Franz, statt ihr zu antworten. »Ich werde deinen Bruder auszahlen. Dann besuchen wir gemeinsam die Fini-Tant in Lainz mit einem großen Blumenstrauß, einer Schachtel Pralinés vom Gerstner und einem feinen Kaiserbirnlikör. Und im Wagen lassen wir den Notar warten. Sie soll dir die Trafik überschreiben, deine Urlaubsvertretung wird benachrichtigt, und du kommst mit mir...«

»In die Sommerfrische?« schrie Linerl ungläubig.

»So ungefähr. Eine kleine Reise zwischen Neusiedler See und Rosaliengebirge, immer schön elegant, auf Geschäftsunkosten. Magst?«

Sie sagte nichts, aber sie begann sofort zärtlich an ihm herumzutoben und dann auf ihm, weil sie auf dem malträtierten Hintern noch nicht liegen konnte.

Erst als sie beide überhaupt keine Luft mehr hatten und Franz röchelnd in den Schlaf hinüberglitt, sagte sie: »Aber ein bisserl Reisegarderobe... die darf ich mir schon kaufen, nicht wahr?«

Sebastian selbdritt

Nach einer Weile stellte sich heraus, daß die hohen roten Flügel des Erzengels Gabriel die Vorhänge waren. Die Sonne lag voll auf ihnen, stand also hoch über dem Belvedere. Mittag, Sommermittag, vielleicht auch erst elf Uhr dreißig. Im Mezzanin, dort, wo C. R. Heisinger & Söhne die Geschäftsräume hatten, arbeitete man schon seit drei Stunden. Die Postkonferenz war ohne ihn, ohne Sebastian Heisinger, vorübergegangen, und nur die Frau Sedlmayer hatte vertraulich beim Dworschak angefragt, wann denn etwa mit dem Erscheinen des Herrn Kommerzialrats zu rechnen sei, und ob überhaupt.

Das war alles ganz prächtig. Bei Fürstens hatte man noch solide gebaut, nicht so wie in der Gründerzeit. Er ruhte in der Beletage im tiefsten Frieden, und unter ihm schufteten – würde die *Arbeiterzeitung* schreiben –, unter ihm schufteten seine Angestellten schon seit dem Morgen, um sein Vermögen zu mehren. Vielleicht hatten sie es auch schon vermindert: Die Börsenorder war schon hinausgegangen, er hatte gesagt, wenn er nicht bis elf Uhr... Ein Sprachrohr müßte man haben, irgendein verrückter Marquis hatte sich eines konstruieren lassen, so schwer konnte das ja nicht sein von einem Stockwerk ins andere. Dann drang seine Stimme hinunter ins Büro wie Gottes Stimme im *Faust*, und wer weiß, was man beim Aufbohren dieser uralten Estriche alles fand, eingemauerte Schätze vielleicht oder auch nur das Skelett eines entdeckten Liebhabers.

Brrr, ihn fröstelte. Skelette mochte er nicht, wenn auch sein Schwiegersohn, der Leibarzt-Nachkomme Mannagetta, ihm immer versicherte, so schlank, wie er sei, könne er uralt werden. Wurde er tatsächlich uralt, Sebastian Heisinger lachte lautlos vor sich hin, dann mußte der Franz noch jahrzehntelang unverheiratet bleiben. Denn das war klar: Wenn sein Ältester ein junges Weibchen anbrachte, so würde er als der Vater alles nur Erdenkliche versuchen, es ihm auszuspannen. Beim Ferdinand und der Irene, da war das ganz anders, das war der zweite, der war schon aus dem Spiel mit seiner Möbelfabrik, den konnte man unbesorgt fördern. Und überhaupt die Irene, mit der konnte man solche Sachen gar nicht machen, die war keine Wienerin, die würde das ernst nehmen und in die Donau gehen oder vom Stefansturm springen.

Trotzdem, man sollte vielleicht doch den Sommer in Gutenstein verbringen. Die Mansardenwohnung in der Villa, das eine große Zimmer mit einer kleinen Küche und einer hübschen Schlafkammer, die war ja stets für ihn frei, das hatte er sich ausbedungen. Vierzehn Tage mit dieser hübschen jungen Frau... und mit dem Enkerl. Es war zu früh. Mit dem Kleinen konnte man ja noch gar nicht reden. Vielleicht in drei Jahren, da sind sie am nettesten. Bis dahin war es sicherlich unterhaltsamer in Ostende und auch nicht so heiß, und in den belgischen Hotels, da ging es so angenehm zwanglos zu, da mußte man die Kokotten nicht mitbringen wie ins *Normandy* von Deauville. Nur die Fahrerei war blöd, wegen dem Krieg, man müßte über die Schweiz fahren, und da könnte man natürlich gleich in der Schweiz bleiben. Verrücktes Jahr, der Benedek hatte alles durcheinandergebracht. Kein Mensch hatte angenommen, daß der sich so schnell schlagen lassen würde, niemand hatte Zimmer reserviert, außer höchstens in Ischl oder in Bad Aussee oder in Gmunden, und jetzt saß er da und wußte nicht, wohin.

Irgendwo hinter ihm baumelte die Klingelschnur. Der Ton war ein wenig zu grell an diesem Morgen, na ja, es war ein bisserl zuviel Neuburger für seine Jahre. Dann kam der Dworschak. In einem Haus, in dem man auf nobel tat, da hätte er Johann geheißen oder sonst irgendwie mit einem schablonenhaften Vornamen. Bei ihm, dem Kommerzialrat Heisinger, war und blieb er der Dworschak, der beim Gießen einen Spritzer ins Auge bekommen hatte und seitdem nur noch auf dem andern Auge sehen konnte. Seine Schuld, es gab ja Schutzschirme, keine Verpflichtung für den Arbeitgeber, irgend etwas zu bezahlen. Aber vor die Tür setzen wollte er ihn auch nicht; also kam der Gießereiarbeiter Dworschak als Hausdiener und Vertrauter ins Palais, wofür er bestens geeignet war, weil es in seinem Fall vollkommen genügte, wenn er ein Auge zudrückte.

»Wie geht's den Weinleichen, den diversen?« wollte Heisinger wissen.

»Geht ihnen wunderbar, Herr Kommerzialrat. Das Fräulein von Kutschera is schon lang weg, hat Probe im Theater. War sehr ärgerlich wegen blaue Flecke, können s' kein Trikot nicht anziehen, haben s' gesagt.«

»Blödsinn. Es gibt doch auch dicke Trikots. Aber da sind die Damen natürlich zu eitel; wehe, man würde einmal zu wenig von ihr sehen! Und die anderen?«

»Andere zwei junge Damen, bittschön, Herr Kommerzialrat, sitzen in große Badewanne und frühstücken ... hab' s' grad' eben hineingebracht!«

Heisinger lachte. »Siehst du, was dir hier alles geboten wird. Bei mir siehst du mit einem Aug noch mehr als in allen Jahren vorher mit beiden Augen.«

»Bittschön, Herr Kommerzialrat, Damen haben gesagt,

soll ich Herrn Kommerzialrat auch Frühstück im Bad servieren!«

Sebastian reckte sich in seinem großen Bett, das so schön leer war und das ihm ganz allein gehörte.

»Ich weiß nicht, ob mir danach ist, Dworschak. Du kannst mir auf jeden Fall das Gästebad heizen, inzwischen schmeiß' ich die zwei hinaus. Frühstücken werde ich im Büro, die Sedlmayer soll einen Kaffee aufstellen, schließlich haben wir einen ganz hundsgemeinen Wochentag und einen heißen auch noch!«

Er schnaufte und stand auf. Es knackste in verschiedenen Gliedern, aber es schmerzte nirgends. Der Kopf war um eine Idee zu leicht, wenn man so aufrecht stand, und viel Luft hatte man in Wien um diese Jahreszeit ohnedies nicht. Urlaub wäre schon gut, und große Entscheidungen konnte man jetzt sowieso nicht treffen, da mußte der Friedensschluß abgewartet werden. Darüber aber konnte es Ende August werden oder September, so flink dieser Herr von Bismarck auch war. Bei dem Tempo würde die Hälfte aller österreichischer Diplomaten brotlos...

Die Damen hatten das große Tablett zwischen sich quer über die Wanne gestellt und schnabulierten. Dworschak hatte eine Unmenge guter Sachen darauf untergebracht, es war sehenswert. Natürlich waren die Damen ebenfalls sehenswert, vor allem da Sebastian sie seit ein paar Monaten nicht mehr konsultiert hatte. Das warfen sie ihm auch vor.

Er zog sich einen Hocker heran, tauchte einen Toast in den Kaffee der Blonden und biß krachend hinein.

»Liegt nur an euch«, sagte er dann, »ich nehm' euch beide unter Vertrag, als Stubenmädl, das Haus ist groß genug. Im Büro brauchts ihr nicht sauberzumachen, dafür hab' ich schon jemanden. Nur hier oben herumwedeln und im zweiten Stock, in den Gästezimmern...«

»Jessas, der Kommerzialrat will a Puff aufmachen. Da legst dich nieder!« schrie die Blonde, sprang auf und warf ihm ihre seifigen Arme um den Hals. »Endlich einmal ein fruchtbarer Gedanke aus unserer Industrie!« sagte sie im geschraubten Hochdeutsch des Freiherrn von Wüllerstorff und Urbair, von dem bekannt war, daß er die Geschäftswelt nicht leiden konnte.

»Wie du unseren Handelsminister nachmachen kannst, das ist ja entschieden verdächtig«, sagte Heisinger, »ich mein: verdächtig für ihn. Und jetzt, Madln, zieht's euch an, der Dworschak gibt euch die Kuverts, ich muß ins G'schäft, leider. Ich hab' der Sedlmayer sagen lassen, sie soll mir einen Kaffee kochen, stellt's euch vor, die kommt mit meinem Frühstück da herein. Nicht zum ausdenken!«

Sie lachten zu dritt, das Tablett versank, und die Blonde hatte ihre liebe Not, weil sich der Honigtopf in ihr sorgfältig gekräuseltes Vlies entleert hatte.

»Das hat mir grad' noch g'fehlt!« miaute sie, und dann lösten sie sich alle drei mit Bürste und Brause ab, bis das Fellchen wieder so seidig glänzte wie am Abend zuvor.

»Schaut schön aus«, sagte Sebastian, noch immer ein wenig traumbefangen, »das solltest du öfter mit Honig einschmieren. Und du, für deine dunklen Haare, du könntest ja Waldhonig nehmen. Wenn sich das herumspricht, steigen die Aktien der Westungarischen Imkerei GmbH, ich hab' nur leider keine.«

Die beiden Mädchen waren reizvolle Gegensätze, wenn auch ziemlich typisch, denn die Blonde war schlank und feingliedrig, die Brünette etwas kleiner und füllig. Sebastian erinnerte sich gar nicht mehr, wie er an die beiden gekommen war. Jedenfalls hatte es nie Ärger mit ihnen gegeben, und diskret waren sie offensichtlich auch, der Ausrutscher mit dem Wüllerstorff-Zitat war verzeihlich und konnte durchaus harmlose Ursachen haben.

Zerstreut rieb er an ihnen herum, da ein Rücken, dort ein Rücken, noch ein kleines Getätschel auf die frischgewaschenen Popos, dann war der Alltag wieder da. Wo liegen eigentlich, fragte er sich, die Unterschiede zwischen einem Millionär und einem Hausdiener? Wer sagte ihm, daß der Dworschak nicht vor einer Viertelstunde genau dasselbe getan hatte, ja vielleicht noch mehr? Darüber mußte er mit einem Sozialisten reden, das würde ihn beruhigen: Nur die Leute, die alle Unterschiede abschaffen wollten, riefen einem ins Gedächtnis, daß es diese Unterschiede ja doch noch gab. Ohne die Sozialisten würde man es gar nicht mehr glauben.

Forellen

Als der Architekt Beinhackl einige Jahre zuvor die Villa in Gutenstein erbaute, hatte er dem Kommerzialrat etwas vom englischen Landhausstil erzählt, und da auch Franz damals gerade studienhalber in England weilte, fand man die Idee, ans Ende des Piestingtales so ein englisches Landhaus zu stellen, gar nicht so dumm. Da Sebastian auf eine gewisse Repräsentation Wert legen mußte und abgelegene Bauplätze auch Schwierigkeiten mit der Zufahrt zur Folge gehabt hätten, wurde die Villa an die Hauptstraße gesetzt, nicht unmittelbar natürlich, sondern durch einen großen Vorgarten mit Mauer, Hecke und Bäumen hinreichend distanziert. Die Straße war zwar nicht gepflastert, aber die paar Wagen mit Stammholz, die langsam talab auf die Bahnstation zu knarrten, verursachten keinen Staub, und auch der Lärm hielt sich in Grenzen.

Bedenklicher war die Lage an der Rückfront. Da stieg ziemlich steil ein hoher Wiesenhang auf, der seit Urzeiten zum Biglbauernhof gehörte, also zu einem Hof, der wohl seinen Namen von diesem Bühel bezogen hatte. Knechte und Mägde des Bauern konnten, wenn sie auf der Bergwiese arbeiteten, in den Heisingerschen Garten hinabsehen, soweit er hinter dem Haus lag, und auch auf die große Veranda, die – eben, um etwas verborgen zu liegen – nicht auf den Vorgarten hinaus ging.

Olga, damals zwanzig und noch ledig, hatte heftig protestiert, sie würde sich beobachtet fühlen; dem Franz war's gleichgültig, und Ferdinand mit seinen neunzehn Jahren konnte sich überhaupt nicht vorstellen, daß er sich je in diesem Nest aufhalten würde, weswegen er nichts an dieser Nachbarschaft auszusetzen fand.

»Ich bin dafür«, entschied schließlich Sebastian, »ich stell' mir das jetzt schon vor, wir sitzen auf der Veranda beim Frühstück, so um zehn Uhr, und auf der Biglbauernhöh' uns gegenüber schwitzen die Burschen und Mädchen, wischen sich den Schweiß von der Stirn und stecken sich die Röcke immer höher. Also bei mir, bei mir würde das die Ferienstimmung durchaus heben!«

Das Beinhackl-Haus wurde demnach gebaut, und seit dem ersten Sommer in Gutenstein waren eigentlich alle davon begeistert. Wegen des hohen Grundwasserspiegels, der ebenfalls mit dem vermaledeiten Wiesenhang zusammenhing, hatte man ein sogenanntes Hochparterre planen müssen, und der geräumige Keller hatte Souterraincharakter, mit Licht von außen. Im Wohngeschoß lagen drei große Zimmer, ineinandergehend, an der Straßenfront durch zwei große Tannen gegen Einsicht geschützt. Ein viertes Zimmer schloß sich rechtwinkelig an. Dazu kamen noch die große Küche, das Bad und ein sonderbares WC mit einem endlosen Gang.

»Wer's gnädig hat und das Klo besetzt findet, darf in diesem Gang warten, ich lass' ein paar Stockerln aufstellen!« hatte der Kommerzialrat versprochen, als er den fünf Meter langen Schlauch auf dem Grundriß entdeckte.

Dem ersten Stockwerk hatte Sebastian seine ganze Liebe zugewendet, wohl ahnend, daß er dereinst hier eine Art Refugium finden würde, wenn in den Zimmern die Enkel tobten. Unter dem breiten Frontgiebel war Platz für ein großes Mittelzimmer, den schönsten Raum des ganzen Hauses.

Die hier nicht mehr so breiten Tannen ließen das Licht voll einfallen, der Blick ging über Garten, Mauer und Straße weg hinüber zu einer steilen Felswand, die den Beginn des Schloßparks anzeigte. Auch die Dächer des Hoyos-Schlosses waren zu sehen. Unter dem Seitengiebel waren zwei große Kabinette ausgebaut, das eine mit Kücheneinrichtung, das andere als Schlafzimmer. Daneben gab es noch zwei Mansarden, als Dienstbotenkammern gedacht, aber durch die angenehme Aussicht und die Geräumigkeit so anheimelnd, daß man auch jüngere Gäste darin unterbringen konnte.

Der Dachboden selbst aber war das wahre Wunder. Hier standen die großen Reisekörbe, die sich ja nicht wie Koffer auf irgendeinen Schrank befördern ließen; hier lagen hochaufgeschichtet Jahrgänge illustrierter Zeitschriften, und dazwischen stand hellglänzend in wunderschönem Messing ein riesiger Vogelbauer.

Irene hatte sich die ganze geheimnisvolle Welt dieses Hauses nach und nach erobert. Immer, wenn Ferdinand nach Wien fuhr, um in der Fabrik nach dem Rechten zu sehen, wenn Peter Daniel schlief (worin vorläufig seine Hauptbeschäftigung bestand) und Anni kochte, nahm Irene sich ein Zimmer vor und spielte *»darin leben«*. Das Haus war ja nicht alt; nichts schreckte sie, nichts verwirrte sie, nur die Möbel der vier großen Zimmer und des Mittelzimmers im ersten Stock waren alt und hatten ihre Beziehung zum früheren Leben der Heisinger, denn sie waren aus dem Haus auf dem Brillantengrund hier herausgebracht worden, als der Kommerzialrat das Palais in der Prinz-Eugen-Straße erwarb. Dieser Umstand erklärte auch, warum sich auf dem Dachboden soviel alter Krimskrams befand, von Generationen angehäuft, aber eben nicht hier, sondern in der Zieglergasse.

Alle diese Namen und Begriffe hatten ihr zunächst natürlich nichts gesagt. Aber in der Zeit vor Peter Daniel, da gab es die langen, verträumten Abende mit Ferdinand, wenn sie nebeneinander in den mächtigen Ahornbetten lagen und ein wenig müde vom ersten heftigen Beisammensein doch noch nicht voneinander lassen wollten. Wenn sie nach der Vereinigung der Körper nun auch im Gespräch einen Weg zueinander suchten, nicht sosehr zum andern, das war ihm wie ihr sehr schnell gelungen, als zu der Welt des anderen. Und das mußte nach Lage der Dinge eben seine Welt sein, seine Familie, Wien.

Da hatte sie von der ersten Welle der Industrialisierung gehört, wie sich die Firmen zwischen Mariahilf und Neubau zusammensetzten, die Neureichen, die mit dem Geld um sich warfen, weswegen die Wiener diese Gegend bald den Brillantengrund nannten. Es handelte sich allerdings vorwiegend um Textilindustrie; die Heisinger, die ja aus einer kleinen Hammerschmiede zu Großindustriellen aufgestiegen waren, hatten dort nie so recht Fuß gefaßt, ihnen ging es stets mehr um die Produktion als um den eigentlichen Handel, ein Penchant, das sich inzwischen als Nachteil zu erweisen begann.

»Es wird eine Zeit kommen, wo zumindest einzelne Branchen Absatzschwierigkeiten haben werden«, hatte Sebastian erklärt, als er bei Ferdinands und Irenes Hochzeit erläuterte, warum Ferdinand nicht in der Metallbranche geblieben, ja überhaupt von der Schwerindustrie weggegangen war. »Ich habe mich darum an dem Unternehmen, in dem mein Sohn Ferdinand Möbel herstellt, nicht nur mit väterlichem Wohlwollen, sondern auch aus geschäftlicher Überzeugung beteiligt. Auf zwei Beinen steht man besser als auf einem, wenn lange Friedensphasen mit wachsender Prosperität eine gewisse Umschichtung der Bedürfnisse bewirken.«

Nun, ein Jahr nach dieser Friedensrede war der Krieg gegen Preußen ausgebrochen, aber immerhin: Ferdinand hatte seine Firma, der Kommerzialrat war ein stiller Teilhaber, nicht mehr, und die Heisinger hatten sich vom hektischen Leben des Brillantengrunds abgesetzt, rechtzeitig, wie die einen sagten, als es zu den ersten Fallissements kam, aus Arroganz, wie andere meinten, als der Flottenbau und die Rüstung, vor allem aber das schnell wachsende Eisenbahnnetz den Heisinger-Unternehmen ungeahnte Gewinne brachten.

Den ersten sommerlichen Ausflug von Gutenstein aus hatten Ferdinand und Irene nach Pernitz gemacht, wo in einem Seitental zwar nicht mehr die Heisingersche Eisenhütte stand – die hatte schon vor zweihundert Jahren ihren Betrieb eingestellt –, aber wo der kleine Bach noch floß, der die Hämmer getrieben hatte, und wo die kleine Stauanlage zu erkennen war, die für regelmäßigen Wasserzufluß gesorgt hatte. Dort hatte der Barthlmä Heisinger, der erste, von dem sie wußten, schon im sechzehnten Jahrhundert Sensen geschmiedet und immer, wenn es nötig war, auch Waffen, vor allem Schwerter und Spieße für Wiener Neustadt.

Dieser Handwerkerursprung war Irene an allen Heisingern am sympathischsten, und wenn sie sich über die kühle Konzernherrenart des Kommerzialrats wieder einmal geärgert hatte, dann hoffte sie immer, daß in ihrem Peter Daniel irgend etwas von den alten, einfachen Heisinger-Ahnen wiederaufgehen könnte, eine der schlichten Freuden an einem Bachhammer, an einem in die Tälerstille hineinklingenden Amboß.

Ein Nachmittag der Gutensteiner Woche gehörte unverrückbar dem Bridge. Da ließ sich die alte Fürstin Schwarzenberg zur Heisinger-Villa kutschieren, damit Irene das Baby nicht allein lassen müsse, und aus dem Nachbarhaus kam der alte Burgschauspieler mit seiner jungen Frau herüber. Die Fürstin und der Bonvivant tauschten dann amüsierte Blicke, wenn die jungen Damen allzu schüchtern lizitierten oder erröteten, bevor sie eine große Ansage zu machen hatten, und der berühmte Mime trug, um den Novizinnen das schwere Spiel zu erleichtern, mit seiner Bühnenstimme allerliebste Lehrstrophen vor:

Wenn dich der Feind mit Sans bedränge,
Wobei der Freund ein stummer Mann,
Dann such' in deinem Blatt die Länge
Und spiel' davon die Vierte an;
Hast du dabei ein wenig Glück,
Dann bringt der Partner sie zurück!

An einem dieser Nachmittage gab es beträchtliche Aufregung. Die stets ein wenig verträumte Schauspielersfrau hatte eben als Zweite gestochen und den berühmten Gatten gründlich verärgert.

»Der erste spielt nach seinem Blatte«, rezidierte er,
»der zweite Mann gibt nichts hinein,
der dritte 's Höchste, was er hatte,
der vierte sticht womöglich ein.
Drum merke, süßer Bösewicht:
Als zweiter nur ein Patzer sticht!«

Aber er brachte die galante Ermahnung kaum richtig zu Ende, als Anni schreckensbleich hereinstürzte, vor der Durchlaucht knickste wie vor einer Monstranz und dann stammelte:

»Ich bitt' Sie, gnä' Frau, kommen's schnell... das Viech... a Hurneis...«

Irene verstand nicht, aber sie erschrak, denn sie begriff, daß etwas mit Peter Daniel sein müsse, der im Garten schlief. Schneller als die jungen Frauen war aber die schlanke Fürstin um den Tisch herum und in den Garten hinausgelaufen. Irene folgte ihr, das Schauspielerpaar blieb mehr aus Diskretion als aus Bequemlichkeit auf der Veranda stehen.

Was Irene zu sehen bekam, ließ ihr den Atem stocken. Auf dem blütenweißen Deckbett des Kleinen, der in seinem

Wägelchen ahnungslos schlief, saß das größte Insekt, das sie je gesehen hatte: eine riesige Hornisse, schwarz und gelb funkelnd, ein teuflisches Biest; und sie war keine zehn Zentimeter von dem rosigen Gesicht des Säuglings entfernt!

»Bleiben Sie hier, Frau Irene«, sagte die Fürstin, »Mütter sind da zu nervös... das ist etwas für eine Jägerin.«

Damit nahm sie ihr Lorgnon von der Halskette, klappte es zusammen und schob ganz langsam, um das Insekt nicht zu alarmieren, das bunte, glatte Schildpattetui vor die Augen der Hornisse. Nach endlosen Sekunden erwachte die Neugier des Tieres; es ging ganz zögernd auf das Etui zu, krabbelte auf das sonnenwarme Schildpatt und ließ sich in der nächsten Minute gutwillig auf einer großen Dahlie absetzen.

Am Donnerstagabend verstaute Irene den wohlverschnürten Peter Daniel in einem Leiterwagen und zog ihn hinter sich her bis zur Bahnstation. Der Leiterwagen, vielleicht etwas zu solide aus heller Eiche zusammengebaut, war für die Wege auf dem Land ungleich praktischer als ein Kinderwagen, und ein paar Kissen, die Anni dem jüngsten Heisinger unter den Allerwertesten schob, glichen reichlich aus, was dem rustikalen Gefährt an Federung fehlte.

Irene liebte diesen Weg. Er führte nur ein paar hundert Meter an der Straße hin, längs der Villenzeile zur Linken, auf der anderen Straßenseite von der Piesting und ihrem Felsenufer begleitet. Hatte Irene noch Zeit genug bis zur Ankunft des Zuges, der Ferdinand bringen sollte, so blieb sie an dem tiefen klaren Wasser gerne stehen und sah den Forellen zu, die oft minutenlang unbeweglich in der Strömung standen und dann plötzlich hierhin oder dorthin schossen, wobei sie goldene Lichtreflexe hinter sich herzogen. Über dem Fluß, am Felsen, hing ein Marterl, an dem irgend jemand in offensichtlich halsbrecherischer Kletterei immer wieder Blumen anbrachte. Vielleicht war hier jemand ertrunken, in dem grünen Wasser zwischen den Forellen?

Nach der Brücke, wenn die Straße sich nach rechts wandte, begann der Fußweg, zum Schutz der Wiesen eingezäunt und mangels anderer Spazierwege im Ortsinnern reichlich mit Bankerln versehen, auf denen sich der *Verschönerungsverein Gutenstein* verewigt hatte. Hier schob Irene eine Rast ein, wenn es noch heiß war. Peter Daniel starrte die vorbeigehenden Leute mit seinen großen, ruhigen Augen an, als wisse er alles von ihnen, und wenn sein Blick auf seine Mutter fiel, dann lachte er über das ganze Gesicht.

Es gab nichts, was sich mit diesem Glück vergleichen ließ. Er sah sie an, und ihr bloßes Dasein machte ihm schon soviel Freude, daß sein winziges Herz, sein kaum erwachtes Gehirn und was immer daran noch beteiligt sein sollte, gemeinsam diese Freude ausdrückten, ihr zeigten. Vielleicht begrüßte er sie jeden Tag neu, weil er während des Mittagsschlafes vergessen hatte, daß es sie gab? Auch am Morgen, wenn sie zu seinem Bettchen trat und ihn aufnahm – etwas, was sie stets selbst tat, nie jemand anderem überließ –, auch am Morgen lachte er auf diese Weise, glücklich und doch auch beruhigend, als wollte er ihr sagen: Ist ja alles in Ordnung, ich weiß schon, du bist meine Mama.

Manchmal standen ihr noch die Tränen in den Augen, die Tränen dieses plötzlich aufspringenden und sie wehrlos machenden Glücks, wenn sie dann die letzten zweihundert Meter beinahe laufen mußte, um dazustehen, wenn der Zug einfuhr. Obwohl der Bahnhof noch nichts anderes war als eine Bauhütte, obwohl das Gelände selbst nicht abgesperrt werden konnte, gab es für die ankommenden Passagiere eine richtige Sperre, durch die sie gehen und an der sie ihre Fahrkarten abgeben mußten. Davor wartete der Stellwagen und – am Wochenende – auch der Tiefenbacher mit seinem Fiaker.

Ferdinand aber stellte seine Tasche zu Peter Daniels Füßen in den Leiterwagen, nahm die linke Seite des Deichselgriffs, und dann zogen sie gemeinsam ihren Sohn, zwischen den anderen Ankömmlingen und deren Geschnatter, in den Ort hinein.

Zu ausgefüllt von Ferdinand und dem, was er in dieser halben Stunde aus Wien erzählte, achtete Irene kaum je auf die Leute, die sie überholten oder von denen sie überholt wurden; nach dem dritten oder vierten Abholgang dieser Art war ihr jedoch aufgefallen, daß sie stets eine merkwürdige Person überholten, eine untersetzte, nicht mehr junge, schwarz gekleidete Frau mit einem absurden schwarzen Hut, der allerlei Strohschmuck und künstliche Früchte trug. Sie hatte ein kleines Blumensträußerl in der Hand, das sie am Bahnhof offenbar jemandem hatte überreichen wollen, und wenn sie die Brücke über die Piesting passierte, wo der Abkürzungsweg endete, dann warf sie den kleinen Blumenstrauß ins Wasser, zu den Forellen, und murmelte dazu ein paar Worte, die Irene nicht verstehen konnte.

»Du warst doch schon öfter in Gutenstein, Ferdinand? Ich meine früher?« erkundigte sich Irene.

»Nicht sehr oft. Allein ist es hier ja fad. Warum?«

»Wegen der Frau da vor uns ... paß auf – gleich wird sie wieder ihren Strauß ins Wasser werfen zu den Forellen. Sie geht immer zu demselben Zug an die Bahn, immer abends, ich hab' sie auch schon unter der Woche gesehen, und nie kommt jemand an, den sie kennt.«

»Das ist die Bahnwabi ... verrückt, aber harmlos. Wie sie die Strecke hier herein gebaut haben, da kamen viele fremde Arbeiter ins Talende ... Einer von ihnen muß ihr den Kopf verdreht haben, ein Italiener vielleicht, aber vielleicht auch ein Wiener, der Schmäh ist ja immer derselbe. Niemand weiß, was er ihr gesagt hat, als er wegging, vermutlich aber, daß er jetzt woanders arbeiten müsse und wiederkommen werde. Und seitdem geht sie zu jedem Zug mit ihrem Büscherl Blumen.«

»Entsetzlich ... und man kann sie nicht heilen? Ihr vorsichtig die Wahrheit beibringen?«

Ferdinand zuckte die Achseln.

»Eben nicht. Vor dieser Wahrheit kapselt sich ihr Verstand ja ab, eine Schutzmaßnahme, weil das ganze Ich diese Wahrheit nicht überstehen würde. Das sind Mechanismen, die wir noch nicht kennen. Ich hab' einmal mit dem Doktor Pogatschnig darüber gesprochen ... du kennst ihn, er wohnt dreihundert Meter von uns ... Er hat etwas gesagt, was mir zu denken gegeben hat. Die Frau, meint er, sei in ihrer Krankheit weniger unglücklich, sie hoffe nämlich noch immer, und wüßte sie alles, so hätte sie bei ihrem vorgeschrittenen Alter und hier, wo jeder sie kennt, ohnedies keine Chance mehr. Eine irre Hoffnung ist schließlich noch immer besser als eine echte Trostlosigkeit.«

»An das werde ich jetzt immer denken müssen, wenn ich ihr begegne«, sagte Irene leise, »du siehst das rein humanitär, als Mann. Eine Frau sieht das anders; ich sehe in solchen Fällen immer ein Schreckbild aus der eigenen Zukunft. Ich glaube, ich werde mich nicht einmal an den Forellen mehr freuen können ... Furchtbar, was es alles gibt!«

Sie hätte sich gern an Ferdinand geschmiegt, aber die Wagendeichsel war dazwischen. Also stärkte sie sich nur durch einen Blick zurück zu Peter Daniel. Der thronte, gegen die Rückenlehne gedrückt, so ruhig wie ein Buddha in dem rukkelnden Gefährt und spielte mit winzigen roten Fingerchen am Verschluß von Papas Aktentasche herum. Von seinem Gesicht war wenig zu sehen, das weiße Sonnenhütchen verdeckte es, und auf einmal erschien Irene die Spanne der Jahre bis zu dem Augenblick, da sie in ihrem Sohn einen Gefährten und Tröster haben würde, unendlich lange und unabsehbar.

Der Streit

So erleichtert ganz Wien über den schnellen Vorfrieden von Nikolsburg gewesen war, so enttäuscht war man über den Prager Frieden vom 23. August. Statt des alljährlichen Aufschwungs bei der Rentrée, beim Wiederbeginn des geschäftlichen und gesellschaftlichen Lebens, breitete sich eine bedenkliche Mißstimmung aus, eine allgemeine Niedergeschlagenheit vor allem in Wirtschaftskreisen, mit der man um so weniger gerechnet hatte, als die Neugestaltung Wiens rund um die Ringstraße noch keineswegs beendet war.

Ferdinand kam nach Gutenstein, um seine Familie nach Hause zu holen. Mizzi war mit ihm gefahren, und man sah dem hübschen Kind die Freude darüber an, daß der Herr Heisinger sie nicht in der vierten Klasse hatte reisen lassen, sondern gemeinsam mit ihr die dritte benützte.

»Wenn schon, dann hätt' er dir auch gleich die zweite zahlen können, in der die Heisinger sonst fahren, wann s' net überhaupt einen Extrazug bestellen!« sagte Anni, die Köchin, als sie gemeinsam mit Mizzi die Siebensachen der Heisinger in die beiden großen Körbe packte.

»Ich weiß genau, warum er das nicht getan hat!« sagte Mizzi spitz und in ihrem schönsten Hochdeutsch. »Weil nämlich, wenn er das getan hätt', dann hätten die Leut' sich das Maul zerrissen und gesagt, der hat ein Pantscherl mit sein' Stubenmadl!«

»Red net so blöd daher, der und ein Pantscherl, und gar mit einer Sechzehnjährigen aus 'm Haus! Du hättest sehen müssen, wie verliebt die zwei sind. Und wie die gnä' Frau aufgangen is, wie ein Krapfen, sag ich dir! Da heißt's immer, die Böhmischen können so gut kochen. Aber entweder haben wir alle guten Köchinnen nach Wien engagiert, oder haben die Herrschaften von der gnä' Frau kein Geld – zu Haus jedenfalls war sie gewiß hundemager – und jetzt? Jetzt jedenfalls, jetzt schaut sie aus wie ein Apferl, von meiner Kost!«

Olga Heisinger hatte offensichtlich denselben Eindruck, als sie den ersten Besuch nach der Sommerpause machte und die Schwägerin Irene allein zu Hause antraf.

»Glaubst nicht, daß du ein bisserl zuviel zug'nommen hast?« erkundigte sie sich harmlos.

»Wenn schon! Erstens geb' ich dem Buben noch die Brust und muß mich gut nähren, und zweitens geh' ich diesen Winter sowieso noch nirgends hin, weil ich den Kleinen noch nicht den ganzen Abend allein lassen will, auch nicht mit dem Personal. Die hören ihn doch nicht, wenn er schreit, oder sie rühren ihm irgend etwas zum Essen an, was er nicht verträgt, nur damit er still ist. Wenn ich da bin und er schreit vor seiner Zeit, da setz' ich mich nur zu ihm, streichle ihn ein bisserl an der Wange oder geb' ihm den Finger, er schaut mich lieb an, ist beruhigt, weil ich da bin, und ich kann die Stillzeiten einhalten.«

»Mit anderen Worten: erst das Kind, und dann alles andere!«

»Natürlich, die Festivitäten und die Theater rennen mir doch nicht davon. Im Moment lassen eh alle die Köpfe hängen, und bis sich die allgemeine Stimmung erholt hat, ist auch der Peter Daniel über den Berg!«

Erbittert fuhr Olga ihr letztes Geschütz auf. »Und der Ferdinand, mag der das, wenn du so... na, sagen wir, füllig bist?«

Irene lachte, weil Olga sich nun doch decouvriert hatte. Es war zu köstlich. Sie studierte die Wienerinnen immer noch, aber eigentlich war es längst überflüssig. Sie taten alle genau das, was man von ihnen erwartete, niemals etwas anderes.

»Schau, Olga... ich bin einssechsundsechzig groß, das ist für eine Frau gar nicht so klein. Der Ferdinand ist einsachtundsiebzig, viel größer dürft' ich gar nicht sein. Und wiegen tu ich neunundfünfzig Kilo. Wie ich nach Wien gekommen bin, waren es vierundfünfzig. Aber dazwischen liegt eben das Kind. Sobald es etwas größer ist, wenn ich mit ihm reisen kann und Ausflüge machen, komm' ich bestimmt auf, sagen wir, sechsundfünfzig herunter. Im Augenblick brauche ich Kraft und gute Nerven, die Nächte sind noch sehr kurz, und ich hab' sie ganz allein durchzustehen, weil ich mit Peter Daniel im Gästezimmer schlaf', damit der Ferdinand seine Ruh' hat. *Das* ist wichtig, *da* wären Fehler irreparabel. Die drei oder vier Kilo, die sind bei meiner Jugend in vier Wochen wegzubringen, oder in sechs...«

Jetzt bin ich selber boshaft geworden, schalt sich Irene, aber Olga reagierte überhaupt nicht, so überzeugt war sie von ihrer eigenen ungetrübten Jugendlichkeit, und so sicher war sie, daß dieses Tschapperl aus der Provinz sie, die Heisinger-Tochter, nicht ausstechen könnte. Die paar alten Onkel, die bei der Hochzeit und bei der Taufe ihre Schnurrbärte an den zarten Wangen der kleinen Pragerin abgewischt hatten, die waren ihr von Herzen zu gönnen...!

Ernsthafter fühlte sich Irene an Poldis Wort von der Löwengrube erinnert, als Ferdinand von einem kleinen Herrengespräch im Palais Auersperg in allerschlechtester Laune zurückkam.

»Ich hab' mir deinetwegen allerlei anhören müssen«, sagte er nur, und als Irene betroffen bat, ihr doch Näheres zu sagen, setzte Ferdinand nur noch hinzu, daß der Papa sie ohnedies sprechen wolle, sie könne sich, des Kindes wegen, den Zeitpunkt aussuchen, nur recht bald sollte es sein.

»Du mußt mir zumindest sagen, worum es geht, Ferdinand, sonst schlafe ich die ganze Nacht nicht!«

»Die zwei, der Papa und der Franz, haben sich geärgert, daß ich mein eigenes Grundstück haben will in Lajtaszentmiklosch und kein Firmeneigentum. Und das war ja schließlich deine Idee... Ich hab' nur nicht angenommen, daß es deswegen so harte Auseinandersetzungen geben würde.«

Mit ziemlich weichen Knien ging Irene am nächsten Vormittag die paar Schritte vor zur Prinz-Eugen-Straße. Frau Sedlmayer meldete sie und kam mit dem Bescheid zurück, die gnädige Frau möchte doch in die Wohnung hinaufgehen und sich eine Erfrischung vorsetzen lassen, der Herr Kommerzialrat werde in ein paar Minuten nachkommen.

Sebastian, wiewohl von den hohen Stufen doch ein wenig außer Atem, gab sich dann ganz als Kavalier und ließ erkennen, daß ihm seine Schwiegertochter zumindest in diesem Augenblick ungleich mehr am Herzen liege als der eigene Sohn.

»Wenn nur der Franz auch so gescheit wäre. Macht ihm das gar keinen Appetit, wenn er euch so zuschaut, ich meine, das junge Glück, oder wie man es nennen will?«

»Es *ist* Glück, Papa... aber der Franz sieht nicht viel davon, denn er wohnt ja unter uns und kommt nicht einmal zum Essen herauf, sooft ich es ihm auch angeboten habe. Wir haben nur das Personal gemeinsam, sonst leider sehr wenig.«

»Das ist es eben... darum hätte ich mich vielleicht kümmern müssen«, gab der Kommerzialrat zu, »dann hätten wir jetzt nicht die dumme Situation von Lajtaszentmiklosch. Warst du einmal draußen?«

»Nein... der Ferdinand will mir wohl alles zeigen, aber erst wenn die Verträge unterzeichnet sind.«

»Du hast ihn gebeten, und zwar ganz grundsätzlich, nichts gemeinsam mit mir oder anderen Familienmitgliedern zu erwerben. Stimmt das?«

»Ich habe mir bei der Hochzeit von ihm versprechen lassen, daß er um ein eigenes Familienvermögen besorgt sein werde, also um etwas, was ihm und mir und unseren Kindern gehört und sonst niemandem. Dieser begreifliche Wunsch hat sich gegen niemanden gerichtet.«

»Er wurde nur gegenüber einem Mann geäußert, der sein Vermögen eben dieser Familie verdankt, aus der du ihn nun heraushalten willst. Das ist widersinnig.«

Irene hatte plötzlich den Eindruck, daß die Wände des Salons, die blauen Tapisserien, ja der Kronleuchter, wie eine Schlachtreihe auf sie zukämen, von allen Seiten, die Spieße gefällt.

»Jeder Mann, der heiratet, bildet damit eine kleine, neue Zelle. Darum bleibt er doch in seiner Sippe. Ich weiß, wie mächtig sie ist. Ich weiß, wie sehr Ferdinand euch alle braucht. Ich bin nicht einmal dagegen, denn meinen Vater kann ich relativ häufig sehen, meine Mutter natürlich auch, und andere Verbindungen oder Freunde habe ich in Prag gar nicht zurückgelassen, ich war ja noch so jung... Nur: Es ist unnatürlich, oder eigentlich nein, es ist eben nicht mehr möglich, so in der Sippe aufzuwachsen wie vor hunderttausend Jahren, oder was weiß ich, wann. Er ist heute in erster Linie mein Mann, der Vater unseres Kindes. Alles andere tritt zurück, muß zurücktreten – und einen ersten Schritt zur Selbständigkeit gegenüber dem Clan hatte er ja schon ohne mich getan, durch die Möbelfabrik.«

Sebastian überlegte. Offensichtlich war ihm das private Gleis, auf das die Diskussion geraten war, nicht so lieb wie die rein geschäftlichen Überlegungen, auf die er das Gespräch gerne beschränkt hätte.

»Du siehst doch«, sagte er, »daß euch niemand hineinredet. Ihr habt eure Wohnung, in jedem Wiener Mietshaus hättet ihr mehr Nachbarn und wärt ärger beobachtet, bekrittelt, kontrolliert als in der Wohllebengasse. Ich habe sehr viel Geld in Ferdinands Firma, aber ich berate ihn nur, wenn er es wünscht, wenn er eine Frage hat, eine Finanzauskunft braucht oder einen Bürgen. Man *kann* nicht fairer sein, nicht zurückhaltender. Und darum hat es den Franz wie mich sehr getroffen, daß die neue Sache, die wir an der Leitha aufbauen wollen, also die ungarischen Zweigwerke, auf dein Mißtrauen stößt, liebe Schwiegertochter!«

Irene faßte sich ein Herz. Sie ahnte, daß dieser Mann Offenheit eher akzeptieren würde als vage weibliche Bedenken.

»Es ist kein Mißtrauen, Papa«, sagte sie leise, aber fest, »es ist ganz einfach Angst. Ihr seid mir zu groß, der Ferdinand ist mir zu klein ... zumindest im Vergleich zu euch. Er wäre immer majorisiert. Ihm macht es vielleicht nichts aus, aber mir macht es etwas aus. Irgendwann muß unser eigenes Leben auch auf wirtschaftlichem Gebiet beginnen, wir können nicht immer Kinder bleiben, wo wir doch längst Eltern sind. Deine Anwälte müßten doch eine Möglichkeit finden können, die das Gelände, das der Ferdinand für seine ungarische Möbelfabrik braucht, ganz ihm überläßt, und wenn es noch so klein ist. Wenn wenigstens der Baugrund unser Privatvermögen wäre, würde ich die gemeinsame Errichtung der Anlagen ohne weiteres akzeptieren. Dann bliebe doch wenigstens das Land ...«

»Dann bliebe das Land ... wann? In welchem Fall?«

Irene biß sich auf die Unterlippe. »Im Fall von ... von größeren Veränderungen.«

Sebastian zuckte die Achseln. »In ein paar Wochen wird die allgemeine Wehrpflicht beschlossen. Vor uns liegen Jahre mit ungeheuren Aufträgen; denn die Wehrpflicht erfaßt natürlich nicht nur Österreich, sondern auch Ungarn, alle Kronländer dazu... und du denkst an eine Pleite!«

»Ich habe nur von Veränderungen gesprochen; die können auch im Positiven liegen. Ihr könnt ins Ungemessene wachsen, und die Möbelfirma kann dann nicht mit. Kurzum, ich habe Angst, ich überblicke es nicht, ich bin eine kleine Frau und habe ein Kind, das vielleicht eines Tages etwas ganz anderes werden will als ein Möbelmacher oder ein Maschinenbauer. Und was hat er dann, wenn alles, was wir besitzen, eine Art Firmeneigentum ist?«

Sebastian pfiff befriedigt. »Jetzt weiß ich endlich, woher der Wind weht. Der Professorentochter macht der Professorenenkel Sorgen. Da ist etwas dran, das gebe ich zu. Wir sind Banausen, wir gehen ins Theater, weil uns die Schauspielerinnen gefallen, wir gehen ins Museum, weil man gelegentlich nachschauen will, was die Habsburger mit unserem Geld kaufen oder gekauft haben, und an der modernen Kunst interessieren mich in erster Linie die ausgezogenen Komtesserln, die der Makart auf seinen Bildern verteilt... Studiert hat keiner von uns, wir haben uns nur in der Welt umgesehen, und auch da war für uns Manchester und Le Creusot und Essen immer wichtiger als Florenz oder Pisa oder Paris.«

Irene versuchte einzulenken.

»Der Poldi...«, sagte sie vorsichtig, »der Poldi hat aber doch die Kunstakademie besucht?«

Sebastian winkte ab. »Der Poldi! Soll dein Bub so werden wie der? Dann kann ich dir gleich sagen, daß ein paar Grundstücke nicht reichen und daß es am besten wäre, wenn er überhaupt an kein Geld könnte. Na ja, ich habe begriffen. Ich lese zwar nichts als meine Fachzeitschriften, aber ich bin kein Trottel. Meiner Meinung nach haben in der Zeit, in der dein Peter Daniel einen Beruf ergreifen wird, nur noch die technischen Wissenschaften eine Chance, und in meinem Testament wird sein Platz in unserem Unternehmen fest verankert werden, wenn er ihn will. Warum sollte dich das stören? Die Firma heißt C. R. Heisinger & Söhne. Nur die Töchter zahlen wir aus, oder kannst du dir den Mannagetta, diesen spinnerten Bazillenfischer, an der Spitze einer Fabrik vorstellen?«

»Aber es könnte doch einmal eine Tochter tüchtiger sein als einer der Herren Söhne!«

In den Augen des Kommerzialrats blitzte es auf. »Oder eine Schwiegertochter? Das meinst du doch? Natürlich bist du tüchtiger. Du hast es auch schon geschafft, daß du mich mehr interessierst als alle drei Söhne zusammen. Ich weiß nur noch nicht, ob das deine Figur ist und dein sinnlicher Kinderblick oder der Heisinger-Verstand, der sich ausgerechnet in dir regt und sonst leider nirgends in der ganzen Generation... Wir zwei wären ein Gespann, mit dir könnte ich den Erben in die Welt setzen, den die Werke brauchen...«

»Schwiegerpapa... ich bitte dich!«

Irene war aufgesprungen. Auf ihren Wangen stand der Zorn flammend rot, aber das schien den Alten nur zu amüsieren.

»Jetzt gefällst du mir!« sagte er, lehnte sich in seinem Sessel zurück und schien das Schauspiel zu genießen, »Temperament hat sie also auch, die Botanikerstochter aus Prag.«

»Mein Vater ist Byzantinist, ein Wort, von dem ich durchaus begreife, daß du es nicht behalten kannst!« sagte Irene kalt und wandte sich zum Gehen. Erst unter der Tür fragte sie, als sei es ganz nebensächlich: »Und was Lajtaszentmiklosch betrifft, gib dich keinen Illusionen hin. Wir haben Gütergemeinschaft, Ferdinand und ich. Mögen die Heisinger-Töchter sich von dir und den vornehmen Vorvätern gefallen lassen haben, was immer: Ich lass' mir nichts gefallen. Ich bin so gut und so hart wie ihr und kann nur hoffen, daß ich es euch nie zeigen muß!«

Dann fiel die hohe, schwere Tür des Salons zu, nicht gerade laut, aber deutlich. Sebastian war allein; nur der leichte Duft eines Kölnischwassers, das er nicht kannte, und das zweite Glas Sherry vor ihm zeugten noch von der Auseinandersetzung.

Das hatte er nun davon, daß er Rücksichten genommen, seinen großen Söhnen keine junge Mutter ins Haus gebracht, das Erbe nicht gefährdet, nicht geschmälert hatte. Jetzt war dieses Küken aus Prag, diese arrogante Professorentochter die einzige Frau Heisinger, und sie zeigte es ihm, zeigte es ihnen allen. In Lajtaszentmiklosch würde es also zwei Anwälte geben, zwei Expertisen, eine komplizierte Vermessung und vor allem Behinderungen in aller Zukunft, denn mit Irene war nicht zu spaßen. Und dabei hätte er so gerne mit ihr... na ja, wer weiß. Spaß konnte man das gewiß nicht nennen. Aber in ihrem Zorn, da war sie herrlich gewesen, eine Göttin. Und diese Göttin ging jetzt hinüber in die Wohllebengasse und legte sich zu Ferdinand ins Bett – ausgerechnet.

»Dworschak!« schrie der Kommerzialrat so laut, daß der alte Gießer völlig verschreckt hereinstürzte und mit offenem Mund dastand, bis Sebastian sich einigermaßen gefaßt hatte. »Dworschak, laß anspannen, wir fahrn in den Prater...!«

»Jetzt, Herr Kommerzialrat?«

»Natürlich jetzt, jetzt gleich!«

Er mußte hinaus an die Luft, genau genommen in die Wiener Luft, in der es immer nach Frauen roch und nach Mädchen. Er konnte jetzt nicht in diesen toten Mauern bleiben. Wie der Dworschak sich das dachte...!

»Bis morgen soll ich warten?« sagte sich Sebastian Heisinger und wurde beinahe lustig. »Bis morgen, wo die Irene mich so prächtig in Rage gebracht hat? Wir fahren in den Prater; die Hauptallee ist lang, da findet sich schon eine, die so stolz und so frech ausschaut wie diese keusche Libussa!«

II

Exposition – Waltz

Walzer ohne Opusziffer
von Joh. Strauß Sohn

Der Österreicher hat wohl deshalb das Gefühl, daß ihm nichts geschehen kann, weil ihn das Bewußtsein, auf dem Aussterbe-Etat geboren zu sein, vor Überraschungen behütet.

Karl Kraus

Brückenschläge

Am 11. Mai 1872 mußte Peter Daniel früh aufstehen. Nicht etwa, weil er schon in die Schule gegangen wäre; das stand ihm erst für den Herbst bevor. Aber die neue Nordwestbahn-Brücke über die Donau sollte eröffnet werden, und es hätte den Großvater sehr gekränkt, wäre sein Lieblingsenkel an diesem Ehrentag der Heisingerschen Unternehmen zu Hause geblieben.

Der einzige Enkel war Peter Daniel nämlich nicht mehr; es gab ein Mädchen und einen Buben, die ihn von dieser ehrenvollen Bürde befreit hatten, aber seltsamerweise war er trotzdem der einzige Heisinger geblieben, den man guten Gewissens vorzeigen konnte, denn Franz Heisinger hatte nach einem Heurigenabend einmal nicht aufgepaßt, und Linerl kam mit einem gesunden Mädchen nieder, und Olga Mannagetta, geborene Heisinger, hatte ihrem Gelehrten sogar ein Kuckucksei ins Nest gelegt: einen dürren Knaben von drei Kilo Gewicht, der unverkennbar das Raubvogelgesicht eines der bekanntesten Wiener Herzensbrecher zeigte, eines kleinadeligen Dragonerrittmeisters von martialischem Charme.

Doktor Mannagetta war inzwischen zu einem Bakteriologen von Ruf geworden, was um so mehr bedeutete, als noch kein Mensch so richtig wußte, was Bakterien eigentlich sind.

Er hatte auf den Zwischenfall – wie er alles nannte, was nicht seine Forschung betraf – übrigens sehr unerwartet reagiert, indem er die Frist verstreichen ließ, innerhalb derer er die Vaterschaft an dem Neugeborenen hätte bestreiten können. Olga war von Tag zu Tag nervöser geworden, und der Herr Rittmeister sah schon die Heisingersche Erbschaft davonschwimmen, an die er auf diese einfache und durchaus angenehme Weise hatte kommen wollen – bis es zu der großen Explikation kam, bis Olga händeringend alles eingestand, was ohnedies jeder wußte, und ihren sanft durch die Brille blickenden Gatten unbedingt zum Othello machen wollte.

Aber genau das war nicht gelungen. »Bestell dem Herrn Rittmeister meine verbindlichsten Empfehlungen«, hatte Mannagetta gesagt und dem Baby das schmale Kopferl getätschelt, »und meinen aufrichtigen Dank für den kleinen Nebochanten, den er in meine alte Familie verpflanzt hat. Wenn er aber glaubt, ich schenk' ihm die Olga Heisinger dazu, das Geld, das jeder Enkel von Sebastian Heisinger zu erwarten hat und damit meine wissenschaftliche Zukunft, dann hat er sich getäuscht. Ich bin als Privatdozent auf Eigenmittel angewiesen, und was ich in meinem Laboratorium zu tun habe, ist für die Menschheit unendlich wichtiger als alles, was ein schneidiger Kretin wie dein Dragoner mit dem Geld anfangen würde. Der Bub ist damit legitimiert, die Ehe gerettet, und das nächstemal suchst du dir vielleicht einen etwas intelligenteren Partner aus. Ich hab' ein paar sehr gut aussehende Kollegen, die man bei dringendem Bedarf rasch alarmieren könnte. Aber ich glaube, diese eine Erfahrung müßte dir reichen.«

Was Olga nach einigem Schlucken und Taschentuchgetupfe darauf antwortete, ist schwer zu rekonstruieren, weil die einzige passende Wendung: »Du bist doch das letzte!« im Wien von 1872 noch nicht gebräuchlich war. Gemeint aber hat sie es jedenfalls.

Ungleich friedlicher ging es bei Franz und Linerl zu. Alle waren nämlich selig, auch Irene und Ferdinand.

»Jetzt muß der Peter Daniel nicht immer mit der arroganten Seebenpruggischen spielen«, stellte Irene fest, woraus man sieht, daß sie in den sieben Jahren, die sie nun in Wien weilte, ein wenig vom Tonfall ihrer neuen Familie angenommen hatte; so ganz fremd war er den Pragern ohnedies nie gewesen. Die Seebenpruggische, das war jenes Mädchen, das beinahe zugleich mit Peter Daniel von der Hebamme Agnes Lustig zur Welt gebracht und dann noch vor ihm getauft worden war, ein feines Püppchen aus der Paniglgasse, für das Peter Daniel eine oft beanstandete, aber um so hartnäckigere Vorliebe an den Tag legte. Die Baronin sah den kleinen Industriellensproß gern im Haus, und Irene hatte sich an die Gegenbesuche gewöhnt, weil es noch immer besser war, ein wohlerzogenes Mädchen da zu haben als einen der attraktiven kleinen Gauner aus der Gußhausstraße, die dem Peter Daniel wer weiß was beigebracht hätten.

Linerl und ihre pausbäckige Vierjährige hatten natürlich Ehrenkarten für die Brückeneröffnung und strahlten stolz aus ihren weißen Kleidern; in der Gruppe der bevorrechteten Festgäste jedoch paradierte nur Peter Daniel im weißen Matrosenanzug mit blauen Paspelierungen, als sei er ein kleiner Schiffsjunge von einem der Donau-Monitore der k. u. k. Marine. Das Dragoner-Kuckucksei zählte erst zwei Jahre und hatte darum zu Hause bleiben müssen.

»Ist doch eigentlich schnell gegangen, nicht wahr, Irene?« meinte Ferdinand, als sie, das Kind zwischen sich, am Brükkengeländer lehnten und auf das Eröffnungskomitee um den Minister warteten. »Mir jedenfalls ist es wie gestern, daß wir mit ihm das erstemal in Gutenstein waren ... Inzwischen ist Lajtaszentmiklosch gebaut worden ... Mein Leben ist ganz anders geworden durch die Pendlerei nach Wiener Neustadt ... Nur du, Irene«, schloß er seine Meditation galant,

»du bist genau die geblieben, die du damals warst...!«

»Nur ein bisserl schlanker, möcht' ich hoffen!«

Ferdinand setzte sein Chefgesicht auf und trat ein paar Schritte beiseite, um sie richtig in Augenschein nehmen zu können.

»Na ja, ich weiß nicht, die Mode hat sich auch ein wenig geändert. Aber wenn du willst, können wir heute abend im Schlafzimmer einen ganz genauen Augenschein vornehmen.«

»Fernand, le petit!« flüsterte Irene mahnend. Das hatte sie nun davon! Die Herren Heisinger hatten einander erfolgreich gelockert, der Opa trieb's am ärgsten, der hatte schließlich auch das meiste Geld und die kürzeste Spanne Lebens vor sich; Franz war mit fliegenden Fahnen zu diesen Allüren übergegangen und dachte gar nicht daran, sich mit Gattin, Schwiegereltern und Rücksichten zu belasten, da er eine hübsche und fügsame Geliebte von ausreichendem Temperament hatte und nun auch noch ein süßes Kind. Sagte die Kleine im Stadtpark vor aller Welt und mit ihrer durchdringenden Kinderstimme laut *Papa* zu ihm, so sah er sich nur stolz um und hoffte, daß es recht viele von den sonntäglichen Spaziergängern gehört hätten.

Endlich erschien der Minister, bahnte sich nach allen Seiten grüßend seinen Weg durch die Menge und wartete höflich, bis auch die Herren seiner Suite, verstärkt durch die Inhaber der am Bau beteiligten Firmen, in seiner Nähe Aufstellung genommen hatten. Dann wurde das inzwischen dreimal herabgefallene neu befestigte Band feierlich zerschnitten, ein paar Minuten später fand sich auch jemand, der dem Minister die lange Gartenschere dieses Staatsaktes wieder abnahm, und die Menge verteilte sich, ein wenig fröstelnd in dem Mailüfterl über dem neuen Donaubett, in die Auen und den nahen Prater.

Auf Ferdinand und die Seinen wartete Rothmann mit zwei besonders schön geschmückten Pferden. Das vierspännige Fahren hatten die Heisinger dem Herrn Bösendorfer überlassen; wer solche Flügel baute wie der, dem kamen auch innerhalb der bürgerlichen Fabrikantenschaft einige Vorrechte zu. Man stand übrigens sehr gut mit dieser Nobelfirma, denn der Kommerzialrat hatte zum fünften Hochzeitstag Ferdinands und Irenes einen herrlichen Flügel in Nußbaumholz sonderanfertigen lassen, ein Instrument, das ein Vermögen gekostet haben mußte und an dem Irene glückliche Stunden zubrachte. Sie hatte sogar schon versucht, Peter Daniel in den Anfängen des Tonleiterspiels zu unterweisen, aber noch nicht viel Gegenliebe bei ihm gefunden. »Ich habe es viel lieber, wenn du spielst, Mutti«, hatte er erklärt und sie dabei heftig umarmt, »da hast du immer ein ganz besonders schönes Gesicht.« – »Anders als sonst?« wollte sie wissen. – »Ganz anders, so... so heilig!«

Ja, dann! Dann war sie also immerhin für den Sohn eine Heilige geblieben, zumindest zeitweise. Sie selbst aber fühlte sich ein wenig korrumpiert. Vor allem, weil sie eingesehen hatte, daß es ein Fehler gewesen wäre, weiter der Moralapostel zu bleiben in einer Welt, die in ihrer Art ebenso unschuldig war wie ihr Prager Leben es gewesen, nur eben von einer heidnischen Unschuld, durchtränkt von unwiderlegbaren Überzeugungen vom Leben und Lebenlassen, vom *Nütze-den-Tag,* vom *Kriegst-du-was-dann-hast-du-was* und ähnlichen Regeln, zu denen sich noch ein ganzer Kranz weniger präsentabler Grundsätze gesellte.

1868, als es nach dem österreichisch-ungarischen Ausgleich in Böhmens Hauptstadt Prag zu Unruhen gekommen war, hatte Irene ihren Vater zum letztenmal gesehen und mit ihm über diese Frage gesprochen; Ferdinand hätte ja gar nicht verstanden, daß dies überhaupt eine Frage sei. Im Juni 1868 war der Kaiser in Prag gewesen, aber die tschechische

Gesellschaft, die ihm die Bevorzugung der Ungarn arg verübelte, war allen Empfängen und Feierlichkeiten ferngeblieben. Im September, als Irene noch schnell vor Semesterbeginn ihren Vater besucht hatte, war es zu den ersten Zwischenfällen gekommen, und im Oktober brachen so schwere Unruhen aus, daß Ferdinand mit einer kleinen Privatarmee von stämmigen Möbelpackern angerückt kam, um seine Frau nach Wien zurückzuholen.

In diesen Tagen der Gefahr hatte sich Irene noch einmal eng an die Eltern angeschlossen, vielleicht auch, weil sie ahnte, daß sie die beiden nicht so bald wiedersehen würde, denn nach den Aufregungen des Herbstes 1868 konnte man Ferdinand nicht zumuten, sie wieder nach Böhmen fahren zu lassen.

»Ich werde langsam heimisch in Wien, Vater«, hatte Irene berichtet, »aber es hat gedauert. Das erste Jahr war das schlimmste. Da glaubt man, daß man nie einen Weg zu dieser Lebensart finden wird. Peter Daniel war es dann, der die Brücke schlug. Wie sie alle ihm begegneten, wie sie zu dem kleinen, arglosen Kind waren, vom alten Kommerzialrat bis zur oberflächlichen Olga oder der primitiven Linerl, das hat mir die guten Seiten der Wiener Seelenlandschaft gezeigt. Es *ist* eine Seelenlandschaft, sie hat ihre Täler und Höhen, ihre Gegensätze, aber man kann sich in ihr bewegen. Nur die Reserven, die muß man zu Hause lassen. Die berühmte Verhaltenheit, die ist nicht die starke Seite der Wiener.«

»Mit anderen Worten: Von Verhaltenheit halten sie gar nichts«, sagte Professor Sauer lachend, »macht dir das was? Du bist ja gar nicht wirklich spröde. Du warst nur sehr jung. Du hättest dich in Prag nicht viel anders entwickelt als in Wien, wenn auch nicht so plötzlich, denn die jungen Gelehrten, die ich dir hier als Gatten hätte offerieren können, die bleiben mangels Gelegenheit natürlich viel länger blöd als die Industrieprinzen. Und wenn so ein Bücherwurm dann erkennt, was er versäumt hat, ist die Gemahlin – ich spreche jetzt nicht von dir, sondern ganz allgemein – in der Regel so verblüht, daß er sich an die Studentinnen hält. Was glaubst du, wie oft wir das hier erleben. Rauschebärte an knospenden Brüsten...«

»Theophil, ich bitte dich!« rief Mama Sauer aus dem Ohrenstuhl, aber der Professor ließ sich nicht stören.

»Unsere Tochter hat einen Buben, falls du's nicht bemerkt haben solltest, und sie kommt aus Wien, wo man doch ein wenig näher am Puls der Welt sitzt als wir hier, isoliert zwischen Tschechen und Juden. Ich selbst bin gottlob solchen Anfechtungen nicht ausgesetzt, mein einziger weiblicher Hörer ist ein Fräulein Kafka, ernst, still, tiefsinnig. Die bringt es nicht einmal zustande, mich an die große Liebe meines Lebens zu *erinnern*, geschweige denn, eine neue zu werden.«

Mama Sauer hatte diese späten Bekenntnisse mit einem betonten Seufzer quittiert, Irene hatte eingesehen, daß der Weg, den sie für den Weg in die Hölle gehalten hatte, lediglich der Weg ins Leben gewesen sei, und dann war Ferdinand aufgetaucht mit seiner Mannschaft vom Wienerberg, entschlossen, seine junge Frau aus einem Haufen Tschechen herauszuhauen. Das aber war keineswegs nötig gewesen, denn auch die unruhigsten Studenten lassen sich nicht einreden, daß ein Byzantinist eine besondere Gefahr für die Rechte der Tschechen darstelle.

Peter Daniel weckte Irene aus ihren Gedanken, denn er durfte sonst stets neben Rothmann auf dem Bock sitzen, an diesem Tag aber, in dem schönen Anzug, hatte er sich auf den Klappsitz gegenüber Vater und Mutter drücken müssen und sah die Straßen und die Menschen aus einer ungewohnten Perspektive.

»Ich glaube«, sagte er, »daß ich einmal sehr viel Geld verdienen werde.«

Ferdinand lachte. »Mit Möbeln aber nicht, mein Lieber, das kann ich dir versichern!«

»Nicht mit Möbeln!« Die verächtliche Handbewegung, die Peter Daniel für die Lebensarbeit seines Vaters hatte, war herrlich anzusehen. »Mit Kutschwagen. Ich werde Wagen bauen, die zwei Böcke haben, so wie ein Dromedar zwei Höcker hat. Da können alle Leute hoch sitzen und sehen viel mehr. Und dann wird niemand mehr diese dummen Kutschen kaufen wollen, in denen man sich nur gegenseitig anschaut und sonst nichts!«

»Siehst du uns denn nicht gerne?« wollte Irene wissen.

»Dich schon, Mutti, vor allem, wenn du so schöne Kleider anhast wie heute und die Brosche mit dem großen blauen Stein, und wenn deine Augen leuchten, weil du ganz genau weißt, wie schön du wieder einmal bist...«

»Und ich?« Ferdinand gab sich enttäuscht. »Ich hab' mich doch auch schön angezogen!«

»Du bist der Papa, du brauchst nicht schön zu sein, du gefällst mir...« Peter Daniel überlegte angestrengt, um nicht ungerecht zu sein. »Du gefällst mir am besten, wenn du immer derselbe bist!«

Kutscher Rothmanns breiter Rücken verriet nicht, ob er etwas gehört und ob er es verstanden hatte. Aber als er sich an der Einmündung der Hauptallee halb umwenden mußte, um zu sehen, ob er freie Fahrt hatte, da konnte er nicht mehr verbergen, daß auch er hatte lachen müssen. Und einmal über einen Heisinger lachen zu können, das tat besonders gut.

Donau so blau

Für vier Uhr nachmittags hatte der Kommerzialrat zum Tee gebeten, aber es war von vornherein klar, daß Sekt getrunken werden würde. Tee hieß es nur, weil um sechs dann der Sektempfang bei den Brüdern Brünner war, und man wollte die Spitzen der Behörden doch nicht überfordern. Krupp, der dritte Große unter den Brückenfirmen, hatte glücklicherweise darauf verzichtet, sich an dieser Konkurrenz der Wiener Eisenindustrie um die gesellschaftliche Ausbeute des Eröffnungsaktes zu beteiligen; ihm genügte der Auftrag und daß er pünktlich durchgeführt worden war.

Sebastian Heisinger hatte alles aufgeboten, um schon zu dieser ärgerlich frühen Nachmittagsstunde festliche Abendstimmung zu schaffen; natürlich wäre es ihm lieber gewesen, den Abend in seinem Palais ausklingen zu lassen, den Minister dann für sich zu haben zu einem vertrauten Abendgespräch, aber die Brünner waren eben die Kleineren, da mußte man Toleranz üben und großzügig sein, sonst hieß es wieder, er dränge die anderen an die Wand. Reden würde man ja doch von *seinem* Empfang, das war sicher, wenn auch aus anderen Gründen, als der Kommerzialrat Heisinger ahnen konnte.

Die Honneurs machten er selbst und, da Franz noch unverheiratet war, Irene. Sie hatte sich schnell umgezogen und trug nun ein violettes Seidenkleid von sehr damenhafter Note, das zu ihrem jungen Gesicht sehr reizvoll kontrastierte. Olga Heisinger, verehelichte Mannagetta, war über diese Rollenverteilung in eine ihrer gefürchteten Krisen verfallen, hatte aber nicht viel dagegen sagen können, die Firma hieß nun einmal C. R. Heisinger & Söhne, und dieser Name war für alle Töchter stets eine düstere Mahnung gewesen: Die Frauen der Söhne hatten ganz andere Rechte als sie.

Mittags dann hatte Olga sich gefangen und beschlossen, an optischem Eklat all das einzuholen, was ihr von der Position her versagt worden war, und so erschien sie um sechzehn Uhr, am hellen Nachmittag, in einem brillantenglitzernden schwarzen Prinzeßkleid mit blanken Schultern, deren imposante Nacktheit von keinem Träger gestört wurde.

Sebastian schaute zwar ein wenig merkwürdig, aber da die Getränke und die Sandwiches, die Petit Fours und die Zigarren von den hübschesten Angestellten der Firma gereicht wurden, mochte er hoffen, daß Olga trotz ihrer heimlichen Siedehitze nicht allzuviel Aufsehen erregen würde.

Zehn Minuten vor fünf erschien der Finanzminister. Irene kannte ihn noch nicht und hatte seinen Namen memoriert wie eine Verszeile, vor allem da er nicht viel kürzer war als ein ganzer wohlgebauter Hexameter, hieß Seine Exzellenz doch Sisinio Freiherr Depretis von Cagnodo. Irene brauchte eine Weile, um seine ehrfurchtgebietende Erscheinung in sich aufzunehmen, weil nämlich der Minister sein Gesicht gleichsam dreigeteilt hatte. Ganz oben, da trug er die breite und schon bedenklich hoch in die Haarzone reichende Stirn. Dann kam ein goldener Kneifer mit breitem Bügel, das Ganze natürlich am Band und mit einem kleinen Greifansatz, damit man die scharfen Gläser auch als Lorgnon benützen könne. In der Mittelzone dominierte eine romanische Aristokratennase, die mit ihren breiten Flügeln jedoch auf ein paar levantinische Entgleisungen in der Ahnenreihe hinwies. Um so germanischer wucherte dann der Bart in der dritten und untersten Gesichtspartie von den Schläfen zum Ohr, über die halbe Wange weg und über die Oberlippe hinüber nach Steuerbord, so daß man, wäre der Kneifer nicht gewesen, hätte annehmen können, das zisleithanische Österreich lasse seine Finanzen von einem gepflegten Seebären verwalten.

Während der Kommerzialrat mit dem Minister weiterging, um ihm eine sorgfältige Auswahl der Anwesenden vorzustellen, drängte Olga sich an die glücklichere Rivalin heran.

»Himmel, was für ein Mann!« rief sie und angelte sich gewagt ein Gläschen von Sebastians starkem braunem Brombeerlikör. »Und er hat dir die Hand geküßt?«

»Natürlich!« Irene lachte. »Warum denn nicht?«

»Ich *muß* ihn kennenlernen!«

»Das wird der Papa schon machen ... Seine Exzellenz ist ja eben erst gekommen. Wenn die offiziellen Präsentationen vorüber sind, gebe ich dir ein Zeichen.«

Da Irene sich neuen Gästen zuwenden mußte, blieb Olga etwas plötzlich allein. Sie wird mir ein Zeichen geben, mochte Olga denken, und stehenlassen tut sie mich auch noch.

»Du kannst dir nicht vorstellen«, berichtete sie ihrem Gatten, der in einem stillen Winkel sein Tablett mit Kanapées plünderte, »du kannst dir nicht vorstellen, was dieses Trutscherl aus Prag sich alles einbildet.«

»Soweit ich im Bild bin, läuft doch alles ganz wie geplant? Die Familie kommt schon noch an die Reihe. Es dauert nur ein bisserl, der Freiherr von Depretis ist ja erst ein paar Monate Finanzminister und kennt eben manche Herren überhaupt noch nicht. Außerdem: Exzellenzen sind doch furchtbar strapaziös, was willst du denn von ihm?«

»Das verstehst du nicht. Das wirst du nie verstehen. Sonst

würdest du ja gar nicht imstande sein, zuzusehen, wie deine Frau gedemütigt wird.«

»Ach, du wirst gedemütigt? Das tät mich schon interessieren«, sagte Mannagetta mit langsam erwachender Aufmerksamkeit, aber da war Olga schon wieder davongerauscht.

War es der Sekt so früh am Tag, war es die Mischung des Sekts mit dem Brombeerschnaps oder war es ganz einfach jener diabolische Spieltrieb, wie er in betrogenen Ehemännern mitunter ganz unversehens ausbricht – der allseits hochgeschätzte Bakteriologe jedenfalls benahm sich von diesem Augenblick an und trotz der hochfeinen Umgebung ganz genau so, als habe sich eine ganze Kultur kandaulistischer Bazillen in seinem Gehirn angesiedelt. Wer der Kandaules war, das wußte damals in Wien noch jeder Gebildete, denn der aus dem äußersten deutschen Norden in den nicht mehr so ganz deutschen Süden, nach Wien, gewanderte Dichter Friedrich Hebbel, der aus König Kandaules den ersten Kandaulisten gemacht hatte, war erst neun Jahre tot. Bis in seine letzten Lebensjahre hinein hatte er, darin mit dem Hofrat Grillparzer wetteifernd, die österreichischen Zeitereignisse mit Verserln begleitet. 1853, als der ungarische Schneidergesell' Lybenyi auf der Löwelbastei ein Messerattentat gegen Kaiser Franz Joseph verübt hatte und von einem Fleischermeister überwältigt worden war, da hatte Hebbel ergriffen gereimt:

Nun darfst du doppelt auf dich selbst vertrauen,
Und doppelt hoffen darf auf dich die Welt;
Der Dicher aber blickt mit heiligem Grauen
In deine Zukunft, die sich ihm erhellt;
Du wirst, er glaubt's, den Thron aufs neue bauen,
Den Karl der Große einst so hoch gestellt;
Denn soll's noch einmal auf der Erde tagen,
So muß das Herz Europas wieder schlagen.

Damit hatte Hebbel etwas bewiesen, was damals noch nicht allgemein bekannt war, nämlich daß man mit den edelsten Gefühlen die schlechteste Literatur machen könne; die gute Literatur machte er etwa gleichzeitig mit weit weniger edlen Gefühlen, indem er nämlich von König Kandaules schrieb, der seine schöne Gemahlin, ohne daß sie es ahnte, nackt dem Freund Gyges zeigte.

Doktor Mannagetta wußte, daß er mit unsichtbaren Hörnern durch diese Versammlung ging, Hörnern, die Olga ihm aufgesetzt hatte. Und das kleine Kammerorchester, das der Kommerzialrat in einer Nische konzertieren ließ, spielte zu dieser höllischen Szene, spielte zu Olgas bloßen Schultern und seinen, Mannagettas, Rachegedanken behutsam-ermutigend den neuen Chorwalzer des Herrn Strauß, weil man doch heute eine neue Brücke über die neue Donau geschlagen hatte und weil damit ein Schlußstrich unter die Niederlage von 1866 gezogen worden war.

»Irene...?« sagte Mannagetta ganz harmlos und wiegte sich ein wenig zu dem *Donau so blau, so blau, so blau,* »nicht wahr, du vergißt uns nicht von wegen der Präsentation? Schickst uns jemanden, wenn's soweit ist?«

»Aber natürlich«, sagte Irene, schon ein wenig müde lächelnd. Daß der Doktor, ihr gelehrter Schwager, auf derlei aus war, hätte sie zwar nicht angenommen, aber man war eben in der Stadt, in der Protektion alles vermochte, und vielleicht hatte er irgendein Anliegen für sein Institut.

Als diese Mine gelegt war, postierte sich Mannagetta hinter seine Frau, die angeregt konversierte. Und tatsächlich war der – allerdings ziemlich lange und auch ohne Text etwas ermüdende – Walzer noch nicht zu Ende, als schon eines der Heisingerschen Kontormädchen herantrippelte und der Olga zuflüsterte, daß Seine Exzellenz sich freuen würde, ihre Bekanntschaft zu machen.

Olga nahm sich nicht einmal die Zeit, das Glas abzustellen, das Sandwich aus der Hand zu legen. Das würde ihr schon irgendwer abnehmen. Sie segelte los, als habe sie die Kraft, die Menge durch ihren bloßen Anblick zu teilen, und das war dann auch bald der Fall. Mannagetta nämlich wartete nur noch eine Sekunde, bis die Siebzig-Kilo-Dreißigerin, die nun einmal seine Frau war, die volle Geschwindigkeit erreicht hatte. Dann trat er mit wohlberechneter Entschiedenheit auf ihr Kleid, und Olga Mannagetta, die ihrer leichten Fülle wegen keine Unterkleider trug, stand Seiner Exzellenz dem Minister in einem Zustand gegenüber, der vermutlich selbst einen Hebbel mit dem schon bekannten *heil'gen Grauen* erfüllt hätte...

Es war wie ein Blitz, ein großes Licht; urplötzlich überstrahlte es die heimeligen Glühstrümpfe des Ritters Auer von Welsbach. So ein Frauenleib geht doch auf wie die Sonne, sagte sich Doktor Mannagetta, ehe ihm vor Genugtuung übel wurde. Er sah nicht mehr, wie Irene die Decke von einem Tisch riß, gleichgültig, was dabei zu Boden fiel und zu Bruch ging, und sie um die erstarrt dastehende Schwägerin schlang, und er erwachte erst, als ihn jemand väterlich kräftig auf die Wangen schlug und halblaut sagte:

»Du übertreibst, Eidam.«

Wenn Sebastian Heisinger hochdeutsch sprach, duckten seine Angestellten sich über ihre Schreibpulte, und auch Mannagetta ahnte, daß er eine Art Katastrophe vielleicht nicht gerade herbeigeführt, aber doch jedenfalls ausgelöst hatte. Denn irgend etwas hätte Olga an diesem Abend ja doch noch angestellt, so geladen wie sie war.

»Wie geht's denn... wie geht's denn der Olga?« erkundigte sich Mannagetta, während er sich aufrichtete und verdattert die veränderte Szenerie betrachtete.

»Die haben wir während deiner echten oder vorgeblichen Ohnmacht nach Hause gebracht«, sagte der Kommerzialrat,

»und du solltest jetzt auch so schnell wie möglich verschwinden.«

»Auch nach Haus?«

»Sicherlich, du kannst deine Frau in der Exaltation doch nicht allein lassen.«

»Du wirst sehen, die schlagt mich tot!«

»Das will ich hoffen. Frauen haben dazu ja mehr Recht als die Schwiegerväter«, sagte Sebastian und wandte sich ab. Irene, noch immer blaß von dem Auftritt, geleitete den Schwager hinaus.

»Du weißt, daß ich im allgemeinen nicht neugierig bin«, sagte sie leise, während sie in der Garderobe seinen Mantel heraussuchte, »aber das möcht' ich zu gerne wissen: War das mit dem Kleid Zufall oder Absicht?«

Mannagetta, der im kühlen Vorhaus nach und nach zu sich gekommen war, sah Irene ausdruckslos an. Da hatte man nun eine hübsche Schwägerin, aber Phantasie hatte sie nicht für drei Kreuzer.

»Was glaubst denn du?« fragte er harmlos.

»Ich bin sicher, daß es Absicht war...«

»Na, Gott sei Dank, wenigstens eine, die mich versteht!« sagte Mannagetta und wandte sich zum Gehen. »Aber sag's nicht weiter. Ich *mußte* es tun, und vielleicht habe ich damit alles in Ordnung gebracht!«

Das freilich war ein Irrtum, der die psychologischen Fähigkeiten des jungen Bakteriologen in keinem sehr günstigen Licht zeigt. Olga nämlich hatte sich nach dieser Szene, die Triumph und Niederlage zugleich gewesen war, vor allem aber ein tödlicher Skandal – Olga hatte sich in dieser Stunde der Verzweiflung und der Scham an nichts anderem aufgerichtet als an ihren Rachegedanken. Sie fiel nicht etwa mit dem Nudelwalker über Mannagetta her, wie das Frau Gusti Rothmann oder jede andere kleinbürgerliche Wienerin in so einem Fall getan hätte (wenn solch ein Fall in diesen Milieus überhaupt denkbar gewesen wäre). Nein, sie verlangte, sorgfältig die Gedemütigte mimend, eine Buße. Sie rang die Hände und gab sich aufgelöst, bis er sich zu allem bereit erklärte. Sie band ihn an den großen grünen Kachelofen im Eßzimmer ihrer behaglichen Stadtwohnung, erst die Arme und dann einzeln die Beine, so daß er, an den lauwarmen Giganten aus Väterzeiten gefesselt, sich schließlich überhaupt nicht rühren konnte. Dann schürte sie die Glut, die noch im Ofen war, legte tüchtig nach und wartete mit beinahe verzücktem Glanz in den Augen, bis der Ofen Hitze zu speien begann. Das dauerte immerhin eine Stunde; eine Stunde, in der Mannagetta immer unbehaglicher wurde, wenn auch die Kacheln ihn nicht geradezu verbrannten. Der Schweiß jedoch rann ihm in Strömen vom Leib und in seinem Kopf brauste es wie ein Sturm.

»Da dir so heiß ist, mein Lieber«, sagte Olga, »will ich dir helfen, du sollst es schließlich angenehm haben, so angenehm wie ich heute nachmittag.«

Damit holte sie die lange Schere, die für die Störnäherin im Haus war, und begann den Abendanzug ihres Gatten zu zerschnippeln. Je näher sie dabei der Haut kam, desto unruhiger wurde er, und als er schließlich nackt war und sie die Schere immer noch nicht weglegte, verlegte er sich aufs Bitten, auf Versprechungen, auf Eide.

Da aber verlor sie plötzlich die Lust.

»Wenn du morgen noch lebst, werde ich dir meine Bedingungen mitteilen«, sagte sie und ließ ihn allein.

»Aber um acht kommt doch das Kinderfräulein«, schrie Mannagetta, »die hat einen Schlüssel, die findet mich so!«

Olga lachte. »Das soll mir etwas ausmachen, nach allem, was ich heute erlebt habe?« rief sie durch die Tür. »Die soll nur fein säuberlich alle Knoten aufmachen. Weh euch, wenn sie dich losschneidet!«

Ausweichmanöver

Am Abend des Skandaltages, als die letzten hämischen Tröster sich verlaufen hatten, kam Sebastian Heisinger in die Wohllebengasse, zu Fuß, im Dunkeln.

Der Familienrat tagte bei Franz, der am meisten Platz hatte, zuvor aber machte Sebastian einen kleinen Gang durch die Wohnung von Ferdinand und Irene, die er seit mehr als einem Jahr nicht mehr gesehen hatte. Mit Interesse besichtigte er die zu einem Bubenzimmer umgebaute Bügelkammer, in der für den angehenden Volksschüler Peter Daniel schon ein Schreibpult stand und sogar ein niedriges Regal mit Büchern, obwohl er noch nicht lesen konnte, sondern nur in Großbuchstaben seinen Vornamen schreiben.

»Ich weiß natürlich ganz genau, wie man Heisinger schreibt«, versicherte er dem Großvater, »aber weil der Name so lang ist, vergesse ich immer irgendeinen Buchstaben dazwischen, und darum bleib' ich lieber bei Peter-Daniel. Da weiß dann doch jeder, wer gemeint ist, so heißt niemand anderer bis hinüber zur Paniglgasse und zur Paulanerkirche!«

Als dann Poldi eintraf, den der Kutscher Rothmann aus einer feuchtfröhlichen Runde beim Dreher geholt hatte, begann die Sitzung, die Sebastian mit der Versicherung eröffnete, das Vorgefallene sei ärgerlich, aber keine Katastrophe.

»Ich bin weder Devotionalienhändler noch Hoflieferant. Unsere Aufträge erhalten wir kaum je aus der Umgebung der Krone, sondern immer aus den Fachministerien, und einige der Bahnlinien, für die wir Ausrüstungen und Ersatzmaterialien liefern, sind überhaupt privatisiert. Aber es bleibt ein Skandal, und wenn es auch stimmt, daß ich in dieser Stadt, in der alle um zehn Uhr schlafen gehen, einen vergleichsweisen schlechten Ruf genieße, so möchte ich doch sagen, daß ich für diesen Ruf gern selbst sorge und ihn mir nicht von Tochter und Schwiegersohn zubereiten lasse...«

Als er Olga erwähnte, fiel ihm ein technisches Detail ein, das ihn seit ein paar Stunden intrigierte.

»Sei doch so lieb, Irene... wir sind ja unter nahen Verwandten... erklär uns doch einmal, warum deine Schwägerin so überhaupt nix unter der Robe angehabt hat. Tut man das heute?«

Irene errötete.

»Es ist so«, sagte sie nach einigem Überlegen leise, »daß die weibliche Unterwäsche im Schnitt und im Material ziemlich aufträgt. Die Hose vor allem schoppt sich um die Mitte zusammen. Ich kann mir vorstellen, daß Olga, die über den Winter ein wenig zugenommen haben dürfte, in das hübsche, aber sehr knappe Kleid gar nicht hineingekommen wäre – mit einer der üblichen Hosen. Sie hätte meiner Meinung nach allerdings einen zarten Unterrock tragen können.«

»Mit anderen Worten: Diesen Ausweg würdest du in so einem Fall wählen?« erkundigte sich Poldi angelegentlich, aber der Kommerzialrat fuhr ihm sofort über den Mund:

»Wenn du dich für Damenwäsche so sehr interessierst, mach doch eine Konfektion auf. Du hast ja gehört, woran es fehlt: an leichter, angenehmer, nicht auftragender Damenunterkleidung. Heute, wo aus Kummer über den verlorenen Krieg offenbar auch die Damenwelt alles in sich hineinfrißt, was man in Bäckereien und Konditoreien nur kriegen kann, scheint mir das eine sehr aussichtsreiche Branche zu sein...«

»Ganz abgesehen vom Vergnügen der Anproben!« warf Ferdinand ein, aber Sebastian Heisinger hatte Wichtigeres auf dem Herzen.

»Es ist also keine Katastrophe, aber wir können auch kein Interesse daran haben, daß die Angelegenheit auf dem Tisch bleibt, weswegen ich vorschlagen würde, daß wir – soweit es beruflich möglich ist – vorübergehend aus Wien weggehen oder doch untertauchen. Ich selbst ziehe eine Rußlandreise, die ich im Sommer absolvieren wollte, auf den Mai vor, das hat vielleicht sogar seine Vorteile, denn die Engländer schlafen ja nicht, und am russischen Eisenbahnbau will jeder reich werden. Ferdinand und Irene könnten sich vielleicht nach Lajtaszentmiklosch begeben, soviel ich weiß, habt ihr dort im Direktionsgebäude eine kleine Wohnung ausbauen lassein, das müßte bis zum Sommer gehen, und dann wird ja doch die immer wieder verschobene Hochzeitsreise fällig.«

»Aber nicht nach Grado!« sagte Irene schnell. »Dort ist es mir im Sommer zu heiß, und Gutenstein, wo es frisch und angenehm ist, wäre ja doch kein Reiseziel für eine Hochzeitsreise. Ich bin auch dafür, daß wir sie endlich machen, denn vom nächsten Jahr an sind wir auf die Schulferien beschränkt, haben also heuer praktisch die letzte Gelegenheit, den Zeitpunkt einigermaßen frei zu wählen. Man müßte nur etwas Geeignetes finden.«

»Geht's doch an die Nordsee... oder noch besser an die Kanalküste. Die Franzosen sind jetzt genauso wie wir Besiegte und Preußengegner, und in Dieppe zum Beispiel soll sich die Besatzung alles andere als beliebt gemacht haben. Dort seid ihr unter Franzosen und vor allem Engländern, ein höchst angenehmes Feriendomizil, nun, ihr könnt's euch ja noch überlegen, ich lad' euch jedenfalls ein, das war ja abgemacht.«

»Und ich soll also die Stellung halten, Papa?« erkundigte sich Franz. »Denn alle können ja doch nicht weg.«

»Es wird wohl nicht anders gehen. Da du unverheiratet bist, hast du keine gesellschaftlichen Verpflichtungen, und in der Wohllebengasse bist du bei weitem nicht so *en vue* wie ich vorne im Palais. Mußt dich halt mit deiner Linerl trösten und mit der Kleinen, àpropos, wie heißt das Dirndl denn überhaupt?«

»Franziska...«, antwortete Franz ein wenig verlegen, »das hat die Linerl sich nicht nehmen lassen.«

»Also eine kleine Franzi...«, seufzte der Kommerzialrat, »aber mit dem Legitimieren da laß dir Zeit, am besten bis nach der Heirat. Denn irgendwann wirst du ja doch eine Frau finden. Und du, Poldi, was machst du?«

»Also bitte, Papa... ich bin mit der neuen Situation ja grad' erst konfrontiert worden. Wenn der Ferdinand da in dieses ungarische Nest geht und die Mizzi mitnimmt, weil die Anni doch für uns kochen muß, dann weiß ich noch gar nicht, wie das bei mir wird. Der Franz und ich und die Anni, ich glaub', das wird todtraurig. Magst mir nicht auch eine Reise zahlen, Papa?«

Sebastian betrachtete nachdenklich seinen Jüngsten, der nun immerhin ins vierunddreißigste Jahr ging.

»Wie wär's denn mit einer kleinen Studienreise ins Tessin?« schlug er dann vor. »Natürlich mit Pinsel, Palette und Staffelei. Ein paar hübsche Landschaften und von mir aus auch ein paar hübsche Bäuerinnen dazwischen, dann könnte man vielleicht ein paar neue Bilder von dir auf der Weltausstellung zeigen, wär' das nix?«

»Ganz eine gute Idee«, gab Poldi zu, obwohl er offenbar bei seinem Reisevorschlag nicht ans Arbeiten gedacht hatte, »dann wären wir alle in der Rotunde vertreten, Eisen,

Möbel, Bilder oder dreimal Heisinger und Söhne...«

»Also sind alle *d'accord«*, stellte Sebastian fest. »Komm morgen ins Kontor, Poldi, da geb' ich dir den Kreditbrief für Locarno. Aber du fahrst allein, das ist Bedingung. Daß du kein Fabrikant und kein Kaufmann werden willst, ist kein Unglück. Aber wenn schon Kunstmalerei, dann ernsthaft!«

Also wurde wieder gepackt. Ferdinand war nicht ganz glücklich, aber er fand schließlich doch einen Vorteil in der Umdisposition, denn er wollte bei der Weltausstellung des Jahres 1873 in erster Linie auf dem Büromöbelsektor Neuigkeiten zeigen, und die wurden ja nicht auf dem Wienerberg gefertigt, sondern in Lajtaszentmiklosch. Die Arbeiterschaft, die er dort hatte finden können, einschließlich der Pendler aus Wiener Neustadt, war nämlich noch nicht so weit, daß feinere Fourniere und kompliziertere Formen gefertigt werden konnten, wie sie die Herstellung von Wohnmöbeln nötig machte.

Lajtaszentmiklosch war ein langgestrecktes ungarisches Dorf an der erst teilweise fertiggestellten Eisenbahnlinie Wiener Neustadt–Sopron und hart jenseits des Flüßchens Leitha, das dort schon seit mittelalterlichen Zeiten die Grenze bildete.

Ein Marterl erinnerte hier an den Schlachtentod des letzten Babenbergers, der zu Recht den Namen Friedrich der Streitbare getragen hatte und gegen die Ungarn gefallen war. Wenige Kilometer östlich der Leitha stieg das Steinfeld dann zu den ersten Hügeln des Rosaliengebirges an. Das auf den ersten Blick reizlose Fabrikdorf hatte also eine nicht unangenehme Umgebung, in der Irene und Peter Daniel einige Wanderziele vorfanden, und wenn auch die österreichisch-ungarische Grenze seit dem Ausgleich von 1867 an Bedeutung gewonnen hatte, so war sie doch mehr eine theoretische Linie, die niemanden daran hinderte, sooft man wollte, nach

Wiener Neustadt zu kutschieren, wo es Kaffeehäuser und Buchhandlungen gab und sogar ein ständiges Theater.

Bei ihrem ersten Besuch in der kleinen alten Stadt, einst Residenz Kaiser Friedrichs III. und Begräbnisstätte Kaiser Maximilians I., hatte Irene sich an Prag erinnert gefühlt. Ließ das Wetter keine Wanderungen zu, so fuhren sie zu dritt – Mizzi war dann mit von der Partie – mit dem alten Nußbaumer nach Wiener Neustadt. Auf einem Brett, das der Fabrikskutscher hinter seiner Bank quer über die Bordwände gelegt hatte, saßen die beiden jungen Frauen; neben dem Alten mit der Pfeife aber thronte natürlich Peter Daniel. Vor dem Ungartor der Stadt gab es einen Mautbalken, etwas, das Peter Daniel aus Wien nicht kannte und was ihn daher mehr beschäftigte als die Leithagrenze selbst.

Auch in der Fabrik war es nicht langweilig für den Buben. Der Pförtner, ein Artillerist, der bei Sadowa ein Bein verloren hatte, war zwar etwas mürrisch, weil es eben hart ist, schon mit dreißig ein Krüppel zu sein. Die Arbeiter aber, Ungarn, Kroaten und Deutsche, liebten den Kleinen und erfüllten ihm jeden Wunsch – allerdings stets innerhalb der Arbeitszeit, so daß Ferdinand gelegentlich einschreiten mußte. Immerhin war Peter Daniel auf diese Weise zu einem kleinen Holzhäuschen auf einer Anhöhe oberhalb des Fabriktores gekommen, von dem aus er die Bahnlinie mit ihren zwei Gleisen überblicken konnte und das lange Anschlußgleis, das sowohl die Metallwarenfabrik versorgte, die Sebastian und Franz Heisinger hier gegründet hatten, als auch die Möbelfabrikation Ferdinands.

In einer Mulde unterhalb des Bahndamms und der Terrasse, auf der die beiden Fabriken lagen, hatten die Heisinger gemeinsam Arbeiterhäuser gebaut, und zwar gleich vier mit zusammen über hundert Wohnungen. Der Obergespan hatte, als die Grundsteine gelegt wurden, den Kommerzialrat zu sich nach Sopron bitten lassen und ihm sanfte Vorhaltungen gemacht:

»Bedenken Sie doch, bitte, Herr Heisinger, daß sie in Ungarn sind und nicht in Wien. Unser Volk ist schlicht, es besteht in erster Linie aus Landarbeitern, es lebt bewußtseinsmäßig noch in der Leibeigenschaft. Mit mehr als hundert Arbeiterwohnungen geben Sie ein gefährliches, vielleicht sogar ein sehr gefährliches Beispiel. Bisher haben wir in Westungarn einige tausend Bauern, die ihre Einkünfte aus der Kleinlandwirtschaft durch Fabrikarbeit aufbessern. Aber darum sind sie doch noch Bauern. Sie entwurzeln die Leute, Sie proletarisieren sie, Sie schaffen rote Zellen in einem alten Agrarland.«

»Ich verstehe Ihre Gedankengänge, Herr Baron«, hatte Sebastian geantwortet, »und grundsätzlich sind diese auch richtig. Aber ich habe angesichts der örtlichen Verhältnisse keine Wahl. Das Leben in den Häusern an der Dorfstraße ist nicht mehr menschenwürdig; die ganze Familie schläft in einem Zimmer, die jungen Leute können nun zwar heiraten, weil es für alle Arbeit genug gibt, bei mir oder bei meinem Sohn Ferdinand. Aber sie können nicht zusammenleben, oder sie leben zwischen ihren Geschwistern, mit allen Folgen, die das Beisammensein junger Ehepaare und Pubertierender hat...«

»Ja bitte, wenn Sie psychologisch argumentieren«, verwahrte sich der Baron, »aber wissen Sie, mit der Pyscho... mit Psychologie fängt ja schon der Sozialismus an... Haben Sie noch andere Gründe?«

»Gewiß. In die hundertundacht Wohnungen, zugegeben: kleine Wohnungen, habe ich bisher niemanden aufgenommen, der ein Haus im Dorf oder in der Nähe hat. Bei mir wohnen gegen eine sehr niedrige Miete Zuzügler, die wegen der Arbeitsmöglichkeit aus anderen, weniger begünstigten Gebieten gekommen sind, und junge Familien, die auf diese

Gelegenheit schon bis zu zehn Jahre lang gewartet haben.«

Eine Besichtigung nach der Fertigstellung der Bauten war vereinbart worden. Der Baron aus Sopron war im Viererzug mit Schimmeln vorgefahren wie zum Erntedankfest und hatte sich die Sozialistenhäuser angeschaut, mit den Leuten geredet, die jungen Frauen auf die Wange getätschelt und sich endlich beruhigt erklärt. Sebastian Heisinger aber hieß fortan im ganzen Komitat nur der Rote Kommerzialrat, ein Ehrentitel, auf den er sich sehr viel zugute tat. Die Arbeiter aber, die kamen schon nach ein paar Monaten vertrauensvoll zu Ferdinand und vor allem in diesem Mai, da er seine Familie mitgebracht hatte, auch zu Irene und sagten: »Ihnen, gnä' Frau, und dem Herrn Gemahl, passiert nix.« – »Was soll uns denn passieren?« hatte Irene verwundert gefragt. – »Na, i mein nur, wann's einmal losgeht, die Arbeiter gegen die Fabrikanten ... Ihr brauchts keine Angst net haben, euch tun mir nix.«

Seither dachte zumindest Irene über die Vorbehalte des Barons aus Sopron etwas anders als Ferdinand, aber sie sagte es nicht. Ewig würde man ja doch nicht hierbleiben müssen.

Selbst Mizzi hatte gewisse Probleme in Lajtaszentmiklosch. Es gab nämlich in der kleinen Werkswohnung neben den Kontorräumen weder ein Badezimmer noch eine Waschküche, und unten am Dorfbach waschen wie die anderen Frauen, das wollte sie denn doch nicht, es wäre tatsächlich sehr anstrengend gewesen, die Wäsche dann wieder hinauf zu der hochgelegenen Fabrik zu schaffen.

Aber Ferdinand wußte Rat. Er zeigte den Frauen die Bottiche, in denen die Möbelbezugstoffe vor der Verarbeitung durch kochendes Wasser gezogen wurden, damit sie später nicht eingingen. Diese Bottiche, eigentlich eher hölzerne Tröge, standen nebeneinander, so daß man nur ein Rädchen zu drehen brauchte, um Dampf aus dem Heizhaus in die

Rohre strömen zu lassen, die am Boden des Bottichs dahinliefen. Das war praktischer und erforderte weniger Arbeit, als einen Badeofen zu heizen.

»Könnten wir da nicht alle baden?« erkundigte sich Irene angeregt.

»Gewiß ... man muß dann nur das heiße Wasser aus dem Bottich mit den Heizrohren in den Nachbarbottich schöpfen, in dem die Rohre noch kalt sind, sonst gibt es furchtbare Verbrennungen!«

»Da kann endlich Peter Daniel saubergemacht werden«, sagte Irene und seufzte erleichtert, »der sieht ja schon aus wie ein Frischling. Aber Sie dürfen ihn keinen Augenblick allein lassen, Mizzi, das ist viel zu gefährlich hier, wir hätten nicht einmal einen Arzt im Dorf, wenn er sich verbrennt oder verbrüht!«

Peter Daniel murrte ein bißchen, als er erfuhr, was ihm bevorstand, aber sich in eine Waschschüssel stellen und Walderde, Pech, Tannennadeln und was sonst noch an ihm klebte, abzuschrubben, war auch nicht angenehmer.

»Aber mußt du da wirklich dabeisein, Mizzi?« erkundigte er sich verlegen. »Ich bin doch schon beinahe ein Schulbub. Bist du sicher, daß sich das so gehört?«

»Da bin ich ganz sicher. Schau, ich kenn' dich doch aus dem Steckkissen. Ich hab' dich hundertmal mit Hautöl eingerieben und gepudert und gebadet ...«

»Das ist aber schon lange her!«

»Nun, gar so lange doch nicht ...« Mizzi lachte schelmisch. »Ich erinnere mich da an einen jungen Herrn, der vor zwei Jahren, in Gutenstein, zuviel Beeren gegessen hatte, und da ist es in die Hose gegangen ... Wer hat da alles in Ordnung gebracht und heimlich gewaschen und den Peter Daniel wieder wunderschön saubergemacht?«

Er schwieg beschämt. Sie hatte es also auch nicht vergessen. Nachdenklich zog er sich aus. Irgend etwas war aber doch ganz anders als früher, als damals in Gutenstein zum Beispiel. Womit es zusammenhing, wußte er nicht so recht. Vielleicht mit der kleinen Katharina Seebenprugg. Irgend etwas hatte es jedenfalls damit zu tun, daß sie immer so kurze Kleidchen trug und so dicke rosa Beinchen hatte. Wenn er sie sah, hatte er immer den Wunsch, dieses Kleidchen aufzuheben. Manchmal tat er's auch, wenn es möglich war, ohne Verdacht zu erregen, ohne aufzufallen. Dann kam ein weißes Spielhoserl zum Vorschein – oder auch nicht. An solch einem warmen Frühlingstag, es war erst zwei Wochen her, hatte er nach vorsichtigem Erkunden festgestellt, daß sie wieder nur das Kleidchen anhatte, sie war ja auch zu Hause, im Seebenpruggschen Garten. Da hatte er ihr alles vorgeschlagen, was man nur anstellen konnte, um ein Kleid in Unordnung zu bringen, Purzelbäume zum Beispiel oder auf die Teppichstange klettern; und sie hatte bei allem mitgemacht. Aber es war nichts Rechtes gewesen. Außer vorüberhuschenden rosa Einblicken und sehr viel Herzklopfen war für ihn nichts dabei herausgekommen. Da war er aufs Ganze gegangen und hatte einen Handstand vorgeführt. Als er wieder auf die Beine kam, sagte er: »Und jetzt du!« Da aber war die kleine Baronesse puterrot angelaufen und hatte geschrien: »Das tu ich nicht, denn da zeig ich alles her!« Es gab da also etwas, was zu verbergen war, etwas, was zu entdecken war, etwas, von dem er wollte, daß man es ihm zeige...

»Peter Daniel, du träumst... schau, die Wanne ist schon fast voll, und du bist noch immer nicht ausgezogen!« mahnte Mizzi. Sie hatte über das schwarze Stubenmädchenkleid eine große Wassererschürze gebunden und schöpfte mit hochrotem Kopf das Wasser eimerweise aus dem heißen Bottich in den anderen.

Ja, da war wohl nichts mehr zu machen, er mußte sich

ausziehen. Es war seltsam, in so einer großen Halle die Kleider abzulegen, wenn sie auch ganz allein waren, er und Mizzi. Er hängte alles der Reihe nach über einen dritten Bottich, und dann stellte er sich so auf, daß Mizzi nur seinen Oberkörper sehen konnte.

»Bist du endlich soweit?« erkundigte sie sich, prüfte das Wasser mit der Hand und forderte ihn auf, hineinzuklettern. Dazu mußte er aus der Deckung kommen. Es war furchtbar aufregend, vor allem da Mizzi mit dem Schöpfen fertig war und ihm zusah, um ihm notfalls helfen zu können. Tatsächlich hätte er vor lauter Nichtherzeigenwollen sein Pimmelchen beinahe schmerzhaft eingeklemmt, aber dann schaffte er's doch, glatt über den breiten Bottichrand zu kommen und versank aufatmend in dem warmen Wasser.

Mizzi aber ließ ihm nur ein paar Minuten Ruhe.

»So, jetzt ist unser Schweinderl schön eingeweicht«, dekretierte sie dann, »steh auf jetzt, damit ich dich abseifen kann.«

Peter Daniel tat, als habe er nichts gehört, und plantschte verlegen ein wenig herum. Glücklicherweise war Mizzi schon durch Poldi hinreichend geweckt, und die Wiener Stubenmädchen, vor allem die hübscheren unter ihnen, haben ja überhaupt einen sechsten Sinn.

»Sag mir doch, was du hast...«, bat sie, »schau, wir wollen doch beide bald fertig werden hier, ich finde die große Halle ganz scheußlich. Mach schnell, ich setz' mich dann an dein Bett und les' dir aus dem *Robinson* vor!«

»Ich steh' sofort auf und laß' mich ganz brav abseifen«, sagte Peter Daniel mit belegter Stimme und so leise, daß es kaum zu vernehmen war, »wenn du zu mir in die Wanne steigst, Mizzi!«

Stumm vor Verblüffung sah sie ihn an. Er meinte es ernst. Sie rechnete nach: Der war doch erst sechs. Das konnte ja gut werden, wenn er einmal vierzehn war!

»Du bist verrückt... Das wollen wir ganz schnell vergessen. Das Wasser wird kalt, sei doch nicht so grauslich zu deiner Mizzi!«

»Ich bin grauslich? Du bist grauslich!« schluchzte Peter Daniel. Oder tat er nur so? »Glaubst du, ich weiß nicht, daß der Onkel Poldi dich malt, wenn du gar nichts anhast? Ich hab' dich doch gesehen, durch das Schlüsselloch. Das erstemal hattest du eine Fahne in der Hand, aber sonst warst du ganz... ganz... nackert!«

»Was... so lange schaust du uns schon zu?« entrüstete sich Mizzi. »Du bist ja ein Ungeheuer. Das war vor mindestens einem Jahr. Da schwärmte der Poldi... der Onkel Poldi noch für Delacroix!«

»Und dann, dann hast du ein paar Wochen lang immer eine Vase auf der Schulter haben müssen. Da hast du mir sehr leid getan.«

»Das war seine Ingres-Periode«, seufzte Mizzi.

»Und jetzt...« – Peter Daniel hatte seine gute Laune wiedergefunden und seine Augen leuchteten – »jetzt hast du immer Blumen in der Hand, aber nackert bist du noch immer!«

»Jetzt sind wir schließlich auch bei Makart!« sagte Mizzi stolz. »Und überhaupt ist das Kunst. Oder kannst du dir eine Dame in einem Seidenkleid vorstellen, die eine Vase auf der Schulter trägt?«

»Nein... ich glaube nicht. Aber ich kann mir auch nicht denken, daß eine Dame, die eine Fahne durch die Stadt trägt, dabei nichts auf dem Leib haben darf. Ich glaube, dem Onkel Poldi ist das alles wurscht, der will nur immer dich malen, Mizzi, und zwar dich ganz allein, ohne Kleider.«

»Wahrscheinlich hast du recht«, gab sie geschmeichelt zu, »aber das geht bei allen Malern durcheinander, nicht nur beim Onkel Poldi. Und jetzt sei brav und mach die Augen zu, dann komm ich in Gottes Namen, mir tut so ein Bad auch ganz gut!«

Schürze, Kleid und Unterkleider wanderten auf die Wand eines vierten Bottichs; wunderbar, wenn man sich so ausbreiten kann, weil niemand da ist. Dann stieg Mizzi, in dem Licht der einen an die Wand gehängten Petroleumlampe bizzare Schatten werfend, zu Peter Daniel ins Wasser.

Als er ihre Beine an den seinen fühlte, öffnete er die Augen und sah sie voll an.

»Siehst du, Mizzi«, sagte er, »jetzt sind wir Freunde. So ist das, du hast mir doch erst gestern vorgelesen von Robinson und Freitag: Vertrauen gegen Vertrauen.«

»Und wenn deine Mutti hereinkommt?«

»Die ist mit Papa im Theater in Wiener Neustadt. Wir haben eine ganze Stunde Zeit.«

Er lachte verschmitzt und tastete sich mit seinen Zehen an sie heran.

»Wieso gerade eine Stunde?«

»Weil dann der Nachtwächter kommt. Und dort an der Wand, unter der Lampe, hängt ein Schlüssel, den muß er in eine runde Büchse hineinstecken, die er an der Brust hat. Das macht er in allen Zimmern von der ganzen Fabrik, die ganze Nacht. In der Früh nimmt der Papa dann ein blaues und weißes Blatt aus der Dose und schreibt das Datum darauf und legt es in eine Schachtel. Und dann komme ich und klebe einen großen Bogen Papier voll mit diesen Blättern. Ich habe schon ganz viele aufgeklebt, deswegen weiß ich das alles! Und jetzt darfst du mich abseifen, wenn du willst, und dann seife ich dich ab!«

Mizzi lachte leise, sagte aber nichts. Zärtlich fuhr ihre seifige Hand an dem Bubenkörper herum, der im Wasser inzwischen ganz weich und warm geworden war, und Peter Daniel hatte ein Gefühl, von dem er fest überzeugt war, im Himmel könne es nichts Besseres und Schöneres geben.

»So«, sagte er schließlich ganz selig, »und jetzt du!«

Mizzi stand auf, was in dem großen Bottich einige Wellenbewegung verursachte, und drückte Peter Daniel die Seife in die Hand. In dem schwachen Schein der Petroleumlampe war nicht mit Sicherheit zu erkennen, ob sie errötet war, trotz der vielen Stunden, die sie bereits als Malermodell und Malerliebchen gedient hatte. Das hier war nämlich doch etwas ganz anderes.

Scheu begann Peter Daniel die Seife aufzutragen, da ein bißchen, dort ein bißchen, wie bei einer heiligen Handlung.

»Ein bisserl schneller mußt du's schon machen, sonst wird mir ja kalt!« bat Mizzi, aber ihr Tonfall war ganz anders als sonst, er hatte ihre Stimme noch nie so gehört.

So rieb er also herzhaft. Er wußte nicht, ob das zu den Aufgaben eines Mannes gehörte; er war nicht einmal sicher, ob vor ihm irgendein anderer Junge sein Kindermädchen oder das Dienstmädchen schon einmal auf diese Weise eingeseift und gewaschen hatte. Aber er hatte es sich gewünscht, und nun war es soweit. Es war, als durchlebe er einen Traum, denn wirklich konnte das ja nicht alles sein. Er führte seine kleinen Hände zart über ihre Schultern und die Brüste; er rieb ihr hingebungsvoll den Rücken und versenkte sich mit heiligem Eifer in das Mysterium ihres Popos. Mizzi hatte sich mit den Händen auf den Bottichrand gestützt und ließ alles geschehen; sie sagte nichts, und sie wehrte sich nicht, wohin seine Hände gelangten, obwohl nur sie wissen konnte, wo diese kleinen Bubenhände waren, denn er, er hatte keine Ahnung. Längst hatte sein hilfloses kleines Ich die Flagge gestrichen, längst wünschte er sich nur noch, mit dem großen glatten Körper des Mädchens irgendwie fertig zu werden, an ein Ende zu kommen. Er hatte es sehnlich gewünscht, er hatte davon geträumt, ohne zu wissen, was er träumen sollte, aber er hatte an die Kathi Seebenprugg gedacht, die kleine, rosige Baronesse, bei der alles so niedlich war und so ... so harmlos. Die große Lektion dieses Abends war zwar unvergeßlich, das ahnte er, aber sie war und blieb auch unverständlich.

»Hast du jetzt genug, du kleiner Nimmersatt?« erkundigte sich Mizzi merkwürdigerweise ein wenig atemlos, als sie sich wieder ins Wasser gleiten ließ und die Seife von den Schultern wusch.

»Ich weiß nicht«, antwortete Peter Daniel nachdenklich, »ich glaube, wir werden das jetzt immer so machen. Du bist zwar furchtbar groß, wenn du nichts anhast, aber ich fand es doch sehr lustig, du nicht?«

Ein Schlüsselbund klirrte, die schwere Eisentür zum Korridor schwang auf.

»Der Nachtwächter!« flüsterte Mizzi. »Wie heißt er? Schnell!«

»Herr Stickler.«

»Ich bin hier, Herr Stickler ... die Mizzi«, rief sie mit ihrer hellen Stimme, »bitte kommen sie nicht herein, ich nehme gerade ein Bad.«

»Ist schon gut, Fräulein«, brummte der Mann, »ich geh' nur bis zur Stechuhr, keine Angst, ich schau' nicht hin.«

Als die Tür wieder zugefallen war, prusteten beide heraus. Mizzi, weil sie das Lachen nicht mehr unterdrücken konnte, Peter Daniel aber, weil sie ihm den Kopf so tief auf die Wasserfläche gedrückt hatte, daß ihm Seifenschaum in den Mund geraten war.

»Das war ein Abenteuer«, sagte sie, als sie aus dem Bottich stieg, das Handtuch nahm und sich abzutrocknen begann. »Du bist ja ein richtiger kleiner Verführer. Wir können das nur weitermachen, wenn kein Mensch etwas davon erfährt, das verstehst du doch?«

»Und ob ich das verstehe, Mizzi«, sagte Peter Daniel wie ein Mann. »Großes Ehrenwort. Ich finde es sehr schön, daß wir jetzt ein Geheimnis miteinander haben ... und was für eines!«

Es wurde ein langer, seliger Abend. Mizzi legte sich zu Peter Daniel ins Bett, um ganz trocken zu werden, und las ihm dabei vor. Das war viel schöner, als wenn sie neben dem Bett auf einem Stuhl saß. Er spürte sie; sie rückte nicht weg, wenn er sie berührte, das war wie früher, als er noch im gleichen Bett mit Mama schlafen durfte – nicht ganz so schön vielleicht, dafür aber viel, viel aufregender.

Etappe Paris

In den ersten Junitagen, als der Aufenthalt in Lajtaszentmiklosch sich bereits seinem Ende zuneigte, brachte der Heisingersche Kurier aus Wien einen ganzen Packen Prospekte, die inzwischen aus Frankreich eingetroffen waren. Irene machte sich gleich an die Arbeit, sie zu ordnen und zu sichten, aber auch Ferdinand entwickelte für diese Vorbereitungen der großen Sommerreise ein unerwartetes Interesse.

»Kommt das daher, weil wir vielleicht über Paris fahren und weil Frankreich euch Männer ja immer so enorm beschäftigt?« erkundigte sich Irene mißtrauisch, als sie abends unter der Lampe über den Preislisten der Hotels und den verlockenden Photographien von neuerbauten Casinos und Strandpavillons saßen.

»Das kommt ganz einfach daher, daß es unsere Hochzeitsreise ist!« verteidigte sich Ferdinand. »Außerdem haben wir uns doch jahrelang aus Österreich nicht weggerührt, und seit dem verlorenen Krieg sind wir nicht einmal mehr nach Grado gekommen!«

»Was überflüssig war. Man könnte immerhin nach Pirano gehen oder nach Triest, und auf Istrien soll es eine Menge reizender Nester geben, in denen man sich sonnen und schwimmen und hervorragende Weine trinken kann!«

»Das sagt man so. Ich habe im Club gehört, daß alle diese

Orte grauenhaft zurückgeblieben und furchtbar schmutzig seien, von Triest allerdings abgesehen. Das könnte man sich wirklich einmal ansehen, wenn auch nicht gerade im Hochsommer.«

Auf den Gedanken, daß man im Meer baden könne, auch wenn es verhältnismäßig kalt sei und durch Ebbe und Flut beunruhigt, schien eine französische Prinzessin gekommen zu sein, und das vor noch nicht allzulanger Zeit, so um 1830. Ihr Lieblingsbad war, wie die Prospekte berichteten, die kleine Stadt Dieppe am Ärmelkanal, während andere ebenso bunte Druckschriften behaupteten, die hochgestellte Dame sei mit Vorliebe in Biarritz ins Wasser gestiegen.

»Prinzessin hin, Prinzessin her«, dekretierte Ferdinand, »für uns kommt Biarritz nicht in Frage. Das ist einfach zu weit weg. Stell dir vor, wir müssen mit dem Kind und dem Gepäck durch halb Europa reisen, bis an die spanische Grenze. Dieppe ist schon weit genug, aber mit Pausen in Paris und Rouen wird es schon gehen.«

»Also doch Paris!« murrte Irene, aber Mizzi, die mit Peter Daniel ins Zimmer gekommen war, damit er gute Nacht sagen könne, stieß einen kleinen Schrei der Begeisterung aus.

»Paris bietet den Ehefrauen ganz wesentlich mehr als den Ehemännern«, sagte Ferdinand, »denn während wir Männer die uns angebotenen spezifischen Pariser Genüsse ausschlagen müssen, haben die Damen alle Freiheit, sich mit Kleidern, Wäsche und Schmuck bis zur Nasenspitze einzudekken.«

»Soferne der Herr Gemahl die Brieftasche aufklappt«, präzisierte Irene.

»Da wir ja nicht so oft nach Paris kommen werden, soll es daran nicht fehlen. Auch muß ich euch ja ein wenig für Dieppe ausstatten.«

Das war natürlich eine Ankündigung, die wiederum Stoff für lange Studien bot. Irene hatte das Kunststück zuwege gebracht, in Wiener Neustadt französische Modejournale aufzutreiben, und wenn sie außer Haus war, saß Mizzi über den großen, aufwendig gedruckten Heften und seufzte leise vor sich hin, einmal, weil sie sich denken konnte, daß die Heisingersche Brieftasche für sie nur ein paar Millimeter weit geöffnet werden würde, zum andern aber, weil sich ihre Französischkenntnisse auf zehn bis zwanzig Worte beschränkten.

In Wien, wohin man Mitte Juni zurückkehrte, hatte darum Poldi Heisinger einen ernsthaften Ansturm von seiten seines sonst so fügsamen Modells zu bestehen. Der Zeitpunkt war ganz günstig, denn er hatte sich im Tessin dermaßen gelangweilt, daß er nicht nur mit verhältnismäßig vielen Bildern von dort zurückgekehrt war (›Was hätt' ich denn sonst tun sollen?‹), sondern auch mit einem nicht unbeträchtlichen Rest der für den Studienaufenthalt ausgesetzten Summe.

»Dafür aber malen wir jetzt noch eine große Kommunardin!« verlangte Poldi, als er ihr mit wehmütigem Blick hundert Gulden aushändigte.

»Von mir aus... du mußt mir nur sagen, was das ist!«

»Na, das sind die, die voriges Jahr in Paris den großen Aufstand gemacht haben!«

»Und dort fahren wir hin? In eine Revolution? Und ich hab' mich schon so gefreut. Bei den Revoluzzern, da gibt's doch bestimmt keine schönen Kleider, nur Fetzen!«

Poldi mischte schon animiert in den Farben herum. Eine frische Leinwand hatte er seit der Rückkehr auf der Staffelei, denn was ihm im Tessin am meisten gefehlt hatte, das war nicht Wien gewesen, sondern die Mizzi.

»Also komm, zieh dich aus!«

»Schon wieder ausziehen? Fallt dir nix anderes ein?« begehrte Mizzi auf. Jetzt, wo die großen Toiletten kamen, hätte er sie auch einmal als Dame malen können.

»Du hast selber gesagt, daß die Revoluzzer nichts anzuziehen haben, also zieh dich aus. Das Bild wird *März 1871* heißen und die Sensation auf der Weltausstellung sein, weil nämlich der Makart sich an solch ein Sujet nie herantrauen würde. Die Herren Professoren bleiben immer im alten Götterhimmel, auch die ganze Pariser Salonmalerei. Aber wir trau'n uns. Bist soweit?«

Mizzi war wieder einmal soweit, und wie sie so in der Junisonne dastand, die durch das große Mansardenfenster auf sie fiel, wie ihre Schultern leuchteten und die Brüste sich hoben, da war dem Poldi auf einmal klar, daß zunächst etwas anderes geschehen müsse. Er wischte sich die Finger sauber, nahm Mizzi in die Arme, und die Welt mußte auf den Beginn des Schöpfungsaktes am *März 1871* eine halbe Stunde länger warten.

Als Leopold Heisinger schließlich wieder in seinen Malerkittel schlüpfte, war er nachdenklich geworden.

»Du warst anders als sonst, Mizzi«, sagte er, als sie frisch und kühl aus dem Badezimmer kam, »hast du was erlebt... hast du mich am End' betrogen?«

»In Lajtaszentmiklosch?« Sie lachte, daß ihr die Haare ins Gesicht fielen. »Red net so dumm daher, und sag mir lieber, welche Pose ich einnehmen soll.«

»Stell dir vor, du bist tot und liegst rücklings auf einer Barrikade; der Kampf ist zu Ende, nur dein geschändeter Leib ist zurückgeblieben.«

»Aha...«, machte Mizzi verständnisvoll, »Delacroix!«

»Aber nein, das ist doch lange vorbei!« schrie Poldi. »Gustave Courbet ist der Mann der Stunde!«

»Und was bedeutet das für meine Pose?«

»Der malt die laszivsten Akte. Eines seiner Bilder war so unanständig, daß es ein frommer Millionär angekauft hat, um es verbrennen zu können. Es existiert nicht mehr, es ist ausgetilgt.«

Mizzi räkelte sich möglichst lasziv auf der Diwanlehne, Arme und Kopf zurückgeworfen, ein Knie angezogen, das andere Bein weit gestreckt.

»Und jetzt mach die Beine noch ein bisserl auf...«, bat Poldi.

»Du glaubst also, der fromme Millionär kommt nächstes Jahr auf die Weltausstellung und wird mich kaufen?« vermutete Mizzi, aber Poldi hatte keinen Sinn für Witze mehr. Er umfing die Hingegossene mit heißem Dilettantenblick und begann die Figur auf der Leinwand zu umreißen. Vielleicht, vielleicht brachte dieses kühne Sujet ihm den Durchbruch zum Ruhm!

Zunächst freilich brachte es nur Rückenschmerzen, und als er nach dem Ende der Sitzung Miene machte, sich wiederum eingehend mit Mizzi zu beschäftigen, protestierte sie mit schmerzhaft verzogenem Gesicht:

»Da geht heut' nix mehr. Erstens tut mir das Kreuz weh, und zweitens bitte ich nicht zu vergessen, daß ich ja tot bin. Wer hat mich übrigens umgebracht?«

»Die Soldaten natürlich, oder besser: die Soldateska!«

»Unterschiede sind das!« brummte Mizzi, während sie in ihre Unterkleidung schlüpfte.

»Sicher. Bei einem Kaiser, einem König sind es Soldaten. Bei einer Republik ist es eine Soldateska. Das wissen wir spätestens, seit sie den armen Erzherzog Maximilian in Mexiko erschossen haben, diese Haderlumpen!«

Vierzehn Tage später war das Gemälde zwar noch nicht ganz fertig, aber Mizzi selbst war für seine Vollendung nicht mehr notwendig. Sie prangte in der Mitte, und um sie her entstand nach und nach, was sonst noch notwendig war, die halbzerfallene Barrikade, die zerschossenen Häuser, die Hintergrundsilhouette des Marais-Viertels in Paris.

Mizzi aber tat zu diesem Zeitpunkt schon, was der Herr Künstler vielleicht hätte tun sollen, ehe er die Leinwand in

Angriff nahm: Sie ging mit leisem Schaudern, Peter Daniel an der Hand, durch die Rue Saint-Antoine und zu anderen Stätten der Kommunekämpfe vom Frühjahr 1871, zeigte ihrem kleinen Freund die Geschoßeinschläge im Verputz der Häuser und die zum Teil noch nicht behobenen Schäden des Artilleriebeschusses.

»Das waren nicht die Preußen, sondern das waren Franzosen, die auf andere Franzosen geschossen haben, das nennt man Bürgerkrieg.«

»Aber auf dem Bild vom Onkel Poldi, da gibt's doch gar keine Franzosen, nur dich!«

»Du hast also schon wieder durch's Schlüsselloch geschaut?«

Peter Daniel drückte zärtlich die Hand, in der die seine lag, und lachte. »Das weißt du doch jetzt! Und das kann dir doch gar nichts mehr ausmachen... nach unseren vielen gemeinsamen Bottichbädern!«

»Ich bin auf dem Bild allein, weil die Arbeiter und die Soldaten sich schon verlaufen haben. Es ist ein Bild nach dem Kampf«, erklärte Mizzi, um ihren Bewunderer auf ein anderes Thema zu bringen.

»Ich glaube, das versteh' ich nicht«, sagte Peter Daniel, »aber es ist nicht so wichtig. Ich werde den Papa fragen, warum ein Krieg zwischen Soldaten und Arbeitern Bürgerkrieg heißt. Die Bürger haben doch gar nicht mitgekämpft...!«

Nachmittags, nach einem Ruhestündchen, das auch in der lebhaften Stadt Paris eingehalten wurde, fuhr Ferdinand mit Peter Daniel hinaus in den Bois de Boulogne, zu einer Kahnpartie, während Irene und Mizzi sich auf die Boulevards begaben, um einzukaufen.

»Ich hoffe, daß mir insbesondere die neuen Bademoden heute abend vorgeführt werden!« hatte Ferdinand gesagt, als er Irene mit Geld versah.

»Was mich betrifft«, hatte sie ein wenig spitz geantwortet, »so werde ich mich wohl dazu herbeilassen müssen, weil ich am Strand nie etwas tragen würde, das dir zu indezent erscheint; wenn du aber auf Mizzis Erscheinung im Badekostüm neugierig bist, muß ich dich auf Dieppe vertrösten, da kannst du sie dann von mir aus den ganzen Tag bewundern. Ich werde schon auch meine Anbeter finden!«

Das war nun nicht sehr freundlich, aber es mußte gesagt werden, denn wenn es auch undenkbar war, eine so weite Reise mit dem Kind ohne einen dienstbaren Geist zu unternehmen, und wenn auch auf einer Hochzeitsreise jemand da sein mußte für Peter Daniel, weil sie und Ferdinand sonst nie allein gewesen wären, so ging ihr das Männergetu' um die hübsche Mizzi doch seit Jahren auf die Nerven. Sie hatte schon in Prag vom zweideutigen Charme der Wiener Stubenmädchen gehört, hatte dabei aber eher an die Gasthöfe und Hotels gedacht. Zu ihrem Pech aber war sie in einen richtigen Junggesellenhaushalt hineingeraten, wo gleich drei Heisingermänner sich die Aufmerksamkeiten der jungen Domestikenschönheit nur zu gern gefallen ließen. Andererseits gab es, soweit es Ferdinand betraf, keinen faktischen Grund zur Klage, er war der reizendste Gatte und holte aus sich eigentlich mehr an Liebenswürdigkeit heraus, als ihm die etwas trockene Industriellensippe in die Wiege gelegt hatte. Eben darum aber mußte man Rückfälle, wie sie die Ferienzeit nicht selten herbeiführte, von vornherein unterbinden, begann doch sogar schon Peter Daniel, dem Mädchen Augen zu machen. Und wenn sie das überlegte, so mußte Irene sich eingestehen, daß ihr das im Grunde ihres Herzens mehr ausmachte als die Bemerkungen Ferdinands, von dessen Harmlosigkeit sie ja doch fest überzeugt war. Konnte es sein, daß der Mann in ihrem Kind schon so früh erwachte? Oder kam es einfach daher, daß Mizzi eben viel mit ihm beisammen war und er sich arglos an sie anschloß?

Irene leistete Mizzi jedoch im stillen Abbitte, als sie gerade an diesem Einkaufsnachmittag feststellen mußte, mit welcher Zuvorkommenheit sich das Mädchen um sie bemühte. Mizzi war jetzt zweiundzwanzig. Irene zwei Jahre älter. In der Figur gab es gewisse Unterschiede, weil Irene etwas kleiner war und seit Peter Daniels Geburt auch ein wenig voller; Mizzi hatte sich aus den vielen Sitzungen als Modell eine gewisse Eleganz der Bewegungen oder doch den Sinn dafür angeeignet, und so hätten die beiden ohne weiteres als Freundinnen gelten können, wäre Mizzi nicht freiwillig stets einen halben Schritt zurückgeblieben, hätte alle Schachteln und Tüten allein getragen und auch auf ein auffallendes Exterieur verzichtet. Sie wußte freilich, wie gut ihr das Dienstmädchenkleid stand, und da es ja um einiges kürzer war als das Irenes, zogen ihre feinen Knöchel und die Stiefeletten in Paris genauso wie in Wien die Blicke auf sich.

Versöhnt, erschöpft und glücklich, weil es für sie als Frau ein höchst anregender Nachmittag mit vielen Komplimenten und Eindrücken gewesen war, sank Irene um sieben Uhr ihrem Mann in die Arme. Er hatte sie mit Daniel in der Hotelhalle erwartet, weil es ihnen auf dem Zimmer zu langweilig war und weil der Bub darauf bestanden hatte, den Damen tragen zu helfen. Freilich war das Beisammensein nicht von langer Dauer, denn Mizzi und Peter Daniel aßen im Hotel (wenn auch ausnahmsweise im Saal), während Ferdinand und Irene sich in die *Bouffes Parisiennes* begaben. Das hieß nicht, daß sie nun gewaltig essen wollten, im Gegenteil: Sie wollten *La Périchole* von Jacques Offenbach sehen, das dort gegeben wurde, und danach nur noch leicht soupieren.

Als sie schließlich in ihr Hotel auf dem Rive gauche zurückkehrten, waren sie beide in allerbester Stimmung. Die vorgerückte Stunde machte sie nicht müde, sondern versetzte sie in jene leichte Euphorie, in der man glaubt, nun noch beliebig lange so weitermachen zu können. Ferdinand summte die Melodien des großen Cancan unbekümmert um das schlafende Hotel vor sich hin, und Irene hatte beim Souper so viel von dem gefährlichen Vouvray getrunken, daß sie immer wieder kleine Tanzschritte probierte und sich dabei um den rauhen Teppich auf dem Korridor überhaupt nicht kümmerte.

Vor dem Zimmer, in dem Mizzi und Peter Daniel seit Stunden in tiefem Schlummer lagen, wäre Irene beinahe der Länge nach hingeschlagen, aber Ferdinand fing sie eben noch rechtzeitig auf und drückte ihr seinen Finger an die Lippen.

»Wenn du die Mizzi jetzt aufweckst«, sagte er mit schwerer Zunge, »dann muß sie mitkommen, Badekostüme probieren!«

Im Zimmer fielen beide erst einmal auf das breite Bett, so wie sie waren, nicht einmal die Abendmäntel hatten sie abgelegt. Dann begann sie, die engen Schuhe abzustreifen, und als er sah, wie tapfer sie war, machte auch er sich daran, sich auszuziehen. Er war erst bis zur Hose gekommen und hatte den Zylinder noch auf dem Kopf, als sie schon gewaschen, mit offenen Haaren und in das neue Pariser Nachthemd gekleidet, vor ihm stand.

Der Blick, mit dem er die ganze Pracht zu erfassen suchte, war so hilflos, daß sie laut herauslachte.

»Ferdinand, so geht's nicht«, sagte sie, als sie wieder zu Atem kam, »auf der Hochzeitsreise besäuft man sich nicht, da hat man andere Pflichten. Marsch ins Bad, und mach dich schön frisch. Ich hab' all diesen aphrodisischen Zauber nicht gegessen, um dann neben dir einzuschlafen!«

Das war deutlich, und darum trollte Ferdinand sich auch unter die Brause, ein wahres Wunderwerk an glitzerndem Nickel und Messing, die schwer wie ein Handkoffer war und nur kaltes Wasser produzierte, aber das brauchte er ja.

»Die Wiener...«, sagte er, als er im Bademantel wiederkehrte, »die Wiener haben ja keine Ahnung, was sie alles versäumen, wenn sie jeden Abend um zehn zu Hause sind, nur um kein Sperrsechserl zahlen zu müssen!«

»Du meinst, was sie in Paris versäumen würden!« berichtigte Irene. »Unsere Theater nehmen auf den Schlaf der Hausmeister Rücksicht, und ein Nachtleben im engeren Sinn scheint es ja nicht zu geben... oder?«

»Das werde ich dir gerade auf die Nase binden!« antwortete Ferdinand, vom Alkohol mutig gemacht. »Wieso hast du übrigens ein Nachthemd an? Es ist zwar wunderschön, und wenn man zweimal hinschaut, bemerkt man auch, daß es ein Kleidungsstück ist und keine Milchglasscheibe, aber du wolltest mir doch dein Badekostüm vorführen!«

»Ferdinand... weißt du denn, wie spät es ist?«

»Ist mir doch egal, versprochen ist versprochen!«

Irene stand seufzend noch einmal auf, suchte den Karton des Warenhauses heraus und ging ins Bad.

»Das hättest du ruhig auch hier anziehen können... im siebenten Ehejahr!«

»Und wo bliebe dann die Überraschung?«

Eine Minute später stand sie vor ihm, wie sie vorhatte, in Dieppe ins Wasser zu gehen: in einem dunkelblauen, zart weißgepunkteten Blüschen mit kurzen Ärmeln und einem tiefen Dekolleté, das von einer kleinen Krause aus dem gleichen Material, wohl einem Batist, eingefaßt war.

Die Taille war gegürtet, so daß das untere Blusenende ein wenig abstand und einen Teil der kleinen, enganliegenden und bis zum halben Schenkel reichenden Badehose verdeckte.

»Das... das ist ja ungeheuerlich«, ächzte Ferdinand, »da muß ich ja den Strand absperren lassen. *Das* trägt man?«

»Wurde mir zumindest versichert«, sagte Irene und zupfte an dem Hütchen in gleicher Farbe, das ihre Haare gegen das

Wasser und das Meersalz schützen sollte. »Mizzi hat ein noch gewagteres Badekleid gewählt.«

»Wie – noch kürzer?«

»Unten nicht, aber oben. Es ist schulterfrei mit Bändern und sieht allerliebst aus!«

»Na, das kann ja gut werden. Ein Glück nur, daß wir mit ziemlicher Sicherheit die einzigen Wiener sind, die diesen ersten Friedenssommer in Dieppe verbringen. Du wirst dich vor Anträgen nicht retten können!«

»Erstens rechne ich mit deinem Schutz, und zweitens laufen heuer ja wohl alle Französinnen so herum, vor allem jene, die es sich leisten können – das hat man mir zumindest im Kaufhaus versichert.«

»Aber doch nicht in Dieppe!« Ferdinand begriff jetzt erst die ganze Größe des Mißverständnisses. »Dort baden doch in erster Linie Engländerinnen in Badekleidern, die eher an Mönchskutten erinnern als an alles andere. Du wirst den Blickfang abgeben mit diesem anzüglichen Schnitt aus Royan!«

»Falls du dich von deiner Entrüstung erholt hast – darf ich wieder in mein Nachthemd schlüpfen?« fragte Irene, ein wenig schmollend. Aber damit hatte sie den Löwen in ihrem Ferdinand erst geweckt.

»Ich weiß etwas viel Besseres«, flüsterte er und begann an den Schleifchen des Badeanzugs herumzufingern, »wir machen jetzt etwas, das nur ich darf, so viele dich dann auch in Dieppe bewundern werden: Ich werde diesen zweifellos nur in einem einzigen Exemplar existierenden, besonders unzüchtigen Badeanzug jetzt an mich bringen, und dein Nachthemd, das siehst du frühestens wieder, wenn wir in Wien sind.«

»Dann mach doch wenigstens das Licht aus!« bat Irene mit ihrer kleinsten Stimme.

»Du vergißt in einem fort, wo wir sind und wozu wir hier

sind: in Paris, und zwar auf Hochzeitsreise. Also laß dich erobern ... besichtigen ... eröffnen ...!«

Nackt auf dem großen Bett liegend, entdeckte Irene zu ihrem nicht gelinden Schrecken, wie viele Spiegel ein vornehmes Pariser Hotel in seinen Zimmern verteilt.

»Bist du auch sicher, Ferdinand«, fragte sie zwischen seinen Küssen, »daß wir hier in einem Hotel sind und nicht in einem ... na, du weißt schon!«

»Wenn wir in einem Na-du-weißt-schon wären«, grübelte Ferdinand, »dann wäre ich vielleicht ich, aber du wärst dann bestimmt nicht du ...«

»Ach, was du nicht sagst!«

»Das gibt's hier nämlich.« Er rückte liebevoll ihre Kehrseite ins Lampenlicht, als studiere er die Schattenspiele rund um ihre Kurven und Grübchen, »es gibt hier Häuser, habe ich mir erzählen lassen, da geht man mit seiner Frau oder seiner Freundin hin ...«

»Und die warten dort bei Zeitungen und Konfekt, bis die Herren fertig sind?«

»Keineswegs. Man *bringt sie ein*, sie sind eine Art Eintrittsgeld, man bringt seine Frau und erwirbt damit das Recht, sich eine oder mehrere andere zu suchen, sich an gemeinschaftlichen – nun, sagen wir Spielen zu beteiligen und so weiter.«

»Und sie? Sie ist einfach ... ausgeliefert?«

»Vollkommen!«

»Und du glaubst, daß es Männer gibt, die so etwas tun, ich meine mit der eigenen Frau, nicht mit irgendeiner Zufallsbindung?«

Ferdinand zauderte ein wenig mit der Antwort, aber der Wein und noch mehr die Situation lösten ihm die Zunge; er fühlte geradezu ein Bedürfnis, Irene herauszufordern, sie durcheinanderzubringen, sie aus ihrer Bravheit herauszulocken.

»Ich bin sogar sicher«, sagte er, »daß es sehr viele Männer gibt, die es außerordentlich genießen, wenn ihre Frauen derlei erleben müssen – mehr genießen als das, was sie sich auf diese Weise einhandeln. Sie peinigen sich, aber sie brauchen diese Pein... denk doch nur an unseren Schwager Mannagetta!«

»Der ist doch krank. Seit ich alles weiß, kann ich ihn nicht mehr verurteilen. Hat sie dir's je erzählt?«

»Olga mir etwas erzählen? Nie. Die haßt uns doch, weil wir Anteile haben und sie nur die Mitgift erhielt... Und auch davon nur einen Teil in bar, das andere wird ihr verzinst... Was hat sie denn erzählt?«

»Es stand alles sehr gut bei ihnen, anfangs. Sie waren sehr ineinander verliebt und hatten herrliche Nächte, und vielleicht wollten sie eben darum zunächst keine Kinder. Und dann passierte es, daß er sich mit einer frischen Bazillenkultur infizierte; er bekam furchtbare Entzündungen im Unterleib, und als er gerettet war, konnte er zwar noch... ich meine, man merkte eigentlich nichts, nur: er war unfruchtbar.«

»Bis hierher kenne ich die Geschichte, wenn auch nur als Gerücht. Aber da muß doch noch irgend etwas passiert sein.«

»Ist auch, und das ist das, was ich nicht so recht verstehe. Sie sagte, sie hatten in den ersten zwei Ehejahren eine höllische Mühe mit dem Aufpassen, es hat ihnen viel verdorben, sie waren oft beide ganz unglücklich. Und dann, als feststand, daß sie nicht mehr aufzupassen brauchten, als sie wußte, sie könne von ihm keine Kinder mehr bekommen, da... war es auf einmal vorbei, sie kam nicht mehr zu einem wirklichen Genuß, und sie begann ihn zu hassen.«

»Was sind die Geheimnisse von Paris gegen die Geheimnisse des Geschlechts«, sagte Ferdinand, »aber wie schön ist es, wenn man immer wieder versucht, in sie einzudringen!«

Irene schrie leise und überrascht auf; es war wie eine richtige Hochzeitsnacht, und am nächsten Morgen mußte Mizzi lange klopfen, ehe die beiden öffneten und Peter Daniel zu ihnen ins Bett springen durfte. Und da war es immerhin schon elf Uhr morgens...

Das Geisterschiff

Da der Tag ihres Eintreffens in Dieppe mit dem *Hotel d'Angleterre* fest vereinbart war, mußten Ferdinand und Irene sich von Paris losreißen, so gerne sie auch beide noch geblieben wären.

»Nach Paris«, sagte Ferdinand tröstend, »kommt man immer wieder.« Aber so recht glaubte er nicht daran, denn es war doch eine arge Affaire gewesen, trotz des Schlafcoupés, das sie sich hatten sichern können.

Da es eine direkte Eisenbahnlinie nach Dieppe noch nicht gab, ging die Reise über Rouen. Peter Daniel genoß die Fahrt längs der Seine außerordentlich, denn wenn er auch aus der Donaustadt Wien kam, so kannte er die Flußlandschaft doch nur von den Brücken aus, und hier sah man, wie ein großer und belebter Strom sich in vielen Windungen, an Städten, Schlössern und Burgruinen vorüber dem Meer zuschob.

Ferdinand konnte ihm nicht allzuviel erklären; es reichte gerade für die Schiffstypen, die Lastkähne und die kleinen Dampferchen, die man immer wieder zu Gesicht bekam. Irene mit ihrer soliden Gymnasialbildung wußte immerhin von Richard Löwenherz zu erzählen, von der mächtigen Festung des Château Gaillard, die er in einem einzigen Jahr hatte erbauen lassen, und von den Normannen, denen das

Land an der Seine gehört hatte, bevor sie im französischen Königreich aufgingen.

Schwerer hatte sie es dann in Rouen selbst. Man logierte nämlich im *Hôtel du Nord* mitten in der Stadt und unweit des berühmten Uhrturms, aber auch des Alten Marktes, auf dem Jeanne d'Arc verbrannt worden war. Und es war nur natürlich, daß Peter Daniel ganz genau wissen wollte, was es mit der Jungfrau auf sich hatte, ja was denn eigentlich eine Jungfrau sei.

»Das ist eine junge Frau, die keinen Mann hat, darum heißt sie Jungfrau«, erklärte Irene.

»Das verstehe ich«, sagte Peter Daniel befriedigt, »du bist eine Ehefrau, und Mizzi ist eine Jungfrau.«

Ferdinand hatte allergrößte Mühe, einen Lachanfall in einem Hustenreiz untergehen zu lassen. Mizzi selbst war glücklicherweise im Hotel geblieben, um zu waschen.

»Die Jungfrau, um die es hier geht«, fuhr Irene schnell fort, »ist eben die Jungfrau von Orléans, ein sehr tapferes Mädchen, das in einer Rüstung gegen die Engländer gekämpft hat und sie aus Frankreich vertreiben konnte.«

»Und warum hat man sie dann verbrannt?«

»Weil Rouen noch den Engländern gehörte, und weil damals, vor vierhundert Jahren, niemand glauben konnte, daß es mit rechten Dingen zugehe, wenn ein Mädchen so viele Siege erringt. Man hielt sie für eine Hexe, und Hexen wurden damals überall verbrannt, in Deutschland, in Österreich, in der Schweiz...«

Peter Daniel blickte nachdenklich über den kleinen Platz mit seinen alten Fachwerkhäusern hin. Hier sah alles ganz anders aus als in Wien, vermutlich noch so wie vor vierhundert Jahren, in der Hexenzeit. Die kleinen Häuser ringsum waren ja auch rechte Knusperhäuschen.

Abends, als er dann mit Mizzi allein war, vertraute er sich ihr an. Er hatte soviel erfahren und gesehen, er mußte es ihr einfach erzählen. Zuvor aber mußte er wissen, mit wem er es zu tun hatte.

»Mizzi, ganz ehrlich«, bat er, »du kannst es mir ruhig sagen, ich sag's nicht weiter: Bist du eine Jungfrau?«

»Aber Peter...!«

Den zweiten Namen brachte sie vor Verblüffung gar nicht heraus, obwohl strikte Anweisung für das Personal bestand, keine Abkürzungen oder Kosenamen zu gebrauchen.

»Nun sag schon!«

»Also, wenn du's genau wissen willst: Ich bin keine Jungfrau.«

»Gott sei Dank!« Man hörte den Stein von seinem Herzen plumpsen. »Sonst hätten sie dich nämlich verbrannt... vor vierhundert Jahren...!«

Und dann erzählte er alles, was Mutti ihm übersetzt hatte aus dem kleinen *Führer durch Rouen und seine Umgebung:* von den bösen Engländern und dem Mädchen aus Lothringen, das für seine Tapferkeit so bitter hatte büßen müssen.

»Siehst du«, sagte Mizzi gerührt, »was ich alles von dir lernen kann. Ich bin eben nur ein dummes Dienstmädchen, ich kann lesen und schreiben und das bißchen, was ich an Kunstdingen beim Onkel Poldi aufgeschnappt habe. Alles andere werde ich jetzt nach und nach mit dir lernen!«

Die Bahnfahrt nach Dieppe währte von Rouen aus nur noch zweieinhalb Stunden. Die malerische Seine war nun nicht mehr zu sehen, und die Landschaft, die an den Fenstern vorüberzog, wirkte auf Peter Daniel, der Berge, Bäche, Brücken und Burgen gewöhnt war und seine ersten Eindrücke in dem reizenden Gutenstein gesammelt hatte, so öde, daß er immer stiller wurde. Und als schließlich überhaupt nichts mehr zu sehen war als die sanft ansteigenden, endlosen Wiesen, die Hecken, die sich durch das ganze Land zogen, und hin und wieder ein Kirchlein, das sich bescheiden zwischen alten

Häusern duckte, da fragte Peter Daniel mit hängender Unterlippe:

»Seid ihr auch ganz sicher, daß wir hier richtig sind?«

»Gefällt's dir nicht?«

»Ganz und gar nicht... hier sind so viele Sträucher und Wiesen und Kühe, da ist doch für einen Strand gar kein Platz!«

Auf den Höhen von Hautot erblickte er dann das Meer, und obwohl er es in Grado schon gesehen hatte, war er doch überrascht, weil die Bahn hier durch das Hügelland brach und die weite, weißgraue Fläche halb am Himmel zu hängen schien. Von diesem Augenblick an bemächtigte sich seiner eine beträchtliche Erregung, und er konnte es kaum noch erwarten, daß der Zug in den Bahnhof einlief, die Körbe ausgeladen wurden und die Reise endlich zu einem Badeaufenthalt wurde.

Das *Hôtel d'Angleterre* hatte einen Wagen an die Bahn geschickt, und der Chasseur empfing sie in fließendem Englisch, was Ferdinand und Irene wenig half, weil sie beide von klein auf Französisch als zweite Sprache erlernt hatten; Papa Sebastian hatte sogar für seine drei Söhne und Olga eine veritable Französin engagiert, und das durch Jahre. Die Eifersuchtsszenen, die es damals wegen des munteren, pausbäckigen Mädchens aus Dijon gegeben hatte, waren durchaus unberechtigt gewesen, die Kleine war viel zu anständig, um sich mit dem damals noch recht knusprigen Industriellen einzulassen. Ja, sie war schließlich beinahe so etwas wie eine Freundin für Ferdinands Mutter geworden und bis zu deren Tod in der Familie geblieben.

Der Weg von der Bahnstation zum Strand wirkte so unnatürlich verschlungen, daß Ferdinand zunächst an die üblichen Tricks der Kutscher glaubte, die auf diese Weise eine längere Fahrt und höhere Bezahlung erreichen wollten. Aber dann ergab sich, daß die tief in die Stadt einschneidenden Hafenbecken diese Umwege nötig machten, auch war der Fahrpreis zwischen Bahn und Hotel zweifellos in den Aufenthaltskosten inbegriffen.

Als endlich der Strand mit der langen Reihe der Hotels zur Rechten sich vor ihnen auftat, als die alte Burg von Dieppe auf sie herniederblickte und aus den diesigen Weiten des Ozeans Welle auf Welle gegen sie heranrollte, da waren die Damen nicht minder begeistert als Peter Daniel. Mizzi haschte nach Irenes Hand, drückte einen Kuß darauf und sagte mit feuchtem Blick:

»Nein, daß Sie mich hierher mitnehmen, gnä' Frau, wo's so schön ist!«

Ferdinand musterte die Hotels, die sie passierten, und stellte, als sie schließlich anlangten, befriedigt fest, daß das *Angleterre* sich sehen lassen konnte. Wirklich übertrumpft wurde es eigentlich nur von einem einzigen neuen Gebäude unterhalb der Burg, das wohl das Casino beherbergte, und das war ja eine Einrichtung für sich, mit der ein Hotel nicht zu konkurrieren brauchte.

In der Halle nahm man sich der Gäste aus *Vienne sur le Danube*, wie der Portier zur Unterscheidung vom französischen Vienne in das Gästebuch eintrug, mit der größten Zuvorkommenheit an. Heisingers hatten eine kleine Suite mit drei Fenstern Meerfront und einem vierten Fenster nach Nordosten, von dem aus man den Strand entlang bis zur Mole blicken konnte. Das große Zimmer bewohnten Ferdinand und Irene, dann kam ein kleiner Salon, in dem das Frühstück eingenommen wurde oder auch der Tee, und an der Ecke lag ein kleineres Schlafzimmer für Mizzi und Peter Daniel. Dazu gab es auf der einen Seite ein Badezimmer, auf der anderen, von dem kleineren Schlafraum abgeteilt, ein kurioses Kabinettchen mit Waschtisch und einem niedrigen Porzellanbecken, in dem Peter Daniel das kleine Schiffchen schwimmen ließ, das er sich in Rouen hatte kaufen dürfen.

»Schau her, Mizzi!« rief er begeistert. »Das ist für Kinder, weil ich noch zu klein bin für den Waschtisch. Das habe ich noch nirgends gesehen!«

Mizzi lachte, sagte aber nichts, weil sie der Gnädigen beim Auspacken helfen mußte.

»Der Peter Daniel läßt im Bidet Schifferl schwimmen, gnä' Frau«, berichtete sie, während sie die Kleider aus der Tiefe des Korbes holte. »Soll ich ihm was sagen?«

Irene blickte irritiert auf.

»Was Sie alles fragen... Geh'n S' dann gleich mit ihm zum Strand, aber ins Wasser darf er heute noch nicht, er muß sich erst ein bisserl akklimatisieren.«

Irene hatte sich eben erschöpft auf das Bett fallen lassen; zum Umkleiden war sie noch viel zu müde, als Ferdinand eintrat und ihr ein Billett reichte.

»Höfliche Leute, die Franzosen«, sagte er, »der Direktor bittet uns zu einem Begrüßungscocktail in die Bar hinunter, sobald wir Lust haben.«

»Lust habe ich eigentlich keine«, maulte Irene, »aber eben darum bringen wir's wohl am besten hinter uns. Ich lege mich dann ein wenig hin.«

Monsieur Grandjean war ein dürres, sehr behendes Männchen, das fließend deutsch sprach, allerdings mit einem so starken Akzent und einem derartigen Hang zum französischen Sprachtempo, daß Ferdinand und Irene ihn gewiß besser verstanden hätten, wenn er bei seiner Muttersprache geblieben wäre. Aber natürlich machten sie ihm Komplimente ob seiner Sprachbegabung.

»Ach, glauben Sie mir, ich würde lieber nicht... gar nicht. Unsere Sprache ist so schön. Aber Dieppe braucht die Fremden, die Stadt ging sehr schlecht, müssen Sie wissen. Ein bißchen Tabakmanufaktur, ein bißchen *Port de Peche*, Fischfangen. Seit es gibt die Eisenbahn, alle Orte von Küste schicken Fische nach Paris, und diese Konkurrenz, sie macht

Dieppe kaputt. Vor der Eisenbahn, wir waren allein. Dieppe nächster Hafen an Paris, Sie verstehen? Auf leichten Wagen, Wagen aus Korbgeflecht mit nur zwei große Räder, so sind unsere braven Burschen gefahren die ganze Nacht durch das Land bis Paris, auf den Markt bei den Halles. Niemand sonst hat das gemacht, und die Fischer von Dieppe hatten guten Absatz. Heute: in Eisenbahn einladen, das kann jeder.«

»Eigenartig«, sagte Heisinger, »ich hätte genau das Gegenteil vermutet, nämlich daß die Eisenbahn den Fischereihäfen nun ein großes Hinterland erschließt.«

»Das ist *en principe* auch richtig, für Etretat, für Fécamp, für Le Treport. Wir aber, wir haben eine Position verloren. Das muß sich erst einspielen, vielleicht, weil wir zu sehr auf Paris ausgerichtet waren.«

»Dann war der Badebetrieb ja geradezu eine Rettung für die Stadt?«

Grandjean lachte über das ganze Gesicht, was eine Unzahl kummervoller Fältchen hervorzauberte, die dann zu einer feixenden Grimasse zusammenwuchsen.

»Und ob! Soviel Unglück unsere Stadt hatte in den letzten Jahrhunderten, da hatten wir einmal Glück. Es begann 1830, als der Herzog von Chartres zum König von Frankreich gemacht wurde... dabei hatte schon Monsieur Thiers seine Hand im Spiel, dem wir jetzt den frühzeitigen Abzug der preußischen Besatzungen verdanken, ein außerordentlicher Mann! Wo waren wir? Aha, Louis-Philippe I., der Bürgerkönig, wie die Deutschen sagen. Er hatte sein Stammschloß hier an der Küste, in Eu, Sie können einen schönen Bootsausflug nach Le Treport machen und Eu besichtigen... Er also war hier zu Hause und weilte oft in Dieppe, und das hat uns viele Gäste eingebracht. Und dann vor allem: die Briten!«

»Eigenartig eigentlich, die haben mit dem Seebaden doch viel früher angefangen als die Franzosen«, warf Irene ein.

»Ganz richtig, Madame, ausgezeichnet bemerkt.« Er hob begeistert sein Absinthglas und trank Irene zu. »Aber Seebad ist nicht gleich Seebad. Meerluft macht Appetit, und den kann man nun einmal nirgends auf der Welt so angenehm stillen wie in Frankreich! Sie kamen in vielen Mengen...«

»In hellen Scharen«, half Irene lächelnd.

»Oh, Madame« – Grandjean geriet in Verzückung –, »wie gerne lasse ich mir von Ihnen helfen, und mit welchem Charme macht das eine Wienerin. Die Preußen, sie erteilen immer Zensuren. Es war entsetzlich...«

»Aber wir waren eben noch bei den Briten!«

»Pardonnez-moi, also sie kamen, sie kannten Dieppe ja schon lange, denn sie hatten es wiederholt zerstört, Ende siebzehntes *siècle* am schlimmsten, alle Häuser weg. Sie kamen baden, essen, schlafen und eroberten uns auf friedliche Weise mit englischen Pfunden... Wir taten sonst gar nichts, nur Hotelbauen und gut kochen. Mit dem Meer, sie mußten allein fertigwerden. Sie kannten die Strömungen nicht, sind sehr gefährliche vor dem Kap mit der Burg, da dürfen Sie nie hinausschwimmen. Viele Engländer sind ertrunken, Sie müssen verstehen, es war unsere kleine Rache für die große Zerstörung von 1685 oder so, ich weiß es nicht genau...«

»Und sind auch Preußen ertrunken?«

»Ein paar« – Direktor Grandjean dämpfte die Stimme und sah sich um, als seien die Besatzer noch im Lande –, »viel zu wenig! Ertrunken sind sie in Champagner, und aus unsere Zigarrenmanufaktur sie nahmen mit alle Zigarren, alle!«

»Man sieht aber eigentlich keine Spuren eines Kampfes, wenn man so durch Dieppe fährt«, gab Ferdinand zu bedenken.

»Es hat auch keinen gegeben, kein Kampf, keine Spuren. In der Festung lagen alle Gewehre und alle Geschütze, aber keine Munition. Wir hatten keine hundert Schüsse, darum friedliche Besetzung und in diesem Jahr 1872 viele kleine

Boches in den Wiegen von Dieppe ... macht nix, Normandie schon immer ein wenig zu germanophil, Sie verstehn? Ein paar blonde Knaben mehr in der Schule von Dieppe macht gar nix!«

Um den Hoteldirektor von seinen Elogen abzubringen, erkundigte sich Irene, was man in Dieppe abends anfangen könne.

»Zuerst, Sie können gehen in Casino, ganz neu, wunderschön, geleitet von Monsieur Isidor Bloch. Alle Glücksspiele wie in Monte Carlo, Sie werden sehr zufrieden sein. Aber es gibt auch ein Theater, natürlich in französischer Sprache, aber der Chasseur sagte, die Herrschaften sprechen gut französisch, also gehen Sie ruhig in das Theater. Natürlich, große Operetten wie in den *Bouffes Parisienne* oder in der *Opéra comique* wir können hier nicht spielen, kleine Bühne, kleines Personal. Aber Boulevardkomödien sehr unterhaltsam!«

Nun, das war ja schon einiges; man dankte für den Cocktail und versprach, zum Diner um sieben pünktlich zu sein.

Auf der Treppe begegneten sie Mizzi und Peter Daniel. Sie trug ein buntes Sonnenschirmchen am Arm, er das kleine Holzschiff und einen Schuhsack, in dem er Muscheln heimbringen wollte.

»Mutti, warum darf ich heute noch nicht ins Wasser?« wollte er wissen. Es war die große Enttäuschung gewesen.

»Das ist eine alte Regel, mein Lieber«, tröstete ihn Irene und beugte sich zu seinem bockigen Bubengesicht hinunter. Er hatte ihre blauen Augen, Augen, die alles sagen konnten, nur daß er es noch nicht wußte. »Wir sind viele Tagereisen von zu Hause, fünfzehnhundert Kilometer. Alles ist ganz anders. Darauf muß sich dein Körper erst umstellen. Morgen fangen wir an, alle zusammen, du wirst sehen, das wird wunderschön und wird uns allen sehr guttun!«

Am späten Abend gab es dann noch eine kleine Aufregung. Man hatte endlos getafelt, so viele Gänge, wie ein Hochzeitsmenü bei Meissl und Schadn aufwies, nur daß man hier zweimal des Tages in dieser Weise aß: Muscheln, dann eine Fischsuppe, Hühnchen in der Art des Pays d'Auge, was soviel bedeutete wie: in einer kalt geschlagenen, schweren Buttersauce, danach Salate, Käse, ein Obsttörtchen, Kaffee und Kognak. Irene hatte ein hochrotes Gesicht, von der Menge der Speisen oder von den alkoholischen Getränken, die man genossen hatte, und japste richtig, als sie die zwei Treppen erklommen hatte, die Speisesaal und Wohngeschoß voneinander trennten.

»So geht das nicht weiter, Ferdinand«, sagte sie, »ich müßte ja den ganzen Winter lang hungern, wenn wir so weitermachen. Ab morgen esse ich nur noch einmal am Tag, und abends nur Salat; diese Table d'Hôte, wo alles dasitzt und – mit Verlaub zu sagen – frißt, links von dir, rechts von dir, gegenüber, das ist ja Terror. Ich kann nicht mehr!«

Aber noch war ihr keine Ruhe gegönnt. Peter Daniel hatte offensichtlich nur gewartet, daß Papa und Mama heraufkamen, denn er brannte darauf, ihnen etwas zu zeigen.

»Wieso schläft er noch nicht, Mizzi, es ist ja schon halb zehn!«

Das Mädchen zuckte die Achseln. »Er hat etwas gesehen, ich darf's nicht verraten, er will es Ihnen unbedingt selbst sagen, und er war so aufgeregt, daß ich ihn nur mit Mühe davon abhalten konnte, in den Speisesaal hinunterzulaufen. Ich glaube, hätte ich ihm nicht schnell das Nachthemd übergezogen, er wäre gekommen und hätte Sie gestört!«

»Nun, da bin ich jetzt aber sehr gespannt«, sagte Irene und lächelte Peter Daniel ermutigend zu, »verlange nur nicht von mir, daß ich die Treppen noch einmal hinuntergehe!«

»Nein, Mutti, du kannst es von hier aus sehen ... komm zum Fenster, und du, Mizzi, mach das Licht aus!«

Als das Licht erlosch, hoben sich Strand und Meer hell

von dem dunklen Uferweg ab. Niedrige Wolkenbänke lagen weit draußen, dort, wo England sein mußte, auf dem Wasser, und der Mond schien voll auf ein schwarzes Schiff, das unbeweglich in ziemlicher Entfernung vor der Küste lag.

»Siehst du's, Mutti... das Geisterschiff?«

»Das schwarze Schiff, gewiß... Und wer sagt dir, daß es ein Geisterschiff ist?«

»Entschuldige, Irene«, mengte sich Ferdinand ein, »aber das sieht man doch: Sie singen nicht, sie trinken nicht, auf ihren Schiffen brennt kein Licht oder so ähnlich, das ist der Fliegende Holländer mit einem Schornstein statt der Segel.«

»Der Fliegende Holländer...«, sagte Peter Daniel ganz andächtig. Seine Mutter hatte ihm die Geschichte erzählt, als sie einmal aus der Oper kam und er noch nicht geschlafen hatte, weil er oft nicht einschlafen konnte, wenn sie nicht zu Hause war. Jetzt hatte er ihn wirklich gesehen, nicht bloß in der Oper, und er sah ihn noch immer, ein schwarzes Schiff im mondhellen Wasser, das weit draußen ganz still lag. Warum lief es nicht in den Hafen ein?

»Papa... was tut das Schiff da draußen?«

Ferdinand verschwand und holte den Feldstecher.

»Den haben Monsieur wohl für die Strandschönheiten eingepackt«, sagte Irene anzüglich; sie hatte ihn noch nie mit solch einem Ding gesehen.

»Unsinn... so etwas nimmt jeder Mann mit, der auf Reisen geht... Tatsächlich: kein Licht, nicht einmal die Positionslaternen, das ist ein starkes Stück. Man müßte die Hafenpolizei alarmieren!«

»Womöglich jetzt, mitten in der Nacht? Nein, meine Herren, wir gehen jetzt schlafen, der eine mit mir, der andere mit Mizzi, und morgen um neun gibt's großes Familienfrühstück im Salon, *d'accord?*«

»Du redest schon wie der Kommerzialrat«, brummte Ferdinand, als sie allein waren, legte das Glas aber folgsam in die Nachttischlade und begann sich auszuziehen. »Wie bist du gestimmt? In Rouen waren wir fürchterlich keusch, wohl wegen der armen verbrannten Jungfrau, aber hier...«

»Du mußt doch nicht fragen, du Dummer«, sagte Irene zärtlich, griff ihm in die noch beruhigend dichten Haarbukkel und zog ihn wie einen großen Hund ans Bett. „Nur, viel Mitwirkung kannst du von mir nicht erwarten, meine Luft reicht gerade noch zum Atmen, für Gymnastik habe ich zuviel von diesem einzigartigen Käse gegessen, wie heißt er, Camembert? Eine Bäurin hat ihn erfunden, hat mir der Maître d'hôtel erzählt, er wußte sogar ihren Namen: Harell. Kann man sich das vorstellen? Würdest du essen, was eine Bäuerin aus Lajtaszentmiklosch erfunden hat?"

Ferdinand war bei ihr, ehe sie den langen Namen des kleinen Dorfes an der Leitha ganz ausgesprochen hatte, und verschloß ihr mit seinen Küssen den Mund. So waren die Frauen: Bei ihnen war es immer der Nachtisch, der aphrodisisch wirkte, bei den Männern die Vorspeisen. Diesmal löschten sie das Licht; der Mond schien so hell auf Strand und Kai, und Irenes weiße Haut begann in diesem seltsamen Licht zu leuchten, als sei Irene selbst ein elbisches Wesen.

»Diese hellen Nächte am Meer haben tatsächlich etwas Gespenstisches«, sagte Ferdinand, »man braucht sich nicht zu wundern, wenn die Leute hier allerlei Unsinn glauben. Und weißt du, daß du nach Meer schmeckst, obwohl du noch gar nicht gebadet hast?«

»Wo schmecke ich denn nach Meer?« erkundigte sich Irene mit einem kleinen Lachen.

»Nun, das werden wir gleich feststellen... ich komme überall hin!« sagte Ferdinand, und er begann tatsächlich sie zärtlich abzulecken, bedächtig, genußvoll, als wolle er nie wieder aufhören.

Sie ließ ihn gewähren. Ihre Rechte kraulte ihm das Haar, ihr Blick aber fiel durch das große Fenster hinaus auf die Wasserfläche, die wie Metall schimmerte und von der ein leises Brausen in das Zimmer drang.

Der duftende Kaffee, die zarten *Croissants,* die Peter Daniel an die geliebten Kipferln von dem herrlichen Bäcker aus der Schikanedergasse erinnerten, und die voll aufgegangene Sonne versetzten alle vier in die beste Ferienstimmung. Selbst Mizzi, die es an sich nicht für schicklich hielt, viel Anteilnahme zu zeigen, weil ›ein Dienstbot' sich immer schön zurückhalten soll‹, wie ihre Mutter ihr eingeschärft hatte – selbst Mizzi also hatte vor freudiger Erregung rosige Wangen, und ihre Badetasche war längst gepackt, als Ferdinand seine Siebensachen noch zusammensuchte.

»Ich weiß, was du suchst, mein Lieber«, sagte Irene, »das Fernglas, genannt Feldstecher. Aber ich werde dir nicht verraten, wo du es gestern abend hingelegt hast. Du mußt dich schon mit uns beiden begnügen und die anderen Schönheiten mit bloßem Auge betrachten; mehr wäre ohnedies nicht fein.«

Das Hotel hatte für seine Gäste eine ausreichende Anzahl von Badewagen ins seichte Wasser gefahren. Man betrat sie mittels eines Steges vom Strand aus und stieg dann auf der anderen Seite über ein kleines Holztreppchen ins Meer. Auf dieser Seite war auch eine kleine Brüstung angebracht, etwa so groß wie die Plattform eines Personenwaggons der Eisenbahn, wo man sich sonnen konnte – falls man die Ratschläge des Badearztes in den Wind schlug. Der war nämlich der absonderlichen Meinung, daß soviel Sommersonne auf der bloßen, durch Meerwasser ausgetrockneten Haut arge Schäden anrichten könne.

»Wie sollen wir das nun machen?« wollte Ferdinand wissen. »Erst die Damen, dann die Herren, oder erst wir Eltern...«

So nahe es lag, auf dieses Problem war Irene nicht vorbereitet.

»Siehst du«, sagte sie leise, »so fangen die Unannehmlichkeiten schon an. Mich vor Mizzi ganz auszuziehen, ist mir unangenehm, und wenn sie sich neben dem Buben auszieht, ist es auch nicht richtig...«

»Ich seh' dir doch deine Ungeduld an, mein Kleiner«, sagte Ferdinand zärtlich und begann Peter auf der Miniaturterrasse auszuziehen. »Gehen Sie schnell als erste hinein, Mizzi, sonst ist er nach England geschwommen, ehe sie den Badeanzug anhaben!«

Das war die Lösung, und morgen konnte man die beiden ja vorausschicken. Irene lehnte sich an die Brüstung und atmete hier, aus der Nähe, genußvoll die Meerluft. Die See lief in kleinen Wellchen zum Strand herauf. Die Badewagen standen unregelmäßig, manche weiter draußen, andere näher am Sandstreifen, und so weit das Auge reichte, tummelten sich verblüffend bunte Männlein und Weiblein in den Wellen.

Als dann Mizzi aus der schmalen Tür trat, gelang es Ferdinand gerade noch, einen bewundernden Ausruf zu unterdrücken. Was immer da um ihn herumplantschte, acht oder zehn oder zwanzig Meter entfernt, das konnte sich doch keineswegs mit diesem Mädchen messen, das sich hier neben ihm im vollen Sonnenlicht präsentierte, wohl ein wenig befangen, weil sie natürlich wußte, daß sie im Vergleich zu ihrer sonstigen Erscheinung recht wenig auf dem Leib hatte, andererseits aber auch ein wenig stolz darauf war, sich so zeigen zu können.

Ferdinand fühlte Irenes Blick auf sich und beschäftigte sich angelegentlich mit Peter Daniel.

»Da, Mizzi, geben Sie ihm die Hand, bitte, damit er den Boden nicht unter den Füßen verliert... Schwimmen kann er ja, aber es ist doch ungewohnt in den Wellen!«

Dann sah er ihnen einen Augenblick nach. Das Wasser ging Peter Daniel bis zum Bäuchlein, bei Mizzi umspielte es die Knie und ließ dann einen Streifen Oberschenkel frei, ehe die Badehose begann. Irene hatte recht: Der Anzug war noch gewagter als ihrer; er saß sehr knapp und war eigentlich, wenn man es recht bedachte, nur ein paar Spannen lang, vom Po bis zur Mitte des Rückens. Kruzitürken, das jetzt jeden Tag, und nie sollte er es bemerken..!

»Nun, satt gesehen, mein Pascha?« erkundigte sich Irene. »Dann können wir uns jetzt vielleicht auch umkleiden?«

Sie schob ihn ziemlich unsanft durch die Tür, wurde aber gleich netter, als sie in dieser halben Finsternis allein waren, die grelle Sonnenstrahlen, die durch die Holzjalousien fielen, da und dort plötzlich erhellten. Sie spielten auf Irenes Leib, der sich nach und nach enthüllte, und das Ganze war so pakkend, daß er mit seinem eigenen Badeanzug, eng, lang und quergestreift, gar nicht zurechtkam.

»Du scheinst heute ziemlich verwirrt«, sagte Irene, als er ihr bei den Bändern und Schleifchen ihres Kostüms half, »sollte das schon der bewußte zweite Frühling sein, oder ist es einfach der Sommer...?«

»Es ist der Sommer, und daß man nichts zu tun hat; es ist wohl auch die ungewohnte Ernährung und natürlich all diese Anblicke. Wäre es anders, würde mich das alles kalt lassen, so hättest du auch nicht mehr viel von mir. Ich fühle mich wie vor der Matura, als ich meine Pickel bekämpfte und hinter jedem Mädel herstarrte. Damals bin ich stundenlang durch die Stadt marschiert und hab' mich umgeschaut, ob nicht irgendwo ein Stubenmädchen im ersten Stock die Fenster putzt. Und abends bei der Oper stierte ich den schönen Damen auf die Wadeln, so daß ich einmal beinahe unter einen Unnumerierten gekommen wäre.«

»Unter einen Unnumerierten?« fragte Irene lachend, ohne auf seine Bekenntnisse weiter einzugehen.

»Das sind die Fiaker, die man nicht für eine Fahrt mietet, sondern für längere Zeit, das machen sehr viele feine Familien, weil ein eigenes Zeugl nicht nur viel Geld kostet, sondern auch eine Menge Platz und Scherereien macht.«

»Siehst du, Ferdinand, wie einfach du's hier hast... Von mir einmal ganz abgesehen... rechts von uns eine ganze Familie mit drei mannbaren Töchtern, und wie wohlgenährt! Und links, das müssen Engländerinnen sein, denn sie gehen mit Kapuzen ins Wasser... Und im Sand, die promenierenden Schönheiten! Ach, und da liegen die Herren unter Sonnenschirmen und lassen alles an sich vorbeistolzieren, was sich schön genug fühlt, das habe ich vorhin gar nicht bemerkt!«

»Die waren vorhin auch noch gar nicht da«, berichtigte Ferdinand verärgert. »Scheint das Spätvormittagsvergnügen der begüterten Briten zu sein. Nun, wir werden ihnen die Freude nicht machen. Komm, Irene, hinein in die Fluten!«

Es wurde ein etwas kühles Vergnügen. Die Adria meinte es um diese Zeit schon besser mit den Schwimmern. Aber Peter Daniel war selig, alle beisammen zu haben, und war unermüdlich im Erfinden von Spielen. Im seichten Wasser stehend, mußten sie nicht nur endlose Ballschupfereien in der prallen Sonne auf sich nehmen, sie mußten auch Marinekavallerie spielen, wobei Ferdinand Irene auf die Schultern nahm und Mizzi auf die gleiche Weise Peter Daniel trug. Mutter und Sohn rangen heftig miteinander, während im Untergeschoß, von neckischen Wellchen bespritzt, Ferdinand und Mizzi immer wieder gegeneinander flogen, eine herrliche Sache in der salzigen Nässe, die ihre Haut so glatt machte und ihren Blick so zärtlich. Aber was half es! Gerade mit Mizzi konnte er sich ja doch auf keinen Fall etwas anfangen, denn die erzählte es todsicher ihrem Poldi, und dann war er diesem netten Tunichtgut auf Gnade und Ungnade ausgeliefert.

»Genug, ich kann nicht mehr!« schrie in diesem Augenblick Irene und ließ sich hintenüber ins Wasser gleiten. »Das ist ja mörderisch. Und mittags habe ich dann wieder ungeheuren Appetit und esse mehr, als meiner Figur guttut!«

Peter Daniel, der Unersättliche, bettelte zwar noch ein Weilchen, aber Irene blieb fest. Man beschloß eine Strandwanderung.

»So, wie wir sind?« erkundigte sich Irene.

»Gewiß, oder willst du im langen Kleid durch die seichten Wellen patschen? Alle gehen so! Wir trocknen uns ein wenig ab, den Rest besorgt die Mittagssonne; diese Lüsteranzüge sind ja sofort trocken.«

Das war nun doch recht ungewohnt. Gewiß, vor ihnen, hinter ihnen, neben ihnen wallten ähnliche Gruppen. Ja, die meisten Damen waren insofern auffallender angezogen, als sie buntere Kleidung trugen, breite Streifen oder weite, dünne Hosen, die, wenn sie naß waren, wesentlich undezenter wirkten als die knappen Hosen aus Paris. Aber dazwischen lagen in großen und kleinen Runden, unter Sonnenschirmen hingestreckt und zu traulichem Picknick um Tischtücher versammelt, völlig angezogene Herrschaften, und das, das schickte sich gewiß nicht.

Unter einem weitausladenden Schirm herrschte besonders reges Treiben, Diener kamen und gingen, und wer immer vorüberging, deutete einen Gruß an. Einen der Herren, der ihnen entgegenkam und gerade auf diese Weise *par distance* gegrüßt hatte, fragte Ferdinand höflich, um was für eine Gesellschaft es sich bei dieser großen Gruppe wohl handle.

»Sie sind wohl eben erst angekommen, Monsieur?« fragte der Herr streng zurück. »Dort unter dem Schirm, das ist Seine königliche Hoheit, der Prinz von Wales.«

An diesem Abend war Peter Daniel pünktlich ins Bett gekommen, denn er war zum Umfallen müde. Ferdinand Heisinger aber stand, als Irene schon in den Kissen lag, noch lange am offenen Fenster und hatte doch wieder den Feldstecher an den Augen.

»Schiffe müssen etwas Faszinierendes haben«, sagte Irene vom Bett her, »ich habe es nur leider noch nicht entdeckt.«

»Wäre es ein lustiger, lauter Bäderdampfer mit Lichtern und Musik, würde ich mich über ihn nur ärgern und die Fenster schließen«, antwortete Ferdinand. »Was mich beschäftigt, ist die Schwärze, das Schweigen, die offensichtliche Mißachtung notwendiger Vorschriften. Entweder ist es ein Wachschiff, das auf der Lauer liegt und sich darum nicht verraten will, aber soviel wie wir sehen die Schmuggler schließlich auch, oder ...«

»Oder ...?«

»Es hat etwas mit der Anwesenheit des britischen Thronfolgers zu tun; schließlich ist der Prinz nicht irgendwer, sondern der Erbe eines Weltreichs.«

»Worauf ihn die gute Queen Victoria aber noch lange warten lassen wird, denn die ist zäh. Ich mag auch nicht mehr warten, gute Nacht!« sagte Irene und drehte sich um. Ferdinand hörte es gar nicht, denn eben in diesem Augenblick löste sich ein kleines Boot von dem großen, dunklen Schiff und glitt als schwarzer Punkt durch die silbrig schimmernden Uferwellen bis in den Schatten, den die mächtige Felsenfestung von Dieppe über das Wasser warf.

Prinz Bertie

Nach vier oder fünf Tagen hatte sich Familie Heisinger in Dieppe vollkommen eingelebt, und alle fanden übereinstimmend, daß man in den französischen Seebädern mehr anfangen könne als in Italien. Es gebe mehr zu sehen, mehr Unterhaltung, besseres Essen, weniger Gelsen und trotz allem Betrieb doch mehr Ruhe als an der Adria.

»Nur die Umzieherei zur Table d'Hôte und das ganze feine Getue beeinträchtigen ein wenig die Erholung«, fand Irene, »aber wenn man das nicht will, muß man eben in ein Kuhdorf gehen. Sogar in Gutenstein muß man ja schon Rücksichten nehmen, Besuche machen und ein Haus führen!«

Am glücklichsten war Peter Daniel. Er fand, die Adria sei gar kein Meer, verglichen mit der Nordsee oder dem Atlantik (wie man das weite, graue Wasser gegenüber dem Hotel eben nennen wollte). Daß es in einem Sechsstunden-Rhythmus kam und ging, war an sich schon ein einzigartiges Schauspiel; die bald im trockenen Hafenbecken auf der Seite liegenden, bald stabil schwimmenden Schiffe, die Ankunft des Dampfers aus England mit der Mittagsflut, das waren für ihn Ereignisse, die an Anziehungskraft nichts verloren, so regelmäßig sie sich auch einstellten.

Für Mizzi aber hatte sich noch manches andere eingestellt,

und das sollte bald das Leben der ganzen Familie beeinflussen.

Es war am fünften Tag nach der Ankunft, daß Peter Daniel seine Eltern mit einem schauerlichen Heulton weckte. Irene sprang aus dem Bett, in dem sie, getreu den Anordnungen für die Flitterwochen, nackt geschlafen hatte, riß den Morgenmantel vom Stuhl und zog ihn sich halb über, während sie durch den Salon zum anderen Schlafzimmer lief.

Als sie die Tür aufstieß, saß Peter Daniel fröhlich im Bett. Er hob eben eine große Muschel an den Mund, und im nächsten Augenblick erscholl wieder der grauenerregende Ton, dieses schmerzliche Heulen eines Abgeschiedenen, den die Teufel zwicken oder brennen.

»Liebling, um Gottes willen ...!« rief Irene, sank neben ihrem Sohn auf das Bett und nahm seinen Kopf in die Hände. »Das darfst du mir nicht mehr antun. Ich habe geglaubt, bei euch sei etwas Entsetzliches passiert. Wo ist denn Mizzi?«

»Hier bin ich, gnä' Frau, guten Morgen, gnä' Frau«, erscholl es hinter dem Paravent, der das Toiletten-Kabinettchen abteilte, und zugleich erschienen Kopf, Hals und Schultern des Mädchens, mit Seifenflocken garniert. »Ich hab's ihm nicht wegnehmen können, denn ich hab' grad' nichts an, das weiß er, der kleine Gauner, und darum hat er geblasen!«

»Gut, machen Sie sich fertig, und erzählen Sie mir dann, was es mit diesem komischen Ding auf sich hat.«

»Das kann ich dir auch sagen, Mutti: Das hat mir der Colonel geschenkt, gestern, als Ihr in Fécamp wart!«

»Der Colonel?«

»Ein Schotte aus der Suite des Prinzen«, erklärte Mizzi, die ein Handtuch um den Leib geschlungen hatte und hinter dem Paravent hervorgekommen war. »Ich kann nichts dafür, gnä' Frau, aber er macht mir furchtbar den Hof, und der

Bub ist ganz verrückt nach ihm, denn er hat versprochen, ihn einmal aufs Schiff hinüberzunehmen ... auf das Geisterschiff!«

»Jetzt verstehe ich überhaupt nichts mehr. Vielleicht sollten wir das bis zum Frühstück aufschieben. Peter Daniel, geh dich waschen, damit die Mizzi sich anziehen kann, und ich flehe dich an: Blas nicht mehr auf dem ...«

»Muschelhorn heißt es, Mutti, und der Colonel hat es aus dem Stillen Ozean mitgebracht.«

»Wenn es dort viele solche Dinger gibt«, sagte Irene, »kann der Ozean nicht gar so still sein.«

Beim Frühstück, das wie immer gemeinsam im Salon eingenommen wurde, stellte sich dann ein an sich klarer Sachverhalt heraus. Schon für die preußische Besatzung waren die Kindermädchen die beliebtesten Jagdobjekte gewesen; denn in die Ehen, in die bürgerlichen Familien einzubrechen, hatten ja nicht einmal die Offiziere gewagt. Die Briten hielten es ähnlich, wobei für Prinz Bertie selbst allerdings galt, daß er, wo immer er sich aufhielt, mit schönen Frauen reichlich versorgt war oder, andersherum, daß er die Orte bevorzugte, an denen ihm ein mondäner Betrieb gestattete, sich mit schönen Frauen zu umgeben, ohne daß dies besonders auffiel.

»Bis hierher verstehe ich das einigermaßen«, sagte Ferdinand, »man hört ja, daß er sich am liebsten in Monte Carlo, in Cannes oder auch in Baden-Baden aufhält. Aber warum geht er dann nach Dieppe, wo es, zugegeben, ganz nett und animiert ist, aber doch nicht so elegant wie in Deauville?«

»Wegen der vielen Engländer natürlich!« erläuterte Irene. »Und in Puys, zwei Kilometer von hier, sitzt doch sein Ministerpräsident. Die machen sich's hier bequem, sind weniger beobachtet als zu Hause und lassen sich's gutgehen. Das sieht man doch auf den ersten Blick!«

»Und wie steht es nun mit Ihnen, Mizzi?« wollte Ferdinand wissen.

»Ach, es fing an wie jede Bekanntschaft. An den Peter Daniel kommt man ja leicht heran... Am Zelt des Prinzen mußten wir auch immer wieder vorüber, nach der anderen Seite zu liegen ja die Wirbel, in denen man nicht baden darf. Da hat uns eines Tages so ein knorriger Schotte angesprochen, Ende dreißig vielleicht, kräftig, sehr männlich, muß ich sagen, und ging ein Stück mit uns. Er wußte alles, erklärte uns die Gebäude und wer in den Hotels wohne, es war wirklich lustig.«

»Und ihr habt ihn verstanden?«

»Ganz gut, er sagte, wer mit dem Prinzen reise, müsse französisch sehr gut und deutsch so einigermaßen beherrschen. Er hat einen Teil seiner Offiziersausbildung in Hannover absolviert.«

»Und Sie glauben, er interessiert sich nicht sosehr für Peter Daniel«, erkundigte sich Irene, »als für Sie selbst?«

»Das will ich doch stark hoffen!« fiel Ferdinand ein. »Man hört da so allerlei von den Schotten. Schließlich tragen sie ja auch Röcke...!«

»Fernand, je vous en prie, le petit!« zischte Irene, und Mizzi sagte mit einem verklärten Lächeln:

»Ich bitt' um Vergebung, gnä' Frau, aber wenn ein Mann sich für einen interessiert, das merkt auch ein Dienstmadl!«

»Er ist furchtbar nett mit der Mizzi«, berichtete Peter Daniel eifrig; er hatte bisher nur geschwiegen, weil er zuviel Croissants in den Mund gestopft hatte. »Er will immer Mizzi sagen, aber kann das zz nicht aussprechen. Deswegen sagt er Milli oder Milledi oder so ähnlich.«

Irene warf Ferdinand einen beziehungsvollen Blick zu.

»Mit anderen Worten, er verwechselt Sie, Mizzi?«

»Aber nein, gnä' Frau. Wie ich gemerkt habe, daß er *My Lady* sagen will, habe ich ihm gleich erklärt, meine Lady sei in Fécamp, auf einem Bootsausflug, ich sei die Gouvernante. Das hat er auch ganz bestimmt verstanden, denn er hat gesagt: ›Ich habe nichts gegen Gouvernanten, wenn sie sein hübsch und jung und in so schöne *bathing suit* wie Sie, *my dear.*‹«

»Das klingt schon anders«, stellte Irene befriedigt fest, »aber so ganz ungefährlich scheint mir die Sache nicht zu sein. Man sollte vielleicht den Strandabschnitt wechseln.«

»Erstens ist das ausgeschlossen, weil wir den Buben doch nur im sicheren, kontrollierten Badegebiet schwimmen lassen können, und zweitens sehe ich keine Notwendigkeit«, dekretierte Ferdinand. »Mizzi ist erwachsen, gönn' ihr doch einen Ferienflirt; ein Oberst der britischen Armee, noch dazu aus der persönlichen Suite des Thronfolgers, das ist doch kein Ganove, von dem irgend etwas zu fürchten wäre!«

Als Mizzi und Peter Daniel zum Strand abgezogen waren, nahm Irene ihren Ferdinand bei beiden Händen, drückte ihn in den Fauteuil beim Fenster und sagte: »Bevor ich dich jetzt ausdrücklich zur Strandbeobachtung ermächtige, muß ich dir noch sagen, daß du ein lieber Mann bist, aber von Frauen keine Ahnung hast.«

»Nun, dich habe ich immerhin unter hunderttausend anderen Pragerinnen herausgepickt!«

»Unter fünf Professorentöchtern, von denen drei Nachteulen waren und eine vorzeitig schwanger ... Die Mizzi und ein fescher Oberst, zweifellos von Adel, erscheint dir das richtig?«

»Was soll mich daran stören?«

»Daß er ihr nachsteigt und nicht mir!« platzte Irene heraus. »Nie wieder fahre ich mit einem hübschen Kindermädchen auf Urlaub. Außerdem ist sie gar kein Kindermädchen. Was hat sie von einer Gouvernante? Außer ein paar Bildern und Malern weiß sie doch gar nichts, sie ist unser Mädchen für alles, *c'est tout;* aber *sie* stolziert hier den ganzen Tag halbnackt über den Strand, während *wir* uns benehmen, als ob du schon Kommerzialrat wärst und ich Großmutter!«

Ferdinand lachte herzlich.

»Mir geht ein Licht auf, Liebling, verzeih!« sagte er. »Natürlich hast auch du ein Anrecht auf einen Urlaubsflirt, und da den Oberst nun einmal die Mizzi geangelt hat, kommt für dich selbstverständlich nur noch der Prinz selbst in Frage. Wir werden via Mizzi erkennen lassen, daß wir gerne vorgestellt würden; alles andere müssen dann dein Charme und deine Schönheit machen ...«

»Vielleicht ... vielleicht sollte man die Gelegenheit wirklich nützen«, gab Irene zaudernd zu, »und den Oberst müssen wir uns ja auf jeden Fall ansehen, denn wenn sie auch gerade großjährig ist, deine liebe Mizzi, so sind wir doch für sie verantwortlich.«

»Gut, ich beobachte und entwerfe den Schlachtplan«, verkündete Ferdinand und richtete sich mit seinem Feldstecher am Fenster ein.

»Und ich gehe in die Grande Rue, ich brauche unbedingt noch ein Strandkleid, sonst kann ich mich beim Prinzen nicht sehen lassen!«

»Noch eine Frage, Irene«, sagte Ferdinand, schon ganz in das Strandleben vertieft, »was wird unter diesen Umständen eigentlich aus meinem Urlaubsflirt ... oder gilt das Wort vom Kurschatten nur für die Damen?«

»Du darfst auf der Heimfahrt dann die Mizzi trösten«, versprach Irene, schon in der Türe, »denn heiraten wird sie ihr Oberst ja doch nicht!«

Genau das aber hatte Alistair Drummond of Gavin im Sinn, wie sich zu Ferdinands wie Irenes maßloser Verblüffung bei dem improvisierten *five-o'clock-tea* ergab, den der Prinz auf dem Heck seiner Yacht keineswegs nur für die Familie aus

Wien, aber gewiß in erster Linie für sie veranstaltete. Während ein deutsch sprechender Fähnrich Peter Daniel das Schiff zeigte – es handelte sich um kein anderes als das schwarze Geisterschiff –, zog der Prinz Irene und Ferdinand ins Gespräch und hielt auf Französisch für seinen Obersten um Mizzis Hand an, wenn man die ernsthaften Erkundigungen so nennen will.

»In einer Hinsicht kann ich Sie beruhigen, Königliche Hoheit«, sagte Ferdinand. »Mizzi ist ein echtes und rechtes Wiener Kind, also in gewissem Sinn ebenfalls aus einer alten Familie, die seit Generationen in verschiedenen westlichen Vororten der Stadt kleine Weingärten besitzt, gelegentlich auch ein Gasthaus bewirtschaftet, immer aber anständig geblieben ist und in ihrem kleinen Rahmen geachtet wurde. Aber genügt denn das für einen Offizier von Adel?«

»An sich, Mr. Heisinger, würde es nicht genügen. Aber mein Freund Drummond ist ein Outsider. Seine Familie kam mit Mary Stuart aus Frankreich nach Schottland, sie hießen Dumont de Gavin und entstammten dem normannischen Kleinadel. Als die Stuarts vertrieben wurden, gingen die Gavins mit ihnen erst nach Irland und dann nach Frankreich, und bei der gescheiterten Invasion des Prätendenten Charles Edward vor ... warten Sie mal ... hundertdreißig Jahren, da kamen die Gavins abermals nach Schottland, blieben nun aber hier, da sie die Sache der Stuarts als verloren ansahen und das Leben der Vertriebenen satt hatten. Sie waren zunächst geächtet und besitzlos, erst Drummonds Großvater gelang die Einheirat in eine alteinsässige Familie hoch droben im schottischen Norden, in Inverness – vielleicht gelang dies auch nur, weil es für tüchtige Männer dort oben nämlich keine Konkurrenz gibt. Aus Dumont wurde Drummond, aus dem *de* ein *of;* Drummonds Vater wurde schon als Mitglied eines kleinen alten Clans geboren, Drummond selbst wird beim Ausscheiden aus dem Dienst in einigen Jahren von meiner Mutter geadelt werden, denn so viele Generale brauchen wir nicht, und ewig als Oberst herumzurennen, wo man zu Hause ein schönes Gut und herrliche Lachsbäche hat, das ist auch kein Vergnügen.«

»Wenn ich Sie richtig verstanden habe, Königliche Hoheit«, sagte Irene, »dann will sich der Colonel also die Einsamkeit im schottischen Norden mit Hilfe unserer Mizzi versüßen?«

»Wissen Sie, Madame, um ein Leben auszufüllen, etwas Besseres als eine schöne Frau?« sagte der Prinz galant und umfing Irene mit einem Blick, der mühelos durch ihr Kleid drang.

»Sie sind sehr freundlich, Königliche Hoheit ... aber an langen Abenden in einem Gutshaus, in langen Wintern im Norden und vor allem in höherem Alter, da wird Ihr Freund vermutlich mit der puren Schönheit kaum sein Auslangen finden. Da braucht man Gesprächsstoff, Bildung, Anregung.«

»Eben darum bin ich ja so glücklich, Madame, daß ich mit Ihnen sprechen kann. Sie wissen vielleicht nicht sehr viel von mir oder doch nur das, was man sich so erzählt. Es ist aber auch kein Geheimnis, wenn ich Ihnen sage: Ich habe neben den bekannteren mondänen Phasen meiner Existenz auch eine harte Zeit gehabt, in der ich gegen eine allzu starke Mutterliebe ankämpfen mußte. Ich durfte ja kaum den Boden eines anderen Kontinents betreten, ich durfte niemals Truppen besuchen, die in eine Aktion verwickelt waren, und so weiter. In dieser Zeit kam mir niemand so nahe wie Drummond, der es verstand, mich trotz dieser Beschränkungen zum Mann zu machen, auf eine durchaus freundschaftliche Art, mit Sport, mit Expeditionen, die auf den ersten Blick harmlos aussahen, die es dann aber doch in sich hatten und mir allerlei abforderten. Ich bin ihm nicht nur verbunden, sondern auch verpflichtet, und weil er auf jenem Gebiet, das er besser kennt, so viel für mich getan hat, möchte ich nun auf einem Gebiet, das *ich* besser kenne« – der Prinz lächelte, es sah beinahe schuldbewußt aus –, »möchte ich also hinsichtlich der Frau, die ihn nach Inverness begleiten soll, ein wenig den Berater spielen.«

»Und da fiel Ihr Kennerblick auf unsere Mizzi?« Irene lachte, fing sich aber schnell.

»Mein Kennerauge fiel auf Sie beide, wenn ich es schon sagen muß, gleich am ersten Tag, als Sie noch nichtsahnend so nahe an meinem Strandcamp vorbeigingen, wie es die erfahrenen Kurgäste aus Dezenz ja gar nicht tun würden. Da Ihre Familie ja bekannt ist, die einzigen Österreicher, die einzigen Wiener in Dieppe, waren Erkundigungen nicht schwierig, und ich sagte Drummond schon am nächsten Tag: Die Lady ist vergeben, mein Guter, da ist nun einmal nichts zu machen, aber plaudere doch einmal mit dem Jungen, vielleicht geht dir dann die Gouvernante ins Netz.«

Ferdinand weidete sich an dem höflichen Duell seiner Frau mit dem weltläufigen Thronerben, hielt es aber nun für geraten, das Gespräch wieder auf den eigentlichen Gegenstand zurückzuführen.

»Darf ich mir gestatten, die geheimsten Überlegungen Ihrer Königlichen Hoheit ans Licht zu ziehen«, sagte er, und der Prinz nickte lächelnd, ja gespannt, denn das war doch einmal etwas anderes als der viktorianische Hofklatsch. »Da der Oberst in den nächsten Jahren seine ehrenvolle Beschäftigung als Freund, Begleiter und in gewissem Sinn Lehrer des Thronfolgers verlieren oder doch aufgeben wird, soll ihm eine andere Beschäftigung geboten werden, an der ihm auch einiges liegen müßte: die Erziehung einer jungen, hübschen Ausländerin zur Britin, die Ausbildung eines Mädchens, das zu seinem Hausverstand nur äußere Vorzüge mitbringt, zu einer Lady, zu einer gebildeten und anregenden Gefährtin.«

»*You are wonderful*, Mr. Heisinger!« rief der Prinz begeistert. »So klar habe ich es selbst nicht gewußt. Ich wollte ihm eine Aufgabe geben, denn ich habe Angst um ihn, da oben in Schottland, das haben Sie richtig gesehen. Aber ich muß ihn auch ein wenig absichern. Er ist *continental*, müssen Sie wissen. Nicht so arg wie die arme Mary Stuart, aber arg genug, um daran zugrunde zu gehen. Denn Schottland ist nicht England. Er ist nicht hier, sonst würde ich es nicht sagen: Der schottische Adel weiß erst seit hundert Jahren, was Seife ist, und schreiben kann so mancher alte Clanshäuptling heute noch nicht sehr gut. Ihre Mizzi, oder wie sie heißt, hat da nicht allzuviel Rückstand, mit ihrer Frische wird sie das gewiß schaffen. Ich schlage vor, sie bleibt im Haus Heisinger, so wie bisher. Sie lernt in ihrer freien Zeit Englisch und beantwortet Drummonds Briefe, und *next year*, wenn die große Weltausstellung in Wien ist, dann sehen wir uns alle wieder: Drummond seine Mizzi, um sie heimzuholen, wenn ihm noch danach ist, und ich werde mir ein Vergnügen daraus machen, Sie auf Ihrem Stand zu begrüßen ...!«

Damit waren Heisingers in Gnaden entlassen. Peter Daniel hatte sich inzwischen wieder eingefunden und wurde von dem errötenden jungen Fähnrich seiner Mutter zurückgegeben. Er war an Neuigkeiten voll zum Überfließen, mußte sich aber noch gedulden, denn die Rundumverabschiedung nahm doch einige Zeit in Anspruch. Mizzi tauchte im letzten Augenblick auf, als der Prinz Irene schon zur Bordtreppe begleitete. Drummond führte sie stolz und mit hochrotem Kopf am Arm, während sie mit der freien Hand verzweifelt versuchte, ihr Haar in Ordnung zu bringen.

»Wo haben Sie denn gesteckt?« flüsterte Ferdinand indigniert. »Sie waren doch hoffentlich nicht in seiner Kajüte?«

»Aber, Herr Heisinger!« protestierte Mizzi. »Das ist doch

ein ganz ernsthafter Herr in Ihrem Alter... Hinter einer Taurolle waren wir!«

Ohne Unfall verließen sie die geheimnisvolle Yacht, auf der sich die ernsthaften Herren hinter Taurollen mit Mädchen trafen, und die britischen Teerjacken pullten so vorbildlich, daß die Fahrt zum Strand nur ein paar Minuten währte.

»Du, Ferdinand«, sagte Irene, als sie die halbe Strecke zurückgelegt hatten, »hier vom Wasser aus sieht man eine Villa, die ich noch nie bemerkt habe ... Die liegt ganz versteckt, wenn man in Dieppe wohnt, und von der Yacht aus ist sie in ein paar Minuten zu erreichen. Ich möchte wetten, daß dort die Dame oder die Damen des Prinzen untergebracht sind. Das muß ich noch herauskriegen!«

Die Klippen

Als sich bei Peter Daniel die erste glückliche Aufregung über das fremde Schiff gelegt hatte, kam ihm zu Bewußtsein, daß er all diese Erlebnisse einem neuen Freund seiner Mizzi verdankte, also einem Konkurrenten. Der Oberst, der ihm schon das Muschelhorn geschenkt hatte und aus der ganzen Welt soviel zu erzählen wußte, hatte auch zuwege gebracht, daß sie alle auf das Geisterschiff kommen durften, allerdings am hellen Nachmittag, als es ganz und gar nicht geisterhaft aussah. Und daß ihm, einem Wiener Buben von sechs Jahren, die Geheimnisse einer königlichen Yacht gezeigt und erklärt wurden, von den niedlichen, stets blank geputzten Kanonen an Deck bis hinunter zum Maschinenraum, in dem ein gewaltiger Dampfkessel mächtige, mattschimmernde Wellen aus Stahl antrieb, das verdankte er schließlich auch dem Colonel.

Einem Mann, der solche Dinge durchsetzen konnte, hatte er, Peter Daniel, herzlich wenig entgegenzuhalten. Das gab einen deutlichen Stich im Herzen und die Erkenntnis, daß es in der Welt bisweilen völlig unverdient zugeht. Die Mizzi war sechzehn Jahre älter als er, das war gewiß nicht wenig; aber der Oberst, der war sechzehn Jahre älter als die Mizzi, und das war genausoviel.

»Ich weiß«, sagte Peter Daniel traurig, als ihm Mizzi an

diesem Abend das Nachthemd über den Kopf zog, »du wirst ihn heiraten und weit fortgehen, und dann ist es aus mit unserer Freundschaft.«

Es half nichts, daß Mizzi ihm versicherte, soweit sei es noch lange nicht, in einem Jahr könne viel geschehen, und was man in solch einem Fall eben alles sagt. Er hörte zu deutlich, daß sie es sich sehr innig wünschte, zu heiraten und eine Lady zu werden; wäre der Wunsch nicht so stark gewesen, vielleicht hätte sie dann selbst darüber nachgedacht, daß es für eine Ottakringerin in Inverness nicht immer leicht sein würde.

»Aber eines mußt du mir versprechen, Mizzi, sonst kann ich nicht einschlafen«, bat Peter Daniel nach dem Nachtgebet.

»Nun, was ist es denn? Sag's schnell, nach dem Gebet darf man nämlich nicht mehr reden.«

»Du mußt mir versprechen, daß du dich nicht mit ihm in eine Wanne setzt ... das ist unser Geheimnis, das siehst du doch ein?«

Mizzi gab ihrem kleinen Freund einen ganz großen Kuß.

»Willst du noch ein bißchen zu mir kommen?« schlug sie vor. »Wenn du dann schläfst, trage ich dich in dein Bett.«

Flink hampelte Peter Daniel in seinem langen Nachthemd hinüber ins andere Bett und drückte sich an den weichen Mädchenkörper, und Sekunden später war er auch schon eingeschlafen.

In der Gesellschaft des kleinen Seebades war der Fünfuhrtee an Bord der königlichen Yacht naturgemäß registriert worden. Für die zwanzigtausend Bürger von Dieppe, vor allem aber für die fünftausend englischen, französischen und holländischen Gäste des Ortes, war die Wiener Familie plötzlich interessant geworden, und da Österreich von 1866 und erst recht von 1870/71 her ja alle Sympathien genoß, hob nun ein Reigen von Einladungen an, der die Ferien für Ferdinand und Irene unerwartet abwechslungsreich gestaltete.

Den Anfang machte, wie es sich gehörte, der britische Konsul, eine in der englischen Kolonie von Dieppe nicht ganz unumstrittene Persönlichkeit, weil man munkelte, er habe sich nach dem Tod seines Vorgängers, ja eigentlich schon als dieser erst im Sterben lag, um die Würde eines Residenten beworben und dazu alle seine Verbindungen auf der Insel rücksichtslos strapaziert. Aber er machte seine Sache gut; er stellte eine Art Bindeglied dar zwischen den Briten, die nur im Sommer kamen, und jenen anderen englischen Familien, die hier ihre Villen besaßen und das ganze Jahr über in Dieppe lebten. Und er besaß auch ausgezeichnete Kontakte zur Honoratiorenschaft der Stadt und zu den Hafenbehörden.

Als bei der Abendgesellschaft, die er in seinem Haus gab, Irene nur gesprächsweise erwähnte, man sei wohl in Fécamp gewesen, sie kenne jedoch die Klippen von Etretat noch nicht, da machte der Konsul nur eine einzige große, beschwörende Geste, das anwesende Publikum verstummte erwartungsvoll, und in die Stille hinein sagte er dann:

»*Ladies and Gentleman,* liebe französische Freunde, wir werden uns eine Ehre daraus machen, unsere verehrten Gäste aus Wien mit der *Ango* nach Etretat zu führen. Wer dabeisein will, der finde sich morgen um acht Uhr an der äußersten Spitze der Mole ein!«

Die Cheers waren so herzlich, als habe er ein Hoch auf die Queen ausgebracht.

Das frühe Aufstehen freilich wurde ihnen allen sauer, man hatte sich erst gegen Mitternacht getrennt.

»So ist das eben mit den Ehrungen«, tröstete Ferdinand seine gähnende Gemahlin, »sie kosten Zeit und sie kosten Schlaf.«

Aber Irene war an diesem Morgen besonders schief gewickelt; sie fuhr ihm gleich über den Mund, was das wohl für eine Ehrung sei, die man letztlich dem Dienstmädchen verdanke.

»Hätte der Kennerblick Seiner Königlichen Hoheit nicht im richtigen Augenblick auf dem Popo unserer knapp bekleideten Mizzi geruht, so würde hier kein Mensch nach uns fragen«, murrte Irene, und Ferdinand schwieg betreten, weil sich gegen diese Argumentation nun einmal nichts sagen ließ. Es sei denn, man hätte noch ein paar andere Beispiele aus der Geschichte zur Hand gehabt, wo allerhöchste Blicke auf vorteilhafte Rundungen ähnliche Folgen hatten; man sagte dies schließlich schon ein paar Königen aus dem Alten Testament nach und, wenn er nicht irrte, jedem zweiten König dieses französischen Landes, in dem sie sich so wohl fühlten.

Auf die Mole mußten sie hinaus, weil um diese Zeit die Flut schon im Ablaufen war und der Hafen einen zu geringen Wasserstand hatte, selbst für die *Ango*, ein weit kleineres Schiffchen, als man nach dem stolzen Namen vermuten sollte. Den Manoir d'Ango, das Schloß des großen Reeders der französischen Afrikafahrer, hatten Ferdinand und Irene nämlich besichtigt. Es lag malerisch verwahrlost, mehr befestigter Bauernhof als Feudalwohnsitz, ein paar Kilometer südwestlich von Dieppe auf einer Anhöhe.

An Bord des Ausflugsdampferchens konnte Mizzi ihren Oberst begrüßen, eine große Überraschung. Er hatte von der Fahrt gehört und sich beim Prinzen Urlaub für diesen einen Tag erbeten. Mizzi benützte die Gelegenheit, Drummond von Peter Daniels Befürchtungen und Seelenschmerzen zu erzählen – ganz schnell und heimlich natürlich –, während die Familie unter einer Sonnenplane am Heck mit Kaffee und Croissants bewirtet wurde: Im Hotel hatte es so früh nämlich noch nichts zu essen gegeben.

Es sprach für Drummond of Gavin, daß er sich während

der Fahrt ganz besonders um Peter Daniel kümmerte. Sie waren stets zu dritt beisammen, einmal am Bug, wenn es dort etwas zu sehen gab, einmal auf der Brücke und dann wieder auf dem Achterdeck.

»Wenn Miss Mizzi einmal bei mir sein wird«, erklärte der Oberst feierlich, »dann bist du ja auch schon ein wenig älter, und dann laden wir dich ein, für einen ganzen schottischen Sommer. Was meinst du, was es für einen Spaß macht, in einem so schönen, klaren Wasser zu angeln, große Lachsforellen zum Beispiel. Man legt sie in den Schatten auf Huflattichblätter, und am Abend werden sie auf heißen Steinen gebraten. Das wirst du nie vergessen, so lange du lebst.«

»Aber ich habe doch Schule!« sagte Peter Daniel kleinlaut.

»Wer Schule hat, der hat auch Ferien. Und was meinst du, was deine Schulkameraden für Augen machen, wenn du ihnen von Schottland erzählen kannst. Die waren vielleicht in Budapest oder in Graz, aber in Schottland war gewiß noch keiner von ihnen, und gar bei einem richtigen schottischen Freund!«

»Colonel«, meinte Peter Daniel, »wenn du wirklich mein Freund werden willst ... ich glaub' dir das, ich bin auch sehr froh. Aber könntest du dann nicht noch ein wenig warten mit dem Heiraten, bis ich mir ein schottisches Mädchen suchen kann?«

Mizzi und Drummond lachten, aber sie wurden gleich wieder ernst, als sie bemerkten, daß Peter Daniel keinen Scherz machen wollte, sondern tatsächlich nach einem Ausweg gesucht hatte.

»Es gibt da ein altes schottisches Sprichwort«, sagte der Oberst, »das heißt: Kommt Zeit, kommt Rat ...«

»Wenn das schottisch ist, dann freß ich einen Besen«, schrie Mizzi und gab ihrem Oberst einen Klaps.

»... aber es könnte schottisch sein, denn wir haben alle sehr viel Zeit da oben, und mancher wartet sein Leben lang mit Begeisterung auf den guten Rat, der ja irgendwann kommen muß. Jedenfalls geht die Mizzi nicht von Wien weg, ehe sie eine ganz reizende Nachfolgerin gefunden hat, eine, die du ganz genauso gern haben kannst, das können wir ihm doch versprechen, deinem kleinen Freund?«

»*Ich* werde ihm das versprechen«, sagte Mizzi, »sonst machst nächstes Jahr du dich in Wien auf die Suche nach hübschen jungen Dienstmädchen!«

Da die See ruhig war, konnte sich die *Ango* ziemlich nahe an der Küste halten, was allgemein begrüßt wurde. Denn wenn es auch ungleich schöner war, oben auf der Steilküste dahinzuwandern oder sich im Wagen fahren zu lassen, sofern es eine Straße gab, so mußten so weite Strecken wie nach Fécamp oder Etretat oder gar nach Havre de Grâce eben mit dem Schiff zurückgelegt werden, wollte man nicht einige Tage unterwegs sein und den Zufällen normannischer Landgasthöfe ausgeliefert. Derlei Ausflüge waren Vergnügungen für die Bohème. Man sah schon hin und wieder einen Maler seine Staffelei durch die Klippen schleppen, und einer von ihnen, mit dem wohlklingenden Namen Eugène-Louis-Gabriel Isabey, den Irene am Hafen von Dieppe eifrig pinselnd angetroffen hatte, war von ihrer Erscheinung in Strandkleid und Sonnenhut dermaßen angetan gewesen, daß er sie gebeten hatte, ihm doch zu einer Studie Modell zu sitzen.

»Ui jegerl, gnä' Frau, des kenn i!« hatte Mizzi sofort gerufen. »Das bleibt nie beim Malen, *nie,* sag' ich, gnä' Frau ... Ist er wenigstens jung?«

»Es muß jedenfalls einen noch älteren geben«, antwortete Irene, amüsiert von der Vorstellung, daß Mizzi ihr Ratschläge für den Umgang mit Künstlern gab, »denn er nennt sich Isabey *le jeune,* obwohl er meiner Meinung nach seine Sechzig auf dem Buckel hat.«

»Dann, gnä' Frau, dann können S' ruhig Modell stehen,

das heißt natürlich nur, wenn Sie berühmt werden wollen. Denn aufs Geld sind Sie doch nicht aus.«

»Geld nehme ich nur von Herrn Ferdinand Heisinger«, sagte Irene gutgelaunt und sandte dem Maler ein Billett, daß sie gegen eine kurze Sitzung für eine Kohleskizze, natürlich im Beisein ihres Gatten, nichts einzuwenden habe, und diese Skizze entstand dann auch an einem Nachmittag, der ohnedies zu warm für Ausflüge gewesen wäre. Vielleicht wurde sie dadurch tatsächlich unsterblich, denn Isabey hatte, soweit sie feststellen konnte, einen sehr geachteten Namen.

Vor Fécamp begegnete die *Ango* einem ganzen Schwarm von Fischerbooten, und dann dauerte es nicht mehr lange, bis die Herren, die mit ihren Ferngläsern im Bug des Schiffes standen, einander anstießen und auf die Klippen hinwiesen, auf die seltsam geformten weißen Felsen, die den kleinen Strand des Fischerdorfes Etretat begrenzten.

Es war Mittag geworden. Man schiffte sich in bester Laune aus und zog, zwei Dutzend Damen und Herren in lockeren Gruppen, hinein in das Dorf, in ein mächtiges, dunkles Holzhaus, das beinahe vornüber zu fallen schien und mindestens zweihundert Jahre alt sein mußte. Die Zeit hatte nicht gereicht, die Wirtsfamilie von solch einer Invasion zu verständigen, aber derlei war im Sommer, in der Zeit der Feriengäste, nicht gerade selten, und die Hauptnahrung der Gegend, die Muscheln und die Fische, war ja in ausreichendem Maß vorhanden.

Nach Tisch wurden natürlich die Klippen besichtigt. Vom Meer aus hatte man beide Partien gesehen, jene, die Falaises d'Amont genannt werden und östlich von Etretat stehen, und die anderen, beinahe noch bizarrer mit ihren scharfen Nadeln, die Falaises d'Aval heißen. Die Kuppe über den Falaises d'Amont trug eine kleine alte Seefahrerkapelle und wurde darum als Ausflugsziel gewählt. Die Herren voran, die Damen mit ihren Sonnenschirmchen hinterher, so ging es in der drückenden Hitze des frühen Nachmittags den Hügel hinauf.

Von der kleinen Kirche, die sich mit ihren grauen Mauern vor den Stürmen zu ducken schien, genoß Irene jenen Blick weithin über die Küstenlinie und das Meer, den sie den ganzen Vormittag über vermißt hatte. So schön die Meerfahrt gewesen war, erhebend waren doch nur diese Ausblicke; das waren dann die Minuten, in denen sie meinte, eine ganz besondere Höhe ihres Daseins erklommen zu haben, in denen sie sicher war, etwas Unvergeßliches zu erleben.

Sie lehnte noch an der überwachsenen Mauer und blickte über die weite Wasserfläche hin, als Rufe und eine gewisse Unruhe in der Gesellschaft sie aus ihren Gedanken rissen. Noch ehe sie ahnen konnte, was sich begeben hatte, krampfte sich ihr Herz zusammen. Wo war Peter Daniel? Sie sah eine Gruppe von Damen und Herren, die sich nun mit schnellen Schritten, ja ein paar Herren liefen gar, nach der anderen Seite der Kuppe begab. Aber sie sah weder Ferdinand noch ihr Kind.

Als sie hinter den anderen her zum Rand des Absturzes lief, faßte sie die ersten Wortfetzen auf: *C'est le garçon* hörte sie, *il y avait une chute des pierres;* aber sie war zu aufgeregt, sich darauf einen Reim zu machen.

Als sie hinzutrat, machten die anderen ihr sogleich Platz. Also hatte es etwas mit ihr zu tun. Ferdinand sah sie noch immer nicht, aber Mizzi entdeckte sie endlich, die auf einem Baumstrunk saß und das Gesicht in den Händen barg, weswegen Irene sie nicht gleich erkannt hatte.

»Ich kann nichts dafür, gnä' Frau«, berichtete sie schluchzend, »er hat sich von mir losgerissen ... er hat eine Versteinerung gesehen, irgend so eine Schnecke aus Stein, was weiß ich ... Die wollte er haben. Ich habe ihn gebeten, zu warten, ihm versprochen, daß er sie kriegt, ich würde ihm helfen ... Aber er ist vorne an der Bergnase hinuntergeklettert ...«

»Und ... ist er abgestürzt? So reden Sie doch!« schrie Irene.

»Aber nein, ich hab' geglaubt, Sie haben ihn gesehen. Er steht in der Wand, in der Klippe, und kann nicht vor und nicht zurück, und der gnä' Herr klettert zu ihm hinunter!«

Ferdinand war zwar nicht ganz ohne Erfahrung, es gab ja auch rund um Gutenstein, im Schneeberggebiet und auf der Rax Kletterwände genug, aber er war völlig aus der Übung. Zumindest erinnerte sich Irene nicht, daß er seit seiner Verheiratung irgendwann geklettert sei. Und nun gar hier, wo er den Stein nicht kannte und wo es um seinen Sohn ging!

In diesem Augenblick schlugen die Glocken der kleinen Kirche über ihren Köpfen an, nur einmal jede, aber es kam so überraschend, daß alle zusammenfuhren und nach oben blickten. Läutete man schon für Peter Daniel?

Gleich darauf stürzte Drummond aus der Kirchentür, über dem Arm ein Bündel Seile.

»Schnell, helft mir«, sagte er zu den Damen. Irene zitterte so, daß einer der Herren an ihre Stelle trat, Mizzi aber bemühte sich, den Knäuel zu entwirren.

»Wir brauchen ein langes und festes Seil«, erklärte Drummond, »die Läutestricke sind einzeln zu kurz, wir brauchen zwölf oder vierzehn Meter!«

So schnell es die nötige Vorsicht zuließ, wurden die Knoten geschlungen, dann wand sich Drummond das Seil um die Hand und hieß Mizzi mit dem anderen Ende weglaufen.

»Jetzt zieh, so fest du kannst!«

Sie zog, ließ sich niedergleiten, stemmte sich in den Boden: Das Seil hielt!

»So macht doch schon!« bat Irene leise. »Jeden Augenblick kann ein Unglück geschehen!«

»Nur wenn das Seil reißt, ist er wirklich verloren, Madame«, sagte Drummond, »Ihr Sohn ist ein kleiner Held. Er steht ruhig und besonnen im Fels, und jetzt hole ich ihn!«

Das eine Seilende wurde um den Baumstrunk geschlungen, auf dem Mizzi gesessen hatte. Viel Auswahl hatte man nicht, die Kuppe war beinahe frei von höherer Vegetation, nur eine Grasnarbe zog sich bis zur Klippe hinaus. Zu dem Knoten um den Baumstrunk setzten sich zwei Herren auf den Boden, um das Seil zu halten und zu sichern. Drummond zog sich die Schuhe aus, legte auch die Jacke ab, erbat sich eine Mütze gegen die Sonne und begann den Abstieg.

»Der gnä' Herr kommt zurück!« rief Mizzi Irene zu, die keine Kraft hatte, die Rettungsaktion zu verfolgen, sondern auf den Stufen der Kirche saß und leise vor sich hinbetete.

Ferdinand hatte, als er das Seil neben sich herunterfallen sah, den gefahrvollen Abstieg aufgegeben und eine sichere Position im Fels gewählt.

Drummond stieg langsam ab, immerzu Tritte suchend und nie frei am Seil hängend. Nach ein paar Minuten hörte man ihn sagen:

»Steh ganz ruhig, Peter, ich komme, ganz ruhig, nur noch fünf Minuten.«

Dann hörte man ein paar kleine Steinchen kollern. Irene hielt sich die Ohren zu. In der kleinen Gesellschaft auf der Kuppe war jedes Gespräch verstummt. Der Pfarrer, der seine Läutestricke hergegeben hatte, stand nun bei Irene. Er sagte nichts, er stand nur neben ihr und blickte auf sie nieder, während der Rosenkranz durch seine Finger lief.

Und dann kam Mizzi angestürzt, warf sich Irene zu Füßen und rief, den Kopf auf ihren Knien:

»Er ist bei ihm, er hat ihn!«

Das war viel, aber es war noch nicht alles. Der winzige Tritt im Fels ließ nicht zu, daß Drummond einfach das Seil um Peter Daniel herumwand und man den Buben hochzog; Drummond hätte keinen Halt mehr gefunden. Sie mußten es riskieren, sich gemeinsam hochziehen zu lassen, denn allein am Seil zu klettern, war für einen Sechsjährigen viel zu gewagt.

Ferdinand besorgte die Verständigung, und auch seine Bergerfahrung war eine Hilfe. Er ließ erst das Seil gegen scheuernde Steine sichern. Mizzi zog ihre Jacke aus, drückte sie an den Boden und schützte die altersgrauen Glockenstricke auf diese Weise gegen die rauhe Klippenkante. Dann erst begannen die Herren gemeinsam zu ziehen. Sie waren inzwischen zu sechst, offenbar arbeitete auch Drummond mit den Beinen mit, und Ferdinand dirigierte, indem er *Lentement!* schrie, wenn eine Felsnase zu überwinden war, und *Plus vite,* wenn die beiden im Leeren baumelten.

Nach einer Frist, die unendlich lang schien, tauchte erst der Kopf Drummonds, dann auch der Peter Daniels über der Grasnarbe auf. Der Bub hatte sich am Hals und am Gürtel des Offiziers festgekrallt, hatte die Augen geschlossen und schien kaum bei Bewußtsein, so hatte er sich auf die Gefahr und auf die Rettung konzentriert.

Dann kam auch Ferdinand, mit zerrissenen Kleidern, voll von weißem Staub und mit zerschundenen Händen. Ihn umarmte Peter Daniel zuerst, die Mutter fand er erst nach einer Weile, als er wieder ganz zu sich gekommen war.

Wie auf Verabredung traten alle in die Kirche, verteilten sich in den Bänken und beteten, wo sonst die Frauen der Fischer und der Matrosen um glückliche Heimkehr ihrer Männer beteten. Nur Drummond fehlte. Er hatte dem alten Pfarrer die Mühe mit den Glockenstricken abgenommen, und als die kleine Gemeinde aus der Kirchentür hinaus ins Freie trat, schlugen über ihr die Glocken an.

Die Fünf Sinne

Einige Tage nach diesen Aufregungen saß die Familie Heisinger bereits wieder im Zug nach Paris. Irene hatte einen Tag in völliger Ruhe in ihrem Zimmer verbracht, um den Schrecken abklingen zu lassen, und selbst Peter Daniel zeigte sich in den wenigen Stunden, die er noch am Strand zubrachte, recht still. Auch machte es ihn befangen, daß die anderen Familien, die von dem Zwischenfall in Etretat gehört hatten, ihren Kindern den kleinen Jungen aus Wien zeigten, der wegen seiner Unvorsichtigkeit – und gewiß sagten sie auch: Unfolgsamkeit – um ein Haar den Tod gefunden und seinen Eltern einen bitteren Schmerz bereitet hätte.

Ferdinand, der es nicht wagte, Irene allein zu lassen, saß meistens in der Hotelhalle oder im Schreibzimmer, das im Halbstock untergebracht war, kündigte Wiener Verwandten und Geschäftsfreunden die baldige Rückkehr an und schrieb auch Anni, daß sie alles bereitmachen solle. Nur Mizzi sah man wenig von den Erlebnissen an. Sie war in den vierzehn Tagen, die man in Frankreich verbracht hatte, nicht gerade eine andere geworden, aber sie hatte, wie sie Drummond errötend gestand, hier doch die Überzeugung gewonnen, daß sie auch ohne Wien leben könnte.

»Ich habe mich immer für ein Geschöpf vom Grund gehalten«, sagte sie.

»Vom Meeresground, für eine Nixe?« unterbrach sie Drummond mit einem verliebten Blick über Mizzis ganze Gestalt.

»Aber geh, das sagt man bei uns so, wenn jemand schon recht lang in Wien wohnt, schon die Eltern, die Großeltern, von Grund und Boden der Wienerstadt halt. Von dem Hauerhaus, in dem ich aufgewachsen bin, sieht man über ganz Wien hin und die Donau, ich hab' das alles in mir, das war mein Leben ...«

»Bis du mich kennengelernt hast!« fiel Drummond glücklich ein.

»Na, eigentlich nicht ... Sondern bis ich nach Paris gekommen bin. Ich glaub', ich hab' von Wien mehr das Temperament mitbekommen, das heißt, ich muß eine Freud' im Leben haben, und das ist in großen Städten nun einmal leichter als auf dem Land, und deswegen glaub' ich, kann ein Wiener eher in Paris leben als in Sankt Pölten, zum Beispiel.«

»Wie groß ist Sankt Pölten?« erkundigte sich der Oberst besorgt.

»Was weiß ich, vielleicht fünfzehntausend Einwohner, vielleicht zwanzigtausend ...«

»Sorry«, sagte Drummond of Gavin betrübt, »etwa so viele Menschen leben auch in Inverness. Aber wir machen etwas in Inverness, was ihr Österreicher ganz gewiß nicht macht in Sankt ... Sankt Peulten: Wir machen guten Whisky gerade in Inverness!«

Mizzi lachte herzhaft und fiel ihrem Colonel um den Hals, obwohl der Strand zu dieser Stunde voll Menschen war.

»Das kann man doch alles nicht vergleichen. Bei einer verheirateten Frau zählen doch ganz andere Dinge, das Haus, die neue Tätigkeit ...«

»Und vor allem der Mann, den sie bekommen hat!« schloß Drummond; dann begleitete er seine Braut ins *Angle-*

terre, um sich von Ferdinand und Irene zu verabschieden und den beiden noch einmal sein eigenes und des Prinzen Bedauern über den gefährlichen Unfall auf dem Schiffsausflug auszusprechen.

Im Zug trat Ruhe, ja Beruhigung ein; nach dem Betrieb im Hotel, am Strand, in den Restaurants war das Abteil, das Ferdinand hatte reservieren lassen, nun wie ein kleines Refugium, das mit ihnen durch das Land rollen würde und in dem sie wieder zu sich selbst kommen konnten.

»Wir müssen Gott danken, daß alles so abgelaufen ist«, sagte Ferdinand, »aber ich hätte dir von Herzen einen langen und ungetrübten Aufenthalt in diesem angenehmen Badeort gegönnt.«

»Das mag schon sein, es fing auch gerade an, unterhaltsam zu werden«, gab Irene zu, »aber ich sehe in Peter Daniels Unfall doch auch eine Warnung des Himmels. Wir waren doch schon... nun, sagen wir, übermütig geworden. Wir hatten zumindest in Gedanken mit Dingen gespielt, die erstens Sünden sind und zweitens unsere Ehe hätten gefährden können. Und da wurden wir dann eben recht deutlich auf das verwiesen, was das Wesentliche ist.«

»Damit überschätzt du aber ganz gewiß die typischen Auswüchse der Ferienstimmung. Wir sind doch beide jung, du vor allem; wir haben unsere Ferien bisher in stillen Orten und recht bürgerlich zugebracht. Dafür, daß man sich einmal etwas gönnt, wird man noch nicht gleich bestraft.«

»Das ist eben deine Auffassung, deine Brüder, dein Vater, das ganze Wien mit allen seinen munteren Herren und Damen huldigt ihr. Gewiß, wir haben darum noch keine Strafe verdient, aber wir sind ja auch nicht bestraft, sondern nur gewarnt worden. Ich jedenfalls werde mich danach richten. Jetzt kommt ohnedies die Schule, da braucht Peter Daniel *mich,* nicht seine Mizzi, die ja doch bald von uns fortgeht.«

Durch einen Seitenblick vergewisserte sich Ferdinand, daß Mizzi die halblaute Bemerkung nicht gehört hatte. Aber sie hatte mit Peter Daniel die Fensterplätze inne, wo für Ablenkung gesorgt war; auch schluckte das Rollgeräusch der etwas klapprigen französischen Waggons einen guten Teil dessen, was gesprochen wurde. Dennoch hielt es Ferdinand für angezeigt, das Thema zu wechseln.

»Wir sind so schnell abgereist, und du hattest dir doch vorgenommen, herauszukriegen, ob zwischen unserem Prinzen und jener geheimnisvollen Villa am Meer irgendeine Beziehung bestünde?«

Irene lächelte müde. „All das ist mir jetzt zwar vollkommen gleichgültig, aber ich habe es tatsächlich noch erfahren, Drummond hat es Mizzi erzählt, es bedurfte also keiner langwierigen Erkundigungen. Die Villa gehört einer sehr schönen Frau, genannt die Herzogin. Es handelt sich um einen sonst nicht bekannten und möglicherweise gar nicht echten, spanisch klingenden Adelstitel. Die Dame, um die es geht, ist aber von so großer Schönheit und anziehender Lebensart, daß ihr seit Jahren zwei oder drei sehr vermögende und hochgeborene Herren zu Füßen liegen. Sie scheinen auch diese Villa gemeinsam für die offensichtlich vermögenslose Angebetete erworben zu haben und genießen unter diesen Umständen eine Art Hausrecht dort.«

»Ein Mann wie der Prinz von Wales sollte mit zwei anderen teilen, wenn es um eine Frau geht?«

»Nicht eigentlich teilen – er ist gewiß die Nummer eins, neben ihm existiert nur ein väterlicher Freund der Herzogin und ein junger Cicisbeo in aussichtsloser Position. Man kann die Dame ja nicht ohne Schutz lassen in den vielen Monaten, die der Prinz abwesend ist... Das kleine Mädchen, das man gelegentlich im Vorgarten und am Strand vor der Villa bemerkt, soll seine Tochter sein.«

»Also eine Enkelin der Königin Viktoria in Dieppe ... ob sie davon weiß?«

»Der Colonel meint, sie wisse es, weil sie ihren Bertie ja überwachen läßt, aber es ist ihr nie offiziell mitgeteilt worden, weswegen sie diesen Nachwuchs des Königshauses auch ignoriert. Bertie aber kommt verhältnismäßig oft mit einem Schiff, meist mit seiner Yacht, über den Kanal und zeigt sich bei Kurzbesuchen gar nicht in Dieppe, sondern läßt sich nur zu dieser einsamen Villa rudern!«

Thronfolger müßte man sein, eine Yacht müßte man haben, dachte Ferdinand, aber dann fiel sein Blick auf Peter Daniel, der mit glänzenden Augen an der Landschaft hing, durch die sie fuhren, und er sagte versöhnlich:

»Ich glaube jetzt auch, daß es gut ist, wenn wir heimfahren. Der Schulbeginn ist nicht mehr fern, und dir wird ein stärkerer Kontakt zu unserem Kind gewiß guttun, es wird dich ... lockern, zu seiner Gefährtin machen; das hat dir doch früher soviel bedeutet. Er ist nun bald in dem Alter, wo er einen richtigen Gesprächspartner für dich abgeben kann, zumindest müssen wir uns darum bemühen, daß es so wird!«

Da Ferdinand die Ankunftszeit mitgeteilt hatte, war nicht nur Rothmann mit dem Zeugl am Bahnhof; auch Anni hatte für eine nicht zu schwere und doch kräftigende Abendmahlzeit gesorgt, und die beiden Brüder saßen erwartungsvoll neben dem Weinkühler, um die Heimgekehrten gebührend zu feiern.

»Ist ja schrecklich, was du uns geschrieben hast«, sagte Franz teilnehmend und inspizierte sogleich Peter Daniel, ob der Enkel und dereinstige Nachfolger des Kommerzialrats von seinen normannischen Eskapaden auch tatsächlich keinen Schaden davongetragen habe.

Und Poldi flüsterte der wiedergefundenen Mizzi zu, sie

solle unbedingt zu ihm hinaufkommen, sobald sie den Buben niedergelegt habe, es gebe sensationelle Neuigkeiten.

»Soo, bei dir auch?« sagte sie und sah ihn verblüfft an. Wenn der Poldi womöglich eine Frau gefunden hätte, das würde alles bestens arrangieren.

Als sie zwei Stunden später den Kohlenruß von fünfzehnhundert Kilometern Eisenbahnfahrt unter Poldis Assistenz von sich gewaschen hatte und erschöpft, aber willig neben ihm lag, stellte sich allerdings heraus, daß Poldis Sensationen, wie es sich für einen Maler geziemt, von äußerst künstlerischem Charakter waren.

»Sollen wir jetzt wirklich von der Kunst reden, Poldi?« fragte Mizzi ungewiß. »Schau, wir haben uns so lang nicht gesehn, von der Kunst erzählst mir dann morgen!«

»Aber es betrifft doch dich, es ist eine ungeheure Ehre, du wirst berühmt für alle Zeiten!«

»Jetzt weiß ich's, Poldi: Der Fürst Liechtenstein hat ein Bild von dir gekauft, ein Bild, wo ich drauf bin?«

Aber auch das war es nicht, es war weniger und mehr und jedenfalls sehr unerwartet. Poldi aß sehr häufig in Oberpollingers Bierrestaurant, einem angenehmen Lokal mit guter Küche, wo man auch ein wenig auf sich hielt, so daß die Speisen appetitlich angerichtet wurden, und zwar nicht die allerfeinste Gesellschaft, aber das gute Publikum durchaus zufrieden sein konnte. Und natürlich wußte Poldi, daß Hans Makart, der berühmteste Maler der Stadt, ja, wie viele meinten: seiner Zeit überhaupt, nicht selten ebenfalls beim Oberpollinger aß, hatte er doch sein Atelier in der nahen Gußhausstraße.

Man bewohnte seit Jahren das gleiche Stadtviertel, man besuchte die gleichen Lokale, man hatte einander auch schon bei Festivitäten und bei Vernissagen getroffen, denn was dem Poldi Heisinger im Vergleich zu Hans Makart an malerischem Ruhm fehlte, das ersetzte der bekannte Name einer der ersten und reichsten Industriellenfamilien der Donaustadt. Ein Heisinger *durfte* nicht nur dilettieren, ja der durfte eigentlich gar nichts anderes werden als ein netter Dilettant in der Malerei, damit er den armen Schluckern, die von ihrem Pinsel leben mußten, kein Geschäft wegnahm. Und wenn der Hans Makart auch längst kein armer Schlucker mehr war, so teilte er diesen professionellen Standpunkt schon aus Kollegialität und hätte nie daran gedacht, an die Gemälde Poldi Heisingers die strengen Maßstäbe ernsthaften Kunstbetriebes anzulegen – sehr zu deren Glück, wie sich zeigen sollte.

An einem regnerischen Mittag im sommerlich verwaisten Wien waren die Herren von Tisch zu Tisch ins Gespräch gekommen; Makart, der wenig gesprächige, hatte begonnen, Poldi hätte von sich aus dem Berühmten gewiß nicht lästig fallen wollen. Aber es gibt eben Augenblicke, da auch ein Makart sich einsam fühlt; seine schöne Frau kränkelte, das und sehr viel Arbeit hatten ihn genötigt, in Wien zu bleiben, in einem Wien, das sein Leben um diese Zeit nach Ischl zu verlegen pflegte, das also eine leere Karkasse war.

»Ich weiß etwas, das Sie erheitern wird, Herr Makart«, sagte der Poldi nach dem Essen. »Wir nehmen den Kaffee bei mir, in der Wohllebengasse, ein paar Minuten von hier, mitten zwischen meinen Bildern.«

»Und Sie glauben«, antwortete Makart zweifelnd, »daß gerade das mich erheitern wird?«

»Aber sicher, ich hab' nämlich nur zwei Inspirationsquellen, die großen Vorbilder und ein hübsches Wiener Mädel.«

»Sie haben gewonnen, Heisinger, ich komme mit ... aber wir brauchen einen Wagen.«

»Für die paar Schritt?«

Makart seufzte. Zu Fuß gehen sollte er also auch noch.

»Nach Haus laß ich Sie dann fahren, Herr Makart, aber jetzt, jetzt tät sich's wirklich nicht auszahlen.«

Also gingen sie, unter zwei Regenschirmen einigermaßen geschützt, bis zur Wohllebengasse und stiegen dort in die Mansarde mit ihren Atelierfenstern hinauf. Während Poldi Kaffee kochte, ging Makart von einem Bild zum anderen, zog auch die an einer Wand zusammengestellten älteren Arbeiten auseinander, um sie betrachten zu können, und sagte schließlich, als Poldi ihm beim duftenden Mokka erwartungsvoll gegenübersaß:

»Sehr bemerkenswert, Herr Heisinger... sehr bemerkenswert für einen künftigen Industriebaron.«

»Na, und sonst... ich mein', wenn wir einmal davon absehen, daß ich eines Tages irgend etwas mit Eisen zu tun haben werde, was könnte man da sagen?«

Der kleine, schmächtige Mann mit dem großen, schön gebildeten Kopf sprang so lebhaft auf, daß die schwarzen Locken flogen.

»Es ist die köstlichste kunstgeschichtliche Paraphrase, die ich kenne«, sagte er und ließ seine Blicke über das hier versammelte neunzehnte Jahrhundert schweifen, so wie Poldi es gemalt hatte, à la mode de Delacroix, d'Ingres, de Géricault, de David...

»Haben Sie auch einen Makart gemacht?« wollte der Meister wissen, und auf seinem Gesicht breitete sich in der Erwartung eines Triumphes schon das gnädige Lächeln des Größeren aus.

Poldi wußte nicht recht, ob er es gestehen sollte, dann aber nahm er sich ein Herz. »Einen Makart, sozusagen, den hab' ich auch gemacht, und zwar einen Perseus, der die Andromeda befreit...«

»Also ein weiblicher Akt in Fesseln!« sagte Makart anerkennend; er nahm sich viel heraus, das aber hätte er nicht wagen dürfen, dazu schrieben schon zu viele Leute über ihn.

»Den Akt, den war ich Ihnen doch schuldig, Meister«, sagte Poldi, »und das mit den Fesseln, das hat dem Papa so g'fallen, daß das Bild jetzt drüben hängt in der Prinz-Eugen-Straße, im Stadtpalais.«

»Schade...«, meinte Makart. »bei wirklicher Verwandtschaft zumindest in der Auffassung hätte ich für das Bild gewiß etwas tun können, man will ja viel mehr von mir, als ich leisten kann, und wenn Sie auch nicht mein Schüler sind – den guten Piloty in München, den haben wir doch gemeinsam, wenn ich nicht irre?«

»Gewiß... gewiß... ich war in seiner Klasse!« beeilte sich Poldi zu versichern, aber Makart hörte schon nicht mehr hin, denn er hatte das Tuch von der Staffelei gehoben und den beinahe fertigen Pseudo-Courbet entdeckt, das Bild aus dem Aufstand der Kommune im Frühling des Jahres 1871 in Paris, bei dem Mizzi als Kommunardin figuriert hatte.

»Sie traun sich was, Heisinger«, sagte Makart, auf einmal kollegial, »vor dreißig Jahren wären Sie für so ein Revolutionsbild auf den Spielberg gekommen.«

»Gefällt es Ihnen, Herr Makart?« fragte Poldi ungläubig und doch ein ganz klein wenig hoffend.

»Die Farben! Ihre Palette ist so grau wie die Wirklichkeit, und das ist ein Fehler. Natürlich, ein Pariser Morgen *ist* grau, violett, braun. Aber Sie sollen ihn ja aufwecken, ihn ausleuchten mit der Sonne Ihrer Phantasie, Ihrer Imagination. Dieser Frauenleib in der Mitte, der muß blühen, auch wenn sie längst tot ist; grüne Leichen kann sich nur El Greco leisten... Aber was für ein Leib!«

Er trat ganz nahe, dann wieder zurück.

»Wenn das Bild fertig ist, schicke ich Ihnen einen Käufer. Und Sie, Heisinger, Sie schicken mir Ihr Modell!«

»Mein Modell?«

»Na, das Mädchen, von dem Sie mir beim Oberpollinger erzählt haben. Darum bin ich doch hier. Ich muß die *Fünf Sinne* malen, eine Allegorie, natürlich lauter Weiber und von wegen Mythologie alle nackt bis auf eine paar Schleier. Vier

Sinne habe ich, nur der Geruch, der fehlt mir noch, für den schwebt mir nämlich etwas Derberes vor, natürlich nicht unästhetisch derb, nicht einmal bäurisch, sondern eine jener wienerischen Vorstadtnymphen, die nackt noch nach Wein riechen, nach Humus, nach Laub – und die da, Ihre nackte Kommunardin, die tut das, genau das!«

»Sehr freundlich«, sagte Mizzi in das Ende der begeisterten Erzählung hinein, »ich riech' also nach Humus. Riech einmal, nach was riech ich als a Nackerte?«

Poldi schnupperte geräuschvoll wie ein zärtlicher Dackel. »Du riechst nach einer ganz feinen Seife und nach ein bisserl Mizzi mit Meersalz«, sagte er zärtlich, »aber ich weiß natürlich, was er gemeint hat, der Herr Makart, und deswegen wirst du auch hingehen, in meiner Begleitung, versteht sich. Und in ein paar Monaten, wenn das Bild fertig ist und die Rätselei der Herren Kritiker anfangt, wer wer ist, dann wird sich ganz Wien erzählen: Das Gehör, das ist die Tänzerin X, und das Gesicht, das ist die Baronesse Y, und der Geruch, ja der Geruch... Jessas, das ist doch die Mizzi Panholzer aus Ottakring!«

»Und dann gehen dreißigtausend Menschen an mir vorbei und schaun mich an, wie ich so nackert dasteh und riech und riech und riech, und darauf soll sich ein braves Mädel freuen?«

»Also weißt, manchmal glaub' ich, du bist deppert«, sagte Poldi und kehrte ihr den Rücken zu. »Was wär denn, wenn meine Bilder ausgestellt werden, da sehn dich doch auch alle?«

»Die werden eben nicht ausgestellt! Außer der *Andromeda* drüben im Palais bei deinem alten Herrn habe ich mir noch keine Blöße gegeben, und dem Herrn Kommerzialrat, von dem das ganze Geld kommt, dem gönn' ich sogar eine gefesselte Mizzi, zumindest auf der Leinwand!«

Leopold Heisinger war so konsterniert, daß sein hübsches

Gesicht mit den kräftigen braunen Koteletten und der feinen Nase auf einmal ganz grau und erloschen wirkte. Die Freude des Wiedersehens, die warme Welle der Zärtlichkeit und sogar die hehre Erregung über die künstlerische Begegnung mit dem großen Kollegen, das alles fiel auf einmal in sich zusammen, weil so ein dummes Mädel, das sich bisher ohne viel Umstände ausgezogen hatte, auf einmal schamhaft wurde. Da stimmte doch etwas nicht.

»Mizziii?« fragte Poldi lauernd und drehte das vertraute Gesicht der Geliebten zu sich herum. »Schau mich an und sag mir, warum du dich auf einmal genierst und nicht willst, daß die Leut' ein Bild von dir sehen!«

Mizzi versuchte ein Weilchen, in das Kissen zu entkommen, und bei dem kleinen Ringkampf, der sich auf diese Weise ergab, kam allerlei ans Licht, was den Herrn Makart aufs höchlichste entzückt hätte. Schließlich aber gab sie auf, warf sich auf die Polster zurück und sagte mit einem tragischen Blick zur getäfelten Decke:

»Daßteswеißt, Poldi, wir müssen sich trennen!«

»Wir... uns...? Und warum, wenn ich fragen darf?«

»Weil nämlich... ich hab' mich im Urlaub verlobt, und überhaupt werde ich bald selbst eine Gnädige sein.«

Nun war es an ihm zu lauschen und an ihr zu erzählen. Bis tief in die Nacht erzählte sie von dem feschen Obersten, der den Prinzen auf allen Reisen begleitete und der den Peter Daniel gerettet hatte, und ausgerechnet dieser Feschak im Kilt, der hatte sich nun für die Mizzi entschieden, allerdings in einem Augenblick, da sie sich dank des neuen Badeanzuges Pariser Machart besonders vorteilhaft präsentierte.

»Den mußt mir auch noch zeigen, den kenn' ich noch gar nicht, diesen Badeanzug«, sagte Poldi Heisinger, und seine Stimme klang merkwürdig belegt, so, als ob er sich aus der Mizzi tatsächlich etwas gemacht habe. »Vielleicht mal' ich dich als Strandnixe, das ist jetzt modern, ich hab' in den *Flie-*

genden Blättern da kürzlich ein ganz fesches Bild g'sehn!«

»Nun, das würde sich noch ausgehn«, antwortete Mizzi versöhnlich, »weil nämlich mein Oberst erst zur Weltausstellung angereist kommt, im Mai nächsten Jahres... Ein adeliger Oberst, Poldi, dem können wir's doch nicht antun, daß ich dann irgendwo nackert an der Wand häng'!«

»Hast' leicht mit ihm schon g'schlafn?«

»Aber geh, was du wieder denkst!«

»Wenn nämlich nicht, dann besteht eigentlich keine Gefahr. Der Makart hat ja schon Skizzen g'macht zu dem *Geruch*, er war drei- oder viermal hier und hat sich die Bilder ang'schaut, auf denen du drauf bist, und ich weiß schon so ungefähr, wie das wird: Du stehst da, Standbein vorne, Spielbein leicht angewinkelt, und drehst den Kopf nach hinten, zu einer großen Blüte, die du an dein Naserl ziehst. Man sieht von dir die Figur ...«

»Alles?«

»Alles! Es ist die sinnlichste Darstellung von den fünf Sinnen, wenn man so sagen will, weil deine linke Hüfte so herauskommt und weil man sieht, was für ein Prachtmädel du bist – nur das Gesicht sieht man nicht, bis auf das linke Ohr und die Frisur... Da kann eigentlich nichts passieren.«

Mizzi wurde nachdenklich. Immerhin stand sie jetzt seit Jahren einem erfolglosen Maler Modell, einem, dessen Bilder trotz einer gewissen Gefälligkeit und Geschicklichkeit der Ausführung niemand ernst nahm. Und nun, nun bot sich die Möglichkeit zu einem fulminanten Abgang von der Wiener Kunstszene und vielleicht sogar zu einem kleinen Ruhm, der sie nicht so ganz arm eingehen ließ in die neue Existenz an der Seite eines adeligen Offiziers.

»Also gut«, sagte sie, »ich tu's. Du kannst dem Herrn Makart ein Billett schicken, daß ich für ihn posieren werde – unter der Bedingung, daß das Bild niemals nach Schottland verkauft werden darf.«

»Da sagt er ganz sicher ja!« sagte Poldi und seufzte erleichtert. »Wie ich den Makart kenn', verlangt der nämlich fünfzehn- bis zwanzigtausend Gulden für so ein Bild, und die . . . die zahlt ihm in Schottland ganz bestimmt niemand!«

Der Nacktball

Kommerzialrat Sebastian Heisinger hatte seine an sich schon geplante Rußlandreise um ein paar Wochen vorverlegt, um den Skandal, den Olga in seinem Haus verursacht hatte, etwas schneller verebben zu lassen. Solange er sich auf der Wiener Industriebühne bewegte, an der Börse in Erscheinung trat und Gesellschaften besuchte, war mit jenem so heilsamen Vorgang, den man das Vergessen nennt, nun einmal nicht zu rechnen.

Im Zarenreich hatte sich gezeigt, daß er mit der veranschlagten Spanne von zwei Monaten sein Auslangen ohnedies nicht gefunden hätte.

»Man vergißt es immer wieder«, berichtete er seinem Ältesten, dem Prokuristen Franz, der sein ganzes Vertrauen besaß, soweit es sich um geschäftliche Dinge handelte; privatim vertraute er sich lieber Ferdinand und Irene an, in denen er seine eigentliche Familie sah, vor allem seit der Enkel da war. »Man vergißt das alte Wort von den anderen Ländern und den anderen Sitten, und vor allem sollte man hinzusetzen: und anderen Zeitbegriffen. Ich weiß nicht, was die Russen machen, wenn sie allein sind. Aber wenn Besuch aus dem Ausland kommt, dann wird jedenfalls erst einmal gefeiert. Dann wollen sie von Paris reden, das sie alle kennen, von Baden-Baden und von Ostende, und wenn man zum

Geschäft kommen will, sind sie tief gekränkt und vertrösten einen auf den nächsten Tag.«

»Aber ich habe doch aus deinen schriftlichen Mitteilungen und aus den Aufzeichnungen deines Privatsekretärs gesehen, daß eine ganze Reihe von Abschlüssen zustande gekommen ist«, warf Franz ein.

»Aber unter welchen Mühen! Das einzige, was schließlich doch zu einem Abschluß führt, ist der Geldbedarf der Oberschicht. Soweit ist ihnen der Vorgang nämlich klar, daß sie wissen: Der Deutsche oder Engländer oder Holländer bezahlt die Provision erst, wenn er den Vertrag in der Tasche hat... und einzig darum kommt es nach langem Hin und Her dann doch zu Verträgen.«

»Du hast also alle schmieren müssen?«

»Wenn man das noch schmieren nennen könnte! Einen Fürsten oder gar einen Großfürsten kann man natürlich nicht schmieren, den muß man beteiligen. Und rechne das in der Schnelligkeit dann aus! Ich bin absolut nicht sicher, ob unser Vertrag für die Signaleinrichtungen der ukrainischen Magistrale überhaupt noch einen Gewinn abwerfen wird... Großfürst Wladimir ist zu zwanzig Prozent mit drin, und seine Gegenleistung besteht darin, daß er uns die nötigen Gespanne stellt – die ihn keine Kopeke kosten, bei zweihunderttausend Bauern allein auf seinen ukrainischen Gütern!«

»Und warum... verzeih' Papa... warum hast du's dann eigentlich gemacht?«

Sebastian lachte. »Damit du auch noch etwas zu tun hast, Franzl! Ich ziehe mich in sieben Jahren vom Geschäft zurück, das weißt du. So lange haben wir leicht mit den Bauvorhaben in der Bukowina, in der Batschka, in Görz und in der Steiermark zu tun, ganz zu schweigen von dem, was uns in Westungarn noch zuwächst. Aber das schlimme an den Eisenbahnen ist doch, daß sie nicht kaputtgehen! Ganz Europa baut in einem rasenden Tempo Schienenwege, Lokomotiven, Waggons und Bahnhöfe, und was am schnellsten erneuert werden muß, das sind nicht die Lokomotiven, wie man glauben sollte, sondern die Bahnhöfe! Darum brauchen wir all diese Exoten, das riesige Zarenreich, den Balkan, die Türkei!«

»Nun, du hast ja eine Menge eingebracht... nur die Murman-Bahn, da muß sich jemand quergelegt haben?«

»Da war alles abschlußreif, als der Akt zu einem baltischen Staatsrat kam, einem Baron von Tobien... Und die Balten, das weiß jeder, die sind unbestechlich, daran gehen sie ja auch einer um den anderen zugrunde auf ihren Gütern. Der Baron hatte seine Gegengutachten parat, wies nach, daß die Verbindung zum eisfreien Hafen Libau ungleich dringender und wirtschaftlicher sei und daß die Schiffahrt um das Nordkap herum noch immer, auch im Dampfschiff-Zeitalter, viel zu hohe Risiken mit sich bringe – aus der Traum! Zumindest für den Augenblick. Der Fürst Myschnikoff, der die Sache entrierte, vertröstete mich auf die Weltaustellung, da komme Tobien nicht mit, er werde den Minister für mich einnehmen, und die Sache könne in Wien unterschrieben werden. Ich müsse nur für einen sehr repräsentativen Ausstellungsstand sorgen. Der Minister müsse sehen, daß er es mit einer wirklich großen Firma, mit einem führenden Unternehmen zu tun habe!«

»Das heißt: Wir müssen uns den Nechledil kaufen!« sagte Franz nicht sehr begeistert.

»Das ist es eben. Der ist zwar kein Balte, sondern ein Böhm', aber vor allem ein k. u. k. Hofrat, und diese Spezies zu bestechen ist auch nicht gerade einfach, das werde ich selber machen müssen, du bist zu jung, da geniert er sich.«

Sebastian hatte wieder einmal einen guten Riecher gehabt. Ein paar Jahre war Hofrat Nechledil schon jünger als der Kommerzialrat, aber seine Neigungen, die waren etwa die gleichen, und darum gestand er dem Kommerzialrat Heisinger schon in den ersten fünf Minuten des Gesprächs, daß er alle Berichte über den Skandal um die wohlproportionierte Olga mit größtem Behagen verfolgt, ja sogar aus den Zeitungen ausgeschnitten habe...

Heisinger ahnte eine Fährte und ließ Nechledil gewähren, sowenig es ihn freuen konnte.

»Und jetzt sagen Sie mir, Herr Kommerzialrat, unter uns Männern... Hat sie tatsächlich nix ang'habt, gar nix?«

Sebastian zwang sich zu einem Lächeln. »Sie dürfen dem Gerücht glauben, Herr Hofrat: Zu unser aller Überraschung trug sie wegen eines sehr engen Kleides überhaupt keine Unterkleidung...«

»Der Depreti wird g'schaut habn... Immer die Minister... Unsereins wird ja zu so was nicht mitgenommen!«

War das eine Andeutung, oder war es nur einer der üblichen Bürokratenseufzer? Sebastian riskierte einen kleinen Schritt.

»Also, um ehrlich zu sein, Herr Hofrat... Der Herr Minister konnte natürlich nicht ahnen, daß ein Tee bei mir ihm solche... sagen wir: lebende Bilder bescheren würde, und auf derlei Zufälle kann man sich eigentlich nicht verlassen. Aber es gibt natürlich Feste, bei denen Vorgänge dieser Art nicht so außergewöhnlich wirken würden...«

»Ah so...?« machte Nechledil harmlos. Jetzt wartete *er* ab.

»Künstlerfeste zum Beispiel... Sie wissen doch sicher, Herr Hofrat, daß mein Jüngster, der Poldi, ein talentierter Maler ist, Münchner Schule... Isar-Athen... Piloty... die Antiken... hat er alles studiert – an den hübschesten Modellen!«

»Was Sie nicht sagen!« Das Interesse war geweckt.

»Ja, und da haben wir uns gedacht, daß wir das Weltausstellungsjahr mit einem großen Künstlerfest eröffnen, zu

Silvester, in meinem Palais in der Prinz-Eugen-Straße, also auf privatem Boden, nicht etwa im Künstlerhaus oder in irgendeinem Ballsaal, und nur für vertrauenswürdige, geladene Gäste.«

»Und wer... wer würde da so etwa kommen?«

»Na, da käme natürlich die Kutschera vom Carltheater, ein paar ausgesuchte Elevinnen... die besseren Herren aus meinem Klub... meine eigene Familie mit zwei bekannt hübschen Frauen... vielleicht die Geistinger, schon um die Kutschera auszustechen... Und servieren würden die zwanzig hübschesten Ungarinnen aus meinem neuen Metallwarenwerk in Lajtaszentmiklosch.«

»In... in was für Kostümen?« erkundigte sich der Hofrat stockend und fuhr sich mit zwei Fingern in den Hemdkragen.

»Wie meinen, bitte?«

»In welchem Kostüm werden die Ungarinnen servieren?«

»Was würden Sie denn vorschlagen, Herr Hofrat?«

Nechledils Blick wurde starr. Er richtete sich in eine ungewisse Ferne, die in der Amtsstube gar nicht vorhanden war, sondern durch einen großen Farbdruck von Seiner Majestät Kaiser Franz Josef I., König von Ungarn, ersetzt wurde.

»Wenn diese zwanzig Mädchen wirklich hübsch sind«, sagte Nechledil dann, und seine Stimme klang seltsam entschieden, »wenn sie kleine rote Stiefelchen tragen und darüber ganz kurze grüne Rockerln, dazu offene, gestickte Jakkerln und im Haar ein paar rote Bänder... Dann, Herr Heisinger, kriegen Sie den Stand im Ost-Transept...!«

Jetzt war's ausgesprochen. Da brauchte auch er sich nicht mehr zurückzuhalten.

»Und was, Herr Hofrat, muß ich Ihnen bieten für einen Stand in der Rotunde selbst, nicht im Transept?«

Nechledil schüttelte traurig den Kopf.

»Und wenn Sie mir die Geistinger selber servieren, splitternackt, auf einem Silbertablett: Rotunde – das wäre ganz ausgeschlossen. Dort sind auf allerhöchsten Wunsch ausschließlich optische Arrangements zu treffen, wohl österreichischer Provenienz im Südteil, aus dem Deutschen Reich im Nordteil, aber nicht nach Firmen kenntlich, leider, ich hätte da noch manchen Wunsch . . .!«

»Herr Hofrat, wir verstehen uns trotzdem«, sagte Sebastian und erhob sich, »halten Sie sich den Silvesterabend frei, Sie werden nicht enttäuscht sein!«

Noch am gleichen Tag wurden Ferdinand und Poldi ins Palais geholt; Franz, den Seriösen, hatte man vorsichtshalber zu einer Sitzung des Industriellenverbandes geschickt, es genügte, wenn er am Balltag selbst mit den Ereignissen konfrontiert wurde.

»Poldi«, begann der Kommerzialrat, »du hast die seltene Gelegenheit, für deinen Vater etwas zu tun, womit ich nicht sagen will, daß ich an deiner Zuneigung zweifle, aber wie die Dinge liegen, gibt es eben nur wenige Gelegenheiten, bei denen sich ein Kunstmaler einem Industriellen als nützlich erweisen kann.«

»Wieso . . .? Der Makart malt doch grad' dem Dumba das Arbeitszimmer aus!« maulte Poldi.

»Und du glaubst, daß der Herr Nikolaus Dumba dann besser wird arbeiten können, wenn er ständig die makartschen Nuditäten um sich herum hat?«

»Vielleicht! Kenn' ich den Dumba? Aber bitte, selbstverständlich tu ich von Herzen gern, was dir irgendwie helfen kann, Papa!«

»Wir müssen ein paar Leute einkochen, einen Hofrat, einen Ministerialrat, ein paar Journalisten und ein halbes Dutzend Handelsattachés. Ohne sie ausdrücklich zu bestechen oder zu kompromittieren, müssen wir mit ihnen in Situationen zusammen sein, an die dann nur wir sie erinnern können. Kapiert?«

Ferdinand begriff und lehnte sich, seine Distanz betonend, im Sessel zurück. Poldi hatte nur halb begriffen und lächelte liebenswürdig.

»Kurz gesagt: Wir machen einen Silvesterball, das Ganze sehr heiter, erotisch, gewagt, eben Silvester, und innerhalb das Ballgeschehens sorgen wir für einen Cercle, in dem unsere Schutzbefohlenen sich noch besondere Freiheiten herausnehmen dürfen. Damit das Ganze ein G'sicht hat, muß es als Künstlerfest arrangiert werden, mit Dekorationen im Zeitgeschmack, mit ein paar bekannten Modellen und mit einem wenn auch nur kurzen Auftritt einiger Persönlichkeiten des Kunstlebens, die ganz Wien kennt, also mit dem Herrn Makart, mit dem man dich ja jetzt oft sieht, mit der Geistinger, die sich ja jeden Abend für den Direktor Steiner und ihr Publikum auszieht...«

»Der Steiner zeigt, was er weiß, die Geistinger weiß, was sie zeigt«, murmelte Ferdinand. Er hatte nie geahnt, daß dieses alte Bonmot einmal für die Familie Heisinger aktuell werden sollte. »Ich werde dem Poldi im Wirtschaftlichen eine bisserl an die Hand gehen«, schlug er vor. »Mit welchem Budget können wir denn rechnen, Papa?«

»Na, ich weiß nicht... Setzen wir halt einmal zehntausend Gulden an... und in Lajtaszentmiklosch, da holen wir uns die eigentlichen Arbeitskräfte, denn dort sind sie billig. Wir brauchen zwanzig ausgesucht hübsche Mädeln aus deiner Tapeziererei, Ferdinand. Die Kostüme hat der Hofrat Nechledil entworfen, sie müssen den jungen Damen dann nur noch auf die Haut geschneidert werden, denn wenn ein Rockerl zu lang ist, steckt er unsere Firma zum Entreé V, da kommen nur die Leut' vorbei, die aufs Häusl müssen!«

Poldi Heisinger war vollkommen verwirrt von all dem; als sie spät in der Nacht, von zahlreichen Kognaks eher benebelt als illuminiert, der Wohllebengasse zustrebten, fragte er den älteren Bruder, was das alles zu bedeuten habe.

»Er weiß eben, daß die Ämter und die Firmen und die Presse, daß das alles auch immer nur Menschen sind, die man als Menschen nehmen muß. Das hat er auch erst lernen müssen. Mit der ganzen Tüchtigkeit geht's oft nicht, jahrelang nicht, und dann geht man mit dem richtigen Herrn auf die Jagd, und auf einmal geht alles.«

»Und statt der Jagd gibt's also diesen Silvesterball, das Künstlerfest?«

»Ich hab's ja immer g'sagt«, seufzte Ferdinand, »der Poldi ist gar nicht so dumm, der tut nur so!«

Die Jahreswende 1872/73 sah die Kaiserstadt im vollen Glanz. Im Winter merkte man deutlicher als zu jeder anderen Jahreszeit, was Wien den vielen Völkern der Monarchie bedeutete. Denn wenn auch nur die großen Familien der Kronländer, die reichen adeligen Gutsbesitzer aus Ungarn, Böhmen, Krain oder Galizien ihre Stadtpaläste besaßen, so hatte doch auch der kleinere Adel die Gewohnheit angenommen, während der winterlichen Theatersaison, wenn das Landleben trostlos war und die kleinen Städte wenig boten, ein paar Monate in Wien zu verbringen. Die großen Herren brachten sich ihre Dienerschaft mit; sie hatten ja Platz in den Dachkammern und in den Souterrainstuben ihrer großen Häuser in der Stadt und in den Vorstädten, und die anderen, die ließen sich wenigstens von einem Kindermädchen begleiten, damit sie sich in den Trubel der Vergnügungen stürzen konnten, ohne durch die Kleinen behindert zu sein.

Es war die große Zeit der Theater. Carltheater und Theater an der Wien wetteiferten miteinander. Offenbach,

Suppé und seit neuestem auch Johann Strauß erfüllten die Theater mit den Klängen ihrer Musik, und man munkelte, daß der Walzerkönig für das Jahr der Weltausstellung, das eben anbrechende Jahr 1873, etwas ganz Besonderes in petto habe, nämlich eine neue Operette für das Theater an der Wien, die wohl schon fertig wäre, hätte sich der Meister nicht zu einem ausgedehnten und zeitraubenden, wenn auch sehr ertragreichen Gastspiel in den Vereinigten Staaten von Amerika verlocken lassen.

Mit soviel Lichtern, Glanz und Musik, mit soviel schönen Frauen, wie jede Operette sie auf die Bühne brachte, wollte das Haus Heisinger also konkurrieren, und Sebastian hatte dabei eigentlich nur einen einzigen Trumpf auszuspielen: die Unabhängigkeit, was die Finanzen betraf, denn jeder Theaterdirektor mußte strenger rechnen als der Kommerzialrat Heisinger, und die Unabhängigkeit von der Öffentlichkeit, denn wenn man das ans Licht zerren würde, was sich in den Häusern der Wienerstadt seit eh und je ereignete, dann wäre auf jeden Fall im Laufe der Generationen ein recht ansehnliches Sodom samt Gomorrha zutage gekommen.

Die Zahl der Geladenen wurde klein gehalten und jeder einzelne Name sorgfältig überlegt. Natürlich würde nachher geredet, ja geklatscht werden, also mußte man wenigstens dafür sorgen, daß die Erstinformanten ein gewisses Niveau hatten.

Wichtig war auch, daß das neutrale oder wohlwollende Element deutlich überwog; darum wurde an Familie aufgeboten, was nur immer verfügbar war. Selbst die unschuldig-schuldige Skandalursache Olga erhielt einen Brief ihres Vaters, in dem es unter anderem hieß:

›Liebe Tochter,

Du hast mir *nolens volens* gezeigt, wie man in Wien schneller und billiger ins Gespräch kommen kann als durch kostspielige Zeitungsanzeigen. Ich biete Dir die Hand zur

Versöhnung und lade Dich mit Deinem Gatten zu unserem großen Künstlerfest während der ganzen Silvesternacht ein. Es wird kein Minister anwesend sein; wenn Du Dich dennoch entblättern willst, so laß Dich bitte nicht abhalten, es wird an verständnisvollen Betrachtern nicht fehlen...‹

Das Billett verursachte einige Aufregung zwischen Mannagetta und seiner Frau, aber dann entschied man sich, die angebotene Versöhnung dankbar zu akzeptieren, der Kommerzialrat hatte ja doch den längeren Arm. Und Olga wühlte wieder einmal in ihrer Kleiderkiste...

Das Ergebnis dieser Suche und mannigfacher Anproben wurde im Familienkreis besprochen, wenn es der Kommerzialrat auch den Seinen erließ, ihm die Kostüme vorzuführen. Er wollte nur die Generallinie und die Themen kennenlernen.

Olga hatte sich nach langem Zaudern dafür entschieden, als Leda zu kommen, und ihr Gatte sollte dazu nicht gerade den Schwan machen, aber doch den Schwanenritter, wie ihn inzwischen die ganze Kulturwelt aus Richard Wagners Oper *Lohengrin* kannte.

»Damit man den Witz versteht, muß man erkennen, daß du die Leda bist«, sagte Sebastian, »und soweit ich mich an bildliche Darstellungen erinnere, ist sie zwar immer ein hübsches Weib, hat aber keine besonderen Kennzeichen, nicht bei Correggio, nicht bei Leonardo...«

»Ich könnte mich ja mit einer Art Spruchband bekleiden, auf dem LEDA draufsteht«, schlug Olga vor.

»Aber nicht *nur* ein Spruchband!«

»Aber Papa! Ich bin über dreißig, und wenn ich mich auch nach übereinstimmender Ansicht gut gehalten habe, so weiß ich doch, was sich schickt. Bei der Antike ist es ja nicht so schwierig, da läßt sich mit Tüll und Gold alles machen, und von der rechten Schulter herunter zur Hüfte eben dieses Band...«

Die Herren waren einverstanden, wenn sie sich auch inzwischen ausgerechnet hatten, daß Olga siebenunddreißig Jahre zählte. Es stimmte nämlich, sie hatte viel Aufmerksamkeit auf ihre Gesundheit und ihre Figur verwendet, und da sie stets nur einen kleinen Haushalt gehabt hatte, fehlte es ihr auch nicht an Zeit, dies zu tun.

»Und unsere liebe Irene?« erkundigte sich Sebastian. »Was wird sie uns zeigen?«

»Ich habe mich mit Olga ein wenig besprochen«, berichtete Irene, »ich wollte ja erst nicht so recht mitmachen, das heißt, ich wäre natürlich zum Ball gekommen, aber lieber etwas unauffälliger. Aber der Poldi und die Olga haben dann beide auf mich eingeredet und mich herumgekriegt ... Ich komme also auch als Zeus-Liebchen, und zwar als Europa!«

»Und der Ferdinand als Stier? Das wird herrlich!« rief der Kommerzialrat, aber Ferdinand protestierte: Er habe durchaus nicht die Absicht, den ganzen Abend zum Gaudium der anderen mit einer dieser heißen Masken herumzulaufen. Außerdem, wenn man in Wien von jemandem sage, er sei *stier*, so bedeute das, er habe kein Geld, und das sei schließlich für alle Heisinger nachteilig, selbst wenn es sich nicht bewahrheite.

»Wo er recht hat, hat er recht«, entschied Sebastian, »aber das Thema mit dem Zeus ist nicht schlecht. Der muß doch noch andere Weiber gehabt haben.«

»Da gäb's noch die Danae«, schlug Poldi vor, »das ist die mit dem Goldregen ... kennt auch jeder aus dem Museum.«

»Goldregen ...« Der Gedanke schien dem Chef des Hauses zu gefallen. »Da hätten wir ja das genaue Gegenteil von stier! Ich weiß auch schon, wie wir's machen ... Wie viele Taler brauchen wir denn, um dich damit zu verhüllen, Irene?«

»Um Gottes willen ... so soll ich gehen?« rief Ferdinands Frau und sah sich hilfesuchend nach dem Gatten um.

»Ich bitte dich«, beruhigte sie ihr Schwiegervater, »wenn ich richtig rechne, so bist du noch nicht einmal fünfundzwanzig. Du siehst entzückend aus, und wir stanzen für dich zweihundert Messingtaler in meiner Armaturenwerkstatt. Jedes Scheibchen wird am Rand viermal gelocht, so daß man sie beliebig zusammenhängen kann. Und diese blinkende Rüstung trägst du dann über einem Chiton, das wird ungeheuer verlockend aussehen, wird dich zum Mittelpunkt machen, und durchsichtig ist Messing, soviel ich weiß, auch nicht, also bitte keine Panik!«

Irene errötete, widersprach aber nicht mehr. Man sah ihr an, daß sie in Gedanken schon an der neuen Kostümidee arbeitete.

»Dann könnte ich also als Zeus kommen?« regte Ferdinand an.

»Willst du nicht mir den Göttervater lassen? Da könnte ich meine alten Glieder entsprechend verhüllen. Du bist noch keine vierzig, dir empfehle ich den Vulkan, bei deinen ewigen Hitzen!« sagte Sebastian, und Poldi wußte auch gleich, wie man Vulkan anziehen sollte:

»Der hat einmal Venus in ein Netz eingeschmiedet. Also wäre es nicht ganz abwegig, wenn du ein Netz nimmst, du kannst auch einen Dreizack dazunehmen, dann wärst du eben der Neptun. Jedenfalls ist ein Netz luftig und praktisch ...«

»Wieso praktisch?« wollte Franz wissen, der sich bisher an der Debatte nicht beteiligt hatte.

»Ja, wißt ihr ...«, gestand Poldi, »wenn ich so auf Künstlerfeste gehe ... Ich tu das schließlich öfter ... In so einem Netz läßt sich allerlei unterbringen, von einer Flasche Wein bis zu einer Schachtel Konfekt.«

»Dem werde ich doch seine Apanage erhöhen müssen«, seufzte der Kommerzialrat, »sonst bringt er uns noch alle in Verruf mit seinen Fischzügen. Aber haben wir nicht noch ein junges Frauerl in der Familie? Wo ist denn die Linerl, Franz?«

»Ja, ich weiß nicht, soll die wirklich kommen?«

»Hast jemand anderen?«

»Aber nein, du weißt doch, Papa, wie wenig ich wegkomm'... Ich steck' doch den ganzen Tag im Werk... Nein, ich hab' nach wie vor die Linerl, sie sieht auch noch sehr gut aus, trotz dem Kind, nur... sie ist halt eine Wienerin, und gertenschlank war sie nie... man hätte an ihr vielleicht eine Juno.«

»Na also«, sagte Sebastian befriedigt, »langsam wird der Heisingersche Parnaß vollzählig. Ich kann nämlich auf niemanden verzichten, ich brauche eine verläßliche, familientreue Kerntruppe bei so vielen Menschen und soviel unerfahrenem Personal im Haus!«

Als alle gegangen waren, behielt der Kommerzialrat seinen jüngsten Sohn noch zurück.

»Maître de plaisir!« rief er ihm auf die Treppe nach. »Dich brauch' ich noch!«

»Zwischen den beiden geht's jetzt um die Nuditäten«, sagte Ferdinand halblaut zu Franz, während die beiden Damen vor ihnen die Treppe hinuntergingen.

»A propos...«, erkundigte sich Franz, »wie geht's denn unserer Mizzi, die soll ja das neue Lieblingsmodell vom Makart sein?«

»Das ist übertrieben, er hat sie für einen der *Fünf Sinne* gebraucht und war auch sehr angetan von ihr, aber daß er sie weiterbeschäftigen wird, wo er doch die schöne Frau hat, der Makart als Stubenmädlmaler...«

»Aber die Amalie Makart soll auch nur eine Fleischhauerstochter sein«, warf Franz ein, »aber was heißt *nur!* Unsere Vorfahren waren Sensenmacher... Also, wie ist das mit der Mizzi?«

»Die kommt natürlich, die Anni und die Rothmanns können auf den Buben aufpassen und das Haus hüten ... Mit der Mizzi angeln wir uns nämlich den Makart, und wenn der nicht wenigstens für eine Stunde kommt, sind wir doch blamiert mit unseren künstlerischen Ambitionen zwischen Richard Wagner und Correggio.«

»Und *wie* kommt sie?« wollte Franz wissen.

»Wart, bis die zwei ein bisserl weiter voraus sind«, bat Ferdinand, »die Irene ist doch so eifersüchtig auf die Mizzi, seit Frankreich ... Wenn das Mädel aus dem Haus ist, nehm' ich mir den schiachsten Schragn, den man in ganz Wien auftreibt, damit diese dummen Rivalitäten einmal ein End' haben. Und wenn die Irene erfährt, daß die Mizzi auf den Ball darf, ja *muß*, dann haben wir das verpatzteste Weihnachtsfest.«

»Mit anderen Worten – sie kommt als *Sinn?«* wollte Franz wissen.

»Warum interessiert dich das eigentlich so? Oder bahnt sich da vielleicht etwas an, jetzt, wo die Linerl aus den Fugen geht?«

Franz blieb stehen, faßte den jüngeren Bruder unter dem Arm und sagte leise: »Ich geb' zu, ich komm' langsam auf den Geschmack, aber im Haus fang' ich mir nix an. Ich hol' mir bei der Mizzi den Appetit, den ich für die Linerl brauch' ... Also, sag schon ...!«

»Sie kommt als *Geruch,* wie sie der Makart gemalt hat, das wird eine der Sensationen!«

»Als Geruch ...« Franz überlegte. »Was zieht sie denn da an, als Geruch?«

»Da gibt's zwei Möglichkeiten«, antwortete Ferdinand grantig, weil ihn die Beharrlichkeit des Bruders ärgerte, »entweder man schleppt sich mit einem Düngerhaufen oder aber man begnügt sich mit einer Rose ... Du darfst dreimal raten, was die Mizzi gewählt hat!«

Das bevorstehende Fest trug wohl die Schuld daran, daß der

wahre Friede der Heiligen Nacht sich nicht einstellen wollte. Peter Daniel bemerkte davon am wenigsten; ihn füllten die ersten Schulmonate vollkommen aus, das Ereignis, nun lesen zu können – was er sehr schnell gelernt hatte –, und die höchst private Sensation, daß er täglich am Morgen Katharina von Seebenprugg abholen, mit ihr in einer Klasse, wenn auch nicht in derselben Bank sitzen durfte und sie mittags dann auch noch bis zum Seebenpruggschen Haus in der Paniglgasse begleitete. Das waren völlig neue Erlebnisse, die ihn ein wenig aus dem großen Komplex des Hauses und Fuhrhofes an der Wohllebengasse herauslösten, die Rothmann verblassen ließen, die Pferde, die Wunderwelt der Stallgebäude und der abgestellten alten Wagen, auf denen man endlos herumklettern konnte. Nur Mama, immer noch Mutti genannt, strahlte als erster Stern an seinem Firmament wie je. Er bedurfte ihrer Hilfe bei den Schularbeiten überhaupt nicht, das hatte er erkannt, als sie für eine Woche in Prag gewesen war, zum Begräbnis ihrer Mutter. Aber es war natürlich wunderschön, wenn sie sich ganz nahe zu ihm setzen mußte, um in das Heft zu sehen, wenn ihre gepflegte Hand auf seinem Buch lag, damit es offen bleibe, und ihr Finger die Zeilen entlangfuhr, damit er lesen könne. Dann drückte er sich ein ganz klein wenig an sie, so weit, daß er es wohlig empfand, aber sie es kaum bemerken konnte; dann schnupperte er ihren unverwechselbaren süßen Duft, diesen Duft, der für ihn das Zuhausesein und das Glücklichsein in einem bedeutete und der ihm bei Mizzi, so lieb sie sonst auch war, immer gefehlt hatte und noch fehlte.

Merkte Peter Daniel, oder glaubte er zu merken, daß Irenes Interesse an seinen Schularbeiten nachlasse, so brachte er sogleich eine schlechte Note nach Hause. Das war keine Absicht, es ergab sich nur so; irgend etwas lenkte ihn dann ab und führte die schlechte Zensur herbei. Die nächste gute

Note kam dann erst wieder, wenn seine Mutter intensiv mit ihm gearbeitet hatte, was ihr mitten in den Vorbereitungen für den Silvesterball nicht leichtfiel. Ja, sie hatte ihm sogar angedroht, daß ein Hauslehrer genommen werden würde; da hatte er sofort den Kopf gehoben, Irene ganz ernst angeblickt und erklärt: »Ich arbeite nur mit dir, ein für allemal!« Und wie Mütter so sind, hatte sie ihm das freche Wort nicht übelgenommen, sondern es hatte ihr geschmeichelt, und sie hatte es wohl oder übel Mizzi überlassen, aus den inzwischen angelieferten Messingtalern ein Danae-Kostüm für sie zusammenzuhängen.

Und dann endlich, dann kam dieses Jahresende, auf das ganz Wien zu warten schien, als werde 1873 das Jahr des Heils sein und die Periode der Schwierigkeiten beenden, in die der ganze große Staat seit den ungarischen und tschechischen Querelen verstrickt war. Längst wußten alle, daß die Weltausstellung die große Versöhnung mit dem Deutschen Reich bringen werde. Nur der Kaiser selbst nannte es noch standhaft Preußen, während in allen Plänen und Skizzen der Kojenverteilung schon richtig *Deutsches Reich* zu lesen stand: eine ungeheure Wirtschaftsmacht, die sich da mitten in der Monarchie präsentieren würde und mit der es sich gut zu stellen galt, wollte man künftig nicht den kürzeren ziehen.

Um acht begannen die Gäste zu dem Palais in der Prinz-Eugen-Straße zu strömen; aber seinen Höhepunkt erreichte der Abend erst um zehn, als der Fiaker Nummer 1000 vorfuhr, den ganz Wien als das Gefährt des Malers Hans Makart kannte, und als, nach ihrer Vorstellung im Theater an der Wien, Marie Geistinger, einen prachtvollen Russenpelz über dem Bühnenkostüm, ein umjubeltes Entree hatte. Es war nicht vereinbart worden, aber wie große Persönlichkeiten und Routiniers der gesellschaftlichen Szene es nun einmal im Gefühl haben, kam die Geistinger erst, als der Beifall um Makart abgeebbt war, so daß jeder seinen vollen Applaus, jeder die ungeteilte Aufmerksamkeit der ganzen Assemblée genossen hatte und in entsprechend guter Stimmung war.

Die Geistinger war es auch, die dem Kommerzialrat den Ballettmeister des Theaters vermittelt hatte, zur Einstudierung eines der weniger bekannten, weniger erfolgreichen Strauß-Walzer mit zwölf Elevinnen öffentlicher und privater Ballettschulen in Wien. Es war der *Morgenblätter*-Walzer, den Johann Strauß 1864 für den Concordia-Ball geschrieben hatte, und es war eine Reverenz einmal vor dem großen Meister, zum andern vor der Presse, daß gerade dieses bei seiner Uraufführung durch einen Offenbach-Walzer etwas verdunkelte Werk nun das Heisingersche Fest eröffnen sollte.

Die Mädchen, in Trikots und weißen Balletträckchen, machten ihre Sache ausgezeichnet, und die erste Wiederholung des Stückes, das manche Gäste zum erstenmal hörten und entsprechend begrüßten, wurde schon vom Publikum getanzt, das durchwegs maskiert oder im Kostüm gekommen war und den großen Saal des Palastes bunt und wirbelnd erfüllte. Nicht einmal die Akustik des Saales, die der Kommerzialrat nie zuvor wirklich erprobt hatte, ließ ihn im Stich: Der Walzer klang prächtig.

Neben Sebastian Heisinger stand Hofrat Nechledil und wippte seine kurze, schmächtige Gestalt im Takt auf und ab.

»Das ist doch einmal etwas anderes als die Schreibtischsitzerei«, sagte er befriedigt, »und diese Walzer! Ich muß anregen, daß der Strauß einen Auftrag für das fünfundzwanzigjährige Regierungsjubiläum erhält, damit wir am 2. Dezember 1873 dann einen richtigen Kaiserwalzer haben.«

»Das würde an allerhöchster Stelle ganz gewiß sehr positiv vermerkt werden«, sagte Heisinger, »aber wie die Dinge liegen, müßte man aus diesem Anlaß auch einen Csárdás bestellen, damit die Ungarn sich nicht kränken, und vielleicht sogar, wenn es in diesem Tempo weitergeht, auch noch eine böhmische Polka!«

»Sie meinen diese grausliche Musik, wie sie der Strauß in *Indigo* tanzen läßt? Nein, dann schon lieber Csárdás! Wo stecken denn übrigens unsere Ungarinnen?«

»Neben Ihnen, Herr Hofrat, steht eine und wartet mit dem vollen Tablett.«

Nechledil fuhr so hastig herum, daß er dem Mädchen die Sektgläser beinahe aus der Hand geschlagen hätte. Die Kleine erschrak furchtbar, denn bis zum Vortag hatte sie noch in Lajtaszentmiklosch Sessel gepolstert und Seegras gezupft, und die vielen Menschen, das Licht, die feinen Toiletten und die ungewohnte Arbeit machten sie ohnedies ganz konfus.

»Ah, da schau her!« sagte Nechledil, wählte bedächtig ein Glas, obwohl alle gleich aussahen und gleich voll waren, trat dann einen Schritt zurück und musterte die kleine Ungarin ungeniert von oben bis unten. »Sauber, sauber«, sagte er anerkennend, »rote Juchtenstiefel und die Knietscherln ... Und das gleich zwanzigmal ... Nechledil, heut' gehst baden!«

Sebastian wollte das Selbstgespräch des ärarischen Genießers nicht stören und begab sich ins Gewühl. Dort, wo es am dichtesten war, schwenkte Makart, ein leidenschaftlicher Tänzer, die schöne Primaballerina Berta Linder von der Hofoper durch den Saal, denn Amalie kränkelte und hatte absagen müssen.

Vielleicht hatte der Maler ihr auch gar nicht so sehr zugeredet, denn man wußte, daß er gern der Hahn im Korb war und lieber alle Damen um sich versammelte, als eine einzige an der Seite zu haben.

Ein zweites Paar, das sich auffällig und beflissen in der Nähe des Meisters hielt, bildeten Poldi Heisinger und Mizzi. Sie war tatsächlich als *Geruch* gekommen, ein paar Rosen aus rosafarbenem Samt um den Hals und darunter eine loses, hauchdünnes Tüllgewinde, das sich bei den Drehbewegungen im Walzerschritt nicht selten auf gefährliche Weise selbständig machte. Aber dem Mädchen war das so offensichtlich gleichgültig, daß die an den Saalrändern versammelte Männerwelt ihr immer wieder applaudierte, ihr und Makart, der sich dieses schöne Wienerkind für eines seiner Bilder ins Atelier geholt hatte, in dem sonst angeblich nur Baronessen und Gräfinnen für ihn posierten.

Als die Musik verstummte und die ersten Ungarinnen mit Brötchen, kaltem Fleisch, Donaufischen und Schinkenröllchen in den Saal kamen, gab Sebastian das vereinbarte Zeichen für den Aufbruch in den Cercle. Die Familienmitglieder, soweit sie sich aus den Gesprächen lösen konnten, benützten das allgemeine Interesse für die niedlichen Stiefelmädchen in ihren kurzen Röcken und für das, was sie hereintrugen, um einigen Auserwählten blitzschnell etwas zuzuflüstern. Unmerklich verschwanden ein paar Attachés, ein paar Journalisten, die derlei Tricks schon kannten, einige ausgewählte Diplomaten und natürlich der wachsame Nechledil, der schon im voraus instruiert worden war und nun so eifrig drängte, daß beinahe alles verraten worden wäre.

Hinter ihm schloß der Kommerzialrat ab. Man befand sich in seinem Schlafzimmer, einem sumptuösen Raum mit hoher Decke, gemalter Stukkatur und einem Deckenfresko, das ein Bacchanal darstellte.

»Wenn das der Feuerbach sieht, kriegt er die Fraisen«, raunte einer der Pressemänner einem Kollegen ins Ohr, »der hat kürzlich die ganze Kunst von unserem Makart als Hetärenmalerei bezeichnet!«

Während die Herren sich erwartungsvoll an einigen Taburetts niederließen, kamen zwei ausgesucht hübsche Ungarinnen und servierten auch hier, die eine die Speisen, die andere einen blumigen Kremser. Die Cercle-Gäste sollten wegen des Augenschmauses nicht auf die leiblichen Genüsse verzichten müssen.

»Warum habn die überhaupt was an?« räsonierte Nechledil. »Hier sind wir doch eh unter uns!«

»Das sind Arbeiterinnen aus meiner Fabrik«, erklärte Ferdinand, »bei Ballettmädchen oder Bühnenvolk wäre das etwas anderes, aber so müssen wir uns eben darauf beschränken, die Nationaltracht ein wenig zurechtzustutzen.«

»Großartige Idee ... Zurechtstutzen!« schrie der Hofrat, der schon einiges getrunken hatte, und zwar bevor das Essen kam, so daß der Alkohol besonders schnell wirkte.

»Komm her ... ja du, mit dem frechen G'schau ... ja, ganz nah zum alten Nechledil!«

Damit zog er seine kleine Zigarrenschere aus der Hosentasche, nahm das Röckchen des Mädchens zwischen die Finger der Linken und begann, einen Streifen von gut fünf Zentimeter Breite herunterzufieseln, während sich die Augen der Kleinen mit Tränen füllten.

Ferdinand gab ihr einen beruhigenden Wink, und zwar mit einem Zehnguldenzettel. Unter Tränen lächelnd, begann sie dem Hofrat die Wange zu tätscheln und sagte, als er mit hochrotem Kopf seine Arbeit beendete:

»Guut gemacht, biist braves Schneiderlein ... nein: tapferes Schneiderlein!«

Damit marschierte sie hinaus, unbekümmert darum, wieviel von ihren Beinen nun zu sehen war, und hatte die Lacher auf ihrer Seite. Nechledil aber war das längst gleichgültig. Sebastian bemerkte, daß sein wichtigster Gast in der Verfassung war, sich unrettbar zu kompromittieren. Dann aber war alles umsonst, dann wurde Nechledil kaltgestellt und damit für die Heisingerschen Fabriken völlig wertlos. Schnell ließ er das Licht löschen, bis auf die beiden mit warmem Gelb brennenden Petroleumlampen zur Linken und zur Rechten des Bettes. Poldi erhob sich und hielt den kurzen Einführungsvortrag zu dem, was nun kommen sollte.

»Exzellenzen, meine Damen und Herren ... Wir Wiener haben das Glück, einen großen Maler in unserer Stadt zu wissen, der sich nicht nur der Gunst des Volkes, sondern auch des Kaiserpaares erfreut, und doch wird auch er immer wieder angegriffen, wird wegen der künstlerischen Kühnheit seiner Visionen verunglimpft. Ein verwandtes Schicksal widerfuhr einem großen Maler der Stadt Paris, nach dessen Gemälden wir Ihnen in wenigen Minuten einige packende und tatsächlich sehr lebendige Bilder zeigen werden. Auch Courbet ist ein Neuerer, wenn auch auf ganz andere Weise als Makart. Wird man unseren verehrten Meister vielleicht eines Tages den Begründer des Manierismus nennen, so gilt Courbet schon heute als der Begründer des Realismus, vor dessen künstlerischer Kraft sich die akademische und die Salonmalerei an der Seine nur in eine klägliche Opposition flüchten konnten. Von allen Ausstellungen ausgeschlossen, stellte Courbet – glücklicherweise Kind reicher Eltern – in eigenen Sälen aus und kümmerte sich bei seinen Schöpfungen nicht um die offizielle Kritik.

Da aber schlugen seine Gegner auf eine besonders perfide Weise zu. Als er eines seiner bedeutendsten Werke geschaffen hatte, eine Trilogie mit dem Thema der Liebe zweier junger Frauen zueinander, da erwarb ein Unbekannter – oder eine Unbekannte – die ersten beiden Bilder des Zyklus und – vernichtete sie!«

Ein Schrei der Überraschung und Entrüstung ging durch den kleinen Kreis.

»Nur das dritte Bild blieb uns erhalten und läßt uns ermessen, was die Welt, was die Kunstgeschichte durch den Keuschheitswahn eines Unbekannten oder unbekannter Institutionen verloren hat. Ich habe, weil niemand die ersten beiden Bilder je wieder wird sehen können, meinem Vater vorgeschlagen, sie für ein kunstsinniges Publikum hier nachzustellen, das heißt, Ihnen vorzuführen, wie sie nach meinen Informationen aus Paris etwa ausgesehen haben mögen!«

In das erwartungsvolle Schweigen hinein ertönte der Klang eines feinen Glöckchens. Dann ging die Tapetentüre auf, die zu Sebastians Badezimmer führte, und herein traten zwei junge Damen, die kleine schwarze Halbmasken trugen und in lange blaue Capes gehüllt waren. Sie stellten sich zu beiden Seiten des Bettes so auf, daß das Licht der Lampen auf sie fiel; dann lösten sie gleichzeitig die Schnur, die das Cape am Hals zusammenhielt, und die dunklen Umhänge glitten wie weite Fledermausflügel lautlos zu Boden.

Das *Ah* der versammelten Damen und Herren verstummte jedoch gleich, als die beiden hübschen Geschöpfe sich von beiden Seiten auf das Bett schwangen und sich nebeneinander ausstreckten.

»Werte Anwesende«, sagte Poldi, »Sie sehen das erste Bild, dem Courbet den Titel *Avant* gegeben hat.«

Es begann also ein zartes Vorspiel, reizend gemimt von den beiden Mädchen, die niemand je zuvor gesehen hatte und die entweder echte Lesbierinnen waren oder aber hervorragende Schauspielerinnen. Denn sie outrierten nicht, sie tasteten sich aneinander heran, sie streichelten, küßten und betrachteten mit eben jener Behutsamkeit, welche die Jüngerinnen der Sappho stets bei den Männern vermissen.

Obwohl alle noch gerne zugesehen hätten und längst vergessen hatten, daß es dabei um Courbet und die Freiheit der Kunst ging, unterbrach Poldi nach fünf Minuten das zärtliche Spiel auf dem Bett und sagte:

»Das zweite Bild, naturgemäß am schärfsten verurteilt, trug den Titel *Pendant*. Was Courbet damit meint, werden uns die beiden Damen erläutern, die sich völlig uneigennützig und nur, um für ihre Art der Liebe zu werben, für diesen sehr gewagten Akt zur Verfügung gestellt haben!«

Nun war das Interesse naturgemäß noch größer. Poldi

hatte also in der Wiener Gesellschaft zwei echte Lesbierinnen aufgetrieben und dazu gebracht, sich einem gewählten und kleinen Kreis in dieser Weise preiszugeben! Zumindest die Damen waren fortan durch Überlegungen, um wen es sich dabei wohl handeln könnte, von den Vorgängen selbst nachhaltig abgelenkt. Und diese Vorgänge hatten es in sich, denn jetzt gingen die beiden erst so richtig aus sich heraus. Es war zu erkennen, wie die Leidenschaft Oberhand über sie gewann, wie die Welt um sie versank oder – wer hat je in das Herz einer Frau geblickt – wie gerade die verständnisvolle Assistenz dieses Dutzends Menschen und das Bewußtsein, gesehen zu werden, zum kräftigsten Pfeffer dieses Liebesspieles wurden.

Längst waren sie nicht mehr stumm. Man hörte die Küsse, man hörte, wie ihre Lippen sich nicht voneinander trennen konnten, man sah, wie die Glieder ihre friedvolle Zärtlichkeit verloren und der rücksichtslose Kampf von ihnen Besitz ergriff. Die Scham erlosch so schnell, so plötzlich, daß Sebastian erschrak. Er hatte angenommen, die beiden würden nur ein paar andeutende Handbewegungen machen, so wie man es in den Freudenhäusern sah. Aber sie waren eben keine Dirnen, ja nicht einmal Schauspielerinnen. Sie waren ein Paar, vielleicht seit Monaten, seit Jahren, und sie gehörten einander an, ohne sich darum zu kümmern, wo sie waren und wie sie sich dabei zeigten.

Diesmal mußte Poldi länger warten, aber niemandem unter allen Anwesenden wurde die Zeit zu lang. Ehe er das dritte Bild ankündigte, trat er zu den beiden Mädchen und legte sie ein wenig zurecht, die eine auf den Rücken, den Mund leicht geöffnet, ein Bild der Erschöpfung, die andere noch zärtlich an sie gedrückt, als klinge in ihr die Erregung noch nach.

»Dieses Bild, meine Herren und Damen, ist durch einen glücklichen Zufall erhalten geblieben. Es heißt *Après,* Danach, und Sie gehören dank der Freundlichkeit dieser beiden Schönen und unserer kleinen Vorführung zu den ganz wenigen Menschen, die sich dieses *Danach* richtig zu deuten vermögen!«

Begeisterter Applaus belohnte die beiden jungen Damen, als sie sich ein wenig taumelnd erhoben, wortlos ihre Capes umnahmen und sich, solchermaßen verhüllt, artig vor der Versammlung verneigten. Aber auch Poldi bekam herzlichen Beifall, und man durfte sicher sein, daß er mit dieser Inszenierung bekannter geworden war als mit allen seinen Gemälden.

Die Türen wurden geöffnet. Alles in allem hatte man nur ein halbes Stündchen in dem Cercle zugebracht, aber die Abwesenheit einiger Familienmitglieder und der besonders angesehenen Gäste war doch bemerkt worden. Während der Kommerzialrat die Gesellschaft schnell beruhigte und sich auf den nicht zureichenden Raum seiner Privatwohnung ausredete, flüchtete Irene zu ihrem Ferdinand.

»Warum hast du dich denn nicht zu mir gesetzt, du böser Mensch!« flüsterte sie. »Es hätte nicht viel gefehlt, und ich wäre im Finstern vergewaltigt worden!«

»So finster war es doch gar nicht... Wer war denn so zudringlich?«

»Der russische Botschafter... Und gerade den dürfen wir doch nicht verärgern. Ich habe vielleicht das Kleid verwünscht, es hängt ja so locker um mich herum, daß er es mit einem einzigen Griff hochgestreift hatte.«

»Das war's!« Ferdinand schlug sich an die Stirn. »Ich hab' mich schon gewundert, was denn so klimperte. Der Papa wird doch keine Glöckchen unter seinem Bett angebracht haben, dachte ich mir. Du Ärmste... und was ist wirklich passiert?«

»Er hat mir die kleine Hose ausgezogen«, flüsterte Irene, »mehr konnte ich unter dem kurzen Chiton ja nicht anziehen... Ausgezogen, an die Lippen geführt und eingesteckt... Ich muß nach Hause, so kann ich doch nicht hierbleiben!«

Ferdinand mußte wider Willen lächeln, aber Irene sah es, und wenn sie bisher nur verärgert war, so wurde sie jetzt wütend.

»Wenn dir das alles so komisch vorkommt, kann ich ja den Chiton auch noch ausziehen und nur mit zweihundert Talern bekleidet als echte Danae in den Ballsaal gehen...«

»Ich bitte dich, Irene, nach der Brückeneröffnung die Olga, und heute du. Ganz Wien muß uns ja für eine Familie von Exhibitionisten und Wollüstlingen halten. Nein, mir tut das furchtbar leid, aber ich habe nun einmal nichts davon bemerkt. Nur finde ich, da es nun einmal passiert ist, solltest du bleiben, sonst bildet sich der Botschafter noch weiß Gott was ein. Die Taler sind schwer genug, die halten den Chiton schon dort, wo er hingehört, und ewig wird das alles ja nicht dauern, es ist zehn Minuten vor zwölf!«

Irene wäre selbst ungern gegangen. Mitternacht, das hatte der Kommerzialrat versprochen, würden alle Minen springen, es sollte eine echte Orgie der Freude werden.

Schon liefen die Ungarinnen eilfertig herum, um alle Gläser nachzufüllen. Der Kapellmeister blickte angestrengt auf die Uhr für den Tusch, und als dieser aufklang, erscholl ein allgemeiner Freudenschrei, in dem das kleine Orchester buchstäblich unterging. Er galt der Geistinger, die, kräftig angespiegelt, im hellen Lampenschein auf einem Podest stand, wie sie alle von der Bühne kannten, im Trikot bis zur Mitte, die schöne Brust nackt bis auf ein paar Gazeschleier, in den Augen sprühende Lebenslust.

»Wiener... sollts leben und der Heisinger daneben!« rief sie über die Versammlung hin, trank ihr Glas aus und warf es irgendwohin. Ehe die Lichter erloschen, sah man, daß jemand sie von ihrem Podest riß, sie schrie nicht, es schien ihr gleichgültig zu sein. Dann war es finster. Vor den hohen Fenstern des Saales stand die Winternacht, in die Raketen stiegen. 1873 war angebrochen, das Jahr der Weltausstellung, das Jahr des Kaiserjubiläums, das Jahr der Triumphe.

Das andere wußte ja niemand; das lag in dem Dunkel beschlossen, wie es sich über die Zukunft auch dann breitet, wenn sie unmittelbar bevorsteht. Darum hatte die Geistinger nicht geahnt, daß in dieser Silvesternacht ein angeheiterter ungarischer Graf nach ihr greifen und sich damit einen Wunsch erfüllen würde, der ihm seit Jahren das Blut in den Kopf trieb, wenn sie auf der Bühne sang, tanzte und spielte. Und darum hatte Ferdinand seiner Frau empfohlen, doch noch ein wenig zu bleiben, nicht ahnend, daß sich eine entschlossene Gruppe junger Offiziere die süße blonde Frau jenes Industrieonkels für eben diesen Augenblick allgemeiner Euphorie aufgespart hatte. Die Geistinger verschwand lautlos, und Irenes entsetzten Protest vernahm niemand, weil alles tobte und schrie. Sie fühlte, wie das Danae-Kleid sich in ein Danaer-Geschenk verwandelte, weil es sich ihr schwer und atemberaubend um den Hals legte, wie flinke Hände das kurze Hemd aus korinthischer Seide hochschoben, das sie darunter trug, und wie tatsächlich jemand Miene machte, ihre Nacktheit und Wehrlosigkeit ernsthaft auszunützen. Da endlich kam wieder Licht; die Jungmännergesichter um sie herum wurden urplötzlich wieder gleichgültig, ja, einer war geistesgegenwärtig genug, noch flink ihr Hemd herunterzustreifen.

Ferdinand trat glückstrahlend mit dem Glas in der Hand zu ihr und sagte: »Wir haben noch gar nicht miteinander angestoßen, Irene!«

Ein Flugblatt verfliegt sich

Erst als die Feststimmung des Jahresbeginns sich gelegt hatte, kam für den Hofrat Nechledil das Nachspiel, und wie das in Wien so ist: Die ganze Stadt wußte haargenau, wie sich der geheime Anpfiff bei Seiner Majestät abgespielt hatte.

Nechledil drückte sich klein und schmächtig durch die hohe, weißgestrichene Tür mit den goldenen Verzierungen, durfte nähertreten, aber nicht Platz nehmen und wurde der Gnade gewürdigt, unter vier Augen abgekanzelt zu werden, woraus man füglich schließen muß, daß er später selbst in seiner Zerknirschung ausplauderte, was die Apostolische Majestät ihm allergütigst an den Kopf geworfen hatte.

»Sie besuchen, hör' ich, ausgelassene Festivitäten, Nechledil?« hatte seine Majestät gefragt.

»Halten zu Gnaden, Majestät, ein Silvesterball...«

»Beim Kommerzialrat Heisinger... zwanzig Jahr' älter als ich, der hat's nötig... Soll sehr frei zugegangen sein?«

»Wie Majestät befehlen...«

»Dem Heisinger kann ich gar nix befehlen, Sie aber sind ein Beamter... Auf einem Nacktball! Sie müssen ja gut ausg'schaut hab'n!«

»Halten zu Gnaden, Majestät, ich war stets angezogen.«

»Möcht' ich mir auch ausgebeten haben. Was war denn dort so attraktiv für Sie?«

»Wenn Majestät gütigst verzeihen wollen, man hat so seine Schwächen... akzentuieren sich mit den Jahren... Sehr hübsches Personal dort...«

»Aber doch hoffentlich bekleidet?«

»Gewiß, gewiß... halt ein bisserl kurz, Majestät.«

»Dann hat mir der... der Dingsda also einen Schmäh erzählt?«

»Mit Verlaub, das doch nicht, Majestät... Es gab lebende Bilder aus der Kunstgeschichte.«

»Aha... natürlich Aktgemälde... Das habn s' schon beim Wiener Kongreß g'macht... Na ja. Nechledil, ich kann Ihnen eh nix tun, wegen der Weltausstellung. Was Sie da alles entriert haben, da sieht kein anderer mehr durch. Aber zum Jahresende, net wahr, da reichen S' dann Ihren Abschied ein... Wo werden Sie denn leben als Pensionist?«

»Wenn Majestät gestatten: in Alt-Aussee.«

»Ah, das ist brav, dort können S' wenigstens nix anstelln!«

Er trug es mit Anstand, wenn auch nicht gerade mit Würde, und die Heisinger ließ er sein Mißgeschick nicht entgelten, vielleicht weil er zwei Jahre später ohnedies in Pension gegangen wäre. Die Firma C. R. Heisinger & Söhne jedenfalls hatte einen hervorragenden Kojenplatz für ihre Erzeugnisse erhalten, und sogar auf Ferdinands Möbel aus Lajtaszentmiklosch war ein Abglanz Nechledilscher Gnade gefallen, denn Ferdinand durfte auf einem nicht unbeträchtlichen Areal eine geschlossene Kleinwohnung aufstellen, wie sie in dieser Phase der Industrialisierung und der ersten Werkswohnungen eine gewisse Aktualität erlangt hatten. Ihre Majestät, die Kaiserin, hatte wissen lassen, daß eine Musterwohnung auf einem Raum von etwa vierzig Quadratmetern sie im Hinblick auf ihre sozialen Bestrebungen besonders interessieren würde, und seither saß Ferdinand selbst über

Entwürfen, in denen eine Wohnküche mit einem praktikablen Wohnschlafzimmer vereint werden sollte.

Das gab viel Arbeit, und er war häufiger draußen an der Leitha als auf dem Wienerberg, wo wenig Platz für Modell- und Versuchsbauten war. Die schöpferische Klausur dieser Wochen wurde eigentlich nur ein einziges Mal länger unterbrochen, als die ganze Familie – Peter Daniel zum erstenmal – ins Theater ging, um die Premiere einer Opéra Comique von Johann Strauß mitzuerleben. Sie hieß *Der Karneval in Rom* und ging am 1. März 1873, also zwei Monate nach dem denkwürdigen Ball und zwei Monate vor der Ausstellungseröffnung, in Szene, eine Zäsur mitten in der Arbeit, die Ferdinand sich gönnen zu dürfen glaubte.

Der glücklichste Zuschauer im ganzen Theater an der Wien war an diesem Abend zweifellos Peter Daniel. Das kam einmal daher, daß er überhaupt mitgehen durfte, ein unerhörtes Ereignis und doch eigentlich nur ein Anfang, denn so würde es nun wohl weitergehen: Er wuchs ja, wurde verständiger. Statt des weißen Matrosenanzugs von der Brückeneröffnung, aus dem er auch schon herausgewachsen war, trug er am Theaterabend einen blauen mit schwarzer Krawatte und ohne Mütze. Etwas verwirrend war, daß Mizzi, als er so adrett vor ihr stand, ihn auf einmal mit einem ganzen Sturm von Küssen überfallen hatte, und daß selbst Mama, die sich doch auch fertig machen mußte und in begreiflicher Eile gewesen war, ihm, als Mizzi ihn ins Zimmer brachte, einen ganz reizenden Blick schenkte. In einem dunklen Matrosenanzug hatte man also offenbar besonders viel Glück bei Frauen.

Im Theater ging's weiter. Die Loge, die Ferdinand genommen hatte, lag ein Stück von der für das ganze Jahr gemieteten großen Loge des Kommerzialrats ab, dafür aber auf gleicher Höhe mit jener der Baronin Seebenprugg, und Peter Daniel konnte einen artig-vertrauten Gruß zu Katharina hinüberschicken, ehe sich der Vorhang hob.

Das Stück selbst war ein wenig verwirrend. Erstens war es zu laut, zweitens zu bunt und drittens zu hell, denn vor allem auf der Marie Geistinger, die den Savoyardenknaben spielte, lag immer das kunstvoll von allerlei Beleuchtungen gesammelte Licht. Seine Mutter, fand Peter Daniel, hätte sich in Knabenkleidern gewiß besser ausgenommen: Er erinnerte sich noch sehr genau daran, wie süß sie in ihrem Badeanzug ausgesehen hatte. Aber dafür sang und spielte die Frau Geistinger zum Verlieben. Als sie von ihrem Maler verlassen war (natürlich nur, weil die Oper sonst zu schnell zu Ende gewesen wäre), da sang sie herzzerreißend ein wunderschönes Lied, *Die Glocken, sie hallen,* und als sie ihn dann wiederfand und der Maler sie in ihrer Verkleidung als Älplerbub nicht erkannte, da weinte sie so echt, daß auch Peter Daniel die Tränen kamen.

Das Ballett-Bacchanal im zweiten Akt, wo völlig überflüssige Nonnen in roten Kutten über die Bühne wirbelten, irritierte Peter Daniel nur, während das Schlußballett, so verwirrend es auch war, doch in ihm haften blieb. Ein wenig müde und benommen von soviel Farben, Bewegung und Tönen, ging er wie im Traum mit den Eltern durch die Schikanedergasse hinauf auf die Wieden und nach Hause.

»Du bist so still, hat's dir nicht gefallen?« erkundigte sich Irene.

»O Mutti, es war ganz herrlich ... Es war nur ... es war so viel zugleich. Gibt es nicht Theaterstücke, in denen nur gesprochen wird, mit ein ganz klein wenig Musik?«

»Sicher, die gibt es auch. Ich weiß nicht, wann der Papa wieder Zeit hat, aber im Mai, wenn dann die Ausstellung läuft und die Arbeit getan ist, vielleicht können wir dich dann einmal in die Burg mitnehmen ...«

Tags darauf versuchten die Kinder dann auf ihre Art, mit den Eindrücken des Abends fertig zu werden. Kathi von Seebenprugg durfte natürlich die Marie mimen, Peter Daniel den Maler Arthur, und die kleine Franziska, Tochter Franz Heisingers mit der Trafikantin Linerl, gab eine der Geliebten Arthurs, die jene Marie in der Verkleidung als Malerlehrling aus dem Haus jagt, um den Angebeteten für sich allein zu haben, ab.

Peter und Kathi hatten es leicht, sie erinnerten sich ein wenig an die Couplets, vor allem da diese ja stets mehrere Strophen gehabt hatten und auch wiederholt worden waren. Die kleine Franzi aber war ratlos.

»Es hilft nichts, Franzi«, sagte die kleine Baronesse hart, »das ist eine Oper, da mußt du etwas singen, sonst darfst du nicht mitspielen.«

»Ich kann aber nur *ein* Lied«, gestand Franzi schluchzend und stand, ein x-beiniges Bild der Verzweiflung, vor den beiden Größeren.

»Dann sing es doch!«

»Die Mammi sagt, es ist garstig, und ich darf es niemandem vorsingen!«

»Uns schon«, beruhigte Peter Daniel sie, »wir sind deine Freunde, und hier im Hof hört uns höchstens der Rothmann.«

Franzi stellte sich, die Tränenspuren noch auf den Wangen, in Positur wie eine Soubrette, faßte den Saum ihres Kinderkittels mit den Fingern und sang:

»Mei Dirndl is kugelrund
und kann si net wendn,
die Tutteln habn fuffzich Pfund,
und der Hintern wiagt an Zentn.«

»Kannst du aber schön singen, Franzi!« sagte in diesem Augenblick eine tiefe Männerstimme. Die Kinder fuhren herum: Kutscher Rothmann hatte sich hinter ihnen aufgebaut, stemmte die Fäuste in die Hüften und sah mit seinem roten Gesicht auf die kleine Franzi nieder, die tödlich erschrocken war. »Da gibt's doch sicher noch eine zweite Strophe?«

Ratlos blickten die Kinder einander an.

»Sag schon, Franzi«, bat Peter Daniel, »wenn's eine zweite Strophe gibt, singst sie dem Rothmann vor, und dann laufen wir alle hinüber in die Paniglgasse im Garten spielen!«

Offenbar war es die Aussicht, von dem vierschrötigen Unhold loszukommen, die Franzi den Mut zu einer zweiten Strophe gab. Verzagt tastete sie wieder nach den Kittelrändern, anders konnte sie wohl nicht singen, setzte erst unsicher, dann fester an und sang mit Todesverachtung:

»'s Dirndl hat ein weißn Bauch
und an braunen Fleck,
und 's Dirndl ribbelt d' ganze Nacht
und bringt'n net weg.«

Noch ehe Rothmann eine dritte Strophe erzwingen konnte, waren die drei verschwunden, Peter Daniel voran, Franzi in der Mitte und Kathi mit ihren dicken Beinen am Schluß.

Irene war am Fenster gestanden, aber da es der Winterkälte wegen geschlossen war, hatte sie nicht verstanden, worum es ging, nur die Kinder beisammen gesehen. Ferdinand saß noch bei Tisch, aber nur um die Zeitung zu lesen, gegessen hatten sie längst. Es war einer jener Tage, wo es ihm, vielleicht wegen der Premiere am Abend vorher, schwerer als sonst fiel, wieder an die Arbeit zu gehen.

»Sollten wir nicht alle vier Kinder in den Wagen setzen und einmal auf das Ausstellungsgelände führen, bevor es losgeht?« regte Irene an. »Auch mich würde die Dekoration deiner Koje interessieren, und wer weiß, ob man dann überhaupt noch Ruhe zu einer eingehenden Besichtigung hat, es werden ja wahre Lawinen von Besuchern erwartet!«

»Das ist ein Vorschlag, der mich sehr freut«, sagte Ferdinand, »vor allem da er von dir kommt. Sonst bin ja immer ich es, der von der Arbeit spricht. Sobald die Dekoration steht, lassen wir Rothmann anspannen, du kannst Olga schon einmal informieren, aber such dir einen Tag aus, an dem sie keine Zeit hat, ich möchte ihr Kind einmal allein haben, für ein paar Stunden, ich kenne den Kleinen so gut wie gar nicht, und schließlich ist er mein Neffe, daran kann die ungewisse Vaterschaft ja nichts ändern!«

Es wurde April, bis dieser Kinderausflug tatsächlich stattfinden konnte. Olga hatte Schwierigkeiten gemacht, so sehr sie sich insgeheim darüber freute, daß die Familie sich um ihren Sohn kümmerte, aber sie gehörte eben zu den Frauen, die gebeten sein wollen. Doktor Mannagetta hingegen fand die Idee ausgezeichnet. Das werde Marius gut tun, der ohnedies viel zuviel an den Rockschößen seiner Mutter hänge.

»Stimmt ja«, sagte Ferdinand, »mein Neffe heißt Marius. Wie bist du denn auf diesen Namen gekommen? Der ist doch, soviel ich weiß, nur in Marseille noch üblich.«

»In Marseille war ich nie, aber im Gymnasium«, sagte der Bakteriologe, »und du schließlich auch. Also müßtest du verstehen, daß ich, ein leidenschaftlicher Verehrer des Sulla, diesen unwillkommenen Sohn Marius genannt habe!«

»Aber geh ... das ist doch ein reizender Bub, und die Habichtsnase ist gar nicht so herausgekommen, wie man zunächst befürchten mußte.«

»Alles richtig ... ich werd' mich an ihn schon gewöhnen. Vielleicht haben wir Glück, und der schneidige Vater fällt irgendwo für die Größe der Monarchie, dann würde mir alles leichterfallen.«

Von so frommen Wünschen begleitet, kam Marius Mannagetta, ein schmaler, blasser Bub mit lebhaften Augen und ein wenig eckigen Bewegungen, in die Wohllebengasse, wo Rothmann schon wartete. Allein die lange Wagenfahrt quer durch Wien war für die Kinder schon ein Ereignis und dann erst das riesige Ausstellungsgelände, auf dem ein Betrieb sondergleichen herrschte und ein Lärm, daß man sein eigenes Wort nicht hören konnte. Rothmann fand das Osttor und lieferte die vier erleichtert bei Ferdinand ab.

Der Platz, den Nechledil für Ferdinand gestiftet hatte, lag so vornehm, daß ganz Wien sich darüber nicht beruhigen konnte, denn selbstverständlich war auch das vorher bekannt und zum Stadtgespräch geworden. Die Möbelstände waren zwischen den Juwelieren und den Glaswaren aufgebaut worden, im Ostflügel, im Ausstellungsjargon Transept genannt, als handle es sich um eine gotische Kathedrale. Ferdinand saß solo zwischen allerfeinsten Häusern, auf der einen Seite hatte Heldwein sein Sortiment vorbereitet, das natürlich noch aus Dekorstücken bestand, daran schloß sich Thonet mit seinen schon von Metternich bewunderten Sesseln und Stühlen, dann kam Ferdinand mit einigen weniger glücklichen Konkurrenten und schließlich, als weitere Attraktion, die Gläserpracht von Lobmeyr.

Die Stände waren stark überhöht, damit die ganze vorüberwallende Menge sie gut in Augenschein nehmen könne, vielleicht aber auch, damit so wertvolle Exponate wie die Juwelen und die Gläser nicht durch das Gedränge der Massen gefährdet würden.

Animiert kletterten die Kinder auf das breite Podium, das die Muster-Werkswohnung der Firma Heisinger-Lajtaszentmiklosch zeigte, mit einer neuartigen Küchenkombination, die auch das Essen in der Küche gestattete, und einem Wohnzimmer, das sich mit ein paar Handgriffen in ein Schlafzimmer verwandeln ließ. Ein geräumiger Schrank konnte alles aufnehmen, was sonst in einer Diele herumhängt, denn ein Vorzimmer gab es nicht: Die Küche ging hinaus auf den Hausgang; in Arbeiterhäusern durfte kein Quadratmeter verschenkt werden.

Irene hatte für die Kinder eine kleine Jause vorbereitet, die sie in bester Stimmung in der Arbeiter-Küche einnahmen, auf den Stühlen sitzend, die wie kräftige Schemel in ihrem Naturzustand belassen und nur mit schlichten Lehnen versehen worden waren – das Ganze sollte ja nicht viel kosten.

Erst beim Aufbruch gab es eine kleine Aufregung, die sich nach und nach zu einem richtigen Ärger auswuchs: Marius war verschwunden. Ihn zu suchen, während ringsum die Schwerfuhrwerke, mit stämmigen Pinzgauern bespannt, Materialien anlieferten, während überall noch gehämmert und gesägt wurde, schien völlig aussichtslos. Irene war verzweifelt.

»Was werde ich mir von Olga anhören müssen!« sagte sie. »Dabei ist einzig und allein der Bub selber schuld. Sogar die kleine Franzi hat sich brav zur Heimfahrt eingefunden. Wo kann er nur stecken?«

»Ich hab' ihn!« rief Ferdinand. »Er war im Wohnzimmerschrank. War ihm wohl zuviel Krach rundherum, und da drin ist es schön heimelig und dunkel.«

Marius kam, blaß, ein wenig abwesend lächelnd, aber gar nicht schuldbewußt.

»Schau, Onkel, was ich in dem Schrank gefunden habe«, sagte er und reichte Ferdinand ein bedrucktes loses Blatt, »das brauchst du doch sicher!«

Ferdinand warf einen zerstreuten Blick auf das Papier, las sich dann fest und stand noch in der Koje, als Irene die Kinder schon zum Abmarsch versammelt hatte.

»Kommst du? Oder hast du noch zu tun, dann schick' ich dir den Rothmann zurück!«

»Nein ... nein«, antwortete Ferdinand zerstreut, »da war nur etwas sehr Merkwürdiges.« Damit faltete er das Blatt und steckte es zu sich.

Erst im Wagen, als die Kinder, auf den Bock und den

Klappsitz verteilt, durch das Straßenbild abgelenkt waren, reichte er Irene das Blatt, das Marius gefunden hatte.

»Englisch!« sagte sie enttäuscht. »Ist nicht meine starke Seite. Hältst du einen englischen Prospekt für nötig?«

»Das ist es ja...!« Ferdinand war so bedrückt, daß er kaum die richtigen Worte fand. »Der Text hat mit meinen Möbeln überhaupt nichts zu tun. Es ist ein politisches Flugblatt, und zwar, wenn ich es richtig verstanden habe, eines von den Iren gegen England, sehr merkwürdig... Stell dir vor, der Marius findet das nicht, ich öffne den Schrank, wenn die Majestäten kommen, und die Queen entdeckt das Flugblatt!«

»Wir schicken der Olga einen Baumkuchen«, entschied Irene, »natürlich ohne Kommentar.«

»Und das Flugblatt...? Müßte ich es nicht zur Polizei bringen?«

»Die kennen das längst. Das werden wir zu Hause in winzige Stückerln schneiden oder einfach verheizen. Ich bitt' dich, die Iren! Wo ist Irland, und wo ist die Weltausstellung? Wenn die der Queen was antun wollen, brauchen sie doch nicht nach Wien zu fahren! Außerdem haben Revolutionäre nie Geld und noch weniger Geduld. Vergiß es!«

»Leicht gesagt!« seufzte Ferdinand. »Ein gutes Gefühl hab' ich nicht...«

Das Attentat

Nach einem wunderschönen April, einem Wiener Frühling mit richtigem Kaiserwetter, stellten sich viel zu früh die Eismänner ein, in frommen Gegenden auch die Eisheiligen genannt, und am Ausstellungstag war es nicht etwa so unentschlossen schlecht oder mittelkühl bis regnerisch, wie das Wetter am Tag der wetterwendischen Sopherl im allgemeinen zu sein pflegt, sondern Wien verzeichnete bei unangenehm feuchter Kälte einen jener scheußlichen Regentage, wie man sie eher im November erwarten würde.

Darauf also hatte man sich gefreut? Auf einen 1. Mai mit Regenschirmen, Wintermänteln, hochgeschlagenem Kragen und Schnupfen, wo doch die Wiener seit Monaten, ja einzelne von ihnen seit Jahren, an nichts anderes mehr dachten als an die Weltausstellung, die *Exposition Universelle*, das große Ereignis des Jahres 1873.

Ferdinand Heisinger hätte aus lauter Nervosität am liebsten in dem praktikablen Bett seiner Arbeiterwohnung übernachtet, um schon am Vorabend an Ort und Stelle zu sein. Er fürchtete einen Aufenthalt am Morgen des Eröffnungstages, er war von der wirklich überflüssigen Angst besessen, daß die vielen Wagen, die am Morgen dann in den Prater streben würden, eine heillose Verstopfung aller Straßen verursachen könnten und er nicht in seiner Koje sein würde, wenn die Majestäten vorbeikämen.

»So iß doch noch etwas, Ferdinand«, mußte Irene beim Frühstück mindestens dreimal sagen. Ihm war, als müsse ihm der Bissen im Hals steckenbleiben. Immer wieder trat er zum Fenster, um zu sehen, ob Rothmann schon anspanne.

»Es ist jetzt acht Uhr. Selbst wenn du zu Fuß gehst, bist du um halb zehn in der Ausstellung, und um elf treffen die hohen Herrschaften überhaupt erst ein!«

Irene hatte vollkommen recht. Da war die Eröffnungsfeier, dann die Besichtigung der deutschen Stände; *er* kam frühestens um halb eins an die Reihe, oder wenn es sehr schnell ging, kurz nach zwölf...

Er schob sich eine trockene Semmel in die Tasche, die fettete nicht, küßte Irene, dankte ihr für ihre Geduld und lief die Treppe hinunter. Rothmann hatte das Verdeck zugemacht, aber es zog scheußlich, und Ferdinand fand die Fahrt endlos. Erst als er die längst vertraute Halle betrat, als er sah, daß da einige noch gar nicht ausgepackt hatten, daß noch nicht einmal die Fenster gewaschen waren und in den Kojen allerlei Reinigungsmaterialien herumlagen, da beruhigte er sich ein wenig. Bei ihm, auf dem Heisinger-Stand, da war alles schon gestern in allerbester Ordnung gewesen...

Darum schwindelte ihn plötzlich, als er Heldwein passierte, Thonet einen Seitenblick zuwarf und dann zu seiner Koje hinaufstieg. War das tatsächlich seine Koje? Die mit Möbelstoff bezogenen großen Kissen des Bettes waren nicht an ihrem Platz. Auf dem Küchentisch lagen Brotkrümel, und die Ränder von Flaschen oder Gläsern, die hier gestanden hatten, waren nicht weggewischt worden.

Ingrimmig machte Ferdinand sich an die Arbeit. Da hatte man wieder die Herren Proleten, denen nichts heilig war und die sich noch etwas darauf zugute taten. Das konnten doch nur Packer von einem anderen Stand gewesen sein, die bis spät in die Nacht noch gearbeitet und dann nach einem

Plätzchen gesucht hatten, wo sie ihr Mitgebrachtes verzehren konnten. Man kannte das ja aus Neubauten, und seine Werkswohnung, die war ihnen eben gerade recht gekommen, da konnten sie sich fühlen wie zu Hause. Bei Thonet war es ihnen wohl zu fein gewesen!

Ein Glück, daß er so früh dran war. Als ob er es geahnt hätte! Er hatte sich ausbedungen, daß an diesem ersten Tag kein Angestellter auf den Stand komme, die hätten ihn nur nervös gemacht; aber jetzt ärgerte es ihn doch, daß er sein Taschentuch herausziehen und den Tisch saubermachen mußte. Einfacher war es beim Bett, das war seine eigenste Konstruktion, die kannte er in- und auswendig. Der große Schrank, ein wahres Wunderwerk mit seinen vielen Innenfächern und Lädchen, war eine Schöpfung seines Werkmeisters Löhlein, aber soviel Zeit, sich diese wohlüberlegte Einteilung eines Schrankinneren erklären zu lassen, nahmen sich die Majestäten ja doch nicht, also ließ er den Schrank gleich zu, das sah ordentlicher aus.

Überhaupt verdankte er die ganze Aufregung ja in erster Linie dem Aufenthalt in Dieppe und der lieben Mizzi. Ohne sie hätte er den Prinzen von Wales nie kennengelernt, und würde der ihn nicht kennen, dann bestünde auch nicht die geringste Wahrscheinlichkeit für eine allerhöchste Pause vor seiner schlichten Möbelkoje.

Als Ferdinands Küchentisch sich längst wieder tadellos weiß und neu präsentierte, hatte erst ein einziger der hohen Gäste den Weg zur Ausstellung angetreten, nämlich der deutsche Kronprinz Friedrich. Der hatte zwar von Schloß Hetzendorf einen besonders langen Anmarschweg, aber er wäre trotzdem vor Kaiser Franz Joseph und Kaiserin Elisabeth auf dem Ausstellungsgelände eingetroffen, hätte nicht der Oberstallmeister Graf Grünne im letzten Augenblick den Regiefehler bemerkt und durch einen Offizier zu Pferd

Friedrich und Viktoria bitten lassen, an geschützter Stelle einen Augenblick die Fahrt zu unterbrechen, damit das Protokoll gewahrt und gleichzeitiges Eintreffen mit dem Kaiserpaar gewährleistet werde.

Peinlich, peinlich, weil man sich ja ohnedies nicht mochte, denn wenn auch der gemeinsame Außenminister beider Reichshälften, ein ungemein vornehmer Ungar mit dem wohlklingenden Namen Julius Graf Andrassy von Csik-Szent Kiraly und Kraszan-Horka, in seiner Politik auf die Deutschen setzte und die Versöhnung mit Berlin forcierte, Franz Joseph konnte darum doch nicht vergessen, was ihm Preußen 1859, 1864, 1866 und heimlich noch öfter angetan hatte. Da stand er mit den Briten schon besser. Daß die Queen entgegen den hochgespannten Erwartungen der Wiener nicht selbst kam, sondern den weltgewandten Prinz Bertie geschickt hatte, machte wenig aus; man verstand sich seit den Befreiungskriegen um so besser, als die Engländer ganz gewiß keine Freunde der Slawen waren. Eigentlich schad', daß dieser sympathische Thronfolger, etwa gleichaltrig mit Franz Joseph und immer noch im Wartestand, erst im vierten Wagen eintreffen durfte, nach dem österreichischen Thronfolger, der erst fünfzehn Jahre alt war, dem Erzherzog Rudolf...

Zwölftausend Menschen haben sich dann endlich unter der Rotundenkuppel versammelt; Reden werden gehalten, Schlüssel übergeben, die Ausstellung wird eröffnet. Das *Gott erhalte* hört Ferdinand bis ins westliche Transept, den Kanonendonner merkwürdigerweise, den hat er nicht gehört. Kann sein, daß bei dem Regen die Geschütze gar nicht losgegangen sind. Das wäre wieder etwas zum Lachen für den preußischen Kronprinzen, pardon, für den Thronfolger des Deutschen Kaiserreichs.

Nicht zwölftausend singen, nur die großen Chöre Wiens, aber Ferdinand kann, in seiner Arbeiterküche auf und ab gehend, alles mitsummen, kennt doch jeder den Text:

Gott erhalte, Gott beschütze
Unsern Kaiser, unser Land!
Mächtig durch des Glaubens Stütze,
Führt er uns mit weiser Hand.
Laßt uns seiner Väter Krone
Schirmen wider jeden Feind!
Innig bleibt mit Habsburgs Throne
Österreichs Geschick vereint.

Dann wird es still, das heißt, daß wieder irgend jemand redet, vielleicht Adolf Wilhelm Daniel Fürst Auersperg... Jetzt heißt der Bub Daniel, aber schon seit 1866, und dieser Auersperg – zum Unterschied von Fürst Karl – ist schließlich erst seit zwei Jahren Ministerpräsident. Beide Herren sind übrigens in Prag geboren worden. Warum die Tschechen sich also immer zurückgesetzt fühlen?

Seit Tagen hat Ferdinand einen der Aufseher, hochtrabend Ausstellungskommissäre genannt, mit besten Zigarren versorgt, um immer auf dem laufenden gehalten zu werden, und siehe da, es funktionierte tatsächlich:

»Herr Heisinger... Herr Heisinger... i möcht' Ihnen nur sagen: Der Rundgang hat grad' ang'fangen.«

»Alles programmgemäß, Herr Kratochwil?« erkundigt sich Ferdinand und angelt eine Zigarre aus der Brusttasche.

»Kleine Zwischenfälle, harmlos: Die zweite Geschützsalve ist vergessen worden, der Posten hat das geschwenkte Taschentuch nicht gesehen... Und drei Hochs waren zuviel, die hat aber der Kronprinz auf dem Gewissen, da san mir unschuldig...!«

Ferdinand blickt auf die Uhr: 11 Uhr 45. Er könnte sich ruhig eine halbe Stunde setzen; der Kaiser muß den deutschen Ständen eine gewisse Aufmerksamkeit erweisen, und das Kronprinzenpaar aus Berlin, das kennt doch die deutschen Großindustriellen, da wird es Gespräche geben,

Händeschütteln... na ja, Emporkömmlinge unter sich!

Eine halbe Stunde später aber ist der Kratochwil schon wieder da.

»Jetzt wird's bald ernst, Herr Heisinger. Bei den Deutschen war der Kaiser sehr genau, hat sich alles ang'schaut und erklären lassen. Aber dann is was passiert, also offen gestanden, ich hab' mich g'freut: Wie die Kronprinzessin Viktoria von einem Stand weggehen will, bleibt ihre Schleppe an einem Nagel hängen, war nicht wegzukriegen. Der Erzherzog Karl Ludwig hat sich natürlich gleich gebückt, galant wie mir sind... Bückt sich mit rotem Kopf in seine engen Hosen, aber was so ein deutscher Nagel festhält, das gibt er nicht mehr her. Was tut Seine Kaiserliche Hoheit? Er muß es ja nicht zahlen – reißt die ganze Borte ab, ratsch.«

Auch eine Möglichkeit, denkt Ferdinand. Immerhin ist die Kronprinzessin von dem bewahrt worden, was der Olga passiert ist.

»Und dann?«

»Na, sie hat ihn süßsauer angelächelt«, berichtet Kratochwil weiter, »wo man doch weiß, wie sparsam die Hohenzollern sind. Und dann sind sie an der holländischen Likörpyramide ganz schnell vorbeigegangen, haben kaum hingeschaut, sind erst bei den dänischen Heringen wieder stehengeblieben, bis die Kaiserin die feine Nase gerümpft hat, und dann sind sie bei den Italienern und Franzosen nur so durchpromeniert zu den Engländern. Die waren schon alle fertig mit ihren Kojen, hat sehr hübsch ausg'schaut, ein indischer Maharadscha sitzt da vor einem Zelt...«

»Und keine Bajaderen?«

»Wie meinen? Polarbären? Bei den Engländern? Neeeiiin, nicht daß ich wüßte. Aber ein langer Goldbarren und Diamanten und Kolibri, oder wie die Viecher heißen... Ui jegerl, passen S' auf, jetzt kommen die Leut'. Jessas, da ist die Absperrung zusammengebrochen. Geben S' acht, Herr Heisinger, das ganze Publikum kommt mit, nicht nur die hohen Herrschaften, bleiben S' schön da oben in Ihrer Kuchl, sonst tritt Ihnen einer nieder!«

Leicht gesagt, schwer getan. Er kann doch nicht von einem Podest heruntergrüßen, oder doch? Tatsächlich drängen die Wiener, natürlich nur gutes Publikum bei 25 Gulden Eintrittspreis, um die gemessen schreitende Gruppe der allerhöchsten Herrschaften herum. Ein Brausen von vielen Stimmen erfüllt das Transept. Auch in den Nebenkojen sind die Inhaber der Firmen an den Rand der Podien getreten und wissen offensichtlich nicht recht, wie sie sich verhalten sollen.

»Ich stell' mich unten auf!« sagt Ferdinand zu Thonet, mit dem er sogar über drei Ecken verwandt ist, obendrein ist für Förmlichkeiten unter Konkurrenten jetzt keine Zeit mehr.

»Immer originell, der Herr Heisinger«, antwortet Thonet anzüglich, steigt aber ebenfalls hinunter auf das Niveau des Couloirs und postiert sich vor seinen Stand.

Franz Joseph kommt heran, flankiert von Baron Schwarz-Senborn, dem Generaldirektor der Ausstellung, der in einem fort Erklärungen säuselt, und von der deutschen Kronprinzessin Viktoria, die sich von Seiner Majestät führen läßt. Auch wenn man noch kein Bild von ihr gesehen hätte, wüßte man, daß sie nur aus Preußen kommen kann, blaues Kleid, rosa Hut und weißer Mantel, auf die Idee wäre eine Wienerin nie gekommen. Kaiserin Elisabeth, ganz in Violett, ist dagegen eine Klasse für sich.

Danach sieht Ferdinand Heisinger nichts mehr, einmal, weil er sich so tief verneigt, daß sein Gesichtsfeld auf den Läufer begrenzt wird, zum andern, weil plötzlich ein Schuß ertönt – trotz des Rauschens und Dröhnens des Menschenstromes ist er deutlich zu hören – und weil nach dem Schuß alles durcheinanderstürzt und Ferdinand nicht sehr vornehm vor den Füßen der Kronprinzessin, am Saum ihres weißen Kleides, landet.

Schreie gellen durch die Halle. Die weiter hinten Kommenden begreifen nicht, was los ist, glauben, man jubelt, und bringen Hochrufe aus. Nur in der unmittelbaren Umgebung des Monarchen wird gehandelt, es ist doch erst zwanzig Jahre her, daß auf Kaiser Franz Joseph selbst ein Attentat verübt worden ist, auf der Löwelbastei. Seither sind alle Herren, die Seine Majestät begleiten, ständig auf der Hut.

Ferdinand wird auf die Beine gestellt, zwei Männer haben es getan, der Kratochwil und noch einer.

»Das ist der Attentäter ... man verhafte ihn!« sagt würdevoll Erzherzog Karl Ludwig, derselbe, der bei der Affäre mit der Schleppe soviel Energie und Entschlossenheit gezeigt hat.

»Aber gehn S'«, sagt Kommissär Kratochwil ganz unbotmäßig, verbessert sich aber gleich, steht stramm und fährt fort: »Halten zu Gnaden, Kaiserliche Hoheit, aber das hier ist der Fabrikant Heisinger, was die Fabrik auf dem Wienerberg hat. Der ist nie nicht der Attentäter.«

Im Erzhaus-Langschädel Karl Ludwigs dämmert es, daß es um die Monarchie vermutlich schlecht bestellt wäre, wenn die Attentatsgelüste selbst im Großbürgertum verbreitet wären. Er dreht sich langsam um und sieht eine erschütternde Gruppe. Der Prinz von Wales kniet auf dem Boden, und in seinem Schoß liegt Colonel Drummond of Gavin, der nur noch schwach atmet.

»Er hat mich mit seinem Leib gedeckt«, sagt Prinz Bertie leise auf englisch, nur die Nächststehenden hören es. »Er hat den Mann mit der Pistole einen Augenblick vor mir gesehen und ist vor mich hingesprungen ...«

Es war harte Arbeit für die Polizei, die große Halle vom Publikum zu säubern und dabei doch niemanden entwischen zu lassen. Drei Viertel der Anwesenden, so schätzte der Polizeiminister später, konnten perlustriert und nach ihren Personalien befragt werden, aber niemand von ihnen, die Offiziere ausgenommen, hatte Waffen bei sich. Länger währte es, bis eine Bahre zur Stelle war; niemand hatte mit solch einem Zwischenfall gerechnet, allein die Nachricht über den Attentatsversuch brauchte zehn Minuten, ehe die Torwachen alarmiert waren und ein Polizeireiter zum nächsten Krankenhaus sprengte, um Hilfe zu holen.

Inzwischen war ein deutscher Arzt aus dem Vorkommando des Fürsten Carol von Rumänien neben dem Schwerverletzten niedergekniet. Instrumente hatte er keine bei sich, aber er erleichterte Drummond die Atmung, öffnete den Uniformkragen, fühlte den Puls. Aus der bangen Ungeduld, mit der er nach einer Bahre Ausschau hielt, konnte man erkennen, daß es um den Obersten schlimm stand.

Endlich kamen zwei Männer, sie trugen Feuerwehruniform und hatten wohl eine gewisse Ausbildung im Tragen von Kranken, denn sie befolgten die Anweisungen des Arztes schnell und geschickt.

»Wie steht es, Doktor?« fragte die Kaiserin, die neben dem deutschen Kronprinzen stand, hastig, ehe sich der Arzt den Bahrenträgern anschloß.

»Leider keine Hoffnung, Majestät: Der Offizier wurde ins Herz getroffen. Er wird das Hospital nicht lebend erreichen.«

Der schwarze Freitag

Sebastian hatte sagen lassen, er sei noch in der türkischen Gesandtschaft festgehalten, man möchte aber beisammenbleiben, er komme, sobald es ihm möglich sei.

So saß also Franz im Großvaterstuhl der Beletage, der sonst für den Kommerzialrat reserviert war, und sein langsam kahl werdender schmaler Kopf wirkte an diesem Abend so greisenhaft, daß Ferdinand beinahe erschrak. Dabei konnte Franz – er rechnete nach – erst vierzig sein. Vielleicht war es auch das Licht. Peter Daniel war zu Bett gebracht worden, und danach hatte Mizzi sich Urlaub erbeten: Der Prinz habe ihr Nachricht geschickt, daß sie ihn doch aufsuchen möchte. Auch wenn er selbst nicht frei sei, werde sich einer seiner Herren mit ihr besprechen, um ihre Interessen wahrzunehmen.

»Er hat geschrieben, daß er bereit sei, die Existenz einer formgerechten Verlobung zu bezeugen«, sagte Mizzi aus ihren Tränen aufblickend zu Irene, als der Kurier ihr das Billett brachte. »Mein Gott, wer hätte das alles gedacht ...!«

»Da fährt man nach Dieppe, badet im Meer wie Hunderte andere«, sagte Ferdinand, und er sagte es an diesem Tag schon zum drittenmal, »lernt einen Prinzen kennen, und ein Jahr darauf steht man eben dieser Zufälle wegen mit einem Fuß im Gefängnis!«

Franz klopfte sofort auf Holz.

»Das wäre das Letzte, was wir jetzt brauchen könnten«, sagte er, »ein Heisinger im Gerede. Seit ein paar Tagen ist die Börse so nervös, die Creditanstalt hat die Liquidität abrupt eingeschränkt, und es kommen auffällig viele Aktien auf den Markt, eine Lawine, deren Ausmaß noch nicht abzusehen ist...«

»Wie du jetzt von der Börse reden kannst, Franz, das verstehe ich wirklich nicht!« unterbrach Irene. »Du weißt, daß ich mich sonst sehr zurückhalte gegenüber euren Gesprächsthemen, aber heute geht es schließlich auch um mein Schicksal und den Buben; wenn irgend jemand dem Ferdinand eine Mitschuld anhängt, sind wir als Familie, sind wir geschäftlich und privat vernichtet, und das, ohne irgend etwas dazu getan zu haben!«

Franz wurde blaß. »Gibt es irgend etwas, daß dich zu solchen Befürchtungen berechtigt?«

»Sag's ihm, Ferdinand«, bat Irene, »in ein paar Tagen steht ja doch alles in den Zeitungen.«

Ferdinand berichtete von der Kinderfahrt auf die Ausstellung, von dem Flugblatt irischer Separatisten, das Marius Mannagetta gefunden hatte, und auch noch von seinen Beobachtungen an diesem Morgen, unmittelbar vor der Ausstellungseröffnung.

»Du hattest also den Eindruck, daß irgend jemand in deiner Musterwohnung gehaust habe, und hast nicht nachgesehen, ob er noch irgendwo versteckt sein könnte?« fragte Franz ungläubig.

»Wer denkt denn an einen versteckten Attentäter! Die Halle war voll von Arbeitern und Handwerkern. Nichts lag näher, als anzunehmen, ein paar Packer von Lobmeyr oder sonst einer in der Nähe ausstellenden Firma hätten in meiner Küche ihr Gabelfrühstück zu sich genommen und ein Bier getrunken!«

»Hat dich die Polizei schon vernommen?«

»Nur ganz kurz, die Personalien und die Frage, was ich gesehen hätte. Morgen um neun bin ich ins Justizministerium bestellt.«

»Nicht zur Polizei... ins Ministerium?«

»Ich hab' mich auch gewundert«, gab Ferdinand zu, »aber Minister Glaser hat die ganze Untersuchung an sich gezogen, weil sich im Augenblick ja noch nicht absehen läßt, ob es sich um eine kriminelle, politische oder ganz einfach zufällige Aktion handelt, man kennt den Attentäter ja nicht.«

»Und von dem Flugblatt hast du niemandem erzählt?«

»Bis jetzt nicht. Morgen muß ich natürlich alles zu Protokoll geben. Ich war auf dem Wege hierher kurz in der Kanzlei von unserem Doktor Prunlechner und hab' ihn gefragt, wie ich mich verhalten soll. Er schaut mich an, sagt leise: Sie sind doch völlig unschuldig, Herr Heisinger? – Natürlich, sag' ich. – Dann, werter Freund, kann ich Ihnen nur zu der rücksichtslosesten Wahrheit vom ersten Augenblick an raten. Ich werde inzwischen zu erfahren trachten, was die andere Seite von der Sache hält.«

In diesem Augenblick klopfte Anni und meldete die Mannagettas. Enttäuscht fiel Irene in den Sessel zurück. Sie hatte sosehr gehofft, daß der Kommerzialrat endlich kommen würde. In Augenblicken wie diesem empfand sie es immer besonders stark, daß – bei allen seinen Untugenden – die Familie ohne ihn doch führerlos war.

»*À la bonne heure*«, sagte Doktor Mannagetta und streckte Schwager Ferdinand die Hand hin, »ich sehe, deine Bekanntschaft mit dem Prinz von Wales trägt Früchte.«

»Hör dir den Trottel an!« flüsterte Olga Irene zu und küßte sie flüchtig auf die Wange. »Der muß über alles seine Witze machen. Den hätten s' erschießen sollen, nicht den Bräutigam von der armen Mizzi... Furchtbar! Kommt endlich ein Lord in die Familie, bums, schießt ihn einer tot. Und dabei hat unser Marius, das g'scheite Bürscherl, euch doch gewarnt!«

»Der Marius hat mich gewarnt?« Ferdinand überlegte. Von dem Flugblatt konnte der Bub doch nichts Näheres wissen.

»Na, weil er sich im Schrank versteckt hat. In demselben Schrank, in dem auch der Attentäter gesessen ist, bis der Prinz kam!«

»Ah, das weiß man?«

Mannagetta zog ein einseitig bedrucktes, vom Regen etwas wellig gewordenes Zeitungsblatt aus der Brusttasche.

»Eine Extraausgabe, wir haben sie eben am Karlsplatz zu kaufen bekommen. Von dir steht nur das H. drin...«

Ferdinand setzte sich neben Irene, damit sie gemeinsam lesen konnten.

»Lests es doch vor!« bat Franz indigniert. »Das geht uns doch alle an!«

»Da kommt zuerst, was wir eh schon wissen, Tag, Stunde, Umstände, Aufzählung der beteiligten Herren und Damen, und dann steht hier: ›Nach den Ermittlungen, die Polizeikommissär Sklenka gleich am Tatort durchführen ließ, und der Einvernahme einiger Augenzeugen, handelt es sich bei dem Täter um einen schlanken, agilen Mann jüngeren Alters, der einen eher sportlich wirkenden graubraunen Anzug trug. Der Hallenkommissär Kratochwil, mit dem unser Reporter noch vor der Polizei sprechen konnte, will sogar gesehen haben, daß der Verbrecher aus einem großen Schrank im Wohnzimmerteil der ausgestellten Musterwohnung der Firma H. gesprungen sei. Mitten auf dem Podium stehenbleibend, habe er dann mit gestreckter Hand kurz visiert und sogleich geschossen. Danach habe er die Tapete im Hintergrund der Dekoration durchbrochen und sei verschwunden.‹ – Das ist«, sagte Ferdinand tonlos, »das Schlimmste, was passieren konnte. Ich habe ihm unwissentlich die wertvollste Hilfe geleistet.«

In das betretene Schweigen der Anwesenden platzte Sebastian Heisinger mit gewohnter Vitalität.

»Da bist du ja noch!« sagte er aufgeräumt. »Also nicht als Staatsverbrecher verhaftet! Du solltest jetzt eine Anzeigenkampagne in Auftrag geben, in der deine geräumigen Schränke angepriesen werden. Wie ich die Wiener kenne, werden sich allerdings weniger Attentäter als Liebhaber darin verstecken.«

»Für euch ist alles sehr lustig, aber ich«, sagte Ferdinand, »ich seh' mich schon im Gefängnis!«

Diesmal klopfte nicht nur Franz auf Holz, auch Irene fuhr zusammen und hielt die Hand vor den Mund, als habe sie das schicksalsschwere Wort ausgesprochen.

»Wenn man den Mann wenigstens hätte!« meinte Franz und seufzte. »Der könnte doch sagen, daß wir mit ihm nichts zu tun haben.«

»Wenn man ihn hätte, wäre er möglicherweise tot«, erklärte der Kommerzialrat, »die Majestäten und ihre Gäste waren von Offizieren umgeben, Drummond ist schließlich erschossen worden, die hätten gezogen und den Mann in Stücke gehauen... Nein: Unsere Hoffnung ist die Organisation, die hinter ihm steht, vermutlich die Sinnfeiner... Sie könnten eine Ehrenerklärung für Ferdinand abgeben.«

»Eine Ehrenerklärung für mich, die von Revolutionären, von einer Terroristenorganisation stammt?«

»Gewiß«, beharrte Sebastian. »An der Ehrenhaftigkeit dieser irischen Patrioten ist nämlich nicht zu zweifeln. Das sagt natürlich niemand laut, aber es ist eine Tatsache, die natürlich auch in Wiener Regierungskreisen bekannt ist und honoriert würde. Ich muß mich da um Verbindungen bemühen, schließlich haben wir ja auch eine Vertretung in Dublin.«

»Womit wir eine Verbindung herstellen, die womöglich dann belastend für mich wirkt; man wird erklären, sie habe schon vor dem Attentat bestanden. Das ist alles furchtbar heikel. Ich möchte fast vorschlagen, wir tun zunächst gar nichts; ich gehe morgen ins Justizministerium und sage klipp und klar, was ich weiß, von Dieppe an bis zu den Brotkrümeln von heute früh.«

»An Brotkrümeln kann man ersticken«, sagte Franz dumpf.

»Gewiß, aber aufhängen können sie mich daran nicht!«

»Also gut, ich respektiere den Wunsch von Ferdinand, beenden wir die Debatte«, schloß Sebastian. »Ich komme gerade von den Türken. Sieht ganz gut aus für die Bahn in den Sandschak Alexandrette, denn da sprechen militärische Gesichtspunkte mit, und dafür macht selbst ein Sultan heutzutage Geld locker.«

»Darf ich fragen, Papa, was du in der Gesandtschaft gegessen und getrunken hast?« erkundigte sich Mannagetta.

»Tee... Champagner... Slivowitz... das war alles, soviel ich weiß, dazu ein paar belegte Brote und kleine Salate und vor dem Weggehen ein großes Stück Baklava, das mir noch im Magen liegt... Du hast doch sicher irgendeinen Kräuterbitter im Haus, Irene?«

Während sie sich erhob, um den Likör zu holen, sagte Mannagetta ernst:

»Dann muß ich dich bitten, Papa, in den nächsten Tagen sehr genau auf dich zu achten... ich meine: auf alle Vorgänge, ohne mich hier deutlicher auszudrücken. Wir hatten heute nachmittag im Institut nämlich Abstriche, die eindeutig ergaben, daß bei dem starken Reiseverkehr zur Weltausstellung Cholera eingeschleppt wurde.«

»Um Himmels willen!« rief Olga. »Und das sagst du jetzt? Du warst doch zu Haus', du hast dem Buben die Hand gegeben!«

»Wenn ich mich nicht jedesmal vorsehen und vor dem Verlassen des Instituts entsprechend desinfizieren würde, hättest du in den letzten Jahren schon alle Krankheiten der beiden Hemisphären bekommen, meine Gute«, sagte Mannagetta milde. »Ich erzähle die Sache nicht, um Panik zu verbreiten, der Befund ist natürlich auch noch streng geheim, aber ich warne Papa, denn leider ist der erste Krankheitsfall, jener, der uns eben aufmerksam gemacht hat, ein Mitglied der türkischen Delegation.«

»Also nicht der Gesandtschaft? Dann kann es der Koch nicht sein!« sagte Sebastian erleichtert.

»Das ständig in Wien anwesende Personal scheidet wohl aus, aber es sind ganz gewiß noch andere mögliche Kontaktpersonen auf der heutigen Abendgesellschaft gewesen, und darum meine Warnung!«

Irene kam mit dem Kräuterschnaps und hatte auch einen Damenlikör mitgebracht.

»Machen wir uns Mut«, sagte sie und schenkte für Olga und für sich selbst ein großes Glas voll mit dem hellen Kaiserbirn, den sie trotz seiner Süße besonders liebte, »ich fürchte, wir werden ihn brauchen!«

Tags darauf spannte Rothmann wie gewöhnlich um halb neun Uhr an, aber es ging nicht auf den Wienerberg, sondern zunächst zu Doktor Prunlechner, der seine Kanzlei in der Siebensterngasse hatte. »Nicht sehr nobel«, sagte er immer, wenn er die Adresse nannte, »aber halt gar so praktisch für die Klienten vom Brillantengrund.« Auch die Familie Heisinger kannte ihn von ihrem früheren Domizil her und schätzte ihn, weil seine Familie etwa gleich lang in Wien ansässig war wie die Heisinger, nur daß sie nicht aus dem südlichen, sondern aus dem westlichen Niederösterreich zugewandert war. Die Prunlechner hatten durch Generationen zu den Honoratioren der reizenden Weinstadt Krems gehört, ehe ein Anton Prunlechner zu einem der größten Kaffeesieder Wiens wurde und sich in der Leopoldstadt niederließ. Einer seiner fünf männlichen Enkel war der Rechtsanwalt.

Polizeikommissär Sklenka führte die Vernehmung; ein Herr des Ministeriums, dessen Namen Ferdinand nicht verstanden hatte, saß stumm in einer Ecke; für Doktor Prunlechner, den Sklenka kannte, war ein weiterer Stuhl herbeigeholt worden.

»Sie kommen mit Ihrem Familienanwalt, Herr Heisinger?« fragte Sklenka.

»Nur, damit er informiert ist. Doktor Prunlechner ist, wie Sie vermutlich wissen, Zivilrechtler, und die Fakten, die uns an dem bedauerlichen Zwischenfall betreffen, sind ja wohl zivilrechtlicher Natur, Haftungsansprüche, Verletzung der Aufsichtspflicht und so weiter.«

Sklenka ging darauf nicht ein, aber der Herr in der Ecke sagte höflich:

»Sie haben von Ihrem Standpunkt aus durchaus recht, Herr Heisinger, aber Sie werden gewiß Verständnis dafür haben, daß wir im Interesse einer effektiven Fahndung Sie zunächst zum Hergang selbst vernehmen, und zwar natürlich als Zeugen.«

Ferdinand atmete auf, hütete sich aber, seine Erleichterung zu zeigen; aber schon Sklenkas erste Frage zerstörte dieses angenehme Gefühl und schuf in ihm neue Unruhe.

»Sie waren voriges Jahr im August in dem französischen Seebad Dieppe, Herr Heisinger... Wer außer Ihrer Familie konnte die Bekanntschaft mit Seiner Königlichen Hoheit, dem britischen Thronfolger beobachten, davon Kenntnis haben?«

»Eine allgemeine Kenntnis konnten Hunderte von Menschen haben, der Strand war sehr bevölkert. Genauer bekannt waren die Verhältnisse und ihre Natur meinem

Dienstmädchen und dem britischen Vizekonsul in Dieppe, und natürlich der Suite des Prinzen selbst!«

»Ihr Mädchen haben wir noch gestern abend vernommen, es gelang uns, sie zu sprechen, als sie eben auf dem Weg zu Seiner Königlichen Hoheit war... Sie hat außer ihren Eltern, Weinbauern guten Rufs in Ottakring, niemandem von der Verlobung mit dem Obersten Drummond de Gavin Mitteilung gemacht, lebte ja wohl auch sehr eng in Ihrem Familienverband, so daß Freundinnen oder gar ein Freund ausscheiden...«

»Mit Sicherheit!« sagte Ferdinand. »Ihr Freund ist, damit Sie das auch wissen, mein Bruder Leopold, der Kunstmaler!«

»Hat sie uns gesagt, aber es freut uns, daß Sie es bestätigen. Fiel Ihnen auf, daß Sie in Dieppe beobachtet wurden, oder hat sich irgend jemand nach Ihnen erkundigt? Derlei teilen die Hotelportiers ja meistens mit.«

»Nichts dergleichen, Herr Sklenka – wozu ich allerdings bemerken muß, daß wir beide, meine Frau wie ich, ein wenig, nun, sagen wir, arglos sind. Es war unsere nachgeholte Hochzeitsreise, wir achteten nicht so sehr auf die Menschen um uns herum; die ganze Sache mit dem Prinzen, die ja eigentlich nur unsere Mizzi anging, war uns eher unangenehm, insbesondere meiner Frau. Daß wir nichts bemerkten, sagt also eigentlich gar nichts. Wir blieben völlig ahnungslos, bis Marius das Flugblatt fand.«

»Ein Flugblatt?« Sklenka warf dem Herrn vom Ministerium einen raschen Blick zu. »Das ist ja hochinteressant. Besitzen Sie es noch?«

»Durch puren Zufall. Mein Englisch ist nicht das beste, ich habe kaum verstanden, worum es geht und wollte es gelegentlich im Büro übersetzen lassen, darum habe ich es noch.«

Ferdinand berichtete von den Umständen des Fundes und reichte Sklenka das Blatt, das er, auf Brusttaschengröße gefaltet, eine Woche lang bei sich getragen hatte. Prunlechner, der bis dahin kein Wort gesagt hatte, versuchte, einen Blick auf das Blatt zu werfen und sagte dann leise zu Ferdinand:

»Davon haben Sie gestern aber nichts erzählt ... Ich hätte Ihnen unbedingt zur sofortigen Ablieferung des Blattes geraten!«

»Das habe ich doch eben getan!« verwahrte sich Ferdinand.

»Sie haben es mit einer Woche Verspätung getan, Herr Heisinger«, sagte der Herr aus der Ecke, »und ich kann Ihnen nicht verhehlen, daß dies ein bedenklicher Umstand ist. Umstände und Örtlichkeiten des Fundes, wie Sie ihn geschildert haben, hätten unserer Geheimpolizei wertvolle Hinweise auf die Aktivitäten der Attentäter gegeben und wohl auch auf den Ort, der für den Anschlag in Aussicht genommen worden war. Es steht nun also fest, daß die Attentäter damit rechneten, daß der Prinz Sie begrüßen würde, wodurch sich Ihr Stand als Ort für das Verbrechen ebenso empfahl wie durch die Möbelstücke, die einem Schützen Deckung gewährten. Ich will nicht mit Sicherheit behaupten, daß dies seitens der politischen Polizei alles durchschaut worden wäre. So aber waren wir völlig ahnungslos, und die ersten Presseerklärungen des britischen Botschafters enthalten denn auch unverhüllte Vorwürfe an unsere Adresse.«

»Ich bitte allerdings meinem Mandanten zugute zu halten«, sagte Doktor Prunlechner, »daß er ein Geschäftsmann und kein Polizeibeamter ist und daß er sich zeit seines Lebens auch von der Politik weitgehend ferngehalten hat. Er stand zudem unter großem Zeitdruck durch die unmittelbar bevorstehende Ausstellungseröffnung. Man kann die erwähnten Unterlassungen zweifellos nicht als Nichtanzeigen einer strafbaren Handlung werten; eine solche liegt ja wohl auch nicht vor, wenn ein Druckerzeugnis in einer fremden Sprache in einem öffentlich nicht zugänglichen Ort wie einem Schrank zufälligerweise hinterlegt wird.«

»Ich möchte vorschlagen«, sagte Sklenka, »daß wir uns die juristischen Erörterungen für den Augenblick aufheben, da sie angebracht sind, das heißt, für eine eventuelle Verhandlung. Mir geht es heute ausschließlich um die Fahndung und um die Rekonstruktion der Flucht. Aus welchem Material bestand die Rückwand Ihrer Koje, Herr Heisinger?«

»Aus Sperrholz auf Fichtenrahmen, mit Tapeten überzogen.«

»Nach Aussagen von Augenzeugen durchbrach der Attentäter die Rückwand blitzschnell und war verschwunden, ehe jemand ihm folgen konnte. Wir stellten fest, daß an der Stelle, wo er buchstäblich durch die Wand ging, das Sperrholz ausgesägt und durch Jute ersetzt worden war; auf diese Weise entstand ein Wandstück, das bei äußerlich gleichem Aspekt durch einen Faustschlag zerrissen werden konnte. Ist Ihnen von all dem nichts aufgefallen?«

»Sie haben eben selbst gesagt, daß der äußere Aspekt gewahrt blieb, und hinter meiner Koje herumzuklettern hatte ich keine Veranlassung.«

»Wann wurde die Tapete aufgebracht?«

Ferdinand zog seinen Kalender zu Rate.

»Am 12. April. Die Dekoration stand einige Tage leer, dann wurden die Möbel angeliefert und aufgestellt.«

»Das Personal Ihres Montagetrupps ist Ihnen bekannt? Waren es firmeneigene Leute?«

»Vier Mann vom Wienerberg, zwei Frauen aus Lajtaszentmiklosch für die Reinigungsarbeiten und die laufende Pflege und die Fuhrwerker, die ich allerdings nicht näher kenne. Ich meine aber, Sie schon früher gesehen zu haben. Das lasse ich überprüfen.«

»Zu welchem Zeitpunkt wurde entschieden, daß Sie nicht einzelne Möbel, sondern eine ganze Musterwohnung ausstellen würden?«

»Diese Direktiven ergingen nicht nur an mich, sondern an

alle Aussteller aus der Branche«, sagte Ferdinand, »und zwar schon vor Jahresfrist. Mir wurde angedeutet, es handle sich um einen allerdings beiläufig geäußerten Wunsch Ihrer Majestät, der Kaiserin. Soviel ich weiß, haben ihm alle Firmen, die aufgrund ihrer Produktion in der Lage waren, entsprochen, und insbesondere hinter den reich drapierten Betten und Vorhang-Arrangements hätte sich ein Attentäter ebenfalls leicht verstecken können. Daß meine Koje gewählt wurde, dürfte weniger mit dem Schrank zu tun haben, als mit der Vermutung, daß sich Seine Königliche Hoheit einen Augenblick bei mir aufhalten würden.«

Man erhob sich. Ferdinand fühlte, wie sein Herz schneller schlug, und doch hätte er am liebsten noch eine halbe Stunde lang geredet, Fragen beantwortet, das Ganze von sich geworfen, herausgewürgt, um es von der Seele zu haben.

»Herr Heisinger«, sagte der Ministerialbeamte, »Sie sind ein Mann von Welt. Nehmen Sie es bitte nicht als eine offizielle Mitteilung, sondern ganz einfach als einen Rat: Bereiten Sie Ihr Geschäft und, wenn Sie es für richtig halten, auch Ihre Familie darauf vor, daß Sie möglicherweise ein paar Monate abwesend sein werden. Die Sache ist dumm, weil sie unter eine Reihe von Kriegsrechtsparagraphen fällt, und wenn wir auch alle wissen, daß ein Wiener Fabrikant aus angesehener Familie anders zu behandeln ist als ein Carbonaro, so sind die Gesetze oder Sondergesetze in beiden Fällen doch die gleichen. Lassen Sie Ihren Paß hier und melden Sie sich fortan bitte täglich bei dem Polizeirevier, das Ihrem Wohnsitz am nächsten liegt, und zwar möglichst nicht morgens oder abends, sondern um eine mittägliche Stunde.«

»Ich muß also mit meiner Verhaftung rechnen?« fragte Heisinger. Er wunderte sich, daß ihm die Worte so leicht über die Lippen kamen. Vielleicht weil ihm alles wie ein böser Traum war, wie ein Alp, der sich binnen Minuten wieder von ihm heben mußte.

»Mit einem Verfahren müssen Sie rechnen, und daraus kann natürlich eine Verurteilung resultieren. Wir von uns aus wissen, wo wir Sie finden und halten eine Untersuchungshaft für nicht notwendig, da angesichts Ihres großen Vermögens eine Fluchtgefahr nicht besteht. Die Strafe, die Ihnen allenfalls droht, steht in keinem Verhältnis zu den Vermögenswerten, die Sie hier aufgeben würden, wenn Sie allein oder mit Ihrer Familie außer Landes fliehen.«

Das also geschah am Vormittag des 2. Mai 1873, eine Woche vor jenem in die Wirtschaftsgeschichte der Donaumonarchie eingegangenen *Schwarzen Freitag,* dem 9. Mai des Ausstellungsjahres, an dem sowohl Sebastian Heisinger als auch Ferdinand durch Mißgeschicke verschiedener Art außer Gefecht gesetzt waren, so daß Franz Heisinger allein die Firma C. R. Heisinger & Söhne durch die hochgehenden Wogen der Börsenerregung steuern und dazu noch seine unerfahrene Schwägerin Irene beraten mußte, die Ferdinand vertrat.

Ferdinand war am 7. Mai gebeten worden, sich mit seinen Habseligkeiten in einen der Untersuchungsräume an der Alserstraße zu begeben, es sei eigentlich mehr eine Anhaltung und er könne seine Familie sehen, sooft er wolle. Man habe zu dieser Maßnahme aber schreiten müssen, weil – dies deutete Sklenka an – eine graue Eminenz der politischen, will sagen der Geheimpolizei endlich Taten sehen wolle. Beim Prinzen von Wales, der von dieser Festsetzung erfuhr, habe man damit allerdings nur Undank geerntet: Er äußerte sich in nicht wiederzugebender Weise über die Wiener Polizei und kündigte an, daß er selbst den Gefangenen besuchen werde, ja daß der Anwalt der britischen Botschaft Herrn Heisinger verteidigen dürfe, falls dieser es akzeptiere.

Das war nun Gutes und Schlechtes, wobei das Schlechte, wie so oft, von den eigenen Landsleuten kam, vielleicht weil ihnen die große Nähe zum Geschehen die Vernunft ein wenig trübte, vielleicht aber auch, weil in Wien seit jeher gehudelt wurde, wenn Jakobiner, Attentäter, Terroristen oder ähnliche dunkle Existenzen im Spiel waren, gegen die man ganz offensichtlich noch kein Konzept entwickelt hatte.

Wesentlich schlechter stand es ganz zweifellos um den Kommerzialrat. Er hatte an jedem Abend dieser Woche nach seinen üblichen Bürozeiten in der Prinz-Eugen-Straße das Café Daum besucht, weil sich die Lage an der Börse doch von Tag zu Tag veränderte, er andererseits aber durch sein persönliches Erscheinen in der Börse selbst nicht zur Eskalation der Alarmstimmung beitragen wollte. Andere Große, Rothschild oder Dumba, zeigten sich nicht einmal im Café Daum, obwohl man natürlich wußte, daß ihre Ohren auf den Plüschsesseln saßen, wie es ein Journalist humorig ausdrückte.

Am Donnerstag abend war er dann plötzlich zusammengefallen, so als habe eine Welle von Fieber ihn übermannt. Eine schwere Übelkeit schüttelte ihn, und die nichts ahnende Feuerwehr, von Gästen des Kaffeehauses gerufen, brachte den halb Ohnmächtigen in seine Wohnung, wo der herbeigeeilte Bezirksarzt Doktor Jerzabek dann Cholera konstatierte. Das gelang ihm nicht etwa, weil er ein so hervorragender Diagnostiker gewesen wäre, sondern weil er im Krimkrieg als Bataillonsarzt genug Cholerakranke gesehen hatte und weil alle Ärzte Wiens, insonderheit aber die beamteten unter ihnen, eine vertrauliche Vorwarnung erhalten hatten, daß mit Cholera-Erkrankungen zu rechnen sei.

»Ja, was machen wir jetzt mit Ihnen, Herr Kommerzialrat?« sagte Jerzabek betreten. »Sie müßten natürlich in ein Infektionsspital, da haben wir eins draußen in der Triester Straße, ein anderes an der Donau, bei der Hafenquarantäne.«

»Und wenn ich hierbleib', als nicht transportfähig?«

»Dann müssen wir Sie halt isolieren, so gut es hier geht,

mit einer Desinfektionszelle im Vorzimmer... Ihr Diener muß dann miteingesperrt werden.«

»Der Dworschak? Ausgeschlossen. Den brauch' ich für die Besorgungen und die Verbindung mit der Außenwelt. Nein, Doktor: Sie sind so nett, die Behandlung selbst zu behalten, ein bisserl ein Zusatzhonorar wird einem ärarischen Sanitätsapostel nicht gleich die Seligkeit kosten. Und Sie sind weiters so liebenswürdig, mir drei Krankenschwestern zu bestellen, die sich an meinem Bett ablösen!«

»Die geistlichen Schwestern gehen aber nicht in die Häuser, und in Ihres schon gar nicht.«

»Offenbar macht mich das Fieber so blöd«, murrte Sebastian, »ich bilde mir ein, kein Wort von geistlichen Schwestern gesagt zu haben. Schicken Sie mir bitte drei weltliche, und zwar so weltlich wie nur möglich...«

Hatte sich auch das erste Gerücht *Kommerzialrat Heisinger zusammengebrochen* schnell in Rauch aufgelöst, indem man es als ein böses Wortspiel erkannte, so hatte doch einige Stunden lang Ungewißheit darüber geherrscht, ob es sich um einen körperlichen oder finanziellen Zusammenbruch gehandelt habe. Die Aktien der Creditanstalt fielen binnen einer Stunde um 25 Gulden, und dieses Signal war es wohl, das den 9. Mai zum *Schwarzen Freitag* werden ließ. Da die Heisingerschen Anteile alle in den Händen der Familie waren, kam von ihnen nichts auf den Markt, und die Firma erlitt Verluste nur durch die Entwertung der Depots. Aber Franz, allein mit allen Entscheidungen, wagte naturgemäß auch nicht, das disponible Vermögen einzusetzen oder gar zur Stützung nahestehende Werte zu kaufen. Im Gegenteil: Hasenherzig gab er aus den Paketen verschwisterter Firmen kleine Mengen ab, und da dies alle anderen auch taten, fielen die Kurse unaufhaltsam weiter.

Stärker als die Herstellerfirmen, die immerhin Grundstücke, Maschinen, Lager und auch Auftragsbestände vorzuweisen hatten, waren von der Panik Bankaktien betroffen und die Papiere all jener Firmen, die von der Konjunktur leben, indem sie nichts produzieren, sondern sich immer nur dazwischenschalten. Das fällt so lange niemandem unangenehm auf, als alles funktioniert und Geld genug vorhanden ist. Nun aber war plötzlich alles anders, ohne daß man so recht wußte, wieso. Gewiß, in Paris hatte es einen Erpressungsakt des Großkapitals gegeben, man wollte kein linkes Kabinett und drohte mit Bankrott. Aber in Wien hatte niemand gedroht, im Gegenteil, man hatte gefeiert, und dennoch war der Krach in Wien in ganz anderem Ausmaß gekommen als in Paris.

Eine Woche nach dem *Schwarzen Freitag* zählte man in Wien hundert Insolvenzen. Hätte jeder, der es brauchte, laut nach Geld geschrien, so wäre es vielleicht die doppelte Anzahl geworden. Aber in dieser einen Woche waren die ersten zur Vernunft gekommen. Man hatte ja noch allerlei, man ließ es sich beleihen – wenn auch miserabel beliehen wurde –, und da die Geschäfte langsam wieder zu gehen anfingen, angesichts der nach Zehntausenden zählenden Fremden in Wien, kehrte auch die Liquidität zaudernd zurück. Endgültig verloren, nicht wiederzubeleben und mausetot waren nur die, denen es an Substanz gefehlt hatte, die Jongleure und Faiseure und jene, die sich allzusehr aufgeplustert hatten. Belohnt wurden hingegen die Patrioten, denn die Staatspapiere gaben kaum nach, ja sie wurden zu einer Art geheimen Edelvaluta unter allen Wertpapieren, weil sich eben der Wiener eine Welt, eine Wirtschaft ohne die Monarchie und das Kaiserhaus gar nicht vorstellen konnte.

»Ein Gutes hat das ja«, sagte Franz Heisinger, als er mit Irene bei einem späten Tee im zweiten Stock in der Wohllebengasse beisammensaß, »den Placht sind wir los . . .!«

»Den Bankier?«

»Bankier kann man ihn auch nennen, wenn man will. Er war einer der ersten, die ihre Schalter schließen mußten in dieser Katastrophenwoche, aber seine Inserate erscheinen im *Tagblatt* noch immer: J. B. Placht, Bankhaus für Fonds-Spekulationen an der k.k. Wiener Börse, in der Werdertorgasse ist er gesessen...«

Franz griff nach der Zeitung und las vor: »›Die Einlage ist eine beliebige, weil ich für eine Million täglich Verwendung habe‹... Heute hätte er gewiß für mehr Verwendung als für eine Million, aber es bringt sie ihm keiner. Und die vielen, die bei ihm ihre Spargroschen verloren haben! Bleib nur vorsichtig, Irene. Wenn sich zeigt, daß wir es überstehen werden, dann kommen sie alle und bieten dir Geld und Beteiligung an. Wir nehmen nichts auf, verstehst du? Nichts. Nur Aufträge lassen wir uns vorfinanzieren und geben dafür günstigere Konditionen. Hörst du mir überhaupt zu? Warum weinst du denn?«

Irene trocknete sich die Augen. »Weil du so tust, als kämen sie alle nicht wieder, der Ferdinand nicht und der Papa nicht... Wie kann man nur so sein, so ... so... kalt, so geschäftlich!«

Franz schwieg betreten. Er hatte tatsächlich nicht daran gedacht, daß der Kommerzialrat ja nur krank war, wenn auch schwer, und daß Irene ihren Mann täglich besuchen konnte.

»Verzeih, Irene... ich bin ungeschickt, das weißt du. Es ist vielleicht nicht allein meine Schuld. Der Ferdinand hat's richtig gemacht, der ist selbständig, der ist ein Mensch geworden, der hat eine Familie. Ich aber, neben dem Alten, ich bin die ewige Nummer zwei geblieben, das Arbeitstier, das nur im Werk etwas gilt. Und jetzt, da ich zeigen kann, was ich wert bin, weil die Lage scheußlich ist und weil ich ganz allein bin mit den beiden Firmen... Da hat's mich eben gepackt, und ich hab' laut vor mich hingedacht, in die Zukunft hinein. Selbstverständlich kommt der Ferdinand wieder, bald; bei Papa wird's länger dauern, er ist alt, aber zäh. Wenn es nur etwas anderes wäre. Die Cholera, ich weiß nicht, vor der hat er sich sein Leben lang gefürchtet, wo immer er herumgereist ist. Wir müssen viel an ihn denken, dann wird er schon durchkommen!«

Sebastian im Traum

Vier rote Rechtecke malte die Junisonne an die Wand des großen Salons, in dem Sebastian sein Bett hatte aufstellen lassen, und noch einmal vier an die gegenüberliegende Wand. Aus irgendeinem Grund glaubten alle Menschen, daß in Krankenzimmern die Vorhänge geschlossen sein müßten. Das hatte dem Schlafzimmer des Kommerzialrats nur eben soviel Licht und Luft gelassen wie etwa einer komfortablen Gruft, und Dworschak hatte mit den Krankenschwestern das Bett im Salon aufstellen müssen.

Da lag Sebastian nun, mitten in dem großen Raum mit dem dicken Teppich und den blaßblauen Tapisserien an den Wänden. An der Fensterseite rumorte leise die Prinz-Eugen-Straße, nicht zu laut, sie war schließlich eine vornehme Straße, in der sich ein Palais an das andere reihte und in der die Geräusche frei entweichen konnten, über den Belvederegarten hin. Und an der Innenwand, dort, wo das Palais so eigentlich erst anhob, da standen blutigrot die Schatten der Fenster, ihre Lichtspuren eigentlich, und manchmal huschte es dunkel über sie hin, aus irgendeinem unergründlichen Anlaß, einem Wagen, einem öden Passanten, ja vielleicht auch nur eines kleinen Hundes wegen.

In der Wohllebengasse, das hatte er sich einmal erzählen lassen, da wohnten die Heisinger auf einem alten Spitalsgrund. Jahrhundertelang waren im alten Wiener Bürgerspital die Leute krepiert, vielleicht auch an der Cholera, an der er sterben würde, und sie hatten das Gift zahlloser Krankheiten und Siechtümer in den Boden sickern lassen, auf dem jetzt seine Söhne lebten, sein Enkel heranwuchs, und ausgerechnet diese Straße hieß Wohllebengasse, als ob man auf soviel Tod und Elend gut leben könne, nur weil ein Bürgermeister diesen hochtrabenden Namen geführt hatte.

Und er, Sebastian, er verpflanzte nun das Spital hierher, in dieses fürstliche Haus, in das fürstliche Nebenhaus, denn das berühmte Auerspergpalais, wie die Wiener es kannten, lag ja eine Viertelstunde flotte Fiakerfahrt weit weg. Mit solch einem Nebenhaus durfte es ein Bürger aufnehmen, durfte es mit seiner Krankheit und seinem Tod erfüllen, ja hatte es mit ihnen schon erfüllt, denn der seltsam fade und süßliche Geruch, der in dem Salon lag, den hatte er niemals gerochen, solange er gesund gewesen war. Das war nicht der Dworschak, der war andere Gerüche gewöhnt, das waren die drei hurtigen Schwestern, die ihn Tag und Nacht weiß umwallten und mit ehrfurchtsvoller Sorgfalt umgaben, die ihm die kühlen Arme um den heißen Leib schoben, um ihn auf die Schüssel zu heben, die an seiner Brust herumtapsten, um das Fieberthermometer zu finden, und die dabei doch nicht einmal soviel Zärtlichkeit für ihn empfanden wie die dümmste kleine ungarische Siebmacherin für das Geflecht, das sie eben mit harten Fingern in der Arbeit hatte.

Ein großes, leeres Zimmer mit schwächer werdendem Sonnenlicht, das die rot dämpfenden Vorhänge kaum zu durchdringen vermochte und in einer Stunde erloschen sein würde – solch ein Zimmer war keine Gruft, gewiß nicht, aber es war ein Vorhof des Todes.

Sebastian dachte an den Tod, weil er sein Leben lang nicht an ihn hatte denken wollen und weil man sich doch ein wenig vorbereiten mußte. Dabei war der Tod, soviel sagte ihm sein zukunftsgerichteter Fabrikantenverstand, weit weniger wichtig als das, was nach ihm kam. Gewiß, es war ein ärgerlicher Durchgang, ein krampfender, schmerzender Schließmuskel, etwas Schäbiges und Erniedrigendes, dieses Sterben. Und von dem, was nachher kam, wußte er nur die Hälfte, weil Pfarrer Kappus immer nur von der Hölle redete. Redete? Donnerte! Sie war stets der Höhepunkt seiner Sonntagspredigt, und wenn dann alle Mütter und Töchter die Frisuren verschreckt auf das Sträußchen senkten, das sie am Busen trugen, dann hatte Kappus es nur noch mit den Männern zu tun, mit diesen Reichen und Arroganten, mit den in ihrer Minderheit stolz Gewordenen, die sich den Katholischen nicht gebeugt hatten und darum nun auch dem Pfarrer nicht beugen wollten. Aus diesen Duellen, die von der Seite des Auditoriums her stumm waren, wußte Sebastian einiges von den Höllenschrecken, aber er war überzeugt, daß man wegen der Fleischessünden nicht in die Hölle kommen würde. Wie lächerlich war alles, was man in diesem Bereich anstellen konnte, gegen die unbestrafte Schlechtigkeit seiner lieben Kollegen aus Industrie und Hochfinanz. Der Unterschied war nur, daß man das Fleisch sah, daß man es anfaßte und so seine Sünde in den Händen fühlte, an der Brust, am Bauch, während die große Sünde der anderen: die nach Tausenden zählenden ruinierten Familien jenes letzten Börsenkrachs am *Schwarzen Freitag*, die sahen die Herren in ihren schönen Wohnungen nicht, die fühlten sie nicht in den Händen oder am Körper. Bei diesen Sünden, dessen war Sebastian gewiß, war die jenseitige, die allweise ausgleichende Gerechtigkeit unerläßlich, denn ihr war mit keinem Anwalt beizukommen, mit keiner noch so großen Summe an Schmiergeld und nicht mit den besten Beziehungen. Und dann, wenn man sich erst in jener anderen Welt gegenüberstand, dann würde er die schmorenden Finanziers auslachen, die eifrig bestohlen und betrogen hatten, sich aber zu anständig dünkten, ein hübsches Dienstmädchen aufs Kanapee zu ziehen.

Vor einer Stunde war Kappus gegangen, festen Schrittes, in der unsichtbaren Rüstung eines Gottesstreiters. Mißbilligend hatte er Regula, die einzige Hübsche unter den drei Krankenschwestern angeblickt, als sie ihm errötend die Hand hatte küssen wollen, und in dem großen Saal stand noch, lautlos nachhallend, das tröstliche Abschiedswort des Unbeugsamen: ›Denken Sie daran, daß Sie reich sind, Herr Heisinger. Denken Sie an das Wort vom Kamel, das durch das Nadelöhr kommt, während dem Reichen der Himmel verschlossen ist. Tun Sie etwas, solange noch Zeit ist.‹

Ein wahres Wort. Er mußte etwas tun, solange noch Zeit war. Die vielen Entleerungen entkräfteten fürchterlich. Jerzabek, der ärarische Trottel, hatte die alte Feldschertherapie des Austrocknens befolgt, und das Fieber war über vierzig Grad gestiegen. Da hatte Sebastian sich starken Tee kochen lassen und trotz anhaltenden Brechreizes getrunken, und Regula machte ihm Kochsalzinfusionen, die Erleichterung brachten. Dennoch gab er sich keinen Illusionen hin. Das Herz hatte sich selbständig gemacht. Es hatte begonnen, sein eigenes Leben zu führen, widerwillig, trotzig, bald unendlich schwer, bald allzu leichtfüßig. In der Nacht schreckte es ihn aus dem Schlaf mit dröhnenden Doppelschlägen, und bei Tag zerrte es manchmal mit ihm herum, hing es in seinem Rippenbogen wie ein glühender Goldklumpen aus dem Märchen.

Es war, Kappus hatte recht, höchste Zeit, etwas zu tun. Aber was war das Rechte? Konnte er mit großer Geste seinen zweitausend Arbeitern etwas Gutes tun, ohne Franz zu schaden? Nein. Konnte er ihnen Wohnungen schenken, die Franz brauchen würde, um neue Arbeiter unterzubringen? Eine Schule konnte er bauen, mitten hinein in die Arbeitersiedlung auf dem Wienerberg, das war aber auch schon alles, und ein paar Lehrer besolden, die ein Herz für die verdreckten Kinder hatten, die vor den Fabriktoren spielten. Das war eine Idee, aber man mußte das Testament ändern, denn darin stand noch nichts dergleichen. Und wenn der Notar hiergewesen war, dann kam das andere, dann kam der Lohn der guten Tat, dann kam nach den Arbeiterkindern das Arbeitermädchen Regula Findeis, neunzehn Jahre alt, aus Margareten gebürtig, an die Reihe...

»Wenn Herr Kommerzialrat gestatten«, sagte der Notar, ehe er sich erhob, »möchte ich darauf hinweisen, daß es sich bei dieser Änderung Ihres Testamentes doch um ein ziemlich bedeutendes Legat handelt. Es wäre steuerlich günstiger, es aus dem Privatvermögen zu bestreiten und nicht der Firma aufzuerlegen.«

»Und wer soll dann die Schule erhalten, Herr Notar?« fragte Sebastian rauh. Es war die *vox cholerica,* das Sprechen mit trockener Zunge, und die Anstrengung ob des trockenen Patrons, der bei jeder Zeile, die er mitgeschrieben, den Kopf geschüttelt hatte. »Nein, die Schule muß ein Teil des Werkes werden und von ihm und mit ihm leben. Als Institution meiner privaten Wohltätigkeit würden meine lieben Erben sie nicht allzu lange am Leben erhalten, glauben Sie mir, Herr Notar!«

Und dann endlich kam Regula mit dem Tee, es war ihre letzte Dienstleistung, in einer halben Stunde würde sie an Schwester Mechthildis übergeben, die so alt und blaß war wie ihr Name und die ganze Nacht mit Leidensmiene neben seinem Bett sitzen würde.

»Regula, mein pausbäckiger Liebling«, sagte Sebastian leise, »hast du deine Lektion gelernt?«

»Welche Lektion, Herr Kommerzialrat?« fragte Regula, aber ihr tiefes Erröten zeigte ihm, daß sie sehr wohl wußte, was nun kommen werde.

»Die Hundert-Gulden-Lektion zur Abendstunde... so etwas vergißt man doch nicht?«

»Ich hab's auch nicht vergessen«, flüsterte Regula und begann, puterrot und scheu um sich blickend, die Schürze abzubinden. »Kommt der Dworschak auch gewiß nicht herein?«

»Sperr die Tür ab!«

Regula lief durch den Salon. Der gestärkte blauweiße Kittel rauschte in die Stille, und es war Sebastian wie ein Rauschen von Engelsflügeln. Der Tag stand noch vor den Fenstern, blaßrosa, spätabendlich, Sommersonne, die nicht scheiden wollte.

In diesem Licht, das keines mehr war, zog sie sich aus. Die steife Schwesterntracht stand neben ihr auf dem weichen Teppich wie ein Schneemann, ehe sie in sich zusammensank. Dann löste sie leise schnaufend die Bänder ihres Korsetts, warf es ab wie ein junges Pferd das Geschirr und schob schließlich die Hosen hinunter, über die Knie, stieg heraus.

»Komm her«, sagte Sebastian, »und zünde die Lampe an.«

»Nicht die Lampe, bitte nicht, Herr Kommerzialrat...«

»Dann die Kerzen, ja? Drei Kerzen auf dem Leuchter!«

Es war alles wie immer, es war ein Ritual, das Ritual seiner Mai- und seiner Juninächte, seit er krank lag und nicht sterben konnte, so lange die Krankheit ihn auch schon marterte. Um eins wechselten die Schwestern, so konnten zwei von ihnen zu Mittag essen, Regula hatte stets den Nachmittagsdienst von eins bis neun. Und abends gab es dann einen Kampf um jede Kerze. In der Nacht seines Todes, das wußte Sebastian, würden alle Lampen brennen rund um die nackte Regula, und Dworschak würde dabeistehen und die großen neunarmigen Leuchter halten, um dieses Naturkind endgültig von den zwei Ängsten seines Lebens zu heilen, der Angst von der Sünde und der Angst vor dem Tod.

»Komm nur... du tust mir nicht weh... du bist so heiß wie ich... ja... gut so...«

Sie saß auf ihm, und der Blick ihrer braunen Augen ging über ihn weg in irgendeine Ferne, in der sie zu Hause war. Er hatte sie nie gefragt. Es war anzunehmen, daß es ein junger Mann war, für den sie dies tat, und bis Sebastian starb oder genas, würde sie die Aussteuer beisammen haben, zweitausend, dreitausend Gulden, ein Vermögen für eine Krankenschwester, eine Gnade des Himmels.

Und für ihn, für Sebastian? Für ihn war sie groß, fest und glatt unter den Händen, ein wunderbares Tier mit der unbewußten Anmut einer Karyatide. An einem besonders heißen Tag hatte er sie den ganzen Nachmittag nackt herumlaufen lassen in dem großen Palast mit den vielen Zimmern. Sie war tausend Tode gestorben, weil sie sich nicht vorstellen konnte, daß nur sie und der Kommerzialrat zu Hause seien. Dworschak, der brave Gefährte, hatte einige Mühe gehabt, sich stets rechtzeitig zu verstecken, wenn die junge Venus durch die Zimmer und in die Küche stürmte, aber es war gelungen, und es war ein großer Tag gewesen.

Friedlich, im Rhythmus der Kuhglocken, schaukelten die Brüste der Schwester. Regula, was das wohl hieß? Die Regsame? Die Pünktliche? Die Verläßliche? Jedenfalls machte sie ihre Sache gut, und ihr pausbäckiges Gesicht rötete sich im frommen Eifer einer guten Schülerin. Nur das Gras fehlte und die Kornähren, dann war es so wie vor fünfzig, fünfundfünfzig Jahren im Piestingtal, wenn sie im Bach gebadet hatten und die großen Mädchen dann die kleinen Jungen in die Felder schleppten und ihnen lachend die Hosen herunterzogen. Er hatte nie begriffen, was sie daran so amüsierte, bis er eines Tages entdeckte, daß die armen Dinger von der Natur ja völlig anders ausgestattet worden waren: Haare, sonst nichts.

Zärtlich kraulte er das dunkle Vlies der feisten Regula. Ja, so kamen die Rätsel des Lebens auf einen zu, harmlos, arglos, verhüllt in Wassergespritze und Sommerspiele; und dennoch verschwanden sie nie wieder. Nicht einmal vergessen konnte man sie: Sie tauchten auf, wenn man es am wenigsten erwartete, und sie waren wieder da, wenn die große Seligkeit sich ausbreitete, diese aus den Tiefen heraufkommende, vertraute und doch immer wieder neue Seligkeit, die so kurz war und doch alles bedeutete.

»Bleib liegen, Regula ... komm zu mir, ganz nah ...«, bat Sebastian. Aber sie tat, als habe sie nicht gehört, fürchtete vielleicht auch die Ansteckung, von der ja niemand so richtig wußte, welche Wege sie nahm, und stieg vom Bett. Wie ein etwas zu dick geratener Arbeitsengel lief sie trampelnd mit dem Eimerchen aus dem Zimmer, um das warme Wasser zu holen, das sie vorsorglich aufgestellt hatte. Warmes Wasser! Es umgab ihn bei Tag und Nacht, es war eine Art Lebenselixier geworden. Und nur dies eine Mal, nach dem Abendspielchen mit Regula, da liebte er diese allzuweichen, allzufeuchten Lappen an seinem Körper, da zuckte er freudig erregt unter ihren absichtsvoll-ungeschickten Berührungen zusammen, da dehnte er sich noch einmal und umfing die rundliche Fromme an seiner Bettstatt mit dem satten Blick des eben befriedigten Mannes.

Aus dem Kästchen auf dem Nachttisch nahm er die Banknote. Regula knickste nackt mit der Grazie eines schönen weißen Kalbes und leckte ihm einen Kuß auf die Hand. Das also war das Ende eines reichen Mannes in Wien: nicht die Soubretten und nicht die Komtesserln, nicht die würdigen Witwen mit ihren geheimen Lastern und ihrer Bereitschaft zu allem und schon gar nicht das Märchen von der jungen Frau, die einen alten Mann um seiner selbst willen liebt. Nein, es war ganz anders. Die Wahrheit begrub ihn, den Millionär, unter Fieber und Gestank, und nur die Lust, die ihm diese eine für einen lächerlichen Brocken des Heisingerschen Vermögens verschaffte, nur diese Lust blinkte weiß durch Sebastians Traum vom Tod.

Eine feine Leich'

Während die Familie von der Todesnachricht nicht ganz unvorbereitet betroffen wurde und ziemlich gefaßt blieb, war der Dworschak noch am Tag darauf völlig verstört.

»Ich kann Ihnen nicht mehr sagen, Herr Franz«, berichtete er, als er am Morgen im Trauerhaus dem neuen Firmenchef und Familienoberhaupt gegenübersaß, »es war gegen neun, die Zeit, um die sonst die Nachtschwester kommt. Auf einmal gehen beide Türen vom Salon auf, ganz weit, und die Schwester Regula rennt heraus. Das heißt: Zuerst hab' ich sie gar nicht erkannt, denn – mit Verlaub zu sagen – sie hat überhaupt nichts ang'habt, und da schaut dann halt eine Krankenschwester ganz genauso aus wie ein anderes Weibsbild.«

»Ihnen ist doch klar, Dworschak, daß das niemand erfahren darf? Sie haben den Herrn Kommerzialrat doch sehr gern gehabt, Sie haben ihm viele Jahre gedient, und wir setzen Ihnen natürlich eine Pension aus, unabhängig von dem, was sich aus dem Testament für Sie ergeben wird ... aber wir müssen sicher sein, daß dieses jahrelange Treueverhältnis nun nicht endet, Sie verstehen, was ich meine?«

»Und ob ich das versteh', Herr Franz ... Was glauben Sie, wenn ich hätt' reden wollen. Da sind schon oft Herren gekommen, einmal sogar eine Dame, die haben die Guldenzettel so auffällig in der Hand g'habt und mich ausg'fragt. Das heißt, sie hätten gern. Aber ohne den Dworschak. Aber dem Herrn Ferdinand erzähl' ich dasselbe, da dürfen Sie nix dagegen haben, Herr Franz!«

»Das könnten Sie zwar eigentlich mir überlassen. Ich werde die Familie natürlich summarisch informieren. Aber vor allem: Wie ging's denn dann weiter?«

»Na, ich hab' die Regula aufg'haltn, wie man ein scheues Pferd einfangt; sie ist mir erst an die Brust gesunken, dann auf den Teppich niedergeglitten, mittlerweile hab' ich eine Diwandecke erwischt und ihr umgelegt. Da hat sie dann zu mir heraufg'schaut und g'sagt: ›Dworschak... jetzt is er tot, und iii... iii hab'n umbracht!‹ Dabei hat sie so starr in die Luft g'schaut, als ob sie ihn noch tät' fliegen sehen, den Herrn Kommerzialrat.«

»Fliegen?«

»Na, hinauf, in' Himmel!«

»Ach so...!« Franz schüttelte den Kopf. »So ein Sterben! Aber eigentlich mußte man auf irgend etwas dergleichen gefaßt sein. Sie sind dann mit ins Zimmer gegangen?«

»Ich hab' die Regula aufg'hobn und bin mit ihr in den Salon gegangen. Da ist der Herr Kommerzialrat am Rücken gelegen, halb abgedeckt, das Nachthemd am Hals weit offen, und hat zu die Engerln hinaufg'schaut, was am Plafond g'malt sind. Und da hab' ich g'wußt, dem hilft keiner mehr, der hat's überstanden, mit Verlaub zu sagen.«

»Das Weitere weiß ich von Doktor Jerzabek. Den hat wohl die Nachtschwester geholt?«

»Ja, die Schwester Mechthildis... die Regula war ja noch gar nicht an'zogn. Das hat aber niemand gemerkt. Denn wie die Mechthildis kommen is, da is die Regula ins Schlafzimmer verschwunden, ins alte Schlafzimmer, das der Herr Kommerzialrat nicht mehr hat benützen wollen, und hat sich dort an'zogn. Und wie dann der Doktor eingetreten ist, da war sie schon wieder ganz proper und hat vom Tee erzählt und so weiter. Der Doktor Jerzabek hat sie zwar ein bisserl lang ang'schaut, aber das haben die ehemaligen Militärärzte so an sich, wenn sie eine hübsche Krankenschwester sehen. Das muß nix Besonderes bedeuten.«

»Finden Sie?« fragte Franz amüsiert. Ein alter Genießer, und immerhin ein Fünkchen Heisingerscher Lebensweisheit. Von dem Mann war nichts zu befürchten, er war nicht dumm genug, sich ausfragen zu lassen, und nicht klug genug, aus dem, was er wußte, auf eigene Faust Kapital zu schlagen. »Sie haben das also nicht wörtlich genommen, daß die Regula den Herrn Kommerzialrat umgebracht hat?«

»Ich bitt' Sie, Herr Franz ...«, antwortete Dworschak und verdrehte die Augen, als spräche er von einem besonders guten Gericht, »bei dem Leben, was der Herr Kommerzialrat geführt hat ... Da hat ja eine die letzte sein müssen! Ich glaub', wenn der so einfach gestorben wär', an der Cholera oder an einer Fischgratn, das hätt' er nicht überlebt!«

Wenn Sebastian Heisinger auch auf die Weise gestorben war, die er sich gewünscht hatte, so hatte die schwere Krankheit diesen Tod doch gewiß zehn Jahre früher eintreten lassen, als sonst zu erwarten gewesen wäre, weil die Fieberanfälle das Herz eben arg geschwächt hatten. So kam also der Tod zu sehr ungelegener Zeit, in einen Krisensommer hinein und in einen Wust von Gerüchten.

Das mit den Gerüchten war natürlich merkwürdig. Dworschak hatte geschwiegen, das durfte man voraussetzen; Schwester Regula, wiewohl von der weltlichen Schwesternschaft, hatte allen Grund, es genauso zu halten, und murrte höchstens tief innerlich, daß alles so schnell gegangen sei. Auf diese Weise waren nämlich die dreitausend Gulden nicht ganz zusammengekommen. Es lag wohl in der Luft, und es war aus ihr heruntergeholt worden vom Flair der Wiener für alles, was nicht ganz in der Ordnung war, für alles, wobei man ein wenig raunen und raunzen konnte. So ein reicher Mann, und so ein geheimnisvoller Tod, mitten drin in einem Riesenpalais, und niemand sollte dabeigewesen sein? Die letzte Ölung, die war in diesem Fall ja nicht zu erwarten gewesen, das war nun einmal so bei der Hochfinanz, entweder waren sie Juden oder Protestanten oder so vornehm, daß sie einen Hauskaplan hatten, der nicht erst über die Gass'n rennen mußte mit den Sterbesakramenten. Aber auch sonst! Den Notar, den hatte man wohl ins Haus schlüpfen sehen, ganz heimlich, als gehe es um die Erbschaft für uneheliche Kinder. Oder war der Ferdinand im letzten Augenblick noch enterbt worden, weil er auf den Prinzen von Wales geschossen hatte?

Da half keine Richtigstellung, Wien hatte wieder ein Ereignis, und die Superklugen, jene, die in den Kaffeehäusern die Wahrheit aus klebrigen Lachen verschütteten Mokkas herauszulesen verstanden, die berichteten überhaupt, daß es gar kein natürlicher Tod, sondern ein Selbstmord gewesen sei, wegen der ungeheuren Einbußen, die der Kommerzialrat und seine Familie im jüngsten Börsenkrach erlitten hätten.

Angesichts dieser Sachlage, die von Dworschak, aber auch von den Firmenangestellen im Mezzanin getreulich reportiert wurde, stieß Franz im Familienrat auf einmütige Opposition, als er für eine eher schlichte Form des Leichenbegängnisses plädierte, da die Zeiten schwer seien und die teilnehmende Arbeiterschaft nicht durch besondere Prunkentfaltung vor den Kopf gestoßen werden sollte.

Olga und Mannagetta, denen das Firmenvermögen herzlich gleichgültig war, kämpften wütend und nach langer Zeit wieder einmal einmütig für eine *schöne Leich'* mit allem, was sich ein Bürgerlicher überhaupt leisten durfte, und selbst Ferdinand, von immer neuen Verhören gepeinigt und so blaß, als habe er diesen Sommer hinter Kerkermauern verbracht –, selbst Ferdinand sprach sich dafür aus, allen Gerüchten durch eine prunkvolle Veranstaltung entgegenzutreten und für ein paar eindrucksvolle Festredner zu sorgen, ja am besten auch für den Männergesangsverein.

»Mit dem hat Vater doch nie etwas zu tun gehabt!« verwahrte sich Franz erstaunt. »Soviel ich weiß, gingen die meisten Spenden an die Freiwillige Feuerwehr...«

»Dann soll eben die Feuerwehr singen«, rief Doktor Mannagetta. Man lachte, schluckte betroffen glucksend die Heiterkeit wieder hinunter und übertrug schließlich dem, der am wenigsten zu tun hatte, also Poldi Heisinger, die Durchführung der sinistren Feierlichkeit.

»Vom Maître de plaisir zum Pompfuneberer«, sagte Poldi bitter, »an das hätten wir wohl alle nicht gedacht bei dem großen Fest für den Hofrat Nechledil...«

»Bitte, Poldi!« bat Franz scharf. Das war der Tonfall des neuen Familienoberhauptes, man würde sich an ihn gewöhnen müssen.

»Na ja...«, sagte Poldi versöhnlich, aber nicht versöhnt, »weil's wahr is...!«

In den nächsten Tagen hatte niemand so viel zu tun wie Dworschak. Franz hatte ihm zwar aus der Fabrik ein paar Frauen geschickt, und die Damen aus dem Büro halfen auch, wo sie konnten, aber es blieb eine gewaltige Aufgabe, den heidnischen Palast des Kommerzialrats in ein würdiges Trauerhaus zu verwandeln. Anderswo mochte es genügt haben, die Spiegel zu verhängen und ein paar weiche schwarze Läufer auszurollen, die das Licht und die Geräusche dämpften. Hier aber, wo ein reicher Witwer genau das getan hatte, was alle tun wollen, nur wegen Geldmangels unterlassen, hier mußten an allen Treppenabsätzen üppig-nackte Steindamen schwarz verbrämt werden, und was der Kommerzialrat in den letzten zwanzig Jahren an Kunst gesammelt hatte, das war vielleicht die Zierde des Pariser *Salons de Peinture* gewesen, in Dworschaks Augen aber waren es nur vornehme Schweinereien.

»Schaun Sie sich das an, Herr Leopold«, bat er beim ersten Rundgang, »lauter Sklavinnen und Haremsdamen und hingestreckte Schäferinnen ... sollen wir die einfach zur Wand drehen, das schaut doch auch nix gleich; und wenn man's ganz wegnimmt, bleiben helle Flecke auf den Tapeten.«

»Merkwürdig«, sagte Poldi, der seit Jahren keinen Rundgang im Palais mehr gemacht hatte, »da hängen die Bilder, von denen offensichtlich niemand weiß. Diesen Chassériau muß er in Paris gekauft haben, der war nie auf einer Ausstellung ... Und hier« – er trat ganz nah an ein großes Gemälde heran –, »hier hat er den Maler dazu gebracht, seine *Andromeda* selbst für ihn zu kopieren, das muß Unsummen gekostet haben, und niemand wird es uns glauben ... Und soviel Boulanger ... Dworschak, da brauch' ich einen Schnaps.«

»Gefällt es Ihnen nicht, Herr Leopold?«

»Gefällt es Ihnen, Dworschak?«

Der alte Arbeiter überlegte. »Ach, wissen Sie, Herr Leopold, ich leb' ja jetzt schon viele Jahre mit diesen Bildern. Ich kenn' sie alle vom Abstauben, ich hab' sie mir oft recht ausdauernd angesehen. So wirklich schlecht ist keines davon, nur alle miteinander, eines neben dem anderen, ich weiß nicht, irgendwie muß ich da immer an das Schaufenster vom Gerstner denken: zuviel Süßigkeiten!«

»Das ist es!« seufzte Poldi und kippte seinen Obstler hinunter. »Und doch, wie das Zeug da hängt, ich könnt' mich damit sanieren. Deswegen werden wir's schön drapieren, nicht von der Wand nehmen, da glauben sie alle, was Wunder für unanständige Schinken der Papa da hängen hatte, und wollen sie dann haben. Wir drapieren mit schwarzem Flor immer quer über die Popos und die Schamhaare, und wenn's nicht sein muß, führen Sie niemanden von der Familie hier hinauf: das bisserl Erbschaft kann mir der Papa schön gönnen, denk' ich!«

Der dritte Tag nach Sebastians Tod war so grau und kühl, daß man sich im November wähnen konnte, nicht im Juni. Aber so ist das manchmal in Wien, wenn das Schlechtwetter aus dem Mittelmeer heraufkommt und die Kühle von der Nordsee dazu. Da schimpfen dann die Wiener auf die Italiener und auf die Preußen und holen den Sommerpaletot aus dem Kasten, weil in Wien doch immer soviel Wind weht, daß die Regenschirme allein nichts nützen.

Die Herren von Beilstein und Blumentritt hatten gleichwohl hervorragende Arbeit geleistet, wie es sich bei einer Fünftausendguldenleich' auch gehörte. Die schwarzen Teppiche liefen nicht nur düster wie geronnenes Blut die Prunktreppen herunter, sondern auch noch auf die Straße hinaus. Das barocke Tor mit seinem Figurenschmuck war schwarz verhängt, und am liebsten hätte Herr Blumentritt, der die Dekoration persönlich leitete, den Karyatiden Fackeln irgendwohin gesteckt, wäre die Feuersgefahr angesichts der wehenden Trauerschleier nicht zu groß gewesen.

Auf der Straße standen die Menschen schon seit dem frühen Morgen, obwohl doch jeder wußte, daß vor zwei Uhr der Katafalk nicht zum Matzleinsdorfer Friedhof aufbrechen würde. Keine Gegend übrigens für einen toten Kommerzialrat, aber was wollte man machen: Der alte evangelische Friedhof war in den alles umstürzenden Baumaßnahmen rund um die Basteien und die Ringstraße verschwunden. Man mußte Gott danken, wenn man niemanden auf diesem Gottesacker gehabt hatte; und der neue große Friedhof draußen beim Dreher, auf den Brauereigründen, der war erst im Werden.

Dworschak und sein Säuberungsbataillon hatten schon vor

dem Morgengrauen die Reste jenes Strohs beseitigt, das in den Wochen der schweren Krankheit des Herrn Heisinger hier ausgestreut worden war, um die Geräusche der Wagenräder zu dämpfen.

»Wegen mir brauchst das nicht zu tun, Dworschak«, hatte der Kommerzialrat einmal gesagt, »ich hab' mein Leben in Werkshallen zugebracht, mich stören Räder nur, wenn sie stillstehen!«

Aber weil es sich so gehört bei einem Kranken von Distinktion, hatten sie eben das Stroh aufgelegt, und die Kutscher waren mit einem scheuen Blick auf das Palais langsamer vorbeigefahren. Mit diesem Stroh wehte die letzte Erinnerung an die guten Tage weg. Es schrumpelte feucht und faulte am Straßenrand, im Rinnstein, und Dworschak konnte sich des unguten Gefühls nicht erwehren, daß er mit diesem Stroh irgend etwas zu tun habe, mehr jedenfalls, als er zu begreifen vermochte.

Um zwei Uhr erschien der Trauerportier, ein großer Herr mit einem Zweispitz, und wenn man ihm zu nahe kam, so merkte man, daß sich der Geruch des Todes bei ihm mit einer beträchtlichen Portion Sliwowitz vermengte. Aber es kam ihm niemand nahe, denn die kleinen Leute auf der Straße wichen ehrfurchtsvoll zurück, und die Trauergäste, die sich bei einem beruhigenden Glas Sooser Roten im Palais versammelt hatten, für die war selbst so ein Trauerportier nur ein auffällig gekleideter Niemand.

Dann gingen die Flügel des großen Tores auf, die Tschakomänner mit ihren Fackeln nahmen Aufstellung, und der Sarg wurde herausgetragen.

Franz Heisinger führte die Tante Eugenie, die letzte noch lebende Schwester des Kommerzialrats, die aus Ischl gekommen war; Ferdinand ging mit seiner Schwester Olga, Irene und Doktor Mannagetta als Angeheiratete beschlossen die Gruppe der engeren Familie. Poldi war zum Friedhof vorausgefahren, um dort nach dem Rechten zu sehen.

Der Weg zur Matzleinsdorfer Linie war nicht sonderlich weit; sobald der neue, große Friedhof eröffnet sein würde – man hatte es den Wienern für 1874 versprochen –, war es aus mit dem feierlichen Schrittfahren. Da mußten die Leichenwagenpferde dann so hurtig traben wie die Fiaker, damit die trauernde Gesellschaft noch vor der Nacht wieder in der Stadt zurück sein konnte. Sebastian war also einer der letzten, die noch in den Genuß eines wohlgemessenen Beisetzungsschrittes kamen, wenn auch niemand sagen konnte, ob er es nicht lieber ein wenig flotter gehabt hätte.

So rumpelte also der Wagen, einer mit dem Sarg, fünf mit den Blumen und dann die vielen, vielen mit den Trauergästen, die Prinz-Eugen-Straße hinaus und weiter, am Südbahnhof vorbei, an die alte Vorortelinie bei Matzleinsdorf.

Dort hatten sich die Arbeiter vom Wienerberg versammelt; wozu sollten sie in die Stadt hineinmarschieren, es hätte ausgesehen wie eine Demonstration, und hierher hatten sie nur eine halbe Stunde zu gehen. Als der Zug herannahte, zogen sie die Mützen vom Kopf, nahmen die Hüte ab und die Pfeifen aus dem Mund, und die Frauen in ihren Kopftüchern bekreuzten sich. Viele schluchzten, ja manche knieten am Straßenrand in Feuchtigkeit und Schmutz nieder, als käme hier nicht der tote Chef vorbei, sondern ein Mitglied des Erzhauses oder die Fronleichnamsprozession.

Mannagetta stieg aus und reichte Irene die Hand.

»Heute gehörst du mir, schöne Schwägerin«, sagte er dabei, und ließ die Hand, mit der er sie stützte, viel zu lange an ihrem Oberarm.

»Hältst du das für den richtigen Augenblick?« fragte Irene mehr überrascht als erbost, denn ihr war nie aufgefallen, daß der Doktor etwas an ihr fand. »Du brauchst vermutlich immer besondere Anlässe für deine Galanterien?«

Mannagetta biß sich auf die Lippen. Alle wußten es, alle wußten über seine Ehe Bescheid. Es gab nichts, gar nichts, was Olga verschwieg. Sie redete zu allen und über alles. Und dieses Prachtweib von fünfundzwanzig Lenzen gehörte dem faden Möbelmacher und kam sich unendlich erhaben vor über ihn, einen Wissenschaftler, den einzigen Akademiker in der ganzen eingebildeten Sippschaft.

Tiefverschleiert trat Mizzi auf Irene zu und brachte ihr Peter Daniel, dem die Trauergesellschaft im Palais erspart geblieben war.

Er trug seinen dunklen Matrosenanzug und darüber eine schwarze Pelerine, die Irene ihm aber nun abnahm und in den Wagen legte, weil es aufgehört hatte zu regnen.

»Komm, mein Kleiner«, sagte sie und reichte ihm die Hand, »jetzt bist du mein Herr und gehst mit mir.« Mannagetta würdigte sie keines Blickes, aber sie fühlte, daß er ihr nachsah. Es war, zu dieser Stunde und bei dieser Gelegenheit, ein geradezu obszöner Blick, den sie auf sich fühlte. Sie zog ihren Sohn an sich heran. »Wenn der Papa einmal fort muß«, sagte sie, »dann wirst du mich beschützen, nicht wahr, Peter Daniel?«

»Aber der Papa muß ja gar nicht weg, der ist ja noch jung!« widersprach Peter Daniel und zog seine Mutter zu der Aufbahrungshalle. Dort nämlich war die Feuerwehr angetreten, eine Kapelle mit blitzenden Instrumenten, und Mizzi, die seit Drummonds Tod nicht aus den Trauerkleidern herausgekommen war, erklärte Peter Daniel die Flöten und Trompeten, so gut sie konnte, damit ihm die Wartezeit bis zum Eintreffen der Wagen nicht zu lang werde.

Unter den Klängen eines düsteren sinfonischen Satzes, den niemand kannte, setzte sich der Zug zur Familiengruft in Bewegung. Sebastian hatte es so bestimmt, und es war sehr schwierig gewesen, die Noten dieser erst seit wenigen Jahren existierenden Sinfonie in c-Moll überhaupt aufzutreiben; sie stammte von einem Herrn Anton Bruckner, und der Kapellmeister der Freiwilligen Feuerwehr sagte, wenn der Herr Kommerzialrat nicht immer ein so großes Herz für die Freiwillige Feuerwehr von der Wieden gehabt hätte, keine zehn Pferde hätten ihn dazu gebracht, mit seinen braven Musikern solch ein Durcheinander einzustudieren. So sorgte Sebastian noch auf dem Matzleinsdorfer Friedhof für einen gelinden Skandal.

Als, vor dem Erbbegräbnis angelangt, die Feuerwehrkapelle mitten im Satz und mit sichtlicher Erleichterung die Instrumente absetzte, kam die große Stunde des Pfarrers Kappus, sein später Triumph über den Freigeist Sebastian Heisinger, und es kam ihm bei aller Stimmgewalt und allem Drohgedröhne nicht einen Augenblick in den Sinn, daß der, über den er hier sprach, inzwischen sehr viel mehr über das Jenseits wußte als der bestunterrichtete Theologe. »So geh denn hin, du allzu fröhlicher Bruder«, rief Kappus und reckte den Talarärmel über die große Gruft in den regnerischen Nachmittag, »geh hin in eine Welt, die du nicht kennen wolltest und die eines Tages doch jeder von uns kennenlernt. Empfange die Vergebung deiner Sünden vom Allmächtigen, der dir ein Leben lang kummervoll ins Herz geblickt hat und der in seiner Großmut auch dich jetzt an die Brust nehmen wird, weil er der Gott des Verzeihens ist. Uns hier unten, uns Freunden des Toten und seiner Familie, uns bleibt die Aufgabe, aus diesem Gedenken zu tilgen, was übel ist, und nach dem zu suchen, was der Erinnerung wert erscheint, damit dieser alte Mann seinen Nachfahren und seinen Untergebenen dereinst doch noch ein Vorbild werde!«

Unter den unsicheren Blicken der Partieführer, die hinter der ersten Reihe der Familie die Gruft umstanden und mit der Predigt nichts anzufangen wußten, warf Kappus symbolisch ein wenig Erde in die sauber gefegte Tiefe der Gruftkammer, dann wandte er sich ab, ohne Franz Heisinger die Schaufel weiterzureichen. Als dann auch Franz Heisinger ein paar Körner Erde auf den Sarg geworfen hatte und zu Kappus trat, sagte der Pfarrer leise:

»Sie legen ja gewiß keinen Wert auf meine Anwesenheit bei der Trauerfeier?«

»Nicht den geringsten«, antwortete Franz unbewegten Gesichts, »und auch sonst wird sich allerlei ändern. Aber darüber bei besserer Gelegenheit. Sie können meinen Wagen nehmen, dann sehen wir Sie wenigstens nicht mehr hier auf dem Friedhof, und es gelingt mir vielleicht, Ihre Worte zu vergessen.«

Es gelang ihm nicht und es gelang den anderen nicht, soweit sie Kappus überhaupt verstanden hatten. Die Wiener, und das waren sie ja so gut wie alle, hatten an dem windigen Tag nämlich reichlich Mühe gehabt mit dem verwehten Preußisch des Herrn Pfarrers, und die Arbeiter hatten überhaupt nicht begriffen, was man ihrem Kommerzialrat in die Schuhe schieben wollte.

Als Bednarik, der alte Heizer, auf Franz zutrat, um ihm im Namen der Belegschaft zu kondolieren, versuchten sie beide, der Chef wie der Arbeiter, über die unerwartete Beschämung des Toten hinwegzukommen, aber während Franz noch überlegte, wie er Bednarik klarmachen sollte, daß Sebastian und Kappus ein Leben lang gegeneinander gekämpft, ja gerungen hatten, sagte der Heizer, der seine Mütze in den Händen drehte, leise:

»Machen Sie sich nichts draus, Herr Franz... oh, pardon... Herr Chef, wir wissen schon, warum die geistlichen Herrn so bös auf den Kommerzialrat sind... Es ist wegen der Häuser und dem Sportplatz, und die hätten doch lieber ihre Kirchen gebaut... Lassen Sie den nur schimpfen, und wenn Sie's so machen wie der Herr Papa, dann werden Sie auch einmal keinen Segen brauchen, um in den Himmel zu kommen!«

Trüber Sommer in Wien

Die Eröffnung des Testaments brachte keine nennenswerten Überraschungen, selbst Pfarrer Kappus hatte richtig vermutet: Neben jener Stiftung für eine Werksschule mit Kindergarten und eine Arbeitersportanlage fand sich lediglich eine vergleichsweise geringe Summe als Grundstein für ein Bethaus auf dem Wienerberg, dessen Bau damit in weite Ferne gerückt worden war. »Allein aus den Kirchensteuern, die ich im Laufe meines Lebens entrichtete«, sagte Sebastian im Testament, »wäre solch ein Bau leicht zu bestreiten gewesen, weswegen ich hier eigentlich nur einen letzten Anstoß zu geben brauche. Sollte eines Tages ein Pfarrer auf dem Wienerberg tätig werden, so wird er sich gewiß freuen, gesunde und fröhliche Kinder um sich zu haben, wofür zu sorgen mir dringender erschien und wohl auch mehr in meiner Verantwortung als Fabriksbesitzer lag.«

Die großen Abgrenzungen der Vermögensverteilung waren mit den Söhnen längst besprochen gewesen; Franz erhielt 50 Prozent, Ferdinand 25 Prozent, die er jedoch bereits belastet hatte, um seine Möbelherstellung begründen zu können, Poldi und Olga teilten sich das letzte Viertel, von dem sie jedoch nur den Nutzgenuß hatten; zu Verkäufen ihrer Anteile waren sie nicht berechtigt. Für sie brachte Sebastians Tod dennoch eine entscheidende Besserstellung, weil

Poldi bis auf ein paar Erinnerungsstücke, die sich Franz, Ferdinand, Irene und Olga aussuchen durften, alle Kunstgegenstände des Stadtpalastes erbte, und Olga eine reizende kleine Villa in Hietzing, von der niemand etwas gewußt hatte.

»Das Fräulein von Kutschera wird schön blöd schauen!« hatte Dworschak nur sibyllinisch geäußert, woraus Olga Mannagetta scharfsinnig folgerte, das hübsche kleine Haus mit dem reizvoll verwilderten Garten sei das Liebesnest des Kommerzialrats mit der Soubrette gewesen, auf das sich diese vermutlich Hoffnungen gemacht hatte. Dem war aber nicht so, und vielleicht war daran die Cholera nicht ganz unschuldig. Sie hatte die Kutschera nämlich mit panischer Angst erfüllt; die rassige Soubrette hatte sich in den letzten acht Wochen von Sebastians Leben überhaupt nicht mehr blicken lassen, und so war Regula eingesprungen und eine hübsche Position im Testament freigeworden.

Als man nach dem Notariatsakt bei einem beruhigenden Apéritif in der Wohllebengasse beisammen saß, stellte sich heraus, daß nicht nur das Fräulein Kutschera die Cholera fürchtete.

»Da ziehst du jetzt wohl bald ins Palais hinüber?« erkundigte sich Irene, als Franz die Familie in seinen Salon führte.

»Ihr wollts mich also aus dem Haus haben?«

»Keineswegs... aber sollen in der Prinz-Eugen-Straße zwei Etagen leer stehen?«

Franz forderte auf, Platz zu nehmen und schenkte den Sherry ein.

»Die Zeiten für Palastwohnungen sind vorbei, glaube ich«, sagte er dann. »Natürlich darf nichts überstürzt werden. Wenn die Firma das Palais jetzt aufgibt, so erhalten Gerüchte über Vaters Tod neuen Auftrieb, und wenn unsere Banken bisher auch vernünftig geblieben sind und sich mehr an die Bilanzen gehalten haben als an solche Redereien, so darf man die psychologische Wirkung eines spektakulären Verkaufs doch nicht unterschätzen. Ich denke zunächst an eine unauffällige geschäftliche Nutzung des geräumigen Bauwerks. Die Büros wurden uns ohnedies zu klein, in der Beletage ließen sich auch gut Ausstellungs- und Konferenzräume einrichten, und in den darüberliegenden Stockwerken, also dem dritten und der Mansarde, bauen wir ganz heimlich ein paar Wohnungen für Angestellte aus; so kommt niemand Fremder ins Haus, die Repräsentation der Firma wird erhöht, und ich bleibe bis zu meiner Verheiratung hier in der Wohllebengasse.«

Das klang nun sehr nach einem Knalleffekt, aber es stellte sich sehr schnell heraus, daß Franz, inzwischen neununddreißig Jahre alt, eine rein grundsätzliche Bemerkung zu seiner Lebensplanung gemacht und noch keine Braut gewählt hatte.

»Nein, nein... und wenn, würde ich es gewiß nicht gerade jetzt bekanntgegeben haben. Ich meine nur: Solange ich Junggeselle bin, ist die Stadtwohnung für mich ebenso angenehm wie die Nähe des brüderlichen Haushalts, die Personalgemeinschaft mit Ferdinand und Irene und so weiter. Erst wenn ich einen eigenen Hausstand habe, wird man neue Überlegungen anzustellen haben, und die werden dann ganz gewiß eine größere Veränderung bringen, vermutlich eine Villa mit einem schönen Garten draußen in Hietzing.«

»Der ärgert sich, daß wir die Villa gekriegt haben!« flüsterte Olga ihrem Mann zu; Doktor Mannagetta aber hatte nur Augen für Irene, die in einem schlichten schwarzen Kleid, mit einem schüchtern-koketten kleinen Ausschnitt und dreiviertellangen Ärmeln, jung und blühend in der bedrückten Runde saß wie ein Sinnbild jenes Lebens, das sich nicht zurückdrängen oder unterdrücken läßt, sondern tatsächlich weitergehen und weiterblühen muß, was immer sich auch ereignet.

»Laß ihm doch die Villa!« zischte Mannagetta zurück. »Wenn er uns dafür seine Haushälfte in der Wohllebengasse gibt! Was machen wir denn da draußen, ohne Kinder...«

»Oh, bitte!« Olga wurde blaß vor Wut. *»Ich* habe ja ein Kind, und für dieses Kind ist der Garten in Hietzing sehr viel wichtiger als für uns das Zusammenleben mit Ferdinand und Irene...«

Als sie den Namen aussprach, ging ihr plötzlich ein Licht auf. Das war daran zu erkennen, daß sie mit einem ganz anderen, verstehenden Blick die schöne Schwägerin und den Gatten umfing. Irene war offensichtlich kein Vorwurf zu machen; von ihr ging nichts anderes aus als die unbewußte und unvermeidliche Attraktion eines jungen Leibes, der gegen die Trauerkleidung ankämpft. Mannagetta aber verschlang Irene mit den Augen, und es war unschwer zu erkennen, welche Gedanken dabei durch seinen Kopf gingen.

»Wenn ihr nichts mehr für uns habt«, sagte Olga, »dann gehen wir, damit der Bub nicht so lang allein ist. Der Doktor Prunlechner hat ja alle Vollmachten, und aus der Welt sind wir auch nicht.«

»Du mußt nur noch das Erinnerungsstück aussuchen, Olga«, bat Poldi, der sich an der allgemeinen Diskussion bislang nicht sonderlich beteiligt hatte.

»Mit anderen Worten: Du willst möglichst bald wissen, was du verkaufen kannst?« fragte Olga spitz zurück.

Poldi warf Ferdinand und Irene einen hilfesuchenden Blick zu.

»Die Sache liegt ganz anders...«, erklärte Ferdinand, »nicht der Franz will hier ausziehen, sondern der Poldi, und es liegt nahe, daß er sich im Mansardenstockwerk vom Palais eine neue, größere Wohnung einrichtet, an der Gartenfront auch ein großes Atelierfenster ausbricht und sich eben ein wenig großzügiger etabliert. Und da muß er natürlich wissen, über welche Mittel er verfügen kann und welche Kunstwerke er selbst in die neue Wohnung nimmt.«

»So nach und nach kommen die Sensationen ja doch noch!« stellte Olga fest. »Nett, daß ich das wenigstens jetzt erfahr', wo ich eigentlich schon gegangen bin. Aber bitte, wir haben ja auch nicht schlecht abgeschnitten und begnügen uns daher mit einem einzigen Bild ... mit dem Salvator Rosa.«

»Natürlich das wertvollste Stück!« brummte Franz.

»Tu dir nichts an! Das Bild ist doch fast schwarz. Das ist so stark nachgedunkelt, daß man erst ein paar Schichten abwaschen lassen muß, ehe man etwas sieht ... Die Restaurierung kostet wahrscheinlich mehr, als das Ganze wert ist!«

»Wenn es tatsächlich ein Salvator Rosa ist, besteht diese Gefahr natürlich nicht«, sagte Poldi und machte eine Notiz in ein kleines Buch. »Aber wie ich den Papa kenn' ... pardon: so wie ich ihn in Erinnerung hab', kann es sehr gut sein, daß unter der obersten Couche ein Werkstattbild zum Vorschein kommt.«

»Das sagst du doch nur, weil du das Bild selbst behalten möchtest!« schrie Olga. Sie hatte sich wieder gesetzt, während Mannagetta wartend an der Tür stand, und schien entschlossen, den Kampf rücksichtslos durchzuführen. »Du willst den Salvator Rosa, weil du weißt, daß diese ganzen geilen französischen Schinken nichts einbringen!«

Poldi zuckte die Achseln. »Da ich als einziger ein bisserl was von der Malerei verstehe, halte ich es für meine brüderliche Pflicht, dich vor einer möglichen Enttäuschung zu bewahren. Salvator Rosa hat in den letzten Lebensjahren, aus denen das Bild stammen muß, gesundheitliche Schwierigkeiten gehabt. Er mußte Berufungen nach Frankreich und Schweden ablehnen, er war vermutlich lungenleidend und hatte mit Sicherheit eine Augenschwäche, die ihn sehr behinderte. Er hat sich ganz einfach helfen lassen müssen ... und das setzt den Wert der Bilder, bei denen dies erkennbar wird, naturgemäß herunter. Wenn es dir nur ums Geld geht, was entschuldbar wäre, denn es hat eben nicht jeder eine eigene Beziehung zur Kunst, dann wärst du mit einer der kolorierten Skizzen von Puvis de Chavannes viel besser dran, der Mann ist in Mode und sofort verkäuflich!«

»Olga will sich zweifellos mit jemand anderem auch noch beraten«, sagte Ferdinand vermittelnd. »Laß ihr Zeit, Poldi. Ich schlage vor, daß wir uns am Sonntag alle bei Olga in Hietzing treffen, ich schicke das Personal voraus, das uns ein Picknick zubereitet, schließlich kennt das Haus noch keiner von uns näher, und jetzt im Sommer ist es sicherlich für uns alle viel angenehmer, dort draußen beisammen zu sitzen als hier, in der Wohllebengasse!«

Den eigentlichen Grund für Poldis Auszug aus der Wohllebengasse und die bevorstehende Vergrößerung von Ferdinands Wohnung hatte die Familie allerdings auch an jenem Hietzinger Sonntag nicht erfahren: Irene erwartete, nach einer Pause von beinahe acht Jahren, wieder ein Kind. Wenn es zur Welt kam, würde Peter Daniel neun Jahre zählen und vor dem Eintritt ins Gymnasium stehen. Er sollte sein eigenes Dachstübchen erhalten und einen Raum, in dem er mit Freunden lernen oder spielen konnte. Denn er beklagte sich schon heftig, daß es in der ganzen Wohnung kein Zimmer gab, in dem er ein wenig Unordnung machen und auch einmal etwas lauter werden durfte.

Geplant war das natürlich nicht gewesen, wer plant seine Familie schon in Intervallen von acht Jahren? Aber erstens war Irene ja noch sehr jung, und Peter Daniel, der nun immer mehr mit anderen Kindern spielte, nicht nur mit Franzi und der kleinen Baronesse Seebenprugg, sondern auch mit Buben aus der Wohllebengasse, entzog sich ihr immer öfter, wenn sie ihm über das Haar strich oder ihn an sich drücken wollte.

»Was hast du denn?« fragte sie dann traurig. »Es sieht uns doch keiner von deinen Freunden. Und wenn auch – ich bin doch deine Mutter!«

»Natürlich bist du meine Mutti«, antwortete Peter fröhlich und drückte ihr einen herzhaften Kuß auf die Wange, »aber ich bin eben ein Bub und kein Mädchen, und Buben schüttelt man nur die Hand!« Dann lachte er laut und vielleicht auch ein wenig verlegen, machte sich los und sauste hinunter in den Hof zu Rothmann oder zu der kleinen Kinderschar, die er in heftigen Rivalitätskämpfen gegen das Baronesserl anführte.

Irene also hatte sich nicht sehr nachdrücklich gewehrt, als Ferdinand in diesem Sommer immer zärtlicher wurde, immer häufiger ihre Nähe suchte und schließlich ohne sie gar nicht mehr einschlafen konnte.

»Du hast Angst vor dem Prozeß?« sagte Irene ahnungsvoll, als er wieder einmal früher als sonst in ihren Armen lag. Die Fenster standen weit offen, der Juniabend blickte ins Zimmer, die Dächer schimmerten ein wenig feucht vom Abendtau.

»Vielleicht ist es Angst, vielleicht weniger – nämlich ein Unbehagen, vielleicht aber auch mehr: eine Ahnung von Unheil. Was da auf uns zukam, aus der Heiterkeit eines Sommers in der Normandie auf einmal da war und in unser Leben eingriff, das hatte auf rätselhafte Weise Kraft, vom ersten Augenblick an. Ich spürte diese Kraft schon am Strand von Dieppe, ich fühlte, daß wir alle auf einmal zu Objekten des Schicksals wurden. Zunächst amüsierte es mich, dem zuzuschauen, und es war auch amüsant. Ich gestehe auch, daß es mich amüsiert hat, weil es dich ärgerte, weil unsere Mizzi das alles heraufbeschwor, und die Badeanzüge meiner Damen, und weil alles so absurd war, daß man es nur als ein Spiel ansehen konnte. Jetzt aber sind mir die Augen aufgegangen. Von einem Verhör zum anderen habe ich mehr und deutlicher erkannt, daß so etwas kein Zufall mehr ist. Irgend etwas ist damals aufgebrochen, fern im Nordwesten, in Schottland, um unser Glück zu vernichten.«

»Aber Ferdi!« Irene drückte sich eng an ihn und ließ ihn ihre Wärme fühlen. Sie wußte, daß es ihm guttat, daß es ihn beruhigte und daß es das einzige war, was sie tun konnte, weil nämlich sie auch nicht frei von Angst war. »Du siehst Gespenster«, sagte sie dennoch und ein wenig wider besseres Wissen, »das waren Zufälle, sonst nichts!«

»Es gibt keinen Zufall, der das alles zuwege bringt«, beharrte Ferdinand. »Soll ich sie dir aufzählen, diese Kette an Zufällen, die nötig war, um Drummond nach Dieppe zu bringen, Mizzi nach Dieppe zu bringen, die irischen Attentäter aufmerksam zu machen, ihnen meinen Ausstellungsstand zu empfehlen, und so weiter? Nein, Irene, wir waren zu glücklich. Und ich möchte diesem Glück noch eine kleine Nachlese abgewinnen...«

Und so hatte sie, verwirrt und bestürzt und dadurch hilflos, ohne viel nachzudenken jenen winzigen Schritt getan, der eigentlich kein Schritt ist, sondern ohnedies nur ein unendlich wohliges Geschehenlassen, und es war, durchaus abweichend von der Regel des Wiener Bürgertums, zu einer Vorurlaubsempfängnis gekommen, die nicht in einem Ischler Hotelbett oder in einer Nobelpension von Bad Gastein stattgefunden hatte, sondern mitten in der sommerlich heißen Kaiserstadt.

»Mit dem werden wir zu tun kriegen«, sagte Ferdinand scherzhaft, als der Hausarzt die Schwangerschaft bestätigte, »das wird ein Widder!«

»Wie sicher du schon wieder bist, daß es ein Bub wird!« protestierte Irene. »Ich bilde mir ein, es wird ein Mädchen, jedenfalls fühle ich mich ganz anders als bei Peter Daniel, nicht so gut, schon glücklich, aber ein bisserl vage...«

Als nach dem Hietzinger Sonntagspicknick dann die Familie in die Ferien fuhr – Olga mit dem riesigen Salvator Rosa im Gepäck, den sie in Linz restaurieren lassen wollte –, da mußten Ferdinand und Irene und natürlich auch Peter Daniel in Wien bleiben. Kommissar Sklenka hatte mit der größten Höflichkeit, aber doch in eindeutigen Wendungen gebeten, die Hauptstadt nicht zu verlassen, die Entscheidung über die Einleitung des Verfahrens stehe unmittelbar bevor, man werde noch vor den Gerichtsferien Klarheit erhalten.

Diese Klarheit brachte im Juli endlich ein Gespräch mit dem offensichtlich speziell für diesen Fall aller anderen Aufgaben entbundenen Kriminalrat, einem Doktor von Smetana, der unumwunden zugab, weder Wien noch die Familie Heisinger zu kennen.

»Ich war ein junger Offizier, wurde bei Sadowa verwundet und habe danach studiert. Aufgrund einer alten josefinischen Regelung zugunsten der Militärpersonen mußte mir der Magistrat eine Ratsstelle geben ... widerwillig genug, wie Sie sich denken können ... Und gleich als erster Fall wurde mir die Angelegenheit des Attentats vom Eröffnungstag der Weltausstellung zugeteilt, offensichtlich in der Annahme, daß ich mir an Ihrer mächtigen Verwandtschaft und an den Fürsprechern, die Sie im britischen Königshaus besitzen, die Finger verbrennen werde ...«

Er unterbrach sich und sah Ferdinand scharf an; vielleicht hoffte er auf irgendein verweisendes Wort, auf ein Einhaken? Aber Ferdinand wußte beim besten Willen nicht, was er sagen sollte. Die mächtige Verwandtschaft war durch Vaters Tod urplötzlich reduziert, denn Franz selbst hatte keine der wirklich tragfähigen Verbindungen zur Verfügung, und die britische Botschaft hatte sich in der ganzen Affäre etwa so verhalten wie bei einem Aufstand in Indien: Eine Mauer des Schweigens verhüllte alles, was sich begab oder auch nicht begab.

»Nun, wie dem auch sei, Herr Heisinger, ich habe mich in die Akten eingelesen und ja auch den historischen Werdegang unseres Rechts noch ziemlich präsent, denn meine Prüfungen liegen erst wenige Jahre zurück. Getreu dem josefinischen Gleichbehandlungsgrundsatz kann ich Sie trotz Ihres Vermögens nicht besser behandeln als jeden anderen Mittäter bei einem Gewaltakt, bei einem Mordversuch, darf Sie aber natürlich auch nicht schlechter stellen als etwa einen Adeligen, der solch einen Anschlag begünstigt hätte, also etwa einen von Smetana!«

Heisinger hatte Mühe, ein Lächeln zu unterdrücken. Der Herr, der da in gewähltem, wenn auch nicht akzentfreiem Deutsch sein frisches Juristenwissen vor ihm ausbreitete, bildete sich also ein, durch das kleine *von* schon in den Herrenstand der Monarchie aufgestiegen zu sein, durch ein Prädikat, das sich vielleicht erst sein Vater mit Gesäßschwielen getreulich erworben hatte, in Komotau oder Leitomischl oder sonstwo!

»Andererseits«, fuhr der Richter fort, »wies mir die bisherige Rechtssprechung den Weg zu einer für Sie wohl sehr wichtigen Erleichterung in Gestalt der *stabilitas loci*, wenn Sie wissen, was ich damit meine, aber das Gymnasium haben Sie ja gewiß besucht. Es ist üblich, etwa einem verdienten und gut beleumdeten Handwerksmeister, der über Grundbesitz und Vermögensinteressen in der Stadt verfügt, keine Untersuchungshaft aufzuerlegen, weil anzunehmen ist, daß er sich selbst bei schweren Delikten wie etwa einem Fall von Notzucht nicht durch die Flucht den Gerichten entziehen würde... Ich weiß schon, Herr Heisinger, Sie haben niemanden genotzüchtigt, beruhigen Sie sich, des gleichen Delikts war schließlich – wie Sie vielleicht von Ihrem Vater her wissen – in Wien schon ein Fürst angeklagt, Alois Fürst von Kaunitz-Rittberg, ich bin beinahe sicher, daß solch eine Anklage auch bei Ihrer Person niedergeschlagen worden wäre...«

»Es hilft nichts, Herr Kriminalrat«, fiel Ferdinand ungeduldig ein, »ich habe nun einmal niemanden genotzüchtigt, ja ich habe überhaupt nicht das allergeringste Verbrechen begangen. Ich habe die Türen eines geräumigen Schranks, der in meiner Ausstellungskoje stand und von meinem Personal gesäubert worden war, an jenem Morgen nicht aufgemacht, das ist das ganze Geschehen, soweit es mich betrifft.«

»Weiß ich, weiß ich alles, steht ja hier!« rief Smetana und schlug mit großer Gebärde auf die Mappe, die vor ihm lag. »Aber wer sagt dem Gericht, daß es Zufall war, daß Sie die Tür des Schranks nicht geöffnet haben? Können Sie beweisen, daß Sie keinen besonderen Grund hatten, dieses Öffnen zu unterlassen? War Ihnen nicht langweilig an jenem Morgen, Sie hatten viel Zeit, die hohen Herrschaften kamen nicht, sie wanderten in Ihrer Koje auf und ab, rückten an diesem und jenem Möbelstück, ließen sogar Frauen kommen, um den Tisch zu reinigen, und nur in den Schrank, da schaute niemand hinein, der blieb von dieser Aktivität unberührt.«

»Nun gut, Herr Kriminalrat, er blieb unberührt. Ein Verbrechen haben Sie damit aber immer noch nicht!«

»Doch, das habe ich. Eine angesichts der besonderen Gelegenheit geradezu verbrecherische Nachlässigkeit. Sie haben das Jahr '48 erlebt...«

»Als Zwölfjähriger!«

»Sie haben die ungarischen Unruhen erlebt und das Attentat auf Seine Majestät auf der Löwelbastei. Sie waren natürlich nicht für die Sicherheit des Monarchen und seiner Gäste verantwortlich, aber Sie hatten als Staatsbürger und Untertan dafür zu sorgen, daß aus Ihrem eigenen kleinen Bereich, nämlich dem Ausstellungsstand Ihrer Firma, keine Gefahr auf die hohen Herrschaften zukomme. Und eben das haben Sie unterlassen...«

»Und mit dieser Argumentation will man Anklage gegen einen unbescholtenen Bürger erheben?«

Smetana lächelte pfiffig.

»Sie kommen sich sehr stark vor, Herr Heisinger, mit den Millionen vom toten Papa im Rücken und dem Doktor Prunlechner als Vorspann, der keine Ahnung von Strafjustiz hat... Wenn es nach mir gegangen wäre, hätte es einen großen Prozeß gegeben, und Sie wären mit Pauken und Trompeten wegen Beihilfe zum Hochverrat verurteilt worden. Aber in dieser Stadt wird ja alles hintenherum entschieden, da zählt ja der Buchstabe des Gesetzes nicht, sondern nur die Beziehung, die einer hat oder auch nicht hat. Man hat mir bedeutet, daß die Erhebung der Anklage gegen Sie nicht opportun sei, einmal wegen der Rückwirkungen auf die Arbeiterschaft, in der Ihr Vater und Sie absurderweise einen gewissen Rückhalt zu genießen scheinen... In meinen Augen durchwegs belastende Momente übrigens, die den Verdacht einer bewußten Beihilfe sehr nahelegen... Vor allem aber mit Rücksicht auf die britische Botschaft, die uns die Aussagen der inzwischen verhafteten irischen Nationalisten zur Verfügung gestellt, aber kein unmittelbares Verhör mit diesen Männern gestattet hat.

Da ich Ihrem Anwalt Akteneinsicht gewähren muß, kann ich es Ihnen auch ruhig sagen: Zwei der drei Iren erklärten, Sie selbst nicht zu kennen, nur den Namen Ihrer Firma, und der dritte berichtete, daß er Sie in Dieppe beobachtet, sonst aber keine Verbindung zu Ihnen aufgenommen habe. Zeugnisse ohne sonderlichen Wert, weil ja niemand weiß, ob das Vernehmungsprotokoll aus London wirklich vollständig ist, und weil es ein offenes Geheimnis ist, daß vor britischen Polizisten noch jeder das ausgesagt hat, was die Herren hören wollten, man nennt das den dritten Grad, vor dem Sie hier verschont bleiben... Kurz, Sie werden Ihre bedeutende Mitschuld lediglich in Form eines Polizeiarrestes abzubüßen haben, der in kurzem Wege und ohne Beiziehung der Öffentlichkeit über Sie verhängt werden kann.«

»Polizeiarrest... Wie gegen einen Dieb?«

»Wäre Ihnen Zuchthaus oder Zwangsarbeit lieber?«

»Wie... wie lange wollen Sie mich denn einsperren?«

»Was ich will, darauf kommt es in diesem Fall ja leider nicht an. Sie erhalten sechs Monate Arrest, wobei wir der britischen Botschaft zusichern mußten, daß Sie nach vier Monaten bei guter Führung wieder auf freien Fuß gesetzt werden. Unter dieser Bedingung wollte man sich aller rechtlichen Schritte enthalten, was ich auch Ihnen und Ihrem Doktor Prunlechner raten möchte. Selbst bei einem Freispruch, der im Bereich der Möglichkeit liegt, wäre das Aufsehen unliebsam und weit größer, als wenn Sie vier Monate von der Bildfläche verschwinden.«

Das war zwar sehr unerfreulich, hatte aber etwas für sich. Vier Monate waren schließlich überschaubar, und wenn während eines großen Verfahrens nur die geringste Panne passierte, saß er für ein Jahr. Ein bis fünf Jahre, das hatte ihm Prunlechner erklärt, waren das Strafmaß für öffentliche Gewalttätigkeit und Beihilfe dazu, falls Waffengewalt im Spiel war, und geschossen war schließlich geworden.

»In Gottes Namen«, sagte Ferdinand, und es kam tatsächlich von Herzen, denn vier Monate, so lang sie auch werden konnten, waren als Verdikt doch viel besser als die nun schon beinahe ebenso lange währende Ungewißheit. »Und wo soll das vor sich gehen?«

»Sie werden sich am 1. Oktober freiwillig beim Direktor der Strafvollzugsanstalt auf dem Salzgries präsentieren und Ihre Strafe antreten. So bleibt Ihnen noch Zeit genug, Ihre Angelegenheiten zu ordnen.«

»Im Klostergefangenenhaus auf dem Salzgries...? Das ist doch das Schuldnergefängnis!«

»Auch... auch! Dort haben Sie doch weit angenehmeres

Publikum, als wenn man Sie unter die Kriminellen stecken würde... Und was meinen Sie, wer alles seit dem *Schwarzen Freitag* dort sitzt! Sollte mich sehr wundern, wenn Sie nicht eine Menge Bekannte antreffen würden. Habe die Ehre, Herr Heisinger, es war mir ein Vergnügen!«

Damit schob er Ferdinand einen Bogen Papier über den Schreibtisch, ein Papier mußte sein, und der Streusand darauf wies es als amtlich und fälschungssicher aus. Ferdinand faltete es und schob es in die Tasche, ohne es anzusehen, er wäre im Augenblick zu weiteren Erörterungen ohnedies nicht fähig gewesen. Jetzt mußte er erst einmal weg, mußte zu Irene, mußte ihr und dem Buben alles sagen, dann war das Schlimmste eigentlich schon überstanden.

Silvester am Salzgries

Selbst Rothmann, der Kutscher, hielt ein paarmal unschlüssig die Pferde an, ehe er die schmale und abschüssige Gasse fand, die den seltsamen Namen Salzgries trug. Und Ferdinand erkannte sie erst an der hochaufragenden Salzgrieskaserne und dem Schwibbogen des Neutores.

»Hier war einmal ein Donauufer mit Anlegeplätzen und Schifferwirtshäusern«, sagte Ferdinand zu Peter Daniel, der bedrückt in den Oktobermorgen starrte und noch kein Wort gesprochen hatte, seit sie aus der Wohllebengasse weggefahren waren. »Vielleicht werde ich jetzt ein paar Monate in der ältesten Gegend von Wien zubringen«, scherzte Ferdinand, und er fand, es sei ihm ganz natürlich von den Lippen gekommen, »denn hier lief ganz bestimmt schon eine römische Uferstraße an der Donau hin ...«

»Aber die Donau, die ist doch jetzt ganz weit weg?« protestierte Peter Daniel, während Rothmann einen möglichst diskreten Abstellplatz suchte; es mußte ja nicht jeder merken, daß da jemand mit dem Privatzeugl ins Gefängnis fuhr.

»Ja, aber der Donaukanal ist ganz nah ... und der ist schließlich nichts anderes als ein Arm von der großen Donau, ein Stück von ihr. Und jetzt bitt' ich euch: bleibts schön sitzen. Ich möcht' nicht, daß jemand mitgeht. Zum Traurigsein besteht überhaupt kein Anlaß, denn mit ein bisserl

Pech könnt' ich da jetzt wirklich hineingehören, als Schuldner zum Beispiel wie eine ganze Menge anständige Leut', die am *Schwarzen Freitag* ihr Vermögen verloren haben ... Daß ich nix angestellt hab', das muß uns allen die Sache leichter machen, nicht schwerer!«

Bei diesen schönen Worten schluchzte sogar Rothmann, jedenfalls zuckte sein breiter Rücken, und er räusperte sich vernehmlich. Irene umarmte ihren Gatten, und Peter Daniel sagte:

»Bist du auch ganz sicher, daß ich da nicht mit hinein darf? Ich stell' mir das wunderschön vor, mit dir so lange eingesperrt zu sein. Da hättest du sooviel Zeit für mich ...«

»Und in die Schule müßtest du auch nicht gehen, nicht wahr?« antwortete Ferdinand und fuhr dem Buben mit den Fingern durchs Haar. Aber das Wort tat ihm gleich wieder leid, als er sah, wie Peter Daniel nasse Augen bekam und sagte:

»An die Schule ... an die Schule habe ich eigentlich gar nicht gedacht ... Ich wollte nur bei dir sein.«

Ferdinand sprang schnell aus dem Wagen, wehrte Rothmann ab, der ihm sein Köfferchen tragen wollte, und ging mit großen Schritten auf das Klostertor zu. Ja, es war noch ein Klostertor, so lange hier auch schon Menschen gefangengehalten wurden. Karmeliter waren es gewesen – oder Karmeliterinnen? – die den Bau errichtet hatten, und nach einer flüchtigen Renovierung unter Josef II. brachte man hier nun jene Gefangenen unter, die kurze Haftzeiten oder eine Schuldhaft abzusitzen hatten.

Am Tor angelangt, blickte Ferdinand sich noch einmal um. Daß Irene und Peter Daniel bis hierher mitgekommen waren, hatte die Sache nicht leichter gemacht, für ihn nicht und für die Familie nicht, aber sie hatten es so gewollt. Peter Daniel hatte geradezu darum gebettelt, und da das Kind zweifellos keine Besuchserlaubnis erhalten würde, sah er wenigstens auf diese Weise, wo sich sein Vater aufhalten mußte und wurde vor allzu düsterer Phantasie bewahrt.

Seit Doktor von Smetana ihm den Strafantrittstermin genannt hatte, hatte Ferdinand sich diesen Augenblick wohl hundertmal ausgemalt. Bruder Poldi hatte einen windigen Maler angebracht, der den Klosterarrest in- und auswendig kannte und eine Unmenge von Ratschlägen loswerden wollte, aber die hatten Ferdinand nur noch mehr deprimiert, so daß Poldi schließlich das Thema wechselte und den redseligen Patron beizeiten expedierte. Doktor Prunlechner hatte sich erboten, eine Verbindung zum Direktor des Gefängnisses herzustellen, aber auch das war Ferdinand zuwider gewesen, ja er war beinahe verletzend geworden und hatte angedeutet, daß mehr Aktivität beizeiten wohl imstande gewesen wäre, diesen ganzen grotesken Zirkus am Salzgries überhaupt zu verhindern, worauf Prunlechner dann beleidigt verstummt war.

Hinter dem Gefängnistor war man an Häftlinge in gutbürgerlicher Kleidung und mit einem wohlgefüllten Köfferchen offensichtlich gewöhnt. Die Wache grinste verständnisvoll, als Heisinger zunächst seine Visitenkarte ziehen wollte, sich dann aber besann und nur seinen Namen nannte.

»Kummen S' mit, der Herr Direkta wart't schon auf Ihna«, sagte der schnauzbärtige Wächter, der nach dem Torposten aus dem Wachzimmer getreten war, schwenkte einladend einen großen Schlüsselbund und ging vor Ferdinand her durch eine Reihe dunkler und feuchter Gänge.

Nach der dritten Tür, die wie die anderen aufgesperrt und danach wieder verschlossen wurde, präsentierte sich das Kloster ein wenig freundlicher. Die Gänge waren gestrichen, und die auch hier noch vergitterten Fenster ließen etwas mehr Tageslicht herein.

»Das ist der Verwaltungstrakt... Do samma... Bittschön, Herr Direkta, meld' gehorsamst: der Häftling Heisinger Ferdinand ...«

»Ist gut, Zelinka, ich läut' Ihnen dann zum Abführen ...«, sagte ein kleiner, beleibter Herr hinter einem Schreibtisch. Der Direktor erhob sich erst, als der Wärter die Tür hinter sich zugezogen hatte.

»Doktor Zwölfer«, stellte er sich vor, »ja, was soll ich Ihnen sagen, Herr Heisinger? Soll ich sagen, es freut mich, Sie kennenzulernen? Sie freut's ja doch nicht!«

Ferdinand hätte um ein Haar den Einsatz verpaßt, so unwirklich war diese Amtsstube mit ihren Aktenschränken, mit dem kleinen Gewaltigen, der ihn jetzt für sechs Monate in der Hand hatte, und so unerwartet war diese Begrüßung.

»Aber ich bitt' Sie, Herr Doktor«, sagte er schnell, »man kann doch unterscheiden! Ich bin sicher, daß Ihre Bekanntschaft der Gewinn aus diesen düsteren Monaten sein wird!«

»Nehmen Sie Platz, Herr Heisinger... Rauchen Sie? Nein? Kauen auch nicht? Wurde seinerzeit geradezu verordnet in den Haftanstalten, gegen den Skorbut! Na, um so besser, dann wird Ihnen nichts abgehen hier bei mir. Überhaupt ...« – er lachte verschmitzt über das kreisrunde und knallrote Gesicht –, »überhaupt bringen Sie ja die Hauptvoraussetzung für einen relativ angenehmen Aufenthalt mit: Sie haben Geld!«

»Ich bin der *Ferdinand* Heisinger – das große Geld hat mein Vater meinem älteren Bruder vermacht, mit der Firma, versteht sich ... Aber Sie haben insofern recht, Herr Direktor, als ich natürlich genug Mittel besitze, um mich selbst zu verpflegen zum Beispiel ...«

»Na, sehen Sie! Damit fällt schon das ziemlich dünne Frühstück weg, und Sie werden vermutlich nie erfahren, was Fleck und Gschnattel bedeutet ...«

»Fleck? Vermutlich Kutteln, ich bin ja schließlich ein Wiener. Aber Gschnattel, das hab' ich wirklich noch nie gehört.«

Doktor Zwölfer strahlte. »Gschnattel heißt ein besonders beliebtes Gericht, es besteht aus faschierten Innereien, also ein besseres Beuschel, außerdem gibt es gemäß Hofdekret von 1835 am Sonntag eine Fleischbrühe mit einer Einlage von 125 Gramm Fleisch je Kopf und eine Mehlspeis', unter der Woche dreimal Mehlspeisen und Milch und täglich ein halbes Kilo Brot, woraus allerdings auch das Abendessen zu bestreiten ist.«

»Ich darf mir also Essen bringen lassen?« erkundigte sich Ferdinand, den die aufgezählten Genüsse nicht sonderlich reizen konnten.

»Na ja... damit nicht zuviel Unruhe entsteht: sagen wir mittags, und natürlich können Sie sich ein paar belegte Brote für den Abend mitliefern lassen, denn ein Abendessen ist nicht vorgesehen, auch für die Bewachungsmannschaften nicht. Aber mittags kommen immer mehrere Essen ins Haus, aus der *Linde*, wir haben zur Zeit ja eine beinahe illustre Belegschaft.«

»Aber Sie wissen schon, Herr Direktor, daß ich kein Kridatar oder gar ein Betrüger bin?«

Doktor Zwölfer reckte sich in seinem Schreibtischsessel und sagte beinahe mit Würde: »Herr Heisinger... wenn ich Sie als Herr anrede, wenn ich aufgestanden bin, um Sie zu begrüßen und Ihnen einen Sessel angeboten habe, dann hat diese Höflichkeit nicht Ihrem Vermögen oder Ihrer Familie gegolten, sondern Ihrer Unschuld.«

»Das sagen Sie so offen?«

»Warum nicht? Sie sind ja überhaupt nicht verurteilt worden! Ihre Haft ist eine jener typischen Kompromisse, mit denen unser Land ein Jahrhundert nach dem anderen mehr oder weniger glücklich hinter sich bringt. Man hat sich gesagt: Irgend etwas müssen wir tun, denn schließlich hat einer g'schossen, aber weh tun darf's ihm auch nicht, denn er kann ja eigentlich nix dafür. Genau das kann ich nicht leiden, denn es hat mit Justiz überhaupt nichts mehr zu tun. Ich gebe nur zu, daß ein Körnchen Weisheit drinsteckt, wohlverborgen und unentbehrlich, diese merkwürdige habsburgische Weisheit, die unsere Souveräne auch dann noch an den Tag legen, wenn ihnen die Unterlippe vor Kretinismus bis zum Kehlkopf herunterhängt... Na ja, so etwas soll ein Beamter natürlich nicht sagen, und für Seine Majestät trifft es ja glücklicherweise nicht zu, der kommt ja aus einem gesunden Elternhaus... Aber nun zu Ihnen... Sie haben natürlich keine Erfahrung mit Gefängnissen?«

»Woher denn?«

»Könnt' ja sein, politisch zum Beispiel, oder in Rußland, reisen ja sehr viel, die Herren von der Industrie... Na gut. Dann fangen wir am besten mit einer Zweierzelle an, Einzelzelle ist zu riskant, wenn auch ich persönlich die Einzelhaft jeder im Gefängnis möglichen Gesellschaft vorziehen würde...«

Er studierte einen ziemlich verschmierten Plan, auf den er sich immer wieder niederbeugen mußte, um die Namen entziffern zu können.

»Ich leg' Sie zum Zeillinger... Franz Anton Zeillinger, Import- und Exporthandlung... Kennen Sie ihn?«

Ferdinand mußte verneinen.

»Na, ist vielleicht eh besser... Ein kleiner Betrüger. Eigentlich gehört er längst ins Zuchthaus, und das nächstemal blüht es ihm auch. Aber bisher hat er es noch jedesmal verstanden, seine diversen Delikte auf fahrlässige Krida oder Ähnliches hinzudrehen. Hat allerdings auch einen Anwalt, vor dem jedes Gericht in die Knie geht, den Doktor Altschuler. Der Zeillinger kennt Ihre Familie natürlich, eine servile Kreatur, die Ihnen jeden Wunsch von den Augen ablesen wird. Wenn S' ihn nicht aushalten, müssen Sie sich halt melden.«

Ferdinand war von diesen Aussichten nicht sonderlich

entzückt, andererseits wußte er selbst nicht, wie er auf monatelange Einzelhaft reagieren würde, er, ein Mann, der eigentlich nie allein war, weder zu Hause noch im Betrieb.

»Sie haben doch vorhin scherzhaft von einem geradezu illustren Publikum hier am Salzgries gesprochen«, sagte er. »Gäb's da nicht jemanden von meiner Couleur, ich mein', irgend jemanden, mit dem man *au pair* die paar Monate durchstehen kann?«

»Ich versteh' Sie schon... Haben ja auch Ihrem Anwalt verboten, bei mir vorzusprechen... Sie wollen das mehr chevaleresk abmachen«, sagte Zwölfer ein wenig unsicher oder vielleicht auch nur ungeduldig. »Aber wenn ich ehrlich sein soll, so versprech' ich mir nicht viel davon, wenn ich Sie mit einem Herrn aus der Geschäftswelt zusammenspann'. Je besser es einem draußen geht, desto unberechenbarer sind seine Reaktionen im Gefängnis. Ich hab' da keine guten Erfahrungen gemacht. Darum sperr' ich lieber reich und arm zusammen, da schafft das Geld ganz von selbst eine versöhnliche Atmosphäre, der eine hat's und ist froh, daß es ihm in einer Lage hilft, auf die er nicht vorbereitet ist; und der andere wieder sieht eine Mezie darin, mit einem reichen Knakker in einer Zelle zu liegen, ist doch hier bei uns jeder Kreuzer ein Problem. Vor ein paar Jahrzehnten sind die Häftlinge noch am Schottentor gestanden, in Ketten, um zu betteln, und am Freitagmarkt hat man für die Gefangenen gesammelt... Stellen Sie sich das einmal vor, Herr Heisinger.«

»Lieber nicht«, sagte Ferdinand schnell, ehe Zwölfer etwa auf den Gedanken kam, ihn drastisch in der Geschichte der Strafrechtspflege zu unterweisen. »Gehn wir halt zu jenem Zeillinger, schließlich muß ich im Werk auch manche Visage um mich dulden, die mir seit Jahren zuwider ist.«

»Sehen Sie, der Salzgries tut schon seine Wirkungen, Sie werden tolerant!« sagte Zwölfer anzüglich und läutete.

Wärter Zelinka kam, strich sich den Schnurrbart und fragte: »Tun mir'n also zum Zeillinger, oder hat der Herr an andern Wunsch g'habt?«

»Zum Zeillinger, und die Verpflegung kommt von der *Linde*. Besuch einmal in der Woche durch Verwandte, einmal durch Personal wegen Wäsche und anderer Notdurft... Und sagn S' dem Zeillinger, er soll nicht soviel schweinigeln, sonst gibt's Schläg'!«

Die Zelle war klösterlich und hatte ein einziges schmales Fenster, das aber nicht hoch oben in die Mauer gebrochen war, sondern etwa in Augenhöhe auf den Innenhof der einstigen Klosteranlage hinausging. Das Kreuz, das es in vier Teile teilte, war aus Stein, die Scheiben so schmutzig, daß man nicht hindurchsehen konnte.

Als Zelinka die Tür verschlossen hatte, erhob sich von der einen Pritsche ein schmächtiges Männchen, blinzelte in das schwache Licht, als könnten seine Augen dann mehr erkennen, und sagte: »Zeillinger, zu dienen... Franz Anton Zeillinger... Ein unglücklicher Geschäftsmann in Schuldhaft... der Herr wohl auch?«

»Nein. Ich heiße Heisinger und habe sechs Monate abzusitzen... Wegen jenes Attentats am Eröffnungstag der Weltausstellung... Waren Sie da noch draußen?«

»Aber sicher, Herr Heisinger, das große Unglück kam über uns Geschäftsleute doch erst ein paar Tage darauf, am *Schwarzen Freitag*... Ihnen natürlich, so einem großen Unternehmen, kann derlei nichts anhaben... Eine große Ehre für mich. Ein Heisinger auf der anderen Pritsche... Betrachten Sie mich bitte als Ihren F...« Er schluckte das Freund hinunter, zog auch die ausgestreckte Hand zurück und schloß tonlos: »Sie wissen ja doch alles. Der Zwölfer sagt ja einem jeden, was ich für ein Filou bin. Machen wir's kurz: Ich besorg' Ihnen alles, was Sie brauchen, Herr Heisinger, Schnaps, Wein, Fraß, Tabak, Weiber. Wenn die Marie da ist, geht alles?«

»Die Marie...? Ist das ... eine Art Marketenderin?«

»Marketen... was?« Zeillinger lachte, verstummte aber höflich, als Heisinger sich abwandte. »Marie, Herr Heisinger, heißt nur Geld. Mit Geld leben Sie hier besser als so mancher Ehemann zu Haus'. Also äußern Sie sich ungeniert.«

Heisinger legte das Köfferchen aufs Bett. Es fiel ihm ein, daß ihn kein Mensch untersucht hatte, daß er alles noch mit sich führte, von der Brieftasche bis zum Taschenmesser, und von Gefängniskleidung hatte auch niemand etwas gesagt.

»Wir sollten vielleicht zunächst einmal für etwas Zeitvertreib sorgen«, sagte er, als er die Sachen für die Nacht ausgepackt und den Koffer unter dem Lager verstaut hatte, »spielen Sie Schach?«

»Natürlich!«

»Und Karten?«

»Nur Schnapsen... von dem, was man zu zweit spielen kann.«

»Na ja... man kann Patiencen legen... Ich darf Sie zum Mittagessen einladen, Herr Zeillinger?«

Das Männchen vollführte eine vollendete Verbeugung. »Zu liebenswürdig... ich nehme gerne an, spielt ja wohl keine Rolle für Sie, aber ist mir natürlich sehr willkommen. Leider gestattet man pro Kopf nur ein Vierterl Wein... Sie müssen nämlich so bestellen, als wäre alles für Sie, mich mag der Zwölfer nicht, ich muß Kuttelfleck fressen, bis ich schwarz werd'!«

Ferdinand sah den kleinen Mann an, die zwei Pritschen, die zwei Decken, den Eimer mit dem Holzdeckel in der Ecke, und auf einmal wurde ihm schwindlig. Wie nun, wenn er hier nicht mehr herauskam? Wenn er heute nacht dieses dürre Ekel erwürgte, um allein zu sein, um Ruhe zu haben? Was hielt einen hier, was gab ihm Halt?

»Haben Sie einen Schnaps?« fragte er und setzte sich auf das Lager.

»Nicht vom besten, Herr Heisinger«, sagte Zeillinger und servierte in einem verbeulten Blechbecher einen Schluck einer milchig-trüben Flüssigkeit. »Sie müssen ihn schnell kippen, dann wirkt er... und man schmeckt nichts.«

Es war scheußlich, mit einem fadsüßen Nachgeschmack und langem Brennen im Hals, aber der Schwindel war weg; es sauste ein wenig im Kopf, die Welt wurde freundlicher.

»Damit wissen wir wenigstens, was am dringendsten ist«, sagte Ferdinand, »dieses Gesöff nehme ich nicht noch ein zweites Mal zu mir. Was war das eigentlich?«

»Erdäpfelschalen, angesetzt, gegoren, gebrannt, gefiltert... davon lebt die ganze Küchenbelegschaft... Aber für Sie kriegen wir einen Slibowitz, kostet allerdings zehn Gulden!«

»Preise wie in Gastein«, murmelte Ferdinand, zog aber gutwillig die Banknote aus der Tasche. Man mußte ja nicht unbedingt gerade in diesen paar Monaten sparen. »Und da sind noch zehn für ein Schach, ein Spiel Karten und ein bisserl Heizmaterial, diese dicken Mauern strömen eine Kälte aus, nicht zu glauben.«

Zeillinger lachte.

»Da fehlen eben die Gobelins, Euer Gnaden«, sagte er, steckte das Geld ein und zog sich behend wie ein Affe auf seine Liegestatt zurück. »Wenn's jetzt dunkel wird, Herr Heisinger, dann müssen wir was reden. Wenn Sie wollen, erzähln S' mir etwas, oder ich erzähl' Ihnen. Nur der erste Abend ist schlimm. Und wenn ich's Maul halten soll, dann sagn S' ganz einfach: Sei stad. Ich nehm nix übel. Nicht weil Sie Geld haben und mir ein Essen zahln, sondern ganz einfach, weil ich schon so oft im Häfn war... Also geniern Sie sich nicht, wir sind zu zweit, niemand hört uns zu, jeder Blödsinn, den wir reden, ist besser, als wenn's so finster wird und man denkt nach draußen und man tut sich hinunter, statt daß man schlaft...!«

Zeillingers Rezept bewährte sich. Ferdinand Heisinger, ein ruhiger Charakter und seit jeher ein wenig zu Depressionen neigend, wurde durch das Zellengeschwätz des kleinen Ganoven zwar nicht eigentlich abgelenkt oder gar beschäftigt, aber durch die erstaunliche Geschmacklosigkeit Zeillingers immer wieder aufgewühlt und dadurch vor der Hauptgefahr jeglicher Haft bewahrt, vor der Lethargie, vor dem Sich-Ergeben, vor der Resignation.

So bereitete es Zeillinger eine spielerische Freude, über Irene zu sprechen, die er inzwischen einige Male gesehen hatte, da die Sprechstunden ja in einem großen, gemeinsamen Raum vor sich gingen, durch den in der Mitte eine Barriere mit einem Gitter verlief. Jeweils ein Dutzend Gefangener wurden hineingeführt, und wenn auch die geflüsterten Worte im weiteren Umkreis nicht zu verstehen waren, sehen konnte doch jeder, wer den anderen besuchte und wie der Besucher aussah.

»Wenn ich so ein Pupperl hätt' wie Sie, Herr Heisinger«, sagte Zeillinger eines Abends, »ich tät sie vor allem ganz anders anziehen. Wie alt kann die Dame sein? Halt, sagen Sie nichts: Der Zeillinger weiß alles. Vierundzwanzig, vielleicht fünfundzwanzig, und da sie ja bestimmt nichts arbeitet, allerhöchstens sechsundzwanzig. Wissen Sie überhaupt, was Sie an der Frau haben? Haben Sie überhaupt noch einen Blick für das Halserl, für die Arme, ganz zu schweigen von der Brust...«

»Hörn S' auf, Zeillinger«, bat Ferdinand müde, »denken S' doch lieber an Ihre Frau. Erzähln S' mir von Ihrer Frau, das interessiert mich. Sie haben mir auch nie gesagt, ob Sie Kinder haben und wie viele...«

Aber es half nichts, Irene war für Zeillinger das Thema

Nummer eins und blieb es, und Ferdinand, der sich deswegen sogar einmal mit Zeillinger geprügelt hatte, was ein recht grotesker Vorgang gewesen war, Ferdinand gab es schließlich auf, drehte sich zur Wand und ließ den Erotomanen reden. Vermutlich onanierte Zeillinger sogar, während er in endlosen Tiraden Irenes Bild umkreiste, und Ferdinand mußte ihm noch dankbar sein, daß er es unter der Decke tat. Schließlich war Ferdinand selbst schuld daran, denn bei der Gefängniskost, wie sie Zeillinger zustand, ›täglich eine warme Suppe und dreimal wöchentlich eine warme Speise, aus Hülsenfrüchten zubereitet‹, wären die Säfte in diesem Krispindel wohl kaum so hoch gestiegen.

»Wenn Sie ein wirklicher Freund wären, Herr Heisinger, wenn Sie sich durch eine menschliche Geste revanchieren würden, nicht immer nur mit Geld, dann würden Sie mir mehr von Ihrer Frau erzählen. Sie sind doch reich, Sie haben doch ein Badezimmer. Wie ist Ihnen dabei? Baden Sie gemeinsam? Bedient Ihre Frau Sie im Bad oder das hübsche Dienstmädchen, das einmal in der Woche die Wäsch' holt und frische bringt? Die wär auch nicht übel. Jetzt weiß ich's, bei euch geht's zu dritt, stimmt's oder hab' ich recht? Und Sie schaun zu, wenn die zwei jungen Damen es miteinander treiben. Das wär was für den Zeillinger! Na, ich komm' ja früher heraus als Sie, ich bin zu Weihnachten wieder auf freiem Fuß, das hat mir der Doktor Altschuler versprochen; da geh' ich einmal in die Wohllebengasse und besuch' Ihre Frau . . .«

»Unterstehen Sie sich!«

»Ich sag' einfach, ich hab' einen ganz geheimen Brief für die Gnädige, einen Kassiber, wie man sagt. Da wird sie mich schon vorlassen. Und ich geh' ganz in der Früh' hin, da seh' ich sie im Negligé, das wird ein Fest. Und dann tu ich recht geheimnisvoll und geh' ganz nah dran an die Gnädige, und auf einmal, wenn sie den Brief liest und an nichts anderes denkt, hab' ich das Negligé in der Hand, und die gnä' Frau steht im Freien...«

Verstärktes Keuchen deutete an, daß Zeillinger mit seinen Phantasien Erfolg gehabt und sich wieder einen abgewichst hatte. Er murmelte auch nur noch ein paar unverständliche Worte und schlief ein, Ferdinand aber fand, wie immer nach solchen Aufregungen, keinen Schlaf. Die Tage waren harmlos, die Nächte waren das Problem, und das, was Zeillinger den Schlaf gebracht hatte, das hielt nun Ferdinand wach. Denn zuzutrauen war dem Gauner alles, vor allem aber, daß er sich in der Wohllebengasse einschleichen, ja vielleicht sogar einnisten würde; er wußte ein Menge, was Irene interessieren mußte oder was sie jedenfalls für interessant halten konnte, und er hatte fast unbegrenzte Möglichkeiten, Irene in Beunruhigung und Ängste zu versetzen mit Gerüchten, Angebereien und angeblichen Berichten aus der Haft.

Beim nächsten Besuch, dem letzten vor den Weihnachtsfeiertagen, bat Ferdinand seine Frau, für ein paar Wochen wegzufahren.

»Aber der Bub kommt doch aus dem Internat nach Haus'!«

Stimmt! Peter Daniel war ja nicht mehr in der öffentlichen Schule. Sie hatten die Fragen der Mitschüler gefürchtet, hatten es auch für möglich gehalten, daß Peter Daniel selbst ungern weiter in diese Klasse gehen würde und ihn darum zum Schulbeginn im September in dem Internat einschreiben lassen, das der Kadettenanstalt in Wiener Neustadt angeschlossen war. Es war zwar etwas früh für den kleinen Kerl, aber er war dort sicher vor dem Wiener Gerede, und er kannte die kleine alte Stadt von den Aufenthalten in der Möbelfabrik von Lajtaszentmiklosch her.

»Peter Daniel wird ein paar Feiertage zu Hause verbringen wollen«, meinte Irene, »aber wenn du besondere Gründe hast, so gehe ich mit ihm nach Lajtaszentmiklosch.

Die Werkswohnung ist ganz gemütlich, und er ist gern dort... vielleicht ist das besser als Weihnachten ohne den Papa in der Wohllebengasse.«

»Wenn du den Weg für gangbar hältst, dann wäre ich sehr dankbar«, sagte Ferdinand. Warum, wollte er Irene nicht auseinandersetzen, erstens, weil doch immer irgend jemand die Ohren spitzte, wenn er mit dieser eleganten Frau durchs Gitter konversierte, zum andern aber, weil er fürchtete, sie ebenso zu beunruhigen, wie er beunruhigt war. Eine objektive Gefahr drohte von Zeillinger wohl nicht, aber wie wenig genügt schon, um uns die Ruhe zu rauben, um das Heim, in dem man sich sicher wähnte und das bisher immer Zuflucht war, zu einer Stätte der Besorgnisse werden zu lassen!

So kam es, daß den großen Silvesterkorb mit Champagner, Schinken, Weißbrot, Bäckereien und Konfekt nicht Irene überreichte, sondern Mizzi, die sichtlich stolz auf diesen Vertrauensbeweis seitens der Familie Heisinger war. In ihrem roten Wintermantel, mit den blitzenden Augen und den von der Kälte frischrosig gefärbten Wangen sah sie an diesem Abend ganz allerliebst aus. Ferdinand freute sich, daß nicht Rothmann am Silvesterabend auftauchte, sondern daß die längst vertraute und liebenswürdige Erscheinung Mizzis einen Hauch von Zärtlichkeit und familiärer Atmosphäre ins Gefängnis brachte.

Als Mizzi sich gerade zum Gehen wenden wollte, wobei es in ihren Augen verdächtig feucht schimmerte, trat der Wärter Zelinka wie zufällig auf Ferdinand zu. »Hörn S', Herr Heisinger... der Zeillinger ist doch furt?«

»Der ist vor einer Woche entlassen worden.«

»Na, sehn S'! Geben S' mir an Zehner und nehmen S' die Katz mit in die Zölln... die steht auf Eahna, sehn S' des net?«

Ferdinand begriff immerhin, daß Zelinka ihm anbot, Mizzi einzuschmuggeln. Das wäre auf jeden Fall eine Lösung für den Abend. Viel zu überlegen gab es nicht, die Zeit drängte.

»In Ordnung...«, sagte Ferdinand, »aber geben S' gut acht, der Direktor darf das nicht erfahren.«

Wenn Zelinka wußte, daß Ferdinand sein Dienstmädchen in der Zelle empfing, um mit ihr Silvester zu feiern, so konnte das allen Heisingern gleichgültig sein; wußte es aber Doktor Zwölfer, so lief der Skandal trotz aller Schweigepflichten über Doktor Prunlechner mitten hinein in die Gesellschaft.

Gebeugt, wie unter der Last einer einsamen und traurigen Nacht, ja eines Abschieds für lange Zeit, ging Ferdinand, den Korb in der Hand, in seine Zelle zurück. Aber er saß noch kaum auf der Pritsche, als sich die Tür, die inzwischen niemand verschlossen hatte, wieder um einen Spalt öffnete und Mizzi hereinhuschte. Vor Aufregung konnte sie kein Wort herausbringen, sie wagte sich gar nicht richtig umzusehen, und wenn sie auch vielleicht daran gedacht hatte, daß an dieser Jahreswende sie die einzige Gesellschaft für den Herrn Heisinger sein würde, bei ihrem Besuch auf dem Salzgries, so hatte sie doch ganz gewiß nicht damit gerechnet, daß sie in seiner Zelle mit ihm feiern und allein mit ihm auf das neue Jahr anstoßen werde.

»Komm her«, sagte Ferdinand instinktiv auf du, weil er die Verwirrung des Mädchens erkannte, »setz dich, laß dir Zeit. Für heute gehören wir zusammen, du und ich!«

Mizzi setzte sich scheu, rückte ein wenig von Ferdinand ab und fragte: »Und die gnädige Frau?«

»Wenn ich schon sag': für heute, Mizzi! Wem soll das was machen? Höchstens dir oder vielleicht auch mir – ihr bestimmt nicht. Vielleicht erzähl' ich's ihr, wenn sich einmal eine passende Gelegenheit bietet.«

»Es war sehr g'scheit, daß Sie die gnä' Frau nicht mehr

herkommen haben lassen, Herr Heisinger... man sieht's schon...«

»Das Kind?«

»Die Kinder!« Mizzi lachte, glücklich darüber, daß sie so wichtige Nachrichten hatte. »Der Medizinalrat sagt, es werden Zwillinge, und sie kommen Anfang März!«

»Na ja, dann bin ich ja gewiß wieder zu Hause... schon lange... und jetzt trinken wir einen Schluck, magst?«

»Und ob... da hätt' ich wohl mehr bringen sollen... Werden wir mit zwei Flaschen auskommen?«

Heisinger hob eine der beiden Flaschen ans Licht. Sie war noch eiskalt, ein Stück Dezember in der kleinen Zelle, in der das Kanonenöfchen prasselnd Wärme spuckte.

»Wäre ich allein geblieben, dann hätten zwei Flaschen vielleicht nicht gereicht«, sagte er, »denn dann hätte ich mich besaufen müssen. So aber brauchen wir nichts als gute Stimmung. Ist dir noch kalt, Mizzi?«

Sie sah ihn mit einem vagen Blick an, so als erfasse sie gar nicht richtig, sondern suche durch ihn hindurch irgend etwas, das sie noch nicht kannte. Dann stand sie auf und legte den Mantel ab, zog die Nadel aus dem Hut und legte diesen vorsichtig auf die andere Pritsche.

»Soll ich mich zu Ihnen setzen, oder... oder haben Sie mich lieber gegenüber?«

Heisinger lachte über die versteckte Koketterie der Frage.

»Da wird einem wirklich die Wahl schwer«, sagte er, »nun, wir haben ja den ganzen Abend vor uns, wir brauchen uns da nicht festzulegen, glaube ich...«

»Aber bitte: Sie müssen anschaffen«, beharrte Mizzi, »ich trau' mich gar nichts. Es soll alles so sein, wie Sie's haben wollen, und es wär' doch blöd, wenn ich Ihnen was vorspielen sollte ausgerechnet heute abend, wo Sie nix haben als mich.«

»Und wenn's dann nicht weitergeht, wenn ich wieder

zu Haus' bin, Mizzi – wird dir das nichts ausmachen?«

Das Mädchen schüttelte ernsthaft den Kopf. »Da können Sie sich drauf verlassen, Herr Heisinger, ich weiß, was ich der Gnädigen schuldig bin. Ich weiß auch, daß Sie keiner von die Herrn sind für ein Pantscherl mit dem Dienstmädel... Und dann kommt ja im Jänner sicher die Erbschaft von meinem Oberst!«

»Tatsächlich? Weißt du schon etwas?«

»Alles weiß ich, Herr Heisinger, der Anwalt von der Botschaft hat mir's gegeben und auch gleich übersetzen lassen. Es sind« – sie sagte es ehrfurchtsvoll im schönsten Hochdeutsch –, »es sind 47 000 Gulden in barem Gelde zuzüglich einiger Gegenstände von Wert, die der Verstorbene unter diesem Legat rubriziert hat.«

»Ja, da gratulier' ich, Mizzi, das ist ja eine Unmenge Geld! Und was soll damit geschehen?«

Mizzi setzte sich zurecht, während Ferdinand einschenkte, hob dann als erste das Glas und sagte fröhlich:

»Sie werden's nicht glauben, Herr Heisinger, aber ich werde Wirtin in Neustift am Wald!«

Sie stießen an. In das Klirren der Gläser hinein erkundigte sich Ferdinand, ob es schon einen Wirt gebe.

»Aber ich bitt' Sie, Herr Heisinger... mein armer Alistair ist ja erst ein paar Monate tot. Nein, da laß ich mir Zeit. Ich denk', wenn ich im Februar bei Ihnen aufhör', dann hab' ich das Lokal bis Ostern in Schwung, wenn die ersten Ausflügler kommen, der Vater und die Mutter wollen zu mir ziehen und mir helfen, und alles andere findet sich dann schon!«

Sie stellten einen Schemel zwischen die beiden Pritschen; die Zelle war so schmal, daß er kaum Platz hatte. Das weiße Tuch aus dem Korb, ein wenig feucht von der Dezemberluft und den kalten Flaschen, schuf eine geradezu festliche Stimmung. Mizzi schnitt Schinken auf und richtete die Brote.

Nach drei Monaten Zeillinger war das wieder eine jener Veränderungen, bei der Ferdinand zweifeln mußte, ob er seine fünf Sinne überhaupt beisammen hätte. Es war wie ein Märchen, und er probierte aus, wieviel Wünsche er frei habe.

»Wenn ich jetzt sag': Mizzi, sei nett und zieh die Bluse aus für einen armen Häftling, der schon gar nicht mehr weiß, wie ein Mädel ausschaut... tust du's dann?«

Mizzi wurde rot, dann lachte sie und begann an den Knöpfen zu nesteln.

»Dazu, Herr Heisinger, hätten S' aber nicht bis aufs Gefängnis warten müssen... das wissen Sie hoffentlich?«

»Wissen... das Wissen taugt nicht viel bei solchen Sachen. Geahnt hab' ich's schon, aber du hast ja den Poldi gehabt, und ich hab' schließlich meine Frau!«

»Aber bittschön, Herr Heisinger, von der Gnädigen reden wir jetzt nicht... sonst knöpf' ich mich gleich wieder zu bis ganz hinauf!«

Die Bluse lag da, ordentlich gefaltet, ein teerosenfarbenes, duftiges Paket auf der Zeillingerpritsche mit dem dunklen Kotzen.

»Uijee...«, sagte in diesem Augenblick eine tiefe Stimme, »bin i zu spät dran...? I hab' glaubt, i derwisch die Herrschaften no, bevor Sie sich ausziagn... Bittschön, da hätt' ich einen ganz sauberen weißen Kotzen, frisch aus 'm Lausofen, und den alten vom Zeillinger, den nimm i mit!«

Es war Zelinka, er war so lautlos eingetreten, daß Heisinger zusammenfuhr, und zog mit einem breiten Grinsen Mizzi die dunkle Decke unter dem Popo weg. Die frische Decke legte er wortlos auf die Pritsche, zwinkerte Heisinger aufmunternd zu und verschwand mit Schlüsselgerassel.

»Wenn S' wolln, daß i die Freulln aussilass', müssn S' halt schrein, Herr Heisinger«, sagte er draußen, dann drehte sich der Schlüssel im Schloß, und sie waren wieder allein.

»Hast du ihn verstanden?« fragte Heisinger, als er sich von der Überraschung erholt hatte.

Mizzi lachte hell und laut, man hörte den Schrecken geradezu von ihr abfallen.

»Und Sie wollen ein Wiener sein? De Freulln, das ist das Fräulein Mizzi, niemand anderer. Und ich möcht' wetten, daß er durchs Guckloch geschaut hat!«

»Wenn er das wirklich getan hätte, wäre er doch gewiß später gekommen...«

»Das heißt, wenn ich den gnä' Herrn richtig versteh': Bei der Bluse bleibt es nicht?«

»Nicht bei der Bluse und nicht bei der ersten Flasche, und ich darf nicht einmal das Guckloch in der Tür verhängen, das ist gegen die Vorschrift!«

»Und ich – ich bin nicht gegen die Vorschrift?«

Mizzi wurde mit jedem Glas fröhlicher, und Ferdinand fühlte zwar nicht gerade Heiterkeit in sich aufsteigen, aber eine Art Euphorie. Nach drei Monaten, die nicht nur die schwersten seines Lebens gewesen waren, sondern auch die seltsamsten und fremdartigsten, kehrte ein Daseinsgefühl in ihn zurück, das er schon beinahe verloren gegeben hatte. In diesem Augenblick, da Mizzi vor ihm saß, ihre rosige Zunge in den Champagner tauchte und die blanken Schultern vom Kerzenschein überglänzt wurden wie eines der verlockendsten Frauenbildnisse der großen Meister, da war auf einmal alles wieder da und mehr noch: Da konnte er sich auch wieder so daran freuen, wie er sich immer daran gefreut hatte, und dachte auf einmal überhaupt nicht mehr an die Kerkerwände, an die Strafe, an das Gefängnistor.

»Mizzi«, sagte er, »das Fest beginnt. Sei fesch, zieh dich aus!«

»Ganz?«

»Ganz!«

»Und wenn der Wärter hereinschaut?«

»Dann soll er schaun. Später blas' ich eh die Kerzen aus. Verstehst du's?«

»Ich versteh' schon, machen Sie sich keine Gedanken«, sagte Mizzi leise, während sie ihre Schuhe aufschnürte. »Das hat mir schon der Poldi erklärt. Der hat mir aus einem Buch vorgelesen, in dem ist ein Satz gestanden, der mich sehr stolz gemacht hat. Eine Frau, die sich entkleidet, ist dort gestanden, das ist die Sonne, die durch die Wolken bricht ... Und im Dezember, schon gar im Gefängnis, da ist die Sonn' halt recht rar!«

Das Häufchen der Kleider wuchs. Mizzi ging geruhsam und sachlich zu Werke, es war zu erkennen, daß sie ihren Liebesdienst sehr ernst nahm, vielleicht mehr als Dienst denn als Liebe. Für den armen Herrn im Häfn mußte man etwas tun, da mußten alle zusammenhelfen, und schließlich war Silvester.

Als sie fertig war, stand sie auf, hob ihr Kleiderhäufchen auf Ferdinands Pritsche hinüber, breitete die frische Kotze aus und sagte: »Aber jetzt, Herr Heisinger, müssen Sie sich schon zu mir setzen, sonst wird mir nämlich kalt.«

Als er zwei Stunden später von der Pritsche auffuhr, war Mizzi noch immer da, weich und warm neben ihm, ein herrliches Gefühl von Zärtlichkeit, von Geborgenheit. Die Kerzen verbreiteten aus schwarzen Dochten einen bitteren, schweren Geruch, und die Helle der Winternacht fiel durch das Fenster, wobei sie ein schwarzes Kreuz an die Zellentür malte. So schmal das Fenster war, man hörte die Bläser von Sankt Stephan: dünne, verwehte Klänge, die das neue Jahr verkündeten.

»Mizzi«, sagte Ferdinand leise, um sie nicht zu wecken, und drückte ihr einen Kuß auf den leicht geöffneten Mund, »liebe kleine Mizzi, ich wünsch' dir ein glückliches Jahr 1874!«

Die Schule, die nicht endet

Als Peter Daniel in der Familie seiner kleinen Freundin, der Baroneß, erzählte, daß er in ein Internat komme, beruhigte ihn die Baronin, die den aufgeweckten blonden Buben gerne sah, mit einem merkwürdigen Satz.

»Ein Internat«, sagte sie, »das ist gar nichts Schlimmes. Es ist wie eine andere Schule, nur... sie hört nicht auf.«

Seither grübelte Peter Daniel, wie das wohl zugehen könne. Ob man da noch am Abend in den Schulbänken sitzen würde? Auch die kleine Franzi mußte ihn trösten, obwohl auch sie keine Ahnung hatte, was ein Internat eigentlich sei.

»Wenn diese komische Schule nicht aufhört, Dani«, sagte sie nachdenklich, »dann fängt sie gewiß auch nicht an!«

Das war immerhin schon etwas.

Alles andere hatte sich dann mit bestürzender Plötzlichkeit ergeben, nämlich an einem einzigen Tag, dem gemeinsamen Anreisetag aller Schüler, der ungeheuer verwirrend war. Natürlich waren die Siebenjährigen des zweiten Jahrgangs noch keine Kadetten, aber es war zu erkennen, daß man alles daransetzte, sie dazu zu machen.

Die Theresianische Militärakademie, zu der das Bubeninternat gehörte, war in der alten Burg untergebracht, die mit ihrem großen Park beinahe ein Viertel des Stadtgebietes einnahm. Wiener Neustadt ging dort ganz einfach in eine große

Burganlage mit Wassergraben und einem mächtigen Turm über, der nach dem ungarischen Rebellen Rakocsy hieß, weil dieser dort gefangengehalten worden war. Jenseits der Gebäude begann der Park, der sich ganz, ganz weit, bis an die Grenze Ungarns an der Leitha erstreckte und von einer niedrigen Mauer umgeben war, damit das Wild sich nicht in den Feldern verlaufe.

Das wäre alles sehr schön gewesen, hätte Peter Daniel es nach und nach und womöglich an der Hand seiner Mutter kennenlernen können. Irene hatte auch daran gedacht und um die Erlaubnis zu einer Besichtigung gebeten; aber da es sich um eine militärische Anlage handelte, war dies abgeschlagen worden, und so gingen die beiden nun breite, in der Mitte ausgetretene Steintreppen hinauf, die in lange, wenig einladende Gänge mündeten, drängten sich zwischen anderen Eltern hindurch, die mit den Gepäcksstücken zu den Schlafsälen hasteten, während die Sprößlinge Peter Daniel neugierig musterten und die Großen sich unverhohlen nach der schönen Mama umsahen.

Endlich fanden sie im dritten Stockwerk, am Ende des fliesenbelegten Ganges, die Tür mit der großen 2 und dahinter einen schier unendlichen, aber verhältnismäßig freundlichen Saal, dessen Fenster auf den Park hinausgingen. Die vier Bettenreihen waren locker verteilt, weil kräftige Pfeiler die Decke trugen und ein breiter Mittelgang freigehalten worden war. An den Wänden rundum liefen dunkelbraune Spinde, die Nachtkästchen neben den Betten waren wuchtige Holzdinger, die offenbar die Zöglinge selbst mit einem hellgelben Lack angestrichen hatten.

Das war alles ziemlich aufregend, und Peter Daniel, der ahnte, daß er in längstens einer Stunde hier mutterseelenallein unter vierzig fremden Buben zurückbleiben würde, haschte schnell nach der Hand Irenes. Die zog ihn mit sich fort, denn sie hatte bei einem Fenster eine kleine Elterngruppe entdeckt, die den Klassenlehrer umgab, den Herrn Haupterzieher, wie er in der Denkschrift genannt worden war, die Heisingers nach der Einschreibung erhalten hatten.

Der Haupterzieher war ein großer, schlanker Mann mit ausgeprägter Nase, erstaunlicherweise ein Zivilist. Irene hatte einen Offizier erwartet oder – nach dem Ruf, den die Schule früher gehabt hatte – einen Priester. Aber da hatte sich offensichtlich einiges geändert. Herr Seifert fand den Namen schnell in seiner Liste und brachte die beiden zu einem Bett in der Mitte des Saales, am Mittelgang gelegen.

»Wir haben insgesamt vier Neue«, erklärte er, »die fasse ich hier zusammen, weil ich abends hier sitze und vor dem Einschlafen noch ein wenig vorlese; da fühlen sich die Buben dann nicht so vereinsamt. Und die anderen, die den Betrieb schon kennen, ziehen ohnedies die Wandplätze oder die Fensterreihe vor.«

Das waren Nuancen, die Peter Daniel im Augenblick noch nicht beschäftigten. Er warf sein Köfferchen erleichtert auf das Bett, während Irene sich daran machte, das zugehörige Spind zu suchen. Nun war man einen entscheidenden Schritt weiter: Es gab doch eine kleine Peter-Daniel-Insel in diesem ausgedehnten und von aufgeregten Wilden bevölkerten Niemandsland; er hatte eine Lade in seinem Nachtkästchen für das Hochzeitsbild von Mama und Papa, und er war nicht der einzige Neue, sondern es gab noch drei andere Buben in seiner Lage.

Die drei bereiteten Peter Daniel allerdings die erste Enttäuschung, als er während Irenes Gespräch mit Herrn Seifert ein paar Worte mit ihnen zu wechseln suchte. Sie waren zwar Deutsche, also nicht – wie eine ganze Reihe der anderen Zöglinge – kleine Polen aus Galizien oder Kroaten oder Italiener, aber ihr Deutsch war sehr schwer zu verstehen, und wo dieses Siebenbürgen lag, aus dem sie kamen, wußte Peter Daniel erst recht nicht. Aber sie waren, wie er selbst, evangelisch, und das schien etwas zu bedeuten, denn darüber hatten Papa und Mama schon bei der Anmeldung miteinander gesprochen.

Endlich kam die Mama aus jener Fensternische wieder und setzte sich ein wenig ermattet neben ihrem Sohn auf das Bett. Es war ein braunes Eisengestell, sonst nichts, und ein paar Decken, die nicht dick sein konnten, denn man saß recht flach darauf. Ein Federbett oder auch nur eine Steppdecke, das hatte Mutti schon gewußt, waren nicht gestattet.

»Also, es steht ganz gut«, berichtete Irene, »nach Hause darfst du zwar erst wieder zu Allerheiligen, aber ich kann dich an jedem Sonntag nach dem Gottesdienst abholen und darf dann bis zum Abendessen mit dir beisammenbleiben. Da werden wir spazierengehen, denn du weißt ja, daß ich ein Brüderl oder Schwesterl für dich erwarte, und da soll ich viel Bewegung machen...«

»Und wenn dieses neue Kind dann da ist, dann kannst du mich doch sicher nicht mehr so oft besuchen?« erkundigte sich Peter Daniel ahnungsvoll.

»Bis dahin ist es März und der Papa längst wieder zu Hause. Hab keine Sorge, wir versuchen es jetzt einmal ein Jahr, und danach sagst du uns dann selbst, ob du hierbleiben willst oder wieder in eine Wiener Volksschule gehen!«

Danach kam der schlimme Augenblick, in dem Peter Daniel erkannte, daß seine Mutter fortgehen wollte. Sie blickte verstohlen auf die Uhr, er wußte, sie mußte mit dem Zug fahren. Man durfte sie da wohl nicht aufhalten.

»Darf ich... darf ich noch mit dir auf den Bahnhof gehen, Mutti?«

»Sicher nicht, mein Liebling. Der ist auch ganz weit weg, und du kennst die Stadt doch nicht so gut. Dann irrst du irgendwo herum, kommst zu spät, und die Wache am Tor läßt dich nicht mehr passieren. Schau, hier ist es doch ganz gemütlich. Du kannst das kleine Köfferchen mit den Büchern und deinen Sachen ausräumen. Wenn du jetzt weggehst, kennen die andern sich alle, und du bist am Abend noch ohne neuen Freund. Du gehst mit mir bis zum Tor, ja?«

Er blickte nicht nach links und nicht nach rechts, als er an der Seite seiner Mutter die Treppe hinunterging. Nur sie zählte, nur die Hand, die ihn führte und die er nicht losließ, ob es nun die anderen sahen oder nicht.

Im Burghof, unter der hohen Wappenwand an der berühmten alten Kirche, war die allgemeine Verabschiedung schon im Gange. Der tote Kaiser, der dort in einer Gruft über der Toreinfahrt ruhte, so daß man unter ihm durchgehen mußte, der blickte jetzt vielleicht auf die kleinen Buben herunter, die dereinst die Fähnriche und Leutnants der österreichischen Armee sein würden. Aber Peter Daniel tröstete das alles nicht. Er hatte nichts übrig für große Stunden und in diesem Augenblick auch nicht für lebendige oder tote Kaiser. Er wußte nur, daß es gleich ganz finster sein würde – zum erstenmal in seinem Leben – und daß er seiner Mutter nicht nachschauen durfte, wenn sie durch den Gang zum Tor hinausging und immer kleiner wurde, bis man sie überhaupt nicht mehr sah.

Als Peter Daniel gesenkten Kopfes durch den Hof ging und mit einemmal kaum mehr wußte, welche von den drei Freitreppen zu seinem Aufgang führte, rief ihn eine helle Stimme an.

»He, Heisinger...«

Damit konnte nur er gemeint sein, obwohl in der Volksschule auf der Wieden alle immer nur Peter Daniel zu ihm gesagt hatten. Er wandte sich um. Ein schlanker, dunkler Bub mit lebhaften Augen lief auf ihn zu.

»Ist deine Mutter auch gerade gegangen?«

»Ja, jetzt eben...«

»Dann fahren sie sicher mit dem gleichen Zug... Meine

Mutti muß noch weit fahren. Sie übernachtet heute in Wien, und morgen geht's dann zurück nach Hermannsstadt.«

»Wo liegt denn das?«

»In Ungarn ganz hinten, es heißt Siebenbürgen. Wir leben dort mit den Rumänen, und unsere Feinde sind die Ungarn. Das glaubt hier keiner. Und weil wir auf den ungarischen Schulen keine Ruhe hätten, hat der Kaiser ein paar Plätze für Siebenbürger gestiftet... und auf so einem Platz bin ich nun hier, in Wiener Neustadt... Hast du auch einen Freiplatz?«

Sie gingen nebeneinander die Treppe hinauf, das war ein ganz schönes Gefühl; man war höher, man blickte über den Hof und die Menschengruppen hin.

»Ein Freiplatz... das heißt, daß man nichts bezahlt? Das glaube ich nicht, denn erstens bin ich evangelisch...«

»Das sind wir doch auch!« rief der kleine Siebenbürger.

»... und zweitens bin ich ein Bürgerlicher, ich hab' kein von oder so was wie die meisten hier!«

»Mach dir nichts draus, dafür kann man sich überhaupt nichts kaufen«, sagte der kleine Siebenbürger lachend, »schau, ich heiße Sigismund von Trausch. Wie das klingt? Wie ein ganzer Wasserfall! Und wir sind so arm, daß ich Offizier werden muß, weil eine andere Schule für meinen Vater unerschwinglich ist.«

Sie hatten den Schlafsaal erreicht, aber Peter Daniel zauderte, einzutreten.

»Sag mir noch schnell, wie das ist, arm sein«, bat er. »Ich glaube nämlich, heute bin ich zum erstenmal arm.«

Der neue Freund setzte zu einem lauten Lachen an, umfing dann aber Peter Daniel mit einem beinahe zärtlichen Blick, legte ihm die Hand um die Schulter und sagte: »Vielleicht hast du recht, vielleicht sind wir heute beide gleich arm. Aber wir sind immerhin schon zu zweit, das ist doch etwas!«

Es war wirklich etwas, vor allem da die drei Siebenbürger alle ein bis zwei Jahre älter waren als Peter Daniel. Sie waren mit den Schulen ein wenig zurück, und da die kaiserlichen Stipendien eben erst ausgeschrieben worden waren, durften sie trotz dieses Altersunterschiedes doch noch von ihnen Gebrauch machen. Die drei Buben aus dem fernen Bergland, das keiner kannte, waren eine nicht zu verachtende Leibgarde für den kleinen Fabrikantensohn, in dem die jungen Barone und Grafen instinktiv ein Geschöpf aus einer anderen Welt erkannten.

Peter Daniel hätte es nicht für möglich gehalten, aber es war beinahe wie in einem großen Tiergarten, so umschlichen sie einander, so fauchten sie leise, wenn der Feind kam, so zogen sie die Luft ein, um die Witterung zu nehmen. Und Herr Seifert, der Erzieher, betete morgens und abends, betete mittags und ermahnte sie vor dem Unterricht und ahnte von all diesen Spannungen nichts.

In der ersten Oktoberwoche gab es den großen Auftritt der Angelobung, die natürlich für die Kleinen noch nicht galt, sie marschierten nur mit und durften allem beiwohnen, um so mehr, als zugleich mit der Angelobung der älteren Kadetten auch eine Gedenkfeier für den Generalmajor Ignaz Freiherrn von Reinisch abgehalten wurde, einen Direktor der Akademie, der dreißig Jahre zuvor verstorben war.

Der Platz, auf dem sich das Karree bildete, war Peter Daniel aus leidvollen Erfahrungen längst bekannt, ja er war für seinen Geschmack der größte Platz der Welt, denn sie mußten ihn allmorgendlich mit hängender Zunge umrunden. Er lief ja gerne, er war immer gelaufen, in Gutenstein, in der Wohllebengasse, von der Wohlleben- in die Paniglgasse, hinter dem Reifen, mit seiner kleinen Baronesse, mit Franzi, die ungemein flink war. Aber hier, in der Akademie, ging alles so wahnsinnig schnell und auf eine so überflüssige Weise hastig zu. Hatte Herr Seifert händeklatschend die Bettenreihen durchwandert und alle geweckt, dann mußte man schon mit einem Satz aus dem Bett und in das Turnzeug springen. Zog man die Turnschuhe an, so war es immer wieder der Knoten, der darüber entschied, ob man unter den ersten bei der Tür hinausprеschte oder hinter den anderen herzockeln mußte. Die Treppen ging es in einem Höllentempo hinunter, immer zwei Stufen auf einmal, dann trat man im Hof an, und Herr Seifert führte sie im Laufschritt durch den Ostdurchgang hinaus auf jenen großen Platz, mit dem der Akademiepark begann.

Die Übungen waren lustig, ja beinahe erregend in dem leichten Morgennebel, der aus den Bäumen auf die gelben Mauern zuwehte. Die große Burg mit ihren vielen Fenstern lag erhaben vor ihnen, die Kinsky-Büste dräute hinter ihnen, es war eine schöne, feierliche Welt, zu der er gehörte. Und dann auf einmal, nach der letzten Freiübung, waren die ganze Schönheit und Feierlichkeit des jungen Tages plötzlich wie weggeblasen. Seifert voran, danach die Größeren und schließlich der Schwanz der Kleinen trabten, nein galoppierten sie mit angewinkelten Ellenbogen auf den ehernen Grafen Kinsky zu, schwenkten vor ihm nach rechts, dann in weitem Bogen um den Platz herum und endlich, wenn es schon unter den Rippen stach und die Gruppe sich weit auseinandergezogen hatte, wieder in jenen Durchgang hinein, der in den Innenhof führte. Auf dem Holzstöckelpflaster erst fielen sie aus dem Lauf in den Schritt; das war der Augenblick, wo Peter Daniel überhaupt nicht wußte, wo er die Luft herbekommen sollte. Die Augen tränten, er konnte nichts sagen, nicht schlucken, er taumelte nur hinter den anderen her, die Treppen hinauf in den Waschraum.

Und das war das entscheidende Versäumnis, das nicht mehr aufzuholen war. Kam er in den Waschraum, so kamen sie ihm schon entgegen, kam er aus dem Waschraum, so legten sie die Betten aus, stellten die Matratzen wie Kartenhäuschen zusammen, legten die Kissen obendrauf. Und wenn sein Matratzenhäuschen endlich stand, sauste eben der letzte Kamerad aus der Tür hinunter in den Speisesaal. Ein Glück nur, daß der Kakao immer lauwarm war; er wurde in dickwandigen Tassen serviert, deren Ränder zahllose Zöglingsmünder aufgescheuert hatten. Peter Daniel mußte immer einen winzigen Ekel hinunterkämpfen, wenn er diese schweren Dinger an die Lippen setzte, aber es ging wenigstens schnell. Dazu bampfte er ein wenig von dem Brot, auf dem die Rübenmarmelade ohnedies schon eingetrocknet war; weiß Gott, wann das Küchenpersonal diese Schnitten schon gemacht hatte, vielleicht am Abend zuvor!

War der Speisesaal ein düsteres, von Säulen getragenes Kellergewölbe, in dem immerzu rußige Lampen brannten, so war das Klassenzimmer ähnlich hell und freundlich wie der Schlafsaal, nur viel kleiner. Aber es war auch wiederum größer, als die Klasse in der Wiener Schule gewesen war, denn in der Akademie gab es an der rechten Wand eine lange Fächerreihe, wo jeder seine Lehrbücher hinstellen konnte – sie brauchten ja keine Schultaschen, sie *lebten* ja in der Schule! Und am hinteren Ende des Klassenzimmers stand ein großer Tisch, der von zwei wuchtigen Schränken mit zahlreichen Laden flankiert war. Da hatte noch einmal jeder eine Lade für so allerlei Dinge, die unter dem Pult nicht sein durften, weil man sonst mit ihnen gespielt hätte.

War man einmal soweit, kehrte der Friede ein. Von nun an gab es vier oder fünf Stunden lang keine Hetzerei, sondern das Regelmaß der Unterrichtsstunden und der Pausen, und Peter Daniel ertappte sich dabei, dies geradezu als Glück zu empfinden. Er liebte die Ordnung der Plätze, der Zeit, des Zimmers, denn sie schuf Frieden. Und natürlich gefiel ihm all das nur, weil die flinken Grafen und Barone, die ihn bei der Runde um den Platz herumstießen und mit ihren langen Beinen überholten, bei den Unterrichtsstunden stumm wie die Fische dasaßen. Die regsamsten, jene, die wenigstens hin und wieder aufzeigten und dem Lehrer zumindest die Illusion eines Echos gaben, das waren die dank ihres Altersunterschieds und der Grenzland-Wachsamkeit überlegenen Siebenbürger, das war Peter Daniel selbst und das war ein kleiner, rundköpfiger Baron Wertheimstein mit abstehenden Ohren. Der saß stets offensichtlich gelangweilt da, wenn manche Dinge drei- und viermal vorgetragen wurden, bis auch die zwei Prinzen – ein Particella und ein Rapacki – sie begriffen hatten.

Da Irene an jedem Sonntag kam, da es die herrlichen Minuten des Postempfangs gab und die Freundschaft mit Sigismund von Trausch sich festigte, hätte sich die Trübsal der ersten Tage und Nächte wohl bald verloren, wäre nicht eines Tages, als es zum Abendessen Blitzkuchen und Kakao gab, der junge Graf Radislovich hinter Peter Daniels Stuhl getreten, um ihm eine Drohung zuzuflüstern, die alles veränderte.

»Wenn du mir nicht den halben Blitzkuchen gibst«, sagte Radislovich, »so erzähl' ich den andern, daß dein Vater sitzt!«

Peter Daniel zog nur ein ganz klein wenig den Kopf ein, das konnte eigentlich niemand bemerkt haben; dann brach er schnell den großen, weichen, wunderbar duftenden Blitzkuchen in der Mitte durch und reichte Radislovich eine Hälfte.

»Magst?« sagte er so laut, daß es der halbe Tisch hören konnte. »Mir ist es zuviel!«

Radislovich grinste und zog mit der Beute ab. Sigismund von Trausch, der Peter Daniel gegenübersaß, warf ihm einen seltsamen Blick zu, sagte aber nichts. Erst als sie nach dem Abendessen allein die Treppe hinaufgingen, schob sich der Graf an Peter Daniel heran und sagte leise:

»Kompliment ... soviel Geistesgegenwart hätte ich einem

kleinen Pfeffersack gar nicht zugetraut... Ich hab' vom ersten Augenblick an gewußt, den Namen Heisinger kenn' ich doch... Und heute, ausgerechnet am Blitzkuchentag, ist es mir eingefallen.«

»Dabei ist mein Vater völlig unschuldig«, sagte Peter Daniel trotzig, »er ist sogar mit dem Prinzen von Wales befreundet, auf den man geschossen hat!«

»Das ist mir doch gleichgültig! Wer sitzt, der sitzt. Warum ist Nebensache. Merkwürdig ist nur, daß sie dich aufgenommen haben... Na ja, bei vierhundert Stipendiaten, da braucht man eben ein paar, die zahlen, und Geld habt's ihr ja, sagen alle. Aber ich will kein Geld. Ich werde dir immer sagen, was ich will, und wenn du's nicht tust – na, du weißt schon!«

Es war nicht viel, es waren eigentlich Bagatellen, um die Radislovich ihn nur hätte bitten müssen, und er hätte es getan: die Mehlspeise an bestimmten Tagen. Oder: das Fleisch des Grafen essen, wenn es zu flachsig war (und gegessen mußte es werden). Peter Daniel schnitt es eben in ganz kleine Stückchen, verrührte es mit dem Kochsalat oder dem Erbsenbrei oder dem Kraut und aß alles mit dem Löffel. Das war es also nicht, was ihm zusetzte. Es war ganz einfach die Bedrohung, die lastende Ungewißheit darüber, was Radislovich am nächsten Tag verlangen würde. Es stand ihm ja frei, er brauchte es sich ja nur auszudenken. Ein Glück, daß das Denken oder doch die Phantasie nicht seine starke Seite zu sein schien. Es blieb lange Zeit bei den Mehlspeisen und beim Fleisch. Lange Zeit, aber nicht immer...

Wenn es etwas gab, was Ladislaus Grafen Radislovich und Baron von Palontosch noch mehr interessierte als die Mehlspeisen, dann waren dies die Mädchen, die all diese gelegentlich etwas trocken ausfallenden Biskuits, Torten und Kuchen zubereiteten. Es war ein ungesundes und frühreifes

Interesse, zählte der junge Graf doch in diesem Herbst erst zehn Jahre, aber was die jungen Adelssprossen an Bildungseifer vermissen ließen, das kompensierten zumindest einige von ihnen dadurch, daß sie das nicht sehr zahlreiche weibliche Personal mit den Blicken verfolgten.

Die mit Abstand hübscheste und zugleich anziehendste Erscheinung war Charlotte von Lebzeltern, die Tochter des Direktors, eine Siebzehnjährige, nach der sich auch die besten Kadetten, die Auserlesenen des obersten Jahrgangs, die Hälse ausrenkten, jene, die schon beim Verlassen der Akademie zu Leutnants gemacht wurden. Wenn Charlotte aus der Stadt kam, den Hof durchquerte und die Treppe hinaufging, die zur Dienstwohnung des Freiherrn führte, drückten sich in drei Etagen Schüler und Kadetten aller Jahrgänge die Nasen an den Fenstern platt, und selbst die Lehrer warteten höflich ein paar Minuten, ehe sie mit dem Zeigestock mahnend auf das Katheder trommelten und anzeigten, daß man zu Ernsterem zurückkehren möge.

Nach ihr, der Unnahbaren, der Traumgestalt, kam die kleine Zacher, ein süßer Backfisch mit den vollen Formen, wie sie im Volk häufiger sind als beim Adel. Ihr Vater leitete die Buchbinderei, die in einem Nebengebäude untergebracht war, und hatte dort auch seine Dienstwohnung, weswegen die hübsche Else weit seltener als Charlotte durch den Hof ging und sich bewundern ließ.

Von diesen beiden abgesehen, die sich im Glanz Hunderter Bubenblicke sonnten, aber wohl auch anderswo eine berechtigte Aufmerksamkeit erregt hätten, gab es dann noch die kleine Armee der Küchenmenscher unter der Fuchtel des Zahlmeisters Stejskal. Dieser kleine und rundliche Herr hatte eine so ungeheure Glatze, daß man mit Sicherheit annehmen durfte, auch an seinem Steiß herrsche gnadenlose Glätte, wenn er nicht überhaupt schon in Falten lag, und die Kadetten gefielen sich in der Vorstellung, daß dieser bewegliche, aber im Staatsdienst völlig verbrauchte alte Herr ein Verhältnis mit der Chefköchin habe, einem Mannweib von imposantem Gliederbau.

Auch die Mädchen, die sie herumkommandierte, waren eher von der stämmigen Spezies, wie man ja in Großküchen, Vorratslagern und ähnlichen Bereichen nur recht selten auf dünne Gestalten trifft. Das Dutzend rundlicher Böhminnen, zwischen vierzehn und vierundzwanzig Jahre alt, vereinigte die Begehrlichkeit von vier Klassen Kadetten auf sich, die noch keinen Abendausgang in die Stadt erhielten, und von einigen frühreifen Schülern der Vorbereitungsjahrgänge, die offenbar zu Hause schon zuviel Entgegenkommen beim weiblichen Gesinde gefunden hatten.

Peter Daniel jedenfalls, dem Grafen Radislovich ausgeliefert, mußte ihm die Wege zu dem jüngsten aller Küchenmädchen ebnen, zur Stasi Polivka aus Komotau. Da die Kleine noch nicht so argwöhnisch war wie ihre älteren Kolleginnen, war das zunächst überraschend leicht, hatten sie doch alle, zu welchem Zweck immer sie die Burg bewohnten, den einen großen Akademiepark als gemeinsame Erholungslandschaft vor sich liegen. Ein Sonntagmorgen, nach der frühen Messe und lange vor dem Eintreffen der Eltern, war der richtige Zeitpunkt, und Peter Daniel wie der junge Graf konnten, ohne Verdacht zu erregen, hinter Stasi herwandern, sie dann an einer Kreuzung der Alleen wie zufällig treffen, lachend nach Weg und Wetter und Sonntagsplänen befragen und schließlich, weil drei immer harmloser aussehen als zwei, mit ihr in die *enterischen Gründ* verschwinden, das heißt in die entlegenen Gegenden des Parks, wo die Alleen endeten und in Feldwege übergingen.

Peter Daniel verstummte, Radislovich zauberte einen blanken Gulden aus dem Sonntagsgewand hervor und sagte:

»Der g'hört dir, Stasi, wannst'n Rock aufhebst!«

»Aber nur bis zu die Knie!«

»Bis zu den Knien gibt's einen halben Gulden, bis zu den Strumpfbandln einen ganzen!«

»Und wann wer kommt?«

»Der Heisinger paßt auf!«

Nach diesem Schema vollzog sich, für den Grafen sicherlich allzu bedächtig, für Peter Daniel in bestürzenden Katarakten, die Einführung in ein Wissensgebiet, für das im Lehrplan der Akademie auch nach den Reformen des Grafen Kinsky und des Ritters von Martini nicht eine einzige Wochenstunde vorgesehen war. Solange sich die lehrreichen Experimente an Anastasia, kurz Stasi genannt, noch im Freien durchführen ließen, hatte das Ganze wenig Peinliches für Peter Daniel. Er begleitete die beiden, plauderte ein wenig mit dem munteren Mädchen und bewunderte im übrigen die gesellschaftliche Sicherheit des Grafen, die in einem so eklatanten Gegensatz zu seinen Leistungen in der lateinischen Sprache, im geometrischen Zeichnen und in der Bruchrechnung standen. Hatte man den verschwiegenen, von dichten Gebüschen umstandenen Platz hinter dem Pionierteich erreicht, so bezog Peter Daniel seinen Beobachterposten. Er starrte in das bunte Herbstlaub, er ließ den Blick über die Fläche des künstlichen Teichs schweifen, in dessen Mitte sogar eine Insel aus dem Wasser ragte, und war eigentlich mit seiner Rolle ganz zufrieden. So hatte er doch immerhin die Gesellschaft eines jungen Weibes, fühlte, daß er ihr sympathisch war, und gewann sogar den Eindruck, daß ihn und sie, die beiden Radislovich-Opfer, eine Art geschwisterlicher Gemeinsamkeit verbinde.

Vom Novemberende an wurde es jedoch einfach zu kalt. Der Wind Pannoniens brauste in den Bäumen des Parks und sprang mühelos über die niedrige Mauer, die ihn gegen das Leithatal abgrenzte.

»Wir müssen was anderes finden«, sagte Radislovich nach dem letzten Novembersonntag, »die Stasi ist schon jetzt so warm angezogen, daß allein das Auswickeln eine halbe Stunde dauert. Außerdem fallen wir auf, weil niemand mehr in den Park geht, und schon gar nicht so weit...«

»Machen wir doch Schluß, bis zum Frühjahr!«

»Echt Heisinger! Natürlich, du hast ja alles, die hübsche Mama, wenn auch sichtlich guter Hoffnung, kommt ja brav jeden Sonntag, dann gibt's Umarmungen und Küsse... Mich besucht niemand, die wären ja allein eine Woche unterwegs bis nach Wiener Neustadt. Ich muß mich hier versorgen, irgend etwas brauch' ich, oder wär's dir lieber, ich würde dich am Abend in mein Bett befehlen, wie's die Prinzen mit ihren Buberln machen?«

Das war selbstverständlich das schlimmste. Das war überhaupt unvorstellbar, schon weil Peter Daniel gar nicht wußte, was dabei geschah. Etwas Arges, ja etwas Entsetzliches mußte es sein, weil einmal ein kleiner steirischer Baron heulend durch den ganzen Saal gerannt war und nur mühsam eingefangen werden konnte. Dann schon lieber Wachestehen neben der ausgewickelten Stasi!

»Ich denk' nach!« versprach Peter Daniel. »Schau dich halt auch um, in einer so alten und so großen Burg muß es was geben!«

Es gab etwas. Es gab die Klavierkammerln, die so hießen, obwohl man natürlich an jedem Musikinstrument üben konnte, aber in den meisten standen eben Klaviere: keine Flügel, sondern harmoniumartige und oft bedenklich verstimmte, schmale Pianinos, an denen jene Schüler übten, die – auf Kosten der Eltern, versteht sich – Stunden bei einem Lehrer belegt hatten.

»Da wird Heisinger junior seiner Mama beibringen müssen«, sagte Graf Radislovich grinsend, »daß er in sich die Berufung zum Virtuosen entdeckt hat. Ab sofort nimmst du Klavierstunden, verstanden?«

Frau Irene war zwar etwas überrascht ob des so plötzlich

erwachenden Musikinteresses ihres Sohnes, aber doch eher erfreut; in ihrem Prager Vaterhaus war Hausmusik die Regel gewesen und hatte ihr darum in Wien auch so lange gefehlt, bis die Abonnementkonzerte der Wiener Philharmoniker Abhilfe schafften. Der zweite Glückliche war Sigismund von Trausch, der den neuen Freund schnell wieder hatte entgleiten sehen und über die gemeinsame Liebe zur Musik eine Wiederannäherung erhoffte.

Peter Daniel nahm also Stunden und übte Tonleitern, was in der Regel zweimal in der Woche der Fall war. Es kostete eine gewisse Mühe, die Freizeit der in der Küche stark beschäftigten Stasi mit den Stunden zu kombinieren, in denen Peter Daniel ein bestimmtes Kämmerchen im vierten Stockwerk benützen durfte, aber von der Aussicht beflügelt, die dralle Geliebte einmal im Warmen und im Trockenen genießen zu dürfen, wuchs Graf Radislovich über sich hinaus, veranstaltete Ringtausch-Geschäfte, bezahlte mit Peter Daniels Mehlspeisen und eigenen Kreuzern und schuf so tatsächlich eine für sein jugendliches Alter erstaunliche Gelegenheit. Stasi war denn auch von soviel Aktivität der beiden kleinen Herren mehr geschmeichelt als verwirrt und legte in reizender Nonchalance ihre nach Hülsenfrüchten duftenden Kleider ab, während Peter Daniel eifrig seine Czerny-Etüden klopfte.

So vollzog sich also die Einführung eines jungen böhmischen Grafen in die Liebe etwa parallel zu Peter Daniels Vordringen in die *Große Piano-forte-Schule* des braven Czerny, und wenn Radislovich durch die Tonleitern in seiner Aktivität nicht sichtlich behindert wurde, Peter Daniel war doch sehr deutlich durch das abgelenkt, was sich zwar hinter seinem Rücken, dafür aber in unmittelbarer Nähe abspielte.

Draußen am Pionierteich, da waren immer ein paar Büsche zwischen ihm und Stasi gewesen, und im Freien waren auch die Geräusche nicht so aufdringlich zu hören gewesen, die kleinen Worte des Mädchens, das hilflos-großsprecherische Gerede des jungen Grafen. Nun aber waren sie auf vier oder fünf Quadratmetern zusammengespannt, und wenn Radislovich natürlich auch noch zu jung war, um ernsthaft in das Mädchen einzudringen, so balgten die beiden sich doch schon recht intensiv miteinander auf den zu diesem Zweck eingeschmuggelten Kotzen. Peter Daniel hätte viel lieber wieder Wachtposten gemacht, obwohl das in den Gängen nicht so problemlos war wie draußen im Park; aber wer hätte dann Klavier gespielt? Und der Übungsplan war an jeder Kammertür angeschlagen, die kontrollierenden Lehrer konnten stets ablesen, ob eines der raren Kämmerchen auch tatsächlich benützt wurde. Und darum erlebte Peter Daniel seinen Czerny als den erotischsten aller Komponisten: Trommelte er auf den Bässen herum, so konnte er gar nicht anders, als die vollen weißen Schenkel der Stasi in der Luft herumrudern zu sehen; verdrehte er den Oberkörper beim Übergreifen, so waren alle beide in seinem Blickfeld, der dünne gräfliche Sommersprossenpopo oder der wohlgerundete und leicht rosig angehauchte Hintern der Küchenmaid. Nur die Tatsache, daß Radislovich überhaupt nicht klimpern konnte, bewahrte Peter Daniel davor, den unverhüllten Einladungen des Mädchens folgen zu müssen. Die nämlich fürchtete mit ihrem Hausverstand, daß einer, der nie an die Reihe kam, zu einer Gefahr für alle drei werden könne.

Diese Gefahr gab es tatsächlich, aber sie hieß Sigismund. Kindlicher als der junge Graf, hatte doch auch Trausch seine geheimen Spiele. Sie bestanden im wesentlichen darin, Papiersäcke voll Wasser laufen zu lassen, damit dann in das nächstgelegene Klavierkammerl zu rennen, die allesamt auf Lichthöfe hinausgingen, und vom Fenster aus die unten durch den Lichthof gehenden Kadetten oder auch Kuchlmenscher mit Wasserbomben zu bedenken. Die übenden

Schüler protestierten stets nur schwach gegen solche Eindringlinge, denn die Unterbrechung war ja doch willkommen, und wenn man dann, nebeneinander aus dem Fenster lugend, die Bescherung genießen konnte, dann fühlte man sich eben wieder als Mensch, nicht bloß als Zögling.

Die Liebeskammer ging auf einen Lichthof, den das Küchenpersonal und insbesondere der Zahlmeister Stejskal häufig zu überqueren hatten; die beste Abwurfstelle lag jedoch gegenüber, sonst wären Stasi und ihre Adepten gewiß längst aufgeflogen. An einem Nachmittag, als Radislovich eben hingebungsvoll an Stasis jungen Brüsten nuckelte, erscholl nun von unten das vertraute Geräusch eines platzenden Papiersacks, zugleich aber auch ungeheures Geschimpfe. Das Unwahrscheinliche war geschehen: Sigismund hatte es gewagt, den Zahlmeister selbst anzuvisieren, und hatte ihn auch tatsächlich mitten auf die imposante Glatze getroffen.

Der Alarm kam mit einer Schnelligkeit, die der angeblichen Bedächtigkeit der k. u. k. Armeen durchaus nicht entsprach. Es klingelte und pfiff plötzlich von allen Seiten, und als Stasi, die weiße Küchenschürze vor die Blöße drückend, eben durch die Tür entweichen wollte, stand sie dem zornsprühenden Oberleutnant Burda gegenüber.

Eingedenk der allen Offizieren eingebläuten Grundregel, daß man sich in kompromittierender Gesellschaft nicht in der Öffentlichkeit zeigen solle, schubste Burda das nackte Mädchen in das Kämmerchen zurück und entdeckte auf diese Weise die leichenblaß strammstehenden Kumpane Heisinger und Radislovich.

Stasi, das Kind aus dem Volk, faßte sich zuerst, hüllte sich mit anmutigen Bewegungen, aber ohne jegliche Hast, in ihre Kleider und verlegte sich – obwohl einige Körperteile von unleugbarer Überzeugungskraft noch unbedeckt waren – auf herzzerreißendes Bitten.

»Daß dir dieser Dreh nicht eingefallen ist, kann ich mir

denken«, sagte Burda, »also geh schon, und halt den Mund. Wenn niemand etwas erfährt, geht's für dich vielleicht noch glimpflich aus, so skandalös die Sache natürlich ist. Euch beide aber kann nichts retten: So etwas ist, seit ich an der Akademie bin, noch nicht vorgefallen. Natürlich gab's Abenteuer in der Stadt, Liebschaften an der Mauer, heimliche Rendezvous im Park. Aber Liebe mit Musikbegleitung mitten in der Anstalt... Wenn ich's nicht gesehen hätte, ich würde es nicht glauben.«

Bei der nachfolgenden Untersuchung blieb die dralle Anastasia zwar nicht ungeschoren, aber da die Karriere eines Küchenmädchens durch Vorkommnisse dieser Art noch nie ernsthaft behindert wurde, kochte sie eben in einer Kaserne weiter. Schlimmer wurde es für Peter Daniel und Radislovich. Der kleine Graf mit dem guten Mundwerk hatte zunächst natürlich die Sympathien auf seiner Seite gehabt, trotz Sigismunds Zeugnis, daß er von gegenüber gesehen habe, wie Peter Daniel am Klavier saß. Bald aber stellte sich heraus, daß der Graf weder Noten lesen noch eine Oktave richtig greifen konnte, und so mußte man der heulenden Stasi Glauben schenken, die Peter Daniel als die Unschuld in Person, ja als einen allen Versuchungen gewachsenen keuschen Joseph hingestellt hatte.

Die Entscheidung fiel auf höchster Ebene und naturgemäß hinter verschlossenen Türen: Beide Schüler wurden relegiert, das heißt, man legte dem Grafen sowie Ferdinand Heisinger nahe, ihre Söhne mit dem Ende des Semesters im Februar wieder in die häusliche Obhut zu übernehmen. Dem Vernehmen nach hatten Seifert wie Burda dafür plädiert, Peter Daniel Heisinger eine Chance zu geben und ihn auf Bewährung zu behalten, aber der Direktor selbst, der Generalmajor Ritter von Martini, hatte sich dagegen ausgesprochen: Er könne es seinem Freund, dem Grafen Radislovich, nicht ausdeutschen, daß ein junger Bürgerlicher

Verzeihung für etwas erlangen sollte, was der Karriere des Grafensohnes ein frühes Ende bereitete. Hätten die beiden noch ein paar Jahre gewartet, so wäre es ein Kavaliersdelikt, und man hätte die Augen zudrücken können; so frühe Verdorbenheit in der Aktion wie in der Beihilfe jedoch lasse für die Zukunft der Charaktere ohnedies nur das Schlimmste erwarten, weswegen es völlig sinnlos sei, die angesehene Ausbildungsstätte theresianischen Geistes mit solchen Schülern zu belasten. Als Maria Theresia auf diese Weise ins Spiel gebracht worden war, bedeutete dies auch schon die Entscheidung, denn die sittenstrenge Monarchin war es gewesen, die mit Entschließung vom 14. Dezember 1751 die Militärakademie gegründet hatte. Und wie sie zu ihrer Zeit mit liederlichen Personen verfahren war, das wußte man schließlich aus der Geschichte.

So kam es, daß am 12. Februar des Jahres 1874 zwei gutgekleidete Herren dem Zug aus Wien entstiegen und auf die einzige Droschke zusteuerten, die an diesem kalten Vormittag auf dem Platz vor dem Wiener Neustädter Hauptbahnhof warteten. Da sie etwa gleich alt sein mochten, war die Frage des Vortritts prekär, löste sich aber auf die angenehmste Weise, als sich herausstellte, daß sie beide das gleiche Fahrziel hatten: die Theresianische Militärakademie in der alten Burg.

»Mein Name ist Heisinger«, sagte Ferdinand, eine Woche zuvor etwas abgemagert, aber in leidlicher Laune nach Hause zurückgekehrt. »Darf ich die Vermutung äußern, daß Sie Graf Radislovich sind?«

Der Graf lachte.

»Dann wissen Sie wenigstens alles, und wir sind Leidensgefährten«, sagte er, »beziehungsweise unsere Söhne. Übrigens möchte ich Ihnen gleich sagen: So wie ich meinen Sprößling kenne, hat er alles ausgeheckt und angezettelt, und

Ihrem Sohn ist höchstens der Vorwurf zu weit gehender Kameradschaft zu machen, wenn es derlei überhaupt geben kann.«

»Das freut mich natürlich zu hören«, antwortete Ferdinand, »obwohl ich ohnedies entschlossen war, nicht alles zu glauben, was der Bericht des Herrn von Martini enthält. Sind die beiden nicht noch arg klein für solche Dinge?«

»Nun, Ihr Bub hat ja eigentlich nur Klavier gespielt, und das kann man doch schon mit fünf oder sechs Jahren lernen, auch ohne ein Mozart zu sein.«

»Und Ihr Sohn... Der ist, soviel ich weiß, doch erst zehn?«

»Der ist in einem gewissen Sinn mein Opfer, weswegen ich ihm auch nicht viel vorzuwerfen habe. Wir haben ausgedehnte Güter in der Slowakei, wie Sie vielleicht wissen. Aus irgendeinem Grund wurde bei uns das Herrenrecht nie abgeschafft, vielleicht weil es nie eingeführt werden mußte. Schon als ich noch Kind war, wimmelte es in unserem Herrenhaus immer von willigen Mädchen von den Pachthöfen, und heute ist es nicht anders, was will man in solch einem Kaff, zwei Wagenstunden von Kremnitz, auch anderes tun, als sich mit den Dorfschönen vergnügen? Meine Frau hat das nie eingesehen und ist aus Kummer über mich längst unter der Erde, und der Kleine, nun, der wird eben wie ich. Eben darum hatte ich ihn zu meinem Freund Martini in die Kadettenanstalt geben wollen, damit er unter Buben aufwächst und der erotischen Atmosphäre meines Liebeshofes entrinnt, aber, wie man sieht, ein Radislovich weiß überall zu finden, was er braucht.«

Die halbe Stunde beim Generalmajor von Martini zählte zu den unangenehmsten, die Ferdinand durchleben mußte, unangenehmer selbst als das, was er auf dem Salzgries eben erst hinter sich gebracht hatte. Er war, obwohl Reserveoffizier, nie imstande gewesen, der militärischen Welt mehr als ein rein kontemplatives Interesse entgegenzubringen. Man konnte sie natürlich nicht ignorieren, vor allem dann nicht, wenn man aus einer Industriellenfamilie stammte, die an der Armee nicht wenig verdient hatte. Aber vielleicht war gerade diese Unlust am Umgang mit Offizieren einer der Hauptgründe für Ferdinands Entschluß gewesen, sich künftig nicht mehr mit Eisen, sondern mit Holz, nicht mit militärischen Ausrüstungen, sondern mit bürgerlichen Möbeln zu beschäftigen.

Radislovich, der derlei geahnt haben mochte, ließ Ferdinand Heisinger nicht von seiner Seite, und das erleichterte vieles; Graf und General pflegten das kameradschaftliche Du, und dies dämpfte den Ton der Auseinandersetzung, der sonst allenfalls scharf geworden wäre. Andererseits mußte Ferdinand weitgehend darauf verzichten, seinerseits Vorwürfe gegen ein Heimleben zu erheben, in dem sein kleiner und in vielem noch sehr kindlicher Sohn zum Werkzeug solcher Vorgänge werden konnte.

Als dies überstanden war, stellten die Väter einträchtig fest, daß bis zum nächsten Zug nach Wien noch ungeheuer viel Zeit sei; das Gepäck der Buben wurde bei der Torwache eingestellt, und Väter wie Söhne setzten sich in ein gemütliches altes Gasthaus am Allerheiligenplatz, mitten in der kleinen Stadt und gegenüber einem Spielzeugladen gelegen, der die beiden kindlichen Sexualsünder mindestens ebensosehr beschäftigte wie ein paar Tage zuvor noch die nackerte Stasi.

Die Buben bekamen Tee und Schinkenbrote, die Herren hatten sich einen Krug Vöslauer Roten und eine Käseplatte bringen lassen, und erst als sich alle gestärkt hatten, begann der Graf mit vorsichtigen Erkundigungen.

»Wie hast du denn eigentlich den kleinen Peter Heisinger dazu gebracht, das alles mitzumachen?« wollte er wissen.

»Du bist doch mit Geld nicht sonderlich ausgestattet gewesen, und an Geld hat es dem Peter doch gewiß auch nicht gefehlt. Hast du ihn überredet?«

Peter Daniel senkte den Kopf, und der kleine Graf druckste ein wenig herum, ehe er bekannte:

»Ich habe ihm gedroht...!«

»Ihn zu verhauen?«

»Nnnein... etwas zu sagen... Den anderen etwas von Peter Daniels Vater zu erzählen!«

Die Männer blickten einander an.

»Lauft einmal hinüber zum Spielzeuggeschäft, ihr beiden!« sagte der Graf. Erst als sie die Wirtshaustür hinter sich geschlossen hatten und über den verschneiten Platz trabten, sprach er weiter: »Jetzt, Herr Heisinger, bin ich erst recht froh, daß wir uns kennengelernt haben. So kann ich Ihnen von Mann zu Mann sagen, wie betroffen ich von dem bin, was ich eben erfahren habe. Daß er sich nach Mädchen umschaut, hätte ich ihm verziehen, hätte ich verzeihen müssen, und damit wäre ich im Lauf der Zeit wohl auch fertig geworden, denn einmal stoßt sich jeder Hitzkopf die Hörner ab... Aber diese Erpressung ist schäbig. Die ist genau das, was er nicht hätte tun dürfen...«

»Es ist auch für mich nicht leicht, das zu erfahren«, sagte Ferdinand in die kleine Pause hinein, die der Graf machte. »Ich sehe, daß ich mitschuldig bin an einer Lage, die für meine ganze Familie schwierig ist und für meinen kleinen Sohn sehr schwere Monate zur Folge hatte. Und wenn schon ich der Meinung bin, daß ich unschuldig büßen mußte, so kann an seiner Unschuld überhaupt kein Zweifel bestehen.«

»An Ihrer auch nicht, der Fall ist ja genau besprochen worden, und außer ein paar politischen Lakaien in subalternen Polizeiverwendungen hat in Ihrem Zusammenhang niemand von Schuld gesprochen«, sagte der Graf. »Aber in unserem Fall liegt es anders. Daß er ein Erotomane wird, daran habe ich nie gezweifelt; daß er aber mit zehn Jahren vorgeht wie ein kalter Krimineller ... Ich glaube, vor hundert Jahren hätte meine Familie solche Söhne gar nicht aufwachsen lassen. Was soll ich bloß mit ihm tun?«

»Zu Hause behalten, in der Heimat, auf dem Gut ... und genau beobachten. Hinter jeder Erpressung steht sehr viel Gefühlskälte. Versuchen Sie, in ihm für irgend etwas Liebe zu erwecken, für ein Tier, einen kleinen Garten, irgend etwas ... Und wenn sich diese Gefühlskälte noch einmal manifestiert, wenn Sie neue Fälle von Grausamkeit feststellen, dann müssen Sie ihn nach Wien bringen.«

Radislovich sagte eine ganze Weile gar nichts. Es war zu erkennen, daß ihm diese Überlegungen sehr nahe gingen.

»Das schlimme ist«, sagte er schließlich, »daß mir das alles nicht völlig unerwartet kommt. Es antwortet eigentlich nur auf Ängste, die schon lange meine Nächte heimsuchen. Ich weiß nicht, ob Sie sich mit Genealogie beschäftigt haben ... Vermutlich nicht, das ist mehr ein Sport unserer Kreise, denen man ja nachsagt, außer Frauen, Pferden und Heraldik keine Themen zu haben ... Ich habe allerlei komische Käuze in meinem Stammbaum, Draufgänger aus dem Dreißigjährigen Krieg, einen wegen übergroßer Härte geschaßten Hauptmann aus dem Siebenjährigen Krieg, einen Gutsherrn, den seine Leibeigenen erschlugen, weil sie es nicht mehr unter ihm aushielten ... Und dann heiratete ich eine Bathory, die wohnten eben so schön nahe in der Zips, hatten das prächtige Schloß bei Pistyan, das natürlich nicht auf mich gekommen ist, aber man hofft halt doch immer ... Und dann stellte sich heraus, daß die Bathory mindestens ebenso viele Narren in der Ahnenreihe haben wie wir. Das Mädchen, das meiner Frau das Leben kostete, ist ein liebes, stilles Kind, ich nehme mich ihrer sehr an. Aber der Bub ...«

Er sprach nicht weiter, sondern schüttelte nur traurig den

Kopf. Die Buben kamen mit roten Gesichtern, jeder eine Schachtel unter dem Arm.

»Papa«, rief Peter Daniel, »das ist ein wunderbares Geschäft. So eins haben wir in Wien nicht. Ganz klein, aber unglaublich viele Sachen. Da möchte ich noch einmal herkommen!«

»Vielleicht kann man schreiben«, meinte Ferdinand, »vielleicht hat er einen Weihnachtskatalog. Wie heißt denn dieses Wundergeschäft?«

»Sta... Starosta«, las Peter Daniel von dem Papier ab, dann packten sie aus und stellten ihre Soldaten auf einem leeren Wirtshaustisch in Schlachtordnung auf.

»Jetzt spielen sie wie Kinder«, seufzte der Graf, »und wenn ich ihn morgen in unserer Waschküche in den Badezuber stecken und abschrubben lasse, wird er die Jungmagd in den Hintern zwicken! Werd' einer klug aus dieser Generation!«

»Ich will mich in Wien ein wenig erkundigen, wen man allenfalls konsultieren könnte«, versprach Heisinger, »aber noch ist es ja nicht soweit. Gerade für diese frühreifen Spannungen bringt die Pubertät dann oft die Lösung.«

Man rüstete zum Aufbruch, sosehr die beiden Exkadetten auch protestierten. Sie waren eben erst mit dem Aufstellen fertig geworden.

»Hören Sie, Herr Heisinger«, sagte der Graf leise, während die Buben einpackten, »Sie müssen mir gestatten, den Schaden, den mein Sohn angerichtet hat, auszugleichen. Er hat Ihren Peter Daniel ja geradezu aus der Bahn geworfen... Ich werde ihm einen Wald schenken!«

»Einen Wald?«

»Ja, das ist bei uns so üblich, wenn ein neues Kind in die Familie kommt. Da wird erst einmal ein Wald auf seinen Namen geschrieben – wohl auch, weil Wälder das einzige sind, was wir in Überfluß haben.«

»Er hätte dann also einen Wald in der Slowakei?«

»Wo er will. Sie wissen ja: Wir Grafen kennen uns alle. Wo haben sie Ihren Sommersitz?«

»In Gutenstein.«

»Gutenstein? Dort kenne ich eine Menge Leute... Die Hoyos sind zu groß, die kann ich mit einem slowakischen Wald nicht ködern. Aber die Trebesiner jagen gerne und die Seilern auch. Passen Sie auf, lassen Sie mir ein bisserl Zeit. Die Familie Heisinger hätte natürlich einen strammen Offizier gut gebrauchen können, als Armeelieferanten, einen Juniorchef, der aktiv gedient hat... Das hat Ihnen mein Sprößling vermasselt. Aber Sie werden sehen, ich bringe etwas zustande, was Sie sehr freuen wird, da lass' ich mir nichts nachsagen.«

»Niemand wird Ihnen etwas nachsagen, Graf«, beruhigte Ferdinand den nun doch ein wenig aufgeregten Vater des kleinen Übeltäters, »ich habe Ihnen ja angedeutet, daß ich mich selbst für mitschuldig halte.«

»Halte! Halte!« rief Graf Radislovich so laut, daß die vorausgehenden Buben erstaunt stehenblieben und die Köpfe wandten. »Bei Ihnen ist es die durchaus freiwillige österreichische Selbstzerfleischung, bei mir aber ist es ein furchtbares Erbe. Lesen Sie einmal nach über Erszebeth Bathory, die Blutgräfin, dann wird Ihnen Ihr Abenteuer auf der Weltausstellung plötzlich sehr harmlos vorkommen...!«

Mehr als diese rätselhaften Worte war aus dem Grafen auch während der zwei Stunden währenden Eisenbahnfahrt nach Wien nicht herauszubekommen. Er wurde von Station zu Station nachdenklicher, und als Ferdinand schließlich sein Haus zur Übernachtung anbot, schüttelte Radislovich nur noch stumm den Kopf. Da walteten offensichtlich Mysterien, wie sie dem schlichten Wesen eines bürgerlichen Fabrikanten nicht enthüllt werden durften.

Fledermaus-Rätsel

Am 9. März 1874 war es wieder soweit, daß Frau Agnes Lustig, inzwischen nicht mehr ganz so leichtfüßig wie im Mai 1866, den Weg in die Wohllebengasse antreten mußte: Frau Irene Heisinger bekam ihre Zwillinge. Eben darum hatte man freilich neben der Hebamme auch einen Arzt zu Rate gezogen. Das war ein Verfahren, das eben erst in Mode kam und das, wie sich später zeigen sollte, die junge Frau Heisinger einer gewissen Kritik von seiten anderer Damen der Gesellschaft aussetzte, um so mehr, als sie sich nicht dem alten Medizinalrat anvertrauen wollte, der die Geschicke der Familie seit Jahrzehnten mit unschädlichen Ratschlägen begleitete, sondern den jungen Doktor Jerzabek hatte holen lassen.

Jedenfalls ging alles gut, ja eigentlich sogar prächtig, und abermals gegen Mittag, wie im Fall Peter Daniels, legte Frau Lustig, zu Tränen gerührt, der Wöchnerin zwei kleine Päckchen in die Arme: die Mädchen, die sie im Abstand von nur wenigen Minuten geboren hatte.

Da Irene überzeugt gewesen war, daß es Mädchen werden würden, war die Frage der Namen längst gelöst, und seltsamerweise hatte sie sich diesmal auch überhaupt nicht hineinreden lassen. Sie hatte Ferdinand erklärt, daß sie in der Zeit seiner Haft eine Ablenkung, ja eine gewisse Beschäftigung dringender nötig gehabt habe als je zuvor, weswegen sie sich, auf der Suche nach originellen weiblichen Vornamen, durch das große Heiligenlexikon der Herren Johann Stadler und Franz Joseph Heim gegraben habe wie ein Wurm durch die Gartenerde. Es war nämlich eine herrliche Lektüre, eine Begegnung mit so vielen Zeiten und Schicksalen, daß Irene tagelang den eigentlichen Zweck der Suche völlig vergessen hatte.

Schließlich war sie dann, nicht nur des Klanges, sondern auch der Schicksale wegen, an zwei heiligen Frauen hängengeblieben, wenn man so sagen darf. Die eine war die heilige Bibiana, eine römische Christin, die unter Kaiser Julian Apostata das Martyrium erlitten hatte und deren Reliquienschrein Ferdinand und Irene in Santa Maria Maggiore in Rom bewundert hatten, ein Name also, der auch an eine sehr schöne Reise erinnerte. Die andere Heilige war Theodora, jene Kaiserin aus dem neunten Jahrhundert, welche gegen einige Eiferer ihres Reiches die Bilderverehrung in den Kirchen wiedereinführte. Vermutlich hatte Irene angenommen, daß es ohne diese Frau all die herrliche Kirchenkunst nicht gegeben hätte, die man in aller Welt bewundern konnte, und Ferdinand, der sich für die Heiligen schon seiner Konfession wegen bis dahin wenig interessiert hatte, widersprach ihr darin nicht.

»Immerhin«, sagte er bei einem Glas Wein zu Bruder Poldi, »haben wir noch Glück gehabt. Ich habe ein wenig in diesem Heiligenwerk geblättert, sind ja eine Menge Bände, aber ich hatte den Eindruck, daß nicht wenige dieser Märtyrerinnen ihr Leben recht leichtfüßig begannen ... und da ist mir natürlich eine Kaiserin lieber!«

Also erklärte er sich einverstanden mit dieser ausgefallenen Namensgebung, kündigte nur mit einem zärtlichen Blick auf die beiden leise krähenden roten Würmer in den Steckkissen an, daß er für seine Person die Mädchen bei abgekürzten Vornamen rufen werde.

»Ich hab's mir schon überlegt: Die eine wird Bibi heißen, die andere Teddy ... wenn sie in die Schule kommen, können sie ihre vollständigen Namen ja dann wieder führen!«

Irene war noch zu schwach, um zu widersprechen, erholte sich in der Folge aber rasch und hatte eine tüchtige Hilfe in der stämmigen Bertha, die im Februar statt Mizzi ins Haus gekommen war. Die Köchin hatte man beibehalten, und auch die Rothmanns versahen nach wie vor ihren Dienst in Stall, Hof und Kellern. Aber Bertha, ein etwas vierschrötiges Geschöpf aus dem Waldviertel, war doch von vornherein mehr als Mädchen für alles engagiert worden, nicht sosehr als Zofe wie einst Mizzi.

»Mizzi fehlt dir wohl, mein Lieber?« fragte Irene eines Tages, als Peter Daniel eben seine Aufgaben gemacht hatte und ihr die Hefte zeigte. »Ihr wart ja sehr viel zusammen, und Bertha wird für dich keine Zeit haben, ich auch nicht sosehr viel ... die Zwillinge werden uns einiges zu tun geben!«

»Ich weiß nicht, ob es die Mizzi ist«, sagte Peter Daniel nach einigem Nachdenken, »vielleicht möchte ich mit ihr nur einmal über die Akademie in Wiener Neustadt reden ...«

»Und mit mir geht das nicht?«

Peter Daniel lachte.

»Nein!« sagte er dann entschieden, als habe man ihm etwas völlig Absurdes zugemutet. »Du bist doch die Mutti ... Die Mizzi, die ist meine Freundin ... Hoffentlich heiratet sie nicht so bald, wenn sie jetzt ein eigenes Wirtshaus hat. In einem Wirtshaus sind immer eine Menge Männer, da wird ihr sicherlich einer gefallen.«

Das waren zwar nur Andeutungen, aber im Zusammenhang mit den Ereignissen in Wiener Neustadt gaben sie Irene doch zu denken, und sie bat ihren Mann, sich doch einmal mit Peter Daniel darüber zu unterhalten.

»Ich habe es immer gespürt, daß diese Mizzi eine Art erotisches Zentrum des ganzen Hauses war, für den Poldi in der Mansarde ebenso wie für den Rothmann, der ihr immer nachstarrte, aber sicherlich auch für Peter Daniel und vermutlich auch für dich, ob du es nun wahrhaben willst oder nicht. Ich bin zu Gott froh, daß sie jetzt auf ihrem Wienerwald-Berg sitzt und im eigenen Wirtshaus auf Männerfang ausgehen kann ...«

»Das hat sie doch nicht nötig!« protestierte Ferdinand.

»Na bitte, was ich sage! Dich hat sie auch schon gefangen!« sagte Irene. »Also red mit dem Buben. Er hat offensichtlich etwas auf dem Herzen, was er loswerden möchte, oder aber sie fehlt ihm aus einem anderen Grund. Mir sagt er es nicht, es kommt für ihn gar nicht in Frage, es mir zu sagen, ich bin da die Gegenkraft, scheint es mir.«

Das war zwar etwas hart ausgedrückt, aber im Grund nicht falsch. Peter Daniel jedenfalls zauderte nicht allzulange, als Ferdinand ihn einmal in der heiligen Stunde, in der den Zwillingen die Brust gereicht wurde, zu einem kleinen Spaziergang aus dem Haus holte; ja er war sichtlich erleichtert, auspacken zu können, und empfand seine Sorgen als das gegebene Sujet eines Gesprächs unter Männern.

»Wir sind jetzt schon eine ganze Weile wieder in Wien, Papa«, sagte er, »ich bin wieder in meiner alten Schule, aber du hast mir noch immer nicht gesagt, warum ich aus der Akademie hinausgeflogen bin.«

»Nun, ich denke, das weißt du?«

»Ich weiß, daß es wegen der Stasi war. Aber sie hat uns doch nicht angezeigt. Ihr hat es vielleicht nicht soviel Spaß gemacht wie dem Radislovich, aber sie hat immerzu gelacht dabei und hat gern das Geld genommen. Er hat ihr bestimmt nicht weh getan. Was war also falsch?«

Ferdinand gestand sich, daß die Frage berechtigt war. Die

Buben waren zwar von allerlei Offizieren zusammengedonnert worden, aber die Substanz der Vorwürfe hatten sie offensichtlich nicht erfassen können.

»Der erste Fehler bestand zweifellos darin, daß ihr beide viel zu jung für diese Art Spiele mit Mädchen seid«, sagte Ferdinand nach einigem Überlegen. »Die Mädchen und die Frauen, das ist das schönste im Leben...«

»Das weiß ich!« unterbrach Peter Daniel begeistert.

»So hast du dich also doch umgeschaut?«

»Ein bisserl... aber ich meine nicht die Stasi... Die sah ja ganz lustig aus, wenn sie nichts anhatte, mit ihrem dicken Popo und dem runden kleinen Bäuchlein... Nein, ich meine unsere Mizzi!«

»Die ist allerdings ein hübscher Kerl«, gab Ferdinand zu, »aber was weißt eigentlich du davon?«

»Nun, ich habe doch mit ihr gebadet!«

»Natürlich, in Dieppe und in Gutenstein, das ist richtig...«

»Nein, in der Wanne! Und sie hat so wenig angehabt wie die Stasi, aber keinen Bauch...«

»Das hör' ich zum erstenmal! Wann war denn das?«

»Das war zum erstenmal in Lajtaszentmiklosch und dann öfter; es war unser Geheimnis, und ich hätte es nie gesagt, wenn die Mizzi noch im Haus wäre... Aber jetzt muß ich es dir erzählen, denn es war viel schöner als bei der Stasi, und doch haben sie mich wegen der Stasi hinausgeschmissen!«

Er bekam feuchte Augen und starrte zu den Baumkronen des Belvederegartens hinauf, als könne er dort irgend etwas Tröstliches erblicken, die Mizzi, die Stasi oder wenigstens den Sigismund.

»Ist es denn so schlimm, daß du nicht mehr dort bist? Hier sind wir doch alle beisammen, ist das nicht besser?«

»Ach, Papa...« Peter Daniel seufzte abgrundtief. »Hier bin ich doch immer allein. Und die Mutti hat wieder keine

Zeit, weil die Zwillinge angekommen sind, und die Mizzi ist auch weg... In Wiener Neustadt war es schon ein bisserl hart, und ihr wart sehr weit weg. Aber allein war man nie, es war immer jemand da zum Spielen, oder einer erzählte was, oder es wurde vorgelesen, oder wir sind alle in den Park gezogen und haben Wölfe gesucht.«

»Habt ihr welche gefunden?«

»Nein, natürlich nicht!« Peter Daniel war außer sich über soviel väterlichen Unverstand. »Wir hatten ja auch keine Waffen, nur abgebrochene Äste und Stöcke... Aber aufregend war es trotzdem, im verschneiten Park, wenn es so früh dunkel wurde.«

Sie schwiegen beide. Ferdinand glaubte verstanden zu haben, was Peter Daniel fehlte, aber sollte man darum ein neues Internat suchen, irgendeines, womöglich weit weg in Salzburg oder gar in der Schweiz, denn zu den Jesuiten nach Kalksburg wollte er seinen Sohn ja doch nicht geben, es wäre auch gar nicht möglich gewesen. Aber Peter Daniel enthob ihn dieser Überlegungen: Nur die alte Burg sei schön gewesen, der große Park, der Kaiser, der über dem Toreingang begraben lag in der Sankt-Georgs-Kirche. Und es war auch schön, daß sie, die Buben, aus allen Teilen der Monarchie zusammengekommen waren und jeder aus einer anderen Welt zu erzählen wußte.

»Denn die Wohllebengasse, Papa... auch die Paniglgasse... das ist eigentlich alles ziemlich fad... Es ist schön, solange man ganz klein ist. Aber dort in Wiener Neustadt, da war ich nicht mehr klein, da war ich schon beinahe wie ein Soldat!«

»Du hast dich ja auch beinahe so aufgeführt«, sagte Ferdinand und mußte lachen, weil Peter Daniel ihn so ungewiß ansah. Er konnte ja nicht wissen, daß das im Grunde ein großes Kompliment war. Jedenfalls war es Ferdinand viel lieber, einen kleinen Tunichtgut zum Sohn zu haben als einen frühwachen Unhold wie der Grafensohn einer war.

Als sie nach dem Abendspaziergang in die Wohllebengasse zurückkehrten, sagte Peter Daniel auf einmal:

»Also weißt du, Papa, wenn wir schon in so einer Hundswürschtlgasse wohnen, dann sollten wir auch einen Hund haben.«

»Wer sagt denn so etwas von der Wohllebengasse?«

»Na, die Buben in der Schule.«

»Und möchtest du gern einen Hund?«

»Lieber wär's mir, wenn die Mizzi zurückkäm'«, meinte Peter Daniel kleinlaut. Wem sagt er das, dachte Ferdinand, aber er hütete sich, es auszusprechen, und als sie oben in der Wohnung angekommen waren, wo es wieder hell wurde von der neuen Gasbeleuchtung, da waren die beiden Heisinger-Männer übereingekommen, einen kleinen Dackel anzuschaffen, als Gefährten für Peter Daniel und als Anreiz für Ferdinand, abends doch noch ein wenig Bewegung zu machen. Und natürlich würde man ihn bei erster Gelegenheit hinaus nach Neustift mitnehmen und der Mizzi vorführen.

So war mit Kindersorgen und Kleinkindergeschrei der März zu Ende gegangen; der April, gewiß nicht der schönste Monat für die Wiener, kam in diesem Jahr mit einem Ereignis, das auch die Heisinger nicht zu versäumen gedachten: mit der Premiere einer neuen Operette des Kapellmeisters Johann Strauß, einer Operette, von der man allerlei munkelte und aus der die unvergleichliche Marie Geistinger in dieser Saison auch schon etwas vorgetragen hatte. Das wäre doch, so meinten Ferdinand wie Irene, eine Gelegenheit, sich nach dem Trauerhalbjahr um den Chef des Hauses, nach der Schwangerschaft und nach den düsteren Monaten einer unschuldigen Haft wieder einmal zu zeigen und damit in die Gesellschaft zurückzukehren, die man ja doch nicht ignorieren konnte.

Operetten war man nachgerade ja gewöhnt, allein der Monsieur Offenbach hatte deren schon eine ganze Reihe in Wien aufführen lassen, und Ferdinand erinnerte sich mit einem uneingestandenen Wohlgefallen an die damals noch jugendlich-verführerische Marie Geistinger in der *Schönen Helena* von 1867. Die hatte sich um keine Zensur gekümmert und war in einem so durchsichtigen griechischen Gewand aufgetreten, daß seither die ganze Wiener Gesellschaft ihre geheimsten Vorzüge kannte. Selbst Meister Offenbach soll von dieser exhibitionistischen Kühnheit so hingerissen gewesen sein, daß er Marie Schneider, die große Pariser Darstellerin der Rolle, vergaß und sich in die lange Reihe von Marie Geistingers Liebhabern einfügen ließ.

Der *Fledermaus*, wie die neue Operette heißen sollte, gingen ganz ähnliche Gerüchte voraus. Erstens einmal sollte es eine Operette ohne Uniformen oder doch beinahe ohne werden, also ein richtig bürgerliches Fest mit einem ausschweifenden Prinzen im Mittelpunkt, und im übrigen durfte man sich in den Couplets und den Tanzeinlagen auf allerlei Frivolitäten gefaßt machen. Jedenfalls drangen aus dem Strauß-Häuserl unweit Schönbrunn Tag für Tag die hinreißendsten Melodien, und zumindest dort draußen pfiffen die Schusterbuben sie schon eine ganze Weile vor dem großen Tag.

Da Franz auf das Abonnement des Kommerzialrats keinen Wert gelegt hatte, war die Loge im Theater an der Wien an Ferdinand gefallen. An diesem festlichen Abend, am Ostersonntag, hatte sich Franz Heisinger aber doch eingefunden, gab sich allerdings, da er der längste war, mit dem vierten Sitz zufrieden, der vorne an der Brüstung keinen Platz mehr hatte; für Peter Daniel war ein Stockerl zwischen Ferdinand und Irene geschoben worden, wenn man das kostbare, mit kardinalrotem Samt bespannte Ding überhaupt so plebejisch bezeichnen durfte.

Schon die Ouvertüre war ein höchst munteres Hors d'œuvre. Die Stimmung steigerte sich schnell, und je verblüffter Ferdinand auf die Gefängnisszenen reagierte, desto schweigsamer wurde Irene angesichts des hübschen Stubenmädchens, das in einem Kleid der Gnädigen auf den Ball des Prinzen Orloffsky geht.

»Das finde ich großartig«, rief Peter Daniel, als der Vorhang sich zur großen Pause senkte, »das könnte doch wirklich unsere Mizzi sein!«

»Red nicht so dumm!« sagte Irene schärfer als es ihre Art war. »Überhaupt solltest du jetzt in der Pause nach Hause gehen, weit ist es ja nicht, vom Naschmarkt bist du schon oft allein nach Haus' gelaufen.«

»Ach, Mutti, bitte, laß mich doch hier... morgen ist ja keine Schule!« bettelte Peter Daniel.

Irene warf Ferdinand einen beziehungsvollen Blick zu. »Weißt du, was noch kommt? Bis jetzt scheint mir das alles für den Buben überhaupt nicht geeignet zu sein... Dieses Uhrenduett... Und die Tanzerei...«

»Das war doch hübsch«, meinte Franz, »es ist eben eine Operette. Und wenn ich richtig informiert wurde, dann hat mein Neffe inzwischen schon einige Erfahrungen gesammelt, so daß ihm die Bühnenweiblichkeit nicht mehr gefährlich werden dürfte.«

»Du bist geschmacklos!« sagte Irene. Sie war auf einmal rot vor Zorn. »Das ganze Spektakel ist geschmacklos. Wie die Rosalinde da mit dem Alfred herumknutscht, ihrem Verehrer... und dann der saubere Gatte, der einer unbekannten ungarischen Gräfin glühend den Hof macht... Das ist keine Operette mehr, das ist ein Leitfaden zum Ehebruch!«

Die Herren brachten Champagner in die Loge; Ferdinand bedauerte, daß *ihn* niemand im Gefängnis vertreten habe, weil Irene eben viel zu anständig für einen Verehrer sei, und so war der Friede wiederhergestellt, als sich der Vorhang zum dritten Akt hob und das Bühnenbild ein ärarisches Büro zeigte – das des Gefängnisdirektors. Gerichtsdiener Frosch torkelte slibowitzumsäuselt durch den Raum, und Ferdinand, höchlichst amüsiert, beugte sich zu Irene, um ihr zuzuflüstern, daß der Darsteller des Frosch dem echten Aufseher Zelinka aus dem Salzgries-Gefängnis wie aus dem Gesicht geschnitten sei.

»Schau doch einmal im Programm nach, wie der heißt!« bat er.

»Hier steht: Frosch, Gerichtsdiener... Herr Schreiber«, sagte Irene leise. »Aber du hast recht: Ich bilde mir auch ein, ihn schon gesehen zu haben. Jedenfalls ist die Maske sehr täuschend!«

»Hört doch bitte auf zu reden«, sagte Peter Daniel, »das ist doch ganz einfach. Die wollten einen richtigen Gerichtsdiener sehen, sind zum Salzgries gefahren und haben den Herrn Zelinka angeschaut. Und jetzt Schluß, die Mizzi kommt!«

Rosalinde und Adele traten auf, und Peter Daniels Ausrutscher ging in der aufrauschenden Musik unter. Aber Irene hatte genug. Sie legte das Lorgnon aus der Hand und warf keinen Blick mehr zur Bühne, und auch auf dem Rückweg schwieg sie beharrlich, bis Peter Daniel schlafen gegangen war.

»Das war ein reizender Abend«, sagte sie dann, während sie vor dem Spiegel das Diadem aus dem Haar löste. »Wenn das unsere Rückkehr in die Gesellschaft gewesen sein soll, dann kann ich nur hoffen, daß diese Gesellschaft unsere Erlebnisse der letzten Monate nicht kennt. So viele Zufälle gibt es ja gar nicht. Das war ein Schlüsselstück. Du mußt den Textdichter verklagen, diesen Herrn Halévy. Typisch, eine schmierige jüdische Schlüsselkomödie, lauter Anspielungen, und in so etwas führt ihr mich, du und dein sauberer Bruder, dieser Duckmäuser!«

Ferdinand, selbst etwas betroffen von der in Operetten ungewöhnlichen Gefängnishandlung, hatte zunächst einen eisigen Schrecken bekommen, als das hübsche Stubenmädchen tatsächlich im Gefängnis auftauchte und das Fest vom Abend vorher sich in der Amtsstube fortsetzte. Aber diese für ihn deutlichste und peinlichste Anspielung konnte Irene ja überhaupt nicht verstehen – oder hatte Mizzi gebeichtet? Zelinka geplaudert? Hatte jemand anderer Wind von der Sache bekommen?

»Ich geb' zu, daß es peinlich war«, sagte er schließlich begütigend, »ich hab' mich auch nach dem Stück an der Garderobe ein bisserl erkundigt... Mit uns, ja mit Wien hat das alles überhaupt nix zu tun, es ist ein französisches Libretto, in Paris entstanden und vom Strauß komponiert. Was glaubst du, wie viele sich da heute geärgert haben, im Herbst ist doch jeder dritte Wiener Geschäftsmann wegen Schulden gesessen... wenn auch nicht so lang wie ich. Das mußte einschlagen, vielleicht hat der Strauß gerade deswegen die Sache gemacht... Oder eher der Direktor Steiner, dem sagt man ja eine gewisse Vorliebe für Skandale nach.«

»Und das verkleidete Stubenmädel? Das Stubenmädel im Gefängnis? Ist das auch ein Zufall?«

»Aber Irene... Wir haben uns doch alle etwas bringen lassen, die *Linde* ist gar nicht mehr nachgekommen, so ist das eben in einem Schuldturm. Du selbst hast doch der Mizzi immer die Wäsch' für mich eingepackt und die kalten Sachen und den Wein...«

Irene stieg aus dem Korsett und trat vor den Spiegel.

»Richtig frivol wird man von so einem Stück«, sagte sie und betrachtete sich, »so dick wie die arme Geistinger bin ich noch nicht, und ich bin auch lange noch nicht vierzig... Aber was die für ein Temperament hat... Alle Achtung! Gefall' ich dir überhaupt noch, Ferdinand... oder hättest du lieber eine Adele?«

»Soo gefällst du mir, Irene«, sagte er zärtlich, trat auf sie zu und küßte sie auf den Nacken. »Du darfst nicht alles so ernst nehmen, was hier in Wien auf dich zukommt. Du bist noch immer zu sehr Pragerin. Wir hier nehmen gewiß zu wenig ernst, das stimmt. Aber wir würden auch nie eine Operette als etwas anderes auffassen, etwas, das sie gar nicht sein will. Und je mehr Leut' sich ärgern, desto größer ist die Hetz. Was glaubst du, was die Olga und der Mannagetta heute Nacht für Rededuelle haben und was heut' überhaupt los ist bei allen Familien, die in der Premiere waren. Genau das will der Steiner, will die Geistinger. Die Wiener müssen was zu reden haben. Über das Kostüm von der Geistinger, wo's zu eng war und wo man zuviel gesehen hat, und über die Hirsch als Adele, warum ein Gast diese Rolle spielen mußte – weil die Geistinger eben kein fesches Frauenzimmer neben sich im Ensemble duldet und so weiter. Verstehst du, was das ist? Das sind Klatschorgien, Tratschsinfonien, darin exzellieren die Wiener. Davon darf man sich nicht verrückt machen lassen!«

Halb versöhnt schlüpfte Irene ins Nachthemd.

»Vermutlich hast du recht«, sagte sie, »nur hätt' ich das vorher wissen müssen. Ich bin eben ein kleines Heferl und geh' schnell über. Eure Art zu sprechen hab' ich gelernt, aber mit dem Denken, da hapert's doch noch. Hast du noch wo was zu trinken? Ein Schluck Rotwein wär' jetzt gut ... Stoßen wir an auf die Rosalinde, sie ist ja schließlich doch die Siegerin des Abends geblieben ...«

Auf der Bühne, dachte Ferdinand, als er die Gläser füllte, auf der Bühne gewiß, so mußte es ja sein. Und im Leben wohl auch, nicht weil es so sein mußte, aber weil es so am besten war.

III

Lockvögel

Walzer op. 118
von Joh. Strauß Sohn

In der Liebe ist jener der Hausherr,
der dem andern den Vortritt läßt.

Karl Kraus

Die Silberhochzeit

Der Weltausstellung und dem Börsenkrach folgten für die Monarchie verhältnismäßig ruhige Zeiten, und auch in der Familie Heisinger klangen nach Attentat, Haft und Schulskandal die Ereignisse zum Üblichen ab. Wir könnten darum ruhigen Gewissens zehn oder fünfzehn Jahre überspringen, hätte nicht im April des Jahres 1879, also fünf Jahre nach der Fledermaus-Premiere, das Kaiserpaar seine silberne Hochzeit begangen.

Wien hatte damals noch Bürgermeister, die mit dem Kaiserhaus nicht auf Kriegsfuß standen; die Stimmung zwischen Stadt und Staat, zwischen Bürgern und Erzhaus war so ungetrübt wie in einer braven Familie, und so konnte sich also niemand darüber wundern, daß Dr. Julius Ritter von Newald, Bürgermeister der Kaiserstadt, am 10. Dezember 1878 dem versammelten Gemeinderat unter anderem folgende von einer höchst lobenswerten Gesinnung zeugende Gedanken vortrug:

»Am 24. April des kommenden Jahres feiert unser erhabenes Herrscherpaar sein Hochzeitsjubiläum. Dieser Tag ist ein Fest- und Freudentag für unser allerhöchstes Kaiserhaus und alle Völker der Monarchie, in hervorragender Weise jedoch für Wien, die Haupt- und Residenzstadt des Reiches.

Seit dem Hochzeitsfeste vor fünfundzwanzig Jahren

blühte die Metropole Österreichs zu nie geahntem Glanze empor, und an die bedeutendsten Schöpfungen dieser Periode knüpfen sich die Namen des allerhöchsten Herrscherpaares. Die Stadt gelangte unter dem Schirme Seiner Majestät zur freien Entfaltung ihrer bürgerlichen Selbständigkeit, und fest wurzelt in der Bevölkerung die Überzeugung, daß vom allerhöchsten Throne aus der Stadt, ihrer Verfassung und ihren Rechten der wirksamste Schutz, ihrer Wohlfahrt die kräftigste Förderung wie bisher so auch in Zukunft zuteil werden wird.«

Nach dieser Einleitung, aus der manche den Nachklang ständischer Kämpfe heraushören wollten, entrollte der Bürgermeister vor seinen Gemeinderäten das Bild eines Festzuges, der die Feier- und Festesstimmung in alle Teile der nun über ihre Bastionen hinausgewachsenen Stadt tragen sollte. Angesichts des Kranzes von Vorstädten, der nun zum städtischen Leben gehörte, war der mittelalterliche Brauch, auf einem zentralen Platz zu feiern, nicht mehr zeitgemäß: Das Fest mußte überallhin gelangen oder doch einen Weg nehmen, an dem möglichst alle Wiener Gelegenheit zum teilnehmenden Schauen erhielten.

Das war vielleicht nicht sehr im Sinn der Kaiserin, deren Menschenscheu bekannt geworden war und die sich ungern im Mittelpunkt solchen Gepränges sah; aber es entsprach dem Denken der Gründerzeit und der in Wien stets vorhandenen Bereitschaft, großzügig-volkstümlich zu feiern, was immer und wo immer es sei. Vor allem aber: Wien verfügte sehr zum Unterschied von mancher anderen europäischen Großstadt über einen Künstler, bei dem man die Planung und Inszenierung solch eines Festes in besten Händen wußte, ja mehr noch: für dessen exorbitantes Talent man eigentlich von Zeit zu Zeit solche oder ähnliche Feiern vom Zaun brechen mußte, um es nicht rosten zu lassen. Das war der inzwischen zum Professor gemachte Salzburger Hans Makart, der in diesen Jahren unermüdlich für Sensationen gesorgt hatte. Nach der *Huldigung Venedigs an Caterina Cornaro*, dem Riesengemälde, mit dem er die versammelten Maler der Weltausstellung ausgestochen hatte, war 1875 seine *Kleopatra auf dem Nil* gefolgt, eine amphibische Komposition rund um die bloßen Brüste einer Herrscherin, und schließlich 1878, also im Jahr der Newaldschen Ansprache, der *Einzug Kaiser Karls V. in Antwerpen.*

Recht absichtsvoll schien er sich mit diesem Kolossalbild für die Aufgabe empfohlen zu haben, die ihm ohnedies niemand streitig machen konnte, und es war gewiß pure Médisance einer gewissen Journalistik, wenn man aus der Feder des Herrn Daniel Spitzer lesen mußte: »Es ist wahr, es befinden sich auf dem Bild einige Frauengestalten von so unverhüllter Schönheit, daß man unwillkürlich, wie im Ballsaal, niedersieht, ob sie auch die dazugehörige Schleppe tragen. Aber wenn auch kein Feigenblatt die Fersen verhüllt, wie es die skrupulöse Mode vorschreibt, so hat doch der Maler, wo der weibliche Körper mit den Anstandsbegriffen in Widerspruch gerät, denselben durch einen dichten Schleier aufzuheben gesucht und also jene Schönheiten, die nicht auf dem Prinzip der Öffentlichkeit beruhen, dieser taktvoll entzogen.«

Wie konnte Makart auch anders, hätte man sonst doch befürchten müssen, daß vor, neben und hinter dem Paar der allerhöchsten Silberhochzeiter mehr oder minder nackte Damen über die Ringstraße tollen würden; und so gewiß dies auch von den Wienern sehr genossen worden wäre, den Traditionen des Erzhauses und den Rücksichten, die es auf den Klerus zu nehmen wußte, hätte solcher Unfug ja doch nicht entsprochen. Dem Vernehmen nach soll Makart vorsichtig darauf hingewiesen haben, daß der berühmte Ahnherr, nämlich Karl V., tatsächlich von einer Schar nackter Mädchen und Frauen begleitet worden sei, dem traditionellen Begrüßungsopfer der zahlreichen Freudenmädchen der Hafenstadt Antwerpen. Aber mit Rücksicht auf die Tatsache, daß am Vorabend der Silberhochzeit auch die neue Votivkirche eingeweiht werden sollte, die Kirche, in der Österreich für die Errettung Kaiser Franz Joseph I. vor dem Attentat des Schneidergesellen Libenyi dankte, mußte man von Verletzungen der öffentlichen Moral eben unbedingt Abstand nehmen.

Um so mehr interessiert es uns als Freunde der Familie Heisinger, wenn Daniel Spitzer in der gleichen Besprechung allerlei Hintergründiges von den dargestellten Damen zu berichten weiß. »Daß die Antwerpenerinnen dem Künstler so gelangen«, schreibt Spitzer, »verdankt er den Wienerinnen, denn unter den Frauen und Mädchen findet man fast ausschließlich Portraits früherer und gegenwärtiger Stadtschönheiten ... Wir begegnen da den schönen, edlen Zügen der Frau H ..., die himmlische Rosen ins irdische Leben eines unserer Volkswirte webt, auf dem Bilde aber vor dem einherreitenden Kaiser Blumen streut; Frau von T ... mit leuchtenden Augen, rosenlachendem Mund und so reicher Schönheit, daß der Maler sie ein holländisches Kopftuch tragen läßt, um wenigstens ihr üppiges goldblondes Haar zu verbergen«, und so weiter. Daraus läßt sich entnehmen, daß die Heisinger noch immer nicht geadelt worden sind – vom Salzgries zur Standeserhebung ist es eben ein weiter Weg – und daß Frau Irene, ehe sie mit dem Eintritt ins dreißigste Lebensjahr Abschied von der Jugend nehmen zu müssen meinte, diese Jugendschönheit durch den berühmtesten Maler der Stadt noch schnell verewigen ließ. Ihr Volkswirt, der diskrete Ferdinand, konnte nichts dagegen haben, da Poldi, der den Vermittler gemacht hatte, von vornherein sicher gewesen war, daß der Meister sich diesmal zu Verschleierungen verstehen würde. Im Atelier selbst, beim Drapieren und Gustieren, gab es dann freilich doch ein paar unfreiwillige, aber künstlerisch durchaus gerechtfertigte Enthüllungen, die Irene, inzwischen dreifache Mutter, jedoch mit damenhafter Gelassenheit als unvermeidlich auf sich nahm.

Angesichts der zahlreichen Wagen und Gruppen, die dieser Festzug enthalten sollte, da kein Kronland und kein Volksstamm gekränkt werden durfte, aber auch kein Berufsstand und kein Wirtschaftszweig, mußte Professor Makart sich von allen einigermaßen dazu begabten Malern der Kaiserstadt unterstützen lassen. Einigen von ihnen, darunter Poldi, sicherte dies eine begrenzte, aber zumindest aktenkundige Unsterblichkeit, andere wiederum, wie Ambros, Blaas oder Costenoble, hätten dieser öffentlichen Bekundung ihres Talents bei einem Großereignis kaum bedurft, man lernte sie aus ihren eigenen Arbeiten rühmlich genug kennen.

Der Zug, der am Festmorgen im Prater aufbrach, hatte einen weiten Weg bis zum Ring und zum Burgtor, wo die Zelte für die allerhöchsten Herrschaften, das diplomatische Korps und andere Gäste von Distinktion aufgestellt worden waren. Aber die Sanftmut der eingesetzten Pferde und der Bürgersinn der Mitwirkenden wurden mit all diesen Prüfungen fertig.

Auf den Wappenherold der Stadt Wien und zwölf kostümierte Trompeter folgten an der Spitze des Festzuges zunächst die Studenten der Universität, dann die der Technik, wie die Wiener Technische Hochschule kurz genannt wird, und die der Hochschule für Bodenkultur, die sich eines wachsenden Zustroms kleinadeliger Söhne aus den Kronländern erfreute. Ein bemerkenswerter Zug zum Frieden und zu den friedlichen Tugenden eines Volkes wurde darin erblickt, daß auf die Studenten nicht etwa die Schützenvereine folgten, sondern die Turner. Man schrieb 1879, und die Bewegung war offensichtlich noch nicht voll entfaltet, denn die Gruppen bestanden aus Turnern der Städte Wien, Baden,

Mödling, Stockerau, Sankt Pölten und Floridsdorf, das noch nicht eingemeindet war. Und die Turnerinnen, nach denen sich mancher mit dem Opernglas bewaffnete alte Steiger den Hals ausreckte, die waren überhaupt nicht zu sehen.

Bei den Schützenvereinen hingegen fehlte kaum ein Kronland, selbst die ferne Bukowina, später auch als Maghrebinien bekannt, sowie Krain und Galizien waren vertreten, und – ein bedeutendes Zugeständnis an den Wiener Zentralismus – sogar das kleine Vorarlberg in seiner inzwischen verlorengegangenen Zollunion mit dem Fürstentum Liechtenstein hatte ein Schützenkorps entsandt.

Die darauffolgende zweite Abteilung sah gegenüber dem farbenfrohen Bild der studentischen Verbindungen, der Turner und der Schützen recht bürgerlich-bieder und ein wenig grau aus. Der Gehrock dominierte, über ihm der wohlanständige Bart, denn diese Abteilung bildeten die Abordnungen der Vereine und der gewerblichen Genossenschaften, voran der Ingenieur- und Architektenverein, der Gewerbeverein und allerlei andere Honoratioren, die ihre Fahnen ein wenig lustlos dahintrugen. Um so festlicher wirkte die dritte Abteilung, denn mit ihr begann der Vorbeimarsch des kostümierten Kerns, was sich seltsamer anhört als es war, denn was wäre der Professor Makart ohne die Möglichkeit, zu kostümieren (wenn er die Damen schon nicht in mythischer Entkleidung präsentieren durfte).

Es begann mit zwei Wappenherolden der Stadt Wien, zu Pferde natürlich, man bewegte sich ja wieder in alten Zeiten. Dahinter trappelten dreimal fünf junge Bürger auf ausgesuchten Rössern, in den Farben Österreichs, Wiens und Bayerns, worin die Kaiserstadt die schöne Kaiserin ehrte. Danach kamen Bannerträger, ein Musikkorps von dreißig Mann und die einzelnen Gewerbe in ihren historischen Erscheinungsbildern, worauf sie alle eine Menge Mühe verwendet hatten.

Beim näheren Hinsehen konnte man erkennen, daß sich gegenüber der hohen Zeit der Zünfte, dem Mittelalter, allerlei verändert hatte; so marschierten etwa in Gestalt der Gas- und Wasserinstallateure und der Nähmaschinenhersteller recht moderne Handwerker in dem Zug mit. Traditioneller ging es bei den Gerbern, den Tischlern, den Drechslern, den Bindern und allerlei anderen Gewerben zu, und die Glaserer hatten das Risiko nicht gescheut, vom Prater weg durch die ganze Stadt einen mächtigen, beängstigend klirrenden Glasschrank, gefüllt mit den kostbarsten Glaswaren, über das Kopfsteinpflaster zu bugsieren. Da hatte es der Baron Wertheimstein schon wesentlich einfacher, denn auf dem Wagen des Gewerbes der Kassenfabrikanten (auch das gab es) reiste nur, dunkel-drohend und unangreifbar, eine eiserne Kasse quer durch Wien.

Besonderen Prunk hatte naturgemäß die Kaufmannschaft entfaltet; ihr Wagen, stellvertretend auch für die Großhändler und die Börsianer, wirkte orientalisch und war von Kamelen begleitet, offensichtlich, weil sich ohne die Assistenz von Kamelen keine Börsengewinne erzielen lassen. Das war aber noch gar nichts gegen Poldis Einfälle bei der Gestaltung des Wagens der Eisenbahnen, der Waggonfabriken und der Eisenbahnausrüster. Denn er hatte, ob von Makart ermutigt oder in eigener Freude am Wagnis, den Dampf selbst als gefesselten Dämon dargestellt. »Den Zug eröffnet«, wie die zeitgenössische Presse schreibt, »eine Schaar rothgekleideter Knappen, welche als Embleme rothschwarze, geflügelte Eisenbahnsignalscheiben tragen, auf einem großen, in mehrtöniger Goldbronze- und Silberfärbung gehaltenen Wagen, in dessen Innern Kohlenglut leuchtet.« Das kühnste war die Vermählung des Wassers mit dem Feuer, durch halb liegende, halb in Netzen hängende Ballettmädchen dargestellt, die ihre anmutigen Glieder in hauchzarte Trikots gesteckt hatten und ehrfürchtig zu einem schönen Knaben hinaufblickten, der ein Flügelrad bewegte und dadurch dartat, daß er und niemand anderer der Dämon des Dampfes sei.

Dieser Knabe war nicht Peter Daniel, der allerdings mit dreizehn Jahren gerade das richtige Alter dazu gehabt hätte, sondern ein unbekannter Ganymed vom Laaerberg, der später einer der erfolgreichsten Zuhälter dieser Gegend wurde. Da das aber noch niemand ahnen konnte, wurde der Ballettmädchen-Wagen im Zeichen der Eisenbahnen ein ganz besonderer Erfolg. Jene, die sich noch an die Weltausstellung zu erinnern wagten, flüsterten einander zu, daß der durch seine Seitensprünge bekanntgewordene alte Kommerzialrat Heisinger diesen Wagen wohl nicht erotischer hätte gestalten können, worauf die Kundigen natürlich zurückraunten, daß es immerhin ein Heisinger-Sohn sei, der die Maiden, nackt wie im Dampfbad, um die rauchenden Schornsteine gruppiert habe und damit *nolens volens* an die Sünden des dahingegangenen Sebastian erinnere.

Obwohl Poldi Heisinger dem Festkomitee angehörte und somit eine Loge unweit der Majestäten erreichbar gewesen wäre, plädierte der allzeit diskrete Franz für einen Salon im Hotel Imperial, von dessen Balkon aus man in aller Ruhe ein wesentlich eindrucksvolleres Bild des ganzen Ereignisses gewinnen könne. Von dort oben nahmen sich auch tatsächlich vor allem die großen Ensembles wie die Jagd oder der Weinbau ganz prächtig aus.

Bibi und Teddy vermochten ihre kleinen Nasen noch nicht über die Steinbrüstungen zu recken; Peter Daniel hob geduldig bald die eine, bald die andere auf, damit sie etwas zu sehen bekämen, und in die eine Ecke des Balkons drückte sich hübsch, aber doch recht rundlich die kleine Franzi, die nach und nach ein schlechtes Gewissen bekam ob soviel legitimer Heisinger-Kinder, zu denen sie nicht gehörte. Da Franz, zum Kommerzialrat erhoben, ebenfalls ein schlechtes Gewissen hatte, war Linerl rücksichtsvoll gar nicht erst erschienen. Vermutlich hätte der schon ein wenig altersschwache Balkon all diese schönen Lasten auch gar nicht tragen können.

Da bei einer Industriellenfamilie die wirtschaftliche Lage stets eine besondere Rolle spielt, darf diese Zwischeninformation zur Überbrückung eines immerhin vierzehnjährigen Zeitraums nicht abgeschlossen werden, ohne daß wir auf den Grafen Radislovich zurückkommen. Der enttäuschte Vater, der mit Ferdinand in Wiener Neustadt zusammengetroffen war und aus gemeinsamem Leid eine deutliche Sympathie für den Möbelmacher entwickelt hatte, war nicht untätig geblieben. Er hatte, obwohl hohe Herren geruhsam korrespondieren und noch geruhsamer reisen, es schließlich zuwege gebracht, daß die Barone Seilern gegen eine prächtige slowakische Bergjagd, die er ihnen überließ, ein vergleichsweise bescheidenes, aber liebliches Stückchen des Umlandes von Gutenstein auf Peter Daniel Heisinger überschreiben ließen. Es handelte sich um das sogenannte Blättertal, einen breiten Bachboden am Südausgang des Ortes, zwischen der Bahnlinie und den ersten Bergbauern. Er war mit Mischwald bestanden, von einem Seitenarm der Piesting durchflossen und weitgehend eben mit ansteigenden Rändern.

»Damit kann Ihr Sohn eines Tages allerlei anfangen«, hatte der Graf in seiner diesbezüglichen Mitteilung an Ferdinand Heisinger geschrieben, »die Wasserkraft kann ein Sägewerk treiben, wie es meines Wissens dort noch keines gibt; der Holzbestand ist wertvoll, weil leicht zugänglich und leicht abzutransportieren, und ich müßte mich sehr irren, wenn nicht der Talgrund bald mit Villen bebaut würde, ist doch durch die neue verlängerte Eisenbahnlinie Gutenstein durchaus erreichbar geworden. Vor allem aber ist mit diesem Besitz auch die Wassergerechtsame auf der ganzen Flußstrecke von der Fischereigrenze der Grafen Hoyos bis an die Gemeindegrenze von Pernitz verbunden, bis etwa auf die Höhe der Villa des unglücklichen Ferdinand Raimund. Davon allein wird Ihr Sohn, dem ich alles erdenklich Gute wünsche, eines Tages leben können, wenn auch gewiß nicht müssen.«

Zuckte Ferdinand ob dieses prophetischen Schlußsatzes auch die Achseln, so war man doch allgemein erfreut, denn Gutenstein war ein Stück vom Herzen der Heisinger, und dort nun breiter zu wurzeln, dort wesentlich mehr zu besitzen als das lieblich-verstaubte Vorgärtchen an der Straße und das Landhaus mit Hühnerstall unter der Biglbauernhöh', das war gewiß eine glückliche Wendung.

»Siaggst es, Beda, wannst di Klaane damals net auszogn hättst, waast eh, damals in da Schul, dann hättst jetzt kaa Sägewerk zschenkn kriagt«, sagte Rothmann, schon ein wenig zahnluckert, zu Peter Daniel und bewies damit, daß ihm, soviel er auch trank, das Wesentliche an den Familienschicksalen in all diesen Jahren nicht entgangen war.

»Aber, Herr Rothmann«, sagte Peter Daniel, denn Frau Irene achtete sehr darauf, daß die Kinder zu den Dienstboten höflich waren, »im Blättertal steht doch noch gar kein Sägewerk!«

»Wart nur, Burli«, beharrte Rothmann, »wann i dir sag: Sägewerk, dann kummt a Sägewerk. Aus irgend was muaß der Papa schließlich seine Möbel machen!«

Die Baroneß sorgt für Überraschungen

Zu den Absonderlichkeiten im Testament des Kommerzialrats Sebastian Heisinger hatte es gehört, daß er seinen Enkel Peter Daniel nicht mit Erreichung der Großjährigkeit in den Genuß der Erbschaft hatte kommen lassen, sondern das zweiundzwanzigste Lebensjahr dafür bestimmt hatte. Diesem einen Jahr an Differenz schien er auf Grund seines eigenen Lebens und seiner Erfahrungen besondere Bedeutung beizumessen, und darum war dieser Geburtstag Peter Daniels im Mai 1888 für die ganze Familie ein besonderer Tag.

Freilich, um Millionen ging es dabei nicht mehr, sondern eigentlich nur um ein paar charmante Sonderlegate, aus denen man den Spieltrieb des Verstorbenen deutlicher ablesen konnte als die Summe seines Vermögens. Peter Daniel nämlich kam an diesem Tag in den Besitz und in den Genuß eines Zinshauses in Ottakring, drei Stockwerke, sechsunddreißig Wohnungen und im Erdgeschoß ein paar Läden, und eines etwa gleich großen, ebenfalls an einer Ecke gelegenen Hauses in Meidling, das jedoch nur zweiundzwanzig Wohnungen hatte, da diese größer geschnitten waren. Dazu kamen zwei kleine Grundstücke in Hietzing, die sich nach Form und Lage jedoch im Augenblick zur Bebauung noch nicht eigneten; man mußte auf eine günstige Gelegenheit zum Zukauf oder zum Tausch warten.

Onkel Franz, mittlerweile vierundfünfzig geworden, aber noch immer nicht dick und im ganzen eine recht gepflegte Erscheinung, legte die Virginia-Zigarre aus der Hand, überreichte seinem Neffen die Dokumente und gratulierte ihm. Danach bat er die Familie in den blauen Salon, wo unter mächtigen Hauben zwei Kaffeekannen warteten und ein ungeheurer Guglhupf in den Nachmittag duftete. Weder Linerl noch Franzi waren erschienen, obwohl Ferdinand und die Seinen gewiß nichts dagegen gehabt hätten. Aber man munkelte, daß Franzi auf Abwege geraten sei, wie man es einem vaterlosen Kind nicht sonderlich übelnehmen konnte, und daß Linerl aus Scham und Kummer darüber sich aus ihrer Trafik überhaupt nicht mehr hervorwage. Es werde für sie auch von Mal zu Mal schwieriger, sich an dem Ladentisch vorbeizuzwängen, denn sie habe in einem Maß zugenommen, wie es dem kleinen Lädchen kaum mehr zuzumuten sei.

Dafür tauchte die junge Baroneß Seebenprugg seit gut einem Jahr recht häufig bei Heisingerschen Familienereignissen auf. Man schrieb dies der nicht mehr allzu rosigen Lage des Seebenpruggischen Familienvermögens zu und der Kinderfreundschaft zwischen Peter Daniel und Katharina. Aber eben darum, weil sie schließlich so gut wie gleichaltrig waren und die Eltern ja schon um die Tauftermine beim Gerstner rivalisiert hatten, gab man einer Verbindung Kathis mit Peter Daniel keine allzu großen Chancen.

Die beiden Hauptbetroffenen kümmerten sich darum freilich wenig, denn sie waren aus Gespielen inzwischen zu Kommilitonen geworden. Katharina Baronin Seebenprugg hatte das Lyzeum mit einer Verve sondergleichen durchlaufen, und da nach der Matura kein reicher Freier in Sicht gewesen war, die armen aber offensichtlich bei der Tochter auf die gleiche Ablehnung stießen wie bei den Eltern, entschloß man sich ziemlich schnell zu einem standesgemäßen Studium, also zur Kunstgeschichte.

Peter Daniel wiederum, der nach den Wiener Neustädter Schwierigkeiten einen frühen Ernst an den Tag legte, hatte ohne Fährnisse das Akademische Gymnasium absolviert, eine Schule, die nicht nur durch die Qualität, sondern auch die Arroganz ihrer Lehrer bekannt war, aber den Buben eben ausgezeichnet vorbereitet hatte – sofern er nicht gerade Möbelfabrikant werden sollte wie sein Vater. Als solcher nämlich hätte er mit der klassischen Bildung nicht sehr viel anfangen können.

»Na, mein Gott, was soll man da tun«, hatte Ferdinand achselzuckend gesagt, »ich fühl' mich noch ganz passabel, von mir aus kann der Juniorchef noch ein paar Jahre weiterlernen. Nur ganz was Fremdes sollte es nicht sein. Wie wär's mit Kunstgeschichte, Ästhetik, dazu vielleicht eine moderne Sprache wie Französisch... Das kann nie schaden, wenn man Möbel entwirft, Ausstellungen besucht und so weiter...!«

Peter Daniel hätte lieber Literatur studiert; bei den Philosophen, aber auch auf den Bühnen war eine Menge los, womit er sich gern beschäftigt hätte. Aber immerhin: Er durfte auf die Universität, in das neue Prachtgebäude am Ring, von dem ganz Wien sprach, und dort konnte man dann gewiß in der einen oder anderen interessanten germanistischen Vorlesung nassauern – das heißt, falls die würdigen Herren, die dort lasen, von jenen neuen und neuesten Strömungen der Literatur, um die es Peter Daniel ging, überhaupt Notiz zu nehmen gedachten. Das war zumindest im Fall des eben neu berufenen Germanisten Jakob Minor durchaus zweifelhaft, denn er hatte sich – Peter Daniel war durchaus auf dem laufenden – bisher in erster Linie mit Goethe, Schiller und der Schicksalstragödie befaßt.

»Vielleicht kannst du aber doch Verbindung mit Professor Minor aufnehmen«, sagte Irene, als am Kaffeetisch das Gespräch darauf kam, »er war jahrelang in Prag, und wenn auch meine Eltern nicht mehr leben, so könnte er mir vom Universitätsbetrieb dort doch gewiß einiges erzählen.«

»Es hindert uns doch nichts, ihn einmal einzuladen? Den Namen muß er aus Prag kennen, und schließlich sind wir doch wer!« sagte Ferdinand.

Während die Diskussion, ob derlei zulässig sei, sich auf Franz, Ferdinand und Olga beschränkte, tauschten Peter Daniel und Kathi einen Blick des Einverständnisses.

»Kommst du heut' abend zu uns zu einer kleinen Nachfeier?« erkundigte sich die Baroneß leise.

»Ich hab' geglaubt, deine Eltern sind draußen in Pitten?«

»Na, eben drum...!« erwiderte Kathi und lachte.

»Meinst du, daß das geht?«

»Hab' keine Angst, du bist doch jetzt nicht nur großjährig, sondern das schönste, was man in Wien sein kann: ein doppelter Eckhausbesitzer! Darauf müssen wir anstoßen!«

Sie hatte sich in diesen Jahren, in den Semestern an der Universität, erstaunlich verändert. Als Mädchen eher pummelig, aber oft ein wenig blaß und bei aller Entschiedenheit doch ein sanftes Kind, war sie nach dem Gunesch-Jahr richtig aufgeblüht. Dieses Jahr in einem noblen Wiener Pensionat mußte sein, die Mama hatte darauf bestanden, weil am Lyzeum überhaupt keine hauswirtschaftlichen Fächer unterrichtet worden waren. »Du bist achtzehn und kannst weder kochen noch einen Säugling pflegen«, hatte sie gesagt, was zwar stimmte, aber Kathi kaum sonderlich für das Institut begeistert hätte, wäre nicht Peter Daniel ohnedies zum Militär gegangen, als Einjähriger. Daher lernte sie also die Hauswirtschaft mit so wichtigen Fächern wie dem Haushaltsrechnen, dem Kochen, der Kinderpflege und dem Anordnen von Blumen in einer Boden- oder Tischvase, während er seine Bekanntschaft mit dem kaiserlich-königlichen Kommiß erneuerte. Und danach hatten sie gemeinsam die Universität bezogen.

»Das hat sich doch die Seebenprugg von vornherein so ausgedacht«, hatte Irene wütend gesagt, als das überzeugende Konzept auch in der Wohllebengasse bekannt geworden war, »du wirst sehen, die angelt sich noch unsern Peter Daniel!«

Die Gefahr, wenn es eine war, bestand natürlich, und die beiden Vierzehnjährigen, die munteren Zwillinge Bibi und Teddy, sparten denn auch nicht mit Gelächter und Gerüchten über das Studentenpaar. Aber seltsamerweise vermochte Peter Daniel selbst nicht so recht daran zu glauben. Kathi gefiel ihm zwar besser, seit er von den Soldaten freigekommen und sie trotz der schmalen Internatskost zu einem richtigen jungen Weib geworden war. Aus dem blassen Hofkind, dem zafrüchtigen Adelssproß, war eine frische Schönheit geworden. Sie wirkte nicht ganz so fein wie die Mama Seebenprugg, die eine geborene Gräfin Oderzo war und ihr klassisches Profil entsprechend zur Geltung brachte; aber eben diese ein wenig weicheren Linien, dieses mehr Hübsch als Schön, erleichterte die Annäherung.

Als die Jausenrunde sich auflöste, war es noch hell. Das war eben der Mai, noch nicht heiß und doch schon schöne Tage. Rothmann fuhr mit den weiter entfernten Verwandten aus dem Hof, Peter Daniel hatte sich aber entschuldigt: Kathi von Seebenprugg wußte ja, warum er sie nicht begleitete, und Olga hatte an ihrem Doktor viel mehr Freude, wenn sie allein waren, da konnte sie ihn so richtig schurigeln. Warum die beiden überhaupt noch beisammen blieben! Inzwischen mußte er es doch auch zu etwas gebracht haben; aber in der Wissenschaft gab es eben Posten, die blieben ein Leben lang ärmlich dotiert, während andere das Geld scheffelten.

Seit der Matura hatte Peter Daniel seinen eigenen Schlüssel, aber das war nur noch ein symbolischer Akt gewesen. Die beiden Zimmer, die man schon dem Buben eingeräumt hatte, waren sein Reich geblieben. Da konnte er nun ein paar

Ideen verwirklichen, denn in den nächsten Tagen würde ihm der Notar die aufgelaufenen Mieten von fünfzehn Jahren ausbezahlen, das waren an die hunderttausend Gulden. Viel zuviel natürlich für die zwei Zimmer mit dem kleinen Vorraum! Wenn er da zweitausend Gulden investierte, dann sah das Ganze schon prächtig aus und hochmodern. Den Rest würde er natürlich anlegen, was konnte man schon anders tun. Sich zu etablieren, wie die alten Onkels sagten, war er ja noch viel zu jung.

»Ich geh' hinauf, Mama«, sagte er an der Tür, »und vielen Dank, es war eine reizende Feier.«

»Ißt du abends mit uns?«

»Ich glaub' nicht... erstens hab' ich soviel Guglhupf gegessen, ich könnt' gar nicht...«

»Und zweitens bist du bei der Kathi Seebenprugg eingeladen, stimmt's?«

»Laß sie doch, Mama, wenn's ihr Spaß macht!«

»Aber mir macht's keinen Spaß. Ihr seht euch viel zu oft!«

»Wir sehen uns dauernd, das war doch immer so, aber stören tut's dich erst seit einem Jahr!«

»Na ja...«, sagte Irene versöhnlich und klingelte Bertha, »ich will dir den Geburtstag nicht verderben. Was soll man auch sagen. Ist es nicht die Kathi, so ist es eine andere. Jetzt, wo du eigenes Geld hast, werden sie dich sehr schnell wegholen, die lieben Wienerinnen, die können das!«

Die Treppen knarrten, denn zum obersten Stockwerk, in die Mansarde hinauf, hatte man nur Holzstiegen gebaut. Wenn's da einmal brennt, dachte Peter Daniel, dann rettet mich nichts und niemand. Dann sieht niemand mehr, wie jung ich war, dann bin ich weg, schwarz, verschrumpelt. Der Onkel Poldi hatte ihm einmal so etwas gezeigt, aus der Sammlung von Opa. Einen Totempfahl. Weiß Gott, wo er den herhatte. Da stak ein Mensch auf einem Holz, eigentlich nur ein Kopf, und sein ganzes Gesicht war verzerrt in der Qual eines Leibes, den er gar nicht hatte. So war das, wenn man verbrannte. Aber er, er würde darauf nicht warten. Er hatte noch zwei Semester zu studieren, dann kam die Dissertation, und dann rettete ihn nichts mehr vor der Fabrik. Der Papa machte schon große Pläne, wollte ihn draußen in Lajtaszentmiklosch schalten lassen. Dann adieu, Wien. Dann war Wiener Neustadt wieder das höchste der Gefühle, ein kleines Theater, ein paar Cafés, zwei Buchhandlungen. Ob's die Starosta noch gab auf dem Allerheiligenplatz? Das wär' doch eh kein Leben für die Kathi. Die fuhr ja nicht einmal mit hinaus nach Pitten, wo die Eltern das schöne Schlößl hatten. Nur reichlich mit Hypotheken bepflastert, wie man sagte... wie man wußte!

Er ließ sich in einen der Sessel fallen, deren abgewetztes Leder er nun nicht mehr lange würde sehen müssen, legte die Füße auf den Hocker und griff nach dem Buch, das er sich tags zuvor gekauft hatte, ohne recht zu wissen, warum. Er hatte darin zu lesen angefangen, verführt von den kurzen, leicht überschaubaren und lang nachklingenden Stücken, die es enthielt, und hatte gelesen, bis Bertha nachmittags heraufgekommen war und gesagt hatte: »Jetzt sind alle da, junger Herr, wenn Sie jetzt kommen möchten.«

So ein junger Herr, auf den sie alle warten, der müßte eigentlich wissen, was tun. Papa glaubte es zu wissen, der machte sich keine Gedanken, sein Prinzip des Herankommenlassens kannte Peter Daniel längst, es war nicht das schlechteste, aber das beste war es auch nicht. Und Mama? Die wartete insgeheim, das wußte er; die wartete auf das große Bekenntnis zu dem, was sie nicht hatte werden können. Sie wartete auf die Absage an das, dem sie nicht hatte absagen können. Sie wartete darauf, daß er die ganze Vaterwelt von sich wies und ihr Sohn wurde, nur ihrer, in dem Augenblick, da er die Familie verließ, damit sie wenigstens an ihn denken konnte wie an einen Besitz.

Er nahm den bronzenen Brieföffner, den Kathi ihm zum letzten Geburtstag, dem einundzwanzigsten, geschenkt hatte, und stach ihn in das schmale Buch. Seiten öffneten sich, Buchstaben gruben sich schwarz in die großen Blätter. »Wann es Zeit ist, sich Treue zu geloben«, stand da, wie eine Überschrift, und darunter nur ein einziger Absatz: »Man verläuft sich mitunter in eine geistige Richtung, welcher unsre Begabung widerspricht; eine Zeitlang kämpft man heroisch gegen die Flut und den Wind an, im Grunde gegen sich selbst: man wird müde, keucht. Was man vollbringt, macht einem keine rechte Freude, man meint, zuviel bei diesen Erfolgen eingebüßt zu haben ... Endlich, endlich kehrt man um – jetzt weht der Wind in unser Segel und treibt uns in unser Fahrwasser ...«

Der Mann, der das geschrieben hatte, war noch ziemlich jung; Peter Daniel hatte es auf der Buchklappe gelesen. 1844 geboren, also genau doppelt so alt wie er selbst und doch erst vierundvierzig, was nicht allzuviel ist, wenn man auf die Weisheit zusteuert. Aber woher wehte der Wind? Durfte er ihn seinem Vater, einem Mann an der Schwelle des Alters, aus den Segeln nehmen, wo doch neben dem Sohn nur die Zwillinge da waren und sonst weit und breit nichts und niemand?

Peter Daniel war noch nachdenklich und beinahe elegisch gestimmt, als er die paar Schritte in die Paniglgasse hinüberging. Sie hatten keine Zeit vereinbart, Kathi und er, also wählte er die Stunde, die ihm die liebste war, die Stunde unmittelbar nach Sonnenuntergang, wenn die Wolken noch hell am Himmel standen, wenn auf den Dächern ein Perlmutterglanz lag wie von einem fernen Stern, und wenn das Leben der Stadt nach dem Arbeitstag noch einmal aufblühte, weil die Wiener nun die Theater aufsuchten, ihre Besuche machten, in Gesellschaft gingen. Zu dieser Zeit war die Luft in der Vorstadt Wieden nicht mehr so frisch wie am Morgen, aber schwer von allerlei Düften des Lebens, von einem Tag der Geschäfte und des Verkehrs, und Peter Daniel wußte, daß er dieses Wiener Leben, diesen Wiener Abend auf den Zügen von Kathi Seebenprugg wiederfinden würde. Das war gewiß nicht alles, aber es war sehr viel. Er könnte bei ihr zu Hause sein, wo immer er sich aufhielt oder aufhalten mußte, und das würde sie immer wieder zueinanderführen.

»Du hast doch hoffentlich noch nicht gegessen?« sagte Kathi, die ihm selbst öffnete. Sie hatte also auch dem einzigen Dienstboten Ausgang gegeben, den die Seebenpruggs sich noch hielten, einem alten Stubenmädchen, das seit dreißig Jahren in der Familie war.

»Dann wäre ich doch noch nicht hier ... nein, ich bin nur ein wenig ins Lesen gekommen und ins Grübeln. Schließlich bin ich ja älter geworden heute ...«

»Älter werden wir immer, nicht nur heute. Und wir zwei, wir werden sogar zugleich alt«, sagte Kathi lustig. »Komm in den Salon, ich hab' uns was Kaltes gerichtet und einen guten Maria Enzersdorfer dazu ... der wird dir schmecken!«

Beim Anstoßen setzten sie beide noch einmal zu kleinen Reden an, ließen es dann aber lachend bleiben, waren sie doch tatsächlich beinahe gleichzeitig zur Welt gekommen, nur ein paar hundert Meter voneinander entfernt, ein Schulfall für die Astrologen, bei dem Gründe für nennenswerte Unterschiede im Lebenslauf eigentlich nur aus der Tagesstunde abgeleitet werden könnten.

»Mit den Geschenken ist es ganz genauso«, sagte Kathi, »bei dem, was ich dir heute schenk', da kann keiner dem andern was schuldig bleiben ...!«

»Das klingt ja sehr mysteriös!«

»Sitzt du fest? Ja? Trink ein bisserl ... So, und jetzt paß auf: Mein Geburtstagsgeschenk für dich, das bin ich, die Kathi Seebenprugg!«

Peter Daniel stellte das Glas nieder. Also doch! Mama hatte recht. So klug sind eben doch nur die Mütter.

»Du machst mir also einen Heiratsantrag?« fragte er dann, als er sich gefaßt hatte.

Kathi lachte, aber es klang nicht ganz so frisch und natürlich wie sonst. »Wer redet vom Heiraten? Hab' ich einen Ton davon gesagt? Ich offeriere dir ein Weibsbild, nach dem sich die halbe Uni die Finger leckt, und du sitzt da wie ein Stockfisch!«

Das war ja noch schöner! Beinah wäre ihm der Heiratsantrag lieber gewesen, das war doch schließlich etwas, wo man ein wenig Zeit hatte. Aber so, an einem Abend, bloß weil sie allein waren ... Oder hatte sie besondere Gründe?

»Das ist dein Geschenk?« sagte er und nahm einen Schluck Wein, obwohl ihm ein Kognak lieber gewesen wäre. »Das ist das Geschenk, wo keiner von uns dem anderen etwas schuldig bleibt. Richtig bemerkt ... und also schon lange geplant?«

»Seit genau dreiundzwanzig Tagen!«

»Das weißt du so genau?«

»Das weiß ich, weil vor dreiundzwanzig Tagen dein Onkel Franz mein Jawort bekommen hat und weil wir in drei Monaten heiraten werden, Dani ... Und jetzt kriegst du den Kognak, nach dem du innerlich so sehnsüchtig verlangst!«

Seit drei oder vier Jahren trank er gelegentlich einen Schnaps oder einen Kognak, aber nie in dieser Zeit hatte er die Hilfe dieses Hinunterbrennens, dieses plötzlichen Aufmischens, dieser sekundenlangen Benommenheit mit nachfolgender Ruhe so sehr gebraucht wie in diesem Augenblick. Das also war das Geheimnis ihrer häufigen Besuche in der Wohllebengasse, das Geheimnis wohl auch der häufigen Anwesenheiten des sonst so zurückhaltenden Onkel Franz im Familienkreis. Und sie alle hatten gedacht, es gehe um ihn, den Peter Daniel!

»Die Überraschung ist dir gelungen, Kompliment!« sagte Peter Daniel mit belegter Stimme. »Aber jetzt verstehe ich dein ... Geburtstagsgeschenk eigentlich überhaupt nicht mehr.«

»Das eine folgt aus dem andern«, antwortete Kathi, und das Lächeln schwand aus ihrem Gesicht. »Daß ich lieber dich heiraten würde, weiß jeder bei euch und bei uns, und vor allem wissen wir beide es. Aber für dich ist es zu früh, und wenn es für dich nicht mehr zu früh ist, dann ist es für mich zu spät.«

»Und für den Onkel Franz?« rief Peter Daniel. »Für den ist es doch erst recht zu spät. Weißt du, wie alt er ist? Er ist vierundfünfzig, älter als mein Vater, älter als Tante Olga!«

Kathi seufzte. »Was glaubst du, wie oft ich mir das überlegt habe. Wie oft das besprochen worden ist, hier bei uns ... nicht mit Franz Heisinger natürlich. Und wenn wir Zeit hätten, noch zwei Jahre, dann käme gewiß ein anderer, ich lerne ja jetzt beinahe täglich junge Leute kennen, auf der Uni und bei den Studienreisen ... Ich hab' schließlich ja gesagt, weil ich auf diese Weise nicht *ganz* weg muß von dir. Denn das hätt' passieren können mit irgend jemand anderem! Ich bleib' gleichsam in der Familie ...«

Sie hatte ihre gute Laune wiedergefunden, belegte für Peter Daniel ein prächtiges Brot mit gekochtem Schinken und Gurkerln und schob es ihm über den Tisch.

»Iß ... stärke dich ... eine Jungfrau soll anstrengend sein, habe ich mir sagen lassen.«

»Es ist also dein Ernst?«

»Es ist alles ernst, sehr ernst, Dani ... Ich weiß auch, was ich dir zumute – ich mein', im Hinblick auf deinen Onkel. Aber wenn ich mir das nicht selbst erlaubt hätte, diese erste Nacht mit dir, dann hätt' ich gar keine Kraft gehabt zu dem Ja. Und jetzt reden wir nichts mehr .. oder fast nichts, *d'accord?*«

Es war ihm auch lieber. Er war nicht eigentlich aufgeregt, nur ein wenig schwindlig, wie man eben ist, wenn sich Dinge ereignen, an die man viel und oft gedacht hat und die dann auf einmal Wahrheit werden. Daß es für ihn nicht die erste Nacht war, wußte sie oder konnte sie sich denken, schließlich war er ein Jahr lang Soldat gewesen, und auch in Wien gab es ein Haus, zu dem er sich in den letzten Jahren ein paarmal hatte fahren lassen. Vermutlich hatte sie es ihm nicht übelgenommen, denn sie war klug genug, sich zu sagen, daß das ihretwegen war: daß er sich keine andere feste Freundin suchte, damit zwischen ihr und ihm alles beim alten bleiben könne, so lange sie eben wollte. Und wie lange würde sie wollen? Wie sollte es weitergehen, wenn sie Onkel Franz geheiratet hatte?

Besser nicht daran denken. Sie hatte das große Gaslicht über dem Eßtisch gelöscht und ein paar Kerzen angezündet. Er wartete, daß sie ins Schlafzimmer vorausgehen würde, aber die Betten ihrer Eltern, die paßten ihr wohl nicht, und ihr eigenes Jungmädchenzimmer lag im Obergeschoß, also blieben sie hier. Der Raum war warm, Peter Daniel kannte ihn gut. Die Gläser klirrten leise, als Kathi über den alten, leicht schwingenden Parkettboden ging, um ihr Kleid auf den großen Fauteuil in der Ecke zu legen. Peter Daniel war unfähig, so zu tun wie sie, sich so ganz einfach auszuziehen. Er blieb sitzen, das leere Glas in der Hand, und starrte in den schwach erhellten Zimmerwinkel, wo Kathi, seine Kathi, den Unterrock fallen ließ, ihm einen kurzen, forschenden Blick zuwarf und dann die Masche aufmachte, die ihre Hose hielt. Erst als sie nackt war, kam sie wieder zu ihm. Dunkel stand sie vor dem hellen Kreis des Kerzenlichtes und fragte:

»Und du? Du willst wohl wieder Doktor spielen?«

Peter Daniel lachte erlöst. Das war es gewesen, das erste und bis vor wenigen Minuten letzte Mal, daß er Kathi Seebenprugg nackt gesehen hatte. Als sie zehn oder elf gewesen waren, da hatten sie Doktor gespielt, die Franzi war auch dabeigewesen, in einer dicht bewachsenen Laube des Seebenpruggschen Gartens, er erinnerte sich. Weiß und zitternd war sie dagelegen, ganz steif und so aufgeregt, daß sie gar nicht bemerkte, wie schlecht er seine Rolle als Doktor spielte.

Er nahm Kathi in die Arme und fühlte in der gleichen Sekunde, wie sich ihre Arme weich und warm um seinen Nakken schlangen. Hätte sie das doch nur vor ein paar Monaten schon getan! Hätten sie sich doch schon geliebt, ganz einfach, weil sie zusammengehörten, und nicht nach den Jahren gefragt, dann wäre jetzt alles anders. Ernsthaft hätten sie ihm die Kathi nicht streitig machen können, aber jetzt hatte sie einem andern ihr Wort gegeben!

»Kathi...«, sagte er, ohne zu wissen, woher ihm die Atemluft kam, nach ihrem langen, langen Kuß, »Kathi... das haben wir falsch gemacht. Aber daran kann ich jetzt nicht denken. Vielleicht ist es wirklich die Hauptsach', daß du in die Familie kommst, in der Familie bleibst...!«

Sie hielt ihm den Mund zu, und dann nestelte sie flink seine Krawatte los, zog ihm den Rock aus, schob ihm den Stuhl hin, damit er weitermachen könne. Sie selbst lehnte am Tisch, als trüge sie ein elegantes Abendkleid, bediente sich aus der Weinflasche und sah ihm amüsiert zu, wie er mit rotem Kopf die Bänder an seinen Schuhen immer fester zusammenzog. Das Kerzenlicht brach sich in ihrem Glas und malte bunte Reflexe auf ihre Haut. Ihre Brüste standen eng und ziemlich voll nebeneinander; das silberne Kreuzchen fand gar keinen Platz, dazwischenzuhängen, es lag auf den beiden Halbkugeln und schaukelte leise, wenn Kathis Brust sich hob.

»Macht dir das nichts, wenn du so dastehst... so ohne was?« fragte Peter Daniel, um etwas zu sagen.

»Ich wundere mich selbst«, gab Kathi zu, »man weiß es ja nicht, vorher. Aber jetzt, jetzt weiß ich's. Ich muß dir sagen« – es klang wie unterdrückter Jubel –, »ich habe mich nie so wohl gefühlt. Und dabei ... dabei ist das doch erst der Anfang!«

Marie Kaspar

Als Peter Daniel erwachte, brauchte er eine Weile, um sich zu orientieren, denn wenn er auch Kathis Giebelzimmer aus einigen Besuchen kannte, so war ihm die Holzdecke, die sich nun über ihm hinzog, im ersten Augenblick doch fremd. Auch lag er seltsam, sein Blick lief lauter schräge Linien entlang, und sein Nacken schmerzte fürchterlich. Daraus, und daß er gar nicht wußte, wie er hierher gekommen war, schloß er, daß es bei der ersten Flasche Maria Enzersdorfer nicht geblieben war. Er trank ihn halt zu gerne, und eben darum hatte Kathi den weiten Weg bis zum Schottenkeller an der Freyung auch auf sich genommen.

Kathi ... jetzt war sie also seine Geliebte, und wie eine solche lag sie auch da, mit nichts als der Maiensonne bekleidet, ein Mädchen, das im Schlaf noch schöner war als im Wachen. Schlief sie nämlich, dann wurde sie wieder kindlich, dann lockerten sich die Glieder, und aus der Baronesse wurde wieder das kleine Mädchen. Die entspannte Haltung, die sie jetzt einnahm, war so reizvoll, daß ein wacher Erwachsener sie einfach nicht hätte finden können.

Peter Daniel richtete sich vorsichtig auf, um das Bett nicht schwingen zu lassen. Irgendwie war sein Kopf bei ihren Kniekehlen gelegen; die Beine hatte sie leicht angewinkelt, der Popo reckte sich der Morgensonne entgegen, und der Kopf mit den offenen Haaren drückte sich in das Kissen. Ein vorwitziger Lichtstreif aus dem Giebelfenster lief quer über jenes blonde Gekräusel zwischen den Beinen, das sonst stets im Dunkel bleibt, und Peter Daniel fühlte sich wie ein Gott: Keinem Sterblichen konnte soviel Hingabe zuteil werden.

Mit jenem sechsten Sinn, der schönen Frauen signalisiert, wenn sie betrachtet werden, hatte Kathi inzwischen ihre Lage mehr geahnt als erfaßt.

»Schäm dich...!« sagte sie schlaftrunken. »Hast du das nötig? Hab' ich dir irgend etwas verweigert? Will ich dir etwas verweigern? Komm... sei lieb... tu etwas, irgend etwas!«

Und wie die Männer so sind, am Morgen, zierte auch Peter Daniel sich.

»Was soll ich denn tun?«

»Was Liebes... was dir einfällt... aber nicht nur schauen; das ist was für alte Kracher, und du bist doch so jung wie ich!«

Peter Daniel kroch zu ihr hinauf, drückte sich an sie, an ihre kühle Kehrseite, die sich schnell erwärmte.

»So möcht' ich jetzt einen Tag liegen bleiben oder zwei. Gar nicht anziehen, gar nicht ausgehen... Immer nur im Bett bleiben!«

Kathi hatte die Augen wieder geschlossen. Sie schnaufte zärtlich zu seinen Worten und drängte ihm das weiche Hinterteil entgegen. Plötzlich aber drehte sie sich um.

»Schad' um die Zeit!« sagte sie entschlossen. »Ausruhen kann ich mich noch ein ganzes Leben. Wenn du nix tust, tu's eben ich... Wirst schon sehen!«

Sie stand auf, trat zum Fenster und öffnete beide Flügel ganz weit. Das Gezwitscher der Vögel aus dem kleinen Vorgarten drang herein, irgendwo klapperte auch ein Ast an der Dachrinne. Die Luft war frisch, aber nicht kühl.

Als sie sich Peter Daniel wieder zuwandte, stob das Sonnenlicht um sie her, als sei sie eine Erscheinung aus einer anderen Welt. Es begleitete die Linien ihres Körpers mit einer goldenen Spur und blinkte in ihrem offenen Haar. Mit einer einzigen Handbewegung riß sie die Decke vom Bett.

»Die brauchen wir nicht«, sagte sie. »Dreh dich auf den Rücken, und laß mich machen. Jetzt bin ich dran!«

Wo sie das wohl herhat? dachte Peter Daniel, während er sich faul auf den Rücken wälzte und die Luft vom Fenster her über sich hinstreichen fühlte. Dann aber kletterte schon Kathi auf ihn, die Haare im Gesicht, die Wangen ein wenig gerötet, vom Schlaf noch oder von der aufsteigenden Erregung. Nun war es an ihr, ihn zu inspizieren. Sie streichelte ihn vom Hals bis zu den Lenden, kratzte und krabbelte an seiner Brust wie ein Kind, das das Material kennenlernen möchte, aus dem seine Puppe gemacht ist, und hielt ihm dann die Augen zu.

»Nicht immer schauen, Dani!« bat sie leise. »Du weißt doch, daß ich von all dem keine Ahnung hab'. Man hört's halt einmal auf der Uni, wenn die anderen Mädchen darüber reden... Aber du bist eben doch der erste!«

Er war der erste für sie, gewiß. Aber sie war eben nicht die erste für ihn. Und doch: Es war ein erstesmal, es war ganz anders als alles, was er in den Garnisonen kennengelernt hatte und auch bei der Marie Kaspar – obwohl die Marie ein süßer Schneck war und sehr zärtlich. Das, was Kathi jetzt versuchte, das hätte die Kaspar freilich mit einem einzigen Handgriff geschafft, das klappte bei ihr wie bei einem Installateur, der ein Rohr einlegt. Bei Kathi mußte man beinahe fürchten, verletzt zu werden, aber auch ihr Ungeschick hatte natürlich seine Reize.

»Komm doch, Kathi... komm zu mir!« bat er, aber sie gab nicht nach.

»Sei doch nicht so ungeduldig... Du sollst bei mir nichts entbehren... Na, was sagst du jetzt?«

Stolz und glücklich, als habe sie eine Art Zusatzprüfung zur Matura abgelegt, begann sie, auf ihm auf und nieder zu gleiten. Das schönste dabei war sie selbst, diese aufgelöste Mädchenschönheit, zwischen Schlaf und Lust in einer Trance, die mehr versprach als alle Künste.

Als sie, keuchend, schwitzend und fröhlich, alles zum guten Ende gebracht hatte, ließ sie sich vorsichtig an seine Seite gleiten, schob ihren Kopf an seine Schulter und biß ihn zärtlich ins Ohr.

»Schlafen wir noch ein Stündchen?« fragte sie, »aber so, wie wir sind, ganz beisammen, ja?«

Aus dem Stündchen wurden zwei, und die Baronin Seebenprugg mußte sich recht vernehmlich räuspern, um die beiden zu wecken. Sie hatte sich einen Hocker von der Frisierkommode zum Fenster gezogen und starrte angelegentlich in den Garten hinaus, während die beiden Überraschten die Decke bis zu den Schultern hinaufzogen.

»Ja, Mama...«, stammelte Kathi, die ihre Sprache als erste wiederfand, »du klopfst doch sonst immer an!«

»Und wie! Die Finger sind mir beinahe wund geworden!« antwortete die Baronin mit ihrer tiefen Stimme. »Bis ich dann glaubte, es sei etwas passiert... Bei deiner Art zu schlafen bin ich ja nie die Sorge losgeworden, daß du eines Nachts in deinen Kissen ersticken wirst... Sag jetzt nichts, ich sehe alles. Schöne Bescherung. Dani, dein Onkel Franz darf nichts erfahren – überhaupt niemand, auch deine Eltern nicht. Das bist du uns schuldig. Hab' ich dein Wort?«

»Sie haben mein Wort, Baronin«, sagte Peter Daniel und nahm unter der Decke die Hacken zusammen. »Und glauben Sie mir... es war stärker als wir... der Wein und überhaupt...!«

»Ein Gutes hat es«, seufzte die Baronin und stand auf, »du weißt jetzt Bescheid. Genauso hab' ich mir alles vorgestellt, die Kathi weiß es ... Ich versteh' sie ja so gut, ich hab' auch einen viel älteren Mann geheiratet ... Aber dem Papa dürfen wir das nie sagen, es würde ihn töten!«

»Wo ist er denn, um Gottes willen?« fragte Kathi ängstlich.

»Der ist in der Direktion von der Sparkasse ... Unser Glück oder doch euer Glück. Ich hatte schon kein gutes Gefühl, wie er darauf bestand, den Frühzug zu nehmen. Aber die Jäger sind nun einmal so, immer beim Morgengrauen aus den Betten. Wir fuhren mit einem furchtbaren Volk, lauter Plebs ... Ihr könnt euch das nicht vorstellen. Wiener Neustadt ging noch, da stiegen ein paar Beamte zu, aber dann Theresienfeld, Felixdorf, Leobersdorf ... grauenhaft! Und keine Erste im Zug, mit Müh und Not ein Halbabteil Zweiter Klasse ... Ich bin wie gerädert ... Zieht euch an, dem Papa sagen wir, der Dani ist zum Gratulieren herübergekommen, ich mach' euch ein Geburtstagsfrühstück. Sieht so aus, als ob ihr es brauchen könntet!«

Bis sich beide an Kathis kleinem eisernen Waschtisch mit dem einen Lavoir gewaschen und angezogen hatten, war auch der Baron im Haus und ging, aufgeräumt vor sich hinsummend, durch die Zimmer.

»Das ist fesch, Dani, daß du der Kathi gratulieren kommst!« rief er Peter Daniel entgegen. »Ich hab' ja gewußt, daß du ihr nix übelnimmst, bist ein Prachtkerl!«

»Papa ...«, flüsterte Kathi mit gut gespielter Bestürzung, »ich hab's ihm eben erst gesagt!«

»Heute erst? Ja, warum denn?«

»Ich ... ich wollt' ihm den Geburtstag nicht verderben.«

»So ein Unsinn. Du siehst doch, daß er ganz fröhlich ist, ein bisserl lang gefeiert scheint er zu haben, aber die Augen glänzen richtig ... Kannst dich beruhigen, Kathi, wie ich den Dani kenn', ist der längst in eine andere verliebt!«

Kathi senkte den Kopf, um ein Lächeln zu verbergen, und ging hinaus in die Küche, um zu helfen.

»Da hab' ich doch recht?« wandte sich der Baron vertraulich an Peter Daniel. »Ein alter Regimentskamerad hat mir erzählt, daß er dich bei der Kaspar g'sehn hat... Sie war sehr zärtlich, bis hinaus zum Wagen hat sie dich begleitet... Bei der bist du doch in besten Händen.«

»Und in bester Gesellschaft«, sagte Peter Daniel melancholisch, »denn für sich allein kriegt man so eine ja nie!«

»Hat auch sein Gutes, das heißt... *du* könntest sie dir ja beinah schon leisten. Trotzdem: Das Haus auf der Wieden, das der Kronprinz ihr gekauft hat, soll 60 000 Gulden gekostet haben. Himmel, haben die Weiber es leicht. 60 000 Gulden!«

Was er dazu noch anmerken wollte, erstarb in einem Murmeln, denn die Damen kamen mit den Frühstückstabletts aus der Küche, und man setzte sich zu Tisch.

»Da der Daniel alles weiß, könntest du ruhig von der Besprechung auf der Sparkasse erzählen«, regte die Baronin an.

»Na bitte... praktisch sind wir ja schon verwandt«, sagte der Baron, und Kathi blinzelte Peter Daniel gutgelaunt zu: Wenn der Papa wüßte! »Na ja...« – der Baron kratzte sich am Kopf und lächelte verschmitzt –, »das war heute natürlich eine vergleichsweise angenehme Situation. Der Anwalt der Firma Heisinger saß neben mir, gewährte der Hypothekenabteilung der Sparkasse Einblick in den Entwurf des Ehevertrags und bestätigte außerdem, daß die Schwiegertöchter bei der Ehe stets ein ganz ansehnliches Aktienpaket erhalten, gleichsam als Morgengabe...«

»Das stimmt. Meine Mutter hat auch eins bekommen!« sagte Peter Daniel.

»Es wird also nun unser Besitz bei Pitten auf die Kathi überschrieben, gegen eine Nutzung auf Lebenszeit für uns Eltern. Als Sicherheit für eine neue, günstige Hypothek, mit der wir die alte, hohe Grundschuld ablösen können, dient neben dem Grundbesitz das Aktienpaket. Die Konditionen sind einmalig, weil ja eine Überdeckung vorhanden ist, und die Tilgung entspricht nicht einmal der zu erwartenden Dividendensumme... Mir ist ein Berg von der Seele genommen, ganz zu schweigen von der Erbschaftssteuer, die wir dabei sparen.«

»Wie du das wieder erzählst!« rügte die Baronin. »Alles übereinander und durcheinander. Das soll einer verstehen. Na ja, du kannst es mir ja am Abend noch einmal erklären. Jetzt lassen wir den Dani nach Haus, die Heisinger essen immer so früh, das ist so bei...« Sie wollte sagen: bei den Bürgerlichen, verbesserte sich aber schnell: »... bei der Industrie, wegen der Mittagspause in den Betrieben, das weiß ich schon. Also servus, Dani, grüß die Mama schön!«

»Ich bring' ihn noch hinaus!« rief Kathi schnell und lief vor Peter Daniel her die Treppen hinunter.

»Bis zu meiner Hochzeit will ich dich jeden Tag sehen. Ist das klar?« sagte sie unter der Haustür.

»Und das soll unbemerkt bleiben?«

»Na, wenn schon! Dein sauberer Onkel hat schließlich eine heimliche Tochter, die bald so alt ist wie ich und um zehn Kilo schwerer... Der soll ganz stad sein!«

Sie küßten sich, bis Kathi die Luft ausging. Peter Daniel trat wie ein Schlafwandler in den Garten hinaus. Was war das nun wieder! Warum wurde alles immer so plötzlich anders, warum sah man es nie kommen? Ein komisches Jahr, 1888 mit den drei Achtern – und er zweiundzwanzig, wenn das nur gut ging.

Ein paar Wochen darauf zeigte sich allerdings, daß Kathi Seebenprugg die Rechnung ohne ihre Mutter gemacht hatte. Die Baronin hatte zwar keine Szene gemacht, als sie die beiden fand, aber sie handelte, und als sich das Semester seinem

Ende zuneigte, saß Kathi trotz bitterlicher Tränen neben Papa und Mama in einem Waggon der Wien–Saloniki-Bahn. Wie das mit österreichischen Bahnen so ist, hatte die Strecke ihr Ziel allerdings noch nicht erreicht, sie war erst bis Aspang gediehen und würde vielleicht auch noch den Wechsel überschreiten, nach Steiermark hinein, aber an Saloniki dachte eigentlich niemand mehr. Für die Seebenprugg reichte, was bis dahin gebaut worden war: Sie stiegen in Pitten aus dem Zug, wo der Kutscher vom Schloß bereits wartete, und Kathi sah sich, nicht zum erstenmal, einem ruhigen, sehr ruhigen Sommer gegenüber, den erst Ende August dann die Hochzeit mit einem Knalleffekt beschließen würde.

Ebensosehr wie die Trennung von dem gerade erst so wahrhaft entdeckten Jugendgeliebten schmerzte sie die Überzeugung, daß Peter Daniel mit seinen zweiundzwanzig Jahren und der so plötzlich gefüllten Brieftasche in Wien nicht das Leben eines Novizen führen würde. Seine Briefe kamen immer noch von der Wieden, nicht aus Gutenstein, wo sich Irene mit den Zwillingen aufhielt, und auf der Wieden stand schließlich auch das Haus der Marie Kaspar, in dem Peter Daniel ebenso wie eine sehr kleine Clique vermögender Wiener Herren verkehrte.

Zum Unterschied von den anderen aber war Peter Daniel jung, blutjung. Selbst der Kronprinz, der unbestritten den ersten Rang bei der schönen Marie einnahm, würde in diesem Sommer noch dreißig. Die anderen freilich, ein zweiter Erzherzog, ein paar Grafen und ein gut gewähltes Trio aus der Finanzwelt, waren alle wesentlich älter. Vielleicht war das der Grund, daß die Kaspar sich den Peter Daniel als Vertrauten erwählt hatte, so wie der Kronprinz oft ihr sein Herz ausschüttete. Rudolf erfuhr natürlich nichts von Peter Daniel, aber Peter Daniel um so mehr von Rudolf. Die kleine Gruppe der übrigen Discrétins beschränkte sich darauf, zum Unterhalt der Villa und ihrer Insassin beizutragen und sich in dem zweideutigen Ruhm zu sonnen, daß sie zumindest eine Frau mit dem Kronprinzen gemeinsam hatten.

Peter Daniel wußte natürlich, warum er die Gesellschaft der Kaspar suchte: weil er Mizzi nicht mehr hatte. Darum nannte er sie auch nie so, obwohl die Marie Kaspar trotz ihres jetzt so mondänen Anstrichs noch vor ein paar Jahren die Mizzi Kasparek gewesen war, ein Früchterl schon mit zehn Jahren, wie sie selbst zugab.

»Ich erinnere mich genau, wie dein Opapa mir 's Hemd aufg'hoben hat und auf'n Hintern tatscht, immer wieder«, erzählte sie, »dazu hat er g'lacht und meiner Mutter – die is heut' noch hübsch –, und meiner Mutter hat er g'sagt: ›Du bist ja net schlecht, Milli, g'wiß net, aber die da, die bringt's einmal weiter als du. Du hast mich, immerhin einen Kommerzialrat, die aber, die angelt sich einen Erzherzog!‹ – Und jetzt hab' ich gleich zwei!«

Peter Daniel saß oft bei ihr, er hatte ja nur ein paar Schritte zu gehen, und es war völlig unbedenklich, denn sie hielt Ordnung in ihren Buchungen. Es durfte ja keiner ihrer Herren mit einem anderen zusammentreffen. Nur, wenn irgendwann am Tag der Kutscher Bratfisch kam oder der Diener Loschek, dann war Feuer am Dach. Denn Seine Kaiserliche Hoheit konnte ja nie warten. Dann schickte sie nicht selten zu Peter Daniel und bat um den Rothmann, denn ihr Zeugl, das war inzwischen zu bekannt, und damit konnte sie keine Absage in ein vornehmes Haus gelangen lassen.

Auch das war seltsam und überraschte Peter Daniel selbst am meisten: daß er dort anfing, wo die anderen endeten, wenn man von der düster-traurigen Ausnahmegestalt des Kronprinzen einmal absah. Marie Kaspar hatte allerdings nichts von einer professionellen Prostituierten. Sie war eine jener weichen, temperamentvollen Frauen, die für Wien so typisch sind. Sie machen nichts aus sich und wirken doch; sie geben sich natürlich, ohne Gestus, oft sogar ohne Aufwand, aber mit soviel Heiterkeit und Charme, soviel Wärme und Zärtlichkeit, daß die Beglückten viel mehr auf ihre Rechnung kommen als durch die angeblich so wichtigen Techniken der Intimität.

Da hatte es nichts zu sagen, daß noch andere da waren. Jeder fühlte, daß diese Frau ihm ein Partikel ihres Ichs reserviert hatte, das sie ihm vorbehielt, und wenn es auch bei dem einen oder anderen von der älteren Gilde ein beinahe mokantes Spiel war: Es gehörte doch ihm und ihr und sonst niemandem.

»Wenn ich dich nicht hätt', wär' ich ein richtiges Waisenkind«, sagte Peter Daniel zu seiner drei Jahre älteren Ersatz-Mama, die neben ihm auf dem dicken Teppich vor dem Kamin saß und in ihrer Schmuckschatulle kramte. »Aber du hörst mir ja gar nicht zu!« maulte er.

»Ich muß des Kollier finden vom Grafen Fegervary... wenn ich des heut' abend net anhab', is er wieder stundenlang gekränkt...«, verteidigte sich Marie Kaspar. »Aber ich hör' dir zu, ganz genau. Du bist ein armes Waisenkind mit Millionärseltern.«

»Lach nur! Der Vater ignoriert mich, seit er sieht, daß ich für seine Fabrik nix übrig hab. Die Mizzi ist in Neustift, die hat sicher schon einen Mann für ihr Wirtshaus... und die Mama, die hat ihre Zwillinge... Ich bin also dreifach verwaist!«

»Und die hübsche Baroneß, die im Bett so wild ist?«

»Die ist am Land!«

»Schau, mir wird's bald genauso gehen, und bei mir ist das viel tragischer, denn ich leb' von die Männer. Stell dir vor, der Rudolf hat eine kenneng'lernt, und in die ist er bis über die Ohren verliebt...!«

»Das geht bei dem doch schnell. Der ist eben unglücklich verheiratet, und darum schaut er sich um!«

»Aber er hat doch mich, zum Teufel!« explodierte Marie

Kaspar. »Ich hab' schon mit der Stephanie Ärger genug. Weißt du, was die uns das letztemal antan hat? Der Rudolf kommt doch immer mit einem Unnumerierten, ganz ein alltäglicher Fiaker, wie ihn sich jeder Baron leisten kann. Kommt da eines Nachts nicht die Erzherzogin Stephanie mit der Hofequipage, befiehlt dem Kutscher, hier vor meiner Tür auf den Rudolf zu warten, nimmt den Unnumerierten und fahrt nach Haus'...!«

»Und der Kronprinz? Was hat der gesagt?«

»Den hättest du hören sollen! Wir treten vors Haus, schaun ein bisserl, ob niemand herumstreicht, da steht die Livree da und die Hofequipage, vielleicht schon eine Stunde oder mehr... Ganz blaß ist er geworden, der Kronprinz, kasbleich, kann ich dir sagen. ›Das wird sie mir büßen‹, hat er so zwischen die Zähn' herausdruckt, ›das wird sie mir büßen. Morgen verlange ich die Scheidung... morgen... ich schreib' dem Papst!«

»Glaubst du, daß er's tut?«

»Wegen mir nicht... Mich hat er eh. Mich nimmt er überallhin mit, da braucht er sich ja nicht zu genieren. Huren habn s' alle, die hohen Herrn, Huren zählen nicht. Sogar in die Frühjahrsmanöver hab' ich mitfahren müssen, angezogen wie eine Dame von Welt, unter lauter Herren, die mich in- und auswendig kennen. Das war eine Bescherung. Manchmal glaub' ich, er tut's absichtlich, er will seinen Vater provozieren oder hofft, daß den Kaiser der Schlag trifft, wenn ihm die Geheimpolizei solche Sachen rapportiert.«

Sie hatte das Kollier gefunden, hob es aus dem Kästchen und ließ es im Kaminfeuer funkeln.

»Geh, sei lieb, leg mir's um«, bat sie und nahm die Haare im Nacken mit beiden Händen auf. Es war ein Bild von unglaublichem Liebreiz, diese junge Person in dem leichten Hausgewand, von flackernden Kaminflammen beleuchtet, mit erhitzten Wangen von der Wärme. Peter Daniel zog sie an sich und küßte sie zärtlich und so lange, bis sie ihn mahnend mit dem Knie stupste.

»Kommst schon noch dran!« sagte sie. »Is des anstrengend, wenn einer so verliebt ist. Komm, leg mir den Schmuck um, ich schick' dir Post, wann der Graf weg ist. Bei dem dauert's höchstens zwanzig Minuten, wenn er's überhaupt schafft. Allerdings kommen dann die Wiederbelebungsversuche.« Marie lachte leise, als falle ihr dabei etwas Köstliches ein. »Für die muß ich noch einmal zwanzig Minuten ansetzen. Um neun wären wir also allein – das heißt, wenn nicht gerade der Rudolf einen narrischen Tag hat. Bisher hat ihn der Szeps getröstet, aber jetzt ist er draufgekommen, daß man sich an meinem Busen viel angenehmer ausweinen kann als an dem von einem alten Zeitungsonkel...«

»Hat er jetzt eine so schwierige Phase, der Kronprinz?« erkundigte sich Peter Daniel, eigentlich mehr aus Höflichkeit; er hatte sich für die Dynastie bisher noch nicht erwärmen können. Was er in der Schule davon gelernt hatte, war offiziell und abgestanden gewesen, und ein persönliches Verhältnis zu den Habsburgern zu haben war er noch zu jung.

»Ach, Dani«, seufzte die Kaspar und erhob sich, »da könnt' man stundenlang erzählen... Wenn ich so g'scheit wär' wie du oder wie der Szeps, ich hätt' längst ein Buch g'schrieben: *Mit dem Kronprinzen am Kamin* oder *Eine kaiserliche Hoheit ganz privat...«*

»Ein Buch, das von der Zensur sofort verboten würde!«

»Ich mach' ja nur Spaß... und jetzt muß ich mich anziehen. Kommst mit?«

Dieses *Kommst mit?* war eine Ehre, für die eine ganze Anzahl von Wiener Lebemännern hohe Summen geboten hätten; aber die Kaspar war da eigen: Wenn sie sich anzog, wenn sie Toilette machte – kurz, wenn sie privat war und an dem arbeitete, was man als ihr Kapital bezeichnen mußte, dann vertrug sie keinen Freier in ihrer Nähe. Einzig für den Kronprinzen machte sie Ausnahmen, weil sie fühlte, daß seine bizarre Natur diese Ablenkung brauchte, und für Peter Daniel, in dem sie den Freund sah, ja beinahe den Bruder von nebenan. Zumindest Halbgeschwister könnten sie sein, hatte die Kaspar einmal bedauernd festgestellt, wäre der Ferdinand Heisinger, sonst ein fescher Mann, nicht so ein treuer Gatte. »Einmal hat er deine Mama g'wiß umig'hobn, das möcht ich wetten«, hatte die Kaspar mit bemerkenswertem Scharfblick festgestellt, »denn so a fesches Dienstmadl, das laßt ma net weggehn ohne Titschkerln.« Aber da Peter Daniel sich standhaft geweigert hatte, auf dieses Thema einzugehen, war es aus ihren Gesprächen verschwunden. Ja, sogar Maries Ausdrucksweise hatte sich nach und nach ein wenig gewandelt. Seit sie nicht mehr mit ihrer Mutter lebte und nur in den allerhöchsten Kreisen herumgereicht wurde, bemühte sie sich zwar nicht um jenes scheußliche Schriftdeutsch, durch das die Wiener Proleten erst recht verraten, woher sie kommen, aber immerhin um Anklänge an das gepflegtere Wienerisch der oberen Zehntausend, das sich mehr durch den Tonfall als durch besondere Wortbildungen vom Hochdeutsch abhebt.

Ihr Hauskleid mit den weiten Ärmeln schüttelte sie schon vor dem Kamin ab, mit einer einzigen Bewegung, die nichts Kokettes oder Herausforderndes hatte: Sie fühlte sich allein, sie zeigte sich nicht, obwohl Peter Daniel sie mit den Augen verschlang. Vor ihm her ging sie ins Schlafzimmer, nicht wie die nackten Göttinnen, die graziös durch die lebenden Bilder der Bordelle schweben, sondern mit dem natürlichen Charme eines Wäschermädels, das sich damit begnügt, auch nackt nur herzig zu sein, nicht etwa verrucht.

Im Schlafzimmer hatte Peter Daniel bereits seinen Platz, einen mit Fell bespannten Hocker unweit des dreiteiligen Spiegels, vor dem die Kaspar sich auf einem Drehstockerl niedergelassen hatte und mit der sorgfältigen Prüfung ihres Gesichtes, der Haut am Hals und der Brust begann.

»Fünfundzwanzig«, sagte sie, mehr vor sich hin als zu Peter Daniel, »eigentlich kein Alter, und der Körper... dem sieht man auch noch gar nix an... Nur um die Augen herum, da werd' ich müd. Viel zu früh. Das verdank ich nur den zwei Hoheiten. Die strapazieren mich, der eine mit seinen Sorgen und seiner Rederei, und der andere mit seinen Soupers im Séparée-Stock vom *Sacher*...«

Während sie eine bitter riechende Creme in die Wangen einrieb und um die Augen herumstrich, sprach sie langsam, beinahe stockend, weiter:

»Der Erzherzog Otto, der schönste Habsburger, wie man sagt, der kostet mich immer die ganze Nacht. Vor fünf in der Früh' hört der nicht auf... Das letztemal, im *Sacher*, war der Skandal perfekt: großes Séparée, zwei Ballettmädeln, ich, der Otto und zwei Herren aus Ungarn, denen er die Wiener Nächte vorführen will... Na, mehr brauch' ich dir nicht zu sagen. Ich hab' die Flaschen gezählt: sechzehn Bouteillen *Veuve Clicqot* für sechs Leut', und wir Mädeln natürlich mit einer einzigen mehr als zufrieden... Nach Mitternacht war der Otto dann auch völlig blau, und da will er immer die Leut' schockieren, die Frau Sacher weiß das längst, und darum geht auch der Wagner, der Oberkellner, wenn's einmal soweit ist, vom Séparéegang gar nicht mehr weg. Na, du wirst es nicht glauben: Es ist vielleicht halb eins, wir hören herauf, daß der Speisesaal voll Menschen ist, immer neue strömen durch die Hotelhalle herein, die Saaltüren sind weit offen, da sagt der Otto: ›So, und jetzt, liebe Marie, jetzt gehn wir zwei wie wir sind die Treppe hinunter in die Halle und lassen uns akklamieren, magst?‹ – Ich natürlich schrei auf, ich hab' mir gar nicht die Zeit genommen, schön zu sprechen, damit die Ungarn mich verstehen. ›Bist teppert, Kaiserliche Hoheit?‹ hab ich g'sagt. ›Wenn ich da nackert hinuntergeh', bin ich morgen beim Steinerklopfen in Kagran.«

»Glaubst du das wirklich?« erkundigte sich Peter Daniel lächelnd; er konnte sich nicht vorstellen, daß zwei Erzherzoge diese übliche Strafe im Fall der Kaspar nicht hätten verhindern können.

»Da kennst du unsern Kaiser schlecht. Dem Otto hätt' er eine Abreibung verpaßt, so eine schöne apostolische Gardinenpredigt, mir aber, mir wär' wirklich was passiert. Also hab' ich mich am Sofa festg'haltn, hab mit die Füß' gestrampelt und geschrien wie am Spieß, da hat er mich in Ruh' lassen, hat seinen Tschako aufgesetzt, den Säbel umg'schnallt und is als a Nackerter aussigangen... Vorbei am Oberkellner Wagner... Auf der Treppe hat ihn der Wagner dann überholt, hat ihm ein Tischtuch übergeworfen und ihn abtransportiert. Mein Gott, war der blau in dieser Nacht!«

»Hat man ihn erkannt?«

»Das hängt davon ab, wie groß das Tischtuch war!« sagte die Kaspar und lachte. »Denn was so ein Erzherzog ist, da sind die Gesichtszüge zwar bekannter als die unteren Gegenden, aber der Otto hat eben sehr, sehr viele Freundinnen... und ein paar von ihnen waren ganz bestimmt im *Sacher!*«

Marie Kaspar lehnte sich zurück, schwenkte eine kleine, gerade Schere in der Luft und sagte:

»Weil du's bist... du darfst mir die Haar' schneiden...!«

»Im Nacken?«

»Aber geh... unten natürlich!« Sie drehte sich herum und spreizte die Beine. Während Peter Daniel vor ihr auf dem Teppich kniete und an ihrem braunen Vlies herumschnippelte, kraulte sie ihm die Haare und gab Anweisungen: »Oben einen sauberen Rand, nicht zu hoch herauf, und dann das Ganze ein bisserl stutzen... Muß ganz gepflegt ausschauen, die Lockerln mag ich nicht... Und was herunterfallt, schön aufheben – dafür hat mir der Conte Camerini extra eine

Dose geschickt, damit ich's für ihn sammeln kann!«

»Sachen gibt's!« Peter Daniel lachte herzhaft. »Und was macht er dann damit?«

»Mich fragst? Dabei ist der noch der Harmloseste! Da könnt' ich dir Ideen erzählen, das glaubst du nicht, sag' ich dir. Ich bin allerlei gewöhnt, aber selbst ich brauch' oft eine ganze Weile, bis ich überhaupt kapier', was die Herrschaften wollen ... In Gesellschaft, bei den sogenannten Orgien, das ist einfacher, das lauft immer auf dasselbe hinaus, vor allem, wenn sie betrunken sind – da ersauft die Phantasie. Aber wenn sie so von zu Haus' kommen, wenn sie eine ganze Woche nachgedacht und sich schon vorgestellt haben, was sie von mir verlangen werden ... Ich sag' dir, Burli, dir täten die Haar' zu Berg stehen!«

»Und du ... du machst das alles?«

»Aber keine Spur! Heut' nicht mehr. Eigentlich hab' ich nie viel g'macht. Aber die Jungen, die ins Geschäft kommen wollen, und die Alten, die drin bleiben wollen, die haben keine Wahl, und das ist dann grauslich. Wenn sie könnten, wie sie wollten, die Herren, sie würden uns in kleine Fleckerln schneiden und mit Butter und Bröseln aufessen.«

»Ich brauche weder Butter noch Bröseln, noch einen Zukkerstreuer«, versicherte ihr Peter Daniel, »ich würde dich so, wie du bist, mit Haut und Haar auffressen ...«

»Und die Kathi?«

»Die Kathi auch!«

»Du bist mir einer! Aber du bist mir immer noch lieber als der Rudolf ... Jessas, jetzt hab ich ganz vergessen, was ich dir seit einer Stund' erzählen will!«

Sie begann in langsamen, weitausholenden Bewegungen ihr Haar zu bürsten. Es knisterte leise in ihre Worte.

»Du wirst es nicht glauben, aber der Kronprinz hat eine neue Flamme!«

»Und warum soll ich das nicht glauben? Dafür ist er doch bekannt!«

»Aber neben mir! Fast möcht' man meinen, er kriegt bei mir nicht, was ihm guttut. Dabei geht bestimmt keine von den feinen Damen so mit ... Jedenfalls, es hat wieder einmal g'schnackelt. Am Polenball soll's passiert sein, im letzten Fasching, also vor ein paar Monaten erst. Die Kleine ist siebzehn, nennt sich Baroneß, obwohl kein Mensch die Familie kennt ...«

»Du weißt also den Namen?«

»Alles weiß ich!« sagte Marie Kaspar verächtlich. »Das wär' doch traurig, wenn unsereine nicht genau informiert wär'! Sie war noch nicht einmal ganz siebzehn, wie er sie kenneng'lernt hat. Am 19. März soll sie Geburtstag haben. Ganz schlecht für mich, halb Fisch, halb Widder ... und er ist an der Grenze zwischen Löwe und Jungfrau ... Ganz vertrackt, was das geben wird, weiß kein Mensch ... Den Namen? Marie heißt sie wie ich, nennt sich natürlich Mary, der Vater war Botschafter, die Mutter stammt aus einer levantinischen Bankiersfamilie und ist eine geborene Baltazzi. Der inzwischen verstorbene Vater hieß Vetsera, ein Baron neueren Datums. Das Geld kommt von den Baltazzi, scheint aber zu Ende zu gehen, denn Mutter und Tochter gehen in Wien aufs Ganze: Die galante Mama ist offensichtlich entschlossen, die sehr hübsche Tochter an den Meistbietenden abzugeben.«

»Du sagst selbst, daß sie hübsch ist?«

»Sie hat diesen exotischen Reiz, der mit jungen Jahren umwerfend wirkt, später nur noch interessant ist und im Alter die Frauen sogar häßlich macht. Natürlich geb' ich zu, daß sie hübsch ist ... Du weißt doch, daß wir Huren alle eine lesbische Ader haben, ganz einfach, weil ihr Männer einem beim Hals herauswachsen könnt ... Die kleine Mary Vetsera mit ihrer zarten Haut, den großen, schwermütigen

Augen, der jungen, vollen Brust, die könnt' mich schon reizen. Aber da ist der Rudolf eigen, da ist er zu sentimental. Eine Partie zu dritt würde ich nie wagen, ihm vorzuschlagen. Bei dem geht alles durch die Seele, so direkt er auch manchmal ist; der Otto ist da anders...«

»Auf dem Ball hat er sie also kennengelernt, und was weiter?«

»Es scheint etwas zu werden... Dafür sorgt schon die Mama Vetsera... Er hat mich einmal zum Juwelier mitgenommen, nur um mir einen Schmuck um den Hals zu legen... Eine Kette mit einem einzigen, großen Rauchtopas, sollte 1500 Gulden kosten. Ich hab' protestiert, hab' ihm gesagt, daß ich Topase nicht trag', weil sie mir kein Glück bringen, da hat er nur gelacht und gesagt: ›Ist auch nicht für dich, du Tschaperl...‹ Na, da war ich natürlich erst recht bös'!«

Sie stand auf, suchte sich Hemd und Hose aus dem Schrank.

»Ich geh', Marie...«, sagte Peter Daniel. »Um neun wartet der Rothmann; wenn du dir's anders überlegst oder eine Abhaltung hast, sag ihm bitte Bescheid!«

»Von mir aus kannst aber noch dableiben«, maulte die Kaspar. Sie war offensichtlich ungern allein, und vielleicht war es ihr gar nicht so wichtig, wer dann den Cicisbeo machte, wenn er nur nett war und auf sie einging.

»Du kennst mich doch... Wenn du dich anziehst, verschwind' ich, ich sollte schon längst gehen, aber wenn du nackt bist, dann schaff' ich's einfach nicht. Das hält einen fest, das kannst du dir gar nicht vorstellen. Manchmal glaub' ich es selbst nicht... Und wenn du dann anfangst, in die Kleider zu steigen, muß man sich beeilen, dann ist die Circe für einen Augenblick lang ungefährlich!«

Marie Kaspar umarmte ihn lachend. »Du sagst mir ja schöne Sachen... In Kleidern reize ich dich also gar nicht? Na wart! Wenn im Herbst die Bälle wieder anfangen, da zeig' ich dir was... Und bis dahin weiß ich auch, was eine Circe ist. Weh dir, wenn das eine Beleidigung war. Aber geh nur, Bruder, bist ja meiner...«

So war es, so blieb es nun schon seit Monaten. Trat er dann in die laue Nacht hinaus, um die zehn Minuten leicht abfallenden Weges zur Wohllebengasse anzugehen, dann glaubte er schon nicht mehr, daß es ein Hurenhaus war, aus dem er kam. Eine kokette kleine Villa, unauffällig, obwohl die Wieden kein Villenviertel war, ein bisserl zurückgezogen hinter Vorgarten und hohen Bäumen, mit viel Grund und darum wohl 60 000 Gulden wert... Ein Kunststudent aus dem Elsaß hatte Peter Daniel auf der Universität von einem südfranzösischen Grafen erzählt, der seit zwei oder drei Jahren auf dem Montmartre lebe, ein Graf aus einem uralten Geschlecht, älter als das der Bourbonen, der nur noch in Kaffeehäusern, Bars und vor allem in den Bordellen herumhockte und sich am liebsten mit Dirnen unterhielt, ja der viele Stunden in den großen, üppigen Bordellen der Seinestadt zubrachte und die Mädchen zeichnete... Den würde er gern kennenlernen, er sollte nicht viel älter sein als er, Peter Daniel, selbst. Überhaupt, die Maler... und Paris... Wenn die Kathi jetzt heiratete, war es wohl das gescheiteste, ein Weile von Wien wegzugehen. Das junge Glück so aus nächster Nähe mitzuerleben, war gewiß nicht das richtige, und dem Onkel Franz sollte man zumindest anfangs allzu viele Begegnungen ersparen. Hoffentlich zog er dann tatsächlich nach Hietzing, wie er es für den Fall einer Eheschließung angekündigt hatte. Denn wenn er in der Wohllebensgasse blieb, wenn sie sich täglich sahen, auf der Treppe trafen, wenn er als Student viel mehr Zeit für Kathi hätte als der Kommerzialrat Franz Heisinger... dann, lieber Onkel, dann konnte der Peter Daniel bei aller Ehrerbietung für nichts garantieren.

Ein oder zwei Semester in Paris könnten da vielleicht ein Unglück verhindern, eine Familientragödie. Man müßte sich mit dem Poldi beraten, ein paar Adressen geben lassen. Man müßte ... Es war so vieles, es war so vielerlei, und was er wirklich tat, war immer dasselbe: der Weg zu Marie Kaspar, die nutzlosen Stunden bei ihr, die ihn nicht weiterbrachten, nicht bei ihr und nicht im Leben. Es war tatsächlich – jetzt hatte er die Formel –, es war wie Tannhäuser im Hörselberg. Er war verzaubert, er fühlte die Zeit nicht verrinnen. Und kam er dann frei von dieser Frau Venus, war es ihm gelungen, ihr zu entrinnen, dann fühlte er sich leer und verloren, als habe alles andere keinen Sinn.

Späte Freuden

Als der ganze Clan der Heisinger sich vor der Paulanerkirche versammelte, stellte man fest, daß man in solcher Vollständigkeit seit dem Begräbnis des Kommerzialrats Sebastian nicht mehr beisammen gewesen war, und das war nun immerhin fünfzehn Jahre her. Daß die Hochzeit in einer katholischen Kirche stattfand, beschäftigte niemanden, man kannte ja die Katholiken, auch die Kinder in den Mischehen mußten römisch-katholisch getauft werden und schon als kleine Bauxerln den entsetzlichen Sermon der Teufelsaustreibung über sich ergehen lassen. Da waren die Hochzeiten noch vergleichsweise harmlos, weil ein Erwachsener – und erwachsen war der Bräutigam weiß Gott mit seinen vierundfünfzig Jahren –, weil ein Erwachsener das ganze Zeremoniell und Gepränge doch schon verständig zu beurteilen und gebührend einzuschätzen weiß.

Da die Heisinger überwiegend Protestanten waren, mußte die Ursache für die Umstellung von der Dorotheer- auf die Paulanerkirche bei den Seebenprugg liegen. Wenn sie schon zu einem Bürgerlichen herabstiegen, so waren sie doch wenigstens in Dingen des Bekenntnisses fest geblieben. Aber Tante Olga wußte natürlich auch über den neuen Familienzweig schon etwas ganz Besonderes und Geheimes und berichtete, daß die Seebenprugg noch vor ein paar Generationen selbst Protestanten gewesen waren. Vor die Wahl gestellt, ihre Besitzungen in der Gegenreformation zu verlieren oder den Glauben zu wechseln, krochen sie zu Kreuze und behielten Grimmenstein, die Wälder um Pitten und das Gut in der guten Lage unweit Wiener Neustadt. Dann war es natürlich verständlich, daß sie auf der Paulanerkirche, das heißt auf einer römisch-katholischen Eheschließung, bestanden hatten. Konvertiten nahmen es immer ganz besonders genau.

Ferdinand und Irene hörten nur mit halber Aufmerksamkeit zu. Die Zwillinge Bibi und Teddy waren für dieses erste große Familienereignis, das sie bewußt miterlebten, allerliebst herausgeputzt worden und hatten als Brautjungfern auch eine sehr verantwortungsvolle Aufgabe.

Kommerzialrat Franz Heisinger hatte sich in den letzten Monaten insgeheim ein Korsett schneidern lassen, denn der lange Zeit schlanke Herr begann mit den Jahren um die Hüften doch ein wenig anzusetzen, und das wäre neben der ranken Braut gewiß unangenehm aufgefallen.

Kathi Seebenprugg, am Arm ihres Vaters, war die Lebensfreude in Person. Das bräutliche Weiß hob die frischen Farben ihres Gesichts, und wenn sie ihrem Auserwählten, der die Baronin führte, einen zärtlichen Blick zuwarf, dann konnte man tatsächlich glauben, sie habe für den Eisenbahnmagnaten eine rätselhafte Leidenschaft in sich entdeckt. Um so besser für sie, dachte Peter Daniel und lächelte ihr ermutigend zu; warum sollte sie dafür bestraft werden, daß sie als brave Tochter den Eltern aus der Patsche geholfen hatte?

Die Paulanerkirche sah Peter Daniel bei dieser Gelegenheit zum erstenmal von innen, wie das eben so ist mit den Gotteshäusern im engsten Wohnbezirk: Man läuft zu oft an ihnen vorbei, um noch etwas Besonderes in ihnen zu vermuten. Er entsann sich, daß die Tür oft offen stand, das war der Unterschied zwischen den katholischen und den evangelischen Kirchen; die evangelischen waren immer versperrt. Scheu strich er als Bub an der dunklen Öffnung vorbei; eine Kirche war etwas Kühles, Geheimnisvolles, und nun gar eine Kirche von den anderen.

Nun war er, als müsse es so sein, im festlichen Zug mit hineingewallt, hatte dabei festgestellt, daß sie gar nicht Paulanerkirche hieß, wie sie jedermann auf der Wieden nannte, sondern Pfarrkirche zu den heiligen Schutzengeln und daß sie auch im Innern ein wenig italienisch anmutete wie von außen. Da war eine Dreifaltigkeit, von Carlo Carlone gemalt, und ein wunderbarer Franz de Paula von Tintoretto. Das war gewiß ein Bild mit einem besonderen Schicksal, mußte es sein, denn es war offensichtlich viel älter als die Kirche. Als Vorstadtkirche war sie 1683 von den Türken niedergebrannt worden; hatten die Osmanen damals den Tintoretto geschont, oder war er aus einem anderen, aus einem aufgelassenen Gotteshaus oder Kloster hierhergekommen? Von Daniels Lehrern und von seinen Kommilitonen interessierte sich keiner für die Schicksale der Bilder; das habe, hatte man ihm bedeutet, mit Kunstgeschichte wenig, mit Kunstbetrachtung überhaupt nichts zu tun. Und doch war das ein Kapitel des ganzen Wissensgebietes, auf dem er besonders gern arbeiten würde.

Inzwischen hatte die heilige Handlung ihren Anfang genommen, und es schickte sich nicht mehr, die Blicke schweifen zu lassen. Auch für die vielen hübschen Mädchen aus der ferneren Verwandtschaft und in den Abordnungen aus den Betrieben durfte er sich nur noch verstohlen interessieren: die rassigen Ungarinnen aus Lajtaszentmiklosch, die frischen Bauernmädchen aus Pitten und Seebenstein, die Miniaturarmee der unbekannten Basen und Nichten, die aus dem großen Clan der Seebenpruggs und der Oderzo nun den Heisingern zugewachsen war.

Zusammengegeben, Arm in Arm, so kam dann das Hochzeitspaar aus der Kirche; die Wagen hatten es irgendwie geschafft, an der belebten Wiedner Hauptstraße Platz zu finden, sie fuhren einer nach dem andern vor, und es ging zum Kärntnertor. Der Ort des Festessens war ein Gegenstand kurzen Wortwechsels gewesen. Franz hatte für Meissl und Schadn plädiert, das Etablissement aber war dem Baron Seebenprugg zu alt und vor allem zu bürgerlich, er war fürs *Sacher,* wo sich seit ein paar Jahren der alte und der junge Wiener Adel besonders wohl zu fühlen schien.

»Ich wunder' mich ein bisserl, Schwiegerpapa!« hatte Franz noch am Vormittag der Trauung gesagt. »Das *Sacher* ist doch ein brandneues Hotel, von Tradition keine Spur!«

»Ja, siehst du«, widersprach der Baron gutgelaunt, »das ist eben der Unterschied zwischen euch und uns. Ihr braucht die Tradition, wir schaffen sie. Natürlich ist das *Sacher* neu, aber der Restaurateur Sacher ist uns schon lang ein Begriff, und seine Anna, das ist eine Hoteliersfrau, also zu der muß man Sie sagen. Wie die mit der hochadeligen Jugend Wiens verfährt... einmalig, sag' ich dir, die Frau hat wirklich Format, und dabei ist sie jung! Da hat sie neben dem Buffet ein Winkerl, da sitzen die Sacher-Buben; das sind junge Prinzen und Grafen und brauchen nur zu bezahlen, wenn s' grad' ein Taschengeld gekriegt haben, sonst laßt ihnen die Frau Sacher den Sherry als einen Gruß des Hauses an die Aristokratie von morgen servieren... was sagt man da!«

»Das ist allerdings ein ungeheuer überzeugendes Argument«, gab Franz ein wenig mokant zu, und damit war nun sanktioniert, was ohnedies längst beschlossen gewesen war: das Hochzeitsdejeuner im *Sacher* mit 36 Gedecken, vom Brautvater ausgerichtet, der sich dabei nicht im geringsten unter die Arme greifen ließ. Es war unverkennbar, daß der Baron sich wie ein neuer Mensch fühlte, seit die Sorgen um die Zinsen- und Tilgungsraten der großen Grundschulden von ihm genommen worden waren.

Das Menü war schlicht, aber sehr bezeichnend, denn es gipfelte in dem berühmten Tafelspitz, auf der Zunge zergehend, garniert mit gerösteten Kartoffeln und Apfelkren, dazu zarter Blattspinat und gepflegte Rot- und Weißweine aus dem Wiener Becken. Zum duftenden Mokka wurde die berühmte Sachertorte serviert und auch von allen Damen mit Schlagobers gegessen. An solch einem Tag achtete niemand auf seine Linie, nicht einmal die Trafikantin Linerl, die der Zeremonie von der letzten Kirchenbank aus gefolgt war und nun ihren Kummer in einem Obersberg zu ersticken versuchte. Franzi, die appetitliche Tochter, tat es ihr nach und schockierte die Versammlung im übrigen durch ein geblümtes Sommerkleid von so gewagter Dekolletierung, daß selbst Kommerzialrat Franz Heisinger, der diese Tochter linker Hand aufrichtig liebte, verblüfft die Brauen hochgezogen hatte.

»Sag einmal, Franzi...«, flüsterte er ihr zu, »bist du sicher, daß du da nix vergessen hast?«

»Aba geh, Baba, i bii doo jung, und haaß is mir aa«, antwortete die blühende Schöne, was soviel hieß wie daß sie sich jung genug fühle für solche Toiletten und schon wegen der Augusthitze nicht mehr habe anziehen wollen.

Im übrigen aber beschäftigten sich die Herren, wie es sich im *Sacher* gehörte, bei dieser Gelegenheit nicht sosehr mit der anwesenden oder gar der abwesenden Weiblichkeit als vielmehr mit der politischen Lage. Man saß schließlich in den Räumen, wo Erzherzoge und Diplomaten verkehrten, in einem Hotel, in dem es eigene Räume für Geheimsoupers gab und wo heute schon beinahe soviel Politik gemacht wurde wie in den Ministerien. Das hatten sich Erzhaus und Politiker gemeinsam in Ischl angewöhnt, wo es ja keine Regierungsgebäude gab, aber um so mehr Gaststätten, und darum wurde diese Kaffeehaus- oder Séparée-Politik dann eben auch an der Donau fortgesetzt.

Es waren unruhige Zeiten, nicht sosehr wegen der Weltpolitik, die dem Österreicher ja nicht allzuoft ins Haus kam, als wegen der Nationalitäten der einzelnen Völker dieses Vielvölkerstaates. Mit lauter Zugeständnissen war es nun soweit, daß sich die Deutschen, das frühere Kern- und Führungsvolk der Monarchie, selbst ihrer Haut wehren mußten, vor allem gegen die Ungarn und gegen die Tschechen, und da sich in Fragen der Bildungspolitik die Kirche nicht selten auf die Seite der Alttschechen schlug, wurde die Lage von Jahr zu Jahr komplizierter.

In der im ganzen recht freisinnigen Runde um die Familie Heisinger fühlte sich nur der Baron Seebenprugg verpflichtet, die Schulpläne des Prinzen Alois von Liechtenstein zu verteidigen:

»Es ist höchste Zeit«, rief er, als wolle er eine politische Rede halten, über den ganzen Tisch, »es ist höchste Zeit, daß die Kirche mehr Einfluß auf das Schul- und Bildungswesen erhält, das ist doch schießlich eine uralte und angestammte Domäne der Geistlichkeit. Und auch mit der Herabsetzung der Schulpflichtjahre hat der Fürst vollkommen recht. Was einer in sechs Jahren nicht gelernt hat, das lernt er in acht Jahren auch nicht. Wenn wir in all diese Arbeiter- und Bauernkinder acht Jahre lang Bildung hineinpfropfen, was soll denn dann anderes aus ihnen werden als Revolutionäre?«

»Aber, Herr Baron!« begehrte Peter Daniel auf, da sich die Älteren viel zu emsig mit den Desserts beschäftigten, um Interesse für Schulpolitik aufzubringen. »Bin ich etwa ein Revolutionär geworden? Und ich lerne immer noch und werde weiter lernen, und je mehr ich an Bildung erwerbe, desto zufriedener und glücklicher werde ich... Ich hätte nur revoltiert, wenn man mich nichts hätte lernen lassen!«

»Wer redet denn von dir, Dani!« lenkte der Baron beinahe zärtlich ein. »Wenn wir lauter solche Revolutionäre hätten wie dich, hätt' ich keine Sorgen, und ein paar Millionäre im

Kabinett, das wär nur g'sund, dann müßten die Herren nämlich nicht mehr in die eigene Tasche arbeiten wie der Freiherr von Bruck und leider auch noch mancher andere!«

Der eben verheiratete Kommerzialrat hatte wieder andere Sorgen. Da seine Franzi noch in den Genuß von acht Pflichtschuljahren gekommen war und etwa zu erwartender Nachwuchs von Kathi selbstredend maturieren würde, war der Prinz Liechtenstein mit seinen Verdummungsplänen ihm herzlich gleichgültig. Hingegen erfüllte es ihn mit den düstersten Befürchtungen, daß die Zollpolitik der Regierung Taaffe und insbesondere die Agrarzölle die osteuropäischen Länder zu ähnlichen Abwehrmaßnahmen veranlaßt hatten.

»Wie sollen wir denn Eisenbahnen bauen, wenn wir jede Schiene verzollen müssen, und womit sollen die Rumänen uns bezahlen, wenn sie keine Futtermittel, kein Getreide, kein Obst mehr nach Wien liefern können?« fragte er, als ob irgend jemand in der Runde ihm darauf Antwort geben könne. Die neuen Familienteile, also die Verwandtschaft der Braut, waren agrarisch interessiert, hatten größere oder kleinere Güter und waren natürlich dankbar für jeden Kreuzer Zoll, der auf die Importe aus den billigen osteuropäischen Staaten gelegt wurde. Franz Heisinger fand also ebensowenig Gegenliebe für seine Ideen wie der Baron für seine klerikale Schulreform, und so einigte man sich auf eine Reihe weniger brisanter Themen, wie sie das Theaterleben, die neuen Bauten rund um den Ring und der bevorstehende Saisonbeginn bei den Rennen in Wien und der Umgebung abgaben. Nur die Franzi hatte ein dankbares Publikum in ein paar neuen und adelig-zarten Cousins, die ihr auf die charmanteste Art den Hof machten und erst von ihr abließen, als sie errötend verriet, ihr Liebe gehöre weniger dem Pferdesport als den starken Männern von Wien, die sich seit einigen Jahren sogar in Vereinen zusammenschlossen und einen so herrlichen Sport wie das Ringen betrieben.

»Na ja«, sagte sie achselzuckend, als die Jeunesse dorée bekannte, diese Sympathien nicht teilen zu können, »wann ich euch so anschau', dann muß ich sagen: Das wäre auch nix für euch ... Da tät's mir ja richtig leid um euch ... Beim Reiten macht das net soviel aus, da macht das Pferd die Arbeit!«

Wie das auch an großen Tafeln so ist, hatte es eben eine jener Pausen gegeben, in denen jedes Gläserklirren wie eine Glocke hallt, und eben in diese Stille hinein hatte Franzi im unverfälschten Wienerisch ihr Bonmot losgelassen. Sechs Lorgnons wurden an die dazugehörigen Augen gehoben; die Blicke vereinigten sich auf Franzis bloßen Schultern, und die Mißbilligung war allgemein: Merkwürdige Leute hatte man sogleich am Tisch, wenn man sich mit Bürgerlichen einließ. Dabei hatten die Heisinger doch eigentlich als Patrizier gegolten!

»So ändern sich eben die Zeiten«, sagte der Kommerzialrat, als er seine Kathi vorsichtig, als könne er an ihr etwas zerbrechen, die Treppe zur Beletage hinaufführte, »früher haben die alten Grafen die jungen Dorfschönheiten in ihre Betten gezogen, und jetzt werden die jungen Baronesserln die Beute von alten Pfeffersäcken!«

»Muß ich da dementieren?« fragte Kathi fröhlich. »Zumindest gegen den Pfeffersack hätte ich nämlich gar nichts einzuwenden. So ein richtiger Fernhändler mit Faktoreien in den exotischsten Ländern und auf malerischen Inseln ... das wäre mir bedeutend lieber als deine rußige und rostige Eisenbahnbauerei in lauter reizlosen Ländern!«

»Da ist etwas dran«, gab Franz zu und stieß die Tür zu seiner Wohnung auf. »Und jetzt mach dich leicht, meine Liebe, damit meine Bandscheiben den Schritt über die Schwelle nicht übelnehmen!«

Es knackste ein wenig in Franzens Rücken, denn Kathi Seebenprugg war ein wohlgeübtes Gutstöchterlein mit der ausgebildeten Muskulatur einer Jägerin, die gelegentlich auch eine Heugabel zu schwingen verstand. Dann aber war es geschafft; sie lief vor ihm her in die Wohnung hinein und rief in jedem Zimmer, in das sie kam:

»Das muß weg... das muß weg... Ach, was für entsetzliche Vorhänge... Das ist ja eine wahre Gruft... Und das hast du ausgehalten, Franz? Morgen reiß' ich das alles herunter, besser gar keine Vorhänge als so feierliches Gemuffle!«

In dieser Nacht freilich war sie den Vorhängen noch ganz dankbar, so samtig schwer und brokaten stachelig sie auch an den Fenstern hingen, denn sie verbargen den anderen Bewohnern der Wohllebengasse die seltsamen Peripetien einer Hochzeitsnacht, um die Franz Heisinger zweifellos in weit höherem Maß zu beneiden war als die junge Baronesse von Seebenprugg.

»Na ja...«, sagte sie schließlich, zog die Decke bis an die Nase hinauf und zog es vor, einzuschlafen.

Na ja, dachte der Kommerzialrat, das hätte auch schlimmer ausgehen können. Man wird aber doch ein Männergespräch mit dem Doktor Jerzabek führen müssen. Da sollte es jetzt etwas ganz Verläßliches geben, mit einem komischen Namen: Yohi... Yoho... Yohimbin oder so ähnlich, das war kürzlich Tischgespräch im Jockeyclub gewesen, was bewies, daß kein Mann mit seinen Sorgen wirklich allein ist: Es gibt immer noch andere Männer, die mindestens ebenso viele und ebenso scheußliche Sorgen haben.

Besuch in Neustift

Es wurde ein melancholischer Herbst für die Daheimgebliebenen. Franz und seine junge Frau nützten die schönen Septembertage in Abbazzia und schrieben begeistert von einer neuen Strandpromenade in den Felsen mit herrlichen Ausblicken aufs Meer. Ferdinand, Irene und die Zwillinge waren wohl nicht weit weg, da in Abwesenheit des Kommerzialrats das Familienimperium ja von Ferdinand überwacht werden mußte: Sie saßen in Gutenstein und aßen Forellen statt der Langusten, mit denen Franz Heisinger seinem Temperament zu Hilfe zu kommen suchte. Und Peter Daniel hatte unter diesen Umständen nicht lange bitten müssen, nach Paris fahren zu dürfen, nicht für ein ganzes Studienjahr allerdings, aber immerhin bis Weihnachten. Zu den Feiertagen sollte dann wieder alles zu Hause sein.

So allein in Wien zurückzubleiben, das war genau das, was den Poldi melancholisch machte. Er hatte im letzen Toast der Hochzeitsrunde vorgeschlagen, ihn nicht mehr Poldi, sondern Pold*o* zu nennen, weil sich nun auch bei ihm die ersten grauen Haare zeigten, aber man hatte gleichsam *per acclamationem* abgelehnt, er bleibe nun einmal der Poldi, und Namen wie Poldo, das sei nur für die angeschlagene Intelligenz der Aristokratie erträglich, nicht aber für Geschäftsleute wie die Heisinger. Da man zu diesem Zeitpunkt schon ganz schön gebechert hatte, fiel der Protest aus dem Kreis um den Baron Seebenprugg nicht allzu heftig aus, ja der Baron selbst schien sogar geneigt, eine gewisse, mit den Generationen sich einstellende Minderung der Verstandeskräfte zuzugeben, nur seine Frau, die geborene Comtesse Oderzo, protestierte namens ihrer Familie: Sie seien einst Seeräuber gewesen, danach dann Bankiers und heute Fernhändler mit Sitz in einer Reihe norditalienischer Zentren, weswegen man nicht schlechthin von der Aristokratie sprechen dürfe, sondern nur von einem österreichischen Niedergang, der vielleicht mit den wachsenden Schwierigkeiten des Erzhauses und des ganzen Staatsgebildes zusammenhänge.

Als das Gerede dann noch ernster und trauriger wurde, empfahl sich Poldi-Poldo ganz heimlich, schüttelte nur Ferdinand und Franz die Hand und empfing vom Familienchef den wohlgemeinten Rat, es ihm nachzutun: »Wenn man merkt, daß das Alter kommt, muß man sich irgend etwas Junges an die Seite legen. Deine Modelle werden immer jünger, aber das allein macht's nicht, man braucht mit der Zeit dann doch eine eigene Famlie!«

Dieses Wort klang in Poldi um so kräftiger nach, als er in diesem September nun mutterseelenallein in seiner großzügig ausgebauten Palastmansarde herumsaß. Buchstäblich alle waren weg; solange der Makart noch gelebt hatte, war eine Menge los gewesen, sogar im Spätsommer oder Frühherbst, einer Zeit, in der Wien eigentlich keine Saison hatte. Aber wenn schon die Großen so früh sterben müssen, was hatte dann er, der Leopold Heisinger, überhaupt noch für eine Daseinsberechtigung?

In der uneingestandenen Hoffnung, einen Trost, ja eine Ermutigung zu empfangen, trat er in jenen Nebenraum seines Ateliers, in dem, teils an der Wand hängend, teils in den Ecken zusammengestellt, der unverkaufte Großteil seines Oeuvres versammelt war. Er zog die Vorhänge beiseite und stellte seine früheren Bilder, eines nach dem anderen, auf die Staffelei. Daß er allerlei hinzugelernt hatte, war nicht abzuleugnen. Seine Pinselführung war heute feiner, sicherer und doch auch wieder gewagter, er wußte, was man riskieren konnte; die Palette hatte sich ein wenig aufgehellt, vielleicht noch nicht genug, schließlich war auch *Le bon Bock* von dem angeblich so revolutionären Edouard Manet noch ein reichlich düsteres Bild.

Nach einer halben Stunde gab Poldi es auf. Seine geniale Phase war auch die Jugend nicht gewesen, seine Daseinsberechtigung war zumindest aus den Gemälden nicht abzuleiten. Immerhin hatte er etwas gefunden, was seine Stimmung eigentlich stets gehoben hatte: die Mizzi. Die war unleugbar vorhanden auf diesen alten Leinwänden, und da er glücklicherweise eine solide Technik erlernt hatte, war von ihr auch noch alles da, ein schönes, junges Mädchen, mit dem gewissen Schimmer in den Augen, der bei einer Wienerin anzeigt, daß mit ihr mehr anzufangen ist als mit so mancher anderen, die daherbraust wie ein Wüstensturm.

Jetzt waren seine Brüder beide verheiratet, und er, der das hübscheste Mädchen jahrelang um sich gehabt hatte, ausgerechnet er war noch ledig. Poldi nahm sich die Reihe der Mizzi-Bilder noch einmal vor; nach seiner damaligen akademischen Manier waren es meistens mythologische Stoffe, und sie hatte sich ja auch prächtig ausgenommen als Andromeda, an den Felsen geschmiedet, als Aphrodite im Netz des Hephaistos, als Danae unter dem Goldregen. Später, als er dann mehr konnte, hatte er sich an die Sujets mit den Tieren gewagt; da war sie dann zu einer Leda mit dem Schwan geworden, da ritt sie als Europa auf dem Stier und trat, von einem Hirsch beäugt, als Artemis ins klare Wasser einer Quelle.

Ja, diese Artemis würde er ihr bringen. Der Hirsch paßte von allen Viechern am besten in das Gasthaus in Neustift, und die Gäste hatten dann eine neue Attraktion, indem nämlich die hübsche Wirtin als nackerte Göttin im großen Speisesaal an der Wand hing.

Poldi wischte den Rahmen ab und schleppte das große Bild mit einiger Mühe hinunter ins Vestibül. Dann holte er sich den Rothmann aus der Wohllebengasse und ließ sich, das gerahmte Erinnerungsstück vorsichtig festhaltend, bis hinaus nach Neustift kutschieren, wo er gerade zur Mittagszeit eintraf.

Er hatte einen guten Tag erwischt, obwohl es Oktober war und die Nächte gelegentlich recht kühl wurden. Das Laub verfärbte sich schon, aber auf den Weinbergen von Döbling und Sievering lag voll die Sonne. Die Donau blitzte aus dem leichten Dunst zu ihm herauf, als der Wagen die letzten Kehren nahm, und dann sah Poldi mit einigem Herzklopfen das Wirtshaus *Zum blauen Bock* vor sich, das Mizzi mit wachsendem Erfolg, wenn auch ohne große Investitionen, seit Jahren führte. Die Wiener legten, zumindest hier draußen, keinen sonderlichen Wert auf eine frisch geweißte Fassade oder auf nobles Mobiliar. Sie hatten oft ihr Essen mit und mochten schon deswegen keine Tischtücher, und wenn sie von einer Wanderung durch den Wienerwald kamen, dann waren zumindest die Sprößlinge oft so beklekkert mit allerlei Erden, Moosen und Pech, daß man sie am besten auf einfachen Bänken zusammenschlichtete.

Mizzi freute sich sichtlich über den unerwarteten und unangekündigten Besuch. Wie auch nicht. Auch eine wohlkonservierte Frau begegnet ihrer Jugend gerne wieder, und der Poldi Heisinger, der war nun einmal, soweit es sie betraf, mit dieser Jugend identisch, hatte sein Auge auf sie geworfen, als sie mit sechzehn in den Dienst des Hauses trat, und wich nur widerwillig von ihrer Seite, als sich die merkwürdige Verbindung zu dem schottischen Obersten ergab.

Es war gegen Mittag, aber es war ein Wochentag, und an

Gästen fanden sich nur ein paar Habitués ein, die ihre Häuser in der Umgebung hatten und aus irgendwelchen Gründen nicht selbst kochten. Mizzi hatte eine solide Köchin und eine Serviererin; eine zweite half am Wochenende aus, wenn sie selbst die Annonceuse machte, das reichte.

»Bei mehr Personal fliegt mir das Geld nur beim Schornstein hinaus...«, erklärte sie dem wiedergefundenen Freund, der ein gutes Platzerl auf einer Polsterbank erhielt, mit Blick über die abfallenden Wienerwaldhänge und bis hinein nach Wien.

»Ja, aber... wir haben doch Karten bekommen, daß du heuer wieder was Kleines gekriegt hast?«

»Sicher, das dritte!«

»Macht das nicht sehr viel Arbeit?«

»Mir nicht, was glaubst du, wie glücklich meine Eltern sind, wenn sie sich noch ein bisserl nützlich machen können. Der Vater macht den Einkauf, vor allem die Weine und das Fleisch, und die Mutter nimmt mir die Kinder ab. Wir sind alle beisammen, das Haus ist groß genug... Ich hätte vorher nicht geglaubt, wie leicht sich am Land alles regelt, wie von selbst, sag' ich dir!«

Poldi mußte lachen.

»Das scheint auch für die Kinder zu gelten...«, sagte er, »jedenfalls sieht man keinen Vater!«

»Das wär' ja das allerschönste, mir Kinder machen und sich zum Dank dann hier durchfüttern lassen«, sagte Mizzi, und ihre Augen blitzten vor Zorn. »Nein, die Herren zahlen brav, aber andere Rechte haben sie nicht.«

»Die Herren?«

»Na geh, tu nicht so, als wüßtet ihr alle nichts. Ich bin doch schon eine stadtbekannte Erscheinung, die Wirtin vom *Blauen Bock*, die für jedes von ihre drei Kinder einen anderen Vater hat... Die älteste, die Mali, ist schon bald nach meinem Weggang von euch gekommen, 1875. Die ist von einem Heurigensänger. Ein fescher Bursch, hat mir sehr gut gefallen, nur hat er dann geglaubt, wenn er am Samstag und am Sonntag ein bisserl den Mund aufreißt, dann darf er dafür die ganze Woche den großen Herrn spielen bei mir und nix tun. Na, da hab ich 'n aussig'lahnt, wenn du weißt, was das heißt: Stuhl vor die Tür, *parti*, gemma!«

»Und was macht er jetzt?«

»Der singt jetzt bei der alten Witwe vom *Silbernen Blasengel* drüben in Nußdorf und hat eine Heidenangst, daß sie ihm auf seinen Seitensprung vor dreizehn Jahren draufkommt... Ja, und dann ist der Bub gekommen, der hat einen feinen Vater, also reden wir lieber nichts, eines Tages wird er vielleicht legitimiert, na ja, du kennst ja die Herrschaften. Man muß sie erwischen, wenn sie gerade geerbt haben, in der ersten Freud'. Ein Jahr drauf sind sie schon genauso hart und arrogant wie die alten waren.«

»Und das Mäderl, das im Frühjahr auf die Welt gekommen ist, das stammt doch offensichtlich aus einer aktuellen Verbindung?«

»Das heißt, du möchtest wissen, mit wem ich jetzt geh', du Gauner?« Ihr Gesicht nahm einen schwärmerischen Ausdruck an. »Aber du hast natürlich recht. Man kommt in die Jahre, und dann ist man auch nicht mehr so wählerisch. Er ist Ende Zwanzig, ein lieber Kerl, ein ganz junger Lehrer. Der war einmal da mit seiner ganzen Klasse, auf Exkursion, wie sie sagen, und hat ihnen im Wald alles erklärt, und dann haben s' halt ihre Brote ausgepackt und was zum Trinken bestellt. Da sind wir ins Reden gekommen. Gar kein Wiener ist er, zart, blond, Schnurrbart, beinah ein richtiger Deutscher: aus Sternberg in Mähren... Na, da war ich bald verloren, und jetzt hat er ein Kammerl im Oberstock, für das braucht er mir nichts zahlen, denn verdienen tun s' ja nichts, die armen Schulmeister... Aber er tut mir gut...«

»Ich glaub', das kann ich verstehen«, sagte Poldi. Er stellte befriedigt fest, daß sich keinerlei Eifersucht in ihm regte, obwohl er beinahe mit dem Vorsatz heraufgekommen war, der Mizzi einen Heiratsantrag zu machen. Aber er hatte eine Welt vorgefunden, die sich selbst genug war und in der er nicht einmal mit dem Heisingerschen Geld etwas Vernünftiges hätte anfangen können.

»So ganz verstehn kannst du's sicher nicht«, meinte Mizzi und malte mit dem Finger Ringe aus verschüttetem Wein auf der Tischplatte, »denn es ist nicht so, daß ich ihn mag, obwohl er kein Wiener ist. Ich mag ihn, *weil* er keiner ist. Ihr in euren schönen Häusern und noblen Wohnungen und mit dem feinen Umgang, ihr suchts euch von Wien aus, was euch gefällt. Zu mir kommen sie alle, und sie kommen mit dem Vorsatz, sich so aufzuführen, wie sie wollen; kannst du dir vorstellen, daß so ein stiller und sogar gebildeter junger Mann, der kein Wiener ist, der nichts vom Wein versteht und der keine Heurigenlieder mag, daß so einer dann auf mich wirkt wie... wie...«

»Wie eine Oase... wie ein Labsal«, fiel Poldi ein.

»Ja, das war's, genau das. Und darum sag' ich mir, der Lehrer, der ist jetzt mein letzter Mann. Natürlich will er heiraten, natürlich schwört er mir, daß er nur mich liebt und das Kind und daß ihm die zehn Jahr' Unterschied nichts ausmachen. Ich weiß auch, daß ich ihm gefalle, und schließlich bin ich ja auch noch in Ordnung und gesund und fühl' mich ganz genauso wie früher. Aber ich werde nicht mit ihm zum Altar gehen. Er soll frei bleiben, damit ich immer die Gewißheit hab': Solang' er da ist, tut er's freiwillig, tut er's, weil er selbst bleiben will. Und wenn er geht, dann ist eben Schluß mit den Mannsbildern, ich werde mich nicht herstellen und mich lächerlich machen wie so manche andere Wirtin, die sich einbildet, ohne Mann geht's nicht.«

»Aber wenn dir wirklich einmal einer zu nah tritt, ich mein', ein Betrunkener, in der Gaststube?«

»Dann gibt's immer ein paar Stammgäste, die mir beispringen, wenn ich mit einem Besoffenen nicht selber fertig werden sollte. Ich kann inzwischen den Bierschlegel ganz gut schwingen... Wenn's auch noch nicht notwendig war. Aber das ist die unangenehme Seite. Reden wir nicht vom Saufen, erzähl mir vom Peter Daniel, meinem kleinen Liebling!«

Poldi Heisinger schenkte sich aus der Karaffe ein drittes Glas Loibner ein; dann suchte er in seiner Brusttasche nach einem Brief.

»Dein kleiner Liebling«, berichtete er, »ist inzwischen so groß wie du und ich, zweiundzwanzig Jahre alt und zur Zeit als Kunststudent in Paris...!«

»Jessas na, in Paris!« Mizzi schlug die Hände zusammen.

»Ich glaub', er schreibt nur mir, denn mit den Eltern ist er *fâché,* die wollen doch nicht, das heißt vor allem der Papa will nicht, daß er in mein Fahrwasser kommt, die möchten natürlich, daß er Möbel macht da draußen an der Leitha.«

»Und die kleine Seebenprugg, die hat ihm der Onkel Franz vor der Nase weggeheiratet, das hab ich in der *Wiener Zeitung* gelesen«, sagte Mizzi. »Ist ja ein starkes Stück. Er könnt' gut und gern ihr Vater sein. Da tut der Peter Daniel mir leid, jetzt hat er niemanden mehr, und darum geht er nach Paris. Was schreibt er denn?«

»›Lieber Onkel‹«, las Poldi, »›das ist der erste Brief, den ich überhaupt loslasse, ihr müßt entschuldigen, daß es so lange gedauert hat, hoffentlich war niemand um mich in Sorge. Es ist mit dem Quartier nämlich nicht ganz so einfach. Die Entfernungen sind hier sehr groß, und wenn man am falschen Ende der Stadt wohnt, bringt man den halben Tag im Stellwagen zu oder auf allerlei abenteuerlichen Bahnen. Ich habe mich schließlich für ein kleines Hotel mittendrin entschieden, die Adresse findest du auf dem Umschlag.

Über Komfort haben die Franzosen sehr eigene Ansichten, aber ihre Küche ist ausgezeichnet, und ich habe bis dato die Restaurants eifriger studiert als die Kunstgalerien.

Am schönsten ist es freilich, auf der kleinen Seineinsel, wo ich wohne, die Quais entlang zu gehen, die Bäume zu betrachten, die ihr verfärbtes Laub in die leichten Flußnebel hängen, und den Fischern in ihren Nachen zuzusehen. Ich kenne ja noch nicht viele Städte, und Prag ist gewiß auch ein starker Eindruck für mich gewesen. Aber ich kann mir nicht vorstellen, daß es etwas Schöneres gibt als die Stadt Paris an einem Septembermorgen.

Die Vorlesungen an der *Académie des Beaux Arts* sollen nun bald beginnen. Ich habe natürlich nur die theoretischen Fächer und die historischen belegt, denn mir fehlt ja leider Dein Talent.‹«

Poldi unterbrach sich, nahm einen Schluck und kommentierte dann: »Reizender Bub, mein Talent! Mein Gott. Du und er, ich glaub', ihr seids die einzigen, denen meine Bilder gefallen haben. Aber paß auf, er ist noch nicht fertig: ›Du wartest jetzt gewiß auf ein Wort über die Pariserinnen. Aber erstens kennst du sie ja selbst, wenn auch Deine Erinnerungen ein wenig zurückliegen und die Stadt sich offensichtlich sehr schnell entwickelt, und zweitens glaube ich, daß sie wie alle Großstadtgeschöpfe sind: ein bisserl leicht, ein bisserl leer und doch voll Sentiment und Reiz. So erscheinen sie einem wenigstens, wenn man um sie herumstreicht wie ich, wenn man sie am Kaffeehaustisch ganz schnell einmal anspricht oder auch einmal eine ins Theater führt. Viel Erfolg habe ich noch nicht gehabt – aber wohl auch nicht gesucht. Das eigentliche Wunder dieser Stadt ist sie selbst; tritt man zu den Einwohnern in Beziehung, dann beginnt schon die Wirklichkeit und damit die Ernüchterung. Grüß mir bitte die Eltern und die Kathi, und sei selbst herzlich gegrüßt von Deinem . . .‹«

»Wenn ich das hör', seh' ich ihn vor mir«, sagte Mizzi. »Er hat mich ja besucht, anfangs häufig, später seltener, dann gar nicht. Beim letztenmal war er vielleicht vierzehn. Aber das hat sich alles gar nicht mehr so eingeprägt. Ich seh' ihn vor mir, wie er war, als ich von euch Abschied nahm, im Vierundsiebzigerjahr, da war er acht, und das war reizend. Er konnte so lieb sein und so ernst zugleich. Ich bin so traurig, daß er Kummer hat. Fröhlich ist dieser Brief nämlich nicht, der ist ausgerückt, sag' ich dir, nichts sonst. Der braucht jetzt jemanden und hat ihn nicht und glaubt, in Paris kann man alles vergessen!«

»Damit hat er sogar recht, Mizzi«, sagte Poldi Heisinger und stand auf. »Ich war auch einmal in der Lage... Nach eurer Rückkehr aus Dieppe, als du mir von dem Obersten erzähltest... Da hat mir Paris sehr geholfen, und ich kann nur wünschen, daß es beim Peter Daniel ähnlich ausgeht. Aber eine wirkliche Heilung kann man auf diese Weise natürlich nicht erreichen. Es ist wie bei einem Narkotikum nach einer Weile läßt die Wirkung nach, und wenn man keinen Menschen gefunden hat in Paris, dann kommt der Augenblick, wo man dort so allein und verzweifelt ist wie in jeder anderen fremden Stadt. Dann steigt man in den Zug, fährt nach Haus, sucht die Geliebte auf und...«

»... und findet den Platz besetzt!« fiel Mizzi lachend ein. »Ich weiß, du bist ein ganz Armer, und ganz jung bist du auch nicht mehr. Da gibt's nur ein Gegenmittel: Wenn der Bub wieder da ist, der Peter Daniel, setzts euch ins Zeugel vom Rothmann und fahrts hier herauf. Ich bin da und bleib da, und mir kann jeder sein Herz ausschütten, solang' meines noch schlägt!«

Es brennt

Acht Wochen nach seinem Besuch in Neustift erhielt Poldi Heisinger ein Billett, das ihn zu einem kleinen Hochzeitsessen in den *Blauen Bock* einlud. »Ich weiß genau, daß ich Dir lang und breit erklärt habe, warum ich nicht heirate«, schrieb Mizzi auf die Rückseite des Kärtchens, »aber wenn man sich dann so ein Hascherl anschaut, das ohne ehrlichen Namen aufwachsen soll und ohne zu wissen, zu welchem Vater es gehört, dann wird man doch weich.«

Es war also das letztgeborene Mädchen gewesen, das die Mizzi dazu bewogen hatte, Herrn Jodok Keulich aus Sternberg die Hand zum Ehebund zu reichen, und am Tag nach diesem Ereignis fand in der gleichen Kirche die Taufe der kleinen Nachzüglerin auf den Vornamen Stephanie statt, so daß nun *Stephanie Keulich* ins Register eingetragen werden konnte.

An der Tafel machte sich Poldi trotz seiner grauen Schläfen zwar noch immer wesentlich besser als das blonde Schulmeisterlein, aber Mizzi wußte offenbar, was sie an ihrem Jodok hatte, denn sie zeichnete ihn vor den Anwesenden so deutlich aus, daß man ihn einfach akzeptieren mußte.

»So ist das, Irene, wenn man alt wird«, erzählte Poldi, als er wenige Tage vor Weihnachten bei seiner Schwägerin ein Glas Wermut nahm, um die Feiertage und die Pläne der Familien zu besprechen, »da schwimmen einem die Felle davon, und man merkt es gar nicht, und immer wenn man meint, die Sache doch noch in Ordnung bringen zu können, tritt man in ein Fettnäpfchen. Stell dir vor, ich hätte der heutigen Frau Keulich noch einen Antrag gemacht, wie stünde ich dann da!«

»Auch nicht schlechter als so«, sagte Frau Irene ungerührt, »ein abgelehnter Antrag ist immer harmlos; die Probleme beginnen, wenn er angenommen wird. Was hättest du denn mit ihren drei Kindern angefangen und mit den Herren Vätern, die sich in die Erziehung vielleicht doch eingemischt hätten? Nein, Poldi, du bist erst ein lustiger Junggesell' gewesen, und jetzt wirst du langsam ein Hagestolz. Der Ferdinand ist ein netter junger Ehemann gewesen und wird jetzt auch ein Hagestolz, und der Franz war immer ein Hagestolz und ist es auch in seiner jungen Ehe geblieben; euch Heisinger-Buben ist nicht zu helfen, ihr seid zu bürgerlich, eine zu alte und zu patrizische Familie. Vielleicht, wenn der alte Sebastian den Adel angenommen hätte, vielleicht wärt ihr dann ein bisserl legerer ...«

»Leger ... leger bist du eigentlich auch nicht, Irene«, verteidigte sich Poldi, »ich war's wenigstens einmal, aber das verliert sich schnell. Das ist überhaupt das Problem im Leben: locker bleiben. Immer, wenn du glaubst, du machst es richtig, kommt etwas daher und haut dich ins G'nack.«

Dabei griff er sich ans Genick und rieb es, als habe ihn schon wieder einer dieser wohlgezielten Schicksalsschläge getroffen, aber diesmal war es keines jener kleinen Mißgeschicke, an die selbst der Unzufriedene sich nach und nach gewöhnt, sondern ein wirkliches Unglück, und auch die bösen Mäuler, die einem sonst jedes Malheur gönnen, waren in diesem Fall der Meinung, daß die Heisinger etwas Besseres verdient hätten.

Poldi und Irene saßen noch beisammen, als ein Wagen in den Hof rollte und ein Werkmeister vom Wienerberg, verschmutzt und rußig, die Teppe herauflief.

»Gnä' Frau!« rief er schon vom Treppenabsatz aus. »Kommen S' schnell, den Herrn Heisinger hat's erwischt...!«

Irene starrte Poldi an. Er sah, daß sie nicht begriff, faßte sie am Arm und lief mit ihr die Stufen hinunter zu dem Wagen. Sie hatten sich gar nicht Zeit genommen, Mäntel anzuziehen. Während Poldi die Decke vom Sitz aufnahm und sich und Irene um die Schultern zog, fuhr der Wagen schon an, und der Werkmeister auf dem Klappsitz begann in abgerissenen Sätzen zu berichten. Die Fabrik auf dem Wienerberg brenne seit beinahe einer Stunde. Zuerst habe man mit eigenen Mitteln gelöscht, denn es sah aus wie einer der nicht ganz seltenen Lagerbrände; sie brachen von Zeit zu Zeit in der Putzwolle und in den Haufen von Verpackungsmaterial aus und waren in der Regel von der Werksfeuerwehr schnell zu löschen, weil das Lager außer diesen leichten und beweglichen Dingen wenig enthielt und für sich in einem Ziegelbau untergebracht war.

»Heut' aber... war das der Wind, oder ist's beim Hinundherlaufen passiert... heut' greift das Feuer auf einmal aufs Werk selbst über, und bevor wir noch richtig merken, was los ist, fliegt die ganze Politur in die Luft!«

»Die Polierwerkstatt ist explodiert?« frage Irene entsetzt. »Und wo war da mein Mann?«

»Nicht drinnen, gnä' Frau... Gott sei Dank. Die was drinnen gearbeitet haben, denen tut nix mehr weh, und man muß noch Gott danken, daß es so schnell gegangen ist, denn Firnis ist grausam, wenn er brennt... Der Herr Gemahl ist zwischen der Politur und dem Lager g'standen, bei der Schlauchlinie, und die Wand, die herausg'flogen ist von der Explosion, die ist auf den Herrn drauf... Na, und jetzt fahrn wir halt ins Spital hinaus nach Favoriten, gnä' Frau. Ich bitt' Sie, bleiben S' ruhig...!«

Irene hatte die letzten Worte vielleicht falsch verstanden, jedenfalls antwortete sie gar nichts, sie zitterte nur. Poldi spürte es und sah, wie sie blaue Lippen bekam, was vielleicht auch ein wenig an der Kälte lag. Sie ließ sich von den beiden Männern ein wenig stützen, als der Wagen vor dem Haupteingang des Krankenhauses anhielt.

Ferdinand war noch im Operationssaal. Es verging eine qualvolle halbe Stunde, ehe Poldi einen der Ärzte sprechen konnte, die bei der Einlieferung dabeigewesen waren, und auch diese Auskünfte ergaben noch kein klares Bild.

»Was den Ärzten am meisten Sorge zu machen scheint«, sagte Poldi, als er sich wieder neben Irene in das Wartezimmer setzte, »das ist eine Fraktur im oberen Wirbelbereich. Der Ferdinand muß sich im letzten Augenblick, als die Wand auf ihn zukam, umgedreht haben, instinktiv, hat sich vielleicht auch zu Boden geworfen und wurde leider von verschiedenen Trümmern getroffen. Die einzige bedenkliche Fraktur ist aber eben diese knapp unterhalb des Nakkens...«

»Das war sein Buckel«, sagte Irene leise, »so haben wir's scherzhaft genannt. Er hat einen etwas hohen Rücken von der schlechten Haltung, da treten zwei oder drei Wirbel vor... Mein Gott, wenn er nur wieder gesund wird!«

Eine Stunde darauf wurde Ferdinand an ihnen vorbeigerollt. Er war noch nicht bei Bewußtsein, und wegen der zahlreichen Verletzungen, die eingegipst, geschient oder verbunden worden waren, konnte man auch nicht allzuviel von ihm sehen. Irene brach nach dem ersten Blick auf dieses Bild des Unglücks weinend zusammen. Der Werkmeister führte sie zu ihrem Stuhl zurück, während Poldi dem Chefarzt nacheilte.

»Ihr Bruder?« fragte der, mit dem Ärzteblick für Ähnlichkeiten.

»Ja, Herr Professor.«

»Ich kann Ihnen leider nicht viel Hoffnung machen. Ein scharfes Mauerstück hat Ihren Bruder im Bereich des vierten und fünften Wirbels getroffen, die Knochenmasse zertrümmert und, was am schlimmsten ist, das Rückgrat gequetscht... Ich will Ihnen offen sagen, daß ich Kollegen habe, die in so einem Fall gar nicht mehr operiert hätten, denn wenn der Patient überhaupt mit dem Leben davonkommt, so sind schwere Lähmungen unvermeidlich, und ob man das dann noch Leben nennen kann... Na ja. Das Rohr als solches, wenn ich Ihnen das Rückgrat so schildern darf, haben wir einigermaßen wiederhergestellt, aber was darin liegt, die geheimnisvollen Stränge und Substanzen des Rükkenmarks, damit ist Ihr Bruder in Gottes Hand.«

Poldi hatte mit seinen beiden Brüdern nicht allzuviel gemeinsam; er war als der Künstler und Nichtstuer im Laufe der Jahre wiederholt in eine Art Gegenstellung zu ihnen geraten. Aber Ferdinand, der so weich war wie er selbst, hatte ihm stets nähergestanden als Franz, der Älteste, der schon als Bub eine gewisse Autorität auszuüben versuchte. So näherte man sich also erst den Fünfzig, und schon mußte man einem Bruder adieu sagen, was in diesem Fall sogar wörtlich zu nehmen war.

Irene freilich konnte er es nicht mit solcher Deutlichkeit sagen, dazu las er noch zuviel Hoffnung in ihren Augen. Vielleicht war es gut, daß sie noch hoffte: für sie selbst, weil der Schrecken dann nicht so plötzlich kam, sondern nach und nach, und vielleicht sogar auch für Ferdinand. Denn Poldi glaubte fest, daß Wünsche, Gedanken und Gebete ihre Kräfte hatten.

»Es hat ihn furchtbar getroffen, Irene«, sagte Poldi, »die Ärzte haben ihr möglichstes getan. Was nun noch fehlt, muß seine Natur leisten. Komm, wir wollen versuchen, ihn zu sehen, und vielleicht sieht und erkennt er uns!«

Das dunkle Krankenzimmer aber war noch schlimmer für Irene als der kleine, kahle Wartesaal. In dem schwachen Licht der Nachtnotbeleuchtung waren nur Umrisse des bandagierten Körpers zu erkennen und inmitten der Kopfbinden dunkel das Gesicht. Die Schwester legte den Finger an den Mund und führte Irene zu einem Stuhl am Fußende des Bettes, dann machte sie mit Hilfe einer Nachttischlampe etwas mehr Licht.

Poldi sah, daß sein Bruder wach war. Der Blick erfaßte Irene und auch ihn, der ein wenig weiter weg stehengeblieben war. Es schien, als belebe sich der Blick, dann plötzlich füllten die Augen sich mit Tränen. Die Lippen zu bewegen, versuchte Ferdinand nicht. Wie ermüdet, senkte er nach einer Minute die Lider. Poldi trat zu Irene und führte sie hinaus. Sie war, das fühlte er daran, wie sie an seinem Arm hing, einer Ohnmacht nahe.

»Du mußt Peter Daniel telegraphieren«, sagte sie noch, dann sank sie zusammen. Die Schwester war mit auf den Gang getreten und hatte auch gleich Watte und Alkohol zur Hand, um Irene die Schläfen zu reiben.

»Wenn es nicht sein muß«, sagte sie leise, »bringen Sie die Dame nicht mehr her. Sie ist es nicht gewöhnt.«

Über das Wort mußte Poldi noch nachdenken, als sie bereits wieder im Wagen saßen und auf die Wohllebengasse zufuhren. Irene hatte zwar den Wunsch geäußert, auf den Wienerberg zu fahren; sie meinte, das den Arbeitern und den anderen Unfallopfern schuldig zu sein. Aber Poldi konnte sie davon überzeugen, daß sie nicht in der Verfassung sei, noch mehr Unglück zu sehen, als sie an diesem Tag schon hatte sehen müssen.

Als Irene wieder in der Wohnung war und Kathi an ihrer Seite, damit sie nicht allein sei in der ersten Nacht nach diesem Unglück, lief Poldi hinüber in die Wiedner Hauptstraße, um bei der Telegraphenstation noch Einlaß zu finden. Kathi hatte ihm Peter Daniels Pariser Adresse gegeben: *Hotel du Pont Neuf, Ile de la Cité.* Poldi hatte zwei Telegramme geschickt, eines in französischer und eines in deutscher Sprache; wenn die neuen Telegraphenlinien ihre Schuldigkeit taten, konnte Peter Daniel übermorgen in Wien sein.

Irene war nicht an der Bahn, als am übernächsten Tag spät abends der Zug aus Paris einlief. Aber Franz wie Poldi standen an der Sperre der Kaiserin-Elisabeth-Westbahn und nahmen Peter Daniel in die Mitte, als sie durch die Halle auf den Vorplatz hinausgingen.

»Steht es sehr schlimm?« fragte Peter Daniel, als er beide Onkel sah. »Ich bin sofort abgereist, habe alles liegen- und stehenlassen...!«

»Es geht um Stunden!« antwortete Franz Heisinger. »Poldi fährt mit dir hinaus ins Spital. Wir wissen nicht, ob er versteht, was man ihm sagt. Fieber hat sich eingestellt. Sprich langsam und sage etwa...«

Peter Daniel warf Franz einen verwunderten Blick zu. »Willst du das vielleicht letzte Gespräch mit meinem Vater nicht mir überlassen, Onkel Franz?«

»Natürlich!« Franz Heisinger räusperte sich. »Kein Mensch denkt daran, dich zu bevormunden. Aber wir mußten dir die Situation schildern. Und es wäre natürlich wichtig, ihn über den Punkt zu beruhigen, der ihm in den letzten Jahren am meisten Kummer bereitet hat.«

»Meine Berufswahl?«

»Deine Interessen...!«

»Ich liebe meinen Vater, das wird er spüren, und das ist das wichtigste«, sagte Peter Daniel. »Es war sehr freundlich von dir, Onkel Franz, daß du mich trotz deiner starken Arbeitsbelastung abgeholt hast... Komm, Onkel Poldi, da ist ein freier Fiaker!«

Peter Daniel blieb die ganze Nacht am Bett des Sterbenden. Er war vierundzwanzig Stunden unterwegs gewesen, aber er fühlte keine Müdigkeit in Gegenwart seines Vaters, der mit offenen Augen dalag und auch nicht schlief. Hin und wieder ging das Fieber wie ein Schleier durch den Blick, aber zwischen diesen Anfällen brachten Vater und Sohn Stunden zu, in denen sie ein telepathisches Gespräch zu führen schienen. Peter Daniel jedenfalls war sicher, daß er nichts zu sagen brauchte, ja er fürchtete sogar, durch ein lautes Wort, durch das abgebrauchte Instrument der Mitteilungen diesen geheimnisvollen Bogen zu sprengen, der sich zwischen seinem stummen Vater und ihm in dieser Nacht gespannt hatte.

Lautlos wanderten Peter Daniels inbrünstige Wünsche hinüber zu Ferdinand Heisinger, lautlos kam die Botschaft zurück, daß der Vater verstanden habe, und so breitete sich ein Friede zwischen ihnen aus, wie ihn keine Aussprache hätte herbeiführen können. So wenig man vom Gesicht des Sterbenden sah, so deutlich malte sich, als der Morgen kam, eine ruhige Heiterkeit auf seinen Zügen, und als der erste schwache Strahl der Dezembersonne das Kruzifix über dem Bett traf, starb Ferdinand Heisinger.

»Er hat seit dem Unfall kein Wort gesprochen«, sagte die Krankenschwester, die mit Peter Daniel gewacht hatte, »aber heute nacht meinte ich die ganze Zeit, er rede mit Ihnen. Immer wenn ich ein wenig einnickte, ging es zwischen Ihnen beiden hin und her. Ich habe manchen Kranken sterben sehen müssen, Herr Heisinger, ich kenne diese letzten Nächte, und darum kann ich Ihnen wenigstens einen Trost geben: Er hat ganz genau und ganz fest gewußt, daß Sie ihn sehr lieben.«

»Ich hätte aber doch«, sagte Peter Daniel leise, »nach meiner Mutter schicken sollen ... Vielleicht hat er das gewollt?«

»Es war gut, daß Sie es ihr erspart haben, Herr Heisinger ... Ich hab sie am Unfalltag gesehen: Das ist keine Frau für das Unglück, wenn Sie wissen, was ich damit sagen will. Aber jetzt, jetzt fahren Sie am besten gleich zu ihr, denn hier – hier können Sie im Augenblick ohnedies nichts tun.«

Unerwartete Folgen

Ferdinand Heisinger war der erste seiner Familie, der eine Ruhestätte auf dem neuen Zentralfriedhof erhielt. Als Sebastian, der Kommerzialrat, starb, war das große Areal bereits als künftiger Hauptgottesacker der großen Stadt vorgesehen und wurde dafür vorbereitet, aber die Eröffnung erfolgte durch Bürgermeister Cajetan Felder erst 1874. Die Wiener lernten bei dieser Gelegenheit zweierlei, nämlich daß man nach einer Weltausstellung auch einen Großfriedhof festlich eröffnen könne, und daß sie in der Erde der größten österreichischen Bierbrauerei draußen bei Schwechat offensichtlich nicht weniger sanft ruhen würden als anderswo.

Ferdinand, dem Möbelbauer und Familienvater, konnte das alles inzwischen herzlich gleichgültig sein. Er hatte, wie so viele Wiener, stets nur halbe Schritte vom Wege getan: indem er aus dem elterlichen Eisenwerk aussprang und als er eine Gefängnisnacht mit jener Mizzi zubrachte, die er vermutlich so lange begehrt hatte, als sie in seinem Haus tätig war. Dies also würde er zu verantworten haben, und da der Christengott im Ruf eines milderen Richters steht als etwa der böse Fuchsgott des ägyptischen Totengerichts, durften die Zwillinge Bibi und Teddy, wenn sie künftig an ihren Vater dachten, ganz gewiß den Blick zum Himmel richten.

Irene, die Witwe, war noch nicht soweit. Sie sah sich,

kaum daß Ferdinand unter der Erde war, von den Witwen und anderern Angehörigen der neun Arbeiter umdrängt, die von den explodierenden Firnisdämpfen auf der Stelle getötet worden waren. Schon während der Fahrt hinaus zum Zentralfriedhof war ihr diese Gruppe düster schweigender und sichtlich abwartender Menschen aufgefallen. Sie hatte sie auf dem langen Weg dann aus den Augen verloren, denn der neue Friedhof war so weit von der Stadt entfernt, daß das ganze Trauergeleite, voran der Wagen mit dem Sarg, in einem höchst unziemlichen Tempo fahren mußte. Die Rößlein trabten so munter, als ginge es zur Kirchweih, ganz einfach, weil die ganze Trauergesellschaft beim gemessenen Schritt anderer Leichenzüge vier Stunden lang unterwegs gewesen wäre.

Auf dem Friedhof traten sie dann an Irene heran, nach dem Versinken des Sarges erst, und küßten ihr die Hand mit gemurmelten Worten. Und der alte Heizer Bednarik, der mit den Möbeln gar nichts zu tun gehabt hatte, aber seit dem Tod Sebastian Heisingers so etwas wie ein Sprecher aller Heisinger-Belegschaften geworden war, Bednarik also sagte zu Irene:

»Wenn gnä' Frau die Güte haben würden, diesen schwer Betroffenen eine Stunde zu nennen, zu der sie in die Wohllebengasse kommen dürfen zu einer Besprechung.«

Irene musterte die verschleierten Frauen, die von der Winterkälte geröteten Kindergesichter und antwortete:

»Morgen ist Sonntag. Aber übermorgen werde ich alle Hinterbliebenen der Opfer um zehn Uhr vormittags in der Direktion auf dem Wienerberg empfangen. Sie brauchen nicht in die Wohllebengasse zu kommen.«

An dieser Besprechung nahmen neben Frau Irene und Peter Daniel noch Rechtsanwalt Doktor Prunlechner teil, aber auch ein Beamter des Gewerbeinspektorats und ein Herr aus dem Magistrat der Stadt Wien, der sich mit dem in Wien nicht ganz seltenen Namen Woditschka vorgestellt hatte.

Der Inspektor versicherte zunächst den Hinterbliebenen, daß von seiten der Firma Heisinger Versäumnisse nicht vorlägen. Es gab das Pfeifenkastel beim Portier, damit keiner im Betrieb rauche; es war am Politurraum noch einmal eigens angeschlagen gewesen, daß in ihm explosive Dämpfe freiwerden könnten. Und auch die Werksfeuerwehr, die den Wergbrand im Lager bekämpft hatte, war sich über die Brisanz der ganzen Situation vollkommen im klaren gewesen.

»*Ein* Versäumnis lag allerdings vor«, sagte Magistratsrat Woditschka. »Angesichts der bekannten Feuergefährlichkeit der Arbeiten im Firnisraum hätte dort die Arbeit bei der ersten Feuermeldung sofort eingestellt werden müssen. Dann wäre dieser Gebäudeteil zwar vielleicht trotzdem in die Luft geflogen, aber es hätte weniger oder gar keine Todesopfer gegeben.«

»Aus dem Ablauf der Ereignisse ist mit Sicherheit anzunehmen«, erklärte Irene, »daß mein Mann sich gerade auf dem Weg in den Firnisraum befand, um dort die Einstellung der Arbeiten zu verfügen und die Arbeiter eben wegen der Gefahr ins Freie zu schicken. In der Ausübung dieser seiner Pflicht als Betriebsführer hat er den Tod gefunden und damit bewiesen, daß er sich selbst nicht schonen wollte, als es galt, seine Leute vor Schaden zu bewahren!«

Doktor Prunlechner nickte dazu ostentativ, der Inspektor nickte ein wenig zurückhaltender, Woditschka und die Hinterbliebenen jedoch blieben unbewegt.

Doktor Prunlechner verlas daraufhin eine Mitteilung der Firmenleitung, in der gesagt wurde, daß alle Vorschriften, auch die des erst wenige Jahre alten Gesetzes über die Gewerbeaufsicht und Arbeitsinspektion strikt eingehalten worden seien, daß der beklagenswerte Tod der neun Arbeiter durch Elementargewalt eingetreten und daß irgendeine Verpflichtung der Firma Heisinger rechtlich nicht zu fixieren sei. Angesichts der engen Verbundenheit des verstorbenen Firmenchefs mit seinen Arbeitern sei die Witwe und jetzige Inhaberin des Werkes ebenso wie ihr Sohn jedoch damit einverstanden, daß – ohne Schuldanerkenntnis – jedem Haushalt eines getöteten Arbeiters dessen Arbeitslohn noch für sechs Monate ausbezahlt würde.

Es war zu erkennen, daß einzelne der Witwen weniger, andere vielleicht mehr, nämlich eine einmalige und damit höhere Summe erwartet hatten. Magistratsrat Woditschka jedoch gab der allgemeinen, wenn auch geflüsterten Diskussion plötzlich eine neue Wendung, als er sagte:

»Ich möchte allen Betroffenen dringend raten, dieses Angebot anzunehmen, sie werden damit unter Umständen besser gestellt sein als manche andere Familie, in der Vater oder Bruder im Augenblick den Unterhalt verdienen können. Ich bin nämlich zu meinem größten Bedauern gezwungen, laut Verordnung vom 13. Mai 1882 über feuergefährliche und explosionsverdächtige Fertigungen im Bereich der Haupt- und Residenzstadt Wien alle Aktivitäten des Betriebes zu verbieten, sofern sie über die reine Schreinerarbeit hinausgehen. Darunter fällt insbesondere die Oberflächenbehandlung mit Firnissen, Lacken, feuergefährlichen Beizen und Ölen, die Lagerung leicht brennbarer Dinge wie Werg, Putzbaumwolle, größerer Mengen Sägemehl und dergleichen. Es wird der Firmeninhabung obliegen zu entscheiden, ob unter diesen Umständen eine Möbelherstellung im Geltungsbereich dieser Verordnung, also in der Hauptstadt, noch lohnend ist.«

Während Irene wie vom Donner gerührt dasaß, erkundigte sich Doktor Prunlechner, ob gegen diesen Beschluß ein Einspruch möglich sei und ob ein solcher eventuell aufschiebende Wirkung habe.

»Der Einspruch ist möglich, Sie können Sachverständige

namhaft machen und eine Verhandlung vor dem Verwaltungsgericht verlangen. In der Zwischenzeit aber, und die kann gut ein Jahr betragen, muß hier gemäß der Verordnung verfahren werden. Wien ist gewachsen, insbesondere nach Westen und Süden. Die Heisingersche Fabrik ist nicht nur von Arbeiterhäusern, sondern auch von neuen Wohnvierteln umgeben, und die Gefährlichkeit der industriellen, also im großen erfolgenden Fertigung und Benützung so hochexplosiver Materialien ist durch die Katastrophe schließlich erwiesen. Nach meinem privaten Dafürhalten wird es die Industrie in diesen gemischt genutzten Randgebieten der Stadt in den nächsten Jahren mit noch viel einschneidenderen Verordnungen aufnehmen müssen. Darum sollte bei einer Prüfung der Angelegenheit seitens der Familie vor allem der Zukunftsaspekt berücksichtigt werden.«

Nach diesen eher sibyllinischen Worten, denn wer kennt schon die Zukunft besser als ein Magistratsrat, erhob sich Woditschka, küßte Frau Irene die Hand, nickte Peter Daniel väterlich zu und überreichte Doktor Prunlechner seine Karte. Die Witwen aber warfen ihm, als er ging, nicht einmal einen Blick zu. Vor dem großen Unheil der Betriebsstillegung verschwand ihr persönlicher Schmerz, schien sogar ihre eigene Not geringer zu werden, und so drängten sie denn tuschelnd und wispernd durch die Türe hinaus, ohne ein Wort, ohne einen Gruß oder gar einen Dank.

Diese Alarmnachrichten genügten, um Franz Heisinger und die Anwälte des Stahlkonzerns auf den Plan zu rufen, aber auch sie, die zum Teil unmittelbare Verbindung zum Bürgermeister hatten, konnten kein anderes Ergebnis nach Hause bringen als den gutgemeinten Rat, nicht zu insistieren. Die Generaltendenz der Stadtentwicklung gehe nun einmal nach Süden und Westen, weswegen man sich, pflichtgemäß und ohne auf Sonderinteressen übertriebene

Rücksicht zu nehmen, darum bemühe, die Industrie nach Osten und Norden abzudrängen, abgesehen lediglich von einer schmalen Randzone an der Triester Straße. Selbst diese Straßen aber verlören nach und nach an Bedeutung, weil ja das Dampfroß eine ganz andere Kapazität entwickle und ein ihm in der Leistung vergleichbares Straßentransportmittel nicht in Sicht sei.

»Schließlich wird Frau Heisinger ihre Möbel nicht mit dem Fahrrad befördern wollen, und wenn sie die Bahn benützt, dann ist Lajtaszentmiklosch so gut wie Liesing oder Wiener Neudorf.« Das etwa war der Tenor der Kommentare, wie sie in verschiedenen Referaten der Stadtverwaltung abgegeben worden waren.

Einen neuen Akzent erhielten die recht bedrückten Beratungen innerhalb der Familie erst, als Franz andeutete, man habe ihm Hoffnung auf ein günstiges Kaufangebot der Stadt selbst gemacht. Besitze sie nämlich die im Herz einer heute noch industriellen Zone gelegenen Heisingerschen Gründe, dann werde sie eines Tages doch die Möglichkeit haben, die der Zeit noch weit vorauslaufenden Pläne für städtische Wohnsiedlungen durchzusetzen.

Irene Heisinger war mit ihren vierzig Jahren für eine Geschäftsfrau keineswegs zu alt, ja zur Führung eines Betriebes gerade erfahren genug und eigentlich auch frei, da die Zwillinge sie nun nicht mehr sosehr in Anspruch nahmen; die blitzgescheiten Mädchen lernten ausgezeichnet auf einer jener Schulen, die von den Wienern despektierlich Nockerlaquarium genannt werden, die den jungen Damen der gehobenen Stände aber ein solides Grundwissen vermitteln.

»Ich nehm's auf mich«, sagte Irene, als sie, allein mit ihren drei Kindern, in der Wohllebengasse beim Tee saß. »Wir können diese Entscheidung nur alle miteinander treffen, und jeder soll ganz offen reden. Es ist eine Ausnahmesituation; euer armer Vater hat uns so plötzlich verlassen, wie er und wie niemand sonst es erwarten konnte... Soll ich um den Wienerberg kämpfen, was meint ihr?«

Bibi und Teddy sahen erst einander an, dann vereinten ihre Blicke sich auf Peter Daniel.

»Wenn es ein einziger Kampf wäre, den man gewinnen oder verlieren kann, würde ich sagen: Versuchen wir's«, meinte Peter Daniel. »Aber nach allem, was wir erfahren haben, wird man uns nicht in Ruhe lassen. Diesmal war es eine Explosion. Man wird vielleicht vermeiden können, daß sie sich wiederholt. Aber morgen kann es unser Rauchfang sein, der jemanden stört, oder die Lärmentwicklung der Maschinen. Wir werden nicht mehr glücklich sein auf diesem Platz, wo unser Vater sterben mußte, glaube ich!«

Die Zwillinge nickten eifrig.

»Ihr nickt!« sagte Irene. »Aber ist euch klar, was das gerade für euch bedeutet? Natürlich können wir die Maschinen nach Lajtaszentmiklosch schaffen und aufstellen, und die Facharbeiter sind gewiß froh, wenn sie mitkommen können, denn hier gibt es ja nichts für sie zu tun. Die Stadt wird uns das große Areal gut bezahlen, man kann an der Leitha renovieren, ausbauen, ein Wohnhaus errichten... Aber ihr habt dann eben Wien nicht mehr. Denn *das* kann ich nicht, hier wohnen und täglich hin und herfahren, das hat nicht einmal euer Vater auf sich nehmen können!«

»Und der Dani... kann der nicht den Direktor machen draußen in Lajtaszentmiklosch, und du bleibst bei uns, Mutti?«

Das mußte kommen, Peter Daniel hatte es gewußt, und er war auch darauf vorbereitet.

»In dem Fall wäre es besser, alles zu verkaufen, solange es noch etwas wert ist«, sagte er. »Ich verstehe nichts vom Geschäft, ich bin kein Kaufmann und kein Fabrikant. Ich würde alles herunterwirtschaften und euch um euer Erbe bringen. Verlangt das nicht von mir... Wenn Mutter, die viel enger mit unserm Vater zusammengearbeitet hat und den Betrieb aus täglichen Gesprächen mit ihm kennt, wenn Mutter in Lajtaszentmiklosch leben und die Firma führen will, verpflichte ich mich gerne und unentgeltlich zu einer Beratertätigkeit in künstlerischen, ästhetischen und Geschmacksfragen, zur Teilnahme an diesbezüglichen Besprechungen, zur Vermittlung von Künstlern für das Dessin der Möbel und der Stoffe. Zu mehr aber bin ich nicht nütze, und auch das tue ich eigentlich vor allem, damit die Familie nicht auseinanderfällt, denn ich ginge natürlich nicht fort von Wien.«

»Man müßte sich irgendwohin in die Mitte setzen«, sagte Irene nachdenklich. »Wie wär's denn mit Wiener Neustadt? Dort gibt es ein Mädchenlyzeum. Ich habe vier Kilometer täglichen Weg, das ist mit der Eisenbahn oder im Wagen keine Affaire, und die Stadt ist doch ganz herzig. Und will man unbedingt nach Wien, so ist das schließlich auch nicht aus der Welt...«

So trugen die Besuche, mit denen Irene ihrem kleinen Sohn über die schweren Monate der Internatszeit in Wiener Neustadt hinweggeholfen hatte, doch noch ihre Früchte. Sie, die Professorentochter aus Prag, hatte bei diesen Fahrten die kleine Stadt an der Südbahn und mitten im Steinfeld liebgewonnen. Da war der alte Reckturm mit einem imposanten Stück Stadtmauer, da war die ganze Akademie mit ihrem Graben und dem Rakoczyturm, der selbst dem Erdbeben getrotzt hatte, und der reizende Stadtkern mit dem seltsamen Hauptplatz, der in der Mitte das Grätzl, eine kleine Häusergruppe, hatte. Dieser Platz erinnerte sie jedesmal an den Prager Ring vor der Theinkirche und an andere Städtebilder aus dem Osten, an Krakau und an Breslau.

Die Stadt Wien, aus Industriellenkreisen sanft dazu genötigt, erwies sich als unerwartet großzügig bei den Ablöseverhandlungen. Die Guldenwährung war zwar auch nicht mehr das, was sie einmal gewesen, und man munkelte von bevorstehenden Reformen auch auf diesem Gebiet. Aber die von der Stadt vorgeschlagene Kombination war doch recht günstig, weil sie das Risiko verteilte und damit der Unsicherheit einer Witwe bei großen Entscheidungen Rechnung trug.

Aus einem Legat besaß die Stadt ein nicht sehr großes, aber gut erhaltenes Haus im neunten Bezirk, das zu fern vom Zentrum lag, um für die Verwaltung genützt zu werden, und zu wenig Räumlichkeiten hatte, um etwa als Schule oder Archiv Verwendung zu finden. Es war voll vermietet und nach menschlichem Ermessen auf Jahre hinaus reparaturfrei. Daneben wurde eine hoher Barbetrag gezahlt, den sich Frau Irene ausbedungen hatte. Damit konnte sie die Verlagerung der Fertigung nach Lajtaszentmiklosch durchführen und in Wiener Neustadt, in der Zehnervorstadt, eine bestimmte hübsche Villa erwerben, deren Garten mit dem freien Blick auf Schneeberg und Rax ihr sogleich gefallen hatte.

Die danach immer noch verbleibende Summe wurde in mündelsicheren Papieren zugunsten der beiden Töchter angelegt; Peter Daniel hatte sich nichts anderes ausbedungen als einen Hausanteil mit der ersten frei werdenden Wohnung des Hauses in der Berggasse, denn daß er allein, gleichsam als Mitbewohner, bei Franz und Kathi nicht lange würde bleiben können, das war ihm klar. Vielleicht ließ sich sogar ein Tausch bewerkstelligen, lag doch die Wohllebengasse vom Stadtmittelpunkt nicht weiter entfernt als die Berggasse, in die er ziehen wollte.

Nur Marie Kaspar, die war dann doch ein wenig weit weg, und die schnellen Besuche am frühen Abend, ehe die noblen Freier kamen, die wären nicht mehr so ganz einfach. Er saß dann nahe an der Universität, er war zur eifrigen Arbeit verpflichtet, weil er doch der einzige Mann der zusammengeschmolzenen Familie war und den Zwillingen ein gutes Vorbild abgeben sollte.

»Du wartest aber schon mit dem Ausziehen, bis der Franz was fallenlaßt?« bat Kathi, die sich am späten Vormittag, kurz, bevor sie zu kochen begann, schnell in Peter Daniels Mansarde gestohlen hatte.

»Was fallenlaßt«, das war wieder so ein adeliger Unsinn, der meinte: bis er eine Bemerkung machen würde.

»Gerade das will ich nicht abwarten, Kathi«, sagte Peter Daniel, »das mußt du doch verstehen. Hier wird die Lage nämlich in dem Augenblick unhaltbar, wo meine Mutter auszieht. Ihr vertraut der Onkel Franz, von ihr weiß er, daß sie kein Pantscherl zwischen uns dulden würde, und selbst die Zwillinge haben eine Funktion in seinen Augen, weil gerade ihnen nichts verborgen bleibt und weil sie, wüßten sie etwas, das Maul bestimmt nicht halten würden. Stell' dir doch nur einmal vor, wie das schon in zehn oder zwölf Wochen sein kann: Dein Mann ist im Werk, die Bertha am Naschmarkt einkaufen und wir zwei ganz allein hier im Haus!«

»Herrlich!« rief Kathi und fiel Peter Daniel um den Hals. »Das ist doch geradezu ideal!«

»Das ist genau die Situation, die ihm die Ruhe nimmt. Er denkt doch an dich. Ich fall' ihm ein. Bei Studenten weiß ja keiner, wann sie aufstehen. Nein, das geht nicht gut, nicht einen Tag. Ich fahr' noch heute in die Berggasse hinüber, dort wohnen acht Parteien, sechs von den Wohnungen kämen für mich in Frage. Mit tausend Gulden ist der Tausch zu machen, ich such' euch jemand netten für die Mansarde hier. Ein junges Ehepaar erinnere ich mich in der Berggasse gesehen zu haben bei der Besichtigung, da hättest du auch gleich eine Ansprache...«

»Du willst mich also an jemanden abschieben?«

»Ich mein' doch die Frau, du Tschaperl. Die ist dann zu Hause wie du, und wenn dann die Kinder kommen...«

Kathi sprang auf und ging mit beiden Fäusten auf ihn los. »Wenn ich ein Kind bekomme, so muß es von dir sein, das sag' ich dir... Das bist du übrigens der ganzen Familie schuldig. Ihr könnt den Eisenkonzern doch nicht an solch einen Spätling gelangen lassen, dem vor Müdigkeit schon die Augen zufallen, wenn er auf die Welt kommt!«

Peter Daniel wehrte sich gutmütig, aber zum Lachen war ihm nicht zumute. Sie hatte nämlich recht. Denn wenn auch die vor etwa zwei Jahrzehnten gezeugte Franzi ein ganz robustes Frauenzimmer geworden war, so hatte das wohl in der kleinbürgerlichen Bodenständigkeit der Mutter seinen Grund gehabt. Franz selbst war doch deutlich dadurch gezeichnet, daß sein Vater ein sehr bewegtes Junggesellenleben geführt hatte. Tragisch, daß dieser Mann so lange im Schatten des Kommerzialrats hatte stehen müssen, daß er einfach nicht frei genug gewesen war, um eine eigene Familie zu gründen und sie gegen den übermächtigen Alten zu führen. Das alles war nun nicht mehr zu ändern. Franz verwaltete umsichtig, er beging keine erkennbaren Fehler, aber es wuchs ihm auch nichts mehr zu.

»Selbst wenn wir ein Kind haben, Kathi«, sagte Peter Daniel nachdenklich, »es wird nicht schnell genug wachsen, um deinem Mann rechtzeitig die Zügel aus der Hand zu nehmen. Eines Tages werden die Heisingerschen Fabriken von Frauen geführt werden, von meiner Mutter und von dir. Ein seltsamer Gedanke. Aber sowenig mein Großvater auch von Frauen im allgemeinen gehalten hat, ihr beide, das weiß ich, ihr wärt ihm an der Spitze der Firmen weit lieber als ich unrettbarer Träumer.«

Das Extrablatt

Es wurde ein unruhiger Winter, nicht nur für die Familie Heisinger, sondern, wie sich zeigen sollte, auch für das ganze Land. Für Irene und ihre Kinder waren die Feiertage nicht nur durch den Tod des Vaters überschattet, an den man in der Heiligen Nacht in friedvollem Abschiednehmen hätte denken können, hätte die Gewaltsamkeit dieses Todes nicht so viele andere Probleme nach sich gezogen.

Irene selbst war dadurch zwar abgelenkt, was sein Gutes hatte; die Zwillinge jedoch, ohnedies schon verstört und traurig, sahen nun mit schmerzlicher Deutlichkeit, daß mit dem Vater eine ganze Welt verlorengehen kann, die Kinderwelt in der Wohllebengasse, das große Haus mit dem vertrauten Hof, die Rothmanns, die Nachbarskinder, die Schulfreunde. Noch ehe sie die Zäsur voll erfassen konnten, die nun ihre Kindheit zerschnitt und vielleicht sogar beendete, ahnten sie, daß die glücklichste Zeit ihres Lebens vorüber und unwiederbringlich geworden sei.

Dazu kam, daß die Veränderungen nicht auf die lange Bank geschoben werden durften; ja es war nicht einmal möglich, eine freundlichere Jahreszeit abzuwarten. Die teuren Maschinen auf dem Wienerberg durften nicht ruhen, und eine Reihe termingebundener Aufträge drängte, von denen einige bei Nichteinhaltung der Lieferfristen sogar Konventionalstrafen nach sich gezogen hätten. In Lajtaszentmiklosch war glücklicherweise Raum genug für eine vorläufige Aufstellung der wichtigsten Maschinen und Geräte. Auch auf eine gewisse Nachsicht von seiten der Besteller durfte man angesichts der Katastrophe hoffen, vor allem, da sie immerhin den Tod des Firmenchefs zur Folge gehabt hatte; aber eben darum war es wichtig zu zeigen, daß man durchaus fähig sei, übernommene Aufträge zeitgerecht und in gewohnter Qualität auszuführen – und neue zu übernehmen.

Irene entschloß sich, mit den Zwillingen zunächst in der kleinen Werkswohnung zu hausen; die Villa in der Wiener Neustädter Zehnervorstadt war zwar ohne Schwierigkeiten und sogar zu einem recht günstigen Preis erworben worden, aber die nötigen Veränderungen und die Einrichtung brauchten noch einige Monate Zeit, wenn das Haus dem gewohnten Lebensstil der Heisinger entsprechen und den Zwillingen eine freundliche neue Heimat werden sollte.

Also fuhren Bibi und Teddy allmorgendlich wie Gutstöchter im Schlitten und mit Schellen am Pferdegeschirr in die Schule nach Wiener Neustadt, weil der Arbeiterzug zu früh verkehrte, und mittags kamen sie dann mit der Eisenbahn zurück. Die neue Schule gefiel ihnen, und vor allem der Religionslehrer, ein Vikar aus Pilsen, hatte blitzschnell ihre Sympathie gewonnen, nicht nur weil er noch jung war und so ein schönes, ruhiges und männliches Gesicht hatte, sondern auch weil seine Sonntagspredigten geradezu prächtig daherkamen, mit Zitaten aus den großen deutschen Dichtern, mit Gedanken, wie man sie in Kirchen sonst selten zu hören bekam, und mit einem Vortrag, der nicht nur erhob, sondern auch zu Herzen ging.

»Nun, ihr Lieben«, sagte Frau Irene scherzhaft, »hoffentlich vergafft ihr euch nicht beide in den Herrn Vikar, sonst haben wir in ein paar Jahren die allerschönste Familientragödie...«

»Ja, darf denn so ein Vikar überhaupt heiraten?« fragte Bibiana erstaunt. »Der kommt doch immer so schwarz gekleidet?«

»Er darf nicht nur, er soll sogar! Die Evangelischen bilden eine Gemeinde, vor allem in diesem Land, wo wir in der Minderheit sind; da ist nicht nur der Pfarrer wichtig, sondern auch die Pfarrfrau. Sie muß sich um die Frauen und Kinder in der Gemeinde kümmern, um die wohltätige Gemeindearbeit, etwa einen Frauenverein und so weiter.«

»Ui, wenn eine Pfarrfrau soviel zu tun hat, Bibi, dann kannst du den Vikar haben«, rief Teddy. »Der Mathelehrer ist nämlich auch nicht übel. Er ist zwar ein bisserl verrückt und kraxelt am Sonntag immer auf die Berge, aber das ist noch gescheiter als ein ganzer Frauenverein mit Stricken und Wohltätigkeitsbazar und solchen Sachen!«

War dies alles auch nur Schwärmerei, es half doch, heimisch zu werden und die Freundinnen aus Wien zu vergessen, denen man immerhin nun lange Briefe schreiben konnte. Es erwies sich, daß eine kleine Stadt, in der man zu Fuß überall hinkommt, ihre Vorteile hat. War die Schule früher aus, als der Zug nach Sopron ging, so durchstreiften die beiden Mädchen einträchtig das für sie neue und doch uralte Wunderwerk alten Städtebaus, das diese Trutzfestung an der Leitha die Jahrhunderte hindurch geblieben war. Die stille Zone um den Dom liebten sie besonders, war auch die Stadt kein Bischofssitz mehr; hier schlummerte frühere Größe, und nur der Wind aus dem Steinfeld ging über die freie Fläche hin und brach sich an den beiden Türmen. Im Herzen der Stadt war in ein Stückchen Stadtmauer so etwas wie Wohnungen hineingebrochen worden, kuriose Höhlen, die von außen unbewohnbar aussahen, innen aber ganz gemütlich waren. Hier besuchten die Zwillinge eine alte Freundin aus Wien, eine Frau von Röllig, die in der billigeren Kleinstadt mit ihrer kleinen Pension leichter auskam, vor allem, da sie aus irgendeinem Ehrentitel heraus solch einen Stadtmauerabschnitt umsonst bewohnen durfte.

Bei schlechtem Wetter hatten Bibi und Teddy hier einen einzigartigen Hafen, in dem die Stunde bis zur Abfahrt des Zuges oder auch die Stunde des katholischen Religionsunterrichts wie im Flug verging. Während Mama Röllig in ihrem Stübchen am Fenster saß und Kissen für eine ebenso ferne wie undankbare Verwandtschaft bestickte, durften die Zwillinge auf dem Speicherraum über der Wohnung mit altem Krimskrams spielen, vergessene Kleiderpuppen mit verstaubten Ballkostümen bekleiden und mit einem russischen Kegelspiel soviel Krach machen, wie sie nur wollten.

»Stört Sie denn das nicht, Frau von Röllig, wenn die zwei über Ihnen so laut sind?« erkundigte sich Irene einmal, als sie zum Tee bei der alten Dame erschienen war.

»Aber ich bitte Sie, liebe Frau Heisinger, so weiß ich doch wenigstens, daß sie munter sind und sich gut unterhalten. Ruhe habe ich mehr als genug, wenn ich allein bin. Lassen Sie die Mädchen nur kommen, sooft sie Lust haben.«

Darüber war der Jänner hingegangen, und zumindest der weibliche Teil der Familie hatte dank intensiver Beschäftigung mit einer veränderten Welt den Schmerz um den Vater zwar keineswegs verdrängt, aber doch so weit gemildert, daß sie alle drei ruhig an ihn denken konnten. Gemeinsam hofften sie, daß er ihnen zusehe, wie sie sich unter den neuen, schwierigeren Verhältnissen anstellten. Denn wie Frauen und Mädchen sind, wenn man sie unversehens zur Selbständigkeit zwingt, so begehrten sie zwar keinen Lohn für all das, was sie taten und auf sich nahmen, aber doch ein wenig Anerkennung.

Diese Anerkennung mußte nach Lage der Dinge von Peter Daniel kommen, denn Onkel Franz, der distanzierte Familienchef, der Kommerzialrat und Millionär, hatte seltsamerweise ein wenig an Autorität und Interesse verloren, seit er sich die junge Baronesse an die Seite gelegt hatte. Die Zwillinge hätten Kathi lieber zur Schwägerin gehabt denn als Tante begrüßt, und Irene fühlte sich um die letzte Chance betrogen, aus ihrem Dani einen Mann von Welt, einen Mann der Tat und somit einen tüchtigen Sohn zu machen. Für die Kathi, so bildete sie sich ein, wäre er sogar nach Lajtaszentmiklosch gefahren und hätte den täglichen Kampf mit zweihundert Tapeziererinnen und hundert Hilfsarbeitern aufgenommen.

»So ist es, so weit sind wir, und das hat nicht nur der Onkel Franz zu verantworten«, sagte Peter Daniel mit einem traurigen Lächeln zu Kathi, »sondern auch die hübsche Baronesse von Seebenprugg, die ihn eben nicht hätte heiraten dürfen!«

»Wenn ich immer nur täte, was ich dürfte, dann würde ich vor allem jetzt nicht mit dir im Bett liegen, mein lieber Dani«, antwortete Kathi und gab ihm einen zärtlichen Klaps auf die Wange. »Man tut so allerlei, und wenn wir gewußt hätten, wie alles kommt, wären wir jetzt wegen deines Trauerjahres zwar nicht verheiratet, aber sicherlich verlobt...«

»Also, da komm' ich jetzt nicht mit«, sagte Peter Daniel, wälzte sich auf den Rücken und betrachtete mit wiedererwachendem Interesse die rückwärtigen Rundungen seiner Tante. Es war später Nachmittag, durch die Vorhänge sickerte ein wenig Grau, das man schon nicht mehr Licht nennen konnte, und nur die großen Scheite, die im Kamin flackerten, erhellten Zimmer und Bett ein wenig.

»Das sind Dinge, in denen seit jeher die Frauen schneller denken als die Männer, und am allerschnellsten denken in dieser Materie alternde Baroninnen«, erklärte Kathi. »Wär' ich jetzt noch im Wiglwagl zwischen dem Franz und dir, so könnt' ich den Eltern sagen: Stahl ist zwar besser als Holz, Eisenbahnen bringen mehr Geld als Möbel, aber für die paar

Hypotheken von Pitten tät's auch mit dem Dani reichen, und ich wär' glücklich.«

»So war es also doch das Geld?«

»Zwischen euch beiden natürlich. Wenn du wenigstens schon im Betrieb mit deinem Vater gearbeitet hättest, wenn abzusehen gewesen wäre, daß du Teilhaber wirst... Aber was konnte ich denn meinen Eltern entgegenhalten, wenn sie sagten: Der Dani, das ist der typische Sohn reicher Leute, lieb, charmant, gebildet und verträumt, und bis der aufwacht und was verdient, sind wir beide im Grab.«

»Das haben sie gesagt?«

»Ziemlich wörtlich... nicht ganz so freundlich. Das *charmant* hat die Mama g'sagt, das *lieb* ich, und das *verträumt*, das kam von Papa, und damit war's aus.«

Peter Daniel starrte zur Zimmerdecke, an der die Flammen als Widerschein tanzten.

»Da kann man also so früh sterben, wie mein armer Vater«, sagte er, »und es ist doch zu spät! Komm sei lieb, Kathi... ich bin so furchtbar traurig!«

Sie war lieb, die Holzscheite knisterten in ihre Seufzer und kleinen Worte, und eben, als Kathi Heisinger, geborene Baronesse Seebenprugg, entsetzt auf die Uhr schaute und aus dem Bett sprang, klopfte es kräftig an der Tür von Peter Daniels Mansardenwohnung.

»Dani... bist du zu Haus'...?«

»Das ist der Franz, laß ihn nicht herein!« flüsterte Kathi, Verzweiflung in den Augen.

»Sperr dich ein, ich geh' hinaus... Ich kann ja weiß Gott wen hier drinnen haben!«

Peter Daniel schlüpfte in seinen Morgenmantel, zog die Tür zum Schlafzimmer hinter sich zu, wartete, bis sich der Schlüssel im Schloß gedreht hatte und öffnete dann die Tür.

»Du mußt entschuldigen, Onkel... ich hatte mich ein wenig niedergelegt.«

»Bist wohl immer lang auf? Wenigstens die ersten Wochen nach dem Tod vom Ferdinand solltest du z' Haus' bleiben, schaut doch nicht gut aus vor den Leuten ... Kann ich eintreten?«

»Weißt ... gehn wir doch lieber zu dir ... Bei mir schaut's so arg aus ... Junggesellenbude, kannst dir ja denken«, sagte Peter Daniel und drängte den Onkel sanft auf den Vorplatz zurück. Ihm war eben siedend heiß aufgegangen, daß im Vorzimmer Kathis heller Wintermantel über einem Stuhl lag. Sie hatte es so eilig gehabt, ins Bett zu kommen, daß sie den Mantel nicht einmal aufhängte. Vielleicht war das ein Glück.

Die Tür schloß sich, die beiden Männer standen im Treppenhaus.

»Ich tät dich ja auch nicht stören«, sagte Franz Heisinger, »wenn nicht was ganz Entsetzliches passiert wär'.«

Er redet wie ein alter, ganz alter Mann, dachte Peter Daniel, dabei ist er vierundfünfzig, fünfundfünfzig oder da herum.

Der Kommerzialrat zog ein gefaltetes Papier aus der Innentasche seines Wintermantels und wollte auf der Treppe vorzulesen beginnen.

»Gehn wir doch zu dir, Onkel«, bat Peter Daniel, vor Kälte zitternd, »die Kathi kocht uns einen guten Tee, und wenn es so ein großes Ereignis ist, wird es sie sicherlich auch interessieren.«

»Das ist es ja gerade!« sagte Franz Heisinger, als sei ihm plötzlich etwas wieder in den Sinn gekommen. »Deswegen bin ich ja eigentlich zu dir hinaufg'stiegen. Die Kathi ist nicht z' Haus'. Hast du sie g'sehn?«

»Jaaa ... ich glaub' schon ... sie ist irgendwohin g'laufen, in ihrem hellen Mantel ... Aber weit wird es nicht gewesen sein, der Rothmann hackt ja Holz im Hof!«

Franz Heisinger schüttelte den Kopf, begann aber, die

Stufen hinunterzusteigen. Peter Daniel warf einen schnellen Blick zurück und erblickte eben Kathi, die seine Wohnungstür einen Spaltbreit geöffnet hatte. Wenn sie alles mit angehört hatte und sich nicht verplapperte, konnte noch alles gutgehen. Sie brauchte dann nur in den Hof zu laufen, von der richtigen Seite durch den Lichtkreis von Rothmanns Karbidlampe zu gehen und kam winterfrisch ins Haus.

Ganz genauso geschah es auch, als hätten Peter Daniel und Kathi ihr Leben lang Ehebruch geübt und geprobt, und noch ehe Franz sich die Schuhe ausgezogen und seine Hausschuhe gefunden hatte, kam Kathi schon mit dem Teeservice ins Zimmer.

»Der Tee kommt auch gleich«, verkündete sie, »seid so nett und wartet auf mich mit den Neuigkeiten, mir war den ganzen Tag eh so fad!«

Bei dieser faustdicken Lüge brachte sie es sogar noch zuwege, Peter Daniel heimlich zuzublinzeln, dann pfiff die Wasserkanne.

»Wie ich aus dem Büro komm'«, erzählte Franz Heisinger, in der Tasse rührend, »seh' ich einen kleinen Auflauf. Ein paar Leut' stehen dort ja immer, wenn die Abendausgabe von der *Presse* verkauft wird, aber diesmal war's ein ganzer Haufen. Ich hör' was vom Kronprinzen und tret' hinzu ... Na, ich hab' eine Weile warten müssen ... Deswegen hab' ich mich auch verspätet ... Aber dann hab' ich das da kaufen können ...!«

Er legte das Zeitungsblatt auf den Tisch und glättete sorgfältig die Falten.

»Lies vor, Kathi«, bat er, »ich seh' nicht so gut bei dem künstlichen Licht!«

»Extrablatt ...«, las Kathi. »Ein erschütternder Schicksalsschlag hat das allerhöchste Kaiserhaus, hat alle Völker der österreichisch-ungarischen Monarchie, hat jeden Österreicher und jeden Ungarn getroffen.

Der allverehrte Kronprinz Rudolf ist tot!

Der tiefgeliebte Sohn Sr. Majestät des Kaisers und Ihrer Majestät der Kaiserin, das Lebensglück der zärtlichen Gemahlin, der Kronprinzessin Stephanie, der liebevoll verehrte Bruder der Prinzessin Gisela und der Erzherzogin Valerie, der Stolz des gesamten österreichischen Kaiserhauses, die Hoffnung der treuen Völker, ist in der Blüte der Jahre, der Vollkraft des Wirkens in ein frühes Grab gesunken.

In tiefster Trauer, das Herz voll unendlichen Wehs, wenden in angestammter Liebe und Treue die Völker des Reiches ihren schmerzerfüllten Blick dem Allerhöchsten Throne zu und vereinigen sich zu dem innigen Gebete: Gott möge unser allgeliebtes Herscherpaar und das ganze Kaiserhaus in so schwerer Stunde jenen Trost finden lassen, den ein Menschenwort, und tönt es auch von Millionen Zungen, zu bringen kaum imstande ist.

Über den erschütternden Todesfall können wir Nachstehendes mitteilen:

S. k. k. Hoheit, der Durchlauchtigste Kronprinz Erzherzog Rudolf, hatte sich vorgestern zur Jagd nach Mayerling bei Baden begeben und mehrere Jagdgäste, wie S. Hoheit den Prinzen August von Coburg und S. Exzellenz den Grafen Joseph Hoyos, geladen. S. k. k. Hoheit befand sich jedoch schon gestern etwas unwohl und mußte sich deshalb entschuldigen, bei dem in der Kaiserlichen Hofburg allerhöchst anberaumten Familiendiner nicht erscheinen zu können. Als sich die Jagdgäste heute morgen versammelten und S. k. k. Hoheit, der Durchlauchtigste Kronprinz, nicht erschien, wurden dieselben nach sofortiger teilnahmsvoller Erkundigung durch die entsetzliche Wahrheit vom Schmerz überwältigt: daß der durchlauchtigste Kronprinz infolge eines Schlaganfalles seine edle Seele ausgehaucht hatte.«

»Schlaganfall?« sagte Peter Daniel. »Der Kronprinz war sieben oder acht Jahre älter als ich! Merkwürdig!«

»Net unterbrechen!« sagte Franz Heisinger indigniert. »Warum soll ein Kronprinz keinen Schlaganfall haben mit dreißig? Er ist jung, aber die Habsburger sind eben alt. Lies weiter, Kathi!«

»Wie ein Blitz aus heiterem Himmel traf die erschütternde Kunde in der Kaiserlichen Hofburg ein. Bei dem unaussprechlichen Weh, welches das Allerhöchste Kaiserhaus erfüllt, treten unwillkürlich auf jeden Österreichers Lippen die Worte:

Gott erhalte, Gott schütze, Gott segne S. Majestät, den Kaiser, und das Allerhöchste Kaiserhaus und verleihe uns allen Stärke und Kraft, solch großes Unglück standhaft zu tragen.«

»Klingt ein bisserl mysteriös, findet ihr nicht?« sagte Peter Daniel.

»Ich hab' nicht so aufgepaßt«, entschuldigte sich Kathi, »wenn man vorlesen muß...«

»In der *Presse* soll was von einem Jagdunfall stehen«, sagte Franz Heisinger, »zumindest hat das einer von den Zeitungsverkäufern erzählt, hat aber kein Exemplar mehr gehabt. Schon komisch. Ein Schlaganfall und ein Jagdunfall, das sind doch völlig verschiedene Todesarten ... Na ja, ich hab's euch g'sagt. Du entschuldigst mich, Dani, ich zieh' mir jetzt was Bequemeres an... Ich kann diesen Büroanzug zu Haus' nicht ausstehn!«

»Ich bring den Dani hinaus«, zwitscherte Kathi schnell. Es war, als habe das Konspirative ihrer heimlichen Liebe, die ständige Gefahr, entdeckt zu werden, sie erst so richtig in Schwung gebracht. Da die Baronessen ja alle ihren Spleen hatten, konnte man beinahe meinen, sie habe geheiratet, um ihre Beziehung zu Peter Daniel spannender zu gestalten. Jedenfalls schien der rätselhafte Tod des Kronprinzen sie nicht sonderlich zu beschäftigen.

Ein Erzherzog bei der Infanterie

Eine halbe Stunde später war Peter Daniel bei Marie Kaspar. Sie mußte etwas wissen, und wenn sie noch nichts wußte, so mußte man ihr das wenige sagen, was die Zeitungen gebracht hatten.

»Stör' ich dich?«

»Aber geh... Der Gianni kommt, aber der hat eh keine Chancen, der darf nur wimmern.«

»Der Gianni?«

»Ja, so nennen s' den Erzherzog Johann Salvator. Er bringt der Wolff in einem fort Geld, daß sie ihm ein Rendezvous mit mir ausmacht, und damit er endlich aufhört, in ganz Wien herumzutrenzen, hab' ich ihm jetzt erlaubt, daß er hin und wieder auftaucht – mehr aber auch nicht!«

»Die Wolff kuppelt also noch immer?«

»Schlimmer als je zuvor. Ich hab ihr schon g'sagt, sie soll aufhören, was mich anlangt; ich hab' meine sechs Herren, und mehr tut mir eh nicht gut... Du kommst wegen dem Rudolf?«

Sie wandte sich zum erstenmal Peter Daniel zu, und er sah, wie blaß sie war. Das rote Peignoir unterstrich die Blässe, der Blick war unruhig.

»Der Bratfisch, der Kutscher, hat mir Nachricht geschickt, er selbst muß den ganzen Tag hohe Herrschaften fahren, wird auch beobachtet ... Er hat mir ausrichten lassen, daß sie in der Früh' den Kronprinzen gefunden haben, neben ihm die Mary Vetsera. Er hat offenbar sie erschossen und dann sich ... Warum, weiß man nicht, weil es zu viele Gründe gibt. Allein die drei, die ich weiß, enthalten schon Sprengstoff genug: Beim Kaiser soll ein Treffen stattgefunden haben, der Rudolf und geistliche Herren, ausgelöst durch seine Bitte um Scheidung, die er direkt an den Papst gerichtet hat ... Kannst dir vorstellen, was da los war ... Sondergesandter aus Rom, Kardinal-Erzbischof aus Wien, großer Sermon, Schwur, sich von der Mary zu trennen ... Dabei ist des Hascherl mit seine siebzehn Jahr vom Rudolf schwanger. Das sind so Sachen, wo ein Thronfolger eben nix anderes tun kann als Selbstmord.«

»Setz dich doch, Marie«, bat Peter Daniel, »du rennst auf und ab, hast du ihn denn so gern gehabt?«

»Was heißt gern ... So plötzlich, so gewaltsam bleibt das eben furchtbar. Wie wenn der Blitz haarscharf neben dir einschlagt. Mich hat er nämlich auch schon g'fragt, ob ich mit ihm sterben will.«

»Und was hast du geantwortet?«

Die Kaspar lachte. »Bist teppert? hab' ich ihn g'fragt, hab' ihm eing'schenkt und hab' ang'fangen, an ihm herumzukrabbeln, damit er wieder ein bisserl Lebensfreude spürt. Mein Gott, war das ein merkwürdiger Mensch. Ich weiß nicht, wenn ich sie mir so anschau', ich glaub', die sind alle nicht mehr zu retten. Die drei jedenfalls, die ich kenn', der Otto, der Gianni und der Rudolf, einer narrischer wie der andere! Was soll das noch geben!«

»Befürchtest du Folgen für dich?« erkundigte sich Peter Daniel; er glaubte, eine vage Angst aus Maries Benehmen erkennen zu können.

»Eigentlich nicht. Der Gianni ist doch seit zwei Jahren mit einer Bürgerlichen verbandelt, mit der Milli Stubel, und bisher hat das weder für ihn noch für sie Folgen g'habt. Schlafen dürfen s' ja mit uns, die hohen Herrn, erst, wenn eine von uns geheiratet werden soll, dann wird's kritisch. Also bei mir käm' das sowieso nicht in Frage. Aber die Stubel, die ist ja anständig. Da ist der Gianni hingegangen mit sein' schwarzen Bart in der Generalsuniform, um bei der Madame Stubel um die Hand von der Milli anzuhalten. Das Dienstmädel kennt ihn nicht, sieht nur die Uniform und sagt drinnen: Gnä' Frau, da steht einer vom Militär draußen und möcht Ihnen sprechen. Na, der kommt herein ins Zimmer, da sitzen neben der Madame noch eine Tante, die kleine Tochter und eben die Milli. Der Gianni steht stramm mit der Kappn in der Hand und Handschuh an und sagt: ›Gestatten, daß ich mich vorstelle, ich bin Erzherzog Johann Salvator. Ich liebe Ihr Fräulein Tochter Milli. Ich bitte Sie um ihre Hand und möchte die Milli heiraten.‹ Das muß man sich vorstellen! Die haben nicht gewußt, wie ihnen geschieht! Und *er* war zum erstenmal in einem Bürgerhaus, er hat nicht einmal gewußt, wo man den Mantel hinhängt, weil er doch gewöhnt ist, daß immer ein Diener um ihn herumhupft...«

»Und wie haben die Stubels reagiert?«

»Na ja, er darf im Haus verkehren, aber das Dienstmädel, das ist, gleich wie der Erzherzog wieder weg war, ins Zimmer gestürzt und hat g'sagt: ›Gnä' Frau, wann S' mi fragen, i tät ihn nicht nehmen, der ist ja nur von der Infanterie... Wann eine so hübsch ist wie das Fräulein Milli, die könnt' an jedem Finger einen von der Artillerie haben und vielleicht sogar einen Burggendarm.‹ Da hat dann endlich die Madame Stubel sie einen böhmischen Trampel genannt und hinausg'schickt, und jetzt lernen die alle sich gegenseitig besser kennen, der Gianni hockt dort umeinander und schaut die Milli verliebt an, und dann kommt er zu mir und weint sich aus!«

»Und weil sie die Milli nicht aus Wien abschieben, glaubst

du, daß auch dir keine Gefahr droht? Der Erzherzog Salvator lebt aber noch, das ist ein Unterschied!«

»Und was für einer!« seufzte Marie Kaspar. Sie nahm das rote Negligé um den Leib zusammen und rückte den Sessel ans Kaminfeuer. »Jetzt kramen sie in seinen Papieren... Jetzt finden sie die Rechnungen, die er für mich bezahlt hat, vom Juwelier, vom Haus...«

»Das hat doch ganz Wien gewußt! Wegen seiner Schulden wird er sich doch wohl nicht umgebracht haben.«

»Immerhin, alles in allem war's eine halbe Million Gulden. Dreihunderttausend hat ihm der Erzherzog Otto beim Bankier Hirsch verschafft, in Paris, damit es hier nicht so schnell bekannt wird. Aber wenn man Kaiser werden kann, wie er, dann ist das ganze ja doch nur einen Federstrich wert und kein Grund für einen Selbstmord. Die alte Vetsera wird ihm zugesetzt haben... Sie soll von einem Eheversprechen an die Mary geredet haben... Ich fahr' auf jeden Fall ein paar Tag' weg, das kann nicht schaden, Wien ist mir jetzt zu unruhig.«

»Komm mit mir nach Gutenstein!« schlug Peter Daniel vor.

»Gern, sehr gern... lieber als alles andere«, sagte Marie Kaspar, »ein paar Tage nur mit dir, das würde mir guttun und dir vielleicht auch. Aber du kannst mich nicht schützen, und Gutenstein g'hört dem Hoyos, das war vielleicht sein engster Freund.«

»Aber die Grafen Hoyos sind doch die Anständigkeit in Person, der wär' doch nie ungerecht!«

»In solchen Dingen gibt's keine Gerechtigkeit. Er war der Freund vom Rudolf, vielleicht hat er in der Mary Vetsera und in mir Ursachen für den Untergang vom Rudolf g'sehn. Woher soll ich das wissen? Grad' bei so feinen Leuten kann unsereins das überhaupt nicht erkennen, das ist das Spanische in den Hoyos... Das war mir immer unheimlich.«

Marie schwieg eine Weile, sie hing offenbar einer Erinnerung nach.

»Es war im Herbst, da hab' hab ich die Exzellenz Hoyos kennengelernt; der Kronprinz, der Graf Wilczeck und ich waren in Gutenstein, auf dem Weg zum Schneeberg; wir sitzen im Schloßgarten vom Hoyos, der Rudolf hat verboten, daß man den Grafen weckt, und geht mit dem Wilczeck im Bleichgarten spazieren, ich aber bleib' im Schatten sitzen, und so sieht mich ein Diener und meldet mich dem Grafen. ›Jessas, Exzellenz‹, sag' ich, wie er kommt, ›jetzt hab' ich Sie gestört?‹ ›Allerdings‹, sagte er, so ganz kühl und von oben, ›ich war soeben in bester Ruhe.‹ Wenn mir das beim Otto passiert oder auch beim Rudolf selber, die hätten nur g'lacht... Nein, ich geh' lieber nach Sopron, so ein Obergespan, der ist in seinem Reich ein kleiner Kaiser, da bin ich sicherer als im Ausland; die anderen Länder nämlich, die sind unserm Kaiser zu gern gefällig.«

»Und wann fahrst du?«

»Das muß ich mit dem Gianni besprechen ... Ein Erzherzog in Generalsuniform, das wär' genau die Bedeckung, die ich brauchen könnte ... Falls er das mit der Bedeckung nicht zu wörtlich nimmt!«

Als habe er nur auf sein Stichwort gewartet, klingelte es in diesem Augenblick, und Rosi, das ungarische Dienstmädchen der Kaspar, meldete:

»Bittaschen, Freillein, is Herr Erzherzog da!«

»Rosi, zum hundertstenmal: Das heißt Seine Kaiserliche Hoheit, und dann mußt du mir den Namen sagen, er ist ja nicht der einzige Erzherzog, der zu mir kommt.«

»Liebe Marie, Sie haben Besuch«, sagte Johann Salvator und küßte der Kaspar beide Hände, »aber ich muß Sie doch einen Augenblick sprechen.«

»Das ist der Dani Heisinger, Kaiserliche Hoheit... der Sohn von dem Möbelfabrikanten, der so tragisch ums Leben gekommen ist... Wir sind gute Freunde. Sie haben doch nichts dagegen, wenn wir zu dritt soupieren?«

»Ist er ein wirklich guter Freund?« erkundigte sich der Erzherzog indigniert, aber nicht eigentlich unfreundlich und wandte sich dann Peter Daniel zu, der sich tief verbeugte. »Bitte, behalten Sie Platz, Herr Heisinger... Ihre Familie ist mir bekannt, ich darf Ihrer Diskretion sicher sein? Wir haben leider Trauriges zu reden, die Marie und ich...«

»Bei mir werden Sie volles Verständnis finden, Kaiserliche Hoheit«, sagte Peter Daniel, »ich weiß sehr gut, wie einem Mann zumute ist, wenn ein lieber Mensch plötzlich aus dem Leben scheidet.«

»Natürlich... verzeihen Sie, das hab' ich nicht bedacht. Ich glaub' halt immer, die Marie wird mich ablenken, es ist ja alles so traurig, nicht erst seit heute...«

Aber während er redete, irrte sein Blick aus dem durch den Bart verdüsterten Gesicht geradezu faunisch durch den Raum. Peter Daniel erschrak beinahe über diese glühenden Augen. Das war ein Mensch, den Unzufriedenheit und Unglück gierig gemacht hatten.

»Den ganzen Tag haben sie sie liegen lassen, die Mary Vetsera«, sagte er und kostete genüßlich den Apéritif, den Marie ihm eingeschenkt und über den Tisch geschoben hatte. »Der Rudolf war zugedeckt, die Mary ist einfach so dagelegen, tot und mit dem getrockneten Blut im Gesicht... Erst als es dunkel wurde, hat sie dann der Graf Stockau mit einem Polizeikommissar nach Heiligenkreuz zum Friedhof geführt... In einen Mantel gehüllt, zwischen ihnen sitzend, als sei sie noch am Leben, damit es kein Aufsehen gibt... Wenn man sich das vorstellt!«

»Ich glaub'«, sagte Marie Kaspar, »wir müssen was für unsern armen Erzherzog tun. Oder sind Sie nur zum Traurigsein hergekommen, Kaiserliche Hoheit?«

»Aber nein, Marie...!« ein dankbarer Blick traf die Kaspar, glitt an ihrem Negligé entlang, tauchte in den Halsausschnitt. »Sie wissen doch, wie gut Sie mir tun ... Nicht nur Sie selbst, die ganze Atmosphäre hier, das Zimmer, der Kamin, das erotische Fluidum, das hier nie schwindet.«

Rosi erschien, die schwarzen Haare unter einem koketten Häubchen geborgen, das Gesicht von der Anstrengung gerötet.

»Ise Nachtmahl fertig, gnädiges Freillein!«

Dabei blickte sie aber nicht Marie Kaspar an, sondern den Erzherzog; es war ein erwartungsvoller Blick, den Peter Daniel sich nicht deuten konnte, bis Johann Salvator in die Tasche griff und zwei Goldmünzen hervorholte.

»Bitte, Kaiserliche Hoheit«, sagte Rosi und knickste, »heit tät's aber mehr kosten ... weil ich mich nämlich schämen tu vor dem jungen Herrn!«

»Soll ich vielleicht doch gehen?« fragte Peter Daniel und erhob sich, da er nicht begriff, worum es ging.

»Aber nein, du Dummerl«, sagte Marie, »gib ihr auch zwei Achtguldenstücke, und die Sach' hat sich ... Die ziert sich nur, weil sie weiß, daß der Gianni das mag!«

»Es ist herrlich, wenn Sie Gianni sagen«, stöhnte Johann Salvator, während Peter Daniel in seiner Westentasche nach den Münzen fingerte. Es waren die größten Goldmünzen, er hatte sie eigentlich nie bei sich, aber mirakulöserweise fanden sich gerade in diesem Anzug zwei davon, und er reichte sie Rosi.

»Und was macht sie damit? Kriegt sie das fürs Essen?« wollte er wissen.

Marie und der Erzherzog lachten herzlich.

»Daß ich heut' noch lachen würde, hätt' ich mir nicht träumen lassen«, sagte Johann Salvator. »Warten S' nur, junger Freund, bis die Rosi serviert, dann werden Sie schon sehen, wofür wir brandln müssen.«

»Mich entschuldigen die Herren einen Augenblick«, bat

Marie, »ich zieh' mir zum Essen doch schnell ein Kleid an!«

Sie war kaum gegangen, als in der Tapetentür, die zur Küche führte, Rosi mit einem Tablett erschien und erwartungsvoll lächelnd einen Augenblick stehenblieb, ehe sie damit eintrat. Sie war völlig nackt, selbst das Häubchen hatte sie abgelegt und die offenen, schwarzen Haare zu einer Art Schweif gebunden, der ihr auf den Rücken hinunterhing.

Mit glühend roten Wangen und einem verlegenen Glanz in den Augen stellte sie das Tablett auf den Tisch, deckte auf und entzündete dann die großen Leuchter auf dem Kamin. Dabei spielte ein kleines Lächeln um ihren Mund; sie sah die Männer nie direkt an.

»Macht sie das immer, wenn bei Marie gegessen wird?« erkundigte sich Peter Daniel, als die kleine Ungarin mit einem letzten koketten Poposchlenkern verschwunden war.

»Es scheint so ... Jedenfalls ist es ihre Idee gewesen, die Marie hat sie dazu nicht aufgefordert. Sie sieht eben, daß hier reiche Leute verkehren, sie sieht, wie gut es der Marie geht, und da will sie eben auch ihren Anteil haben ... Wie mir scheint auf eine durchaus vertretbare Weise. Sie hält nicht nur die Hand auf, wie ein Dienstmädchen in einem Bordell, sie bietet auch was dafür!«

»Und der Marie macht das nichts aus?«

»Kann ich mir nicht denken«, sagte der Erzherzog und zündete sich eine Zigarre an. »So etwas stimuliert doch nur. Und sich an einem Dienstmädchen zu vergreifen, das ist nicht die Art von Maries Gästen ... Eine Kokotte, ja, Domestiken: niemals!«

Tatsächlich verblaßte der Attrait der nackten Rosi ein wenig, als Marie Kaspar wieder eintrat; sie trug ein schulterfreies schwarzes Kleid und um den Hals eine Goldkette mit Rubinen. Frisiert hatte sie sich in der Eile nicht; ein paar Locken schufen ein reizvolles Durcheinander, sie wirkte verführerisch, aber häuslich, wie eine hübsche junge Ehefrau, und es schien keinem der beiden Männer zweifelhaft, daß er, nur er, der dazugehörige Ehemann sei.

Beim Essen wurde nichts Ernsthaftes geredet, nur der Zug, den Marie benützen wollte, der Aufenthalt in Sopron und die Versorgung ihrer Wiener Wohnung wurden besprochen. Peter Daniel versprach nicht ungern, sich um die Villa und um Rosi zu kümmern, und Rosi errötete, als sie dies erfuhr, von den Wangen bis zu den Brustspitzen.

»Na, wie sorg' ich für dich, du kleiner Schwerenöter!« sagte Marie und tätschelte Peter Daniel zärtlich die Wangen. »Schau nur schön auf alles und laß dich nicht einschüchtern... Ich hab' für alles Brief und Siegel, das Haus, die Möbel, die Bilder, gehört alles der Marie Kaspar und sonst niemandem!«

Die schöne Frau bekam im Zorn ein beinahe edles Gesicht, so wienerisch-lieblich Nase, Wangen, Mund und Kinn im übrigen auch ausgefallen waren. Man fühlte, daß Besitz für sie eine Leidenschaft war, vielleicht die einzige, die sie tatsächlich beseelte.

»Ich hab' mir gedacht, Marie«, sagte Peter Daniel, »das heißt natürlich, wenn du nichts dagegen hast, daß ich vielleicht für die paar Monate hier wohnen könnte... Bis du wiederkommst. Ich muß in der Wohllebengasse sowieso ausziehen, neben der Kathi und dem Onkel Franz geht das nicht mehr, du weißt ja. Und in der Berggasse, wo ich das Haus hab', da ist noch nichts frei. Ich mag die Leut' nicht so einfach vor die Tür setzen!«

Marie Kaspar überlegte keinen Augenblick, sagte aber nichts, sondern lachte nur.

»In jedem Mann, und sei er noch so fein, steckt doch ganz heimlich der Wunsch, eine Zeitlang Zuhälter zu sein«, sagte sie dann. »Komisch, grad' in den Jungen. Bei den anderen kommt dann das durch, was der Polizeiarzt, dieser Doktor Schmidt, immer den Hofrätlichen Eros nennt. Die genießen dich dann wie ein Dessert, die Hauptmahlzeit ist für die nämlich schon vorüber... Ja, komm nur, Dani, bleib hier und leiste der Rosi Gesellschaft. Sonst räumt sie mir noch mit ihrem Gschamsterer die ganze Bude aus!«

Seine Kaiserliche Hoheit mußte noch nach Hause, ein paar Utensilien holen. Peter Daniel und Rosi halfen Marie pakken; sie hatte ja einiges mitzunehmen, und sie seufzte bei jedem Stück, das sie in den Reisekorb legte.

»Ich hätte geglaubt, so eine kleine Reise ist eine Abwechslung für dich und einmal ganz angenehm?« fragte Peter Daniel.

»Angenehm? Im klirrenden Winter nach Sopron? Und die ganze Ungewißheit? Du schreibst mir postlagernd, ich bitte dich. Schick mir auch Zeitungen, ich kann doch nur zehn Worte ungarisch... Aber es gibt ja den *Pester Lloyd,* der hat einen deutschen Teil.«

»Wir können uns auf ungarischem Gebiet treffen, Marie«, sagte Peter Daniel beim Abschied, »in Lajtaszentmiklosch. Ich kann unauffällig hinfahren, ich habe jede Woche einmal dort zu tun. Ich schreib dir, und dann sehen wir weiter!«

Der Wagen des Generals Erzherzog Johann Salvator mit Livree und Wappen hielt, als müsse es so sein, vor dem hübschen Wohnhaus auf der Wieden. Rosi, nun wieder in Kleid und Häubchen, und Peter Daniel schleppten die Körbe durch den Vorgarten bis zum Gehsteig.

»In ein paar Tagen bin ich wieder zurück, junger Freund«, sagte der Erzherzog. »Kommen S' mich ruhig besuchen, so ab elf Uhr... Ich sag' Ihnen dann, wie's war. Adieu!«

Marie Kaspar sagte nichts; sie nickte nur, und ihre Augen glänzten, ob von der Kälte oder von Tränen, ließ sich im Nachtdunkel nicht erkennen.

Als Peter Daniel sich umwandte, stand Rosi erwartungsvoll hinter ihm.

»Ise noch soviel da vom Nachtmahl, junger Herr«, sagte sie, »mechten S' nicht noch bissl was essen da drinnen?«

Er wußte eigentlich nicht, ob er essen wollte. Trinken wollte er noch, und allein sein, das wollte er ganz und gar nicht. Auch die Rosi wollte offensichtlich nicht allein sein. Sie fragte nicht lang, sondern ließ sich in dem Sessel nieder, in dem der Erzherzog gesessen war, und schnabulierte von den feinen Platten. Bei jedem Schluck Balaton-Wein rollte sie begeistert die Augen, und als der Tisch leer war und Peter Daniel lachend, schnaufend und beschwipst in seinen Sessel zurücksank, da lag sie auf einmal vor ihm auf den Knien, ergriff seine Hände und küßte sie inbrünstig.

»Ich bin ein gutes Madl, junger Herr«, sagte sie, »aber dürfen S' mich bittaschön nicht allein lassen, sonst passiert was, ganz gewiß. Werden S' hier haben wie Himmelvater bei seine Engel, ganz wirklich!«

»Ob das gerade der richtige Vergleich ist, Rosi, weiß ich nicht«, sagte Peter Daniel und erhob sich mühsam. »Aber allein lassen wollen wir dich nicht. Zieh dir was über, kannst mir helfen beim kleinen Gepäck, das große bringt dann morgen der Rothmann. Ich bin gewiß nicht der erste Student, der zu einem leichten Mädchen zieht; der François Villon soll ganz genauso gelebt haben, und dem hättest du auch gefallen, kleine schwarze Rosi!«

Der Schnee knarrte unter ihren Füßen, als sie hinauf zur Wohllebengasse gingen. Die Laternen brannten mit einem milchigen Licht, aber der weiße Schnee warf es zurück und erhellte die Nacht. Vor der Einfahrt des Heisinger-Hauses lag ein Zeitungsblatt, die zweite Extraausgabe des Abends. Die Schlagzeile hatte eine genagelte Sohle zerrissen. SELBSTMORD IN ... VERWIRRUNG war da zu lesen. Welcher Art diese Verwirrung war, wußten nur ein paar feuchte Fetzen Papier, die der erste Schnee des Monats Februar bedeckte.

IV

Auf Leben und Tod

Polka schnell
von Joh. Strauß Sohn

Sollte man, bangend in der Schlachtordnung des bürgerlichen Lebens, nicht die Gelegenheit ergreifen und in den Krieg desertieren?

Karl Kraus

Die Würde und das Unwürdige

Die neue Würde, die im Frühling des Jahres 1914 auf den Privatdozenten Dr. Peter Daniel Heisinger zukam, war das Extraordinariat für Kunstgeschichte an der Universität Wien, mit anderen und einfacheren Worten ausgedrückt: Er war nun nicht mehr bloß befugt, auf eigene Kosten ein mehr oder minder großes Häuflein von Studenten um sich zu scharen, sondern war beamteter Professor geworden – spät genug, wenn man, eifrig nachrechnend, ermittelt, daß der im Mai 1866 von Frau Agnes Lustig ans Licht der Welt gehobene Herr inzwischen achtundvierzig Jahre alt geworden war. Das Unwürdige an Herrn Doktor Heisinger war, wie man sich denken kann, sein nimmermüder Umgang mit jungen Damen, der eigentlich vom ersten Augenblick an etwas Verruchtes gehabt hatte; wie sollte man auch von einem Bürgerssproß, der mit noch kindlichen Händen im Badzuber nach den Blößen eines jungen Dienstmädchens grapschte, etwas anderes erwarten.

Diese frühen und stets ohne Gewissensbisse in die Tat umgesetzten Neigungen zum anderen Geschlecht bewahrten ihn andererseits davor, Patient eines seiner Mieter zu werden, eines noch verhältnismäßig jung aussehenden Professors der Neurologie namens Sigmund Freud, der einige Jahre zuvor in das Haus in der Berggasse Nr. 19 eingezogen war. Die beiden Professoren sahen einander jedoch trotz dieser Nachbarschaft nicht zu oft, weil Freud schon als Privatdozent viel gereist war und Heisinger nun, als Professor, mit den Studien- und Kunstreisen erst recht nicht aufzuhören gedachte. Und so groß die Neue Universität auch war, ihre Institute mußten doch auf verschiedene Gebäude verteilt werden, so daß Freud allmorgendlich weiter hinaus in die Tiefen des neunten Bezirks wanderte, während Heisinger, der nur fünf Stunden Vorlesungen und ein einziges Seminar zu halten hatte, erst gegen Mittag über den Platz vor dem Schottentor auf die Universität zuging.

Niemand konnte sagen, wieviel der Herr mit dem feinen Gelehrtenkopf, der das Haus inzwischen beinahe berühmt gemacht hatte, von dem zehn Jahre jüngeren Kunsthistoriker wußte. Nur manchmal, wenn eine der jungen Damen, die Marie Kaspar ihrem alten Freund empfahl, dem Neurologen auf der Treppe begegnete, dann gab es jenes kurze, verständnisinnige Aufleuchten in vier Augen, mit dem Auguren einander kundtun, daß sie beide gleichermaßen um die Schwächen des Menschen wissen.

Marie Kaspar war ziemlich lange weggeblieben nach der Affaire um den Kronprinzen, so daß Peter Daniel schon vermutet hatte, sie sei doch nicht so völlig unbeteiligt gewesen, wie sie ihm gegenüber behauptet hatte. Inzwischen war schließlich auch aus der Polizeiakte über die Katastrophe von Mayerling bekannt geworden, daß – in dem vielleicht wichtigsten und jedenfalls umfangreichsten der 248 Einzelstücke – der Graf Hoyos auch von Marie Kaspar gesprochen und einen Besuch Rudolfs bei ihr unmittelbar vor dem traurigen Tag bestätigt hatte. Grund genug also für eine junge Verfolgte, ein Weilchen rund um Österreich herumzureisen, aber beileibe nicht mitten hinein. Als sie gegen Ende des Jahrhunderts dann doch wieder nach Wien kam, munkelte man, sie habe nach Art der letzten karibischen Piraten *par distance* über einen Pardon verhandelt, das heißt, sie habe sich durch einen ihrer einflußreichen Gönner vorsorglich versichert, daß ihr nicht nur keine Verfolgung drohe, sondern daß man sie auch mit Verhören und anderen polizeilichen Schikanen nicht behelligen werde.

»Ist ja eh alles ein Blödsinn«, sagte sie nach der Rückkehr zu Peter Daniel, der auf ihr Telegramm hin mit einem Unnumerierten am Westbahnhof erschienen war, »ich hab' überhaupt nix ang'stellt, nur g'wußt hab' ich halt zuviel... Aber wenn die Huren einmal auspacken, dann gibt's schließlich überall Skandale, nicht nur in Österreich!«

In der Zeit, während der Marie Kaspar, von einem Herrn zum anderen weitergereicht, zwischen Budapest, Bukarest, Belgrad, Mailand, Zürich und Brüssel unterwegs gewesen war, hatte Peter Daniel sich von Rosi trösten lassen. Es waren angenehm problemlose Jahre für ihn, so daß er ohne Schwierigkeiten Doktorarbeit und Habilitationsschrift hinter sich bringen konnte. Rosi war fünfzehn gewesen, als Peter Daniel sie kennenlernte, und war vierundzwanzig, als sie genug Achtguldenstücke beisammen hatte, um in Steinamanger ein kleines Haus zu kaufen, ihre Mutter hineinzusetzen und eine Schneiderwerkstatt zu eröffnen, bei welcher die Damen vorne hineingingen und die Herren durchs Hintertürl kamen.

Neun Jahre Rosi, das war die längste Zeit, die Peter Daniel jemals an ein einziges weibliches Wesen gewendet hatte, und sie wären vermutlich nicht so angenehm vergangen, hätte sich nicht eine seltsame Gemeinsamkeit zwischen Kathi Heisinger, geborener Baronesse Seebenprugg, und dem glutäugigen Geschöpf aus der westungarischen Puszta eingestellt, und der Tag, an dem Peter Daniel dies entdeckte, gehörte zu seinen reizvollsten Erinnerungen.

Als sich herausstellte, daß Marie Kaspar länger wegbleiben würde, hatte Peter Daniel eine begüterte Familie aus seinem Haus in der Berggasse sanft zu einem Umzug in das Kaspar-Haus auf der Wieden genötigt. So erhielt Marie monatlich Miete, das Haus war bewohnt und beschützt, und Peter Daniel konnte mit Rosi in die Berggasse ziehen. Obwohl sie wie Mann und Frau zusammenlebten, sagte er zwar Rosi zu ihr, sie aber nannte ihn weiterhin *junger Herr,* und als er einunddreißig wurde und sich das erste Grau im noch dichten Haar bemerkbar machte, da hörte sie endlich auf, junger Herr zu sagen, sagte adieu und vergelt's Gott, küßte ihm ein letztesmal die Hand und verschwand.

Kathi Heisinger hatte sich zunächst über das Verhältnis ihres Anbeters mit einem ungarischen Dienstmädchen geärgert, dann aber nur noch mokiert. Und schließlich war sie zu der Einsicht gelangt, daß man einem Galan die Nächte mit seinem Dienstmädchen nicht vorwerfen darf, wenn man selbst einem Kommerzialrat angetraut ist. Franz Heisinger war zwar nicht mehr jung genug, sie sonderlich zu strapazieren, aber eben darum waren die Nächte, in denen ihn das Verlangen anwandelte, in gewissem Sinn ausschweifender als die Nachmittage bei Peter Daniel. Denn es sind nicht die Erfüllungen, die an die Nerven gehen, sondern die Anläufe dazu, und das, was Kathi bei solchen Gelegenheiten ihrem Gatten gewähren mußte, schuf ihr größere Pein als das, was sie ein paar Stunden zuvor Peter Daniel gewährt hatte.

An einem warmen Frühlingsnachmittag war Peter Daniel dann im Sprechzimmer seines Instituts unerwartet aufgehalten worden; der Herr Dekan war aufgeregt und mit wehendem Talar erschienen, hatte den jungen Kollegen in einer Disziplinarsache zu Rate gezogen, weil es um eine Kunststudentin aus Sankt Petersburg gegangen war, und als Peter Daniel mit einstündiger Verspätung zu Haus eintraf, den Schlüssel im Schloß drehte und sich umsah, wo denn Kathi auf ihn warte, da drang nicht etwa aus dem Salon, sondern aus dem Schlafzimmer fröhliches Gezwitscher, untermischt mit allerlei Tönen, wie sie selbst in einer Wiener Damenkonversation eigentlich sonst nicht zu vernehmen sind.

Peter Daniel drückte langsam und lautlos die Schlafzimmertür auf und sah sich einem Bild gegenüber, das sehr gut von Courbet hätte sein können, wäre es nicht so unzweifelhafte Natur gewesen. Das Blut schoß ihm so mächtig in den Kopf, daß er sich nicht die Zeit nahm, sich auszuziehen. Er kniff nur den wohlvertrauten braunen Popo der Rosi und danach den nicht ganz so häufig in Reichweite geratenden glatten weißen Baroninnenhintern und warf sich zwischen die aufschreienden Schönen.

Das also war das Unwürdige, mit dem wir, wie man sieht, wesentlich mehr Seiten gefüllt haben als mit den Würden. Um das Gleichgewicht herzustellen darum noch ein Wort über die Zwillinge mit den unvergeßlichen Namen Bibi und Teddy. Sie hatten, wie bei Zwillingen nicht ganz selten, sich schon im Backfischalter für die gleiche Spezies Mann entschieden, nämlich für die Geistlichen, und da sie brave Mädchen waren, die heiraten wollten und nicht etwa ihrem Bruder nacheifern, handelte es sich natürlich um evangelische Herren.

Bibi hatte ihren Vikar scharfäugig schon auf dem Lyzeum erspäht und nicht mehr ausgelassen; sie war somit nun Pfarrfrau in Wiener Neustadt, einer vorerst noch kirchenlosen Gemeinde von dreitausend protestantischen Seelen; Teddy hatte sich, viel zu anhänglich, um von Schwester oder Mutter weit fortzugehen, dem Pfarrverweser von Berndorf an den Hals geworfen. Das war eine kleine Industriegemeinde am Rand des Steinfelds, von Wiener Neustadt aus mit dem Fahrrad zu ereichen, und eines evangelischen Seelsorgers bedürftig, weil dort in der Firma Krupp und in einer großen Spinnerei des nahen Teesdorf zahlreiche evangelische Arbeiterfamilien lebten.

Beide Mädchen hatten es nicht leicht, denn wenn auch die eine oder andere Industriellenfamilie evangelisch war und mancher reiche Jude, der den strengen Katholizismus fürchtete, lieber als evangelischer Christ abtrünnig weiterlebte, so waren die meisten Protestanten zumindest in Wien und Niederösterreich ziemlich arm. Die Armut der Pfarrkinder ist für die ganze Gemeinde betrüblich, für die Pfarrfrau aber bedeutet sie ein besonders schweres Schicksal, und da Bibis Mann nicht daran gehindert werden konnte, von seinem Salär immer wieder die ärgste Not seiner Gemeindekinder zu lindern, hätte es an manchen Tagen im Pfarrhaus selbst nichts zu essen gegeben, wäre nicht das Heisingersche Vermögen doch immer noch beträchtlich genug gewesen, um hier Nöten abzuhelfen.

Teddy hatte es – obwohl Berndorf gegenüber dem hübschen alten Wiener Neustadt auf den ersten Blick wie eine Verbannung wirken mußte – doch besser erwischt als Bibi, weil sie als Pfarrfrau an die beiden großen Industriellenfamilien mühelos Anschluß fand und gern gesehener Gast war, sowohl bei den Krupp in Berndorf als auch bei den Broch in Teesdorf. Joseph Brochs Frau war eine geborene Schnabel, aus einer bekannten Familie des Wiener jüdischen Patriziats, zu der die Heisinger seit Generationen Beziehungen unterhielten, und Frau Broch, die an ihrem eifrig tätigen Mann nicht viel Ansprache hatte, sah geradezu ein Geschenk des Himmels darin, daß unvermutet eine Heisinger in ihrer Nähe auftauchte. Die zwar nicht sehr gebildete, aber muntere und herzliche Teddy wurde ein Labsal für die ganze, nach dem Wegzug aus Wien ein wenig unglücklich zwischen ihren Arbeitern lebende Familie, insbesondere aber für den ältesten Sohn Hermann. Er rannte nicht selten neben der jungen Pfarrfrau über die Felder, bemerkte dann, daß er mit seinen langen Beinen zu schnell gewesen war und blieb schuldbewußt stehen. Er fühlte sich von seinem Vater verachtet, von seiner Mutter zurückgesetzt und von seinem jüngeren Bruder Fritz um die Liebe der Eltern betrogen. Und obwohl er hervorragende Schulen besucht und auch als Textilingenieur Erfolge gehabt hatte, war er zeitweise doch tief unglücklich, und Teddy hatte ihre liebe Not mit ihm.

Immerhin: Sie waren noch alle da, Peter Daniel in Wien und gelegentlich auch in Wiener Neustadt, die Zwillinge in der edelsten Verwendung, die sich für eine Frau heutzutage überhaupt finden läßt, und Frau Irene, ein wenig strenger, ein wenig schmäler und umgeben von einem tiefer gewordenen Ernst, in Lajtaszentmiklosch, wo sie, unterstützt von einem musisch begabten und grundanständigen Betriebsingenieur aus Wien, immer noch Möbel herstellte.

»Es ist«, hatte sie 1908, am zwanzigsten Todestag Ferdinand Heisingers, zu ihren Kindern gesagt, »es ist für mich sehr viel mehr als nur das Geldverdienen, wenn ich in der Fabrik lebe und sie leite. Ihr seid ja alle versorgt, ich könnte längst aufhören, die Stahlwerksaktien würden uns alle glänzend ernähren. Aber ich bin im Lauf der Jahre auf etwas Merkwürdiges draufgekommen, etwas, das ich eigentlich nie für möglich gehalten hätte: Auch die Ehefrau kennt ihren Mann nicht, wenn sie ihn immer nur zu Hause sieht, mit ihm am Tisch sitzt oder im Bett liegt, mit ihm auf Reisen geht oder die Sonntage verbringt. Die Männer sind sehr sonderbare Geschöpfe: Sie beschäftigen sich nicht nur mit Maschinen oder an Schreibtischen, sondern sie *leben* mit diesen Dingen und durch sie. Ich hatte das Glück, mehr als zwanzig Jahre an der Seite eures Vaters leben zu dürfen, seine Frau zu sein im üblichen Sinn. Seither aber sind wieder zwanzig Jahre vergangen, und ich bin noch immer seine Frau, nicht seine Witwe. Denn hier, in Lajtaszentmiklosch, lebt er noch. Nicht etwa nur für mich, sondern für uns alle, die wir hier tätig sind. Schaut hin, dort an der Wand neben der Türe hängt noch das schwarze Lüsterjackett, das er immer anzog, wenn er hinaus in die Maschinensäle lief, und darüber das schwarze Käppchen, das er sich dabei aufsetzte. Keine Jacke, kein Hut, sondern ganz bestimmte Kleidungsstücke, die mehr zum Werk gehörten als zu uns, zu Wien, zur Familie. Das sind alles nur Bruchstücke, ich weiß nicht recht, wie ich es euch besser erklären könnte, ihr seid ja inzwischen alle so groß geworden und so gescheit...«

Da umarmten sie alle Irene, und die Zwillinge nahmen sie wie früher mit ihren Küssen in die Mitte.

»Du bist immer noch bei weitem die Klügste, Mama«, sagte Peter Daniel, »schau nur mich an und mein Leben. Mit aller Wissenschaft und Gelehrsamkeit bin ich noch zu keiner einzigen Weisheit gekommen wie der, die du uns eben gesagt hast – zu keiner einzigen Weisheit, mit der man wirklich leben könnte!«

Lukas und Vincent

Wenn Peter Daniel in Hinblick auf seine späte Bestallung sein Leben überdachte und Würden wie Unwürden gegeneinander abzuwägen versuchte, so gelangte er stets zu der Einsicht, daß nur ein einziger Umstand als gravierend negativ anzusehen sei: die Tatsache, daß er keine eigenen Kinder habe. Er sah es rings um sich, daß Menschen ohne Kinder schließlich zu halben Menschen wurden, danach zu einem Viertel und endlich, wenn es zu Ende ging, zu einem Nichts in Todesangst, weil das Urteil, daß man für niemanden gelebt habe, sie eben zum Nichts reduzierte. Peter Daniels eigentliches Glück bestand in diesen Jahren, da das Schicksal ihm den Vater und ein geschickter Onkel ihm die Braut genommen hatten, nur noch darin, daß Kathi in den neunziger Jahren einen Buben geboren hatte, von dem sie ihm zuschwor, daß er, Peter Daniel, mit Sicherheit der Vater sei.

Tatsächlich fanden sich an jenem Sohn, der in der Taufe den Namen Lukas erhalten hatte, keinerlei Merkmale, die auf eine Vaterschaft des Kommerzialrats schließen ließen, hingegen geheimere, nur Kathi und ihrem Liebhaber bekannte Anzeichen, die auf Peter Daniel als den wahren Erzeuger hinwiesen. Dies verdeutlichte sich in dem Maße, als Lukas heranwuchs, so daß Kathi beinahe schon die Entdeckung ihres Verhältnisses fürchtete, denn Lukas, der Jüngling, hatte nichts von all dem an sich, was Kinder von Sechzigjährigen unter ihren Altersgenossen auf so merkwürdige Weise auszeichnet. Er entwickelte sich in einem sichtlichen Überströmen der Kraft zu einem jungen Hünen mit wallender blonder Mähne; sein Gemüt war kindlich und gutmütig wie bei vielen Menschen, die sich ihrer außerordentlichen Kraft bewußt sind, und der Art, wie er in die Welt hineinblickte, fehlte jegliche Altklugheit. Ja, für Peter Daniels doch leicht zum Snobismus neigende Ansichten war er beinahe zu naiv, und es blieb immerhin seltsam, daß ein adeliges Frauchen wie Kathi diesen lediglich durch unbewußten Charme ausgezeichneten Enakssohn hervorgebracht hatte.

In den Jahren, da auch in dem gebildeten Mann die erste Erstarrung hochsteigt und die Frage nach dem Sinn der eigenen Arbeit lähmend auf Peter Daniel hätte wirken können, da war Lukas als Kind, als Knabe und bald als heranwachsender Jungmann zu jener heilsamen Herausforderung geworden, die den Verstand immer wieder knetete, die Ichversunkenheit lockerte, kurz, das Dasein aufhellte. Lukas hing an dem vermeintlichen Vetter mit einer rückhaltslosen Inbrunst, wie er sie vielleicht gegenüber einem Vater gar nicht aufgebracht oder aufzubringen gewagt hätte. Jene Freundschaft, um die viele, auch junge Väter oft ein Leben lang sich vergeblich bemühen, fiel Peter Daniel, der sich zu diesem Sohn gar nicht bekennen durfte, als das wertvollste Geschenk seiner zweiten Lebensphase in den Schoß. Das wußte er, und darum genoß er es dankbar.

Es unterlag daher von vornherein keinem Zweifel, daß Lukas und nicht irgendeine junge Dame ihn begleiten würde, als nach der Ernennung zum Außerordentlichen Professor die Notwendigkeit für eine seit langem geplante Studienreise gegeben erschien, würde doch in den kommenden Jahren der fortan auch ihn beschäftigende Prüfungsbetrieb die zur Verfügung stehenden Ferienzeiten arg verkürzen. Ziel der Reise war das südliche Frankreich, eine in Österreich wenig bekannte Landschaft, die man meist Provence nannte. Bei den alten Professoren war sie im Begriff des Reiches von Arelate weit gegenwärtiger, und eben dieses Arles war, mit einigen anderen Orten bis hinunter an die Meeresküste, die Aufgabe, die Professor Heisinger sich gestellt hatte, ehe er es unternehmen wollte, sein Buch über den Maler Vincent van Gogh zu schreiben. Es sollte zum fünfundzwanzigsten Todestag des Meisters im Jahr 1915 erscheinen.

Dieser Vincent van Gogh war das erste, völlig frei gewählte Thema, mit dem Heisinger sich wissenschaftlich beschäftigen konnte, wenn man von seinen Vorlesungen und Übungen absieht, die aber eben nicht gedruckt wurden. Als er am Ende seiner Studien dem Ordinarius das Ansinnen unterbreitet hatte, über den flämischen Marinemaler Jongkind zu dissertieren, der wenige Wochen vor diesem Gespräch zwischen Professor und Doktorand verstorben war, hatte der große Mann, eine echte Autorität, nur nachsichtig gelächelt und geantwortet:

»Lieber Heisinger, Sie sind doch ein Mann von Geschmack und von Familie. Überlassen Sie die Bewertung solcher Eintagsfliegen lieber der journalistischen Kunstkritik, und wenden Sie sich an eine Aufgabe, die begrenzt genug ist, um von Ihnen erfüllt zu werden, die andererseits aber ausreicht, Ihnen zumindest in Fachkreisen eine gewisse Achtung zu verschaffen. Dieser Jongkind – ich kenne ihn, er ist ein Isabey-Schüler – hat keine Zukunft, aber Amerika hat eine Zukunft. Ich gebe Ihnen eine Chance, die Ihre Erstlingsarbeit für immer mit der Kunstgeschichte der Vereinigten Staaten verknüpfen wird, das scheint mir für den Sproß einer bedeutenden Industriellenfamilie eine durchaus gemäße Aufgabe.«

Um sie zu bewältigen, hatte Peter Daniel viel und langwierig reisen müssen, etwas, was der Institutsvorstand einem weniger begüterten Doktoranden nicht hätte zumuten können; er mußte in zahlreichen öffentlichen und privaten Sammlungen des westlichen Europa Stahlstiche und alte Radierungen prüfen, und fand schließlich das, was der unterrichtete Mann vermutet hatte, ohne es aus Zeitmangel selbst nachweisen zu können: John Vanderlyn, der große amerikanische Maler aus Kingston im Staate New York, der Mann, der die amerikanische Malerei von England nach Frankreich umorientiert hatte, war bei seinem bedeutendsten, berühmtesten und skandalträchtigsten Bild, der *Schlafenden Ariadne auf Naxos,* einem Stich des Niederländers Jan van Neck gefolgt. Das zwischen 1808 und 1812 entstandene farbenprächtige Bild war also tatsächlich die erste lebensgroße Darstellung eines nackten Weibes in der amerikanischen Malerei, aber es war mehr durch diesen Wagemut als durch künstlerische Originalität bedeutsam. Peter Daniel Heisinger hatte fortan seinen eigenen, kleinen Namen, unumgänglich und unumstößlich, wenngleich es ihn nicht sehr glücklich machte, einen ohnedies Unglücklichen nun im nachhinein in seinem Ruhm gemindert zu haben.

Um so mehr hatte Peter Daniel gehofft, sich bei der Habilitationsschrift mit den ihm so teuren Impressionisten beschäftigen zu können, wie sie in den malerischen Orten des Seinetales und an der normannischen Küste eifrig ihre Leinwände vollpinselten und jenes einzigartige Licht einzufangen suchten, das dort, vom Brandungsglanz gesteigert, auf Dünen und Steilküste liegt. Aber der Ministerialrat, den Peter Daniel, wie üblich, vor der Einleitung des Habilitationsverfahrens aufsuchte, bedeutete ihm, daß Seine Exzellenz Dr. Paul Freiherr Gautsch von Frankenthurn als Unterrichtsminister eine Arbeit erwarte, die nicht nur wissenschaftliche Verdienste anstrebe, sondern auch eine gewisse patriotische Note nicht vermissen lasse. Darum hatte Dr. Heisinger, aus dem befohlenen Patriotismus in einen lokalen entweichend, die Maler und Zeichner studiert, die sich im Laufe der letzten hundertfünfzig Jahre mit dem Piestingtal und seinen Schönheiten beschäftigt hatten. Und da sich unter diesen Künstlern immerhin Meister wie Gauermann Vater und Sohn befunden hatten (der Sohn war sogar in der Nähe von Gutenstein zur Welt gekommen), aber auch Rudolf von Alt und andere ebenso geschätzte wie unverdächtige Maler, hatte selbst dieses gewollt provinzielle Thema schließlich zur *venia legendi* geführt.

Um so mehr also lockte nun, nach Jahren des Wartens, das Land der Sehnsucht, jenes Frankreich, das Peter Daniel eigentlich schon liebte, als er noch ein Kind war und an der Hand Mizzis über den Strand von Dieppe trippelte. Die Provence allerdings, die war ganz etwas anderes. Die war eine wilde Landschaft, deren Straßen Eselspfaden gleichen und deren Eisenbahnen noch tief in der Kinderzeit dieses Verkehrsmittels steckten. Lukas aber war, wie ja oft Begabungen ein paar Generationen überspringen, ehe sie sich wieder bekunden, ein technisches Originalgenie, in dem die handwerklich interessierten und begabten frühen Heisinger allesamt noch einmal auferstanden zu sein schienen. Weder Onkel Poldis Gemälde noch Vetter Danis Studien vermochten den jungen Bären aus dem alten Patriziergeschlecht so anzuziehen wie eine Erfindung, die schon vor vielen Jahren der Mechaniker Siegfried Marcus in seinem Atelier an der Mariahilferstraße gemacht hatte: ein leichter Wagen, der mit Hilfe eines Benzinverbrennungsmotors, eines Vergasers und einer elektrischen Zündung um 1864 schon von sich reden gemacht hatte. Diese Erfindung war langsamer zur Reife gediehen, als Peter Daniel selbst, der sie nun gemeinsam mit seinem tüchtigen Neffen für die Provencereise benützen wollte.

Da Marcus längst nicht mehr lebte, der Ankauf eines deutschen Automobils für die Stahlindustriellen Heisinger aber nicht in Frage kam, hatte man die Modelle besichtigt, die bei

Gräf und Stift in Simmering und bei Daimler in Wiener Neustadt zur Verfügung standen und sich schließlich für einen zwar etwas großen und demgemäß schweren, aber ungemein robusten Daimler-Wagen entschieden, mit dem Lukas inzwischen erfolgreiche Probefahrten im Voralpenland absolviert hatte.

Franz Heisinger hatte als praktischer Mann vorgeschlagen, das doch noch etwas anfällige Gefährt bis Avignon auf einem Güterwagen der Eisenbahn befördern zu lassen und ihm in einem Schlafwagen nachzureisen. Und da es an Geld ja nicht fehlte, da Lukas als Heisinger-Erbe *par excellence* angesehen und als künftiges Firmengenie gefeiert wurde, ging auch Peter Daniel gerne auf diesen Vorschlag ein. Freilich geriet er damit in einen gewissen Zwiespalt zwischen der ihm zukommenden Vaterrolle und der ihm zugedachten Eigenschaft eines Hauslehrers, der – wie im achtzehnten Jahrhundert noch durchaus üblich – den hoffnungvollen Jüngling aus altem oder begütertem Geschlecht auf einer Bildungsreise zu begleiten habe. Sehr bald jedoch zeigte sich, daß Lukas das Unternehmen ungleich moderner auf- und anfaßte.

Lukas hatte nicht das Akademische Gymnasium besucht, wie es der Wunsch seiner Mutter gewesen wäre, sondern die K. u. K. Realschule im ersten Bezirk, an der mehr naturwissenschaftliche Fächer unterrichtet wurden und auch die lebenden Sprachen Französisch und Englisch den Vorzug vor den alten Sprachen genossen. Er war dort übrigens, wenn auch nicht im selben Jahrgang, Kollege des älteren Broch-Sohnes gewesen, während Hermann Broch nach dieser Schule nach Mühlhausen ging, um Textilingenieur zu werden, machte Lukas Heisinger zunächst sein Einjährigenjahr, vielleicht auch aus einer gewissen Unschlüssigkeit heraus. Der greise Kommerzialrat wartete ungeduldig auf den Augenblick, da er den vermeintlichen Sohn in den Betrieb einführen konnte, und habe er auch noch nicht die Technische Hochschule absolviert; Lukas hinwiederum hatte es absolut noch nicht eilig, unter den Augen des im Alter zu patriarchalischer Strenge eingetrockneten Vaters arbeiten zu müssen.

Der Frankreich-Sommer mit dem leichtlebigen und dabei doch ein wenig schwermütigen Vetter Peter Daniel, das war genau das richtige für die letzten Ferien vor dem ungeheuren Joch, in den Stahlwerken auf die Nachfolge nach Franz Heisinger vorbereitet zu werden.

Die beiden Männer stiegen also schon am Südbahnhof in allerbester Stimmung in den Waggon, der sie bis Genf bringen sollte. Dort mußten sie dann umsteigen nach Lyon und in Lyon abermals nach Avignon. Aber das große Gepäck reiste mit dem Daimler, das kleine beschwerte sie nicht, und wenn auch Lukas nicht wissen konnte, warum Peter Daniel in seiner Gegenwart immer so wohl zumute war, so bemerkte er es doch und registrierte es mit jener frühen Selbstzufriedenheit, die in Millionärssöhnen so schnell heran wächst. Die gute Stimmung, unterstützt von reichlichem Konsum im Speisewagen, hielt bis Genf an, wo sie die Sperre passierten, weil sie die zwei Stunden bis zum Abgang des Zuges nach Lyon nicht im Wartesaal zubringen wollten.

»Sie haben die Absicht, Ihre Reise fortzusetzen, Messieurs?« erkundigte sich der Beamte an der Sperre.

»*Mais bien sûr*«, antwortete Peter Daniel. »Warum fragen Sie?«

»Sie sind doch Österreicher?«

»Ja, und?« lachten nun beide. »Hat uns etwa die Schweiz den Krieg erklärt?«

Der Mann ging auf die heitere Bemerkung nicht ein, sondern zuckte die Achseln und wies auf einen Zeitungsstand: Die Schlagzeilen der übereinander steckenden Blätter berichteten in verschiedenen Sprachen von der Ermordung des österreichischen Thronfolgers in Sarajevo.

Nun begriffen Peter Daniel und Lukas die Frage. Sie erstanden ein deutsches und ein französisch-schweizerisches Blatt und vertieften sich in die Meldungen aus Sarajevo und aus Wien.

»Der kam doch vor ein paar Tagen durch Wien, der Franz Ferdinand«, sagte Lukas, »und dann ist er kurz vor uns vom Südbahnhof abgereist... ich erinnere mich. Ob das jetzt Verwicklungen gibt?«

»Verwicklungen bestimmt«, meinte Peter Daniel, »die Frage ist nur, ob's dabei bleibt, oder ob es wieder ein Balkankrieg wird... Unruhige Gegend – gut, daß wir in die andere Richtung fahren!«

»Du meinst also nicht, daß wir umkehren sollen?«

»Wenn wir Damen dabei hätten oder Kinder, wäre es zu erwägen, es gibt vielleicht Unregelmäßigkeiten im Zugsverkehr, Truppenbewegungen, verschärfte Grenzkontrollen. Aber was soll uns passieren? Wir sind nicht einmal auf die Eisenbahn angewiesen, und Benzin kaufen wir notfalls in der Apotheke!«

Immerhin verfolgten sie die Nachrichten aus Österreich und vom Balkan fortan mit größter Aufmerksamkeit und vermochten sich auf ihre Reise selbst, auf den Besuch der Stätten, an denen Vincent van Gogh gelebt und geschaffen hatte, erst wieder voll zu konzentrieren, als nach etwa zehn Tagen wieder innerfranzösische Ereignisse die Titelseiten beherrschten.

Peter Daniel kannte Frankreich, aber nicht seinen wilden Süden; Lukas Heisinger war bis dahin nur innerhalb der Monarchie und in Deutschland gereist. So wurde die Begegnung mit van Gogh zunächst zu einer Begegnung mit der Antike, die sie nach vagen Schulerinnerungen eher in Italien gesucht hätten. In Orange erklommen sie die Stufen des römischen Theaters und blickten auf eine riesige steinerne Bühne hinunter, über der sich der makellos blaue Himmel des Südens spannte, und in Arles verzauberte sie überhaupt alles, die überwachsenen Steinmale der Alyscamps, die schweigenden Kreuzgänge von Saint Trophime, der bunte, lebendige Markt.

Peter Daniel hatte sich bei französischen Kollegen gut informiert und besuchte die kleinen Hotels und Cafés, wo man zwar vielleicht keine Erinnerungen an den verrückten holländischen Maler mehr hatte, aber wo sich möglicherweise ein Skizzenblatt von seiner Hand oder gar, auf einem Speicher, eines seiner Gemälde finden konnte.

»Das ist heute anders als vor hundert oder zweihundert Jahren«, erklärte er Lukas, der fröhlich mittrottete, wenn er nur überall sein kühles Bier bekam, was in Frankreich gar nicht so einfach war. »Die Zeit der Ateliers und der feierlichen Auftragsmalerei ist vorbei. *Plein air* regiert die Szene. Ich erinnere mich, daß ich sie schon als Bub in den Klippen von Etretat herumklettern sah, die Herren mit den wehenden Bärten, dem Schlapphut über dem Malerkittel und der Staffelei...«

»Und dabei wärst du selbst um ein Haar abgestürzt, hat mir die Tante Irene erzählt.«

»Das auch, aber das ist nicht mehr wichtig. Die Malerei jedoch, die ist jetzt in dieser Richtung voll in Schwung gekommen. Man hat noch keinen Überblick, die Bilder stehen in regionalen Museen oder Privatsammlungen, weil die großen Häuser wie der Louvre oder das Rijksmuseum sich noch nicht so recht an die neue Kunst heranwagen...«

»Und unsere Wiener Galerien erst recht nicht! Die halten noch bei den Meisterwerken vom Onkel Poldi!« Lukas lachte.

»Ja, der Poldi... Weißt du, daß ich zu ihm beinahe ein engeres Verhältnis gehabt hab' als zu meinem Vater? Es ist schon was Eigenes mit den Menschen, die nichts zu tun haben. Sie haben Zeit für uns, sie haben Zeit für uns schon gehabt, als wir noch Kinder waren und sich niemand mit uns unterhalten zu müssen meinte. Das war so, weil sie eben selbst Kinder geblieben sind, die ein Leben lang vor sich hin spielen, mit Menschen, mit Bildern, mit schönen und weniger schönen Dingen. Wir andern, wir arbeiten immer nur...«

Lukas schwieg zu diesen Worten, entweder weil er fand, daß sein Vetter Peter Daniel gar nicht so furchtbar viel arbeite, oder aber weil er selbst seinem spätestens im Herbst beginnenden Arbeitsleben im Gesichtskreis des Kommerzialrats mit gemischten Gefühlen entgegensah.

Am düstersten war die Welt jenes Vincent van Gogh im Irrenhaus von Saint Rémy, am Fuß der zyklopisch aufgetürmten Ruinen von Les Baux; am freundlichsten trat sie ihnen in dem kleinen Hafen von Martigues entgegen. Es war gar nicht einfach gewesen, mit dem mächtigen Daimler über die kleinen Steinbrücken dieses Miniaturvenedigs einzufahren, und die beiden Kunstreisenden waren richtig erleichtert, als ihr dampfender Riese im Schatten zweier Platanen ausruhen durfte.

»Hier hat er natürlich nicht Frankreich gesucht«, sagte Peter Daniel, als sie zwischen den niedrigen, hell bemalten Häusern hingingen, »sondern das heimatliche Holland. Schon die Camargue hat ihn an die holländischen Weiden erinnert, an das Licht in den Bildern von Ruysdael. Und hier hatte er nun alles, was ihm fehlte seit der Jugendzeit, die Kanäle, die kleinen Brücken, die vielen Fischerboote, das trauliche Leben eines winzigen Hafens, der scheinbar schläft und in dem doch jeder irgendwie etwas zu beißen hat...«

Im Vorgarten eines kleinen Cafés bestellten sie einen Pastis im Vorgenuß des provenzalischen Mahles, das sie bald darauf einzunehmen gedachten, aber zwischen ihnen und diesem schnell zur Gewohnheit gewordenen Gelage schwebte, schwarzweiß und ein wenig weinfleckig, ein großes Titelblatt des *Matin de Marseille*, auf dem in fetten Lettern zu lesen stand, daß Österreich-Ungarn Serbien den Krieg erklärt habe. Die Zeitung war vom nämlichen Morgen, dem 29. Juli; also herrschte bereits seit gestern Kriegszustand, und sie saßen hier in der provenzalischen Sonne, als gehe sie das alles nichts an.

»Jetzt müssen wir heim, Lukas... Ich bin Hauptmann der Reserve, habe mir diesen Rang in zahlreichen Waffenübungen erdient, und du bist Fähnrich. Da schützen mich auch meine achtundvierzig Jahre nicht... Dich freilich wird dein Vater nicht einrücken lassen, als den Erben eines für die große Kriegsmaschine so wichtigen Werkes. Aber lustig wird's für dich darum auch nicht!«

In der Zeitung, die sie sich wenige Minuten später kauften und neben den Hors d'œuvres studierten, wurde mächtig mit dem Säbel gerasselt. Das Deutsche Reich habe sich vorbehaltslos hinter das schwer gekränkte österreichische Kaiserreich gestellt; man sah selbst aus den verwischten Buchstaben des Marseiller Setzkastens noch das Hohenzollernaug' blitzen.

»Wenn man das so liest, möchte man beinahe zweifeln, ob wir hier überhaupt noch herauskommen«, sagte Lukas. Die Worte kamen ganz langsam, er schien unendlich viel Zeit zu haben, aber Peter Daniel wußte, daß der solide Verstand des Jungen inzwischen schon arbeitete, und zwar nicht an Ideen, sondern an praktischen Lösungen. Lukas, das war ganz deutlich zu erkennen, ging es nicht mehr um den Vetter und noch weniger um das eigene Ich, ihm ging es um den schönen neuen Daimler, der soviel Geld gekostet hatte.

»Wir sollten«, sagte er, als der Käse zwischen ihnen duftete, »gar nicht mehr hinein nach Frankreich. Eigentlich können wir gar nicht besser dran sein als hier am Meer, in einem kleinen Hafen, wo kaum jemand Bescheid weiß. Wir chartern einen Kutter und lassen uns bis Italien transportieren. Dann sind wir im Dreibund, und alles ist in Ordnung.«

»Italien... natürlich! Das ist die Lösung. Du hast vollkommen recht. Ich frage mich nur, von wem du soviel praktischen Verstand hast...«, sagte Peter Daniel und unterdrückte eben noch den Zusatz: ›Von mir gewiß nicht.‹ »Auffällig übrigens, daß man von Italien so gar nichts liest. Unser Verbündeter sollte ja eigentlich auch mobil machen, vielleicht fällt für ihn ein Stückchen Dalmatien dabei ab!«

Es war so heiß, daß selbst der Rosé hitzte, und als sie nach dem Kaffee hinaus in die weißglühende Sonnenlandschaft des kleinen Hafens traten, vermochten sie zunächst gar nichts zu erkennen. Nach und nach gewöhnten sie sich an das Licht, das auch das Licht des van Gogh, von Olive, Gagliardini und Signac gewesen war.

Lukas hatte die Initiative übernommen und strich an den Booten entlang, die im Hafen und in den Kanälen lagen. Der Daimler mußte als Decklast befördert werden, denn ihn in einen Laderaum zu versenken, dazu fehlten in Martigues sämtliche Einrichtungen. Decklast aber verlangte Tiefgang.

»Am besten vielleicht ein offenes Boot, das groß genug ist...«, schlug Peter Daniel vor. »Da liegt eines mit einer kleinen Kajüte vor dem Mast. Das ganze Mittelschiff ist leer, und bei dem Sommerwetter schlafen wir eben im Wagen, *d'accord?*«

Wie das im schläfrigen Süden manchmal so ist: Der Schiffer schien nur auf diesen Auftrag gewartet zu haben. Die Eigner dösten hier, einer neben dem anderen, im Schatten; selbst die Hunde suchten den Schutz von Taurollen und Ruderhäuschen auf, und doch waren sie offenbar sicher, daß der Herrgott ihnen zur rechten Zeit die rechte Kundschaft schicken würde.

Der Mann setzte seine Mütze auf, pfiff dem Spitz zu und trottete hinter den beiden Österreichern her bis zu dem Daimler, der zu dampfen aufgehört hatte und recht friedlich, wenn auch in unmäßiger Größe dahindämmerte.

»*Parbleu*«, sagte der Mann anerkennend. »*Vous connaissez son poids?*« – »So wie er dasteht, zwei Tonnen, vielleicht etwas mehr...«

Marius, oder wie er sonst hieß, kratzte sich dort, wo der Kahlkopf in den behaarten Nacken überging.

»*Ca va aller!*« entschied er schließlich. Der Preis war, verglichen mit den Kosten des Eisenbahntransports, ausgesprochen niedrig, dafür aber brachte auch das Tempo, in dem sie dem rettenden Kap von Ventimiglia zustrebten, die beiden zu einer gelinden Raserei. Zwar hatte Marius ein großes lateinisches Segel ausgespannt, zwar tuckerte ein Motörchen, weil die lauen Sommerwinde eben nicht Kraft genug für das tief liegende Fischerboot hatten, aber es war abzusehen, daß sie zwei Tage unterwegs sein würden, zwei Tage, in denen Frankreich den Krieg erklären, Küstenpatrouillen fahren und die zwei Männer mit ihrem kostbaren Gefährt für Jahre internieren konnte.

»Ich zerbreche mir in einem fort den Kopf, wie man unsere hundertzehn Pferdestärken dem Kahn zuführen könnte!« sagte Lukas unter dem Sonnensegel.

»Bloß nicht! Würdest du einen Blick auf die Schraube oder auf die Welle werfen, so wärst du wahrscheinlich überglücklich, daß der gute Marius seine neun Knoten macht. Wir können nur eines tun: Wir werden unser blinkendes Schlachtroß mit alten Fischernetzen zudecken, dann sind wir ziemlich unverdächtig, selbst für Patrouillenboote.«

Marius runzelte zwar die Stirn, als die beiden den Daimler zuzudecken begannen, aber als Peter Daniel ihm versicherte, das geschehe der Sonne wegen und weil das heiße Blech sonst eine Feuersgefahr bedeute, von den heißen Reifen ganz zu schweigen, da sog er nur an seiner Pfeife, spuckte ins Wasser und wandte sich wieder seinem kleinen Spitz zu.

Am späten Vormittag des 31. Juli passierten sie die Linie,

wo die französischen in die italienischen Hoheitsgewässer übergingen.

»Hätte der dritte Napoleon den Italienern nicht noch Nizza abgenommen, so hätten wir's wesentlich einfacher gehabt«, sagte Peter Daniel, »wir hätten luxuriös entladen können, weil es dort einen richtigen Hafen gibt, und noch eine Woche lang den Duft der vornehmen Welt atmen dürfen, ehe wir in die Uniformen schlüpfen und Serbien erobern müssen.«

»Tröste dich, Daniel«, sagte Lukas wie ein Alter, »in Nizza ist jetzt gar keine Saison. Möchte wetten, da ist in Agram mehr los!«

»Aber darum wirst du doch nicht einrücken? Das kannst du dem Onkel Franz... deinem Vater... doch nicht antun?«

»Ich weiß nicht, lustiger wär's bestimmt im Feld, aber soviel hab' ich in dem einen Jahr Ausbildung auch bemerkt: Der Ernstfall sieht dann ganz anders aus, als man uns glauben machen wollte. Nein, ich geh' in die Firma, und jetzt, wo der Krieg da ist und wir wirklich etwas tun können und müssen, da wird's mir auch viel leichter fallen als vielleicht sonst. Studieren jedenfalls würde ich jetzt nicht, selbst wenn sie mich freistellen. Schad' ist nur, daß du wegmußt!«

Peter Daniel fuhr ihm mit der Hand ins Haar, mit einer eigentlich väterlichen Gebärde, die ihm wohl nur der nahe Abschied eingegeben hatte.

»Ja, das ist schad'«, sagte er, »aber schlimm ist es nicht. Uns alte Reserveoffiziere werden sie nicht gleich ganz vorn brauchen, und wenn ich dich in Sicherheit weiß, dann bin ich so ruhig, daß mir bestimmt auch nichts passiert.«

Lukas blickte auf. Der Ton dieser Worte war neu zwischen ihnen, aber schließlich war auch der Krieg neu, die ganze Lage. Da durfte man dem guten alten Dani seine Sentiments nicht verargen.

November in Schönbrunn

So wie die beiden Heisinger-Vettern in ihrem Daimler hatten sich in jenem Sommer 1914 aus allen Teilen der Welt Deutsche und Österreicher auf den Weg in die Heimat gemacht. Mußten sie dabei über das Meer, so gerieten sie meist in englische Internierungslager; hatten sie das Glück, in Europa zu sein, so schafften sie es oft um den Preis kühner Umwege oder unter Benützung von Schmugglerpfaden, irgendwo die Alpen zu überschreiten und in die Schweiz oder nach Österreich zu gelangen oder aber aus dem Karpatenbogen hinunter ins habsburgische Ungarn zu steigen.

Indessen zeigte sich bald, daß sie alle mit ihren patriotischen Hoffnungen nur zu Niederlagen zurechtgekommen waren. Im Osten mußten die österreichischen Armeen der russischen Dampfwalze weichen, im Süden ließ sich das eroberte Belgrad nicht halten, und vom Mai 1915 an gab es sogar italienische Fronten, an denen die seither Katzelmacher genannten Dreibundnachbarn sich mit der Waffe zu holen versuchten, was Franz Joseph I. ihnen gutwillig nicht hatte geben wollen – nämlich Südtirol.

Lukas wie Peter Daniel hätten sich ruhig Zeit lassen und etwa noch ein paar Wochen Aufenthalt in dem kleinen und zweifellos unkriegerischen Fürstentum Monaco gönnen können, das als erster europäischer Staat behaupten konnte, es habe alle seine Straßen mit staubfreien Decken versehen. Aber die Unruhe war eben stärker gewesen. Das Buch über van Gogh mußte warten, und Kommerzialrat Franz Heisinger atmete erleichtert auf, als Lukas sich wieder zurückmeldete. Franz Joseph I. und Franz Heisinger waren gleich alt, und während naturgemäß niemand erfahren durfte, wie alt Seine Apostolische Majestät sich fühle, so vertraute Franz den Mitgliedern seiner Familie freimütig an, daß er seiner Meinung nach mit der Heirat viel zu lang gewartet habe.

»Damit willst du also sagen, daß du eine andere hättest nehmen sollen?« erkundigte sich Kathi kokett. »Zum Beispiel die tüchtige Irene, die ihre Fabrik in Lajtaszentmiklosch so prächtig führt?«

»Die Irene hat mir immer gefallen, aber ich wäre mit ihr vermutlich sehr oft aneinandergeraten, hat doch selbst einmal mein Vater mit ihr eine Auseinandersetzung gehabt, daß die Fetzen geflogen sind ... Nein, was ich sagen wollte, war eigentlich: Ich versteh' heut' nicht mehr, warum ich alter Trottel mir soviel Zeit g'lassen hab'! Wie wir g'heirat' habn, warst du zweiundzwanzig, das ist ja fast schon ein bisserl alt ... Ich hätt' dich doch genausogut mit sechzehn schon nehmen können!«

Obwohl in der Familienrunde, die diese Bekenntnisse mit anhören mußte, nur Peter Daniel die wahre Situation kannte, herrschte doch betretenes Schweigen angesichts der Desinvolture des Greises, der seine eigenen Jahre bei der Hochzeit wie heute großzügig ignorierte. Allerdings erfreute er sich einer beneidenswerten Gesundheit und konnte als wohlkonservierter Siebziger gelten.

Und dann kam das Jahr 1916, wie man heute weiß, das Schicksalsjahr des großen Krieges, für Österreich-Ungarn zunächst aber nur abermals ein Jahr großer Anspannungen nach verhältnismäßig gut verlaufenen Operationen 1915.

Nicht einmal die Juden konnten mehr ihrer Nase vertrauen, denn die bekannte Wiener Grammophonfirma Saphir G. m. b. H. Wien, Postfach 25 S/7 bot in zweispaltigen Inseraten ihrer Kundschaft an, ihre Erzeugnisse sogleich zu beziehen und erst im Frieden zu bezahlen. »Geehrter Leser«, stand da in Nummer 48 des *Interessanten Blattes.* »Um Ihnen die Anschaffung unseres berühmten trichter- und nadellosen Sprechapparates auch im Kriege zu ermöglichen, haben wir uns entschlossen, denselben zum normalen Preise jedem solventen Reflektanten auf Wunsch mit der Erleichterung zu liefern, daß die erste Rate erst einen Monat nach Beendigung des Krieges fällig sein soll.«

Da glücklicherweise niemand von Franz Heisinger verlangte, Schienen, Waggons und andere Ausrüstungsstücke der Eisenbahnen zu ähnlichen Konditionen zu liefern, ging es beiden Heisingerschen Firmen nach wie vor gut, nur der alte Gschweidl, Hauptkassier der Teesdorfer Spinnereien von Joseph Broch und Söhnen, ächzte ein wenig, weil von allen Seiten Forderungen an ihn herangetragen wurden; die bescheidensten waren die des Herrn Hermann Broch, die kostspieligsten die Aufforderungen, nun auch noch die fünfte Kriegsanleihe zu zeichnen.

Nach der großen Brussilow-Offensive wurde es dann Ernst für Peter Daniel. Die Monarchie hatte eine aussichtsreiche Offensive in Italien abbrechen müssen; die Landgier der Rumänen verlängerte die Front, da mußte ein Reservehauptmann einrücken, auch wenn er inzwischen im fünfzigsten Lebensjahr stand.

»Kein Mensch erwartet von Ihnen sportliche Hochleistungen, Gewaltmärsche oder Spähtruppunternehmungen, meine Herren«, sagte der General von Klingseisen in einer improvisierten Ansprache auf dem Ostbahnhof, als sich eine Gruppe von etwa achtzig Reserveoffizieren an die galizische Front begeben sollte. »Aber dank Ihrer menschlichen Reife,

Ihrer Bildung und Ihrer Bürgertreue zum Vaterland sind Sie nicht minder feste Stützen für die Front als die jungen Aktiven, die verzweifelt versuchen, die Löcher zu stopfen, die Brussilow mit seiner menschenmörderischen und rücksichtslosen Angriffsweise gerissen hat.«

Na ja, man mußte es eben als Abenteuer nehmen. Ein einsames Leben, dem die nervlichen Strapazen der Ehe fehlen, muß ohnedies von Zeit zu Zeit durchgerüttelt werden, und daß er im Grunde niemanden zurückließ, der ihn brauchte, erleichterte naturgemäß den Abschied. Daß er selbst unter der Trennung von Kathi und von Lukas litt, das war schließlich seine Sache. Er wußte wenigstens, daß die anderen versorgt waren. Sein Sohn hatte einen Vater, so daß Peter Daniel auf dem Feld der Ehre bleiben konnte, ohne eine Lücke zu reißen, und Kathie war inzwischen ja auch in die Jahre gekommen und würde ihn um so leichter entbehren können, als neben dem alten Gatten nun ein männlicher Sohn an ihrer Seite stand.

Es gab also keinen Grund, den Krieg übermäßig schwer zu nehmen, ja es hatte Peter Daniel sogar mit deutlicher Befriedigung erfüllt, daß er ohne sonderliche Mühe in die Uniform hatte hineinschlüpfen können, und mit etwas Glück brachte er es auf diese Weise noch bis zum Major, also zu einem Stabsoffiziersrang.

Einen Augenblick der Rührung gab es nur, als neben ein paar Studentinnen und der elegisch gestimmten Marie Kaspar auch Mizzi, die Wirtin aus Neustift, auf dem Bahnsteig erschienen war.

»Ich hab' immer g'wußt, wann du ins Manöver g'fahrn bist«, sagte sie und reckte sich zum Waggonfenster hinauf, »und darum komm' ich auch heute. Ich kann doch meinen Buben nicht ohne Abschied nach Rußland fahren lassen . . .!«

»So weit wollen wir ja gar nicht«, antwortete Peter Daniel

leise, »wir sind schon zufrieden, wenn uns aus Galizien niemand hinausschmeißt.«

»Ich weiß schon, Galizien! Daß es dort einmal einen Krieg gibt, hätt' auch niemand geglaubt. Wennst die Steffi siehst, kümmer' dich ein bisserl um sie...!«

Peter Daniel lachte. »Im großen Galizien deine Jüngste zu finden, wäre eine reizvolle Aufgabe... heißt sie noch Keulich?«

»Sicher, ist ledig, Krankenschwester – Stephanie Keulich... Und schreib mir, ja?«

Dieses bittende, drängende *Ja*, dieses Hoffnungswörtchen der Wienerinnen, lief den ganzen Zug entlang. Eine Musikkapelle spielte den Deutschmeistermarsch, und dann war das neue Gesicht des Krieges da, ganz anders als in Wien. Auf einmal gab es alles zu essen und zu trinken und sonst nichts. Bis dahin hatte man den Riemen enger schnüren müssen, aber – davon abgesehen – nichts entbehrt. So bürgerlich begann die Flucht aus der Bürgerwelt der Berggasse, und so einfach war sie, weil ihm, dem Professor Heisinger, alle Entscheidungen ebenso abgenommen wurden wie den bosnischen Analphabeten, die sich für ihren Kaiser schlugen. Und daran, daß man selbst auf einmal nichts mehr war und sein mußte, erkannte man mit Sicherheit die wirklich großen Zeiten.

Da Peter Daniel in der Wohllebengasse und erst recht in der Prinz-Eugen-Straße nicht mehr oft zu sehen gewesen war, fehlte er weder Franz noch Poldi, und nur wenn Kathi zum Tee bat, sagte der Kommerzialrat ein wenig schuldbewußt:

»So ist das Leben. Jetzt sitzen wir zwei Alterln da umeinander, und der Peter Daniel, der g'scheite Bub, muß in Galizien Russen derschießen!«

Fühlbar war die Lücke in Lajtaszentmiklosch. Der regelmäßige Besuch des Sohnes hatte die Eintönigkeit des Fabrikbetriebes und der Umwelt auf eine Weise unterbrochen, die Frau Irene nicht mehr entbehren zu können meinte. Darum reiste sie nun, so umständlich die Umsteigerei auch war, immer an einem Sonntag zu Bibi und am nächsten zu Teddy, die sich freuten, auf diese Weise die Mama häufiger zu sehen als sonst. Beide Frauen hatten in ihren Gemeinden alle Hände voll zu tun, denn die ganze Zone zwischen Mödling und Neunkirchen hatte wegen der günstigen Verkehrsverhältnisse eine besonders große Zahl von Verwundeten aufnehmen müssen, und da durften sich gerade die Pfarrfrauen nicht von den neuen Aufgaben drücken.

Selbst in der Berggasse bemerkte man das Fehlen des Hausherrn, und der Professor Freud, der rank und elastisch die Stufen zu seiner Wohnung hinaufstieg, fragte die Hausbesorgerin einmal ganz direkt, wo denn der Herr Heisinger eigentlich stecke, mitten im Krieg könne er doch nicht in sein geliebtes Frankreich gefahren sein.

»Nach Frankreich nicht, Herr Professa, aber nach Galizien. Der Herr Doktor Heisinger is eing'ruckt... als Hauptmann!«

»Soso... nach Galizien«, sagte Freud und lächelte ein ganz klein wenig, »ob ihm da nicht allerhand abgehen wird, dem Doktor Heisinger?«

Und Frau Patterer vermochte beim besten Willen nicht zu sagen, was der Professor damit wohl gemeint haben konnte.

Als das Jahr sich seinem Ende zuneigte und die Fronten unter den neuen Belastungen immer stärker und fühlbarer krachten und wankten, da zeigte sich das erstaunliche Phänomen, daß ein einzelner Mensch an sich das alles erlebt und mitgelitten hatte, von der Ungarnrevolte des Jahres 1848 an über die Niederlage von 1866, den Ausgleich von 1867 bis zu dem schweren Tag der Kriegserklärung von 1914. Dieser Mann war der Kaiser.

Eigentlich wunderte sich niemand, als das Hofbulletin am

9. November 1916, neben nicht sehr rosigen Kriegsberichten stehend, von einer Unpäßlichkeit des Monarchen sprechen mußte: Franz Joseph I. war an einem leichten Katarrh erkrankt, wie er ihn in den letzten Jahren wiederholt mitgemacht und schließlich überstanden hatte. Vom 12. November an wurden die Bulletins über den Gesundheitszustand des Kaisers die täglich am stärksten beachtete Rubrik in den Zeitungen, und darum freute sich das ganze Volk mit dem Erzhaus, als um den 15. die katarrhalischen Erscheinungen abzuklingen schienen.

Die aufkeimenden Hoffnungen erwiesen sich jedoch als trügerisch. Der Katarrh kam wieder, und am 18. November stellte sich auch Fieber ein, zunächst mit erhöhten Temperaturen bis 38 Grad. Am 20. meldete das Bulletin, daß sich die Fieberanfälle auszuwirken begännen: Seine Majestät sei ohne Appetit und sichtlich sehr müde. Kommentare betonten, daß der Monarch in seinem inzwischen sprichwörtlich gewordenen Pflichteifer selbst in diesem Zustand noch Akten studiere und sich über die wichtigsten Ereignisse berichten lasse. Zu besonderer Besorgnis gebe ein Entzündungsherd Anlaß, der in der rechten Lunge festgestellt worden sei. Dennoch habe der Monarch an diesem Tag den durchreisenden Erzherzog Friedrich, den Feldmarschall und Oberkommandierenden der k. u. k. Armeen, in einer Audienz empfangen, die nicht weniger als drei Viertelstunden gedauert habe.

War es die Anstrengung dieses Gesprächs, waren es die Sorgen, die es ins Krankenzimmer brachte, jedenfalls schwand von diesem Augenblick an die Hoffnung immer mehr. Die Erzherzogin Marie Valerie verließ Schönbrunn praktisch nicht mehr, das Thronfolgerpaar blieb in Wien, und selbst aus dem bayrischen Königshaus war Verwandtschaft angereist.

In der Nacht auf Dienstag, den 21. November, setzten um

ein Uhr Hustenanfälle ein, die den ohnedies schon schwachen Patienten arg strapazierten, und am Morgen steigerte sich die Temperatur. Dennoch bestand Seine Majestät darauf, sich – wenn auch etwas später als gewöhnlich – an seinen Schreibtisch zu setzen und die Arbeit aufzunehmen. Dieser Umstand gab den Ärzten wieder ein wenig Hoffnung wie auch die Tatsache, daß der Kaiser um fünf Uhr nachmittags auf eigenes Verlangen eine leichte Mahlzeit zu sich nahm.

Aber bereits eine Stunde später kündigte sich die entscheidende Krise an. Franz Joseph wurde sehr matt und äußerte den Wunsch, zu Bett zu gehen; das war für den treuen Diener Ketterl schon ein so deutliches Zeichen des nahen Endes, daß er Mühe hatte, die Tränen zu verbergen.

Der Kaiser fiel sofort in einen tiefen Schlaf, der anfangs ruhig wirkte, später in leichte Unruhe überging, die von einem immer mühsamer werdenden Röcheln begleitet war. Die beiden Ärzte, die den Zustand des Schwerkranken unausgesetzt beobachteten, nahmen um neun Uhr abends wahr, daß sich die Brust des Kaisers zweimal nacheinander in besonders tiefen Atemzügen hob. Dann setzte der Atem aus, und das Herz stand still.

Burgpfarrer Bischof Dr. Ernst Seydl hatte schon kurz zuvor die Letzte Ölung vorgenommen, so blieb nun nichts mehr zu tun, als der wartenden Familie mitzuteilen, daß der Tod eingetreten sei. Generalstabsarzt Dr. Kerzl und Hofrat Professor Dr. Ortner, die sich in den letzten Tagen stets nur für wenige Stunden aus Schönbrunn entfernt hatten, konnten ihre tiefe Bewegung nicht verbergen und verrichteten gemeinsam mit der Familie die Sterbegebete, die der Bischof allen Anwesenden vorsprach.

Schon um zehn Uhr abends verbreitete sich die Nachricht vom Tod des Kaisers, der beinahe ein dreiviertel Jahrhundert über Österreich und Ungarn geherrscht hatte, in der ganzen Stadt. Es bedurfte der Extraausgabe der *Amtlichen Wiener Zeitung* gar nicht mehr. Es war, als hätten die Menschen der Donaustadt gefühlt, was sich im Westtrakt des Schlosses Schönbrunn an diesem Abend begab. Denn es war zweifellos ein Tod, der mehr zu bedeuten hatte als einen Thronwechsel. Es war der letzte Lebenstag jenes Monarchen gewesen, an dem selbst die unbotmäßigen Völker der Monarchie, die unruhigen Bewohner der Ränder und der Grenzlande, immer noch in Liebe und Ehrfurcht gehangen hatten, und niemand vermochte zu sagen, ob es nach diesem Tod überhaupt noch weitergehen würde.

Während Kammermedailleur Marschall in dem zu einer Kapelle umgestalteten Sterbezimmer die Totenmaske Franz Josephs I. abnahm, verbreiteten die Zeitungen neben dem Armeebefehl jene letzten Worte, die der Kaiser in seinem Testament an seine Untertanen gerichtet hatte:

»Meinen geliebten Völkern sage Ich vollen Dank für die treue Liebe, welche sie Mir und Meinem Hause in glücklichen Tagen wie in bedrängten Zeiten bestätigten. Das Bewußtsein dieser Anhänglichkeit tat Meinem Herzen wohl und stärkte Mich in der Erfüllung schwerer Regentenpflicht. Mögen sie dieselben patriotischen Gesinnungen Meinem Regierungsnachfolger bewahren! Auch Meiner Armee und Flotte gedenke Ich mit den Gefühlen gerührten Dankes für ihre Tapferkeit und treue Ergebenheit. Ihre Siege erfüllten Mich mit freudigem Stolze, unverschuldetes Mißgeschick mit schmerzlicher Trauer. Der vortreffliche Geist, welcher Armee und Flotte sowie Meine beiden Landwehren von jeher beseelte, bürgt Mir dafür, daß Mein Regierungsnachfolger nicht minder auf sie zählen darf als Ich.«

»Daß ich den Kaiser überleben würde, hätte ich mir nie gedacht«, sagte Franz Heisinger, als er am Arm Kathis in dem langen Zug mitging, der in der Hofburgkapelle von dem aufgebahrten Monarchen Abschied nahm. Nach der Einbalsamierung durch Professor Kolisko hatte man dem Kaiser die Gala-Marschallsuniform angezogen, und an diesem fremden Prunk rund um einen vertrauten Herrn wallten nun die Wiener vorbei, einen Abend und einen Vormittag lang, ehe es zur Einsegnung im Dom von Sankt Stephan kam.

Der November ging zu Ende, der Kaiser kehrte heim und nahm seinen Platz ein in der Gruft unter der Kapuzinerkirche, diesem bescheidensten aller Erbbegräbnisse. Unter einem kleinen Gotteshaus liegt es, das mitten in den Häusern steht, in der Zeile wie die Läden und Hotels, und um das der Verkehr der Wiener Innenstadt zwischen Stephansplatz, Neuem Markt und Opernkreuzung unablässig mit Getrappel und Gehupe flutet.

»Ich hätte immer geglaubt, er wird sich in Ischl begraben lassen«, sagte Kathi, als sie wieder ein paar Meter vorgerückt waren und den aufgebahrten Monarchen nun schon erblickten. »Er war kein Stadtmensch. Er konnte in den Bergen leben oder in einem Schloß... das war aber auch seine ganze Freiheit.«

»Freiheit, wenn ich das schon hör'«, brummte der Kommerzialrat. »Der Kaiser hat mehr gearbeitet, als irgend jemand anderer in dem ganzen großen Reich, und das durch ein ganzes, sehr langes Leben hindurch. Und was ist herausgekommen? Österreich steht schlechter da als unter den leichtlebigen Spätlingen oder bigotten Perückennaturen früherer Jahrhunderte. Wenn die Umständ' einmal soviel stärker sind als der Mensch, dann, Kathi, dann g'freut's eben auch einen Kaiser nimmer!«

Eine Nacht ist die letzte

Der November in Wien hatte gegenüber dem November in Staropol oder in dem Nachbarort Olsec zwei unschätzbare Vorteile: In Wien gab es Gehsteige und eine Straßenbeleuchtung. Als um Martini herum die berüchtigten Dauerregen einsetzten, die von Polen, Juden und Ruthenen mit Gleichmut ertragen wurden, die Soldaten jedoch zur Verzweiflung brachten, schienen die Häuser von Staropol immer tiefer in den Boden einzusinken. Aber das war eine Täuschung: Der Boden nämlich stieg an ihnen empor, wurde zu einem braunen Meer, das an den Wänden hinaufleckte und in die Einfahrten eindrang, und von sechs Uhr abends an wurde die Lage geradezu gefährlich, weil man dann gar nicht mehr erkennen konnte, ob man sich noch auf der Straße befand oder schon im Graben.

Hauptmann Heisinger hatte einen forschen ungarischen Leutnant abgelöst, der hier den Stadtkommandanten gemimt hatte, bis seine Kompanie an der ungarisch-rumänischen Frontlinie gebraucht wurde. Die Truppe, die Heisinger zur Verfügung hatte, war eine sogenannte Magenkompanie, einhundertzwanzig überwiegend fronterfahrene Männer, die aber auf Diätkost angewiesen waren, weil sie sich durch die schwere und oft kalte Verpflegung chronische Gastritis, Magengeschwüre oder Darmleiden eingehandelt hatten oder weil sie nach Bauchschüssen nur noch einen Teil ihres Verdauungsapparates zur Verfügung hatten. Marschleistungen waren dieser Kompanie nicht mehr zuzumuten, aber sie war Heisinger lieber als ein Haufen sadistischer Gendarmen oder ängstlicher Familienväter, wie man sie an anderen Punkten der galizischen Etappe finden konnte. Seine Leute hatten längst die Ruhe weg; sie blickten nicht einmal mehr zum Himmel hinauf, wenn einer der einsamen russischen Brummer seine Kreise über den Anmarschwegen zog, und da sie aus der Küche des Lazaretts verpflegt werden konnten, verursachten auch ihre Leiden keine sonderlichen Umstände.

Staropol war ein Städtchen, das in Friedenszeiten fünf- oder sechstausend Einwohner zählen mochte. Sie waren alle noch da, denn der hin und her wogende Krieg hatte diese Zone merkwürdigerweise verschont, vielleicht, weil Olsec und Staropol gegen die Ebene durch einen Hügelzug und einen sumpfigen Wasserlauf geschützt waren und überhaupt keine Bedeutung hatten.

»Andernfalls hätte man mir gewiß die Ortskommandatur nicht anvertraut«, schrieb Peter Daniel an Onkel Poldi, dem er es überließ, jedem Familienmitglied die Informationen zukommen zu lassen, die es verdauen konnte. »Zu meinem Befehlsbereich gehört das Lazarett, geführt von dem Oberstabsarzt Dr. Mendelsburg, Sohn eines Abgeordneten, Jude mit polnischen Sympathien, ein sehr tüchtiger Mann; weiters der Bahnhof mit den Vorrats- und Nachschublagern, dem weitaus heikelsten Bereich; schließlich das Offizierskasino im Hinterzimmer des Gastwirts Aaron Rosenstock und *last not least* das Haus, in dem die beiden Bordelle untergebracht sind: im Erdgeschoß das Mannschaftspuff mit kräftigen jungen Bäuerinnen aus Weißrußland und der Ukraine, im Obergeschoß der Salon für die Offiziere, geführt von einer ehemaligen Diseuse aus Lemberg und besetzt mit vier Damen, die offensichtlich keine Muttersprache haben, keine Erziehung und keinen vorweisbaren Taufschein. Sie sind typische Mischungen dieses Erdteils, den Karl Emil Franzos sehr zutreffend Halb-Asien genannt hat. Du siehst, daß der Kaiser noch in seinem letzten Lebensjahr mir den uneingestandenen Wunsch meines Lebens erfüllt hat: einmal über mindestens ein Bordell zu gebieten, ohne dabei Gefahr zu laufen, von der Konkurrenz abgeschossen zu werden. Hier nämlich habe ich keine andere Konkurrenz als die Krankenschwestern, die den Bordelldamen in jeder Hinsicht über sind, und geschossen wird schon lange nicht mehr, nicht einmal auf das russische Flugzeug, das in unerkennbaren Abständen kleine Bömbchen in den Ort fallen läßt. Beim derzeitigen Zustand der Straßen und Gassen sind diese Bombardements völlig wirkungslos. Staropol macht pluff, und die Bombe ist verschwunden. Vielleicht kommt sie im Hochsommer dann wieder zum Vorschein.«

Die Magenkompanie war natürlich völlig unnütz, aber da der Ort stets eine Garnison gehabt hatte, konnte man ihn nicht plötzlich von Truppen entblößen. Auch war es undenkbar, daß die Juden, die sich in einigen Generationen österreichischer Herrschaft daran gewöhnt hatten, vom Geldverleih an die Offiziere und vom Handel mit den Mannschaften zu leben, nun plötzlich einander Zinsen berechnen und Schnaps, Geflügel und Tabakwaren verkaufen sollten. Daß es – selbst mit den Ärzten und Fähnrichen – nur noch einundzwanzig Offiziere in Staropol gab, war schlimm genug und nötigte selbst hübsche Krankenschwestern, hin und wieder einen der Zahlmeister oder Lagerverwalter vom Bahnhof zu erhören. Das, was diesen Herren an Manieren fehlte, ersetzten sie meist durch deftige Spenden aus den Lagern, die sie verwalteten.

Der ungarische Leutnant, viel zu sehr mit erotischen Versorgungsschwierigkeiten beschäftigt, hatte sich um diesen überaus heiklen Aspekt des Lebens in Staropol, also um die

Lagerbestände, so gut wie gar nicht gekümmert. Peter Daniel aber sah praktisch keine andere Möglichkeit, sich dem neuen Landesherrn und dem alten Staatswesen nützlich zu erweisen, als dadurch, daß er wenigstens auf diesem winzigen Flecken Erde, im Bereich eines einzigen Bahnhofs und seiner Lagerschuppen, die Korruption zu unterbinden versuchte.

Daß ein Goi, vor allem wenn er ortsfremd war, in der Richtung überhaupt keine Chance hatte, war ihm sofort klar: Schließlich war er ein Wiener und damit immerhin fähig, die Lage zu durchschauen, die einem Tiroler Kaiserjäger vermutlich zwanzig Jahre lang ein Buch mit sieben Siegeln geblieben wäre.

»Herr Kratzer«, sagte er zu dem kleinen, mausgrauen Standortschreiber, »wer ist der reichste Handelsmann in Staropol?«

»Der raichste, Herr Hauptmannleben... der raichste wird sein der Aaron Rosenstock, was hat das Gasthaus und den Weinhandel und das Fuhrgeschäft und die Schnapsbrennerei in Olsec.«

»Und wer ist sein schärfster Konkurrent?«

Chaim Kratzer wurde es unbehaglich. Was wollte der Goi da wissen, soll er sich doch um seine Soldaten kümmern, sonst aber am besten um gar nix!

»Wenn Se mich so fragen, Herr Hauptmannleben... eigentlich hat er keinen Konkurrenten. Das war einmal...«

»Er hat sie also aus dem Feld geschlagen, ruiniert?«

»Na nicht!«

»Und wer war der letzte, wer hat sich am hartnäckigsten gewehrt?«

»Das war der Schlome Barrascher... Der hat alles verkaufen müssen, und jetzt lebt er von einem kleinen Stehausschank und von ein bissel Geldverleihen.«

»Kann ich dort hingehen einen Wodka trinken?«

Chaim Kratzer riß entsetzt die Augen auf.

»Gehen, Herr Hauptmann... schwimmen missen Sie sagn... Kein Weg, kein Steg... Vielleicht wenn Sie nehmen a Pferd!«

Peter Daniel bestieg ein Pferd, was schließlich auch zur militärischen Ausbildung gehört hatte, und ritt schön langsam zu dem Haus am Stadtrand, wo Schlome Barrascher seinen Grimm in Wodka zwar nicht gerade ertränkte, aber doch umsetzte. Er war noch nicht alt, er war auch nicht sehr mißtrauisch, denn was ihm passieren konnte, das war eigentlich schon passiert. Und er gab in einem vertrauten Gespräch im hintersten Winkel seines kleinen Lokals dem neuen Stadtkommandanten darin recht, daß es einen Schmuggel größeren Stils nur mit Hilfe von zwei Männern geben könne. Der eine war Rosenstock, der andere aber war der Indentant des Lazaretts, ein im Hauptmannsrang stehender Pole namens Wislocki.

»Der ist beinah so viel wie ich, ranggleich, nur unterstellt«, sagte Heisinger, »das kann unangenehm werden. Wollen wir nicht mit Rosenstock beginnen?«

»Wenn Sie mit Rosenstock beginnen, weiß jeder sofort, daß ich Ihnen die Ezzes geb', Herr Hauptmann«, sagte Barrascher, »fangen Sie an in Ihrem unmittelbaren Kommandobereich, das ist unverdächtig. Fangen Sie an mit Wislocki. Sie werden sehen, es wird sich für Sie lohnen...«

Das war nun ein ebenso unpassendes wie geheimnisvolles Schlußwort; Barrascher wollte doch einem österreichischen Offizier kein Bestechungsgeld anbieten? Und wie konnte es sich sonst lohnen, einen Intendanten aus dem Sattel zu heben?

Die Antwort auf dieser Frage ließ einige Wochen auf sich warten, aber so eine Art Ahnung stahl sich dem Hauptmann Heisinger doch ins Herz, als er bei der Garnisonsweihnachtsfeier den Intendanten an der Seite einer auffallend hübschen Krankenschwester sah, einer blonden Wienerin, was zwar kein Rarissimum ist, aber doch ziemlich selten. Sie mochte Mitte bis Ende zwanzig sein und hatte eine Allüre, die nicht nur in Staropol Sensation machte, sondern auch in Troppau eine ganze Kaffeehausbesatzung rebellisch gemacht hätte. Billig war die nicht, soviel stand fest, und daß sie den kugelbäuchigen Glatzkopf liebte, der dauernd an ihr herumtatschte, war wenig wahrscheinlich.

Nach vier Wochen hatte Barrascher gemeinsam mit Chaim Kratzer und einigen Helfern, die Peter Daniel gar nicht kennen wollte, insgesamt neunundzwanzig Sendungen beiseite geräumt, die mit dem Intendantursiegel versehen und an nichtmilitärische Adressen bestimmt waren. Heisinger nahm seinen Adjutanten und den Chefarzt Dr. Mendelsburg zu Zeugen und ließ in einem unbenützten Büro des Bahnhofsgebäudes die Pakete der Reihe nach öffnen. Kratzer registrierte Adressaten und Inhalt, und Heisinger selbst wie den Zeugen gingen die Augen über ob all der Kostbarkeiten, die sich im dritten Kriegsjahr an der schwer geprüften galizischen Front noch hatten zusammenbringen lassen.

»Da sind ja Bestände dabei, die ausschließlich für Ärzte bestimmt waren«, schrie Mendelsburg und verriet damit, daß es über den Offizieren des Ortes also noch etwas gab; und der Adjutant bemerkte vorsichtig, daß eine Beschlagnahme dieser Pakete doch unbedingt angezeigt wäre, angesichts der Eintönigkeit der Verpflegung im Offizierskasino.

»Meine Herren«, sagte Heisinger amtlich, »ich verpflichte Sie im Interesse der Untersuchung zu unbedingtem Stillschweigen gegen jedermann. Sie, Kratzer, sperre ich mit diesen Vorräten ein, bis der Richter aus Strij hier ist. Sie öffnen niemandem. Draußen stehen die gewohnten Posten zum Schutz der Lagerschuppen, denen werde ich angeblich im Hinblick auf Partisanen besondere Wachsamkeit einschärfen.«

Nun, es kam, wie es oft kommen sollte und selten kommt: Herr von Wislocki wurde tatsächlich verhaftet und nach einer Verhandlung, der Heisinger selbst nicht beiwohnen konnte, als Unteroffizier in einen wegen der Komitatschis sehr unangenehmen Abschnitt der Balkanfront gesteckt. Die Pakete wurden, da sie verderbliche Waren enthielten, blitzschnell zwischen der Gerichtskommission, den Ärzten und dem Kasino aufgeteilt, und eine Verfolgung der Adressaten entfiel, weil Heisinger erklärte, das würde zu weit führen, es handle sich ja offensichtlich um begünstigte Privatleute. Er hatte nämlich eben noch rechtzeitig festgestellt, daß nicht weniger als fünf der neunundzwanzig Pakete für niemand anderen bestimmt gewesen waren als für Frau Marie Keulich, Wirtin zum *Blauen Bock* in Neustift bei Wien.

Und nun tat Hauptmann Heisinger etwas sehr Bezeichnendes: Er tat zunächst gar nichts, sondern studierte lediglich die Personalliste des Lazaretts. Er studierte sie so lange, bis er herausfand, daß es eine Krankenschwester namens Stephanie Keulich gebe, und daß diese Keulich eben jene eindrucksvolle Blondine sei, um die er den Intendanten noch bei der Weihnachtsfeier so grimmig beneidet hatte. Da Peter Daniel sich zeit seines Lebens gerade durch jene Art Scharfsinn, die man den jüdischen Kopf nennt, überhaupt nicht ausgezeichnet hatte und eher ein Phantast genannt werden mußte, läßt sich daraus ableiten, daß gewisse erotische Fluida, auch wenn sie noch nicht wissen, woher und wohin, sogar eine mediokre Intelligenz zu einer durchdringenden zu machen vermögen.

Es gab nun zwei Möglichkeiten. Die eine bestand darin, die schöne Steffi einfach als Beute zu kassieren. Das hatte Schlome Barrascher zweifellos gemeint, als er andeutete, ein Sieg über den Intendanten werde sich lohnen. Die Möglichkeit, sich zu sträuben, hatte sie nicht, sie war mitschuldig und mußte sogar Folgen für ihre Mutter und deren Betrieb befürchten. Lief die Sache so, dann hatte er zwar Steffi am nächsten Abend im Bett, aber ein schlechtes Gewissen gegenüber seiner alten Mizzi. Und er würde nie wissen, ob Steffi tatsächlich etwas für ihn übrig habe oder eben nur ihre Haut retten wolle.

Da war der andere Weg doch empfehlenswerter und nicht viel reicher an Risken: Ein Anruf genügte, um den hörbar schmunzelnden Doktor Mendelsburg zu bitten, doch eine Krankenschwester zur Standortkommandatur abzuordnen, man habe nämlich keine geeignete Kraft für gesundheitspolizeiliche Fragen, für die Statistik und die Lebensmittelkontrolle. Vielleicht könne die Keulich entbehrt werden, die ja schon in der Intendantur mit Schreibarbeiten beschäftigt gewesen sei.

»Gewiß, gewiß, lieber Herr Hauptmann«, antwortete Mendelsburg, »ich bin absolut sicher, daß die Fertigkeiten, die sich Fräulein Keulich in der Intendantur erworben hat, Ihnen sehr willkommen sein werden.«

Das war zwar nicht so sibyllinisch wie die Worte des Schlome Barrascher, aber angenehm war es auch nicht. Man mußte es eben erst lernen, in dieser östlichen Welt zu leben, von der offenbar jeder in Staropol mehr verstand als der Peter Daniel Heisinger.

Eine Woche vor Weihnachten fiel Frost ein. Der Wind wehte eiskalt aus den Tiefen der Ukraine herein nach Österreich, und die Bewohner von Staropol duckten sich in ihren windschiefen Häusern, an denen die Schindeln und die Läden um die Wette klapperten.

Auf der Hauptstraße erstarrte der unergründliche Matsch so plötzlich, daß jenes unpassierbare Schlamm-Meer zwischen den Häusern nun aus anderen Gründen beinahe so unpassierbar war wie vorher: Wie eine Mondlandschaft reckte es Zacken in den Himmel oder öffnete sich unversehens in tiefen Löchern, und die größte und absonderlichste Vertiefung hatte Oberstabsarzt Dr. Mendelsburg selbst verursacht, als er eines Nachts, vom Kasino besoffen heimwandernd, der Länge nach in die Straße gefallen und in ihr halb versunken war.

»Jetzt«, sagte Stadtkommandant Heisinger am ersten Frostabend im Kasino, im Hinterstübchen des Aaron Rosenstock, »jetzt könnten wir diese malerische Abformung unseres verehrten Dr. Mendelsburg unschwer mit Gips ausgießen, und wir bekämen den schönsten Golem!«

Alle lachten, nur der Oberstabsarzt tauchte die Nase in einen gefährlich scharf riechenden Wodka und sagte böse:

»Der Golem, damit Sie's wissen, Herr Hauptmann, war nicht aus Gips, sondern aus Lehm. Sie müssen noch viel lernen, bevor wir Sie zum Ehrensemiten ernennen.«

Das also war der Sohn jenes Abgeordneten, der dreißig oder vierzig Jahre zuvor aus den polnischen Juden jüdische Polen hatte machen wollen!

Peter Daniel beschloß, seine Annäherungsversuche an die Ärzteschaft für eine Weile zurückzustellen. Es gab ohnedies militärische Sorgen. Auf dem Frostboden machten die Bömbchen des einsamen russischen Störfliegers nämlich nicht mehr pluff, sondern krach, und es hatte bereits ein paar tote Gänse, einen verletzten Hammel und ein paar verschreckte Rutheninnen gegeben. Also mußten Flugabwehrnester geschaffen werden, was nicht so einfach war, denn das größte Gebäude – das Lazarett – kam dafür aus naheliegenden Gründen nicht in Frage, die Kommandantur hatte ein Schrägdach, der Bahnhof seit der Brussilow-Offensive überhaupt keines mehr.

So erhielt also Aaron Rosenstock auf seine Veranda, die im Winter ohnedies niemand benützte, ein paar Sandsäcke und ein für das Steilfeuer speziell eingebautes Maschinengewehr, und rund um Staropol wurden, so mühsam das bei dem gefrorenen Boden auch war, drei weitere Stellungen ausgehoben und bestückt. Neben den MG sollte auch mit Infanteriegewehren geschossen werden, die eine größere Treffsicherheit hatten. Die Duodeniker maulten natürlich, denn der Kälte wegen mußten die Nächte geteilt werden; das bedeutete, daß vierzig Mann je Nacht gebraucht wurden und daß jeder eine von drei Nächten auf recht unangenehme, wenn auch nicht gerade gefährliche Art zubringen mußte. Heisinger selbst wechselte sich mit seinem Adjutanten in den Kontrollgängen ab, überließ aber die Kontrollen nach Mitternacht dem Unteroffizier vom Dienst.

Als Peter Daniel nach seiner zweiten und letzten Runde mit gefühlloser Nase und knallrot abstehenden Ohren in das warme Dienstzimmer trat, erwartete ihn eine Überraschung: Schwester Stephanie hatte ihren dunklen Rotkreuzumhang über das Nachthemd gezogen und saß hinter einem kleinen Spiritusflämmchen am Tisch, auf dem mit Zucker, Orangen, Zitronen und Rum noch allerlei andere Utensilien eines Grogs verheißungsvoll prangten.

»Da soll noch einmal jemand sagen, es gäbe keine Engel mehr«, flüsterte Heisinger, denn laute Worte brachte er noch nicht heraus; es war, als seien ihm wie dem Trompeter im Märchen die Töne eingefroren.

Steffi Keulich drehte den Docht herunter, nahm das Wasser von der Flamme, und gleich darauf verbreitete sich eine Wolke wohligster Düfte in dem nüchternen Raum.

»Sie trinken aber doch einen mit, hoffe ich!« sagte Heisinger.

»Wenn Sie es wünschen ...«

Er sah sie an, und es fiel ihm ein, daß sie zum erstenmal wirklich allein miteinander waren. Hatte er es absichtlich vermieden? War sie ihm aus dem Weg gegangen? Oder war es tatsächlich nur Zufall?

Die Augen erinnerten ihn sehr stark an Mizzi, der Brauenbogen, das schwer zu bändigende blonde Gewirr darüber, das ein wenig auf die Stirn drückte. Die Nase... die Nase war fremd, die kam von Keulich und stammte aus Mähren mit ihrer teutonischen Geradheit. Wienerisch-aufgebogen wäre gemütlicher gewesen, aber, mein Gott, Nasen sind Schicksal. Und der Mund? Den durfte er gar nicht so lange ansehen, den hatte er eigentlich schon zu lange angesehen, denn sie sagte:

»Wissen Sie's jetzt endlich, Herr Hauptmann?«

»Ob Sie mir gefallen? Das weiß ich schon lange!«

»Das mein' ich nicht.« Sie schüttelte den Kopf wie ein kleines Mädchen, starrte dann in ihr Glas, als läge dort ein Schatz verborgen, und flüsterte schließlich: »Daß ich die Jüngste von Ihrer Mizzi bin!«

»Ich weiß es schon lang«, sagte er aufatmend. Sie hatte genau dort begonnen, wo seine Gedanken während der eiskalten Runde um Staropol sich immer wieder verwickelt hatten. »Ich weiß es, beinahe seit ich hier bin, also seit Monaten. Und du, Steffi? Wie bist du draufgekommen?«

»Auf die einfachste Weise. Ich schreib' alles nach Hause, also hab' ich auch geschrieben, daß wir einen neuen Ortskommandanten haben und daß er Heisinger heißt. Na, die Antwort von der Mama, die war wie ein Schrei. ›Das ist mein Dani, von dem ich dir soviel erzählt hab'‹, hat sie geschrieben und dann hinzugesetzt: ›Sei lieb mit ihm, so lieb wie du nur kannst...‹ Da lesen Sie, da steht's.«

Sie zog einen etwas zerknitterten Brief aus der Tasche des Umhangs, Peter Daniel nahm ihn, las ihn aber nicht.

»Wenn sie das geschrieben hat, Steffi... so wie du sagst – worauf warten wir dann noch?«

»Wir warten darauf«, sagte Schwester Stephanie, »daß es in Ihrem Schlafzimmer warm genug ist. Ich hab' nämlich erst vor einer halben Stunde eingeheizt.«

Sie hatte nicht nur eingeheizt, sie hatte auch das Bettzeug

über Stuhllehnen gehängt und rund um den Ofen gruppiert. Offensichtlich verbrachte sie nicht den ersten Winter in Galizien. Das Bett war geräumig und solide, und selbst das anfängliche Frösteln war lustig, denn es trieb sie geradezu zueinander. Wer sich zierte, der fror, oder, mit der Präzision eines k. u. k. Tagesberichts ausgedrückt: Wer sich geziert hätte, der hätte gefroren. Und damit wäre ihm recht geschehen.

»Dani...«, sagte sie leise nach einer seligen Viertelstunde des Anwärmens, »weißt du, daß das sehr schöne Weihnachten sein werden...?«

»Schöner als mit dem Intendanten?«

»Du bist so grauslich, daß ich sofort aus dem Bett hupfen sollte...!«

»Tu das und leg' nach, und dann komm schnell wieder!«

Man kann wunderbar schmollen, wenn man in einen Pelz gehüllt ist; manche schmollen auch noch im Nachthemd recht eindrucksvoll; hat man aber gar nichts an, dann kann man auch nicht schmollen, dann gibt es eben viel zu viele erfreuliche Linien, Flächen, Farben und Formen. Das sah schließlich auch Steffi ein, brachte nur noch den Grogrest mit und schob ihre kalt gewordenen Füße zwischen Peter Daniels Waden.

»Es ist eine Sünde gegen diese Idylle«, sagte Peter Daniel nach einer Weile, »und ich weiß, daß ich dein Vater sein könnte mit meinen fünfzig Jahren...«

»Einundfünfzig...«, unterbrach ihn Stephanie, »ich weiß alles, also spar dir die Vorreden und trau dich endlich. Dein Onkel Franz hat noch mit mehr als sechzig Jahren einen Sohn in die Welt gesetzt!«

»Nebbich«, sagte Peter Daniel, und dieser beredte Ausdruck enthob ihn glücklicherweise aller weiteren Konfidenzen. Auch begann es in diesem Augenblick in der Ferne zu brummen, und das Maschinengewehr in Olsec ballerte los.

Irgend etwas sagte Peter Daniel, daß er sich beeilen müsse; die Winternacht draußen, diese weite, weiße Nacht, schwieg nicht mehr, sie hatte ihre Stimme erhoben. Hier drinnen aber war es warm, ja heiß. Er schob das Federbett von sich und saß einen Augenblick wie ein Junge auf den Fersen, zwischen den Beinen Steffis. Sie lag mit halbgeschlossenen Augen da, stumm und wartend, sie räkelte sich ein wenig, gerade so viel, um sich für ihn zurecht zu legen, und dann sank er so leicht und glatt in sie hinein, als wäre sie nur für ihn geschaffen worden.

Er fühlte eine unbändige, problemlose Kraft in seinen Lenden, und das gab ihm den Mut zu Dingen, die er seit Jahren nicht mehr getan hatte. Es war, als vereinige sich alles, was an Glück und Hoffnung in seinem Leben übriggeblieben war, in diesen Minuten mit Steffi, ja als sei es gar nicht Steffi, die da vor ihm lag, sondern als hätten sich die Frauen seines Lebens noch einmal ein Stelldichein gegeben, zauberhaft verschmolzen in dem weißen und runden Leib einer kaiserlichen und königlichen Krankenschwester.

Er wußte, daß er alles wagen durfte, wagen mußte. Er hob sich weg von diesen Brüsten und von dem glatten, weichen Bauch; er unterbrach seine Bewegungen, um sie mit den Augen aufzunehmen, diese junge Frau, die ihm der Himmel in dieses Kaff geschickt hatte, so wie er ihm ein Leben lang stets die Frauen ins Bett gelegt hatte, die er, der Peter Daniel, gebraucht hatte. Er hob sich und ließ sich sinken; er nahm die ganz langen, großen Anläufe, wie in jungen Jahren, und schließlich schob er sich unter sie und drehte sich auf den Rücken. Nun saß sie auf ihm, den Rücken ihm zugekehrt, und ihr schönes weißes Hinterteil hob und senkte sich vor ihm, während seine Hände in ihren Schenkeln versanken.

Ein Brummen und Brausen stieg um ihn hoch. Er wußte nicht, ob es von draußen kam oder von dem eisernen Öfchen, und er wollte nicht sprechen, sich nicht ablenken lassen. Das, was sich hier begab, an ihm und durch ihn mit diesem Mädchen in dem einsamsten Winter seines Lebens, das war sehr viel wichtiger als alles andere. Das wurde plötzlich so ungeheuer wichtig, daß die Wände zusammenzustürzen schienen und das Dach, dieses alte Balkendach aus galizischer Buche, herabdrängte wie in einem Alptraum!

»Es war gar nicht die Bombe selbst, meine Herren«, sagte am nächsten Morgen Doktor Mendelsburg, »im Zimmer liegt ja nicht der kleinste Splitter. Das alte Haus hat eben dem Luftdruck nicht mehr standgehalten, und unglücklicherweise ist einer der Deckenbalken, ein einziger, auf das Bett gefallen...«

»Und hat sie beide getötet!« vollendete der Adjutant.

»Ein schöner Tod, möcht' man sprechen«, sagte Chaim Kratzer und zog vorsichtig das schwere dunkle Holz von den beiden hellen Körpern.

»Was heißt: ein schöner Tod?« schrie der Oberstabsarzt und ließ sich in einen Stuhl fallen. »Es ist der schönste Tod überhaupt, und wenn so ein Tod mitten im Krieg einem Hauptmann geschickt wird, hier, in Galizien, dann möcht' man doch meinen, der alte Jachwe hat damit etwas ganz Besonderes im Sinn gehabt.«